El papel utilizado para la impresión de este libro ha sido fabricado a partir de madera procedente de bosques y plantaciones gestionadas con los más altos estándares ambientales, garantizando una explotación de los recursos sostenible con el medio ambiente y beneficiosa para las personas.

Tentación
Tomo 2

Primera edición: mayo, 2025

D. R. © 2025, Raquel Guerra Tuxpán

D. R. © 2025, derechos de edición mundiales en lengua castellana:
Penguin Random House Grupo Editorial, S. A. de C. V.
Blvd. Miguel de Cervantes Saavedra núm. 301, 1er piso,
colonia Granada, alcaldía Miguel Hidalgo, C. P. 11520,
Ciudad de México

penguinlibros.com

Penguin Random House Grupo Editorial apoya la protección del *copyright*.
El *copyright* estimula la creatividad, defiende la diversidad en el ámbito de las ideas y el conocimiento, promueve la libre expresión y favorece una cultura viva. Gracias por comprar una edición autorizada de este libro y por respetar las leyes del Derecho de Autor y *copyright*. Al hacerlo está respaldando a los autores y permitiendo que PRHGE continúe publicando libros para todos los lectores.

Tenga en cuenta que ninguna parte de este libro puede usarse ni reproducirse, de ninguna manera, con el propósito de entrenar tecnologías o sistemas de inteligencia artificial ni de minería de datos.
Si necesita fotocopiar o escanear algún fragmento de esta obra diríjase a CeMPro
(Centro Mexicano de Protección y Fomento de los Derechos de Autor, https://cempro.org.mx).

ISBN: 978-607-385-517-4

Impreso en México – *Printed in Mexico*

KARLA CIPRIANO

TENTACIÓN

Tomo 2

Advertencia:
este libro, por su contenido,
no está recomendado para menores de 21 años.

Para los sexys de Karla Cipriano,
los que no se rinden a pesar de las adversidades

Capítulo 22

Alexander

Observo el traje verde y negro que yace empaquetado a mi completa disposición, mientras termino mi discurso en la rueda de prensa virtual que Christopher preparó para disipar los rumores sobre un malentendido en la construcción.

—Eso calmará a los medios por un momento, pero necesito que los arquitectos del proyecto se responsabilicen por los planos.

—Ya lo han hecho —Alesha posa su mano sobre mi hombro.

—Entonces, prepararé entrevistas personales para acallar a los medios amarillistas —Christopher sale de mi estudio.

Abro las grabaciones que Ethan consiguió: en ellas se nota claramente cómo arriban más de seis autos verdes a mi hotel de Brent. Hago un recorte del video para enviárselo a mi hacker. En la última escena, se observa la imagen de un hombre maduro del que la cámara sólo capta su espalda.

Alesha y yo cruzamos una mirada tensa. En la grabación se ve cómo el hombre de más de un metro noventa de altura camina enfundado en un mugriento traje verde, aventando una colilla al suelo.

—Es Logan —dice Alesha tras repetir de nuevo el video.

—El equipo de relaciones públicas ya eliminó todas las noticias que vinculan el derrumbe del estacionamiento de Brent con organizaciones criminales o terroristas, pero el MI6 ha abierto una carpeta de investigación —dice Amelia, mi asistente, mientras miro con rabia hacia uno de los ventanales—. Ya suman veinticuatro heridos.

—¿Y a mí qué carajos me importa? Que Christopher se encargue de la imagen de la cadena hotelera.

Amelia agacha la cabeza y sale, mientras Alesha comienza a masajearme los hombros.

—Estás tenso, querido. Ese hijo de puta te está estresando, mejor deja todo en mis manos, yo me pondré en contacto con él y lo vigilaré mientras tú tomas un descanso en el jacuzzi —ni sus masajes logran desvanecer el dolor de mi cuello—. Los incompetentes de relaciones públicas se encargarán de todo lo relacionado con el aspecto empresarial.

Desde hace días, su voz ha comenzado a irritarme y ponerme de mal humor. Me sobo las sienes con brusquedad, haciendo que me suelte.

—Localiza sus nuevos bares en la ciudad y los que tenga cerca de Irlanda, y averigua si ha comprado mercancía por la zona —le ordeno a mi hombre de mayor confianza, mirándolo fijamente—. Ya sabes qué hacer, Ethan.

—Como ordene, señor. Iré a trabajar con otro de sus *kray*, un viejo amigo mío, y también me reuniré con mis contactos del MI6 para indagar sobre la situación legal de su cadena hotelera.

—Trae el dispositivo que preparó mi hacker, deberán activarlo esta misma tarde —Ethan asiente mientras sale.

Enciendo un porro y coloco una línea blanca en la mesa para aspirarla. El dolor de cabeza me ha regresado, aunque más intenso que esta mañana. Alesha vuelve a masajearme los hombros, pero en cuanto una de sus uñas roza mi cuello, la aparto por completo.

—No me toques.

—Ya veo que no estás de humor para nada, así que iré a revisar los planos y encontrar la maldita falla con tus otros arquitectos. ¿Qué te tiene tan irritado? Ya te dije que lo del derrumbe se solucionará y que me encargaré en persona de Logan.

Ella sigue hablando, pero mi mente está en otro lado. *Emma terminó el acuerdo casual.* Miro mi celular enojado. *Me botó como a un cualquiera.* Podría despedirla con sólo chasquear los dedos.

Alesha se percata de que estoy ignorándola y se larga. Su desplante me enfada aún más. Miro mi celular de nuevo y escucho las voces de los sirvientes por mi estudio.

—Terminé mi terapia de la semana. Ya quiero embriagarme con ustedes y jugar un poco de billar, malditos —dice mi hermano mientras entra con una maleta de gimnasio negra y se acerca al minibar para sacar una botella de vodka. Junto a él, viene Erick, quien trae los documentos del hotel para demandarlo por mala construcción.

—Si ya no lidias con las drogas desde hace años cuando ibas a irte a África con Paulina, tu ex, ¿por qué sigues yendo a esas terapias, Bennett? No creo que tengas tentaciones desde hace cinco años. Fumas, pero ya no te drogas —se enfrascan en una conversación que no me interesa escuchar.

Le arrebato los documentos a Erick y firmo para demandar y ganarme unos míseros millones de libras, cinco al mes para ser exacto: una bicoca en comparación con las ganancias que obtengo por todas mis sedes alrededor del mundo. Mis malditos hoteles de Hilton & Roe en Dubái, por ejemplo.

—Porque a veces el cuerpo es débil a pesar de los años y quiero mantenerme alerta —Bennett termina su copa—. Me acabas de abrir la mente, Erick, hace tiempo que no pensaba en Paulina.

—Es una ardiente modelo. La dejaste ir y sigo pensando que fue el peor error de tu vida. Sin duda, tu amante Lena se pone celosa si la mencionas.

—Lena sólo es mi amiga.

—Amiga con derechos, querrás decir. ¿Cuántas de esas tienes por la ciudad? ¿Cinco? ¿Y la rubia del otro día?

—Se llama Cora y también es una amiga.

—Lárguense a hablar de sus estupideces a otro lado —bajo su mirada curiosa, limpio una pieza soldada que estoy armando. Dejo mi porro a un lado, expulsando el humo por la nariz, y terminó el resto de mi whisky escocés de un trago. *¿Por qué no dejo de mirar mi puto celular?*—. ¿Qué me ven, par de idiotas?

—¿Cuánto tiempo llevas trabajando en esto? —Bennett alza una pieza negra que todavía no he armado.

—Dieciséis horas.

—También tienes unos planos digitales abiertos. ¿Qué es? —Erick se entromete.

—¿Qué te importa, inútil?

—Vete a la mierda, me haces trabajar en el contrato de Brent toda la noche y me gritas con sólo verme.

—Pues porque no sabes hacer bien tu puto trabajo.

Erick azota el vaso contra la mesa.

—Desde hace días estás de un humor insoportable que empeora en la oficina, nadie te aguanta ya —se larga por el pasillo y Bennett me mira fijamente.

—¿Qué sucede, hermano?

Me tiene harto todo el maldito mundo. No le respondo. Uno de mis criados me trae un paquete pequeño y relleno la línea de polvo blanco sobre la mesa. La aspiro por la nariz de golpe. Sé que ver droga es una gran tentación para él, pero a mí sólo me gusta disfrutarla de vez en cuando.

Otro criado me sirve whisky. Bennett se larga y yo sólo frunzo el ceño. *¿Qué carajos me está ocurriendo?* El asunto de Logan no es lo que me tiene malhumorado.

Desbloqueo una aplicación encriptada de mi celular y observo un vehículo en movimiento. Lo sigo durante al menos una hora y después miro el tatuaje de mi antebrazo.

Ese hijo de perra ha salido de su escondite después de dos años de descanso.

. . .

A la mañana siguiente, camino por mi maldita empresa regañando a cada inútil arquitecto que tengo trabajando en las reparaciones de Brent o a cualquier sirviente que crea tener soluciones sobre nuestros nuevos proyectos.

Todo el mundo ha notado que mi humor empeora conforme pasan los días. Ya hace cuatro días y siete horas que se terminó el acuerdo casual con mi publicista.

—¡Quiero el trabajo bien hecho, inútiles, o se largan!

Camino entre el silencio de mis empleados, que ni respiran ante mi presencia. Mi aroma a Armani calma la punzada en mi cabeza cuando cruzo la entrada a la sección de relaciones públicas y me detengo en la oficina de la asistente de Christopher.

—Querido —me tocan el hombro.

—Tengo una reunión con Christopher, ven conmigo —le digo a Alesha sin prestarle más atención.

—Sigo amando que me quieras a tu lado en cualquier asunto, ya extrañaba eso, pensé que habían cambiado las cosas —camina junto a mí, brazo con brazo, pero no se atreve a tomarme la mano, yo no hago esas ridiculeces.

—Tu lugar a mi lado está asegurado por siempre, Alesha, nadie me conoce mejor que tú —le doy un trato especial, como sé que le gusta, y la repaso con la mirada. Lleva un vestido comprado con mi dinero y la melena roja suelta.

Si le pusiera una correa, caminaría gustosa a mis rodillas.

—¿Qué miras? Ponte a trabajar, que para eso se te paga —regaña a una mensajera que me come con la mirada.

No es novedad que las mujeres se tiren sobre mí desesperadas. Yergo mis dos metros de altura y cuadro los hombros haciendo babear a las del área de recursos humanos mientras me acomodo el Rolex de oro.

Nadie se resiste a mi buen cuerpo y menos a mi verga. Ignoro las miradas recelosas que desean ocupar el puesto de Alesha sin que ninguna de ellas me llame la atención. Disfruto caminar con mi aire prepotente.

De pronto, decido concentrarme en alguna de aquellas mujercillas que casi se sacan las tetas frente a mí y jugar con ella como el hijo de puta que soy, sin embargo, mi momento de cabrón se interrumpe en cuanto una melena castaña cruza a mi lado.

Emma no lleva vestidos que traslucen sus bragas, ni se me lanza a la primera mirada, sin embargo, hace que pierda el interés en las otras.

—¿Alexander?

Giro hacia Alesha y me percato de que la dejé a medio camino, pues inconscientemente ya iba detrás de la publicista de Christopher.

Carraspeo con el ceño fruncido. Regreso con Alesha, son evidentes sus celos por esa simple publicista. Miro al otro lado del pasillo: ahí va el asno de Adam Tail, saliendo del ascensor con un ramo de flores mientras habla por celular.

Nos acercamos y veo que Tail abraza a la señorita Brown, se sonríen y, en un movimiento certero, rozan sus labios apenas un segundo.

Siento un calor recorrer mis venas.

Emma levanta la mirada, apartándose, y le sonríe haciéndolo pasar a su oficina. Respiro profundo repetidas veces, contando en mi mente hasta tres, y enseguida me recompongo.

—Despide a Emma Brown, ya no quiero verla en la oficina.

—Con gusto, hace tiempo que esperaba oír esas palabras —veo los labios rojos de Alesha tornarse en una sonrisa.

Emma

Los gritos afuera de mi oficina han empeorado; Alexander infunde miedo sobre todos. Adam y yo nos miramos mientras escuchamos cómo le grita a nuestro jefe.

—Voy a ver qué sucede —deja una nota sobre las flores y me mantengo lejos; me siento tan incómoda de que me haya besado—. De nuevo te ofrezco una disculpa por ese… —se sonroja— beso, no quiero que me malinterpretes.

—Prefiero que no vuelva a suceder, somos compañeros de trabajo.

—Pensé que éramos amigos —sus hombros caen y me mira con tristeza mientras abre la puerta.

—No quise decir eso, tenemos que ser profesionales y…

Unos ojos verdes enojados caen sobre nosotros, impidiéndome hablar. Quiero preguntarle si se le ofrece algo, pero… *Mierda*. Siento miedo de la mirada de Alexander porque no mueve ni un solo músculo, ni siquiera parpadea. De pronto, se concentra en Adam.

—¿Qué hace? —Adam se coloca a mi lado en el umbral de la puerta, evidentemente tenso, y nos sentimos incapaces de apartar la mirada de él—. ¿Por qué nos mira así el jefe? Dime que también sientes miedo, maldita sea.

Esta semana que ya casi concluye ha sido incómoda porque, conforme han avanzado los días, más me he encontrado con Alexander en todos lados: en el pasillo, la cafetería, las reuniones, hasta en la paquetería del edificio, sin embargo, no había venido a mi oficina, como ahora.

—*Lad os slå hinanden ihjel, du og jeg* —le dice a Adam.

—¿Qué? —el pelinegro me mira, buscando mi apoyo—. No hablo ese idioma, señor Roe. ¿En qué puedo ayudarlo?

El ambiente se tensa aún más. Alexander comienza a avanzar, sin embargo, Bennett llega con una taza de café y se la pone delante. Lleva los rizos pegados a la frente como si hubiera corrido hasta aquí.

—Hermano, necesito tu opinión sobre unos diseños.

Alexander no le responde. Bennett me mira y me susurra: "Váyanse ya". Nuestros pies se apresuran por el pasillo.

—¿Qué carajos fue eso? —Adam está pálido.

—Lo de Brent lo tiene estresado —miento.

—Eso no fue por lo de Brent y lo sabes; cuidado en lo que te metes —me juzga con la mirada.

Contrario a su costumbre de no salir de su oficina, a menos que deba supervisar un asunto importante, esta semana Alexander se ha dedicado a vigilar el trabajo de los empleados e infundir miedo en los pasillos, sin embargo, esto fue diferente, parecía que iba a matar a Adam y de una forma que me provoca escalofríos.

Por cuarta vez en el día, aquí viene de nuevo Alexander. *Respira hondo.* Me mira expectante, como si quisiera comprobar si estoy afectada por la finalización del acuerdo casual, sin embargo, mantengo mi perfil profesional.

Si a él no le afecta, a mí tampoco. He utilizado a Adam como mi escudo humano, aunque he tenido que soportar que me dé regalos.

—Estos documentos están mal redactados, señorita Brown —me mira enojado. Aún luce tenso por el incidente de hace unos minutos.

—Los revisé dos veces con Alicia, señor Roe.

—¿Hablé en danés? Dije que están mal.

Extiendo mi mano para tomarlos y buscar los errores, pero los rompe por la mitad en mi cara y luego los arroja al suelo.

—Redáctelos de nuevo.

Me muerdo la lengua y asiento. Aparta la mirada; sigo la dirección de sus ojos y encuentro a la pelirroja, quien enseguida se le acerca con unos planos digitales y le habla casi al oído a pesar de todas las miradas cotillas que reciben.

Ella me mira con sus uñas perfectamente arregladas mientras se pone de puntillas para besarle la mejilla, dejándole una fea marca de labial.

—¿En cinco minutos? Quiero relajarte como te gusta, déjame darte placer —ella señala la oficina de Alexander al tiempo que le acaricia los brazos.

Él asiente y noto que aprieto los puños. La pelirroja me sonríe. *Malditos*.

—¿Está todo bien, Emma? —Adam se atreve a mirar entre ambos. En su interior, sabe lo que sucedió esa noche en mi apartamento, pero no le debo explicaciones—. Has estado muy distraída, te ayudaré a redactar de nuevo los documentos.

—Puedo hacerlo sola.

—Pues no parece —Alexander me mira con molestia y la pelirroja ahoga una risa burlona—. ¡Y tú, Tail, lárgate de mi vista!

Con un golpe de hombro, Alexander arrolla a Adam, quien cae al suelo con un montón de carpetas, rojo de la vergüenza. Todos los empleados observan la escena boquiabiertos. Mi jefe se ve incómodo con toda la situación, pero no dice nada.

Mi estómago se retuerce con la mirada que me lanza Alexander cuando ayudo a Adam a levantarse.

—Tendrá los documentos en media hora.

—Los quiero en quince minutos sobre mi escritorio, señorita Brown.

Corro a preparar los documentos y se los llevo en menos tiempo buscando sorprenderlo. La pelirroja se cotonea por aquí y por allá y, en cuanto ve mi carpeta, la lanza a la basura sin ojearla. *Cálmate, Emma*.

—No sé si lo sabías, pero habrá recorte de personal muy pronto —se ríe en voz baja fingiendo tomar un poco de agua que mira con desprecio en cuanto la prueba. La ignoro para no causar problemas, pero entonces me habla al oído—. ¿Quieres saber los nombres?

—No me interesa y, si no es para un asunto laboral, no estoy interesada en conversar contigo.

Estoy por girarme, pero me detiene clavando sus uñas en mi brazo, cerca de mi reloj, el cual oculta mis cicatrices. Intento soltarme, pero ya es tarde: ella mira con curiosidad y nota lo que son.

—Alexander pidió tu cabeza en la mañana —se relame los labios—. Pobre tonta, te lo advertí, siempre me complace, no tardó ni tres minutos en pedir tu liquidación en cuanto le dije que me molestabas.

Me quedo helada, pero controlo mi expresión a modo de no mostrarle mis emociones.

—Eres una del montón que folla por un puesto y acabó en el típico cliché del despido —se ríe llamando la atención de los otros publicistas—. ¿Creíste que ibas a obtener un ascenso si te cogías al dueño?

—¿Por qué no dejas de meterte en mi trabajo?

—Pregúntale al señor Jones por tu despido —se ríe castamente—. Ve recogiendo tus porquerías porque a más tardar mañana te echarán a la calle como la ramera que eres.

Me arden los ojos del coraje, de sentirme humillada y usada. Una parte de mí no quiere creerle a Alesha, sin embargo, aprovechando el alboroto en los pasillos y tras la aprobación de Alicia, entro a la oficina de mi jefe y rebusco en su escritorio.

En efecto, encuentro un documento de liquidación con mi nombre. Se me cae el alma a los pies y me resisto a llorar.

Salgo con la cabeza en alto, aunque con un ardor en el pecho. Después de saber que Seth está libre, esto era lo que menos me esperaba. A la hora siguiente, Alexander le pide explicaciones a mi jefe de unos reportes. Me mira y, en las escasas ocasiones en las cuales me pide intervenir, sus contestaciones hacia mí son despóticas.

Somos lo que debimos ser desde un inicio: el jefe y una publicista que jamás debieron caer en la tentación.

—Estos son los informes de prensa más recientes respecto a Brent, señor Roe —le extiendo una hoja, pero me ignora.

—No me interesan, que los revise Alesha —dice mientras se arregla el Rolex.

Adam lo mira sigiloso y se acerca a mí.

—¿Cómo te sientes?

—Mal, te necesito. ¿Quieres almorzar conmigo?

—La espero en mi oficina para revisarlos —Alexander regresa como si de pronto hubiera cambiado de opinión—. Y, Tail, quiero quince archivos de los medios —satura de trabajo a Adam.

Mientras caminamos hacia su oficina, Alexander no menciona nada más, ya sólo existe profesionalismo en nuestro trato. Percibo su perfume a menta, pero mi cuerpo ya no se estremece; más bien siento enojo, ¿o celos, quizá?

—Me diste tu palabra —lo encaro en cuanto tenemos un momento a solas.

—¿Sobre qué?

—Ya sé que vas a despedirme —su ceño se frunce—. Eres un cobarde inmoral. A pesar de no firmar nada, me diste tu palabra sobre que el acuerdo no iba a afectarme y te creí, pero ya puedes contarles a todos cómo te tiraste a tu empleada.

Alesha se coloca a su espalda y comienza con sus malditas burlas de nuevo.

—No se atreva a hablarme así, señorita Brown.

—Sabes que esto es una injusticia, me merezco este puesto más que nadie, me lo he ganado con trabajo duro, mi currículum es impecable, me parto la espalda día tras día por la imagen de tu empresa, pero eso a ti no te importa.

Quiero llorar de impotencia. He llegado hasta aquí por mi maldito esfuerzo, sin ayuda de nadie, sola, sin padres, con mi madre muerta desde los catorce. No puede arrebatarme mi trabajo de un minuto a otro.

Aún no termino de asimilar que Seth saliera libre como para tener que lidiar con un problema más.

—No sabes cumplir con tu palabra —entro con la dignidad intacta a su oficina, no le daré el gusto de verme flaquear. Sin embargo, me toma del brazo, obligándome a verlo, y enseguida desaparece la sonrisa burlona de la pelirroja.

—Quítame las manos de encima.

—Me vas a escuchar quieras o no —me ordena muy serio.

—¿Para qué? ¿Quieres seguir humillándome?

—Mientras yo respire, nadie va a quitarte lo que tienes, Emma, ni dañará tu reputación sin que arruine su miserable vida —dice con determinación.

Siento un vuelco enorme en el estómago. La pelirroja endurece el gesto y traga saliva con dificultad, mirándolo sorprendida.

—Porque eres… una buena empleada —añade después de un silencio.

—Soy buena en mi trabajo, nunca has tenido una queja mía, ni tú ni nadie, pero vi mi liquidación en el escritorio del señor Jones sin ninguna explicación —susurro.

—Aquí el que tiene la última palabra soy yo, no él, y ya te dije que no corres ningún riesgo.

La pelirroja entra a la oficina empujándome con toda intención, pero no me importa, porque siento un gran alivio al escuchar eso.

—¿Lo juras? —le pregunto entornando los ojos.

Relaja el ceño y aprieta la mandíbula mientras me suelta. No me responde, pero asiente.

Quiero sonreír, pero Alesha le presenta los informes y evita que sigamos hablando.

En cuanto terminamos, salgo de la oficina de Alexander.

—No te sientas importante, Emma —dice Alesha, siguiéndome los pasos—. Pudiste conservar tu trabajo después de abrirle las piernas a Alexander, pero no quiero que te ilusiones pensando que recibirás un premio de consolación.

Cierro de golpe una de mis carpetas, pero me lo pienso mejor y me siento en el escritorio de mi oficina sensatamente.

—Dijiste que iban a despedirme, pero no lo harán.

Esboza una sonrisa forzada.

—Debieron dejarte por compasión, ése es tu premio de consolación.

—No necesito un premio de consolación, mi puesto lo gané gracias a mi inteligencia; además, saben que no encontrarán a ninguna otra publicista como yo, por eso no me dejarán irme.

—Finges ser fuerte, pero esa expresión de pena que traes todos los días denota lo mucho que te duele que Alexander te botara —se reclina sobre el escritorio.

—No acepto que venga a ofenderme a mi oficina, señorita Smith.

—Yo hago lo que quiero aquí. ¿Todavía no te das cuenta de que soy esencial tanto para la empresa como para Alex? —se acomoda el cabello rojo—. En Birmingham te dije que él siempre vuelve a mí cuando se aburre de su amante en turno. ¿Cuántas veces te folló? ¿Tres o cuatro? ¿Te pago bien por tus servicios o eres una ramera limosnera?

Suficiente. Esta mujer saca lo peor de mí. Me sujeto de los bordes de mi escritorio perdiendo la poca cordura que me queda.

—De mí no se aburrió, yo fui quien terminó el acuerdo —digo con satisfacción—. Si usted está recibiendo algo, serán las sobras de lo que yo ya no quise.

—Mentirosa —me fulmina con la mirada.

—Como arquitecta es perfecta, pero su actitud arruina todo. No voy a pelearme por un hombre con usted.

—Ni oportunidad tendrías.

—Señorita Smith, tal vez no he sido clara con usted, así que permítame explicarle la situación de una vez por todas —sacudo una pelusa invisible del escritorio—. Si yo quisiera, con una llamada tendría a Alexander Roe para mí otra vez, pero en verdad me da igual dejárselo, se nota su necesidad.

En respuesta me avienta los informes a la cara, hiriéndome con el borde metálico de la carpeta en la frente y sale de mi oficina sin decir nada. Me palpo y encuentro un rastro de sangre.

Enseguida entra Alicia.

—¿Qué sucedió? Tienes sangre en la barbilla —Alicia corre por su kit de emergencia.

—La señorita Smith me golpeó y eso ya roza el abuso laboral —dejo caer mi rostro entre mis manos y respiro hondo intentando controlar la punzada de enojo que me produce saber que ella está de nuevo con Alexander. Eso termina doliéndome más que el golpe.

No tendría oportunidad de ganar si la demandara, pero voy a vengarme de ella.

. . .

Sacudo mi cabello dejándolo caer en ondas sobre mis hombros desnudos. *Luces ardiente, Emma Brown.* Me gusta lo que veo en el reflejo. Busco entre mi ropa lo que utilizaré hoy. *Demasiado formal.* Paso una prenda tras otra. *Demasiado casual.*

Veo una blusa de color gris en absoluto llamativa, cuando, de repente, en el fondo de mi armario, encuentro la blusa negra de seda completamente nueva a excepción de la única vez que Cora la utilizó.

La saco y la miro con una ceja arqueada, tengo que admitir que me gusta. Mi subconsciente niega con frenesí, pero *¿por qué no?* Esto fue un regalo y puedo usarlo, ¿no es así? Sonrío de lado.

Termino de abotonarla sobre mi pecho con movimientos casi automáticos, aunque con un poco más de fuerza que de costumbre. Cuando termino, admiro la seda sobre mi cuerpo. *Vaya.* Me queda mejor de lo que esperé, sólo hay un ligero o no tan ligero inconveniente.

Es una talla más pequeña, así que remarca cada una de las curvas de mi cuerpo, incluyendo mi pecho; con cualquier descuido, podría abrirse sin la mínima decencia. *¿Y la pervertida soy yo?*

La persona que pagó por esto sabía de sobra que la prenda no era de mi talla y aun así lo hizo. Cora me observa con curiosidad desde mi cama.

—¿Ésa no es la blusa que te regaló el cabezota?

—Quiero utilizar toda la ropa que tengo.

—Tu acuerdo casual con Alexander se terminó.

—Así es, pero esto fue un regalo y no tengo otra opción para hoy —respondo como si nada mientras me aplico una buena cantidad de labial rojo y de maquillaje para cubrir el moretón que me dejo aquella maldita.

El acuerdo casual se terminó, pero él sigue siendo el dueño de la empresa en donde trabajo, eso no puedo cambiarlo. Además, hoy pagará la desgraciada de Alesha por haberse metido con mi puesto.

Por otra parte, Adam no ha mencionado nada en la oficina de lo que vio aquella noche, tampoco me hace preguntas ni me mira de forma inquisitiva, sólo hace simples comentarios de decepción y prefiero que se mantenga al margen. En realidad, no tiene motivos para sospechar porque nos ha visto actuar de forma profesional tanto a Alexander como a mí.

—Por supuesto, pero sabes que lo haces con dobles intenciones, *sexy.*

Sonríe porque me conoce a la perfección, pero en mi mente repito la mentira que acabo de decirle hace unos minutos. Esto es lo único que tengo para ponerme hoy. No es que quiera dejar a la pequeña seductora jugar un poco.

—Entonces, ¿de verdad se terminó todo con el *sexy* de Alexander? —suspira.

No le conté las razones que me orillaron a tomar la decisión, ni lo que me dijo Alexander en su oficina, sólo le comenté que no quería seguir follándome a un extraño y que quería concentrarme en mi trabajo ahora que las cosas estaban en serio mal por lo que ocurrió en el condado de Brent.

Ella pareció aceptar la negativa igual que él. Comienzo a pensar que soy buena mintiendo.

Asiento.

—Me gustaría que el apodo de *sexy* sea sólo mío, ese imbécil no merece tenerlo.

—Insisto en que terminaron mal por la forma en que lo llamas, aunque en realidad no te creo del todo —la miro extrañada a través del espejo y sonríe—. Digamos que le agarré un poco de cariño a ese gruñón malhumorado.

Resoplo.

—Por favor, Cora, lo viste un par de veces, no puedes tenerle cariño; además, como tú misma acabas de decir, es un engreído malhumorado, un cabrón, hijo de puta que se cree que el mundo debe besarle los pies cuando pasa.

—Sí, pero la noche en el bar vi cosas... interesantes respecto a su trato contigo y no puedo odiarlo del todo. Digamos que no es un completo idiota. No me digas que después de todo lo que pasó entre ustedes no sentiste nada más que atracción física por él.

Lo que dice me deja pensando. ¿Sentí algo aparte de atracción física cuando estuve con él? Bueno, hubo un momento en que sí me sentí diferente.

En Birmingham. Cuando estaba inconsciente y me pidió que me quedara. No me quedé porque fuera parte del acuerdo, tampoco lo acaricié por curiosidad, lo hice por razones por completo egoístas, pero no puedo alimentar esos pensamientos.

Suspiro.

—No, Cora, por extraño que parezca, no sentí más de lo que debía —miento.

—¿Y entonces por qué te ves así? —se recuesta con las manos bajo su barbilla—. Pareciera como si te sintieras mal y triste de que se haya terminado, tienes ojeras y casi no sonríes, sólo te la pasas mirando el móvil, es evidente que te duele el corazón.

No soy su tipo de mujer, fue un acuerdo casual. Primera regla, no mezclar sentimientos o saldrás herida. Sacudo la cabeza, lo que menos quiero es que note mi estado de ánimo decaído porque en realidad no me siento así, me siento genial, aunque enojada con la bestia de ojos verdes.

Además, no voy a aceptar ni en mi mente ni en mi corazón ese repentino sentimiento de tristeza. Esto no es una ruptura amorosa. *Sólo fue sexo*, me recuerdo.

—No es por él, esto iba a pasar tarde o temprano. En los últimos días mi vida ha sido una montaña rusa de emociones. Lo que ocurrió en la empresa, Seth, Sawyer, la pelirroja —suspiro—. Créeme que Alexander es la menor de mis preocupaciones.

—Entiendo —acepta la negativa y se lo agradezco mentalmente—. ¿Y qué pasará con lo que sucedió en Brent? Fue algo muy serio, según tengo entendido.

—Llevamos un par de días evadiendo entrevistas y ocultando aquellas notas que difaman a la empresa, sin embargo, hoy tendremos una reunión a mediodía en la cual se discutirá el proceso a seguir porque se habla de un ataque terrorista y de organizaciones criminales. Sospecho que será una junta muy larga y agotadora.

—Menos mal que van a arreglarlo, vi a Bennett bastante preocupado anoche. De verdad espero que las cosas mejoren por ti y por todos los demás empleados.

—Así que viste a Bennett anoche —la miro con una sonrisa suspicaz a través del espejo—. Y yo que pensé que las cosas en la galería te habían retenido por más tiempo.

—¡No! Bueno... Sí, me llamó y estaba por la zona —se encoge de hombros—. Me invitó a cenar y no pude negarme, pero no fue nada de lo que te estás imaginando, sólo... charlamos un poco y... no sucedió nada más.

La observo entornando los ojos, pero esquiva mi mirada. Por supuesto que sucedió algo más.

Sonrío con la cabeza gacha y tomo mi bolso.

—Sigo esperando oír esa misteriosa historia entre ustedes, no creas que lo he olvidado —me inclino hacia ella y me sonríe, sabe muy bien que mi curiosidad siempre gana y está disfrutando con ocultármelo.

—Está bien, ya sufriste lo suficiente estos días, pero, como ya te vas, te lo contaré en la cena.

—Entonces procuraré llegar a tiempo —hago un saludo casi militar y se ríe—. Me voy, no quiero hacer esperar a mi jefe y que enloquezca, lo de Brent lo tiene muy agobiado, las notas amarillistas se intensificaron anoche.

—Cuídate, *sexy* —lanza un beso al aire—. Y, Emma...

—¿Sí? —la miro sobre mi hombro.

—Ya... Ya sé que éste no es el mejor momento para decírtelo, pero tampoco puedo ocultártelo: hablé con mi hermano sobre Seth y su situación legal —su mirada se ensombrece.

Sospecho que no son buenas noticias.

—¿Y qué te dijo?

—Confirmó que fue tu padre —dice en voz baja—. Él utilizó sus influencias para liberar a Seth, pero eso no es lo peor: también retiró del expediente los cargos que hiciste en su contra —se mira las manos antes de continuar—. Seth ya no regresará a prisión. Lo siento mucho, *sexy*.

Cierro los ojos. Siento el peso de sus palabras como un golpe en el estómago.

—¿Emma?

—Lo liberó y eliminó los cargos —no reconozco mi voz—. Sabes lo que me costó que la policía de Trafford me creyera para encerrarlo, me traumatizaron con cada revisión para obtener pruebas. Mi padre me acaba de arruinar la vida.

—Lo siento tanto, cariño...

¿Por qué mi propio padre me hace esto?

—Necesito pensar, Cora —abro los ojos, aunque me arden—. Yo... Voy a estar bien, primero me concentraré en mi trabajo y después pensaré en qué hacer con esta situación. Dile a Dylan que me mantenga informada —respiro profundo.

—Lo hará, te llamará en cuanto tenga oportunidad, pero quiere que le escribas lo más pronto posible. Si es necesario, nos enviará una escolta para cuidarte. Uno solo de sus agentes no será suficiente para protegernos de ese maldito psicópata —asiente, pálida—. Te veré en la tarde, te quiero.

Mientras conduzco hacia la oficina bajo la lluvia, repito las palabras de Cora en mi mente una y otra vez sin poder contener más las lágrimas amargas. Confié en Sawyer como mi padre una sola vez contándole uno de mis secretos más oscuros, pero veo que a él no le importó.

Por eso me niego a confiar en alguien más que no sea Cora, porque lo único que he recibido de la gente ha sido una bofetada en la cara, la policía de Trafford incluida. Nadie me creyó y nadie más que los Gray son confiables. *No debes buscar quién te cuide las espaldas, tú debes hacerlo.*

Desde que mi madre murió, me he encargado de hacerlo yo sola. Me limpio las lágrimas con la mano. No puedo rendirme. Comencé de cero en Londres y voy por buen camino. Quiero una vida aquí y tengo que luchar por ella.

Desde hoy, Sawyer Taylor está muerto para mí.

El semáforo cambia de color y piso el acelerador, ansiosa por sumergirme en el trabajo y no en mis problemas, sin embargo, en ese momento, suena mi celular. Me lo llevo a la oreja sin fijarme en el número para evitar distracciones.

—Emma Brown, ¿diga?

Silencio.

—Hola, mi *conejito*.

Doy un volantazo. Es tan brusco que termino del lado contrario de la carretera y casi me impacto contra la acera, sin embargo, logro detenerme en el último momento, aunque mi Mazda se estrella contra un tubo y mi cuello rebota en el respaldo.

Mi cuerpo brinca por el golpe igual que el celular, pero logro mantenerme en mi lugar gracias al cinturón de seguridad. Veo borroso. Dos autos se detienen, con seguridad para ayudarme, pero me atenaza el miedo.

No, por favor. Mis muñecas, donde tengo esas cicatrices circulares, comienzan a sacudirse cuando tomo el móvil de nuevo.

—Por favor, conejito, dime que no te estrellaste. Maldición, sigues siendo una puta torpe.

—¿Se… Seth?

Respira hondo, como aliviado de que siga viva.

—No sabes cómo me pone que me reconozcas de inmediato después de todo el tiempo que me encerraste —su voz cala en mis oídos—. Quiero que nos veamos y hablemos de nosotros. No te preocupes, me voy a portar bien.

—No tengo na… nada que hablar contigo.

—Es una orden, zorra. Ahora que estoy libre de ese lugar donde me encerraste necesitamos aclarar varias cosas y ajustar cuentas por toda la mierda que viví por tu puta culpa. Habría sido mejor que mantuvieras cerrada esa boca comepenes, conejito.

—¡No me llames así!

—Tranquila, cariño, no grites antes de que te penetre.

—No tengo na… nada que hablar contigo.

—Yo creo que sí y demasiado. Ahora estoy libre de ese maldito agujero en el que me refundiste, Emma, y necesitamos hablar de lo que seremos ahora, *conejito*, y cómo continuará nuestra vida juntos. A más tardar mañana por la tarde, vas a regresar a Trafford.

—¡No!

—Tranquila, debemos hablar como personas civilizadas, cosa que no me dejaste hacer durante el juicio.

—¡No voy a escucharte, aléjate de mí de una jodida vez!

—Eres una terca, no me dejas otra opción, a la mierda con ese papel de tipo bueno —su tono de voz cambia al Seth que conozco, el verdadero Seth—. Escúchame bien, idiota de mierda. No te hagas la difícil conmigo. ¿Ya olvidaste lo que sucedió la última vez que me negaste algo? —me quedo en silencio y lo escucho reír—. Te follé duro.

No me folló. Me tomó contra mi voluntad.

—Vete a la mierda —consigo decir mientras un automovilista toca mi ventanilla preguntándome si me encuentro bien.

—Me iré con gusto después de que nos veamos, tengamos un reencuentro digno de nosotros y regreses a nuestro apartamento. Me imagino que has estado todos estos años en abstinencia y necesitas una buena follada.

Recupero mi voz.

—No voy a verte y, si insistes, te vas a arrepentir, voy a grabar esta llamada para denunciarte.

Su risa me produce escalofríos.

—¿Y qué va a hacer la policía? ¿Insinuársete como en Trafford? Corriste por ayuda y te querían dar sus corridas —se burla—. ¿Cómo fueron las suplicas? ¡Ah! Ya recuerdo. Era algo como "No, Seth, por favor" —imita mi tono de voz y su risa retumba en mis oídos—. Si vieras la cara de puta que tenías mientras nos divertíamos.

Cierro los ojos y esas sucias palabras me escuecen en el pecho.

—Cállate —le pido con un hilo de voz.

—No, conejito, me pongo duro cada vez que lo recuerdo —jadea—. Es más, dejemos de perder el tiempo y juguemos ahora mismo.

Permanezco petrificada y escucho su gruñido. Siento repugnancia. El maldito lo está haciendo de nuevo. Justo como lo hizo mes tras mes durante los últimos dos años en Trafford después de esa terrible noche.

Hago una mueca de asco, pero mi cuerpo no reacciona y me quedo congelada en esa posición.

—El tiempo que pasé en prisión por tu estúpida boca fue lo peor. Te haré pagar por cada día que estuve encerrado, voy a perseguirte hasta que dejes de dormir y de comer —advierte—. Seré tu peor pesadilla.

Quiero que se calle, no quiero escuchar sus amenazas. Debería arrojar mi celular lejos de mí, pero no puedo por más que lo intento. Los ojos comienzan a escocerme y enseguida las lágrimas se precipitan por mis mejillas. *Vamos, Emma*. Tengo que colgar. Necesito despertar mis músculos y hacer reaccionar a mi cuerpo de una buena vez.

Cierro los ojos con fuerza. *Por favor. Por favor.*

—Señorita, ¿quiere que llamemos a una ambulancia? —tocan de nuevo en mi ventanilla.

Una voz masculina emerge desde lo más profundo de mi mente en ese instante. *"Nena"*. De pronto me abraza ese intenso sentimiento que recorre mi cuerpo cada vez que me llama así. Abro los ojos y reacciono.

Parpadeo y ya puedo moverme.

—No me llames de nuevo, maldito enfermo —digo con voz clara y enciendo mi auto mientras me seco las mejillas con brusquedad.

Se ríe otra vez.

—De mí no vas a librarte, soy tu verdugo y he venido por ti, Emma. Si no regresas a Trafford por la buenas, lo harás por las malas, y disfrutaré tu miedo cada noche. Sé dónde vives, cuándo sales, con quién te ves, hasta las placas de tu nuevo Mazda. Incluso sé en qué calle estás ahora. He vuelto a ser el dueño de tu vida, amor.

Corta la llamada.

—¿Señorita? —insisten en la ventanilla.

—No fue un choque, pero debe estar en shock por el impacto, llamemos a la ambulancia —dicen unos hombres.

Los miro y, en un segundo, piso el acelerador. Me observo por el retrovisor. Tengo las mejillas pálidas y me siento débil.

Mi respiración está acelerada y siento que una corriente de adrenalina me quema el cuerpo como fuego. No sé cómo logré reaccionar, pero lo hice. Soy un cuerpo sin vida que entra al estacionamiento de Hilton & Roe.

La adrenalina hace temblar mis piernas mientras subo por el ascensor. Apenas presto atención a las personas que se encuentran a mi alrededor; en realidad, me limito a dirigirme a mi oficina.

Me topo con Alexander en el pasillo. Va con Amelia, su asistente, y con mi jefe. Ni siquiera los miro, sigo procesando la llamada de Seth. Creo que alguien me saluda, pero hago oídos sordos.

—¡Emma! —me gritan al fin—. ¡Emma! —salgo de mi distracción y veo a Alicia correr hacia mí. Alexander se percata de que ni siquiera la había escuchado. Paso entre él y mi jefe con un simple asentimiento de cabeza para reunirme con Alicia.

—Mi secretaria le dará las notificaciones del día —dice mi jefe antes de saludarme siquiera.

Asiento y dice algo más, pero no lo percibo hasta que Alexander habla.

—¿Señorita Brown?

Miro con ansiedad los pasillos buscando un rostro similar al de Seth. Dijo que vendría. No tardará en aparecer.

—¿Señorita Brown? —vuelve a decir Alexander a mi espalda.

—¿Diga? —lo miro.

—¿Se encuentra bien?

Me tiembla el labio inferior. Soy incapaz de hablar y él lo nota.

—No me diga que no ha utilizado su seguro médico, Emma. Esa enfermedad que contrajo en nuestro viaje a Birmingham no me gusta nada, parece que no termina de sanar —mi jefe estudia mi rostro y, como sigo pálida, doy la peor impresión.

—Lo revisaré con mi médico de cabecera, no se preocupe. Mientras tanto tomaré algo para el dolor de cabeza —mi voz apenas se escucha.

—¿Qué malestares tiene? ¿Hace cuánto comenzaron? —el rostro de Alexander va tornándose cada vez más serio mientras indaga en cuanto se va mi jefe.

Alicia llega a mi lado, casi se estrella en la pared de lo rápido que viene corriendo; se ve apresurada. Ante mi negativa de hablar, Alexander se encamina molesto por el pasillo.

—¡La reunión de Brent cambió de horario! Será en unos momentos, ya están alistando la sala de juntas —se recompone y camina detrás de mí—. Ya notificamos a los ejecutivos e irán directo hacia allá.

—Gracias, Alicia —camino distraída hacia mi oficina, pero me detiene.

—¿Podemos hablar un momento?

—¿Sobre qué? —pregunto algo confundida. Continúo aturdida por lo que ocurrió con Seth.

—Alesha Smith. Me siento muy culpable desde que intentó despedirte —dice y mi mente dispersa regresa al presente—. No te dije que ella era la arquitecta principal de la empresa, ni que el señor Roe suele considerarla demasiado. No lo hice a propósito, sin embargo, si te lo hubiera contado, habría evitado que te golpeara. Todo esto es mi culpa, debí advertirte que mantuvieras la distancia.

—Hablar de esa mujer es lo que menos quiero en este momento.

—Escúchame un segundo más, por favor.

Suspiro. Está bien, me quedaré a escuchar su "disculpa" y después me iré.

—Continúa.

—Cuando nos la presentaron como la arquitecta de los hoteles de lujo no te dije nada sobre ella porque... —se detiene y la miro con una ceja levantada—. Porque el señor Roe me lo pidió.

—¿Qué?

Suspira y me jala hasta mi oficina.

—Tú ganaste la propuesta del proyecto de apertura y el señor Roe no quiso generar problemas porque Birmingham es uno de nuestros proyectos más grandes de este año, por eso ordenó que no te habláramos sobre ella.

—¿Qué clase de problemas?

—Oh, ése es el punto. En cuanto ella supo que Birmingham era tuyo, habló con el señor Jones para que te quitaran el proyecto —*¿qué?* La miro incrédula—. Sin embargo, el señor Roe se enteró y se negó —baja el tono de voz—. Ella armó un escándalo y fue ahí cuando me pidió que te mantuviera al margen sobre todo lo relacionado con ella para que tú no cejaras en tu propuesta.

Permanezco en silencio con la boca abierta.

—¿Cuándo sucedió esto?

—La semana en la que llegaste y lo del señor Roe sucedió un par de días después de que ganaste el proyecto.

Antes de que me hablara del contrato. Parpadeo, sorprendida.

—En mi opinión, estuvo muy bien que el señor Roe te defendiera, aun cuando eras nueva. Lo que no entiendo es por qué esa mujer quería arrebatarte el proyecto. Desde entonces, es una arpía para mí.

Porque la primera vez que la vi interrumpí su polvo con Alexander.

—Pero tengo entendido que ellos han trabajado en muchos proyectos juntos, el señor Roe y Alesha.

—Lo sé, perdóname por mentirte —sonríe, pero su sonrisa se desvanece al ver mi expresión, que no es por ella, es por lo que acaba de revelarme—. Sólo quería ayudarte —frunce el ceño. Me siento mal por haber desconfiado de ella.

—No tenía idea de esto.

—Y yo no podía contártelo porque el señor Roe... bueno, es el señor Roe y ya sabes lo intimidante que es. Me ordenó discreción, así que, por favor, no digas nada de lo que acabo de confesarte.

—Soy una tumba —hago el gesto de sellarme la boca y ella sonríe.

—Entonces, ¿estamos bien?

La miro con los ojos entornados y su mirada se entristece.

—No puedo molestarme contigo —sonrío.

Antes de que pueda percatarme, ya está rodeándome con sus brazos. Le regreso el abrazo. Ella sólo cumplió las órdenes de Alexander y, como es sabido, nadie en este edificio es capaz de cuestionarle nada a menos que quiera perder su empleo.

—Ahora hay que ponernos a trabajar porque, aunque nosotras estemos bien, la situación de la empresa no.

Se separa.

—El jefe llegó desde las siete de la mañana y no ha parado de llamarme. Oh, Dios, eso no es una buena señal.

—Entonces no hagamos esperar a los demás y vayamos a la sala de juntas.

Asiente y nos encaminamos hacia allá mientras proceso la información que acaba de revelarme. Cuando más siento que conozco a Alexander Roe, me percato de que no es así. Me defiende a capa y espada para después tratarme horrible, pero eso no es lo peor, ahora sé que tengo que frenar a Alesha Smith.

Recuerdo lo que me dijo en Birmingham sobre cuidar mi trabajo; no mentía. Ella está jugando sucio. Hablar con mi jefe para que me quitara el proyecto fue demasiado. Tendré que andarme con tiento o terminará consiguiendo que me despidan.

Cuando entramos a la sala de juntas, la mesa está colmada de ejecutivos trajeados. Sólo faltan algunos lugares por ocuparse, incluido el de Alexander. Dejo esos pensamientos de lado y tomo asiento junto a Adam, Alicia y el señor Jones.

Erick, el hijo de mi jefe, entra vistiendo un traje formal que le sienta bien. Sonríe de lado a lado, así que comienzo a creer que es un gesto habitual en él. No viene solo, justo como el día en que lo conocí, entra Alexander.

Va perfectamente trajeado y con expresión de empresario malhumorado. Todos notan su presencia, porque la sala enmudece de inmediato y se percibe la tensión en el aire.

Sus ojos verdes y molestos recorren la sala hasta detenerse en los publicistas y luego en mí. Al instante aparto la mirada y veo a la pelirroja entrar detrás de él contoneándose con demasiado entusiasmo.

Hay una silla disponible al lado de Erick, pero ella se sienta junto a Alexander y a él parece no molestarle en absoluto. Por lo que veo, el señor Roe ya se olvidó de la exclusividad desde hace días.

¿Y a mí qué demonios me importa lo que haga? Aparto la mirada, enojada.

—Damas y caballeros, imagino que ya saben por qué estamos aquí —Erick se levanta de su asiento y comienza a hablar de lo sucedido en el hotel de Brent.

Inicia la reunión ofreciendo todos los detalles del incidente y yo finjo estar anotando los datos más importantes, que es lo que debería estar haciendo, sin embargo, en realidad estoy observando a Alexander y a su chica en turno por el rabillo del ojo. *Sólo por curiosidad.*

Percibo que él está tenso y tiene la mirada perdida en algún lugar lejano. Dudo que esté escuchando a Erick Jones. Ella, por su parte... arqueo una ceja al observar lo que hace.

Se remueve en su lugar, fingiendo que está acomodándose su ridículo traje apretado, pero lo que en verdad hace es acercarse más a él en cada oportunidad. Cuando consigue estar a milímetros del cuerpo de Alexander, sonríe casi de forma imperceptible.

Levanta la mirada y me observa con la cabeza ladeada. Posa la mano sobre la mesa, mostrando sus perfectas y afiladas uñas rojas, pero unos segundos después la baja con una sonrisa y él da un sobresalto antes de mirarla con el ceño fruncido.

—¿Quieres agua, querido? —le pregunta a Alexander. Cuando él asiente, le sirve en su vaso de cristal exclusivo y le besa la mejilla. Alexander hace una mueca prácticamente imperceptible por ese beso.

Carraspeo más alto de lo necesario. Siento un poco de vergüenza en cuanto varios ojos se vuelven hacia mí, incluidos unos color verde. *¿Qué me sucede?* Alexander es libre de tirársela de nuevo.

—¿Todo bien? —me pregunta Adam en voz baja.

Finjo la peor tos del mundo.

—Necesito un poco de agua, tengo la garganta seca —abro una de las botellas que están frente a nosotros y lleno mi vaso.

Tomo un sorbo y veo a la pelirroja regresar a su lugar moviendo los pechos frente a todos los ejecutivos de la mesa como si se tratara de un espectáculo de malabares. Si sigue haciendo eso, la próxima vez los tendrá afuera. Quizás ésa sea su intención.

En cuanto toma asiento, se observa molesta y mantiene las manos quietas. Oh, vaya. Sonrío. ¿Alguien no pudo jugar como quería o a él no le importaron sus insinuaciones? Alesha me mira fijo, es claro que está intentando marcar su territorio.

Me reacomodo en mi asiento. *¿En serio quieres meterte con una Brown?* La miro con una ceja arqueada y ella levanta la barbilla dándome la respuesta que necesito para comenzar a destruirla.

Es hora de darle una lección a la señorita Smith, ya que a ella no le importó buscar a mi jefe para fastidiarme el trabajo.

En Birmingham dijo que yo era lo más fácil para Alexander, pero ahora le mostraré que no necesito estar al lado de él para hacerlo jugar. No como ella, que ni tocándole el miembro por debajo de la mesa pudo tentarlo.

—Hace mucho calor aquí —digo en voz baja mientras me abanico con las manos.

El movimiento captura la atención de Alexander. Si aún le atraigo físicamente, usaré eso a mi favor. Esta lección también es para él y su actitud con esa mujer.

Erick continúa hablando. Mientras tanto, yo aprovecho para desabotonar mi blazer y comenzar a quitármelo dejando ver mi... peculiar blusa. Adam, como todo un caballero, me ayuda.

Le doy las gracias en voz baja y coloco mis codos sobre la mesa como si estuviera atenta a la reunión. No volteo hacia Alexander, pero siento su mirada fija en mí. Éste sólo es el comienzo.

Me abanico otra vez con las manos y, con discreción, abro los dos primeros botones de mi blusa. En este momento agradezco tener un buen tamaño de busto, porque el siguiente botón termina de abrirse con un pequeño rebote.

Un golpe resuena por debajo de la mesa como si alguien se hubiera golpeado la rodilla. Todos se quedan en silencio y voltean hacia Alexander. Él frunce el ceño.

—No es nada —carraspea—. Continúa, Erick.

Erick asiente y sigue hablando, pero yo no aparto la mirada. *Hora del espectáculo*. Busco sus ojos hasta que los capturo, entonces decido apoyar mi cabeza en mi mano y la blusa se abre un poco más.

Carraspea con fuerza y finge una tos peor que la mía.

—¿Te sientes bien, querido? —Alesha le acerca agua, pero él la rechaza.

Sus ojos recorren la tela de mi blusa y, cuando el verde de sus ojos comienza a adquirir un tono más oscuro, me doy cuenta de que la reconoció. Sé que quizá no debería hacer esto, pero esa mujer me ha tocado los ovarios y ya me cansé de ella.

Alexander me mira fijo con una ceja arqueada en cuanto termina de toser, pero no contesto a su gesto y me inclino al otro lado de forma inocente.

Recorro su cuerpo con la mirada lentamente, aunque eso lo hago más por gusto, porque me encanta la forma en la que su traje ciñe su figura; además, yo ya sé lo que hay debajo de la tela.

Después de terminar mi recorrido, lo insto a llevarse la mano a la barbilla. Frunce el ceño como si no comprendiera, pero con los ojos señalo su mano.

La levanta confundido y la apoya bajo su barbilla, con el codo sobre el reposabrazos de su silla. La pelirroja sigue nuestro juego con sus ojos azules como si fueran dagas. Ya notó que Alexander me mira fijo.

Acaricia tu barbilla. Hago todo lo posible por darle a entender lo que quiero con gestos sutiles. Le toma un par de segundos comprenderlo, pero enseguida lo hace. Alesha me lanza una mirada llena de odio.

Me muero por soltar una risa.

Él está jugando de mi lado sin saberlo. Me lo comería a besos ahora mismo si pudiera, pero eso no será posible nunca más, así que me conformo con sentir la satisfacción porque también lo dejaré con las ganas.

Con un ademán, le indico que acaricie sus labios. Cuando lo hace, imito su gesto recorriendo con delicadeza mi boca con mis dedos. Me inclino un poco más. Lo miro con intensidad mientras tomo otro sorbo de agua y con cuidado lamo las pequeñas gotas de mi labio inferior.

Sus ojos siguen mis movimientos y se reacomoda en su lugar. Por un segundo, dejo de mirar a Alexander y veo a la pelirroja. Oh, Dios, si las miradas pulverizaran, ya estarían asistiendo a mi funeral. Yo no juego sucio como ella, las Brown jugamos con elegancia.

Sonrío con suficiencia y le guiño un ojo; sus mejillas se encienden de pronto. ¡Ja! Estoy en mi mejor momento. Vuelvo la mirada a Alexander y le guiño un ojo también.

Su mirada se desencaja y, veloz, baja una de sus manos. Seguro no tiene ni idea de lo que está ocurriendo y yo no se lo explicaré.

Sólo dejaré que vea a la pequeña seductora actuar. Sus ojos verdes me recorren de nuevo, pero esta vez aparto la mirada. Ya fue suficiente.

—Sí que tienes calor, tus mejillas están sonrojadas —susurra Adam en mi oído.

Mi buen humor se desvanece poco a poco, aunque me siento satisfecha de lo que hice. Es una pequeña advertencia para que esa mujer mantenga su distancia conmigo.

Aparto mi cabello a un lado, descubriendo la piel de mi cuello. El calor aquí es insoportable y las miradas intensas de Alexander no ayudaron en absoluto. De pronto me siento molesta porque mi juego también me afectó a mí.

Erick sigue hablando, pero apenas lo escucho. Al menos jugar con esto me hizo olvidarme por un momento de mi principal problema. Seth me hará pagar por encerrarlo, fue una advertencia clara. Por favor, que la policía de Londres sí me crea y no sea como la corrupta de Trafford.

Cierro los ojos un segundo y, cuando vuelvo a abrirlos, Alexander continúa mirándome, pero lo único que recibe de mí es una mirada seria, de modo que frunce el ceño hasta que su gesto se vuelve a endurecer.

Don neurótico volvió, pero se quedará con las ganas.

Sonrío y mentalmente me transporto a mi lugar seguro, aquél donde no hay problemas ni brujas tratando de quitarme el empleo. En ese lugar soy feliz. Es una pequeña casa a las afueras de Trafford, con la mujer que me inspiró a ser quien soy ahora.

Kate Brown. *Mi madre*. Era tan feliz ahí, con ella y los padres de Dylan y Cora. Ojalá el tiempo pudiera regresarme a ese momento donde sólo éramos las chicas Brown comiendo galletas con los vecinos.

—¿Me escuchaste, Emma? —la voz de Adam me saca del trance.

—Lo siento, no estoy prestando atención, tengo la cabeza hecha un lío.

—No pasa nada, linda, has estado enferma —me acaricia la mejilla con demasiada dulzura—. Decía que nosotros también tendremos que ir esta tarde a Brent para revisar qué ocurrirá con el hotel. Habrá periodistas.

—De acuerdo.

Parpadeo y sin querer levanto la mirada. Los ojos de Alexander de nuevo están fijos en mí, sin parpadear. Sin embargo, me muevo a un lado y ya no me sigue con la mirada.

Me concentro en la vista de los ventanales. Esta reunión se me está haciendo eterna. Mi celular vibra y con cuidado lo saco. Es un mensaje de un número desconocido. Lo abro.

"Mira lo que encontré, conejito".

Mi respiración se detiene y siento la sangre abandonar mi cuerpo cuando veo lo que es. Se trata de una foto mía con Seth y las correas aprisionando mis manos. ¿De dónde la sacó?

Abro la boca y trato de respirar, pero no puedo. No puedo. La voz de Erick se distorsiona en mis oídos por la falta de aire. La reunión sigue su curso y sé que es muy importante, pero tengo que salir de aquí.

—Lo siento —me levanto de inmediato y salgo al pasillo. Siento que el oxígeno es insuficiente.

Me sostengo de la pared para alejarme de la sala de juntas y cuando llego al final del pasillo dejo caer mi cara entre mis manos. Siento como si fuera a desvanecerme en cualquier momento. *¿Por qué no hay aire aquí?* Mi corazón retumba con fuerza en mi pecho y siento el golpeteo de mis latidos detrás de las orejas. Las luces se tornan borrosas. Voy a desmayarme si no consigo respirar.

—Emma —doy un salto contra la pared y veo a Alexander frente a mí con el ceño fruncido—. ¿Estás bien? —trato de asentir, pero fallo torpemente—. ¿Qué ocurre? —se acerca con cuidado para sostenerme.

Logro salir de mi aturdimiento por un segundo.

—No... res... aire —me tambaleo.

—No puedes respirar —lo capta y me toma por las mejillas—. Estás teniendo un ataque de pánico. Abre la boca, inhala profundo y exhala.

Trato de hacer lo que me dice, lo intento con todas mis fuerzas, pero no funciona.

—No... puedo.

—Sí puedes, pero tienes que hacerlo poco a poco, no te presiones, concéntrate en una sola cosa —su mano va a mi espalda y la masajea, relajando mis músculos—. Inténtalo de nuevo.

Vuelvo a tratar, pero no consigo llenar mis pulmones de oxígeno. La cabeza me da mil vueltas. Lo miro con desesperación, temblando entre sus brazos. Voy a morirme aquí.

—Respira por la boca, Emma. Da bocanadas largas —me sostiene con más fuerza, pero sigue siendo inútil.

Nunca había tenido un ataque de pánico tan fuerte. De pronto, se me ocurre que puede haber una solución. No sé si funcionará, pero al menos debo intentarlo.

—Dilo.

Alexander frunce el ceño.

—¿Qué digo?

¡Por Dios! ¡Me estoy quedando sin oxígeno, Alexander, necesito que cooperes por una vez en tu vida!

—Ne... nena —logro articular.

Me mira fijo y en silencio. Seguro los engranes de su cabeza deben estar trabajando a toda velocidad por esa extraña petición, pero no quiero que piense, quiero que lo diga. Si no, tendrá que cargar con mi cuerpo inconsciente.

—Voy a llevarte a la enfermería —me toma con rapidez entre sus brazos, pero no lo entiende.

Me aferro a las solapas de su traje antes de que comience a caminar y, con la poca fuerza que me queda, lo jalo hacia mí.

—Dilo, Alexander.

Me toma la mejilla con la mano que tiene libre y pega su rostro al mío. Sus hombros se tensan y sus carnosos labios se abren.

—Nena —su voz grave acaricia la palabra—. Respira, nena.

Me aferro a sus hombros mientras un calor intenso me recorre. Me baja lento al suelo y me hace cruzar los brazos sobre mi pecho en el abrazo de mariposa, después se coloca detrás de mí, pone sus manos sobre las mías y poco a poco calma mis sentidos.

Aprieto los párpados y mis pulmones toman por fin esa bocanada de aire que tanto necesitan.

—Inhala de nuevo, nena, yo te sostengo —repite en mi espalda.

Baja sus manos hacia mi cintura, esperando mientras recobro fuerzas. Cuando consigo relajarme un poco y el aire comienza a circular, dejan de arderme los pulmones.

—¿Puedes hablar?

—Un poco —abro los ojos lentamente encontrándome con dos pozos verdes cuando me gira.

Sin pensarlo apoyo mi cabeza sobre su torso, impregnándome de su perfume. Suspiro y pego mi nariz a la suya, acariciándola. Él se tensa por completo y enseguida me aparta como si tuviera prohibido tocarlo. No me permite ver lo que hay en su mirada, vuelve a cerrarse como siempre. Me doy cuenta de que otra vez estoy aferrándolo por las solapas y lo suelto de inmediato.

—No vuelva a abandonar una reunión importante como lo hizo, señorita Brown —dice antes de que pueda agradecerle.

—¿Qué?

—Los altos ejecutivos no vieron con agrado que se fuera a la mitad de la reunión, así que regrese de inmediato a la sala.

¿Qué le pasa? No me fui por insolencia. Él mismo vio lo que me sucedió. Quiero decirle una grosería porque no entiendo esa actitud voluble. Estaba teniendo un ataque de pánico en el pasillo, incluso él estaba a punto de llevarme a la enfermería, pero ahora no parece importarle en absoluto.

Mi ánimo se desploma.

—Está bien —paso a su lado, pero su voz me detiene.

—Y cuando termine la reunión, se disculpará públicamente con todos los ejecutivos.

Me vuelvo de nuevo y me planto frente a él.

—¿Disculparme públicamente? —asiente. No sé qué pretende—. Está bien, lo haré —acepto, aunque mis entrañas se retorcerán por hacerlo frente a la pelirroja—. Sé pedir disculpas cuando debo hacerlo, ése es un don que usted no posee.

—Yo no me disculpo porque no tengo que hacerlo.

Aprieto los dientes y me giro para irme, pero me toma de la mano y me lo impide.

—¿Cuál es tu problema conmigo? Es evidente que hemos estado discutiendo a lo largo de la semana —pregunta en voz baja.

—Tú eres mi problema. Sabes muy bien que no salí de esa sala porque sea una maleducada, soy una ejecutiva y conozco mis responsabilidades. No fingí un ataque en el pasillo para librarme de la reunión.

—No te comportaste a la altura de tu cargo.

¡Dios! Quiero golpearlo en este mismo momento.

—¿Crees que puedes tratar así a la gente? ¿Crees que puedes ser un maldito controlador y un neurótico de mierda con todo el mundo? —me planto frente a él demasiado cerca y noto que dos de sus guardaespaldas se aproximan con cautela.

¿Qué carajos le ocurre?

—Es mi empresa —me encara.

—Pues nuevas noticias, Alexander Roe, no puedes tratarnos como tus malditos esclavos, conmigo no lo harás y puedes despedirme en este preciso momento si así lo quieres.

—Ojalá pudiera hacer contigo todo lo que quiero, pero, desde que te conozco, nunca has dejado de desafiarme.

—¡Ni dejaré de hacerlo mientras respire!

—Deja de levantar la voz, Emma, estás montando un puto espectáculo —me riñe susurrando con los dientes apretados.

Miro a las personas que pasan a nuestro lado. Estamos llamando la atención, debo ser sensata.

—Tú eres quien me está reteniendo —le reprocho bajando la voz—. Ya suéltame, la gente se queda cuando se lo piden.

Tensa la mandíbula.

—No me gusta dejar conversaciones a medias, eso ya lo sabes.

—Me da igual lo que te gusta —respondo, insolente, y sus ojos se encienden de coraje.

—Eres una jodida obstinada.

—Quiero que me sueltes, ya no puedes retenerme, el maldito acuerdo casual se terminó —le recuerdo.

—Ansiaba que se terminara, eres insoportable —pega el rostro al mío.

—Con tu maldito genio, no eres la mejor elección para follar —me encojo de hombros—. Estaba cansada de fingir, en realidad me aburres todo el tiempo.

Se pega un centímetro más.

—A mí me irrita tu presencia siempre que te veo.

—No lo parece, estás en todos los lugares a los que voy.

—No te sobreestimes demasiado.

Por el rabillo del ojo veo venir a la pelirroja por el pasillo y mi enojo hacia ella regresa. Su mirada recorre el lugar, buscando a Alexander. ¿Un último juego para esa arpía?

Alexander sigue riñéndome por lo que dije, pero ya no escucho sus palabras. Ella se acerca más hacia nosotros y, en un impuso irracional, tomo a Alexander por las mejillas y estampo mi boca contra la suya.

Alza las cejas, pero no me aparta. Después de unos segundos sus manos aferran mi cintura y me atrae hacia él. Bajo mis manos por su pecho y enredo mis dedos en su cabello mientras me levanto sobre mis tacones para abarcar toda su boca.

El calor bulle entre nosotros después de esos juegos previos en la sala de juntas. Sus manos aferran el borde de mi blusa como si se muriera de ganas de arrancármela. Me desea, así como yo a él, y este beso lo deja en claro.

Lo beso con más intensidad, aunque él no se queda atrás porque atrapa mi labio inferior y lo succiona, haciéndome jadear. De nuevo me falta el aire, pero de una forma deliciosa ahora.

Su olor masculino nubla mi cabeza y por un momento me olvido de todo, sólo me dedico a disfrutar de él y su sabor. Es un maldito engreído controlador, pero me encanta y estoy del todo loca por él, aunque me niego a admitirlo.

De pronto, lo tomo por las solapas del saco y lo acerco todo lo que puedo hacia mí. De buena gana se inclina, tomando mi rostro entre sus manos, impidiéndome apartarme de sus labios. Espero que esa mujer vea cómo está besándome. Sólo a mí.

Una palabra flota en mi mente mientras acaricio su lengua con la mía, haciéndolo gruñir. *Mío.* Abro los ojos de par en par. *¿Qué estoy diciendo?* Jadea, mordisqueando las comisuras de mis labios. Una de sus manos aferra mi nuca, no puedo ni alejarme un centímetro para respirar. Siento que me hormiguean los labios y me arden un poco. Mi labial se fue al carajo.

—Alexander —lo llama Alesha con un tono de voz chillón por la rabia—. ¿Qué carajos estás haciendo con la publicista?

Lo tomo de la nuca para que no se aparte y abro la boca para permitir que su lengua entre a seducirme. Alexander gruñe a modo de aprobación, atrayéndome hacia su cuerpo.

—¡Alexander, te estoy hablando! —el tono de voz de Alesha pone fin a nuestro encuentro. Nos separamos poco a poco, jadeando, y nos miramos directo a los ojos.

De pronto, Alexander parece reconocer la voz de Alesha, como si recién la notara. El verde de sus ojos se ha oscurecido y sus manos aferran mi cintura. Me hormiguean los labios y los siento hinchados.

—¿Estás demente? Estás montando un espectáculo libertino con la maldita publicista —gruñe en voz baja tratando de apartarnos ella misma.

Despego con suavidad mis manos de su cabello mientras vuelvo a la realidad. Acaricio mis labios con mi lengua mientras quito sus manos de mi cintura al instante.

Me giro y veo a los demás empleados en el pasillo. Pausaron sus actividades por completo y nos miran boquiabiertos. Incluso sus guardaespaldas lucen sorprendidos a pesar de que siempre se muestran inmutables.

Soy incapaz de mirar a los ojos a Ethan mientras las palabras de la pelirroja caen sobre mí como un balde de agua fría. *¡Mierda!* ¡Lo besé! Pero eso no es lo peor: ¡lo besé frente a media oficina!

Abro la boca para decir algo, pero las palabras simplemente no surgen y mejor me alejo sin mirar a nadie mientras me maldigo por haber hecho eso.

Corro a la protección temporal de mi oficina aún sintiendo el hormigueo que recorre mis labios y mi cuerpo. No sólo vieron el beso, sino también sus toqueteos.

A velocidad y con las manos temblorosas marco el número de Cora, quien responde al instante.

—Coraline Gray, pintora de día y nudista de noche —de fondo, se escucha ruido de trastos en nuestra cocina.

—Empaca mis cosas, me largo de aquí —miro con horror la puerta cerrada.

—¿Qué? ¿De qué estás hablando, *sexy*?

—Lo besé —digo en voz muy baja—. Besé a Alexander.

—Si te soy sincera, ya esperaba esa reconciliación, *sexy*. Es obvio que aún se gustan, aunque pensé que regresarían más pronto, se tardaron una semana, pero al fin sucedió —percibo su tono alegre—. ¿Por qué te preocupas? No creo que él no lo haya disfrutado.

—¡Cora! —grito más fuerte de lo que pretendía—. ¡Besé a Alexander frente a varios empleados, incluidos sus dos guardaespaldas!

—¡¿Que hiciste qué?!

Aparto el teléfono para amortiguar su grito.

—No tengo tiempo para explicarte, pero la pelirroja quería estropear mi trabajo, quise jugar con ella, pero todo se salió de control, aunque Alicia tuvo la culpa antes y yo necesitaba que él lo dijera para ayudarme y Alexander...

—¡Emma, no entiendo nada de lo que dices!

Camino nerviosamente de un lado a otro.

—¿Qué voy a hacer?

—Cálmate y respira. Salgo para la oficina en este mismo momento.

Mentiría si dijera que no me alivia escucharla decir eso. No sé qué hacer.

—Pero no cuelgues o enloqueceré.

Ahoga una risa. ¿Por qué le parece gracioso todo esto?

—¿Dónde estás ahora?

—Oculta en mi oficina y no saldré ni siquiera si Dylan viene con la policía secreta.

Ya no puede contener la risa y miro con enojo el teléfono.

—Entendí algo de la pelirroja. ¿Ella te impulsó a hacer lo que hiciste?

—No... bueno, algo así.

— Esto se pone cada vez mejor. No me digas que estás celosa, Emma Brown.

—¿Celosa yo? No digas tonterías, esa arpía trató de estropear mi trabajo y merecía una lección, yo se la di, pero fui muy lejos esta vez —me siento en el escritorio.

Un par de golpes interrumpen nuestra conversación.

—Emma —la voz de Alexander se escucha al otro lado de la puerta y me levanto de inmediato.

¡Me encontró la policía! Estoy muerta. Intenta abrir, pero no puede porque está cerrada con seguro.

—¿Qué fue eso? —pregunta Cora.

—Es Alexander, está aquí. Cora, es mejor que dejes de hacer lo que estás haciendo y comiences a escribir mi testamento —miro cómo el pomo de la puerta se sacude de nuevo—. Como sabes, tú eres la dueña universal de mis pocas pertenencias.

—¡Por Dios, Emma! —se parte de risa al otro lado de la línea—. Él es el dueño del lugar, no permitirá que nada de esto escale. Hazme un favor, sólo abre la puerta y te veré ahí en cuanto llegue.

—Espera, Cora, no me dejes —es tarde, la llamada se corta.

Alexander vuelve a llamar a la puerta. Respiro profundo. Levanto la barbilla. *No eres una mujer débil, Emma, y ya es hora de que te enfrentes a las consecuencias de tus actos.* Camino a la puerta y abro.

—Toma tus cosas y vamos —dice con el rostro serio.

—¿Adónde? —arqueo una ceja.

—A la sala de juntas, la reunión aún no ha terminado.

—¿Y lo que ocurrió en el pasillo? —me arriesgo a preguntar.

Frunce el ceño como si no pudiera creer que acabo de preguntar eso. Después, en un rápido movimiento, me atrapa contra la puerta de mi oficina con las manos a cada lado de mi cabeza y se inclina hacia mí, demasiado cerca, aunque sin tocarme.

Todavía puedo sentir el recuerdo de su lengua en mi boca y sus manos aferrando mi cintura.

—Si aún continuara vigente nuestro acuerdo, ya te estaría azotando sobre mi escritorio, probando ese dulce coño antes de darte una de las folladas más duras de tu vida, nena —el calor enciende rápido mis mejillas y mi pecho se yergue al ritmo de mi respiración acelerada.

A mi cuerpo traicionero le gusta esa amenaza y quiere que la cumpla; el besuqueo mojó mis bragas. El movimiento captura su atención y, por unos segundos, su mirada permanece fija en mi pecho.

Veo el deseo en sus ojos, esta blusa lo tienta. Sus manos sobre la puerta bajan lentamente hasta la altura de mi cintura. Si me toca, quizá termine cumpliendo su advertencia.

—¿Vas a romper tu palabra y obligarme a continuar? —pregunto para hacer que sus ojos se despeguen de mi cuerpo.

Aparta la mirada al escuchar mi voz.

—No —se aleja de mí—. Recibirás un castigo por lo sucedido como un empleado normal y tendrás que firmar una amonestación en el departamento de recursos humanos.

—Muy bien. Iré a firmar en un par de horas.

Me mira en silencio y, como no percibe otra reacción de mi parte, se yergue y comienza a andar por el pasillo. Lo sigo en silencio. Si ésa será mi penitencia, entonces ya debió encargarse de la grabación de las cámaras de seguridad y de las personas que nos vieron, sin embargo, no pienso preguntar cómo lo hizo.

Entramos a la sala de juntas y todos los ojos se posan en nosotros, no obstante, en cuanto Alexander levanta la mirada, todos apartan la vista al instante.

—¿Te sucedió algo ahí afuera? Se escuchaban gritos de la señorita Smith —pregunta Adam en cuanto me siento a su lado.

Esta vez ya no lo miro, soy una exhibicionista, no tengo ética laboral.

—Me sentía enferma y el señor Roe me ayudó.

—¿Otra vez? Deberías saber que no muchos pensarán que es casualidad —me mira con lo que parece decepción, pero no dice nada. Los minutos transcurren lento, o al menos así lo siento yo. Sin embargo, pasados unos momentos, por fin concluyen la reunión.

—Nos vamos a Brent, Alicia se hará cargo de los arreglos del viaje a la ciudad para regresar a Londres esta misma noche —nos indica mi jefe, y Adam y yo asentimos a la par.

Los ejecutivos se levantan, pero, antes de que se vayan, respiro profundo y me coloco al frente.

—¿Podrían permitirme un segundo de su atención?

Todos dejan de moverse y clavan sus ojos en mí. Mi pánico escénico amenaza con surgir, pero me las arreglo para levantar la mirada sin mostrar ninguna emoción.

—Tuve que salir a la mitad de la reunión —comienzo.

Alexander se levanta de su lugar y se acerca a mí con el rostro serio.

—¿Qué está haciendo, señorita Brown?

—Lo que usted me ordenó, señor Roe —respondo, encogiéndome de hombros, y continúo—. Últimamente, he estado muy enferma y hoy tuve un problema de salud, sin embargo, no volverá a ocurrir. Les ofrezco una disculpa.

Todos me miran sorprendidos.

—Eso es todo, buenos días —me alejo de ahí, dejando a Alexander parado como un pasmarote, y regreso hacia donde se encuentra mi jefe. Me siento poderosa después de hacer eso. ¿En verdad pensó que no me disculparía? No soy una chica que se amedrenta con facilidad, Alexander.

—Emma, no era necesario disculparse, sé que su salud ha estado mal desde Birmingham y la he tenido trabajando horas extra toda la semana —dice mi jefe.

—No quería ser maleducada, señor Jones —está a punto de contestarme cuando un ejecutivo lo llama antes de que pueda hacerlo.

—Te admiro demasiado —dice Adam a mi lado—. Nadie tiene los pantalones para hacer lo que hiciste.

—Ser amable y educado no cuesta nada en la vida, aunque muchos de aquí no saben serlo —tomo mis cosas del escritorio.

—¿Tratas de enamorarme, Emma Brown?

Sonríe y recuerdo lo que vio con Alexander y cómo utilicé a Adam para molestarlo. Debe creer que entre nosotros podría existir una posibilidad.

Suelto una pequeña risa.

—No.

—Es una pena porque lo estás logrando. Cada día me resulta más difícil estar separado de ti —parece decirlo en tono de broma, pero enseguida baja la mirada hacia el escote de mi blusa y permanece ahí por más tiempo del necesario, incluso empiezo a incomodarme.

Me cubro el pecho con una carpeta.

—¿Nos vamos? La gente de Brent nos está esperando.

—Oh, sí —aparta la mirada, sonrojado—. Después de ti —abre la puerta y me encamino por ella.

Alexander

Ethan, Matt e Ida vigilan la parte izquierda del perímetro. Del lado derecho monta guardia un grupo especial para los "huéspedes" que llegan a mi hotel, en su mayoría rusos y daneses.

Alesha aparece en su camioneta. Baja, azota la puerta y empuja a Ethan para llegar directo conmigo.

—Muévete de mi camino, idiota. Alexander, ¿cómo puedes permitir que esa mediocre publicista mande tu reputación a la basura? —su voz suena más chillona que de costumbre—. Estoy tratando de mantener la calma, pero siento que ya no puedo más.

—Mis asuntos no te incumben —me protejo los ojos del sol para poder enfocar y veo cómo alza sus cejas pelirrojas, ofendida—. Arreglen el lugar antes de que lleguen los publicistas y los medios —le ordeno a Matt.

—Ya me encargué de dispersar a los mugrientos por todo el perímetro, señor, pero no tenemos tiempo de...

—¡Por supuesto que tus asuntos me incumben, Alexander! —Alesha lo interrumpe, colocándose frente a mí—. Desde los quince años, tú y yo hemos sido uno mismo, en el trabajo, en la familia y en lo demás. ¿Acaso ya lo olvidaste?

—¿Cómo te atreves a interrumpir mis órdenes? —me ciega el enojo de que una persona a mi servicio se atreva a hablarme sin que yo se lo permita. Mis criados de seguridad se tensan. Avanzo hacia ella y retrocede con inteligencia.

—Que seas parte de mi vida desde la infancia no significa que no te joderé si me sigues desafiando.

—Pero, Alex —frunce los labios y se abraza a mi cuello—. Estás tenso todo el día, ya no sé qué hacer para relajarte. Me estoy encargando de Logan, quiero mi compensación, te necesito.

Me paso la mano por el cabello, exasperado, mientras pega su cuerpo al mío en busca de mi boca. Sé que, si no la tranquilizo, no me la podré quitar de encima todo el día. La tomo del brazo, la llevo a un lugar apartado de ojos curiosos, la jalo del cuello y la beso apenas unos segundos en el estacionamiento vacío para que deje de joderme durante el día.

—¿Nos pedimos una habitación? —frota su cuerpo contra el mío, buscando provocarme con toqueteos, pero mi enojo regresa.

—Tengo trabajo, no me molestes más con tus estupideces.

—Está bien, querido —comienza a seguirme. Se ve satisfecha ahora que le he prestado un poco de atención—. Mi amiga Katherine me habló de una nueva colección de bolsos de un diseñador italiano muy famoso.

—¿Y a mí qué?

—¿Vendrás a mi casa esta noche a revisar los planos? Tu chef podría prepararnos la cena —ronronea en mi oído.

—No soy la caridad, contrata al tuyo.

Unos ojos castaños enojados nos reciben junto con el equipo de Hilton & Roe.

—Tú conversa con Christopher, querido, yo tengo que hablar con Matt de un pequeño asunto —Alesha se despide y observa con superioridad a Emma.

Comienzo a revisar los primeros reportes de la construcción. Procuro ser educado con los publicistas, pero Emma no me responde y, cuando paso a su lado, se cruza de brazos dándome la espalda y negándome un saludo de mano.

—Señorita Brown.

—¿Sí? —me mira sobre su hombro.

—Me dejó con la mano extendida —la pongo en evidencia frente a todos sin bajar la mano. Christopher y Tail enmudecen y la miran. No hará imprudencias en presencia de su jefe; me aprovecharé de esa situación—. Es un gesto irrespetuoso y de mala educación que no toleraré.

—Es un gesto de higiene, señor Roe. No permito que cualquiera me toque sin haberse lavado las manos —avanza hacia algunos de los miembros de la construcción sin mirarme, dejándome con la puta mano extendida otra vez—. Adam, ven conmigo, tenemos mucho trabajo, la prensa acaba de llegar.

El maldito Tail corre como un idiota tras ella y a mí comienzan a punzarme las sienes del enojo. Christopher cubre su boca con una mano, fingiendo contener una tos, y después me sonríe de lado.

—¿Por qué putas sonríes?

—Recordé un mensaje de mi esposa —carraspea, poniéndose pálido—. Entremos a fotografiar los daños para que los medios vean que es un simple estacionamiento y dejen de lado a los medios amarillistas.

De pronto, Alesha regresa.

—¿Ya hablaste con los empleados de la construcción? —dice ella con media sonrisa. Sin embargo, en ese momento también llega Emma.

—Señor Roe —me llama. Alzo la mirada sin responderle—. La prensa tiene un par de preguntas para usted —me extiende su iPad sin voltear a verme—. Éstas son las respuestas más convenientes, las elegimos con cuidado, así haremos la entrevista más amena. Adelante.

—Pero son medios de la competencia, señorita Brown —Christopher la detiene y a él sí lo mira.

—Ya les dije que esta mujer no sabe hacer nada —dice Alesha.

Emma la fulmina con la mirada. *¿Por qué se ve molesta si ella misma terminó el acuerdo casual?*

—Ya me encargué de ello. Todos son periodistas pagados, les ofrecí el doble de dinero que la competencia y les hice firmar un acuerdo de confidencialidad. Estoy al mando de la situación; además, los aparté de los empleados de la construcción para evitar notas falsas.

—Jesús, Emma, ¡es excelente! —Christopher se dirige hacia el fotógrafo.

—En ese caso, vamos —dice Alesha.

—Usted no es requerida, señorita Smith —Emma se interpone en su camino con una mano en los bolsillos de su pantalón.

—Soy la arquitecta de la mayoría de los proyectos de Alexander.

—Lo sé, pero eliminé su nombre de la entrevista de hoy —ladea la cabeza—. No hace falta reparar en detalles y en personas que nada tienen que ver con el accidente del estacionamiento. En este momento, sólo importa el señor Roe.

—Eso lo decido yo —Alesha intenta pasar, pero Emma se lo impide de nuevo.

—Creo que no me entendió: no irá a la entrevista y no es una petición.

Alesha respira rápido y, en cuanto observo que lleva una mano hacia delante, la tomo del brazo antes de que ataque a Emma y la situación pierda profesionalismo.

—Nosotros somos el equipo de relaciones públicas y sólo estamos haciendo nuestro trabajo. No se lo tome personal, señorita Smith —dice Emma. Sin embargo, pasa a nuestro lado reacomodándose el cabello, sonriendo discretamente.

—La mato —escucho que dice Alesha mientras sigo a Emma.

Emma

Me ajusto el casco que nos dieron los trabajadores de la construcción a la entrada por si ocurre otro accidente en la zona del hotel de Alexander.

El clima no ha mejorado ni siquiera aquí. La lluvia que cae nos acompaña mientras trabajamos. Nos cubrimos con impermeables, pero no es suficiente para el torrente. En este instante, se encuentran recogiendo los escombros del hotel.

Miro las ruinas, desilusionada. Adam toma una serie de fotos que serán archivadas. Si la prensa llegara a ver esto, sería la pelea más dura de nuestras vidas.

—El detonador fue encontrado justo aquí —escucho que le dice el jefe de obra a Ethan.

Confundida, los sigo. *¿Un detonador de qué cosa?* Ethan se percata y se excusa para llevarse al hombre hacia otro lado para que yo no pueda escuchar nada.

Observo los daños y comienzo a pensar que esto no fue un derrumbe cualquiera; más bien, parece como si hubiera sido una demolición o algo por el estilo. Lo peor de todo es que la estructura cayó sobre las pobres personas que ahora están hospitalizadas.

En este momento me siento terrible por tratar de cubrir la noticia para salvar el prestigio de Hilton & Roe.

—Aquí sucedió —escucho que dice un hombre al que no conozco.

La mirada de Alexander se queda perdida en el horizonte.

—¿Exactamente cuántas personas resultaron heridas?

—En un principio eran diecisiete, pero, cuando el equipo de rescate llegó, encontró a treinta. Una ha muerto ya, señor Roe.

Alexander cierra los ojos; se ve estresado.

—Mientras no se revele en qué hospital están, los medios locales no podrán hacer el rastreo —interviene mi jefe—. Adam, asegúrate de que los guardias vigilen el hospital. Que no haya ningún medio en las entradas y que restrinjan el acceso a un solo familiar.

—Hablaré con el director general del hospital —saca su celular de la bolsa interna de su saco y se aleja para hacer la llamada.

—Aquí tenemos los planos, así que podremos reconstruir el lugar desde donde comienzan las jardineras hasta el estacionamiento en una semana —la pelirroja los extiende sobre una mesa.

—En su mayoría, los huéspedes venían de la fundación de los señores Pitt —dice alguien cotilla—. Eran enfermos de cáncer, pobres inocentes.

Todos hablan, pero Alexander no parece escucharlos. Saber la condición de las víctimas me afecta porque recuerdo a mi madre.

—Emma, ¿ha quitado ya los sitios web de la empresa de redes sociales mientras se tranquilizan las personas locales?

—Sí, señor, mientras esta situación continúe, incluso aunque el señor Roe muestra interés en dialogar con los lugareños, no encontrarán evidencia de lo ocurrido. En todo caso, sugeriría que la señorita Smith dé su punto de vista como arquitecta.

Ella escucha y arquea una ceja mientras le señala algo en el plano a otro hombre.

—Perfecto —mi jefe parece complacido—. Hablaré con el gerente sobre las visitas que ha recibido.

Asiento y lo veo alejarse. Hablo con uno de los trabajadores, quien me dice que vio a dos periodistas de chaleco marrón merodeando por la zona. Comienzo a tomar notas sobre los posibles sospechosos. En primer lugar, se encuentra West B, nuestra mayor competencia.

Podríamos demandarlos si comprobamos que han tratado de lanzarnos a los medios. Como no pudieron cancelar la asociación, buscarán jugar sucio. Conozco muy bien mi campo laboral y sé por dónde querrán atacarnos para aprovecharse de la situación y quedarse con nuestros clientes.

Primero usarán la vieja táctica de los periodistas y después tendremos fotos en cada artículo sobre lo ocurrido. Miro a Alexander recorrer el lugar con la mirada perdida y recuerdo las palabras de Alicia: él no comete errores.

—¿Usted vio lo que sucedió el día del accidente? —me acerco y le pregunto al trabajador que estaba con Ethan hace un momento—. ¿Cómo ocurrió esta tragedia?

—Sí, yo estaba aquí —admite en voz baja.

—¿Fue un derrumbe cualquiera? Parece una demolición bastante grande —permanece en silencio. Apoyo mi mano en su hombro—. Dígame algo, ¿de verdad cree que el señor Roe sería tan irresponsable como para diseñar un edificio de lujo que se viniera abajo en un segundo?

—No.

—Yo tampoco. Lo he visto trabajar como nadie más no sólo en los negocios, sino en cada aspecto de su empresa. Hilton & Roe no fue creada desde la mediocridad, sino desde el perfeccionismo —asiente, sé que lo sabe—. ¿Qué ocurrió exactamente?

El hombre me conduce a una parte alejada donde no nos puedan escuchar los demás.

—Lo que hablemos debe quedar entre nosotros, me han pagado mucho dinero para no revelar más información, en especial a trabajadores de Hilton & Roe.

¿Qué carajos está sucediendo aquí?

—Se lo aseguro.

—Estábamos haciendo guardia en el turno nocturno cuando algo parecido a un motor se escuchó detonar antes del derrumbe.

—¿Eso es normal? No conozco mucho de arquitectura.

—No es para nada normal. Los detonadores están unidos a las bombas, como en los ataques terroristas —me tenso y recuerdo las noticias—. La magnitud de los daños no corresponde a un derrumbe "normal", señorita. Lo demás lo dejo a su imaginación.

—Eso quiere decir que… —bajo la voz—. ¿El accidente pudo haber sido provocado? —asiente—. ¿Un ataque terrorista tal vez?

—Es una posibilidad.

—Se debería informar al Gobierno. ¿Por qué nadie dice nada?

—Porque es mejor pensar que fue un error a que alguien nos saboteó.

Eso no tiene sentido. Si alguien saboteó el hotel de Brent, también podría hacerlo en otro lugar.

—¿Y la verdadera persona responsable quedará libre? ¿La que provocó que murieran inocentes?

—Señorita Brown, creo que no está comprendiendo la gravedad del asunto. Sin embargo, por alguna razón confío en que usted mantendrá esto en secreto —asiento—. Si alguien saboteó el hotel, no fue un simple civil.

Demolieron un estacionamiento de más de cien metros. ¿Cómo cree que lo hicieron?

Sacudo la cabeza.

—No quiero ni pensarlo.

—Sé que es nueva aquí, de modo que le aconsejo que deje las cosas así y evite inmiscuirse en lo que no debe —sus palabras me provocan escalofríos.

Me alejo de ahí pensando en ello y, peor aún, en el hecho de que alguien saboteó la construcción del hotel sin importar si habría heridos. Posiblemente se trate de terroristas o de personas que sabían muy bien que Alexander saldría perjudicado con esos daños. Miro a la pelirroja en la mesa, parece muy concentrada, pero también nerviosa; incluso mira dos veces al trabajador que me proporcionó información.

—¡Ahora mismo, inútil! —el grito de Alexander resuena, llamando la atención de todos.

—Sí, señor Roe —dice un hombre y entra a la oficina. Quisiera ayudar, pero la última vez que lo hice él me lanzó una daga. El hombre vuelve a aparecer con una hoja en la mano y se la entrega.

Lo miro con desaprobación. Puede que esté enojado, pero no tiene derecho a comportarse así. Camino en dirección a él, pero no me ve venir.

—¿Qué se te ofrece?

—¿Podrías dejar de tratar a los trabajadores como tus esclavos? Ya tuvieron suficiente con lo ocurrido —levanta la mirada, pero no permito que responda nada—. Antes de que me digas que no me meta en tus asuntos, tengo que decirte algo importante.

—¿Qué cosa?

—El accidente fue provocado.

Aprieta la mandíbula.

—¿Dónde está Christopher? Quiero hablar con él y no con sus publicistas.

Ni siquiera presta atención.

—¿Escuchaste lo que te dije?

—Sí, Emma, ahora busca a Christopher y tráelo.

Lo estudio en silencio. Aunque no lo demuestre, no sólo siente enojo, sino también culpa.

—Te preocupan los heridos, ¿no es así? Esos niños —el nombre de su empresa puede irse por la borda porque no es su prioridad en este momento, puedo notar eso.

Cierra los ojos. Miro la hoja que sostiene en la mano: indica el nombre de los heridos menores de edad y el hospital adonde fueron trasladados. *No pudo salvarlos*. Mi corazón se estruja.

—Ven conmigo —digo y él abre los ojos—. Vamos a ese hospital a visitar a los heridos.

—No pueden verme ahí, eso ya lo sabes.

—Por si ya lo olvidaste, estoy encargada de cuidar tu imagen. Nadie te verá ingresar, borraré todo rastro de tu presencia —sé que eso es lo que necesita; de lo contrario, no logrará resolver este asunto. Me acerco a él un par de pasos—. Me debes un favor y ahora voy a utilizarlo.

Suelta una risa corta.

—¿Yo le debo un favor, señorita Brown?

—Tú lo ofreciste —le recuerdo—. Y yo no me corrí en Birmingham durante la noche, así que sube a mi auto de una buena vez a menos que le tengas miedo a la forma de conducir de una mujer.

—¿Es un desafío?

—Sí.

Acorta los centímetros que nos separan. Por suerte, estamos un poco alejados de los demás. Arquea una ceja.

—Desafío aceptado —responde con voz ronca—. Adelante —señala el camino frente a nosotros.

Le dedico una mirada satisfecha y paso a su lado sacando las llaves de mi Mazda. Le escribo un mensaje rápido a Adam para pedirle que le informe al señor Jones que visitaré el hospital para asegurarme en persona de la privacidad de los heridos.

—Estás tomando el camino incorrecto.

—Mi Mazda está ahí.

—Iremos en mi auto —una especie de mueca parecida a una sonrisa tira de sus labios por primera vez en el día y no pasa desapercibido el efecto que provoca en mí.

—No me digas que les tienes miedo a los autos deportivos, Emma.

Se está burlando de mí.

—Vamos.

Caminamos por el estacionamiento cubriéndonos de la lluvia hasta llegar a su auto. Ethan sale de inmediato por la puerta del piloto.

—Tómate un descanso, Ethan —le dice, ocultando su sonrisa.

Ethan asiente y le entrega las llaves educadamente al pasar a mi lado.

—Soy la conductora de hoy.

—Ni lo pienses, yo conduciré —responde con seriedad Alexander ocupando el lugar del piloto. El lujo del auto me sobrecoge—. ¿Asustada? —Alexander se acomoda el cinturón de seguridad.

Lo miro por el rabillo del ojo.

—Jamás, señor Roe.

Sigue la dirección que marca el navegador a toda velocidad, pero siempre precavido porque la lluvia comienza a empeorar. Alexander se mantiene en silencio, perdido en sus pensamientos todo el trayecto.

Su celular suena, pero lo mira sin contestar. Mientras tanto, negocio con mis contactos en los medios para que no haya prensa ni periodistas cuando lleguemos.

Cruzamos la entrada principal del hospital y un par de personas parecen reconocerlo. El miedo que siento en lugares así aparece.

Me mira de reojo y me obligo a caminar a su lado.

—Espera aquí —me acerco al guardia de la entrada y negocio con él para que no haya inconvenientes con la visita de Alexander.

Cuando regreso, caminamos por los pasillos blancos con normalidad sin ser interrumpidos. En ese momento, uno de los médicos sale.

—¿Puedo ayudarlos en algo?

Como Alexander no tiene intenciones de hablar, lo hago yo.

—Queremos saber cuál es el estado de los pacientes heridos en el accidente del hotel de Brent.

Asiente y frunce el ceño.

—Las lesiones son muy profundas. Es posible que cuatro no sobrevivan esta noche, son una madre y sus tres hijos.

Gira la cabeza hacia él, pero Alexander no voltea. Está mirando su celular con el ceño fruncido.

—Nos vamos.

—Pero si acabamos de llegar —le respondo. Sin embargo, en ese momento una enfermera se acerca al médico e impide que sigamos hablando con él.

—Ya vi suficiente, Emma —se da media vuelta para salir. Parpadea un par de veces y su cuerpo se tambalea. Rápidamente acudo a su lado.

—¿Estás bien?

Mantiene los ojos cerrados.

—Sí, debemos salir de aquí —vuelve a abrirlos.

De camino al estacionamiento la lluvia cae a cántaros, pero no parece importarle en absoluto porque avanza a pesar de ello, de modo que terminamos empapados. Voy perdida en las palabras del médico. Cuando abre la puerta del auto, le pido las llaves, pero se niega.

—Nadie conduce mis autos más que yo.

Maneja a mayor velocidad que antes. De pronto acelera al máximo y la adrenalina me recorre. Mi celular suena en la bolsa de mi abrigo y veo el número de Adam aparecer en la pantalla.

—Adam —respondo, mirando la lluvia por la ventanilla.

—Llamo para avisarte que nos quedaremos en Brent, hubo un accidente en la carretera principal por la tormenta, una carambola de autos, será mejor que seas precavida al conducir.

—Lo haré, gracias por preocuparte por mí.

Por el rabillo del ojo veo cómo las manos de Alexander se aferran al volante.

—Será mejor que cuelgues el teléfono o tendremos un accidente —dice con voz demasiado alta.

Cubro la bocina.

—No soy yo quien viene conduciendo —lo que dice es ridículo.

Aparta los ojos de la carretera un momento.

—Me estás distrayendo y nos vamos a matar gracias a tu amiguito.

Aprieta los párpados otra vez como lo hizo en el hospital. No creo que vaya a desvanecerse de nuevo como en Birmingham, ¿o sí? Será mejor no tentar nuestra suerte o nos mataremos.

—Te veré más tarde, Adam, tengo que colgar. La carretera es un lío con la lluvia, no me quiero estrellar.

Termino la llamada. Por un segundo me pregunto por qué llueve tanto, pero después recuerdo que esto es Londres.

—¿Qué quería?

Volteo hacia él y decido tocarle las pelotas.

—Asuntos personales que no te incumben.

—¿Asuntos personales?

—Sí —pongo los ojos en blanco—. Por cierto, no tomes la ruta principal, Adam me dijo que hubo un accidente que la bloqueó, por eso algunos de nosotros nos quedaremos en el hotel. Ésta es la peor tormenta del año según los pronósticos del clima.

Su celular suena, pero ahora no le importa provocar accidentes porque contesta de inmediato.

—¿Sí? ¿Dónde? No, Ethan te llevará. De acuerdo, Alesha, mantente comunicada conmigo todo el tiempo, no quiero que te ocurra un accidente, ve a mi casa para quedarme más tranquilo.

Volteo los ojos. Se preocupa demasiado por ella, hasta la envía a casa con chofer. Tamborileo los dedos en el asiento y lo escucho decir monosílabos.

—Cuelga o vamos a tener un accidente por culpa de tu amiguita —digo en voz alta sin disimular.

¿Qué demonios me ocurre? Este hombre es libre de hacer lo que quiera, es soltero y sin compromisos. Además, su relación con Alesha no es mi problema.

Alexander no cuelga, se mantiene en la línea con ella un buen rato, pidiéndole su ubicación y referencias del lugar adónde irá por su seguridad.

En un semáforo me mira y casi percibo diversión en sus ojos. Como la carretera principal se encuentra bloqueada, tomamos un camino más largo. Comienzo a temblar de frío por mi ropa húmeda, entonces él enciende la calefacción y avanza sin importar la luz roja de los semáforos.

Conduce tan deprisa que llegamos al hotel con tres multas de tránsito que tendrá que pagar a final de mes. Alguien está ansioso por irse con Alesha, por lo que veo.

—Gracias por traerme, no hablaré con mi jefe sobre el hospital —me desabrocho el cinturón de seguridad mientras él estaciona el auto en la entrada y se baja antes que yo para ofrecerme su abrigo.

—No es necesario —frunce el ceño. Yo camino sin importar que la lluvia me empape.

Enseguida unos trabajadores nos reciben para cubrirnos y avanzamos hacia la recepción.

—Gracias al cielo que regresaste en una sola pieza, estaba por salir a buscarte con los servicios de emergencia —Adam aparece en la entrada con un abrigo y lo coloca sobre mis hombros sin preguntarme—. Vamos adentro, es una tormenta eléctrica.

—Me estoy congelando.

Alexander lo mira con el ceño fruncido y después observa el abrigo sobre mis hombros mientras pasa de largo a nuestro lado, aunque permanece a unos metros de distancia. No tiene sentido que entre si no va a quedarse.

—No creo que podamos regresar a Londres con este clima. Así que me tomé la libertad de pedir una habitación para ti junto a la mía. Espero que no te moleste.

¿Por qué habría de molestarme? Está cuidando de mí.

—Gracias, me quitas un peso de encima —ha sido muy amable conmigo desinteresadamente—. ¿El señor Jones se fue?

—Ningún ejecutivo con dinero se quedará hasta que el hotel esté arreglado en su totalidad. No se arriesgarán a que haya otro derrumbe.

—Pero nosotros sí nos arriesgaremos.

—No hay hoteles baratos en la zona —me frota los brazos para hacerme entrar en calor—. El señor Roe no tardará en irse, escuché que la señorita Smith dejó un mensaje para que la alcance en su hotel. Está a una media hora de aquí y es de cinco estrellas —sus palabras son como una bofetada a mi ego.

—Que lo disfruten, no es que me importe lo que hagan —estudia mi reacción, pero me limito a secarme el cabello.

—Ya que vamos a pasar la noche aquí, ¿qué me dices si cenamos juntos? El restaurante aún tiene cocineros, serán despedidos el fin de semana.

—Me muero de hambre —acepto con una sonrisa y percibo cómo los hombros de Alexander se tensan. Alcanzó a escucharnos—. Primero tengo que hacer un par de llamadas y esperar a que mi ropa se seque, no quiero contraer una neumonía. Me daré una ducha caliente.

Le avisaré a Cora que no regresaré esta noche o se preocupará por la tormenta.

—No tengo nada en contra de la ropa mojada, es sensual —comenta y lo miro sorprendida por su atrevimiento.

—¡Matt! —el grito de Alexander nos interrumpe. Enseguida entra un hombre trajeado y se acerca a él.

No alcanzamos a escuchar su conversación. Comenzamos a avanzar y permito que Adam me conduzca a mi habitación.

—Te veré en el restaurante del hotel. Si necesitas entrar en calor, llámame —me dice con una sonrisa.

Cierro la puerta en su cara. Me quito el abrigo y los tacones. El lugar es precioso: tiene detalles dorados en todas las estructuras y los muebles son de madera. Ésta es la habitación más grande en la que he estado y sin duda la mejor diseñada.

Recorro todo el interior pensando en cómo Alexander creó todo esto. Una de las puertas conduce a una ducha de cristal en el centro. Es amplia y el temblor de mi cuerpo por la ropa mojada me indica que en verdad necesito un baño caliente.

Me desnudo con cuidado y, después de ajustar la temperatura del agua, me cubro con ella. Murmuro un delicioso suspiro de alivio cuando mi piel se calienta y el vapor empaña el cristal de la ducha.

Capítulo 23

Alexander

Arreglo la mancuernilla dorada de mi camisa y espero pacientemente en la barra del bar de mi hotel con el tercer vaso de whisky americano, que me cala la garganta con un solo sorbo. Miro la botella con el ceño fruncido. *Jack Daniel's. Es una porquería barata.*

—¿Dónde está mi whisky escocés, inútil? Te pago lo suficiente como para que tengas alcohol decente, no basura.

—No hay en la reserva, señor, llegará hasta mañana. ¿Puedo ofrecerle algo más? Tengo vodka —saca las botellas y comienza a mostrarme todas las bebidas disponibles. Me froto las sienes enojado y bebo de nuevo esa baratija. *Todos son unos inútiles.*

—El trabajo está hecho, señor, no hubo complicaciones ni errores —Matt aparece a mi lado con una llave electrónica en la mano.

—Dámela —asiente y me entrega el pequeño objeto. La miro complacido y la hago girar en mis manos como el cabrón que soy. *Perfecto*—. Lárgate y encárgate de tener listo lo que te pedí. En cuanto Ethan regrese, que haga que un empleado le entregue todo a la misma hora.

—Como ordene, señor —asiente de nuevo con la mirada seria, igual que el resto de mis esclavos, y va a cumplir mis órdenes. Bebo el último trago de alcohol y dejo el vaso sobre la barra antes de encaminarme hacia el segundo piso. Es hora de comenzar a mejorar mi humor y mi noche.

El accidente de mi hotel me ha mantenido estresado toda la semana y no puedo con las jaquecas matutinas, pero estoy por arreglar eso ahora mismo.

Mientras avanzo hacia la puerta por la cual Emma desapareció con el jodido imbécil de Tail, trato de calmar mi mal humor porque estoy loco de rabia en este momento y un calor posesivo se asienta en la parte superior de mis brazos.

¿Emma quiere una cena en mi propio hotel? Arreglo las solapas de mi abrigo. *Le daré una cena.*

Me detengo frente a la entrada. Planeo tocar como todo un caballero, pero… yo no soy un caballero y menos cuando se trata de ella. Así que, a la mierda con todo, el maldito hotel es mío y haré lo que me plazca.

Estoy acostumbrado a obtener lo que quiero, a ser adorado y alabado por mi perfección por todo el mundo. No es para menos, lo merezco.

Saco la llave electrónica y la inserto. Suena un pequeño clic que me da acceso inmediato. Con lo obstinada que es, sé que me echará a gritos en cuanto me vea, pero eso es justo lo que quiero. Sonrío de lado.

Deseo provocarla tanto hasta que no se pueda contener más. Hace días que terminó el acuerdo casual, pero sus miradas bastan para saber que sigue bajo mi encanto. Su beso también lo demostró. Sé que la tentación que le provoco es difícil de refrenar.

Entro y encuentro la habitación vacía. Paseo mis ojos por ella, pero no hay rastro de Emma por ningún lado. *¿Dónde está?* No pudo haberse ido con el idiota de Tail todavía, Matt me lo habría informado.

Camino y percibo el sonido de la ducha a lo lejos. Mis ojos recorren el rastro de ropa mojada en el suelo como un camino a seguir. Aprieto los dientes para evitar soltar una maldición en cuanto veo su tanga en el piso.

Ella está en la ducha. *Desnuda y húmeda.* Carraspeo e intento controlar la punzada que amenaza con erectar mi pene debido a ese pensamiento. Endurezco el gesto con las manos en mis bolsillos y espero unos segundos de pie en el centro de la habitación.

—Maldito Alexander, por mí puedes irte con ella al infierno —su gruñido molesto resuena dentro de la ducha, amortiguado por el agua.

Arqueo una ceja. ¿Está maldiciéndome mientras está húmeda? *Pequeña seductora.* Como si mis pies tuvieran vida propia, camino tras el sonido de su voz hasta que llego a la puerta abierta del baño y escucho con más fuerza el ruido del agua.

Entre el vapor que empaña el cristal, sólo puedo ver parcialmente su cuerpo bajo el agua, pero con eso es suficiente. *Joder.*

Está de espaldas y mis ojos codiciosos viajan por la poca piel que veo cubierta de jabón mientras frota sus hombros. Observo su delicioso y voluptuoso culo respingón.

Debe estar tensa, hoy ha sido un día de mierda para ella también. Frunzo más el ceño. Aún puedo recordar lo que le sucedió en la oficina esta mañana y sigo tratando de averiguar qué lo provocó.

Quiero saber qué la hizo entrar en pánico, pero como es una obstinada, sé que no me lo dirá, así que lo descubriré por mí mismo.

En ese momento decido que debo irme, aún restan muchas cosas por hacer. Me acoplaré al plan original y la veré después.

Sin embargo, antes de que pueda hacer algún movimiento, sin saber que estoy aquí y como si fuera consciente de mi falta de control con ella, desliza sus manos por su cuello y las baja hasta la altura de sus tetas. Unas tetas deliciosas.

Después echa la cabeza hacia atrás y gime. *Hijo de puta.* Se está masturbando. Mi verga da una sacudida ante ese sonido y mi erección ya es evidente. Sus gemidos me incitan a unirme a ese baño y robarle más de esos sonidos que me harían enterrarme en ella, duro.

Emma vuelve a soltar otro gemido de satisfacción y se gira mostrándome esas perfectas tetas llenas de jabón. Mi autocontrol flaquea; estoy por mandar mis planes a la mierda y entrar a la ducha con ella y no para limpiarnos, sino para ponernos sucios.

Sigo mirándola autocomplacerse. Observo cómo frota sus piernas juntas para aliviarse, sin embargo, de repente detiene sus movimientos, tensa los hombros y se limpia con brusquedad el jabón de los ojos.

Me aparto enseguida. El bulto en mi entrepierna se pone más duro al repasar las imágenes de ella acariciando sus perfectas tetas. Controlo la tentación y recupero un poco la cordura.

Escucho que cierra la ducha, con seguridad saldrá para comprobar la habitación. Me dirijo a zancadas hacia la salida. Rápido tomo sus bragas y su adictivo aroma me incita a llevármelas a la cara e inhalar. Suelto una maldición placentera y lo que pude bajar de mi erección se va a la mierda porque me pongo duro de nuevo.

Guardo sus bragas en el bolsillo de mi abrigo mientras la escucho caminar por el baño. Va a enloquecer en cuanto no las encuentre y eso es justo lo que quiero. Cierro la puerta y enseguida saco mi celular. Le marco a Bennett. Él puede ayudarme como lo hizo en Downing Street.

—Alexander —por fin responde.

—Necesito que sirvas de algo, hermano. Busca a Coraline Gray.

—Eso no será un problema, la tengo vigilada. ¿Qué tienes en mente?

Emma

El agua caliente se desliza por mi cuerpo relajando mis músculos de toda la tensión del día. Por un segundo, quiero olvidarme de todo. Alzo la cabeza y me empapo por completo. Ha sido una jornada muy estresante y Alexander la empeoró.

Pensar en su nombre provoca de pronto que un calor extraño recorra mi cuerpo. La presión del agua estimula las zonas correctas y tensa mis pezones mientras me froto con el jabón que hay por cortesía del hotel.

No quiero excitarme aquí, pero ese beso de la mañana me dejó acalorada. Puedo recordar perfectamente el sabor de sus labios, la fuerza con la que me besó y su advertencia de tomarme en su oficina.

—Maldito Alexander —gruño presa del efecto que tiene sobre mi cuerpo.

Justo ahora debe estar con la pelirroja. Con seguridad debe estar haciéndole saber que ni mis juegos ni el beso frente a media empresa evitarán follársela. Maldita bruja y maldito Alexander.

Deslizo mis manos por mi cuello, acariciando lento mi piel, y luego envuelvo mi pecho con una mano. Me gusta esa sensación. Será mejor que vuelva a acostumbrarme a mis manos, quizás ahora pueda darle un mejor uso al regalo de Cora.

Aprieto mis senos con más fuerza escuchando su voz ronca en mi mente y, sin poder evitarlo, ahogo un gemido. Ahora tengo una mejor inspiración que la literatura erótica.

Mi subconsciente pierde la cordura y me envía imágenes de primer plano de nuestros encuentros… de sus gruñidos… Gimo más fuerte bajando los dedos hacia mi sexo, los introduzco despacio, pero de pronto detengo mis movimientos en cuanto percibo una ardiente sensación recorrer mi espalda.

Bruscamente, me limpio los restos de jabón de los ojos y me vuelvo hacia la puerta abierta. No hay nadie, pero creí sentir a Alexander cerca. Cierro la ducha y me envuelvo en una toalla blanca.

Pareciera como si él hubiera estado aquí. Salgo y miro con cuidado toda la habitación, pero no hay rastro de nadie. Estoy desvariando, me estoy volviendo loca. Alexander no pudo estar aquí, él ya debe estar muy ocupado. Pensar en eso me hace tensar la mandíbula.

Me siento en la cama y me seco el cabello, decidida a no seguir alimentando esas ideas porque no tiene sentido hacerlo, nuestro acuerdo casual terminó.

De pronto, tocan a la puerta un par de veces y me pongo de pie para abrir. Es una mucama.

—Buenas noches, señorita Brown. Traigo un obsequio para usted. Es cortesía del hotel.

Entrecierro lo ojos mientras veo un par de bolsas negras en sus manos.

—¿Qué es?

—Ropa limpia.

—Es muy amable de su parte —tomo las bolsas. Es obvio que no voy a ponerme exigente, lo único que tengo para bajar a cenar es la toalla sobre mi cuerpo y mi ropa mojada, y ninguna de las dos opciones es buena.

—La devolveré en cuanto pueda.

Suelta una risa corta.

—Creo que no me expliqué bien, esta ropa fue comprada especialmente para usted.

Miro con atención las bolsas y reconozco el logo de la marca: Marc Jacobs, una firma de lujo, prendas de esas que sólo es posible comprarte una vez en la vida. Esto huele a juego Roe.

—De acuerdo —digo con cautela—. Gracias —cierro la puerta.

No tengo opción. Aunque esto provenga de él, tomaré la ropa, sin embargo, la regresaré a mi manera después, ya no quiero regalos suyos. Dejo las bolsas sobre la cama y vacío el contenido. Dentro de la primera hay un vestido rojo liso. La tela es suave y delicada. También hay un sostén de encaje.

Lo miro con una ceja arqueada, en definitiva fue él: es una talla más pequeña. Quito la etiqueta y me lo coloco. Mis senos casi se desbordan. Lo dicho, es una talla más pequeña. De nuevo falló, señor Roe, pero al menos servirá. Busco las bragas en la bolsa, pero no hay nada más.

Con el ceño fruncido abro la otra bolsa y saco un abrigo mediano color negro. Busco las bragas, pero tampoco hay nada. *Imposible.* ¿Se tomó el tiempo de comprarme ropa, pero olvidó las bragas? Debe ser una broma.

Después de pasar varios minutos rebuscando, por fin me rindo. No hay bragas. Al menos aún tengo las mías. Voy a la pila de ropa que dejé sobre el suelo y las busco, pero no están por ningún lado.

No. Camino por la habitación buscándolas, aunque sé muy bien dónde las dejé. No están. Cierro los ojos y cuento hasta diez en mi mente. Lo hizo de nuevo. ¡Robó mis bragas! Y también me vio en la ducha porque no hay duda de que estuvo aquí, no me equivoqué.

Me coloco el vestido rojo para cubrir mi falta de bragas y tomo mi teléfono. Suena y suena, pero no responde. Sabe lo que hizo. Seguro escuchó lo de Adam y, como siempre, quería fastidiarme la noche.

No le daré el gusto, voy a cenar con Adam aunque no tenga bragas; si él puede irse con la pelirroja, yo puedo salir con quien me plazca. Tomo mi bolso y vacío el contenido para sacar mi maquillaje y, en ese momento, no sólo eso cae, sino también un pequeño y curioso objeto.

Tomo el vibrador con la boca abierta. Ella no debería llamarse Coraline Gray, debería ser Coraline Roe. Ahora entiendo por qué le agrada tanto Alexander, ambos compiten por hacerme enloquecer.

Me llevo el teléfono a la oreja y su voz alegre resuena.

—Estaba por llamarte, *sexy*. ¿Cómo está todo en Brent? Vi en las noticias que la tormenta eléctrica empeoró, mi pedido de comida china no llegó a casa y cuando...

—Vas a tener que acompañarme con la doctora Kriss la próxima vez para que te revise una de sus amigas que es psicóloga, porque ahora los vibradores aparecen en lugares inesperados —la interrumpo.

Su risa al otro lado de la línea la delata sin mostrar ni una pizca de culpa.

—Tú me dejaste un "regalo" cuando te fuiste a Birmingham y yo te dejé uno cuando te fuiste a la oficina esta mañana. Ahora estamos a mano.

—Cora, hablé con Bennett para que no te dejara sola, tú metiste un vibrador en mi bolso. ¿Te imaginas qué habría sucedido si mi bolsa se hubiera abierto a mitad de la oficina y alguien lo hubiera visto?

—Eso habría sido lo mejor que te...

De pronto, dejo de escucharla.

—¿Cora? Coraline, ¿sigues ahí? ¿*Sexy*? —la llamada finaliza y vuelvo a marcar un par de ocasiones, pero me manda a buzón. Debió quedarse sin batería o el servicio de red dejó de funcionar por la tormenta.

Genial. Miro el vibrador indignada y lo lanzo a la cama. Termino de arreglarme lo mejor que puedo con las pocas cosas que tengo porque no estaba lista para pasar la noche en Brent. Mi cabello se ha secado naturalmente y lo dejo suelto sobre mis hombros.

Aunque no llevar bragas acalora mis mejillas, tengo que admitir que el vestido es muy bonito. Aún me pregunto por qué lo compró si sabía que cenaría con Adam. Pensé que le desagradaba.

¿Ahora cambió de táctica y quiere empujarme hacia él? Me calzo los tacones y salgo de mi habitación decidida a disfrutar de la noche, eso me servirá para olvidar la tensión del día. Además, Adam me gusta, es muy atractivo.

Mientras bajo al restaurante del hotel donde cenaremos, noto dos cosas. La primera es que hay muy pocas personas aquí y eso lo entiendo, clausuraron el hotel por el accidente y los últimos huéspedes están por irse, pero pareciera como si esta noche nadie hubiera decidido salir de sus habitaciones.

La segunda es que todo está en silencio. Le envío un mensaje de texto rápido a Adam diciéndole que estoy lista, pero no responde. Lo esperaré, aunque la paciencia no es una de mis virtudes.

Entro al restaurante y un empleado me recibe en la puerta. Toma mi abrigo, le sonrío con amabilidad y me dirijo hacia una mesa. Curiosamente, el lugar está lleno, a diferencia de los pasillos, sin embargo, pareciera que la gente fue obligada a estar aquí, hasta sus conversaciones se sienten forzadas.

—Buenas noches, señorita Brown. ¿Le ofrezco un aperitivo mientras decide qué ordenar? —un mesero aparece y me entrega la carta.

—Una copa de vino sin alcohol y no ordenaré hasta que mi acompañante llegue, prefiero esperar, gracias —asiente.

La fricción por la falta de bragas hace que mis mejillas se sonrojen, pero al mirar a los demás huéspedes comiendo recupero la compostura, nadie se dará cuenta.

Veinte minutos después tengo mi copa frente a mí y Adam sigue sin aparecer. Miro por décima vez mi celular y le envío tantos mensajes como puedo, pero me rindo en el siguiente, no deseo parecer desesperada, ya es suficiente con las miradas de los huéspedes.

Ni siquiera ha leído mis mensajes. No puedo creer que me dejó plantada con lo insistente que ha sido en cenar conmigo desde que regresamos de Birmingham.

—Buenas noches —dicen a mi espalda y Alexander Roe aparece en toda su gloria masculina.

Se cambió de ropa, ahora porta uno de sus trajes hechos a medida, limpio e impecable. Incluso su cabello castaño está fijado hacia atrás con cera, como tanto me gusta.

—¿Está ocupado este asiento? —señala la silla frente a mí.

Lo miro atónita. ¿Qué hace aquí? Debía ir con la pelirroja al hotel que le indicó en la recepción.

—Sí.

—¿Por quién?

—Por Adam, es mi acompañante de la noche —frunzo el ceño.

—Adam Tail, de nuevo contigo —dice—. No lo he visto por aquí y, como no veo otro lugar disponible en el restaurante, compartiré la mesa con ustedes, si no te importa —sin que lo pueda detener, se sienta.

—¿Qué estás haciendo?

—Cenar, estoy hambriento como todos mis huéspedes y los cocineros de aquí son buenos —responde como si nada y un mesero se apresura hacia nuestra mesa con la carta en mano, atendiéndolo con más fervor que a cualquiera. Alexander la estudia en silencio, demasiado lento.

—¿No piensas ordenar?

—No hasta que llegue mi acompañante —me llevo la copa a los labios.

Las comisuras de su boca se mueven.

—Oh, pero, según me dijeron, llevas esperando casi una hora por él y no se ha dignado a venir. Es una pérdida de tiempo que te quedes sin cenar por alguien que te dejó plantada.

—No me dejó plantada, va a venir.

—Esperemos que así sea —asiente—. Quiero un filete a punto medio, verduras al vapor en cuatro piezas y una botella de Chapel Down —le indica al mesero. Casi me atraganto en cuanto escucho qué beberá—. Es uno de mis vinos favoritos —añade rápido, mirándome a los ojos.

También el mío, pero es muy barato para ser de su agrado.

—Yo quiero otra copa igual, por favor.

—Emma, deberías ordenar o morirás de hambre. Tail no tuvo los pantalones suficientes para venir.

—No hasta que Adam llegue, señor Roe. Sé que vendrá, no me dejaría sola; además, no hay adónde ir con esta lluvia.

El mesero regresa con la botella de vino y llena su copa hasta la mitad antes de irse. Lo miro con antojo, pero me recuerdo que el alcohol está temporalmente prohibido para mí por indicaciones de la doctora Kriss.

—Aún podría tardar un poco o tal vez no quiera venir —sonríe—. ¿Quieres un poco de mi vino? —niego con la cabeza—. Está muy bueno, mejor que el que estás bebiendo, te lo aseguro.

—Lo sé, el Chapel Down también es uno de mis favoritos, pero esta noche paso de él.

Mira mi copa y luego la botella con curiosidad. Por el color, debe saber que no tiene alcohol.

—¿No estás bebiendo alcohol esta noche?

—No.

—¿Por qué no?

—¿Importa? —le traen su platillo y mi estómago se mueve suplicándome que ordene de una buena vez.

—Simple curiosidad. Existen pocas razones por las cuales una persona no ingiere alcohol —ladea la cabeza y sus ojos bajan por mi vestido hasta la altura de mi vientre.

Sigo su mirada y entiendo su insinuación. *¿Está loco?* El mesero, cotilla, también mira mi vientre. Si Adam no aparece pronto, terminaré golpeando a Alexander frente a todos los huéspedes o, peor aún, estrangulándolo.

Respiro profundo para calmarme y evitar armar una escena.

—Tienes razón, estoy embarazada, ya no quiero seguir ocultándotelo —digo con ironía y bebo de mi copa. En ese momento, su copa se detiene a medio camino. Su mirada se desencaja y abre los ojos.

—¿Qué dijiste?

Miro su expresión horrorizada y me muerdo la mejilla interna para no reírme en su cara. No puede creer que hablo en serio.

—Lo que escuchaste. Vas a ser padre, Alexander —el mesero se cubre la boca jadeando con sorpresa—. Me enteré hace unos días y no sabía cómo decírtelo en la empresa —Alexander arquea las cejas e intercala su mirada entre mi rostro y mi vientre, y ya no me agrada—. Fue un acuerdo casual, pero en definitiva lo tendré. Seremos padres te guste o no.

Deja el vino en la mesa y frunce el ceño. Coloca las manos como si fuera a tener una reunión de negocios y habla con seriedad.

—¿Cuánto tiempo tienes? ¿Dónde lo concebimos?

Es claro que no ha notado mi tono de sarcasmo porque parece que habla en serio.

—Deja de mirarme así —me remuevo en mi lugar, incómoda de que no aparte la mirada de mi vientre.

—¿Qué médico te habló de nuestro hijo?

Su expresión horrorizada se muda a mi rostro. *Dios, dame fuerzas para no matarlo.*

—¡Por Dios, Alexander! Es obvio que no estoy embarazada, no seas absurdo.

Miro con enfado al mesero para que se largue de nuestra mesa, pero no quiere perderse el espectáculo que estamos ofreciendo, hasta que Alexander lo mira y sale casi corriendo.

Alexander carraspea cuando nos quedamos solos.

—¿Estás segura? —pregunta con la mirada seria.

Palidezco y casi escupo mi vino.

—¿Acaso te volviste loco? —bajo la voz para que nadie más nos escuche—. ¡No estoy embarazada! —suelto una risa larga—. Sólo estaba siendo irónica, tomo la pastilla y utilizamos preservativo.

—Preservativo sólo la primera vez.

—Aun así, tomo la pastilla anticonceptiva —le recuerdo.

Por Dios, este hombre no conoce los límites. *¿Embarazada?* Sacudo la cabeza. Está loco, muy loco. ¿Dónde está Adam?

Me mira con los ojos entornados.

—Es una broma un poco inoportuna considerando que he estado dentro de ti durante muchas horas y que los anticonceptivos pueden fallar —lo miro con una ceja levantada—. Mi carga tiene buena potencia, no te asombres de que te haga hijos en el futuro.

Degluto con dificultad bajo su mirada intensa y seria. *Está jugando con mi mente,* me digo a mí misma, porque no hay manera de que hable en serio.

—Serías el último hombre de la Tierra con el que tendría hijos.

—El único, nena —gruñe tan bajo que apenas alcanzo a escucharlo.

—¿Qué dijiste?

—Que mi potencia es única y hace que cualquier anticonceptivo falle.

—Pues no sería la única embarazada, considerando la cantidad de mujeres a las que les has rellenado el coño.

Su mirada se ensombrece por mis palabras y se inclina hacia mí.

—Nunca le he rellenado el coño a nadie sin protección, sólo a ti.

Lo miro en silencio, eso no puede ser posible.

—Le tuviste muchas consideraciones a tu puta en turno entonces —suelta mi boca antes de que pueda detenerla.

De nuevo, su rostro se desencaja, pero de manera más oscura. De pronto recuerdo su forma bestial o militar de antes, cuando estaba en la oficina.

—Tú no eres nada de eso.

—Tú me llamaste así cuando me corriste de tu oficina, me dijiste que era un coño más, querido —remarco la última palabra con toda la amargura que siento—. Y ya me cansé de esperar a Adam contigo, lo iré a buscar a su habitación.

—Es claro que te dejó plantada. ¿Para qué quieres ver al inútil ese?

—Para follármelo —le guiño un ojo con desdén.

Se levanta de golpe sin decir nada y un mesero se acerca corriendo, temeroso de la reacción de Alexander.

—Saca a toda la gente en este preciso momento —le ordena enojado—. Hay un asunto que arreglar.

El hombre asiente agachando la cabeza como los guardaespaldas de Alexander y, como si hubieran escuchado la advertencia, todos los meseros comienzan a sacar rápido a la gente, igual de asustados. Es una exageración que saquen a todos los huéspedes con sus platos a medio comer.

—¿Qué estás haciendo? Eres el dueño del hotel, pero no puedes correr a los huéspedes que están cenando por una tontería.

—Esto es lo que debí haber hecho desde el momento en el que entraste a mi oficina, no me importa mandarlos al carajo.

Los huéspedes que aún quedan en el hotel después del accidente se levantan enojados de sus mesas y, cuando pasan a nuestro lado, me miran con coraje. Me levanto también de mi asiento, pero se coloca frente a mí y me atrapa por la cintura para evitar mi huida.

El olor a alcohol de su boca me dice que no sólo ha estado bebiendo vino, sino whisky también.

—Robaste mis bragas de nuevo, pervertido —le reprocho la única cosa que viene en ese momento a mi cabeza para que me suelte.

—Sí, ¿y qué?

Su admisión tensa mi mandíbula porque no está arrepentido de hacerlo. Lo miro con desprecio hasta que toda la gente sale del lugar, incluidos los meseros. Nos quedamos completamente solos, pero no me suelta. Nos miramos fijo.

—Hablemos claro, Alexander, porque no tolero estas intromisiones en lugares públicos, el exhibicionismo no se me da.

—¿Qué intromisión? Tail te dejó plantada hace una hora, todos se percataron de ello.

Me libero de su agarre.

—¿Qué es lo que quieres? ¿Qué quieres de mí? A estas horas deberías estar con Alesha, pero preferiste quedarte para fastidiarme la noche con Adam. ¿Por qué? ¿Es por tu ego herido de hace días? ¿O porque fui yo quien terminó el acuerdo?

No se ríe ni tuerce el gesto.

—Tienes el ego por los cielos, Emma, para pensar que me afecta que terminaras el acuerdo.

—No más que tú que no puedes aceptar que una mujer pueda desear a un hombre que no seas tú —arquea las cejas—. Puede que detestes a Adam, pero él me provoca mejor que tú.

Da dos pasos y con una zancada más se planta frente a mí.

—Repítelo hasta que te lo creas, Emma, porque tu rostro muestra una respuesta diferente cuando me tienes cerca a cuando lo tienes a él —su aliento me golpea la piel—. Sé muy bien el efecto que provoco en ti.

Suelto una risa.

—No provocas nada en mí.

—¿Y entonces por qué me besaste en la oficina? —se acerca como depredador otro centímetro más.

—Porque después del ataque necesitaba distraerme y eras el único disponible en ese momento, pudiste ser tú o cualquiera.

—Ya veo, pues te diré por qué te besé de vuelta —se inclina sobre mí, acelerando mi respiración—. Porque me tientas con esa boca —su mano sube peligrosamente cerca de mis labios, pero no me toca—. Porque te mentí, no te relleno el coño cuando quiero porque siempre te tengo ganas.

Su mano libre serpentea por mi cintura y me jala hacia él golpeando mi cuerpo contra el suyo, obligándome a sostenerle la mirada.

—Nuestro acuerdo se terminó, ya no importa lo que digas, no vas a arreglarlo —le recuerdo mirando lo cerca que está su boca de la mía.

—A la mierda con el acuerdo y a la mierda con todo —me toma de la nuca y me levanta la cabeza—. Hiciste que perdiera la puta cordura, Emma Brown.

Entonces lleva sus labios a los míos al igual que yo lo hice en Hilton & Roe por la mañana.

Su boca se mueve con dureza sobre la mía. Quedo atónita por el repentino movimiento y por sus palabras. El gusto a alcohol de su lengua me hace girar. Ha estado bebiendo. Aunque yo sí lo desee, él no es consciente de lo que está haciendo, se calentó y ahora quiere quitarse las ganas conmigo, pero no soy su juguete.

Me remuevo, pero sus manos me mantienen sujeta para que no me libere. Me inclina sobre una de las mesas y me besa con más intensidad. Sus manos bailan por el borde de mi vestido, el que él eligió para mí, y acarician la piel de mis piernas.

—¿Qué carajos me haces, Emma Brown? —dice con voz ronca y mi pecho da un vuelco.

Me separa los muslos y, en dos movimientos, comienza a frotarse contra mi sexo. Ante mi falta de ropa interior, la caricia de su pantalón se siente directa, como si tampoco hubiera barreras debajo de su bragueta.

Gimo en su boca y él gruñe, apretando mis glúteos. Gira las caderas y baja sus manos al botón de su pantalón, ansioso por liberarse. A pesar del calor y las ganas que le tengo, aún soy capaz de pensar con claridad y no caer de nuevo en su juego.

Me aferro a sus hombros y lo hago girar. Cómo puedo me libero de él y salgo corriendo por el restaurante con las mejillas sonrojadas y los labios hormigueando. Me tendió una encerrona, sabía que Adam no aparecería.

Mierda, casi caigo de nuevo. Trato de controlar mi respiración mientras repito sus palabras una y otra vez en mi mente. Él no hablaba en serio, todo lo que dijo fue mentira, volverá a rebajarme cuando esté enojado.

No, de ninguna manera volveré a ceder a ese pecado.

Entro agotada a mi habitación, con la piel ardiendo por sus caricias. Me muerdo el labio y rebusco en mi bolso el regalo de Cora. Lo saco con manos curiosas después de refrescarme en el baño.

El calor es demasiado y sólo pienso en aliviarme. Me recuesto sobre la cama con las piernas abiertas y, ante la ausencia de bragas, dejo el camino libre para el vibrador. Jamás he hecho esto con uno tan grande, pero dadas las circunstancias…

Además, es perfecto para asemejar el gran tamaño de Alexander. Enciendo la máquina con un dedo y las palpitaciones en mi mano se vuelven constantes. *Increíble, sí que es potente.*

Trago saliva con fuerza y lo deslizo por mi abdomen hasta mi pubis. Arqueo la espalda cuando el objeto se abre paso por mis pliegues y lanza descargas directas. Gimo en alto. Esto se siente bien. Demasiado bien, pero no es suficiente para correrme, sólo hay alguien en quien debo pensar y es en él.

Me hizo enojar en el restaurante, pero eso no quita que sea el único que me hace fantasear mientras deslizo esta máquina por mi entrepierna.

Abro más las piernas y bajo el vibrador hasta mi vagina mientras pienso en su boca y en lo que hace con ella… Las ansias con las que me lo come. Aprieto las sábanas con mi mano y mis gemidos se desesperan y descontrolan tanto que apenas escucho el clic de la llave electrónica cuando abren la puerta.

—Alexander —gimo en voz alta imaginándolo como si estuviera entre mis muslos.

Subo y bajo la mano y las vibraciones me hacen jadear. Lo deseo como no se imagina, pero no voy a caer otra vez en esa tentación o saldré mal parada esta vez porque, si ya estoy confundida después de unos cuantos encuentros, con más semanas o meses, lo tendré clavado en mi mente y en mi corazón.

Una nueva y deliciosa oleada de placer me golpea en cuanto mi humedad incrementa, facilitando los movimientos. Gimo más alto de nuevo. A pesar del calor del momento, noto que ya no sólo hay vibraciones, sino algo más, algo húmedo y caliente deslizándose por mi sexo. Son… ¡Lametones!

Me incorporo asustada y encuentro la cabeza de Alexander entre mis piernas dándose un festín con mi coño y haciéndome gemir.

—¿Qué haces aquí? —jadeo.

¡Me siguió hasta mi habitación!

—Comiendo mi coño. No me interrumpas, Emma, porque no me voy a detener —dice a medias y vuelve a su tarea. Su lengua encuentra mi vagina y la introduce tan profundo como puede.

—Lárgate —trato de resistirme.

—No.

No puedo más, me dejo caer sobre la cama otra vez y suelto el vibrador para enterrar mi mano en su cabello y retenerlo en el punto por el que tanto se muere.

Gimo sin control y los movimientos de su lengua se vuelven más desesperados. Me toma de los muslos hasta que mis piernas terminan sobre sus hombros y alza mi cintura llevándose mi sexo a la boca, abarcando más territorio.

—*Joder,* ahí, Alexander… me gusta —el sonido de su boca soltando mi clítoris cuando se aparta hace que la temperatura de mi cuerpo aumente todavía más, si acaso eso es posible.

—Tengo una pregunta para ti.

—¿Cuál? —pregunto con la garganta seca y ansiosa por que siga.

Abre mis piernas con un tirón y toma el vibrador llevándolo a ese punto que me volvió loca. Gimo, pero no aparto la mirada de sus penetrantes ojos verdes.

—¿De quién es este coño, Emma? —aumenta la velocidad de las vibraciones.

Echo la cabeza hacia atrás y me muerdo el labio inferior para controlar mis gemidos. No voy a responderle, nuestro acuerdo se terminó y ya no puede obligarme a decir nada, esto sólo será un orgasmo, en cuanto me lo dé lo correré de mi habitación.

—No te escucho responder —aparta el vibrador y lo lanza a alguna parte de la habitación. Entonces sus dedos bajan y me penetra con ellos de una sola estocada.

Muevo mis caderas al ritmo de su mano.

—Estás ebrio, déjame correrme y lárgate.

—No —quita la mano dejándome a medias y se coloca sobre mí. Su fragancia masculina envuelve mis sentidos. Me toma de la barbilla para que no aparte la vista, tiene los ojos ardiendo de rabia y la mirada determinada.

—¿De quién es tu coño?

—Mío —lo miro desafiante.

—Respuesta incorrecta —se deshace del único botón de sus pantalones y la punta de su polla salta a la vista. Enseguida la saca completa, totalmente erecta. Se la jala un par de veces haciéndome salivar.

—Ni siquiera lo pienses, puedes comérmelo, pero no vas a metérmela después de follarte a otra.

Frunce el entrecejo.

—¿Otra?

—La pelirroja —le recuerdo—. No me vas a follar después de estar con ella.

—Entonces sí te importa lo que sucedió con Alesha.

Mi mal humor regresa y lo empujo para poder levantarme. Arreglo mi vestido y me cruzo de brazos.

—Fuera de aquí. Si quieres una calienta pollas, no estoy disponible; además, estás ebrio, no lidio con eso.

Se levanta con la mirada oscurecida.

—Ojalá y Alesha me la hubiera chupado antes de irse esta mañana, así no tendría que estar aquí soportando su ego, señorita Brown, y los dos podríamos estar disfrutando.

—Eres un maldito idiota.

—Y tú una engreída.

Aprieto la mandíbula.

—Ya basta, lárgate —mi celular comienza a sonar en mi bolso y camino hacia él—. Fuera de aquí, Alexander, o llamaré a la seguridad del hotel o, mejor aún, armaré el escándalo del siglo para que llegue a oídos de la prensa amarillista —saco el teléfono y respondo—. Emma Brown, diga.

—Así que estás en Brent sola, *conejito*. ¿Qué me dices de si te hago una visita rápida para mejorar tu noche y tu soledad? Tengo el número de tu habitación y fotos de las personas con las que estuviste hablando todo el día.

Toda mi excitación anterior se evapora y siento la sangre abandonar mi cuerpo. La mirada de Alexander cambia radicalmente con la expresión que la voz de Seth provoca en mi cara.

—¿Emma? —dice, pero no puedo escucharlo.

—¿Qué… qué quieres?

—Sabes muy bien lo que quiero, amor, te lo dije esta mañana, si no accedes a vernos, lo haré de la forma difícil —responde Seth con una voz que no me gusta. Escucho la policía local de la ciudad, esa alarma peculiar.

—¿Estás en Brent?

—Adivinaste —se ríe—. Ahora fija una hora para que nos veamos esta misma noche. ¿Cooperarás o prefieres que lleve las correas? Habitación 302, hotel Hilton & Roe en Brent, ¿no es así?

Mis muñecas comienzan a temblar. *Oh, no. Oh, Dios. No. ¿Cómo lo supo?*

—Emma —Alexander se acerca mí—. ¿Qué sucede?

—¿Quién está ahí? Es voz de hombre —pregunta Seth molesto—. ¿Te estás follando a alguien, zorra? Pues será mejor que lo eches de ahí de una buena vez antes de que llegue o ya sabes cómo terminarán las cosas. Me volví un matón en la prisión en la que me encerraste, así que ni una palabra a nadie o Cora sufrirá las consecuencias. Jaden la está vigilando y sabe que está sola —sin decir más, cuelga. Permanezco paralizada.

Los ojos empiezan a escocerme. *Viene hacia aquí. Seth viene hacia aquí.*

—Emma, mírame. ¿Quién era?

Alexander sigue aquí.

—Tengo que irme de Brent —digo asustada, con un hilo de voz.

—¿Irte? Hay una tormenta ahí afuera. ¿Le sucedió algo a tu familia o a esa rubia que habla mucho?

¿Mi familia? Yo no tengo familia, mi única familia son Cora y Dylan, mis amigos, y no puedo poner en peligro a Cora. La base del MI6 donde trabaja Dylan está aquí en Brent, pero a tres horas, del otro lado de la ciudad. No llegaría a tiempo para estar a salvo.

Sacudo la cabeza. Tengo que irme ya.

—¿Dónde están las llaves de mi Mazda? —camino desesperada por la habitación, no quiero repetir el último infierno.

—¿Qué está ocurriendo, Emma? ¿Quién era? —Alexander camina detrás de mí.

—¡No me follaste y no lo harás, así que vete! —le grito a la cara y busco mi bolso con las manos temblorosas, pero no puedo encontrarlo. Quiero mi bolso, sólo eso.

—¡Ya fue suficiente, detente! —Alexander se planta frente a mí con la mirada seria y un sollozo escapa de mi garganta.

La mirada de Alexander cambia. No quiero romperme, no quiero que me vea así, pero ya no puedo. Ya no puedo más.

Antes de que pueda notar lo que hago, me dejo caer sobre su pecho, abrazándome a su cuerpo. Permanece tenso y confuso, como si el contacto de un simple abrazo le pareciera una tortura. Incluso no me atrae hacia su pecho, sólo me mantiene medianamente cerca.

Lo dejo hacer, conteniendo las lágrimas que amenazan con caer. Me aferro a su camisa en un intento por controlar el miedo que me carcome. Sus manos presionan mi espalda y por primera vez desde el último infierno que viví logro sentirme segura.

—Necesito que me acerques a la base del MI6. ¿Sabes dónde está? —no me pregunta por qué, sólo asiente y me lleva fuera de la habitación.

Lo dejo guiarme y miro un segundo la puerta de la que se suponía era la habitación de Adam. *¿Qué habrá ocurrido con él?* Alexander me lleva al ascensor y bajamos en silencio. Si consigo que me deje con Dylan, me sentiré a salvo.

En cuanto las puertas se abren, tres hombres trajeados nos rodean, entre ellos Ethan.

—Nos vamos.

Asienten y uno de ellos habla por su auricular.

—El señor Roe se va.

El frío golpea mis hombros, escociendo mi piel, pero apenas me importa. De pronto, un calor me cubre: es Alexander colocando su abrigo sobre mis hombros.

—¿Dónde está Adam? ¿Qué hiciste con él? Jamás me habría dejado plantada.

Aunque es lo menos relevante en este momento, prefiero pensar en eso que en el hecho de Seth viniendo hacia mí.

—No lo sé, yo no soy su guardaespaldas, es un simple empleado.

Sé que miente. Lo sé muy bien.

—¿Puedo ir en mi Mazda?

—Haré que lo lleven hasta esa base o a tu casa.

Acepto la negativa.

—De acuerdo —entro a la enorme camioneta negra. Apenas se escucha el repiqueo de la lluvia sobre el techo. Miro hacia afuera para asegurarme de que no hay ningún auto extraño a la redonda y mis hombros se sacuden en un sollozo que rápidamente reprimo en cuanto Alexander se sube detrás de mí.

Ethan entra del lado del copiloto y la camioneta se pone en marcha. Trato de controlar el temblor en mi cuerpo, pero no puedo.

—¿Tienes frío? —pregunta Alexander desde su lugar sin entender por qué tiemblo. Niego con la cabeza, pero no parece convencido.

Se inclina hacia mí y desabrocha mi cinturón de seguridad con un movimiento. Después me coloca a horcajadas sobre él. Me quedo sorprendida por ese movimiento. Sus manos comienzan a frotar mis hombros.

—Estás helada —dice, y poco a poco siento el calor de su cuerpo.

Lo miro curiosa.

—No tienes que ayudarme de nuevo; déjame ir, ya lo hiciste en Birmingham —intento regresar a mi lugar, pero no me lo permite.

Me ayudó en Birmingham y a la mañana siguiente me humilló.

—Y tú no tienes que ser imposible esta noche —dice muy serio.

Parpadeo. Está totalmente consciente, aunque, cuando lo besé, probé el alcohol en su lengua.

—No estás ebrio.

—No, el alcohol me adormece la lengua nada más —dice como si eso fuera evidente.

Entonces lo que dijo…. Me pierdo repitiendo sus palabras en mi mente.

—Si de algo te sirve, Bennett está en Londres con Coraline.

Siento un alivio por todo mi cuerpo, aunque aún me duele el pecho por tantos demonios sueltos. La tensión del día y el cansancio físico y mental van doblegándome. Sus manos siguen frotando mis brazos para mantenerlos cálidos y, sin poder evitarlo, voy bajando poco a poco hasta que termino recargada contra su pecho, perdida en mis pensamientos.

Su cuerpo se tensa; sé qué el contacto lo acojona, quizá ni le gusta, pero agradezco que no me quite. Me acurruco en su pecho; no me abraza, sólo se queda ahí como mi colchón humano, tieso. Escondo la cabeza en su cuello y aspiro su aroma sintiendo cómo su cuerpo se tensa ya por completo.

—Gracias —susurro en voz baja mientras el cansancio me vence.

Capítulo 24

Alexander

Su pequeño cuerpo se acurruca contra el mío y por acto reflejo quiero rechazar el contacto como suelo hacer, pero no puedo. *¿Qué coño me sucede?* Conozco muy bien esta reacción como para saber que es un efecto del miedo, lo vi durante muchos años en mi hermano Bennett.

Es como si su mente la sedara para que su miedo no logre carcomerla por completo.

—Maneja en círculos durante unos minutos y después regresa al hotel, pero mantente lejos de la entrada, quiero ver a todos los que acceden.

Sé que la llamada que recibió fue lo que la hizo huir del hotel.

—Como ordene, señor, me comunicaré con la seguridad del hotel para tener acceso a las cámaras de vigilancia de los interiores y el estacionamiento —Ethan no aparta la mirada del frente.

Con mi expresión seria acomodo el abrigo sobre sus hombros de nuevo. Ella se remueve un poco, pero el movimiento constante de la camioneta vuelve a arrullarla. Duerme aferrada a mi camisa, segura de tenerme cerca.

Respiro hondo de nuevo. Durante todo el trayecto siento un golpeteo en el pecho debido a su peso. *Debo alejarla.* Yo no estoy acostumbrado a este tipo de contacto. Cuando se siente cálida otra vez, lanza un suspiro aliviado y se aprieta más contra mí.

No lo hagas, Emma, pienso, pero su cabeza termina en mi cuello y sus delicadas manos se aferran a mi camisa. Mi cuerpo se tensa en esa posición: es demasiado contacto, y de una forma en la que no me relaciono con nadie, ni siquiera con Alesha. Ethan mira sorprendido por el retrovisor, aunque, como el criado que es, se guarda sus opiniones para sí mismo.

Sé que algo sucedió con esa llamada, algo que la hizo querer huir con desesperación de ahí, y necesito indagar. Con una mano la sujeto por la cintura, aun en contra de mi voluntad, y con la otra saco el móvil y llamo a la seguridad del hotel.

—Quiero que supervisen todas las cámaras. Si alguien sospechoso aparece, infórmenmelo inmediatamente.

—Entendido, señor Roe.

Ethan aparca a unos metros de la entrada de mi hotel de lujo, al lado de un árbol, por la carretera, y las otras dos camionetas donde vienen mis guardaespaldas se detienen detrás de nosotros.

La luz de los faros me deslumbra por un momento, como siempre, jodiéndome la vista, así que parpadeo varias veces. La lluvia sigue repicando contra el techo, pero con menos fuerza que antes. Desde aquí puedo ver los últimos escombros del peor accidente de toda mi carrera.

Suspiro pesadamente y miro a Emma. Ella insiste en que el derrumbe fue provocado, sin embargo, no cualquier persona orquesta algo de esa magnitud y menos aún sabiendo que este proyecto era mío. Si sale a la luz, el maldito MI6 meterá sus putas narices porque sólo hay una posibilidad de quién pudo haberlo causado.

Carajo, esa mierda de nuevo. Me llevo la mano a la cara y la presiono; estoy cansado y estresado y llevo dos días enteros durmiendo poco. Prefiero dejar que todos piensen que fue mi error, no quiero a la prensa indagando donde no debe.

Haré como si no supiera sus putas intenciones. Ethan ya está investigando los bares de la ciudad y Alesha se mantiene en contacto con su padre para obtener más información. Sólo espero que no haya sido él quien se entrometió en mi proyecto porque eso querría decir que me tiene en la mira otra vez.

Pero si es así, ese cabrón no va a joderme y tampoco permitiré que se acerque a mi hermano. Sobre todo, porque, con su nuevo invento, casi lo hace recaer.

—Se aproxima un auto modelo BMW por ahí, señor Roe. Evadió a los guardias de la entrada y trae una identificación falsa —me comunica Ethan.

Miro el auto plateado y vuelvo a llamar a la seguridad del lobby.

—El auto que acaba de entrar no tiene placas. Investiga quién es, nadie puede acceder al hotel si está clausurado más que los huéspedes restantes —cuelgo.

El teléfono de Emma suena en su bolso y ella despierta enseguida haciendo que mi abrigo caiga de sus hombros. Sus ojos avellana me miran fijo, confundidos, como si no supiera dónde está, sin embargo, el sonido de su celular la hace apartar la vista.

Lo toma con las manos temblorosas y, cuando ve la pantalla, el poco color de sus mejillas desaparece por completo. Trato de ver quién es, pero se le cae el celular de las manos al suelo de mi camioneta. *¿Qué carajos?*

—¿Dónde estamos? —pregunta con un hilo de voz.

—Seguimos en Brent.

Ahoga un sonido en su garganta y mira a su alrededor reconociendo el logo de mi firma en el edificio. Cuando se percata de que estamos de vuelta en el hotel, sus ojos se abren con horror.

—Me trajiste de regreso —la desconfianza ensombrece su mirada.

—Tenía que revisar unos asuntos del hotel antes de irme —miento.

No parece creerlo, es muy astuta; ésa es la principal razón por la cual no permito que indague en el accidente de mi hotel.

—¿Dónde está mi Mazda? —dice tratando de moverse a su asiento—. Quiero ir en mi propio auto, tú resuelve los asuntos de tu hotel, yo me iré sola.

La retengo con más fuerza; aún la veo adormilada.

—No puedes ir en tu auto, las carreteras principales siguen cerradas y las otras rutas son poco transitadas. Uno de mis choferes ya se lo llevó, nosotros también nos iremos de Brent, pero necesito revisar un asunto de último minuto.

Matt se aproxima desde la camioneta trasera y se detiene en la puerta con la mirada seria: seguramente vio algo importante además del auto plateado. Le hago señas a Ethan para que baje y busque más información.

Emma mira a ambos lados en repetidas ocasiones y se vuelve a remover ansiosa sobre mí. Ese repentino nerviosismo me pone en alerta respecto al conductor del auto plateado que acaba de ingresar al hotel.

—Quiero salir de aquí, déjame irme, no quiero interrumpir.

Así como está, no permitiré que vaya a ningún lado. Además, la lluvia de nuevo es un torrente, terminará accidentándose en la primera curva.

—No, te di una orden —le digo tajante con la mirada seria.

Sus hombros se sacuden en silencio. Después sube la cabeza muy lento y me toma de la camisa.

—Por favor —por primera vez desde que la conozco noto algo distinto en ella—. Por favor, Alexander, no quiero suplicar.

En ese instante, su mirada, sus ojos tristes, y tenerla así remueven algo en mi pecho, donde otra vez siento un golpeteo. Es algo que nunca había sentido por nadie, excepto por Bennett. Es una repentina necesidad de protegerla. El sentimiento me acojona al instante.

—¿Quién es el de la llamada?

—Déjame salir —repite, pero sé que no quiere irse, sólo es su miedo el que la hace actuar de forma impulsiva—. Tengo que salir de aquí, me veré con mi mejor amigo fuera de la ciudad, su trabajo está a unas tres horas de aquí.

Sus manos comienzan a temblar en mi camisa de forma desesperada, con esas marcas que siempre trata de cubrir, esas putas marcas que noto cada vez que me toca, pero que evidentemente no quiere mostrar. Algo está podrido aquí.

La desesperación en su voz es evidente. Está por tener otro ataque de pánico.

—Emma, respira —la tomo de la nuca en cuanto veo que comienza a tomar bocanadas de aire irregulares.

—No… puedo —sacude la cabeza.

—Trata de nuevo —la acaricio por la espalda sobre el vestido que le compré tratando de relajar sus músculos, pero no funciona. Suelto una maldición y me reacomodo con ella aún sobre mis caderas.

Sus manos se sujetan a mis hombros débilmente.

—Nena, mírame, quiero que respires por la boca en bocanadas grandes —le digo en voz baja. Sus ojos miran fijo los míos como si lo único que hubiera escuchado de todo lo que dije hubiera sido esa palabra. Su respiración comienza a normalizarse poco a poco.

Su cuerpo se relaja. Mientras tanto, por el rabillo del ojo, veo que Ethan se mueve al otro lado de la acera y una de las camionetas me rodea. *¿Qué demonios ocurre?* Debería ir a comprobarlo, pero no puedo dejarla así.

—Eso es, respira otra vez —acaricio sus hombros desnudos y ella se deja caer otra vez sobre mi pecho. Le gusta hacer eso. Mi cuerpo se tensa, pero no dejo de acariciarla.

—¿Es verdad lo que dijiste? —pregunta después de unos segundos de silencio.

—¿Sobre qué? —la miro desde arriba con una ceja arqueada.

Esta noche, el puto licor me hizo hablar como un imbécil. Si no me hubiera apartado, sólo el infierno sabe qué le habría revelado.

—Sobre Adam —dice en voz baja—. ¿Es verdad que no sabes dónde está? No creo que me haya dejado plantada. ¿Y si le sucedió algo?

La mención del nombre del idiota de Tail provoca que regrese mi mal humor. Ese maldito sirviente imbécil siempre presente como perro detrás de la carne. Miro hacia la ventana tratando de ver a Ethan, pero no logro distinguirlo. El recuerdo del estúpido de Tail encerrado me hace apretar los labios en una línea recta para contener la risa.

—Te dije la verdad, Emma, no tengo ni idea de dónde está. Quizá se fue de la ciudad —me encojo de hombros.

Levanta la cabeza de mi pecho y me mira con los ojos entornados. Me encanta verla así de obstinada y molesta. Sospecha que miento y está en lo cierto. Espero a que rompa los vidrios de la camioneta con sus gritos, pero no lo hace, sólo se limita a sacudir la cabeza y mirar por la ventana.

Ésa es otra señal de que está mal. Mi móvil vibra en mi bolsillo y lo saco con cuidado. La seguridad del lobby me envió fotos de un rostro, pero no puedo verlas con ella aquí. Lo haré más tarde.

—Quiero utilizar el favor que me debes —dice distraída sin apartar los ojos de la ventana. Percibo la desconfianza en su mirada.

—Creo que ese favor ya lo usaste esta tarde en el hospital.

Sacude la cabeza.

—Eso no cuenta, salimos del hospital casi corriendo, no cumpliste con tu parte —me mira con una ceja alzada retándome a llevarle la contraria.

Mi pequeña seductora está volviendo. Frunzo el ceño con ese pensamiento. *¿Qué carajos estoy diciendo?*

—Está bien —voy a complacerla—. ¿Qué es lo que quieres? —sujeto con más fuerza su cintura, pero no repara en ello.

Le daré todo lo que pida. Menos las calientes bragas que guardo en la bolsa de mi abrigo. Me mira, oculta la poca confianza que nos teníamos y se aparta intentando actuar de forma profesional, como si el acuerdo casual nunca hubiera existido.

—Te agradezco que me ayudes —toma una respiración profunda—. Pero… quiero que dejes de perseguirme, el acuerdo se terminó —me mira fijo, con determinación—. Deja de acosarme, Alexander, mi trabajo ha estado en riesgo por ese desliz y necesito estabilidad en mi vida privada y laboral.

—No soy un puto acosador.

—Entonces, déjame en paz. Me sigues a todos lados, rompiste la exclusividad y ya no hay acuerdo casual, me mentiste.

La miro en silencio, no esperaba que ésa fuera su petición.

—¿Eso es lo que en verdad quieres? —frunzo el ceño y busco en sus ojos un indicio de duda.

Permanece un momento en silencio, pero después asiente muy lento. Claro que eso es lo que quiere y me encantaría replicarle y gritarle por su mala decisión. *¿Cuándo en la vida me había comportado de esta manera tan irracional por una mujer tan simple?* Aparto la mirada y la dejo en su asiento con cuidado. Ella me mira en silencio mientras lo hago.

—Será como quieras.

Carraspeo intentando contener la rabia que me inunda por la forma tan desesperada en la que el jodido alcohol me hizo hablarle en el restaurante. Todo lo que dije, seguirla y perder el control cuando la vi acariciando su coño…

—¿Lo harás? —pregunta con un hilo de voz.

La miro. Se aleja lo más que puede hasta el extremo de su asiento como si me repudiara o le asustara estar cerca de mí. Asiento. Le daré lo que quiere.

—Sí, Emma. Te doy mi palabra de que no volveré a buscarte —aprieto la mandíbula—. Ni a besarte como lo hice en el restaurante.

Me preparo para salir y su pecho se alza en ese ajustado vestido que me vuelve loco justo cuando abro la puerta.

—Sólo quiero aclarar algo —se lo diré porque no soy un maldito cobarde—. No rompí el acuerdo de exclusividad con Alesha ni con nadie, yo siempre cumplo mi palabra, Emma Brown.

Tenso la mandíbula y salgo bajo la lluvia. Miro con el ceño fruncido cómo el auto plateado sale del hotel. Matt se aproxima para encontrarme en el camino. Que se largue si quiere irse, yo no retengo a nadie, puedo tener a las mujeres que yo quiera, que no se dé tanta importancia.

—Sube a la camioneta y lleva a la señorita Brown de vuelta a Londres. Asegúrate de que entre a su apartamento sana y salva y no te vayas de ahí hasta que una chica rubia la reciba —Matt asiente y sube del lado del piloto.

El motor se pone en marcha mientras meto las manos en mis bolsillos. Por un segundo, despego la mirada del auto plateado y observo cómo ella comienza a alejarse. Esta noche fue un puto error.

¿Estoy perdiendo la puta cabeza por una mujer? Si eso es verdad, de ninguna manera voy a permitirlo. La publicista ni siquiera es mi tipo de mujer, ni siquiera me gusta, me irrita con sólo verla.

La única cosa buena que me enseñó ese cabrón desde que era pequeño fue que ninguna mujer debe hacerte olvidar quién eres. *Ninguna*. Ésas son debilidades que yo no tengo, soy un jodido dios y como tal me comporto.

Yo soy mi maldita prioridad y todos a mi alrededor son unos sirvientes dispuestos a besar el suelo por donde camino.

No dormí con Alesha y tampoco me la follé, pero ya es hora de arreglar eso y volver al lado seguro y complaciente. Ella sabe darme lo que quiero y seguir órdenes, no como Emma.

Este acuerdo no salió como esperaba. Emma Brown me sedujo como ninguna otra. Sin embargo, ya todo terminó. En cuanto la camioneta desaparece, saco mi móvil y me encamino al otro vehículo. Uno de mis hombres me abre la puerta y me deslizo por el asiento hasta que cierra la puerta.

—Querido, pensé que no llamarías, llevo toda la noche esperándote en la tina —la voz seductora de Alesha suena tan convincente del otro lado de la línea que ya quiero verla.

—Espérame desnuda en tu habitación y con mi whiskey escocés, estoy en camino —digo sin más y corto la llamada. Sé que la hice sonreír con mi orden, ella siempre se pone a mis pies para complacerme.

—El señor Roe se dirige al hotel Luxus —dice el conductor por su auricular y nos ponemos en marcha.

Emma

Sus palabras se repiten en mi mente una y otra vez mientras Matt conduce. Miro por el retrovisor y observo que se sube a otra camioneta, pero, en lugar de seguirnos, da media vuelta hacia la ciudad.

No se va a Londres.

Miro su abrigo en mis piernas y lo acaricio delicadamente con el pecho desbocado. Después de todo lo que me dijo en mi habitación esto era lo último que esperaba escuchar, que no rompió el acuerdo de exclusividad.

No se tiró a la pelirroja, la maldita me estaba enviando señales incorrectas. Ella sabía que estaba sembrando mentiras en mi cabeza. Sigue intentando meterse con una Brown. Por otra parte, Alexander… me confunde, todo lo que hace y lo que dice; si me acerco de más, me quemo, y, si me alejo, viene por mí.

Le pedí que me dejara en paz porque no quiero salir mal parada de esto. Él me persigue y me agobia, y eso constriñe mi pecho. Nada de eso es bueno para mi salud mental porque nunca tendremos más que un acuerdo sexual.

No debo desarrollar sentimientos por un hombre como él. Lo comprobé en Birmingham cuando crucé la línea hacia lo personal y terminó humillándome. Debo huir lo más pronto posible antes de que sus cuidados me sumerjan en un pozo negro.

No quiero quemarme otra vez. El miedo que me provocó la llamada de Seth aumentó mis barreras y no permitiré que Alexander las derribe. Es obvio que no puedo confiar por completo en él ni en sus guardaespaldas.

En la camioneta donde voy, sólo me acompaña el chofer, la seguridad completa sigue a Alexander como el millonario que es.

—Disculpa, Matt —me acerco a él después de unos veinte minutos de mirar por la ventana en silencio, perdida en mis pensamientos mientras nos encaminamos a Londres.

—A sus órdenes, señorita Brown.

—¿Quién llevará mi Mazda a mi edificio?

—Uno de los guardaespaldas. Mañana por la mañana estará en Londres, pero, si tienen algún inconveniente en entregárselo a tiempo, le puedo conseguir un taxi para que se desplace a Hilton & Roe.

—Perfecto, gracias —me mira por el retrovisor—. ¿Adónde fue Alexander? No regresa a Londres como nosotros.

Aprieta los labios en una línea recta: lo sabe porque todos comparten la ubicación de Alexander a través de sus auriculares.

No obstante, Matt parece impenetrable. Todos los guardaespaldas de Alexander comparten ese rasgo, su comportamiento es preciso y algo oscuro, tienen un porte salvaje.

—Él se quedará en un hotel de lujo en Brent —dice sin revelar más información—. Yo la llevaré segura a Londres. Tengo órdenes directas del señor de dejarla en su apartamento con una tal Coraline Gray, que es su *roomie*, por lo que tengo entendido.

Incluso aunque acabo de mandarlo a la mierda, sigue cuidándome. La confusión se apodera de mí. Quisiera que fuera más claro sobre por qué me cuida, pero se va con Alesha, y luego vuelve a mí en cualquier oportunidad.

Tomo mi celular y miro la pantalla en silencio. Una parte de mí me dice que lo llame y la otra niega frenéticamente con la cabeza y me recuerda que esto es lo mejor, terminar con el acuerdo, pero *¿qué es lo que en verdad quiero?*

Por una vez quiero ser egoísta. No quiero un acuerdo frío, yo quiero el paquete completo. No hablo de una relación, ni de amor, pero no quiero que me folle sólo porque tengamos un acuerdo, sino que lo haga porque lo desea, así como yo lo deseo siempre.

Miro hacia afuera con las manos temblorosas como si Seth pudiera encontrarme incluso en esta camioneta blindada. Algo extraño llama mi atención, sacándome de mis pensamientos.

—¿Estás seguro de que éste es el camino hacia la autopista principal? Es difícil ver con la lluvia, pero parece que estamos volviendo al hotel, Matt.

No me responde con claridad, sólo se limita a decirme que sabe hacer muy bien su trabajo. Desempaño las ventanillas con mis nudillos y de nuevo siento que me lleva al hotel donde llegaría Seth. Comienzo a desconfiar de Matt.

La carretera no es la misma que tomamos a la salida de la ciudad.

—¿Exactamente en qué hotel está Alexander? —pregunto para hacer tiempo y comprobar si en verdad es tan obediente.

Maldigo mientras me percato de que la batería de mi celular está muerta. De pronto, percibo que Matt me mira por el retrovisor siguiendo cada uno de mis movimientos, lo cual aumenta mi desconfianza.

—Uno de lujo, por supuesto. El señor Roe no se hospedaría en cualquier pocilga siendo quien diseña los mejores hoteles de Europa —se ríe, pero enseguida recupera la compostura.

—Estás dándome evasivas para no decirme el nombre del hotel.

—Las órdenes que recibí no incluyen revelar información para la cual no estoy autorizado. Prefiero limitarme a regresarla como sugirió la señorita Smith —susurra, pero alcanzo a escucharlo.

—¿Quién?

Arquea las cejas, consciente de su imprudencia, y cuando se percata de mi reacción hago como si en verdad no hubiera escuchado y me recuesto en el asiento, fingiendo que duermo. Alesha le dio otra orden aparte de la de Alexander.

Espero a que pasen diez minutos para que no sospeche nada. La adrenalina me recorre todo el cuerpo y no tengo cómo llamar a Alexander o a la policía. En cuanto lo noto distraído, compruebo si los seguros de la puerta están colocados.

—Detén el auto, Matt, no me siento bien, creo que voy a vomitar —le digo y me pongo el abrigo de Alexander sobre los hombros mientras guardo mi móvil en los bolsillos sin que lo note.

—¿Sucede algo, señorita Brown? —pregunta mientras aparca.

—Tengo arcadas, no quiero vomitar en los asientos —finjo que estoy a punto de hacerlo.

—Abriré la ventanilla, el aire fresco puede ayudarle.

Enseguida desactiva los seguros y la adrenalina se apodera de mí. Abro poco a poco la puerta en perfecta actuación.

—Eres un buen tipo y no deberías seguir órdenes de Alesha —digo mientras sostengo la puerta—. Lamento mucho el regaño que recibirás por esto, pero dile a Alexander que me escapé porque no confío en ti y no sé adónde carajos planeabas llevarme.

Abro la puerta por completo y, sin esperar escuchar su respuesta, me echo a correr bajo la lluvia por el lado puesto de la carretera para que no pueda seguirme, huyendo sin mirar atrás.

Alexander

Me quito la corbata y arrojo mis mancuernillas de oro en mis bolsillos como cualquier baratija mientras subo por el ascensor. Este lugar no está bien diseñado, *es una verdadera pocilga.* Miro con desdén la arquitectura del hotel y recuerdo el poco espacio que añadieron al estacionamiento.

Por eso Luxus tiene menos estrellas que un hotel de Hilton & Roe. Nadie se hospedaría aquí si mi hotel no hubiera colapsado.

Mi celular vuelve a sonar dentro de mi bolsillo, pero de nuevo lo ignoro. Enseguida se abren las puertas del ascensor. Lo único que quiero es beber, relajarme de todo el estrés del día y que Alesha me entretenga toda la noche. La conozco tan bien que sé qué clase de habitación escogió para nosotros. Sólo ella sabe que siempre elijo la habitación más cara de todas las del último piso.

Camino hacia la suite principal y saco la llave que la recepcionista me entregó.

Alesha es una caprichosa. Pago sus gastos, sus lujos. Sabe que nadie nunca le dice que no, incluido su padre. Por eso preparó todo para que yo apareciera aquí, no dudó ni un segundo de que vendría a dormir con ella. Es determinada y sabe que es mi lugar estable de placer y relajación.

Me conoce muy bien gracias a todos los años que hemos estado juntos y se lo recompensaré con una follada dura esta noche. Últimamente la había evitado, sin embargo, ella sigue aquí, fiel a mí.

Saco la tira de condones del bolsillo de mi pantalón. Ha pasado un tiempo desde la última vez que nos enrollamos y, aunque me duele la cabeza y no me siento con ganas de acción, será bueno para dejar de pensar en toda la mierda de estos últimos días.

La mierda que provocó ese cabrón. Inserto la llave con la mirada seria y la puerta se abre con un clic. Fui criado como un hijo de puta y no hay marcha atrás. Cierro la puerta detrás de mí y Alesha sale del baño con el cabello oliendo a un perfume de vainilla que me desagrada al instante.

—¡Llegaste! —me besa ansiosa, saltando sobre mí. Aprisiona mi cuello con sus manos—. Tengo todo preparado para relajarte, querido —me entrega el vaso de whiskey escocés.

Me tumbo en el sofá más cercano sin dejar de criticar en mi mente el Luxus y se pone a masajearme los hombros hablándome de los planos del hotel y lo que estuvo investigando toda la tarde.

—Ven aquí —le quito la bata de seda, la coloco en el reposabrazos del sofá y comienzo a acariciarla completamente desnuda.

No me interrumpe con pláticas que no me interesan, sólo se dedica a complacerme. Después de un buen espectáculo de sus senos rebotando en mis manos, me baja la bragueta y se arrodilla entre mis piernas.

Alzo las caderas para facilitarle el trabajo cuando baja mi pantalón. Libera mi miembro, lo soba lento y suave, pero no me excito ni siento que comience a endurecerse. *¿Qué carajos?* En ese momento, mi celular vuelve a sonar.

Se pierde la llamada porque la ignoro tratando de concentrarme en las caricias de la pelirroja, quien está por meterse mi polla en la boca en cualquier momento, pero vuelve a sonar.

—Ignóralo —pide llevándose la punta de mi polla a la boca, pero el teléfono suena de nuevo y la detengo, molesto. Respondo.

—¿Quién carajos es a esta hora? —tomo un puñado de su cabello para mantenerla de rodillas. Quiero que Alesha me la chupe.

Abre la boca e introduce sólo la mitad de mi polla. Se atraganta y vuelve como una profesional a abarcar sólo la mitad, aunque sigue sin complacerme o excitarme y, peor aún, sin ponerme duro.

—Lo que sea que ocurra, ocúpate de eso, Ethan.

—Soy Matt, señor —escucho como si estuviera corriendo. Alesha se enoja de que no le preste atención a su mamada y de que mi miembro no esté reaccionando.

—Lamento interrumpirlo.

Mi mal humor se desvanece un poco. Él lleva a Emma a casa.

—¿Qué te pasa hoy? —por fin Alesha se levanta molesta por no conseguir su objetivo con mi miembro, se queda frente a mí y se coloca la bata de seda, aunque la deja semiabierta, mostrándome sus pechos.

Recorro su cuerpo con mi mirada lasciva. Está lista para jugar, sabe que me tiene otra vez, pero no me está excitando.

—¿Qué quieres, inútil? —estiro mi mano para abrirle la bata por completo. Sonríe, la deja caer al piso y su cuerpo desnudo queda a la vista de nuevo.

—Es la señorita Brown.

Alesha intenta volver a chupármela, pero cuando escucho ese nombre la detengo al instante y frunce el ceño.

—Cuelga de una vez, no permitas que arruinen nuestro momento de relajación —pide con voz mimada.

—¿Qué sucede con ella? —la ignoro.

—Señor, estaba tomando una ruta alterna… La lluvia bloqueo varias partes de la carretera, creo que desconfió de mí porque hacía muchas preguntas —su voz suena agitada—. Luego me distrajo, fingió que estaba enferma y…

—¡Habla de una puta vez, criado! —comienzo a perder los estribos y me levanto del sofá, subiéndome la bragueta.

—Se escapó a media carretera —dice—. Y no puedo encontrarla.

Emma

No sé cuánto tiempo llevo corriendo en estos tacones, pero mi vestido y el abrigo están más que empapados. Me siento como un cachorro mojado y me duelen los pies. Me detengo tratando de recuperar el aliento porque me queman los pulmones, pero enseguida continúo porque escucho los gritos del guardaespaldas detrás de mí.

No va a atraparme, no hasta que Alexander aparezca. Me dio desconfianza que hablara de Alesha, quiere llevarme de vuelta al hotel. Sigo corriendo y lo pierdo de vista. *Mierda, me voy a matar en cualquier momento si me caigo.*

Un charco enorme aparece frente a mí y me tambaleo, me resbalo y mi celular cae con un golpe seco al agua y se hunde hasta el fondo.

—¡Señorita Brown! —escucho la voz de Matt más cerca.

Me levanto, dejando el teléfono tirado, y sigo trotando bajo la lluvia que comienza a arreciar. Este plan ya no me gusta. Me estoy muriendo de frío. ¿Y si Alexander no viene?

De pronto, una camioneta pasa del lado contrario seguida de otra más y, cuando el conductor de la primera baja la ventanilla, veo el rostro de Ethan. Se detiene en la acera mientras que la otra camioneta da la media vuelta sin importarle que sea sentido contrario y arranca detrás de mí.

Mierda. Sin más, corro como puedo y escucho el rechinido de las llantas al detenerse. Corro más deprisa y escucho un grito a mi espalda.

—¡Emma! —es una voz más gruesa—. ¡Emma, detente!

No le hago caso y sigo corriendo, aunque quizá sea inútil, pues empapada y con tacones no voy a llegar muy lejos. El asfalto mojado me hace tambalearme un segundo y me detengo para no caerme. Pienso en retomar mi camino, pero es demasiado tarde porque unos brazos me envuelven por la espalda, atrapándome.

—¡Mierda! ¿Acaso te volviste loca? —dice girándome hacia él mientras trata de cubrirme con un saco y protegernos de la lluvia—. ¿Sabes lo jodidamente peligroso que es hacer lo que hiciste, Emma Brown?

—Estás aquí —digo jadeando y me sujeto de sus hombros.

—¡Claro que estoy aquí! Tú eres la única loca que se pone a correr a mitad de la carretera bajo una tormenta —exasperado, se pasa la mano por el cabello y gotea—. ¡No vuelvas a hacerlo!

—¡Entonces no vuelvas a dejarme con un desconocido! Ese tal Matt no me estaba llevando a Londres, me llevaba al hotel, juro que dijo que Alesha se lo había ordenado —le grito de vuelta y frunce el ceño. No tiene ni idea de lo que estoy hablando.

—Alesha no tuvo nada que ver con esto, él tuvo que tomar una ruta alterna por los bloqueos debido a la lluvia.

No había bloqueos por la lluvia, yo los habría visto.

—Es mentira, no vi nada, la carretera estaba desierta, quería hacerme daño.

—Ethan y yo los pasamos de camino.

—¡No vi nada! ¡Te está mintiendo! —grito, muerta de frío.

—¿Qué planeabas hacer corriendo a mitad de la carretera? —me pregunta enojado, acercándose a mí—. ¡Estás loca!

—¡No me grites! ¡Estaba en peligro!

—¡A gritos es la única manera en la que haces lo que se te dice!

—Es verdad. ¡Estoy loca! —me aferro a su camisa y acerco demasiado mi rostro al suyo—. ¡Completamente loca! ¡Tú siempre me haces perder la cordura, Alexander Roe!

Sus ojos se abren de golpe. No dije mucho, sólo lo que siento con él. Nuestros rostros quedan a centímetros de distancia. Me mira con el ceño fruncido, tan confundido, y entonces me toma de la nuca y me besa.

Me besa con fuerza sin que yo pueda oponer resistencia y entonces lo dejo hacer. Me aferro a sus hombros y me levanto de puntillas para alcanzarlo. Gruñe y me atrae contra su cuerpo, tan mojado como el mío, pero de inmediato se interrumpe y se aparta dejándome jadeante.

—Eres una demente —dice serio y maldice en voz baja—. Nos largamos.

—No —lo provoco.

—Dije que nos vamos, Emma.

—Oblígame, no pienso ir con Matt —su mirada recorre mi cuerpo con el vestido ceñido por la lluvia y, en un movimiento rápido, me carga sobre su hombro con determinación y se echa a andar conmigo a cuestas.

—¡Bájame, Alexander! ¡No tengo bragas! —comienzo a removerme, pero hace caso omiso y sólo posa su mano en el borde de mi vestido para cubrir mi ausencia de ropa interior.

La camioneta que conducía aparece frente a nosotros con la puerta abierta. No le importó dejarla a mitad de la carretera. Está muy loco. *Como yo.* Me baja de su hombro deslizando mi cuerpo por el suyo.

—Estás húmeda, vas a enfermarte. ¿Eso es lo que quieres? ¿Morir de una hipotermia? Tus niveles de obstinación no conocen límites —dice muy molesto.

Me abrazo a sus hombros mientras él me toma por la cintura para subirme a la camioneta, pero termina oliendo mi cuello. *¿Le gusta mi perfume? ¿Mi jabón?* Cierra los ojos y veo que quiere volver a besarme, de nuevo observo en su rostro la misma expresión salvaje que esa noche en mi apartamento.

Comienzo a quedarme sin razones para oponerme a la tentación de pecar otra vez con él y termino perdiendo la batalla.

—Estoy muy húmeda —sus ojos se abren cuando me inclino—. Y sin bragas —le susurro con voz seductora en el oído.

Suelta un gruñido y vuelve a besarme empotrándome contra la camioneta como si no pudiera resistirlo más. Su delicioso cuerpo se desliza junto al mío cuando se presiona por completo contra mí. Sus manos van al borde de mi vestido y me acaricia los muslos con ansias, ambos empapándonos bajo la lluvia.

Disfruto el momento, pero otra vez se aparta bruscamente con la mirada seria y jadeando. Lo hace porque me dio su palabra, pero al demonio con eso.

—Déjate de juegos, Emma.

Sin importarme nada llevo mi mano al bulto bajo su cintura y comienzo a masajearlo contra el pantalón. Un gruñido rasga su garganta y aprieta la pelvis contra mi palma. Entonces, la bajo más para acariciar sus bolas. No me equivoqué, no trae ropa interior, puedo sentir muy bien el calor de su miembro y cómo se endurece de inmediato.

—Carajo, no puede ser que sólo sea contigo —maldice entre dientes—. Sólo eso me faltaba.

—¿Qué dices?

No me responde, sólo cierra los ojos y deja que lo masturbe.

—¿Qué estás haciendo? No voy a caer en tu juego otra vez como en la oficina —reclama con voz ronca mientras me deshago del único botón de su pantalón. Debe tener la mente tan confundida como yo, pero se lo merece porque me envía señales equivocadas y luego se aparta, así que le haré lo mismo.

Meto mi mano en su pantalón y comienzo a jalársela. Él profiere un gruñido bajo de excitación.

—Estoy mandando a la mierda todo lo que dijimos antes —jadeo por las ganas que le tengo y libero su erección. La envuelvo con mi mano y jalo dos veces más hacia arriba, masturbándolo. Está palpitante y en su grado máximo de dureza—. Fóllame, cariño.

Su mirada se oscurece, no sé si por la petición o por el mote que no sé de dónde salió, y, como parece seguir procesando todo, saco su polla y deslizo mis dedos por la punta húmeda. La masajeo en círculos con mi pulgar para luego cerrar el puño y jalársela dos veces… tres.

—¿Quieres terminar en mi boca o quieres probar el coño que tanto reclamas? —beso su mejilla y barro mis labios sobre los suyos.

En ese momento, por fin pierde el control. Sus manos alzan el borde de mi vestido. Mira a ambos lados de la carretera, pero está desierta, ni siquiera figuran Ethan ni Matt, quien venía corriendo tras de mí hacía pocos minutos.

Levanta mi pierna y se rodea la cintura con ella.

—Eres una pequeña seductora y una exhibicionista —dice con voz ronca.

—Y tú un moja bragas —me aferro a su cuello y lo beso mientras desliza la punta caliente de su polla por mis pliegues, pincelándolos y haciéndome gemir.

—Seguro te gusta que todos te vean, pero te verán sólo conmigo.

Muerdo su labio y ese masoquismo que recién descubrí emerge. Pensé que nunca volvería a tener a Alexander. He vivido toda mi vida siendo una buena persona y tratando de complacer a los demás, pero ya me cansé. Quiero ser egoísta y quiero tener a Alexander Roe.

Antes de que el glande entre en mi vagina, dejo de besarlo y levanto su cabeza.

—No quiero ser un jodido acuerdo ni mucho menos el coño que llenas sólo cuando estás caliente —le digo firmemente—. No soy tu puta en turno.

Me mira con furia como si sus siguientes palabras fueran amargas y difíciles de decir.

—No te llames así, maldición —me toma el rostro con ambas manos—. ¡Nunca te llames así en mi presencia, no sabes el enojo que eso me provoca! ¡Nunca has sido sólo un coño húmedo para mí! —desliza la punta de su polla por mi vagina.

—Tú me llamaste así —gimo en cuanto comienza a entrar.

—Estaba… molesto… un imbécil me jodió y… —frunce el ceño—. No lo entiendes, Emma —jadea.

—Entonces, discúlpate —empuja un centímetro más. Una pequeña disculpa me bastará por ahora mientras pienso cómo lo haré redimirse por completo.

Me aferro a sus glúteos de piedra y clavo mis uñas ahí. *Joder*, la quiero entera. Me muero por él desde que se fue.

—Yo nunca me disculpo, Emma.

Tiene el ceño fruncido, habla muy en serio, pero no quiero eso, no quiero a don gruñón.

—Hazlo esta vez conmigo, será nuestro secreto —gimo en alto cuando entra otro poco más.

Aprieta la mandíbula y levanta mi barbilla para que lo mire a los ojos. Por una fracción de segundo me permite ver más allá, pero enseguida vuelve a ocultarse. Le va a costar un infierno decirlo, pero quiero escucharlo. Lo miro expectante y por fin lo hace.

—Lo siento, nena —frunce el ceño mientras susurra—. Soy un jodido imbécil —me penetra por completo de una sola estocada.

Pierdo el aliento por la invasión. *¡Oh, Dios!* Nunca me voy a acostumbrar a su enorme tamaño. Alexander permite que me adapte. Me lleva unos segundos tomar su polla completa, me duele, pero mis paredes se abren con la segunda estocada.

Lanza un gruñido bajo y la saca tortuosamente lento antes de entrar con fuerza de nuevo. Arqueo la espalda clavando mis manos en su nuca y jadeando en su rostro. Mis pechos se alzan a la altura de su boca.

—Joder —fija la mirada en ellos con esa hambre insana que despertó en él desde que los vio por primera vez y un segundo más tarde sus manos los toman sobre la tela de mi vestido, estrujándolos.

Después pone su boca en ellos con ansias provocando que me duelan y golpeándome contra la camioneta. Me deshago de placer. Su toque hace que me olvide de todo y eso es justo lo que necesito ahora después de todo lo que ha pasado, quiero olvidar.

Me penetra con fuerza con la lluvia cayendo sobre nosotros, mi cuerpo rebota contra la camioneta y mis gemidos y sus gruñidos se ahogan en la boca del otro.

—¿Te gusta el exhibicionismo? —me toma de los muslos y comienza a embestirme.

Grito de puro placer sin importarme que estamos a la mitad de la carretera. De todas formas, está desierta, los guardaespaldas se fueron como hormigas, seguramente en cuanto él lo ordenó. Le temen, eso es evidente. Me embiste con más fuerza.

—No —le sonrío con suavidad. Frunce el ceño mientras gruñe de satisfacción y enseguida lleva su boca a la mía y comienza a comerme con ansias como nunca—. Voy a correrme —digo con voz apretada. Estoy muerta de placer, siento el éxtasis subir en espiral y la presión acumularse en mi sexo.

—Éste es tu castigo por ser una pequeña seductora —las embestidas se hacen más duras si acaso eso es posible y me aferro a su espalda, clavándole las uñas. Esto es tan bueno—. Ahora toda la maldita gente que pase por la carretera sabrá quién está entre tus piernas follando ese húmedo coño —me clava de nuevo—. Mi coño, Emma.

La posesividad con la que lo dice enciende sobremanera mi sangre. Nos miramos a través de la lluvia, ambos gemimos. Mi mente se queda en blanco, mi piel arde. Echo la cabeza hacia atrás y veo el cielo oscuro empapándome la cara. Todo está iluminado.

—Mierda, Emma —gime con voz ronca y grave en mi cuello y lo succiona.

Oírlo gemir mi nombre me calienta más y, en ese momento, toda la presión explota, dejándome mareada y jadeante. Me toma de la nuca y me atrae a su boca para acallar mis gritos.

Gruñe un par de veces en mi oído y aprieta mis glúteos. Su polla se expande en mi interior y su esencia caliente se derrama y se derrama. Mi sexo empieza a chorrear y no sólo por mi corrida. Empuja una vez más. Miro sorprendida la cantidad de semen que sale y baja por mis piernas y mis mejillas se enciende. Esto fue mucho.

Ambos jadeamos sin control y Alexander sigue mi mirada mientras yo observo el lugar donde nuestros cuerpos se unen.

—Provocó un desastre a la mitad de la carretera, señorita Brown —baja la cabeza a mi oído—. Mi verga te necesitaba.

Siento una punzada entre las piernas y me muerdo el labio para ahogar un gemido. Las paredes de mi vagina se cierran contra su miembro para que saque todo. Acabo de seducirlo a mitad de la carretera. Sin duda, soy una pervertida.

Lo tomo de la nuca y lo beso con más fuerza que antes. Su miembro da una sacudida en mi interior y cuando suelto un gemido suplicante me detengo de inmediato. Lo saca y me ayuda a limpiarme, aunque no podemos hacer mucho, ambos estamos empapados.

—Ya puedes llamar a tus guardaespaldas —le digo con las mejillas ardiendo mientras arregla sus pantalones.

—Puede que no vengan tan fácilmente. Creo que acabamos de montar un espectáculo por el que los habría matado si no se largaban muy lejos —dice serio, pero veo las comisuras de su boca moverse.

A pesar del frío, mis mejillas se encienden.

—No matas gente, pero tú eres Alexander Roe, puedes arreglarlo —me abrazo a sus hombros—. Ahora llévame a un lugar cálido, que me muero de frío.

Una mirada rápida cruza su rostro. Una mirada de… *¿Fascinación?* Con una inclinación de cabeza me ayuda a subir a la camioneta antes de que él suba del lado del conductor.

—Será mejor que te quites el vestido o atraparás un resfriado —me entrega un abrigo seco del asiento trasero.

—No puedo.

—¿Por qué? —pone la camioneta en marcha.

—Porque robaste mis bragas y estaré desnuda —le recuerdo y veo la satisfacción en su rostro—. ¿Vamos de regreso a Londres?

—Iremos de vuelta a mi hotel.

—¡No! —me incorporo y me mira de reojo—. Ahí no, Matt dijo que estabas quedándote en otro lugar.

Aparto la mirada por la ventana sintiendo cómo mi miedo regresa y por el retrovisor observo que las camionetas negras ya vienen detrás de nosotros. Estoy a salvo con él y, aunque eso me tranquiliza un poco, aun así no pienso volver.

—Emma, la lluvia está empeorando, no voy a conducir así.

—Entonces dormiré en el auto —me mira de reojo. Sé que ni de broma me permitirá hacer eso.

—Ese hotel en el que estaba es casi una pocilga. Aunque tenga cinco estrellas, está mal diseñado, pero es lo único que hay por aquí.

—Entonces vayamos ahí.

Su gesto se endurece y aprieta el acelerador.

En cuanto cruzamos la entrada del hotel de lujo, una mujer nos guía por la entrada. Creo que la definición de Alexander de "pocilga" y la mía son muy diferentes. Este lugar es igual de grande que su hotel, pero él lo mira como si fuera una choza.

Hay empleados uniformados acompañando a los huéspedes a las habitaciones por el ascensor y nos ofrecen ayuda, pero no traemos más que ropa mojada.

—Su habitación está lista, señor Roe —dice la mujer y le entrega una llave electrónica.

Ni siquiera lo vi hacer una reservación. Vida de millonarios, supongo. Caminamos por el pasillo que nos indican y varios de los huéspedes nos miran extrañados por estar mojando la alfombra.

—Necesito conseguir una habitación también —le digo mientras la mujer nos conduce al ascensor.

—Ya tienes una —coloca una mano en mi espalda baja y me hace entrar por las puertas dobles—. Dejaré que tomes una ducha caliente en la mía y después podrás bajar a dormir al auto.

Pongo los ojos en blanco ante su sarcasmo y me abrazo a mí misma.

—¿Por qué hace tanto frío aquí?

—Son las baratijas de calentadores que tiene este lugar, te dije que es una pocilga —frunce el ceño.

—¿Por qué no te gusta? También es un hotel de lujo como los que diseñas.

—Nunca compares mis hoteles con esto, este lugar no es un hotel de lujo —resopla—. No tiene nada llamativo, ni innovador, ni ecológico. En resumen, no vale la pena.

—Creo que estás celoso de que sea tan bueno como tus hoteles.

—Los celos son un sentimiento que no conozco, Emma, y menos por insignificancias, sólo soy objetivo con lo que digo.

Arqueo las cejas, sorprendida de su arrogancia, pero no digo nada. Las puertas se abren en el último piso y salimos al pasillo. Aquí sólo hay cuatro suites. Dos a la derecha y dos al fondo. Nos encaminamos a una del fondo y, cuando pasamos por una de las primeras, observa la puerta con el ceño fruncido.

Al llegar, inserta la llave y me cede el paso. El lugar es… todo un maldito lujo. Si su habitación en Birmingham me deslumbró, ésta me deslumbra el doble. Cada mueble parece costoso y la enorme cama del centro bien podría ocupar toda la extensión de mi apartamento.

—Quítate la ropa húmeda —se coloca detrás de mí y desliza el abrigo por mis hombros.

—Sólo hay una cama —me giro hacia él—. ¿Dónde vas a dormir tú?

Ahoga una risa.

—¿Acabamos de tener sexo a la mitad de la carretera y ahora te preocupa que podamos dormir en la misma cama?

Me río y se queda mirando fijo mi sonrisa como si la estudiara. Sé que tengo una risa un poco fuerte, pero la controlo de vez en cuando.

—Tengo algo de pudor.

—No lo tenías cuando me masturbaste, así que vas a compartir cama conmigo, pero si quieres podemos compartir más que eso —susurra en mi oído y desliza su mano abierta por mi vientre—. ¿Estás segura de que todavía no he puesto a un pequeño Roe aquí?

Abro la boca, estupefacta. ¿Se volvió loco? Este hombre me da placer y al segundo quiere matarme.

—¡Claro que no! Fue una broma para que dejaras de fastidiarme la noche.

—Siempre podemos seguir intentándolo —me guiña un ojo sin quitar su mano de ese lugar.

Le lanzo una mirada de advertencia. Acabamos de arreglar las cosas y ya está enloqueciéndome de nuevo.

—No lo arruines otra vez o terminaré asfixiándote mientras duermes o poniéndote veneno en el whisky.

—Hay maneras más fáciles de matar.

Resoplo.

—Como si las conocieras —me coloco de espaldas y aparto mi cabello empapado—. ¿Podrías?

—Puedo —se posiciona detrás de mí y baja muy, muy lento el cierre—. Y no me conoces en absoluto, ¿sabes? Porque yo no arruino las cosas, mi trabajo es arreglarlas, señorita Brown.

—Si tu trabajo fuera ése, no serías un idiota todo el tiempo y te habrías disculpado.

—Creo que ya me disculpé, por si lo olvidas.

Termina de bajar el cierre y me giro hacia él.

—Aún hay un par de frases más que merecen una disculpa digna y menos mediocre de la que te arranqué en la carretera. Mientras no lo hagas, lo nuestro no irá por buen camino.

—Lo nuestro —repite con la mirada curiosa y mis mejillas se encienden.

—Sabes a lo que me refiero… no es… yo no… —me mira con una ceja arqueada—. No me mires así —las comisuras de su boca se mueven—. ¡Por Dios! Eres imposible para hablar.

Me giro avergonzada. ¡Boca parlanchina! No puedo creer que dije "lo nuestro". Primero le hablo de hijos y ahora pensará que le hablaré de matrimonio. Permanece en silencio y con dos movimientos me gira hacia él. Un segundo después tengo su lengua en mi boca.

Pronto el beso comienza a disminuir de intensidad hasta que me besa lentamente. No hay prisas, es un beso casi tierno. Se aparta con suavidad dejándome confundida y parpadeo para aclarar mi cabeza. Él también se ve confundido de su propia reacción.

—Ve a tomar ese baño caliente o el otro miembro involucrado en "lo nuestro" se molestará si te enfermas.

Le lanzo una mirada que dice: "No juegues conmigo, Alexander" y me alejo hacia la puerta del lujoso baño. Después dejo caer mi vestido muy despacio bajo su atenta mirada y cierro la puerta con el pestillo.

El sonido de sus pisadas me hace sonreír y cuando veo el pomo de la puerta sacudirse ahogo una risa.

—Lo siento, pero esta ducha será de una persona, señor Roe.

El agua me envuelve de nuevo. Soy consciente de que no me he roto otra vez desde que recibí la llamada de Seth en el hotel de Alexander. Me gusta que me distraiga. Me gusta que no me haga pensar, pero eso tampoco es bueno porque es una distracción que a las pocas horas se termina.

Sí quiero el paquete completo con él, pero debo ser muy consciente de no involucrar mi corazón en esto. No habrá un acuerdo, pero tampoco deseo que esto interfiera en mi trabajo.

Me envuelvo en una toalla y salgo del baño con cuidado. Alexander no está por la habitación. Lo único que veo son mi vestido húmedo a lo lejos y un par de bolsas sobre la cama. Miro estas últimas con más atención: una tiene cosas para mí y la otra para él.

Cuida de mí como si fuera de mi familia, pero yo no tengo familia y nunca la tendré. Lo único que tengo es a Cora y a su hermano. Olvido mi ropa y busco entre la suya hasta que doy con una camiseta. Me la coloco. Espero que no le importe y me reclame. Sonrío al recordar su rostro de confusión, al hombre debe haberle dado un microinfarto esta noche.

Matt mintió, no estoy tan ciega como para no ver los bloqueos.

—Alexander los vio también, no pienses mal —susurro.

Fue un día tenso para ambos. Primero, por lo que me sucedió con Seth. Después por haber mandado a la mierda a Alexander otra vez y haberlo hecho volver repentinamente. Debe pensar que estoy loca y sí lo estoy, pero nunca me había sentido así. Nunca pensé que tendría que enfrentarme a uno de los miedos más grandes de mi vida estando sola. Seth iba por mí y, si no fuera por Alexander, me habría atrapado de nuevo.

Suspiro y termino de secar mi cabello. Prefiero pensar en Alexander que en él… No quiero ni imaginar lo que habría pasado si Seth me hubiera atrapado. *La policía de Londres sí me escuchará.*

El problema es que mi celular se perdió en la carretera cuando me resbalé, de modo que será difícil mostrar la evidencia de sus llamadas de amenaza. ¿Y si no me creen? Sacudo esos pensamientos de mi cabeza. ¿Dónde estará Alexander? Ya se tardó más de una hora y por primera vez en mi vida no quiero quedarme sola. No esta noche.

Miro la bolsa de ropa. Él también debería tomar un baño. No soy la única loca aquí: venir detrás de mí a mitad de la lluvia no es de alguien muy cuerdo que digamos. El enigmático y millonario Alexander Roe perdió la compostura por una chica imprudente.

"Nunca rompí nuestro acuerdo de exclusividad".

Me muerdo el labio inferior con nerviosismo. El recuerdo de acurrucarme en su pecho con él consciente me llega de pronto. *¿Qué me estás haciendo, Alexander Roe?* Lo que comenzó como un acuerdo sexual se está convirtiendo en algo más.

Me meto a la cama y, aunque mi estómago gruñe un poco, cierro los ojos y repito sus palabras en mi mente hasta que mis músculos se relajan y comienzo a dormirme.

Por un momento, escucho la puerta, después algo más, luego siento un repentino cosquilleo en la mejilla, pero la sensación desaparece casi al instante. Enseguida percibo otros sonidos, pero mis párpados se sienten demasiado pesados como para abrirlos.

Unos minutos más tarde la cama se hunde a mi lado y entonces siento un calor recorrer mi cuerpo. *«Conejito»*, susurran en mi oído.

Abro los ojos de golpe y, con el corazón desbocado, me incorporo mirando a mi alrededor.

La habitación está a oscuras y el calor… es el cuerpo de Alexander junto al mío.

Su mano está estirada y sólo una parte roza mi cintura, como si me hubiera buscado a mitad de la noche. Tiene el torso desnudo porque tengo su camiseta. Sus ojos están cerrados y su pecho se alza de manera rítmica.

Respiro hondo. Mi sueño no fue real. La voz de Seth no fue real, estoy con Alexander. Miro de nuevo a mi alrededor para comprobar que no hay nadie más aquí a excepción de nosotros dos y Ethan o cualquier otro guardaespaldas, que debe estar en la puerta vigilando.

Estoy bien, estoy a salvo. Me recuesto otra vez y poco a poco me voy acercando a él. Sin poder evitarlo, me acurruco contra su pecho y escondo la cabeza en su cuello sintiendo cómo su cuerpo se tensa por alguna razón como si estuviera despierto, aunque continúa con los ojos cerrados.

Lo imito y también cierro los míos para obligarme a volver a dormir, sin embargo, la voz de Seth se escuchó tan real que me cuesta hacerlo de inmediato.

Me acurruco más contra él en esa incómoda posición y permanezco inmóvil un par de minutos. Luego me alejo de él regresando a mi lado de la cama, aunque sigo sin poder dormir. Después de unos minutos siento su cuerpo moverse y su brazo estirarse para encontrarme.

Me sorprendo cuando vuelve a atraerme a su lado y entonces, por primera vez, sus brazos me envuelven por completo y me estrechan contra su cuerpo. Mi corazón comienza a latir desbocado, pero no abro los ojos en ningún momento. Lo dejo hacer porque está dormido y sólo así, abrazada por él, logro conciliar el sueño de nuevo.

Capítulo 25

Emma

—No, quítame las manos de encima, maldito —me remuevo de nuevo alejando el brazo que está sobre mí.

No quiero que Seth vuelva a tocarme. Siento cómo me aferra a su lado y, cada vez que me remuevo, su risa retumba. Veo a Seth frente a la puerta y abro los ojos de golpe.

Fue una pesadilla. Mi ritmo cardiaco está desbocado. Aún es de noche, no hay ningún tipo de luz a excepción de la poca que entra por el pequeño ventanal a través del cual se observa la lluvia.

Toco mi frente y la siento húmeda. Está siendo la noche más larga de mi vida y que sigamos en Brent lo empeora todo, porque Seth también está en la ciudad. De alguna manera intuyo que él sabe que vine a este hotel y el miedo de que todo empeore aquí me carcome. Sawyer tiene dinero para proveerle todo lo que le pida. ¿Qué demonios quieren esos dos de mí?

Alexander sigue con los ojos cerrados en su lado de la cama. Lo miro en silencio; por un momento sentí que sus brazos me estrujaban, pero no parece estar despierto y menos estar abrazándome. *¿Acaso me estoy volviendo loca?* Frunzo el ceño y me levanto de la cama con cautela, no quiero volver a dormir si las pesadillas van a empeorar.

No puedo concentrarme en nada más. Me dejo caer en un rincón cerca del ventanal mientras mi respiración se regula. Escucho un sonido a lo lejos, pero mis pensamientos lo bloquean y me obligan a recordar lo que sucedió hace unos años.

Seth Wells, quien en ese entonces era mi pareja, me secuestró en mi propio apartamento para abusar de mí con sus compañeros de trabajo. Después de huir de ese lugar donde pretendía entregarme a los malditos de sus amigos, pensé que no me perseguiría, pero lo hizo dos días después y todo fue peor. *Seth logro hacer lo que ellos no y no paró.*

Fui abusada de forma brutal por él y las cicatrices circulares de mis muñecas son el recordatorio permanente de lo que me hizo por días.

Fui atada y torturada noche tras noche por él, lo cual me provocó un trauma que no me ha dejado por años, dado que primero se apoderó de mi mente. Seth se convirtió en el admirador más demente y, como cualquier fanático, me ha perseguido por años.

El horror me invade de sólo pensar que lo volverá a hacer aquí, en Brent, ayudado por mi propio padre. Recargo mi cabeza en el ventanal y mis muñecas comienzan a sacudirse un poco. *Deja de pensar en eso, Emma. Deja de pensar en eso.*

—¿Emma? —escucho la voz de Alexander a mi espalda. Me sobresalto ahogando un grito y me arrastro lejos por acto reflejo. Aún en la oscuridad, veo que frunce el ceño.

—Ho… hola.

—¿Qué haces en el suelo? —pregunta tajante.

Lo miro un segundo por ese duro tono de voz y después aparto la mirada, avergonzada. Debo parecer una lunática aquí y no es para menos después de todo lo que pasó.

—No puedo dormir —respondo como puedo.

No dice nada más, ya lo confundí lo suficiente esta noche. Miro hacia la imagen distorsionada de Brent por la lluvia, esperando que regrese a la cama. Suelta algo parecido a un resoplido y se aleja.

Me arde el pecho al verlo irse. No quiero estar sola ahora porque esos horribles recuerdos van a regresar, pero tampoco puedo pedirle que se quede si sólo es algo sexual.

Todavía miro la lluvia caer por el ventanal y un segundo después siento un repentino calor en mi espalda. *¿Qué mierda?* Mi cuerpo se tensa y me quedo paralizada sin poder voltear y comprobar que ha decidido quedarse conmigo. *¿Qué está haciendo?*

No dice nada, pero de pronto se sienta a mi lado. Después de unos segundos, siento el movimiento vacilante de su mano sobre mi brazo, lo recorre con suavidad hasta que encuentra mi palma para entrelazar nuestros dedos.

Lo miro sobre mi hombro con los ojos entornados.

—No digas nada —pide.

No podría ni aunque quisiera. Ambos estamos confundidos y tensos, pero no nos alejamos. También vacilo cuando entrelazo su mano, es casi imposible porque es enorme y la mía se ve menuda en comparación a la suya.

Su respiración se torna irregular cuando nuestras manos se entrelazan por completo, con fuerza. Esto es terreno peligroso, ambos lo sabemos, pero mi miedo va disminuyendo al paso de los minutos. El golpeteo en mi pecho se relaja y ahora no observo la ciudad con miedo.

Miro el tatuaje del lobo que me causa escalofríos y, en cuanto lo nota, zafa su mano bruscamente de la mía, carraspeando. El movimiento deja a la vista el resto de sus tatuajes y la tinta se tensa por la fuerza de sus músculos. Pasan unos minutos en los que se mantiene en silencio y, sin poder evitarlo, me voy acercando a él.

En cuanto mi cuerpo toca el suyo, se tensa completo, lo siento muy bien, pero aun así no me aparta, como tampoco lo hizo en su camioneta.

Parpadeo, confundida, y entonces tomo una decisión arriesgada: me giro y me coloco a horcajadas en su regazo, con las piernas a cada lado de su cintura como antes, aunque dice que nadie lo monta. No puedo ocultar mi tipo de lenguaje corporal, aunque sólo lo muestro con las personas que me inspiran confianza.

Me acerco a su cuello y lo abrazo. Siento cómo se tensa todavía más y por el rabillo del ojo observo que contrae el rostro. Creo que ya fui demasiado lejos, pero espero que no me aparte porque no quiero estar sola. No lo hace, pero tampoco me envuelve de vuelta, mantiene sus brazos fijos a los costados de su cuerpo. Acepto su negativa de contacto, esto es suficiente para mí.

Pensar que Seth pudo atraparme es demasiado agotador. Escondo mi cabeza en su cuello y me reconforto con su calor corporal. Sin embargo, él profiere un quejido ahogado.

—No me abraces —me toma de los brazos y me aleja con el rostro totalmente serio.

Lo miro en silencio y mis hombros caen. Aunque no tengamos el acuerdo, aún existen muchas barreras entre nosotros.

—Lo siento —digo en voz baja, avergonzada y con las mejillas ardiendo.

Fui demasiado lejos. Como puedo me levanto de su regazo y vuelvo a mi lugar en la cama. No puedo mirarlo otra vez. Cierro los ojos y me ovillo bajo las sábanas, abarcando un pequeño rincón.

Después de unos minutos muy largos lo escucho levantarse, pero no regresa a la cama, abre la puerta y sale sin decir nada. Mi vergüenza aumenta aún más y me abrazo a mí misma esperando que esa pesadilla sobre Seth no vuelva.

. . .

Entre sueños escucho voces. Una parece ser la de Ethan y la otra... ¿Es la de Alexander? Sí, es él, gritando por el pasillo, despertándome y, con seguridad, a los otros huéspedes.

Me remuevo en la cama tratando de regresar a la consciencia. Cuando me incorporo, me preguntó si Alexander regresó anoche. Todo está en su lugar y es evidente que no lo hizo. La luz comienza a entrar por el ventanal de la habitación y ya no llueve. Todavía es muy temprano, pero los gritos siguen.

Me arrastro por la cama hasta la parte vacía. Me levanto de ese lado y miro un par de frascos blancos en la mesa de noche de Alexander. Los tomo en mis manos y noto que son los mismos de Birmingham. Está de nuevo la zozobra de su condición.

—¡¡Dónde está?! —la voz de Alexander resuena aun estando cerrada la puerta—. ¡Tráeme a Matt en este puto instante!

Es muy temprano incluso para estar despierto. Me quito la sábana de mi cuerpo apenas cubierto y camino hacia la puerta.

El frío me estremece y busco al menos el abrigo de anoche para colocármelo, pero no lo veo por ningún lado, lo único que vislumbro es el pantalón húmedo de Alexander hecho bola en el suelo a diferencia de mi ropa, la cual se encuentra muy bien acomodada sobre el sofá. Hombres. Pongo los ojos en blanco.

Arrojo el pantalón al sofá y algo cae de una de las bolsas. Me acerco para recoger el objeto y no empeorar el desastre que hay aquí. Pronto descubro que es una tira de condones.

Es nueva sin duda, pero ya le hacen falta dos. Nosotros no utilizamos ninguno. El pensamiento cruza rápido por mi mente. *No puede ser.*

—¡Llévatela de aquí! ¿Puedes o también tengo que hacer tu maldito trabajo, criado? —el grito de Alexander me saca de mi estupor.

Dejo los condones en la bolsa y salgo determinada de la habitación. Encuentro a Matt con la cabeza gacha y el rostro serio. Ethan está a un lado, pero se mantiene sereno, como si estuviera acostumbrado a la bestia de ojos verdes a estas horas de la madrugada.

—¿Ya está enojado tan temprano?

—Es un hombre complicado, señorita Brown, pero creo que eso ya lo sabe —me guiña un ojo y, cuando su celular suena, mueve su saco hacia atrás y me quedo helada al ver el arma en la pretina de sus pantalones—. Soy guardaespaldas —me recuerda mientras sonríe ante mi expresión.

Alexander está vestido con unos pantalones negros y una remera del mismo color que vi en la bolsa anoche, junto con su abrigo.

—Buenos días —digo con el ceño fruncido olvidando a Ethan.

Todos los ojos se vuelven hacia mí y los más molestos son los de la bestia de ojos verdes porque lo acabo de interrumpir.

—La gente normal duerme a estas horas. ¿Te volviste loco? Despertarás a todos los huéspedes del hotel.

—¿Qué haces despierta? —ignora mis palabras y su mirada oscila entre el pasillo y yo.

—Tus gritos despertarían a cualquiera —recalco lo obvio y sigo la dirección de sus ojos.

—Entra —me toma del brazo.

—Entra conmigo —me zafo e intento impedir que siga gritándole al pobre hombre. Ahora lo tomo del brazo yo y lo atraigo hacia la puerta. Me cuesta jalar su peso, es un robot de dos metros y más de ochenta kilos de músculo, pero me permite hacerlo.

—No voy a discutir contigo sobre esto, ya te dije que no cuestiones lo que hago.

—No vas a discutir nada conmigo, sólo actúa como un ser racional.

—Soy muy racional, pero eso tú no lo sabes porque no me conoces.

Levanto las manos, exasperada, atrayendo la mirada de sus dos hombres de seguridad. Rápidamente se interpone entre nosotros con el ceño fruncido y les lanza una mirada fulminante que los hace voltearse de inmediato.

No le tomo importancia a ese extraño gesto y sigo con mi argumento.

—Matt hizo su trabajo.

Su mirada se ensombrece.

—Si hubiera hecho su trabajo, no te habría encontrado a mitad de la carretera corriendo bajo la lluvia. ¿Te has puesto a pensar qué hubiera ocurrido si no me llama?

—Pero lo hizo y todo terminó bien —lo tomo del brazo y miro de reojo a Ethan alejarse un poco más. ¿Es eso? ¿O lo que en verdad le molesta es haber ido detrás de mí anoche?

Su mirada no cambia ni un segundo, está siendo imposible, pero no voy a rendirme, seguiré defendiendo a Matt.

—Entra a la habitación, Emma.

—Deja de ser imposible, tu carácter empeora con los días. ¿Siempre eres así por las mañanas o es cosa del clima? —tomo su rostro entre mis manos y siento cómo se tensa.

—Mi gente de seguridad debería encargarse de resolver los problemas, no de llamarme para que lo haga yo. De ser así, no me sirven —entonces es eso. No quería ir detrás de mí anoche. Confundida, le sostengo la mirada en silencio y el recuerdo de la tira de condones regresa—. Entra a la habitación, después discutiremos esto.

—No quiero discutir, podemos hablar como personas civilizadas —miro a los lados, exasperada—. ¿Por qué no eres un poco más…? —en ese momento veo que se abre la puerta de una de las suites y aparece ella con una sonrisa ladeada.

La pelirroja.

—¿Podemos irnos ya, querido? Odio este hotel barato, no debimos venir anoche, las camas son pequeñas, tu cuerpo no cabía —dice con voz melosa—. Sé que los dos todavía estamos muy cansados por el duro esfuerzo de anoche, pero yo tengo que volver a casa —sus palabras no dejan nada a la imaginación.

—Alesha, ya te dije que bajes al *lobby* —le dice él con tono de advertencia y eso es todo lo que necesito.

El rompecabezas comienza a armarse en mi cabeza. Ella y él… Éste es el dichoso hotel donde ella se quedó anoche, anoche estuvo aquí y él fue por ella antes de ir por mí.

—Emma, no te había visto —se gira hacia mí sin perder la sonrisa—. ¿Pasaste buena noche? Porque yo sí, aunque estoy agotada y un poco adolorida de todo el cuerpo, en especial de las piernas, pero te aseguro que valió la pena cada maldito minuto —se gira hacia Ethan.

La arpía se burla y Alexander no replica nada. Sin responderle, me alejo y entro en la habitación. Aprieto los párpados mientras percibo cómo se tensan mis muñecas. Soy una completa estúpida.

Tomo mis tacones con una mano y mi bolso con la otra. Las lágrimas se agolpan en mis ojos, pero no por dolor, sino por rabia hacia mí misma. Le abrí las piernas otra vez, creyendo que decía la verdad sobre el acuerdo de exclusividad.

Ingenua y estúpida Emma Brown. Levanto la barbilla con determinación y así, sólo con una camiseta sobre mi cuerpo, salgo.

Todos me miran, a excepción de Alexander. Alesha sigue en la puerta de su habitación y él en el mismo lugar de antes, con el ceño fruncido y atento a su celular.

—No me dejes esperándote como anoche o me enfadaré —la voz mimada me enoja—. Y ya sabes cuál es tu castigo… o tu premio, según como lo quieras ver.

Me recorre un calor nada agradable, quiero golpearla.

—Ethan, ¿puedes llevarme a Londres? Se llevaron mi Mazda anoche —ignoro los ojos de todos y me concentro en el hombre de mediana edad.

Ni siquiera mira a Alexander antes de asentir. Como si no necesitara autorización para complacerme. Paso a su lado y una mano me detiene.

—¿Qué estás haciendo? —por fin me mira.

No le grito a la cara, ni le demuestro mis sentimientos, los celos que siento. Esto fue mi error, yo caí presa del deseo y lo dejé follarme otra vez.

—Lleva a Alesha a casa, no me importa, te dije que no hay acuerdo esta vez —digo con voz tranquila, señalando a la pelirroja.

Su ceño se frunce todavía más.

—No soy chofer de nadie, que usen sus malditos autos.

Satisfecha, la maldita bruja nos mira desde su esquina con el cabello húmedo igual que él, pero no voy a dejarla disfrutar de nada. Bajo la voz para que no me escuche.

—Entonces, haz lo que quieras.

Me suelto de su agarre y sigo a Ethan por los pasillos. Y yo que creía que había ido detrás de mí. Por eso estaba molesto, porque le corté el rollo con ella, pero lo retomó a la mitad de la noche.

Antes de que pueda llegar al ascensor, un par de manos me toman de la cintura y un segundo después estoy sobre su hombro. Me sujeto a su espalda para recuperar el equilibrio y camina conmigo sosteniendo con una mano el borde de la camiseta lo mejor que puede, aunque dudo que cubra algo porque es muy corta.

—Vete y haz que suban ropa para ella y mis cosas —le dice a Matt, quien al instante desaparece.

Pasamos al lado de la pelirroja y veo su ceño fruncido. También le frunzo el mío. Ya no voy a soportar sus malditos desplantes. *Bruja.*

—Bájame —le digo sin alzar la voz para no llamar la atención, aunque, a pesar de sus gritos, nadie ha salido de su habitación.

—No hasta que regresemos a nuestra suite —responde y arqueo las cejas, sorprendida—. Alesha, ya puedes irte, quiero los planos en mi oficina antes del mediodía.

—Pero, querido, nosotros…

—Quiero los putos planos —le recalca sin aceptar negativas y ahora estoy más confundida que antes.

Cuando la puerta se cierra detrás de nosotros, finalmente me baja.

—Veo que despertaste gruñona —me mantiene sujeta de la cintura—. ¿Planeas irte así hasta Londres?

—¿Acaso importa? —trato de despegar sus manos de mi cuerpo, pero no funciona.

—Son las cinco de la mañana.

—Tú estás duchado, vestido de pies a cabeza y estabas gritando por todo el pasillo —aclaro lo obvio.

—Nunca saldría desnudo a hablar con mis empleados —arquea una ceja—. A diferencia de ti.

—Ellos no son mis empleados y tampoco estoy desnuda.

—En un momento puedo resolver ese problema —dice con voz ronca.

—Deja de jugar conmigo, quiero irme —le frunzo el ceño.

—¿Es usted bipolar, señorita Brown? —en un rápido movimiento me toma de la parte trasera de los muslos y hace que rodee su cintura con ellos—. Anoche me pareció que hicimos las paces.

¿Bipolar yo? ¡Ja! ¿No se ha mirado en un espejo alguna vez?

—Te dije que no quería ser tu puta en turno.

Un golpe resuena en la habitación y, en un segundo, un escozor recorre la piel semidesnuda de mi trasero provocando que dé un pequeño salto en sus brazos. Me aferro a sus hombros y me levanta hasta que nuestros rostros están a la misma altura.

—Ya te dije que no volvieras a llamarte así.

—Bájame, Alexander —lo miro con coraje, aunque comienzo a jadear.

—No.

Golpeo su pecho a punto de perder los estribos.

—Si lo que quieres es follarme, estás perdiendo tu tiempo. No voy a rebajarme a que me metas la polla después de lo de anoche o de esta madrugada, sería asqueroso.

Puede que incluso se la haya follado hace unos minutos.

—¿Anoche? —frunce el ceño.

No puedo creer que piense que soy tan estúpida como para tragarme su confusión, con los condones y las palabras de Alesha.

—Como sea —me revuelvo en sus brazos.

—¿A qué te refieres?

—Nada, sigue fingiendo que no lo sabes, bájame.

—No dejo conversaciones a medias —me recuerda.

—Ésta no es una conversación.

—Habla —me advierte.

—No —no puede ser tan hipócrita como para hacerse el loco.

—¿Tengo que follarte para hacerte hablar? ¿Quieres regresar a las viejas advertencias?

—No vas a follarme —lo miro fijo—. No cuando le metes la polla a quien sea. No voy a contagiarme de la maldita ETS que seguro tienen todas tus amantes. Y deja de comprarme ropa, que es un pago muy mediocre por abrirte las piernas anoche.

Su rostro se desencaja y me baja de inmediato.

—Estás yendo demasiado lejos, Emma.

—No es para menos, volviste a cogerme, pero veo que no te complazco como Alesha. Al menos a ella le pagas mejor, tiene lujos que a mí no me has ofrecido —frunce el ceño—. ¿Creíste que no iba a ver los condones? Para ser un reconocido empresario, eres un idiota mintiendo —camino hasta el baño, pero, antes de entrar, me giro, encarándolo una última vez—. O tal vez no. Casi te creo que cumpliste el acuerdo de exclusividad y te regalé una última corrida. El pago de la ropa es suficiente por mis servicios de puta —cierro la puerta de golpe.

Me apoyo en la encimera frente al espejo y siento mis mejillas arder de rabia. Escucho el golpe de algo rompiéndose: es la cerradura. Enseguida la puerta se abre, azotándose.

—A la mierda con lo que dijiste. ¿Dinero? ¿Eso es lo que quieres que te dé? —su rostro está totalmente desencajado—. No sé qué te pasa, pero justo ahora estoy loco de rabia contigo, no hables como si mi dinero fuera lo único que te importara de mí.

Me río en voz alta y después lo miro con una sonrisa ladeada.

—¿Y qué más me puede importar de ti? Todo lo que hago siempre tiene como objetivo conseguir tu dinero —tensa la mandíbula.

Abre su abrigo, saca un fajo de libras y lo arroja al suelo, a mi lado.

—Está bien, tú ganas, acepto el dinero por cogerme en la carretera —me inclino a tomarlo con cinismo—. Es más de mi precio habitual. ¿Quieres que te la chupe como bono extra o prefieres una paja silenciosa?

La tensión en sus hombros ciñe la remera contra su cuerpo. Sacude la cabeza con rabia.

—No voy a quedarme a escuchar esta mierda.

—¿Por qué no? Yo también rompí el acuerdo de exclusividad —lo detengo antes de que salga del baño.

—Hablas por enojo, nadie se me compararía.

—Cariño, ¿de verdad creíste que eras el único caliente aquí? No soy tan inocente como parezco —lo miro seductoramente—. Yo también tengo afición por las pollas como tú por los coños y la tuya me gusta mucho, pero chupársela a Adam todas esas veces me preparó para ti.

Su mirada se ensombrece y veo su pecho alzarse.

—En Birmingham no pude resistirlo, pero eso creo que tú ya lo sabías porque casi nos pillaste —me paso la lengua por el labio inferior—. Una caja de bocadillos fue una buena paga por mis servicios. Si hubieras llegado antes, tal vez tú te habrías llevado el premio, pero él fue más astuto.

Suelto mi bomba y me giro hacia el espejo, sintiendo mi sangre hervir. Lo último que alcanzo a ver es cómo se pasa la mano por la cara. Él mismo insinuó que había roto nuestro acuerdo en Birmingham. Aunque eso no es verdad, ahora lo entiendo: las palabras duelen peor que un golpe.

Me observa por el reflejo del espejo y después sale sin decir nada. Tiro el fajo de libras y lo pateo. Después me miro en el espejo respirando con dificultad. Me mojo el rostro y paso mis manos por mi cabello. El escozor de mi pecho provoca que hunda con fuerza los dedos en mi cabeza.

Éste es mi golpe de realidad para dejar de pensar en él como lo hice anoche, como si necesitara que alguien cuidara de mí. Me rompí como una estúpida y no me percaté de que lo único que le importaba era cogerme.

Termino de arreglar mi cabello y entonces reparo en el par de chupetones de mi cuello y en otros dos en mis senos. Pero ¿qué…? Oh, no. Me cerco para verlos mejor. El recuerdo de la boca de Alexander durante la noche llega de repente.

De pronto, tocan la puerta principal y salgo decidida a echar a cualquiera que esté afuera. Cuando abro, veo a Matt con dos bolsas en las manos. Al verme, me las extiende con la mirada gacha.

—Gracias —las tomo y le dedico una mirada de disculpa—. Lamento mucho lo que pasó anoche y que te hayan regañado por eso.

—No se disculpe, señorita Brown, debí decirle que estaba tomando una ruta alterna para no asustarla, fue mi error —dice sin perder la compostura—. En cuanto esté lista, la llevaré de regreso a Londres.

—De acuerdo —asiento, pero antes de cerrar me atrevo a preguntar—. ¿Dónde está Alexander?

—Se fue con la señorita Smith.

—Saldré enseguida —miro una última vez el pasillo y regreso a mi habitación.

Alexander

—¿Lo llevo al Score, señor? —pregunta Ethan mientras la carretera pasa ante mis ojos rápidamente.

Después de dejar el Luxus hicimos una escala rápida en mi hotel de Brent para afinar unos últimos detalles de la reconstrucción; espero no volver al maldito lugar por ahora.

—No, a la oficina —pongo mi mano debajo de mi barbilla y relajo un poco la mandíbula. No me importa una mierda que sea fin de semana, voy a trabajar; además, Amelia llamó—. ¿Qué investigaste sobre el accidente de Brent? —le pregunto a Ethan sin despegar la mirada.

—Logan estuvo ahí, señor, el teniente Wall tiene reportes policiacos que vinculan una descripción gráfica de su rostro basada en sus rasgos —en un segundo, la tensión vuelve con más fuerza que antes.

—Los *legae* de su tía vieron dos de sus camionetas verdes por la ciudad el mismo día del accidente —carraspea—. Su tía sigue de viaje, pero se mantendrá en contacto.

—¿Y qué pasó con las cámaras de seguridad del hotel? Dijeron que estaban dañadas ese día.

—Ya las envié al hacker, hoy van a entregarnos las grabaciones desencriptadas como ordenó. Las tendrá a más tardar a medianoche, porque le surgió un asunto importante.

Cuando Ethan aparca frente a la entrada, tomo mis lentes oscuros y me los coloco antes de salir. Mis guardaespaldas me siguen hasta el elevador y, cuando las puertas se abren en mi piso, me mantengo implacable.

—Señor Roe, qué bueno que está aquí —me aborda Amelia antes de que pueda cruzar el pasillo—. Reuní a su gabinete para una junta inmediata.

—¿De qué se trata?

—Tenemos un serio problema con uno de los contratos que envió Erick a Nueva York.

—Tráelo a mi oficina y a ese inútil ebrio también —avanzamos por el pasillo en el cual Emma me besó y aparto la mirada, molesto—. Vamos —nos encaminamos por él y Amelia me sigue de cerca—. Llama a Bennett y dile que quiero verlo de inmediato, que no me importa si está esnifando coca, lo quiero sobrio.

Después de lo que me dijo Ethan, necesito advertirle del espionaje que realizará.

— Sí, señor —dice y pasa de largo a su oficina.

Me quito el abrigo, lo dejo descuidadamente en un sofá y me dirijo a revisar mis correos. Los planos que le pedí a Alesha desde anoche ya están sobre mi escritorio, pero no los miro todavía. Mi vista se mantiene seria y abro el primer informe. Lo repaso antes de firmarlo y voy por el siguiente y luego por otro más sin darme un descanso; soy como una bestia sumergida en el trabajo. Sin embargo, mi tensión se esfumaría si matara a…

—Señor Roe —el altavoz suena—. Le recuerdo que hoy el señor Blake tiene una reunión con los abogados de Vinils.

—Confirma mi asistencia —respondo de inmediato y tomo otro documento en el cual sumergirme para acallar los putos pensamientos.

Por un momento, las letras se vuelven borrosas y es la única forma en la que me detengo. Parpadeo un par de veces, pero sigo sin poder enfocarlas. Suelto una maldición y camino hasta el abrigo para sacar uno de los frascos blancos.

Meto mi mano en una de las bolsas y me topo con algo que no es el dichoso medicamento. Lo saco y ahí se va todo mi puto esfuerzo por mantener la cabeza ocupada cuando miro las bragas de Emma. Aspiro profundo su maldito olor y las regreso a su lugar. En ese momento, la puerta se abre y aparece Bennett.

—Hermano, tienes suerte de que estuviera cerca, pensé que te vería en el Score más tarde con el hacker, pero eres un idiota por sugerir que estaba esnifando coca —se ríe y toma asiento.

—Tenemos problemas más serios que las bromillas sobre tu adicción —le digo y coloco una pequeña pastilla en mi boca, la cual me deja un sabor amargo.

—Tengo lo que me pediste anoche con Coraline, no fue fácil conseguirlo —dice con el ceño fruncido—. Incluso trabajé horas extra por las que espero una buena paga —su mirada cambia radicalmente por algún recuerdo.

Mi rabia regresa.

—Eso ya no será necesario —lo corto de inmediato.

—¿Por qué?

—La señorita Brown ya recibió su compensación y quedó más que satisfecha —respondo tajante y paso a otro tema, pero frunce el ceño mientras yo recuerdo el dinero que le dejé a Emma en el hotel y cómo dijo que era lo único que le importaba recibir—. Cambié de opinión y ya no quiero que vayas a Brent para hacer las remodelaciones. Yo mismo me haré cargo.

—El diseño del lugar es mi idea, iré de todas maneras.

Coloco ambas manos sobre mi escritorio y lo miro con seriedad. Ya sabía que iba a negarse.

—Tengo otro trabajo para ti. Quiero el diseño de los hoteles de Nueva York para fin de año. Viajarás con Erick.

Una mirada de satisfacción ilumina su rostro.

—Alto, conozco esa mirada —sonríe de lado—. Tus contactos te dieron información —asiento—. Te enteraste de que West B también consiguió el contrato, ¿me equivoco?

—No, no te equivocas.

—Vas a fastidiarles la apertura otra vez —no es una pregunta, pero aun así asiento de nuevo y su sonrisa se ensancha—. Eres un grandísimo hijo de puta.

—Lo sé, trabajarás en ello.

—Vamos a joder al mundo juntos, como los hijos de puta que somos —sonríe con suficiencia—. Me encargaré de que la elegancia y el prestigio queden plasmados en cada rincón del lugar, pero no podré viajar todavía.

—¿Por qué?

Se recarga sobre el respaldo de su silla.

—Tengo que asistir a una exposición de arte muy importante.

Bufo. Una exposición. Qué estupidez.

—Vuela en cuanto puedas, pero que sea en un viaje privado. Recuerda que también tienes que hacer trabajo del Lobo ahí; ya sabes que, durante estos últimos meses, hemos estado hablando de buscar un nuevo comprador danés.

—Lo tengo en la mira desde hace semanas con la ayuda de nuestro *camaleón*, así que no te preocupes —sonríe malicioso—. ¿Resolviste algo del accidente de Brent? —se levanta conmigo.

—No, Christopher seguirá evadiendo a la prensa hasta que hallemos una solución.

—Anoche te escuchabas mejor.

Anoche fue una mierda. No digo nada, salimos de la oficina y caminamos en silencio por el pasillo hacia la sala de juntas antes de que tome la delantera como siempre y entre solo. Doy zancadas rápidas con la mirada seria y, con ese maldito aire de suficiencia que me caracteriza, entro detrás de Bennett. Como siempre, todos permanecen en silencio en cuanto perciben mi presencia.

Encuentro a varios de mis ejecutivos dentro, pero me preocupa ver aquí a Erick, al mejor de mis abogados y a Christopher.

—¿Qué sucede? —voy directo al grano sin molestarme en saludar. Observo que los publicistas se tensan por mi tono de voz.

—Unos medios locales de Brent se enteraron de la noticia y desde la mañana la han estado filtrando por los noticieros de la ciudad y redes sociales —dice Christopher.

—¿Hay probabilidades de que se enteren de la gente herida y de los muertos? —lo miro fijamente.

—Esta mañana Emma habló con la seguridad del hospital para incrementarla y hasta ahora no tenemos nada de que preocuparnos, no hay reporteros por la zona y bloquearemos todo el acceso a los portales web.

—En caso de que Vinils esté relacionado con la filtración de la noticia, procederemos con una demanda en su contra por más de treinta millones de libras —informa Erick.

Asiento.

—Dejaré el incidente en tus manos, Jones, mientras se hacen las reparaciones del hotel —ambos asienten—. Y sobre la apertura de Birmingham, ¿qué novedades tenemos?

—Los avances se detuvieron.

—No quiero que se detengan, es nuestro proyecto más grande, dame a uno de tus publicistas para Brent y enfócate en Birmingham y los demás proyectos —ordeno y me levanto de mi silla—. Erick, ocúpate de la parte jurídica de los medios y, Christopher, los quiero silenciados hoy mismo.

—De acuerdo y respecto al publicista que quieres…

Aprieto la mandíbula.

—Quiero al maldito Adam Tail.

De pronto, se escuchan gritos afuera. Amelia entra nerviosa, interrumpiendo la reunión.

—Señor Roe, tiene a una visitante peculiar afuera. Le dije varias veces que esperara a que terminara la reunión, pero no ha dejado de gritar.

—No tengo tiempo, que seguridad la saque a la fuerza.

—Infeliz, pero me vas a escuchar —se oye el jadeo indignado por la puerta y un segundo después entra una loca con cabello rubio y lentes rosados en forma de corazones.

—Cora, ¿qué haces aquí? —mi hermano se levanta de repente, arreglándose el cabello.

—No me sacarán a la fuerza, sólo serán unos segundos, cabezota —me señala la puerta y la sigo enojado al pasillo vacío.

—¿Estás demente, Coraline Gray?

—Menos me largaré si sigues diciendo mi nombre completo —rebusca en su bolsa y siento el golpe del dinero en mi cara: es el fajo de libras que dejé en el hotel—. Ni con tu mierda de millones comprarías a Emma, porque ella vale más que toda tu basura de imperio completo —el dinero cae al suelo y respiro hondo con el malhumor rozando mis sienes—. Y no es necesario ejercer la fuerza, conozco la salida.

Bennett observa la escena desde el pasillo y contiene una risa.

—Ya encontré a la mujer de mi vida, hermano —dice mirando la melena rubia de Coraline mientras desaparece.

Emma

Las mejillas de Adam continúan rojas. No es capaz ni de mirarme a los ojos en la cafetería donde estamos desayunando. Pagamos la cuenta y volvemos a mi apartamento.

—Emma, de verdad lo siento, no quise dejarte plantada.

Me muerdo el labio inferior conteniendo la risa. Esta mañana apareció en mi puerta y ya lo escuché disculparse más de diez veces, casi se pone de rodillas.

—No te odio por completo, pero estuve más de una hora esperándote para cenar, pudiste llamar o enviarme un mensaje con alguno de los empleados del hotel.

—Lo hice, lo juro, pero fue demasiado tarde —levanta las manos, exasperado—. Esto es lo que sucedió —frunce el ceño mientras entra a mi apartamento con una caja en mano—. Estaba en mi habitación arreglándome para la cena cuando un empleado me dijo que había recibido la notificación de un problema en la ducha y, al entrar para comprobarlo, la puerta se cerró.

—¿La puerta de la ducha se cerró? —no me trago esa historia, pero asiente—. ¿Qué pasó con los empleados? Es imposible que no te hayan escuchado llamar o gritar.

—No lo sé, estuve gritando durante horas, ni siquiera tenía mi celular conmigo —se encoge de hombros—. Además… tuve que dormir en la bañera. Fue hasta esta madrugada que una mujer me abrió la puerta disculpándose por las molestias y, cuando traté de llamarte, entró directamente al buzón.

—Mi teléfono sufrió un pequeño accidente. Compraré otro hoy mismo, el señor Jones tuvo que llamarme aquí.

—Puedo llevarte a una buena tienda de Apple si quieres y así compensamos nuestra cena fallida.

—¿No tienes que ir a la oficina? Es fin de semana, pero el jefe dijo que había medios merodeando en Brent.

—De hecho, el señor Jones me llamó para darme nuevas instrucciones. Por hoy no requieren nuestros servicios, así que me gustaría pasar el día contigo si me lo permites.

—El jefe dijo que nos necesitaba.

—Ya te digo, cambió de opinión —le resta importancia al asunto—. Entonces, ¿qué dices? Creo que tenemos cosas interesantes de las cuales platicar y que no lo hicimos durante la cena a la que falté. Por favor, no podré dormir por la culpa.

Parpadeo ante su mirada curiosa. Oh, sí, algo me dice que se trata de Alexander y la otra noche.

—Adam, la verdad es que… —miro a Cora salir por el pasillo y niega rotundamente—. No estoy molesta por la cena y me gustaría compensar que ya nos han arruinado dos planes, pero no me apetece salir hoy. ¿Podemos dejarlo para otro día?

Suelta un suspiro, pero no me fuerza.

—Sabía que no recuperaría esa oportunidad, pero, linda, conmigo tú siempre tienes la última palabra, recuérdalo —sonríe y me extiende la caja de sus manos. Se ve derrotado y triste—. Bocadillos de disculpa, te veré el lunes en la mañana.

—Te veo el lunes —le sonrío de vuelta y, antes de que me percate, tengo su boca en la comisura de mis labios, besándome. Me aparto con brusquedad, pero apenas lo nota y ni siquiera se disculpa.

Se va sin mirarme y yo cierro la puerta confundida y un poco harta de su coqueteo.

—¿Qué fue eso? Este sujeto no conoce la palabra "gradual" ni la expresión "espacio personal". Te estaba besando —Cora se cruza de brazos—. ¿Y cómo sabe que éstos son tus bocadillos favoritos? Te juro que es un maldito acosador disfrazado de tu compañero de trabajo.

—No te agrada porque te hablé mal de él desde que lo conocí, pero se ha portado como todo un caballero conmigo.

—Sí, pero también es un cansón, no le queda claro que no quieres ser su cita por más bueno que esté, ni siquiera nota que te incomodan sus halagos de jovenzuelo —me encojo de hombros y abro la caja para tomar un bocadillo.

—Quita esa cara, Cora, aquí no pasó nada; además, mi vida es un lío grande.

—No diré nada al respecto, pero ese Adam no me da buena espina, aunque me encantan los bocadillos que trae —se atiborra la boca de pan—. Lo único que espero es que aunque Alexander y tú terminaron tan mal, no todos los Roe estén vetados en esta casa porque yo me la estoy pasando de maravilla.

—Puedo hacer una excepción con Bennett —la miro con una sonrisa—. Después de encontrarlos en condiciones comprometedoras en varias ocasiones, no creo que lo que yo diga importe demasiado.

—Emma Brown, no seas sarcástica conmigo, tú viste cosas que no deberías.

—Lo que oí detrás de la puerta no era exactamente sarcasmo; más bien, estaban de acuerdo en algo y tú decías "¡sí!" muchas veces y Bennett quería seguir hablando porque decía "¡más!" —explico en un susurro y me carcajeo cuando me avienta una pantufla—. Y sí rompiste la regla de las tres semanas.

—¿Puedo decir que me sedujo y no pude evitarlo?

Tomo un bocadillo de la caja.

—Si él te sedujo, entonces, ¿por qué cuando llegué estabas de rodillas muy obediente a punto de comerte su…?

—¡Silencio, Brown! Tu madre te lavaría la boca con detergente si escuchara tu vocabulario.

—Joder, no podré sostenerle la mirada a Bennett otra vez después de haber visto una parte tan íntima de él. Cuando dije que quería conocer todo lo suyo, no me refería a *todo* —ahogo una risa.

—Tiene suerte de que sepa relajar los músculos, si no, eso no habría entrado por completo en mi boca.

—No necesito una descripción gráfica, Bennett es mi amigo —cubro mis oídos con las manos y camino alejándome de ella, pero me sigue y levanta las manos haciendo una medida con ellas.

—Querías que te contara todo lo que sucedió, ¿no? Ahora lo escucharás.

—No quiero, es como saber que tus padres tienen sexo.

Vuelve a levantar las manos.

—A mi buen ojo pasa de los veinticuatro centímetros, aunque, si mido mi garganta, bien podría alcanzar más.

—¡Coraline Anne Gray! Le diré a tu hermano.

Su risa retumba en mis oídos.

—Como si Dylan sólo trabajara en el MI6, seguro que es el don juan de sus compañeras —la miro horrorizada—. ¿Ahora te indignas? ¿Acaso no estás cojeando? Ya ni siquiera tengo que preguntarte por qué. El amiguito no tan pequeño del otro Roe ya te ha dejado varias veces así. ¿Será herencia familiar? ¿Cómo lo tendrá el padre? ¿Tendrán un primo o tío así?

Mira por la puerta un segundo como si hubiera llegado a su mente un recuerdo repentino.

—¡Oh, por Dios! ¡Estás loca! Además, ya te dije que no puedes hablar de Alexander Roe en esta casa nunca más.

—Como tú digas —se rinde—. No quiero que me eches todavía y tenga que dormir bajo un puente —bromea—. Por cierto, tengo algo para mejorar tu ánimo, algo que va a encantarte.

—¿Es vino?

—¡Ja! ¿Quieres que me enfrente a la furia de la doctora Kriss? No lo creo, *sexy*. Pero no, no es eso lo que quiero mostrarte —entra un segundo a su habitación y sale corriendo con un pequeño sobre plateado en su mano—. Adivina qué es.

—La invitación para la boda de tu hermano.

Se parte de risa.

—Sí, seguro que encontró un robot que finge ser humano y que es adicto al trabajo igual que él, ¿no? —abre el sobre, emocionada, y me lo planta en la cara—. ¡Es la invitación para mi primera exposición en Gallery Art!

—¡Oh, por Dios, Cora! —lanzo un grito ahogado—. ¡Eso es increíble! —la abrazo con fuerza y después observo la pequeña invitación—. Coraline

Anne Gray —leo en voz alta—. Pronto comenzarás a ser reconocida por todos lados, espero que no te olvides de los viejos amigos.

Su risa retumba en mis oídos.

—Si mi agente Luke me pagara lo suficiente, Gallery Art habría estado en mis planes desde hace años.

—Necesitas un nuevo agente, Luke nunca me ha dado buena espina.

Es un hombre un poco mayor, pero no lo suficiente como para no ser atractivo. Ha sido el agente de Cora desde que inició su carrera como pintora en Trafford, pero, aunque lo conocemos de años, no me agrada del todo.

—Es de confianza.

—Y, si es de confianza, ¿por qué no se ha aparecido por aquí?

—Vendrá a la exposición. Él me consiguió el contrato con ellos, así que tiene parte en esto.

Alzo las cejas. Aunque es un hombre guapo, no es una de mis personas favoritas, pero Cora lo adora, así que lo tolero por obvias razones.

—Necesitas conseguir un vestido de gala.

—Y tú también, nos iremos todo el día de compras y Dylan pagará —abro la boca para negarme, pero me detiene—. No acepto negativas, aún hay liquidación de la tarjeta de mi hermano, así que nuestras cuentas bancarias no sufrirán pérdidas. Vendrás a buscar ese vestido conmigo.

—No tengo ganas de salir hoy. Todo lo que pasó anoche fue demasiado.

—No vas a quedarte aquí sola a pensar en ese idiota que te siguió a Brent. El problema para levantar una orden de alejamiento es que no tenemos pruebas de las llamadas porque tu celular murió anoche.

—Quiero repetirme que la policía de Londres es mejor que la de Trafford.

—¿Lo ves?, no vamos a solucionar nada —me arrastra por el pasillo—. Es más, ¿sabes qué? ¡Noche de chicas!

—No puedo beber.

—El agua no tiene alcohol.

La miro con los ojos entrecerrados. La última vez que dijo eso Dylan terminó sacándonos de la comisaría a medianoche y regañándonos por algo que no recuerdo. Le sonrío al recuerdo, esos fueron buenos tiempos.

—Acepto las compras.

—No tenías opción conmigo —sonríe—. Por cierto, la chica interesada en comprar tu apartamento en Trafford llamó otra vez, dice que no te has puesto en contacto con ella.

—¡Joder! Me olvidé por completo de la compra. ¿Crees que aún esté interesada por el precio que habíamos acordado?

—Sonaba un poco molesta, dijo que estaba buscando otras opciones porque no pareces interesada en venderle el apartamento y ella ya iniciará su año en la universidad, así que necesita mudarse de inmediato —se encoge de hombros.

—Hablaré con ella esta noche y con el dinero del apartamento celebraremos tu exposición en una cena muy elegante.

—De eso nada, ese dinero es tuyo, puedes guardarlo para esas vacaciones en el Caribe que tanto quieres.

—Esas vacaciones están en mis planes, pero lo mío es tuyo, esposa mía, lo sabes.

—No esperaba menos de ti, criaremos hijos peces juntas y le compraremos un hermano a Lucas —señala la pecera de la entrada.

—¿Lucas? —me giro para verlo: es un pez dorado diferente al anterior. Aprieto los labios en una línea recta conteniendo la risa y la miro mientras ella se mece sobre las puntas de sus pies.

—Sigo trabajando en conocer la ración de la comida, el siguiente paso será tener mi propio perro.

. . .

Paseamos por todo el centro comercial de Burlington Arcade, visitando tiendas de todo tipo y no puedo querer más a mi rubia favorita por hacerme venir, mi mente no ha pensado ni un solo segundo en Seth y menos en Alexander y la arpía loca.

Cora paga su vestido en la caja; me muero por que lo luzca. Sin duda, será el centro de atención en el gran evento.

—Esto se siente bien —dice una vez que salimos de la tienda—. Tiempo de amigas sin presiones.

—También me gusta, me siento normal, como en casa —entramos a una pequeña cafetería cubriéndonos con nuestros abrigos.

El frío de hoy no ha disminuido ni un poco, pero al menos la bufanda sirve para cubrir las marcas en mi cuello, aunque tendré que poner un poco de maquillaje para el trabajo.

—Ayer por fin tuve la dicha de conocer a la famosa Alicia.

—¿En dónde?

—Cuando llamaste asustada, decidí ir a la oficina, pero al llegar me dijo que el equipo del señor adorable había salido a Brent, así que no tuve más remedio que conversar un poco con ella para aprovechar el viaje y quedé impresionada.

—¿Quién es el señor adorable?

—Tu jefe, el señor Jones. Ella me encontró vagabundeando en el ascensor y me ayudó a llegar a la recepción —sonríe y ahogo una risa—. Por cierto, me gusta la chica, me hizo reír como nunca y es una pervertida de primera, nos llevaremos bien.

—Alicia es muy agradable, no como las arpías que hay ahí.

—Por eso insisto en que compremos más ropa para ti, no vamos a permitir que la zanahoria se salga con la suya. Ahora que consiguió tener de vuelta a Alexander, vas a levantar la barbilla y a lucir caliente como el infierno cada maldito día que vayas a Hilton & Roe.

—Ella es muy guapa, es alta, atractiva —admito—. Además, usa ropa cara y ajustada.

—Pero ¿tiene el encanto de una Brown? —ladea la cabeza mientras el mesero trae nuestros cafés—. No lo creo.

—No lo sé, Cora, hacer eso es como admitir que me molestó que se haya metido con ella después de pasar la noche conmigo, no quiero pelearme por un hombre, es patético —bajo un poco la voz.

Abre un sobre de azúcar y lo esparce en su bebida.

—Dime una cosa, *sexy*. ¿Te lastimó que se metiera con la bruja?

Suspiro.

—No sé —remuevo mi café con la mirada perdida—. No debería, fue un acuerdo casual, sólo eso.

—Pero se quedó contigo en Brent. Además, no estoy muy segura, pero anoche me pareció como si Bennett estuviera intentando buscar un obsequio para ti por órdenes de él, incluso me preguntó si…

La corto antes de que siga.

—Alexander me confunde como ninguna otra persona. ¿Trata así a todas sus amantes? Porque es muy cruel hacerlas pensar algo cuando en realidad no es así.

—Concuerdo contigo y aún tengo que patearle el trasero al estilo de Cora por lo que hizo, no puede ser más idiota de lo que ya es.

—Tú no harás nada, fue mi error.

—¿Y para hacer cositas no se necesitan dos? —arquea una ceja—. Él también tiene la culpa, así que mejor le preguntamos a Bennett cómo podemos entrar a su casa sin que se entere y usamos aerosol rosa para dejarle una sorpresita. ¿Crees que sepa dónde vive la pelirroja?

Ahogo una risa.

—No vamos a allanar la casa de nadie, Cora.

—Una visita amistosa y tu mal humor se irá.

—Tú ya hiciste que se fuera —tomo su mano sobre la mesa y me regala una sonrisa cariñosa—. Además, no es necesario que me uses de excusa para hablar con Bennett.

—No insinúes que te utilizo, ayer hablamos en la oficina y tú estabas en Brent, así que… —se encoge de hombros.

—Tú y la palabra "oficina" juntas se escucha extraño. ¿De qué hablaste con él? ¿Finanzas o sexología? Ya sé, anatomía.

Se atraganta con el café.

—¡Por Dios! Me habló del accidente de Brent. ¿De verdad creíste que lo haríamos ahí?

—Nadie dijo nada sobre hacerlo en la oficina —la miro fijo y su boca se abre. Observo que el calor enciende sus mejillas, así que decido apiadarme de ella porque estamos en un lugar público—. Entonces hablaron de Brent.

Asiente.

—¿Ese accidente va a sonar mucho? Alicia me habló de él, Bennett me habló de él, tú me hablaste de él, sólo falta que mi propio hermano llame y me hable de él.

—Fue algo serio, Cora, si hubieras visto los escombros y a los heridos, los muertos… —suspiro—. ¿Por qué alguien habría querido hacer algo así?

—¿Alguien? Según tengo entendido, fue un accidente.

Sacudo la cabeza.

—No lo creo, apuesto todo lo que quieras a que no fue así. Un empleado me reveló información, me dejó con dudas y me pidió no entrometerme más en terrenos peligrosos, eso confirma todo, pero ¿qué podría haber causado un derrumbe?

—Una demolición mecánica —se encoge de hombros y, después de unos segundos, mis ojos se abren—. ¿Qué? Fue lo primero que se me ocurrió, ya sabes, en las películas de acción las usan para cosas oscuras de espías secretos. Dylan sí sabe de esas cosas, trabaja para el servicio secreto de espionaje y defensa inglesa, el MI6.

—Y, en la vida real, ¿qué civil tendría esos medios? Dudo que el Gobierno ofrezca a la venta ese tipo de recursos.

—No lo sé, pero ¿por qué estamos hablando de esto?

—Tengo curiosidad de saber por qué Alexander, siendo tan inteligente y astuto, no escucha lo que dice la gente del lugar. Tal vez quiere evitar el escándalo y, como vio a los heridos, no quiere indagar más. Al principio creí que estaba preocupado por ellos, pero, cuando fuimos al hospital, parecía que ni siquiera le importaban.

—O sabe muy bien lo que ocurrió y finge que no le importan por protección.

Parpadeo, sorprendida. No había pensado en eso, pero ¿fingir? Después del accidente no haría algo como eso y, si lo hiciera, ¿por qué sería? Sacudo esos pensamientos de mi cabeza.

—Es día de chicas, no quiero seguir hablando de Alexander.

—Perfecto, ya comenzaba a dolerme la cabeza.

Después de un par de horas más, finalmente estamos de regreso en nuestro apartamento. Estaciono mi Mazda en la acera. Esta mañana, cuando Matt me trajo de vuelta, mi auto estaba impecable como siempre.

Alexander lo resolvió. Rápido como siempre. Siempre busca lo fácil y la arpía tenía razón, terminó volviendo con ella.

Cora baja y juntas nos encaminamos al ascensor. Tengo un vestido elegante y un celular nuevos. Sin el número de Sawyer ni el de Seth disponibles, sólo espero que las cosas mejoren de ahora en adelante.

Alexander

El jacuzzi que odio se enciende mientras tomo otro trago de mi whisky escocés, mil veces mejor que esa cosa americana que me sirvieron en Brent.

Cierro los ojos un momento para liberarme del estrés de la oficina. He trabajado sin parar desde el sábado por la mañana. Si sigo así, mi condición empeorará, por eso decidí tomarme un descanso antes de irme.

El calor de unos labios me recorre el cuello mientras bajan y atrapan el lóbulo de mi oreja antes de jalarlo. Maldigo en un susurro y abro los ojos, molesto de tener otra fantasía y de no poder sacar de mi maldita cabeza a esa castaña aprovechada que sólo quería mi dinero.

Tomo otro sorbo de mi vaso. No sé qué cojones le ocurre a mi mente, que trae a Emma en momentos de estrés, pero ya fue suficiente. Necesito volver a trabajar o ese recuerdo regresará de nuevo, así como sus labios lo hicieron anoche bajo la lluvia.

Reviso mi celular y miro las fotografías que el equipo de seguridad de Brent me envió. Son las mismas que chequé esta mañana. Amplío la imagen del auto plateado en la entrada y la de dos personas cuyos rasgos son visibles a pesar de que una lleva una gorra negra y la otra lentes oscuros.

Se ven muy simples como para haberse hospedado en mi hotel de lujo anoche. Seguro son los jodidos periodistas infiltrados. Menos mal que Christopher los silenció. Paso de las fotos y abro la sección de noticias.

La mayoría son de economía y me detengo un momento a leerlas. Mi afición por las finanzas y mi buena estrategia en la bolsa de valores no son un secreto para nadie; mi fortuna es mejor que la de cualquiera. Cuando mis sienes comienzan a palpitar, aparto el teléfono y bebo más alcohol.

Salgo desnudo y camino hasta mi habitación secando despreocupadamente mi cabello con una sola mano. Abro el pequeño cajón de mi mesa de noche y saco el frasco negro Armani ignorando las prendas que están a un lado.

Me rocío el pecho y me coloco el traje negro para el maldito funeral. La cera me ayuda a fijar mi cabello y, por último, me acomodo las mancuernillas. Salgo y mis guardaespaldas se mantienen en silencio al verme pasar.

Bajo dos escaleras subterráneas en el estacionamiento del Score. Veo las manos delgadas del hacker trabajar sobre la computadora. Su rostro está cubierto de negro para no revelar su identidad y se mantiene en silencio mientras obtiene las grabaciones del momento exacto del accidente de mi hotel.

—¿Cuánto tiempo te tomará?

—Un par de horas, quiero ingresar al sistema de seguridad de la ciudad, pero es difícil porque el MI6 tiene su base principal ahí y han encriptado todos los servidores web que no reconocen. Debieron cambiar a su equipo de ingenieros en estos últimos meses porque no los ubico.

—Haz tu trabajo lo más rápido posible, no quiero perder más tiempo.

—Amargado —murmura por lo bajo cuando salgo cerrando la puerta tras de mí. Doy órdenes para que lo mantengan vigilado.

—El señor Roe va a salir —dice Ethan por el auricular cuando nos alejamos y subo a mi camioneta de lujo. Miro mi Aston Martin a lo lejos y el resto de mi colección de autos deportivos, sin embargo, no me apetece conducir ahora, el estrés provoca que mi vista se vuelva borrosa.

Compruebo la hora en mi Rolex. Le daré al hacker el tiempo que pidió. Salimos para Hilton & Roe seguidos de mis guardaespaldas; Ethan mira el resto de los vehículos por el retrovisor.

Las camionetas están blindadas, no se han reportado ataques de él en meses. Cuando nos sumergimos en el tráfico, el celular de Ethan suena y, después de unos momentos, me mira por el retrovisor para indicarme que me comunicará con el hacker.

—Las grabaciones están arregladas, señor Roe. Logré ingresar al sistema de la ciudad por sólo cinco minutos hasta que un camaleón del MI6 me sacó virtualmente.

—¿Qué ocurre en la hora exacta del accidente?

—Su hotel colapsó con una carga mayor a la de un simple derrumbe —conozco el armamento como la palma de mi mano, soy experto desde Rusia.

El palpitar en mis sienes regresa.

—La gente de Logan provocó el derrumbe en su hotel con un detonador de bombas de calidad B, no será imposible de encontrar.

Saco mi celular y busco a Alesha entre mis contactos. Me envía a buzón un par de veces, pero ella nunca me deja esperando. Ni siquiera entra la llamada. Miro por la ventanilla y localizo los primeros Jeep color verde militar que se pasean por la ciudad.

—Síguelos.

Emma

Recojo mi carpeta y camino por el pasillo revisando el reporte de Birmingham como me lo pidió mi jefe cuando escucho la voz de Alexander.

—¡Quiero que lo traigas enseguida! —le grita a su asistente y, en cuanto él levanta la mirada, aparto la cabeza porque sé que me verá.

Me preparé mentalmente para este momento. No me resulta extraño verlo molesto y agradezco que al menos no hubo llamadas ni visitas inesperadas. Al final se terminó y de la peor manera. Comienza a ordenar más cosas, no pasa por alto ningún error.

—Emma —la voz de Adam irrumpe como campana salvadora a mi espalda. Me giro y él se detiene.

—Me diste un susto de muerte —le dedico una sonrisa nerviosa esperando que no note la tensión que existe en Alexander y su asistente por mi presencia—. Necesitamos revisar lo de Birmingham, tengo órdenes de continuar con el proyecto de inmediato —lo distraigo con trabajo, pero mira con curiosidad a Alexander e, imagino, saca sus propias conclusiones.

—Me gustaría ayudarte, pero me asignaron ocuparme de manera exclusiva del accidente de Brent.

—¿Qué? Pero si, cuando intenté involucrarme otra vez en ese proyecto, nuestro jefe se negó, porque dijo que el señor Roe no quiere a nadie ahí —por el rabillo del ojo veo a Alexander acercarse con la mirada fija en el folder que lleva en la mano.

—Porque me eligieron a mí. Estoy saturado de pendientes. Debo viajar al menos tres días de la semana a la ciudad y hablo con la prensa casi las veinticuatro horas del día. Necesito un buen equipo que me ayude, pero no se me permite —se frota la nuca para aliviar el estrés.

—Puedo ayudarte con mis contactos, el hospital recibirá a los periodistas en unos días.

—No sabes cómo te necesito —me toma de los brazos—. Hagamos un trato, tú me ayudas con tus contactos en el hospital y yo te ayudo a revisar lo de Birmingham.

—Hecho.

Me sonríe de nuevo masajeándose la nuca, pero esta vez por nerviosismo. *Va a coquetearme otra vez.*

—Si quieres podemos hacer tiempo extra en mi casa, en la noche, para revisarlo. Puedo darte algunas ideas y pasamos un buen rato juntos al mismo tiempo. Incluso, puedo prepararte la cena, ¿te gustaría?

Abro la boca para negarme y preguntarle por qué se quedó en el proyecto de Brent, pero alguien se me adelanta a interrumpirlo.

—Tail —lo llama Alexander con su voz grave—. Te quiero en mi oficina de inmediato, deja de perder el tiempo. Trae las agendas de investigación de Brent, localiza a los arquitectos del proyecto, ve por el contrato de Erick y por las carpetas de los reportes que hiciste anoche, tráeme mi café sin azúcar y hay más, así que rápido —le advierte. Luego se gira hacia mí y me ignora magistralmente.

—Enseguida, señor Roe, aún no he terminado con las llamadas que ordenó —dice con los hombros tensos y me sonríe a manera de despedida.

—Quiero una copia de estos ciento cincuenta documentos, después quiero que los resumas y lo tengas listo en menos de dos horas. ¿Terminaste de quejarte o quieres más trabajo?

Adam comprende la situación.

—Te llamaré después, ve a trabajar —le regreso la sonrisa.

—Prepararé la cena en mi apartamento, tu favorita, filete a término medio. Estaré esperando por ti durante el día, serás la motivación para mi jornada —apunta sin que haya aceptado su cena siquiera y me resulta raro que sepa mi comida favorita. *Alerta*—. Pasaré por ti más tarde.

—Ya veremos, imbécil —alcanzo a escuchar, aunque no con seguridad.

—¿Puede repetir lo que dijo? —me giro hacia Alexander, quien carraspea y me mira con una ceja arqueada—. ¿Dijo algo, señor Roe?

—No, ¿y usted? —frunce el ceño y yo lo miro confundida. Regresa entre nosotros esa tensión anterior e incómoda de la ruptura y ahora es más notoria que antes, incluso Adam nos observa confundido—. Llévame todo esto a mi oficina y tráeme mi whisky escocés —le ordena a Amelia.

Me quedo ahí, esperando a que se vaya, pero no lo hace. Su mirada se posa un segundo en mi cuello y me muevo para que mi cabello suelto oculte sus chupetones. Es un maldito por marcarme.

—Ocúpese de Birmingham, señorita Brown, y encárguese de hacer un trabajo impecable porque lo revisaré a detalle. Ése es uno de nuestros proyectos más grandes para este año, así que no quiero errores. No pierda su tiempo con otros publicistas.

Aprieto la mandíbula, pero levanto la barbilla.

—No tenga duda de eso. Lo haré perfectamente.

—Le daré el beneficio de la duda. No le hago perder más de su valioso tiempo, señorita Brown —me señala el pasillo—. Regrese a trabajar.

Miro el pasillo con una ceja arqueada y respiro profundo para no mandarlo a la mierda. El muy idiota está jugando conmigo, volvemos a ser jefe y empleada. *Sólo una más*, me pide mi subconsciente y se lo concedo.

—Mi tiempo con usted no es un desperdicio, señor Roe —le dedico una sonrisa de lado.

—Por supuesto que no —dice arrogante.

—Sólo cuando abre la boca —termino mi frase satisfecha de hacerlo enojar con las expresiones que antes me decía—. Volveré al trabajo —doy media vuelta y me marcho sin mirarlo.

Al llegar a mi oficina, veo que Alicia mira a ambos lados del pasillo con preocupación.

—¿Pasa algo?

—Tenemos una visita inesperada: Alesha Smith —dice en voz baja y mis hombros se tensan. Hace sólo unos segundos acabo de enfrentarme a Alexander y ahora a esta mujer. *Genial*—. Está esperando en tu oficina, viene con intenciones de derrumbar tu trabajo.

—Debí reportarme enferma hoy.

—La próxima vez te haré un justificante —nos miramos en actitud cómplice.

Cuando entro a mi oficina, la veo en tacones Gucci y percibo una fragancia muy dulce para mi gusto que me revuelve el estómago en segundos. Observa todo alrededor recargada sobre mi escritorio: o bien busca documentos, o bien busca mis pertenencias, sin embargo, se detiene en cuanto me mira.

—Hasta que apareces, Emma. No suelo esperar a mis empleados —dice sin disculparse por husmear entre mis pertenencias—. ¿Te quedó claro? En cuanto yo pise tu oficina, vienes de inmediato.

—Señorita Smith, ¿en qué puedo ayudarla?

Le molesta que no ceda ante sus provocaciones infantiles.

—Tengo datos sobre la locación de Birmingham. Revísalos ya, que no tengo tiempo.

—Soy publicista, no tengo nada que ver con las locaciones, eso debe verlo un arquitecto. Es en el siguiente piso, por el elevador. Mike es uno de los arquitectos del proyecto —su petición es tan estúpida que sé que no vino por eso.

—¡Oh, es verdad! —dice con fingida sorpresa—. Se me olvidó que sólo eres una mediocre publicista. Los asuntos importantes me los traen a mí. Lo revisaré con Alexander en casa cuando estemos… —sonríe de lado—. Más relajados.

Enseguida siento una punzada de desprecio.

—Si eso es todo… —me encojo de hombros y me dirijo a mi asiento.

—Te lo dije, él siempre vuelve a lo seguro, querida —dice, mostrando sus verdaderas intenciones.

—Ya veo que no vienes por trabajo, así que te pido amablemente que te retires —la ignoro. Ya han pasado días del hotel, ya debería haberlo superado.

—No te atrevas a echarme de tu mediocre oficina, porque puedo hacer que pierdas tu empleo tan rápido como Alexander volvió a mí —se ríe—. Sólo tengo que pedírselo y estarás en la calle con tu estúpida cara de mujerzuela.

El recuerdo de lo que hizo al poco tiempo de que empecé a trabajar aquí regresa.

—¿Es una amenaza?

Coloca ambas manos en mi escritorio.

—Tómalo como una advertencia.

Me quito una pelusa imaginaria de la pierna y me levanto hasta inclinarme de la misma manera en la que ella está sobre mi escritorio.

—Adelante, intenta quitarme mi trabajo si puedes, querida —remarco la última palabra.

—¿Crees que no puedo? Eres ciega además de inútil. En cuanto yo pido, me dan lo que deseo. Soy caprichosa porque nadie me ha negado nada en la vida y eso no ocurrirá. Despierta de tu sueño, soy la favorita de Alexander.

—Más bien, creo que eres una conformista mediocre —la miro de arriba abajo—. Te conformas con las sobras de Alexander, porque eso es lo único que recibes y todos aquí lo saben.

—Eso es lo que tú crees, pero sólo fuiste un coño temporal para él. Al final, terminó botándote como la ramera que eres.

La rabia crece dentro de mí.

—¿Estás segura? Porque aquí el único coño temporal que veo es el tuyo. Siempre estás disponible y ansiosa.

—Estúpida —bota al suelo parte de las cosas de mi escritorio.

—No más que tú, que te conformas con una follada al año.

—¿Crees que vas a progresar en esta empresa? Ya te tuvo, ahora ya no le sirves para nada.

Tomo el teléfono y se lo extiendo.

—¿Por qué esperar? Llámalo y dile que me eche de inmediato —me lanza una mirada frívola—. Quiero verlo en primera fila.

Nos miramos a los ojos hasta que por fin ella camina hacia la puerta, aunque se vuelve y me observa de arriba abajo.

—Deberías tenerme miedo. No sabes quién soy ni los contactos que tengo. Acabas de cavar tu propia tumba. Podría acabar contigo de muchas formas en segundos, Emma.

Camino hacia la puerta.

—Para ti, soy la señorita Brown —se la cierro en la cara.

Capítulo 26

Emma

Maldita bruja. Espero haberle dado en la cara con la puerta. Regreso a mi escritorio y dejo caer mi rostro entre mis manos, frustrada y molesta por haberme contenido de patearla. Como si no tuviera suficientes problemas en mi vida privada, decidí enrollarme de nuevo con Alexander Roe. Nunca debí hacerlo, debí haberle hecho caso a mi prudencia y alejarme de él porque lo único que he obtenido son problemas en mi trabajo. Ya estoy harta de las amenazas de la pelirroja.

Dejo de lamentarme como una cría y, después de enviarle un correo a la compradora de mi apartamento en Trafford, paso la mañana afinando los detalles del evento de apertura de Birmingham.

La chica responde entusiasmada y vuelve a pedir conocerme en persona en Trafford. Llamo a los patrocinadores y a los señores Pitt, que son los más interesados, y me mantengo ocupada para no pensar en las palabras de Alesha.

Abro mi correo personal y encuentro varios mensajes de mi padre. Mi nuevo celular fue el pretexto perfecto para perder contacto con él, sin embargo, no se rinde. Abro cada uno y dice las mismas estupideces en todos. *Que fue mi error, que lo perdone por no habérmelo dicho antes, que llame a Seth.* Los elimino conteniendo las lágrimas y bloqueo el contacto para dejar de recibirlos.

Termino la última llamada con la señora Pitt, dueña de la fundación y la galería donde trabaja Cora, y abro uno de los cajones de mi escritorio para tomar la lista de pendientes de los arreglos que hizo Adam para la locación.

Mi mano se topa con un objeto pequeño en una caja aterciopelada, pero, antes de poder sacarlo y descubrir lo que es, unos golpes resuenan en la puerta y, como supongo que es Alicia, le digo que pase mientras tomo mis cosas.

Es la hora de la comida y seguramente quiere que vayamos juntas como siempre. Justo lo que necesito, una buena amiga para distraerme.

—Me muero de hambre, tengo nuestra reservación lista para el restaurante —le digo con una sonrisa, pero no es Alicia quien está en la puerta, sino Adam.

—Es una suerte que esté aquí para invitarte a comer, algo me dijo que necesitabas salir a tomar un poco de aire —dice con una sonrisa coqueta—. ¿Qué dices? No quiero que nadie interrumpa nuestra salida, estoy cansado de perderte.

Lo he rechazado una y otra vez, así que una comida es lo menos que puedo hacer por él después de haberlo utilizado para molestar a Alexander y de su "accidental" encierro en el baño del hotel.

—Dividiremos la cuenta con Alicia, ella siempre sale conmigo —acepto con una sonrisa tímida y su rostro cambia mientras asiente.

—Alicia se fue mucho antes, hace casi una hora, por eso no quise dejarte sola —lo miro confundida, pero me levanto—. Después de ti —señala la puerta y salimos juntos al estacionamiento.

—El restaurante no está muy lejos de aquí. ¿Qué dices si caminamos un poco? El clima de hoy es mejor que la lluvia de Brent —asiente y me extiende la mano para ayudarme a bajar la escalera de la entrada.

La tomo y bajo con cuidado sobre mis tacones, pero tarda varios segundos en soltar mi mano. Ethan se encuentra en la entrada de pie junto a los elementos de seguridad de la empresa. Mira la escena con mucha curiosidad, pero enseguida regresa la mirada al frente como si fuera un militar y saca su móvil, alejándose todo lo que puede.

—¿Cómo va el trabajo de Brent?

—Hasta ahora ha sido un poco difícil. Aún no entiendo por qué el señor Roe no quiere a más publicistas ahí, he estado muy ocupado llevando lo de los medios, voy a terminar desmayándome.

Tampoco entiendo por qué lo hizo.

—Quisiera hacer algo más.

—El trabajo no es lo que me preocupa, porque amo el trabajo duro, sino el hecho de no poder verte tanto como quisiera —me guiña un ojo y, de pronto, una señora nos pide la hora—. Creo que trabajamos mejor juntos —añade de inmediato.

Sus palabras tienen un toque amable y a la vez curioso, yo también me siento mejor trabajando con él, somos igual de objetivos, además me agrada su compañía.

—El sentimiento es mutuo, creo que te echo de menos como amigo y como competencia, es aburrido no poder pelearnos como antes —su sonrisa se ensancha con esas palabras mientras llegamos al restaurante.

Para estar en la zona céntrica, el lugar luce bastante caro, aunque acogedor. Adam me abre la puerta caballerosamente y mira a nuestra espalda. Sigo sus ojos, pero no veo más que gente yendo y viniendo de sus trabajos.

Sin embargo, mi vista se detiene un segundo en un hombre de unos cuarenta años que se parece a Ethan, aunque enseguida pienso que pudo tratarse de una equivocación.

—Bienvenidos —nos dice un hombre de traje gris que nos conduce a una elegante mesa. De inmediato, uno de los meseros se acerca y nos entrega las cartas.

Adam apenas la mira.

—Un filete a término medio y su mejor vino para ambos, por favor.

El joven se aleja para procesar nuestro pedido.

—Entonces —dice Adam colocando sus codos sobre la mesa e inclinándose un poco hacia mí—. Dime, Emma, dime todo lo que hay dentro de esa cabeza tuya que te hace tan interesante.

—Pensé que ésta era una comida amistosa, no una visita a mi psicólogo —bromeo.

Se carcajea mirando de nuevo hacia la calle por el ventanal del restaurante.

—Por supuesto, quiero conocerte amistosamente. Pasamos mucho tiempo peleándonos en el trabajo y pocas veces nos tomamos un respiro. Somos como un matrimonio laboral que quiere el divorcio.

Pongo los ojos en blanco.

—No hay mucho que saber sobre mí, lo que ves es lo que soy, una mujer apasionada por su trabajo que busca una vida tranquila con estabilidad y ascensos —ladeo la cabeza y cambio el juego preguntándole a él—. ¿Qué hay de ti? Pareces un tipo con gustos exóticos que conduce un BMW.

—Es un modelo antiguo, me lo heredó mi padre. Mi tiempo libre lo dedico a actividades físicas. Soy tan transparente como tú y creo que eso ya lo notaste. Por eso encajamos a la perfección.

—Es verdad, por eso nos odiábamos como polos iguales cuando nos conocimos —lo confirmo—. La gente transparente es una de mis favoritas, no me gusta indagar en pasados oscuros y secretos que arruinan su vida.

Me mira fijo y el tono de su voz baja cuando me responde.

—Estábamos destinados.

El mesero regresa con nuestros platos en tiempo récord y, mientras transcurre la comida, hablamos de cosas triviales, casi todas del trabajo. Durante la charla, se me escapa una risa un par de veces en las cuales él toma como reto observarme hasta ponerme nerviosa.

Es cierto que es un casanova; ésa es la razón por la cual una gran cantidad de mujeres de la oficina le coquetea por todos los pasillos.

—Eso me gusta.

—¿El qué? —pincho mi carne antes de llevarme el tenedor a la boca.

—Verte más relajada y despreocupada —ladea la cabeza—. Tienes una sonrisa encantadora, pero muy pocas veces la dejas ver. Sólo se la dedicas a personas selectas y no estoy entre los afortunados, sólo unos idiotas que no se la merecen.

Vuelvo a reírme.

—En Hilton & Roe las sonrisas no son lo que más importa de una persona, pero gracias por el cumplido, aunque tú no te quedas atrás. ¿Alguna vez has notado lo que tu sonrisa hace con las chicas que tienes enfrente? Alicia tiene una debilidad por ella, creo que está lista para abalanzarse sobre ti.

No voy a negar que el hombre tiene un toque atractivo. Además, es carismático, centrado y no tiene mal cuerpo, incluso me gusta cuando usa esa camisa azul que hace juego con sus ojos. Su boca se ve suave, rosada y… alto. ¿Por qué estoy viendo las cualidades físicas de Adam?

—Por eso no me gusta ser audaz cuando una mujer me gusta.

Eso suena interesante.

—Así que no prefieres la exclusividad.

Niega con la cabeza.

—En absoluto, si mi pareja quiere una relación abierta, a mí no me molesta compartir todo lo que tengo.

Sus palabras me dejan sorprendida.

—Eso es nuevo —alzo las cejas—. No pareces el tipo de hombre al que le guste compartir.

—Tengo muchos talentos ocultos, Emma —su mirada se ensombrece como si hubiera algo más detrás de eso—. Sólo hay que acercarse un poco más para descubrirlos —sonríe de lado y su mirada baja un segundo demasiado largo. Lo estudio en silencio, leyendo su lenguaje corporal como él hace con el mío—. ¿Qué hay de ti? ¿Cuáles son tus talentos ocultos?

—Mi único talento es el trabajo y conseguir multas de tráfico por pasarme los altos, soy una pésima conductora.

Su risa irrumpe en nuestra pequeña mesa.

—Cualquiera que dude de tu trabajo es un idiota —suspira—. Eres el paquete completo, Emma, una mujer de negocios determinada, divertida, inteligente y muy bella. Me atraes demasiado —alzo las cejas, sorprendida—. Lo siento, pero no pude evitar decirlo.

—A veces habla de más, señor Tail.

—No lo dudes, pero tampoco negaré que soy un tipo directo y que te hablaré con claridad —frunce el ceño y centra toda su atención en mí—. No quiero que nuestra relación laboral se afecte, pero tampoco quiero fingir que no me siento atraído por ti desde que te conocí y que no intentaré algo en el futuro.

Parpadeo, sorprendida. No es como si no lo hubiera notado antes, pero no pensé que fuera a decírmelo, y menos ahora que mi vida sentimental está bloqueada por el recuerdo del maldito Alexander Roe.

—Adam, eres un buen amigo, pero yo no creo que nosotros…

Levanta una mano y me detiene.

—No te lo digo para que me des una respuesta ahora, sino para que seas consciente del efecto que provocas en mí, Emma. Creo que caí bajo el hechizo.

Siento un calor subir por mis mejillas que no tiene lugar aquí.

—Escucha, Adam —logro recuperar la compostura, ese calor no me cegó como con Alexander—. Me halagan tus palabras y también seré honesta contigo. Por el momento, quiero concentrarme en el trabajo, me interesas como amigo y compañero.

Ésa es la excusa más clásica de la vida, pero no es como que esté lista para admitir que hay una sola persona en Londres capaz de ponerme la cabeza en desorden y las hormonas a tope.

Además, con lo que sucedió con Seth recientemente no tengo cabeza para otro rollo, apenas estoy intentando curarme del efecto Roe, sin grandes resultados.

—Como te dije, no busco una respuesta en este momento. Por ahora me basta con ser amigos para conocerte mejor. Espero que no te ofendas por lo que acabo de revelarte.

—En absoluto. Espero que la ayuda para el proyecto de Birmingham no esté condicionada a aceptar algo más de ti.

—Eso jamás —responde de inmediato, ofendido—. Yo no mezclo el trabajo con el placer, aunque nunca está de más probar cosas nuevas.

Lo miro con una ceja arqueada y sus mejillas se sonrojan. No es un hombre dominante. Suficiente, esta conversación ha tomado un rumbo que no quiero por el momento.

—En ese caso, somos colegas —le extiendo la mano.

Sonríe contrayendo las mejillas y toma mi mano. Una sensación de escalofrío me recorre el cuerpo, pero no como con Alexander, ésta tiene otro rumbo que no termino de descifrar, aunque me resulta demasiado familiar. *¿Intriga? ¿Miedo?*

—Podemos ser lo que tú quieras.

Aparto la mano rápido y le sonrío.

—Entonces, seamos los reyes de Inglaterra.

—No creo que mi cuerpo resista ser parte de la monarquía —bromea siguiéndome el rollo y así terminamos nuestra comida y nos ponemos de camino hacia Hilton & Roe.

Cruzamos la avenida principal por Hyde Park y, por el rabillo del ojo, me parece ver a un hombre detrás de nosotros que ha estado siguiéndonos durante dos calles seguidas. Cuando la luz del semáforo cambia a rojo, me giro para verlo, pero lo único que alcanzo a vislumbrar es su espalda.

—¿Todo bien? —pregunta Adam mirando hacia el mismo sitio que yo.

—Sí, creí que un hombre nos estaba siguiendo, pero ya no está.

—Sonará loco lo que te diré, pero me pareció ver a uno de los guardaespaldas del señor Roe durante toda nuestra comida —finjo que no me estoy quedando en shock.

—Eso es imposible —lo tomo de la mano para distraerlo, me giro y seguimos avanzando—. Mucha gente camina por el mismo rumbo durante las horas laborales, yo creo que viste mal.

—Quizá.

Permanece pensativo, pero sabe aprovechar mi intento de distracción porque entrelaza sus dedos con los míos y cubre mi cuello con su bufanda.

—Gracias por la comida, necesitaba relajarme —le digo cuando llegamos al pasillo de mi oficina, todavía de la mano.

Ayudó a mejorar mi ánimo y no me preguntó nada sobre la otra noche con Alexander. Eso significa que respeta mi privacidad y se lo agradezco en silencio.

—Es un placer, nena.

Hago una mueca de desagrado que trato de ocultar educadamente, esa palabra es…

De pronto, una puerta cercana se abre y sale Alexander dando grandes zancadas con su traje negro hecho a la medida y lentes oscuros. Esa maldita actitud obstinada que hace que Adam y yo volteemos a verlo.

Su colonia mentolada invade mis sentidos cuando pasa a nuestro lado.

—Buenas tardes, señor Roe —saluda Adam, pero Alexander pasa en silencio apenas viéndolo. A mí me mira de forma acusadora, como si me estuviera reprochando algo.

Quisiera apartar la mirada de sus músculos, remarcados por la tela de su traje con cada paso que da, pero simplemente no puedo. *Maldito cuerpo traicionero.*

Entra al elevador y alza las cejas cuando se gira hacia nosotros. Aunque no pueda verlo por los lentes oscuros, sé que está recorriéndome con la mirada, lo siento, es un calor que quema cada centímetro de mi piel.

De pronto, levanta la mano y se quita los lentes oscuros dejando al descubierto sus ojos verdes. Al observar su mirada y su ceño fruncido, mi respiración se atasca. Las puertas del ascensor se cierran.

—Emma —digo, intentando recuperar la compostura, y Adam me mira sin entender—. Nada de *nena*. Sólo llámame Emma.

Le doy una palmada amistosa en el hombro y entro en mi oficina con la respiración acelerada por el maldito efecto de Alexander Roe. Regreso a trabajar y recuerdo el objeto desconocido que había antes de irme con Adam. Sin embargo, cuando abro el cajón para buscarlo, ya no está. Vacío todos los demás cajones y en ninguno lo encuentro. Me resigno a no conocer la respuesta.

Por la tarde, cuando ya estoy por salir tras pasar el resto de la jornada trabajando con mi jefe, me detiene.

—Emma, quisiera preguntarle algo. ¿Tiene algún problema laboral con alguno de los ejecutivos? No sé, quizá cuando han surgido las reuniones o fuera de ellas.

Su pregunta me toma por sorpresa y sacudo la cabeza.

—En absoluto, señor Jones. Me he mantenido al margen de todo lo que no sea laboral y Adam habla con los demás publicistas para no causar conflictos.

Asiente, pero no parece convencido.

—Bien, manténgase así.

—¿Por qué me lo pregunta, señor Jones?

Se reclina sobre su silla debatiéndose entre si responder o no.

—Éste es un ambiente laboral muy competitivo, Emma, y aunque he visto su buen desempeño desde que llegó, le pido que mantenga ese buen perfil como hasta ahora también en lo personal.

—No lo entiendo, señor. ¿Acaso hice algo que le molestó?

—No, pero no debemos esperar a cometer un error para actuar de forma profesional. No busque ascensos de otra manera. Ya puede retirarse.

Asiento y salgo de la oficina confundida, aunque no se necesita ser un genio para comprender que ya han empezado a regarse las habladurías sobre mí.

En ese momento, veo a la pelirroja caminar hacia la oficina de Alexander. Mira hacia ambos lados un par de veces y corre a los del equipo de diseño y a dos arquitectos, de forma que la dejen a solas.

Por fortuna, ella no se ha metido en mi camino durante el resto del día y hace bien porque no pienso soportarla más tiempo. Sigo pensando en lo que me dijo mi jefe y no puedo más que culparla a ella.

—Ha estado así desde que el señor Roe se fue, me parece sospechoso —dice Alicia en tono confidencial en cuanto se percata de que estoy observando a Alesha.

—Es una de sus mejores arquitectas —digo como si nada—. Y algo más —añado en voz baja.

—Todos saben que está prohibido entrar a la oficina del señor Roe cuando él no está, incluso por error. Tanto sus guardaespaldas como Alesha lo saben.

—¿Ah, sí?

—Es una regla tácita. Lo he visto regañar a varias personas por eso y créeme que ese hombre enojado es como desatar el infierno —respira hondo—. Nadie quiere ver al señor Roe enojado.

No dudo de lo que dice. Si toparse de frente a don gruñón asusta, no quiero imaginármelo realmente molesto.

—Y entonces, ¿qué estará buscando ella ahí?

—No lo sé, su horario laboral terminó hace media hora, pero sigue aquí, sacando y metiendo archivos a hurtadillas. Lo que daría por saber qué se trae entre manos —saca una pequeña dona con cautela por debajo de su escritorio—. Estoy segura de que ella oculta información.

—¿Por qué piensas eso? De todos los que podrían dañar la empresa, ella sería la última; tiene una relación más que íntima con el dueño —vuelvo a mirar hacia donde estaba Alesha.

Alicia se encoge de hombros.

—Nos estamos recuperando de un "accidente" y ella está sacando planos de forma misteriosa justo cuando estamos retomando el evento de apertura de Birmingham.

—¿Estás insinuando que ella está relacionada con el derrumbe y que planea sabotear la apertura de Birmingham?

Levanta las manos sobre su pecho.

—Yo sólo digo que sigo apostando, porque el señor Roe preferiría morir antes que construir un hotel defectuoso.

Las palabras del trabajador de Brent se repiten en mi mente: no debemos indagar donde no nos llaman, pero todo este asunto me intriga, hay demasiados secretos. No negaré que por un segundo pensé en que ella estaba relacionada con el derrumbe, pero Alexander no me creyó cuando le insinué que no había sido un accidente porque es un obstinado de lo peor.

Tal vez la pelirroja no es lo que parece y él no lo sabe porque se la está follando, lo distrae con su belleza y terminará enfrentándose a un desastre peor.

—También estuvo aquí por la mañana —señala la oficina de nuestro jefe—. Llámame loca, pero sé que no venía por trabajo, sino a desacreditarte. Se escuchaban los gritos hasta afuera.

Tampoco lo creo, por eso el señor Jones me dijo lo que me dijo. Miro hacia donde está ella. La bruja quiere mi cabeza.

—Cúbreme, haré de espía —le pido a Alicia mientras voy detrás de ella por el pasillo.

Camino con cautela saludando a las personas que pasan a mi lado con una inclinación de cabeza. Cuando llego a la oficina de Alexander, no veo a Amelia en su lugar y mis sospechas aumentan cuando, por una pequeña rendija de la puerta, veo que la pelirroja está buscando entre unos documentos.

De pronto, saca un portaplanos y revisa la firma, mira hacia la puerta y lo cambia. *Bingo.*

Si ella es la saboteadora, ¿cómo pudo hacerle esto no sólo a Alexander, sino a esas personas que están heridas de gravedad? Y ni hablar de los muertos.

Su celular suena, pero no se sobresalta; parece que tiene experiencia. Responde en otro idioma. Después deja el portaplanos.

—No, Alexander no los tiene aquí —dice frunciendo el ceño—. Estoy en ello, maldición, dame un puto respiro, hago todo lo que puedo, coño —baja la voz y, en cuanto mira hacia la puerta, retrocedo—. De acuerdo, te veré en Everton y te daré lo poco que conseguí.

¿Ella quiere quitarme mi trabajo sólo por Alexander o porque sabe que estuve indagando sobre el accidente de Brent y ella está involucrada?

Guarda todo en su lugar y, en cuanto veo que se prepara para salir, me alejo corriendo hasta el otro pasillo, con el pecho galopando. Jadeo y finjo que tomo agua de uno de los dispensadores mientras la veo caminar a lo lejos hacia otra oficina.

Llamada sospechosa y actitud sospechosa. Saboteadora o no, ahora conocerá a una Brown. Quiere mi trabajo, pero no se la pondré tan fácil.

Regreso con Alicia antes de ir por mis cosas.

—Creo que tienes razón, está muy sospechosa. Voy a seguirla, se llevó un plano importante y grabaré sus movimientos como evidencia.

—¿Qué? ¿Seguirla? Te verá y, si esto sale mal, hasta podrían culparte. Deberíamos decirle al señor Jones.

—¿Y qué le vamos a decir? Sospechamos que ella planea sabotear el hotel de Birmingham, pero necesitamos evidencias. Será la palabra de Alesha contra la nuestra y ella tiene poder.

—Es verdad, no van a creernos tan fácilmente.

—No hay otra manera, recibió una llamada sospechosa y se lleva los planos. Cúbreme si sucede algo —asiente, pero me vuelvo hacia ella con mi celular en mano—. Dijo algo de Everton. ¿Es una calle? ¿Un lugar?

Se levanta rápido al verme tan nerviosa.

—Everton es el club exclusivo al que van los socios de la empresa para relajarse —dice siguiéndome los pasos hacia mi oficina—. El señor Roe debe estar ahí, porque el señor Jones me pidió concretar una cita con él y…

Sigue hablando, pero sólo considero lo primero que dice.

—Te mantendré al tanto —tomo mis cosas y las llaves de mi Mazda y salgo al estacionamiento antes que Alesha.

Su Mercedes blanco sale del estacionamiento y después de unos segundos me coloco los lentes oscuros y pongo mi Mazda en marcha para seguirla. Mi pequeño bebé no alcanza la velocidad de su auto de lujo, pero me mantengo cerca. Presiono el acelerador y me quedo a dos coches de ella por las calles principales de Londres.

—Arpía, saboteadora, bruja —digo, mirándola a lo lejos—. ¿Qué otro sucio adjetivo te describe? Tal vez Cora tenga razón y debamos hacerte una visita al viejo estilo de nosotras.

Pasamos por el lado más lujoso de la ciudad y Alesha se detiene en un enorme lugar con fuentes de mármol. Me quito los lentes oscuros un segundo y admiro lo que tengo frente a mí. *Guau.* Los carritos de golf entran por la izquierda, el servicio por la derecha.

Un hombre recibe su auto y ella baja caminando sobre sus tacones de aguja. Otro hombre recibe el mío y, sin pensarlo dos veces, tomo mi bolso y la sigo hasta la entrada. El lugar es más grande de lo que pensé. Tiene la extensión de casi tres plantas y un enorme jardín al lado del estacionamiento. Si la pierdo de vista, no la encontraré con facilidad.

La pelirroja pasa ansiosa a un metro de mí y la sigo por las escaleras de la entrada, pero, al llegar a la recepción, un hombre me acerca una pequeña máquina.

—Su tarjeta de ingreso, madame —dice con amabilidad.

¿Tarjeta de ingreso?

—Oh, la tarjeta de ingreso —finjo buscarla en mi bolso—. No puede ser, no la tengo, pero soy socia del club, así que no habrá ningún inconveniente —intento pasar, pero me bloquea la entrada.

—Su número de ingreso entonces. Lo buscaré en el sistema.

¿Número de ingreso?

—No lo recuerdo, siempre tengo mi tarjeta conmigo —digo nerviosamente—. Muévete, entraré un segundo y después me iré.

—No es socia del club, justo como lo sospeché —me mira de arriba abajo.

—Claro que lo soy.

Me mira por encima del hombro.

—Retírese, por favor, no me haga perder el tiempo, el área de inscripción en línea puede ayudarle.

—Soy miembro del club, ya te lo dije; además, sólo quiero entrar un momento.

No dice nada, sólo aguarda implacable en su lugar. Si no paso de inmediato, perderé a la pelirroja de vista. Piensa, Emma, piensa. Analizo mis opciones, claro que sabe que no soy miembro de este club pomposo porque no estoy actuando como ellos, ni vistiendo como ellos, de modo que no hay forma de que me deje entrar a menos que…

—Muévete ahora mismo —finjo el tono tosco de la amante en turno de mi padre—. O haré que te despidan —le digo irguiendo la espalda.

Lanza una risa corta que me hace apretar la mandíbula, aunque sé que ésa fue una imitación patética de mi parte.

—¿Cuál es su nombre? —ladea la cabeza.

Me muerdo la parte interna de la mejilla y veo a la gente pasar hasta que reparo en un hombre de cabello castaño y recuerdo a otro castaño. *¡Eso es!* No tengo otra opción. En un impulso valiente, levanto la barbilla.

—Soy la futura señora Roe.

Alza las cejas.

—¿La futura señora Roe? ¿Del empresario Alexander Roe?

Asiento y mantengo una expresión serena mientras acomodo mi cabello sobre un hombro con la mano.

—Así como lo escuchas, voy a casarme con Alexander Roe y, ya que es miembro distinguido de este club, no puedes negarme la entrada.

Me estudia con el ceño fruncido como si estuviera procesando mis palabras. Permanece inmóvil, por lo que saco mi nuevo móvil de mi bolso y finjo llamar antes de llevármelo a la oreja. Por el rabillo del ojo veo a un hombre de mediana edad caminar hacia la salida y un gran alivio me recorre.

Ondeo mi mano hacia él.

—¡Ethan! —grito un poco fuerte haciendo que se vuelva de inmediato y busque entre la gente de la entrada—. Aquí estoy —le dedico una sonrisa carismática.

Unos segundos después se encamina hacia mí.

—Es un gusto verla, señorita Brown.

—Sólo Emma, ya te lo he dicho —el grandulón de la entrada frunce el ceño. Sí lo reconoce. *Perfecto para mi plan*—. ¿Dónde está Alexander?

Ethan carraspea.

—En el restaurante.

—Perfecto —le sonrío y me giro hacia el guardia—. Mi prometido me está esperando, así que, si no te mueves, tú le explicarás mi retraso y terminará despidiéndote.

Los ojos de Ethan se abren más de lo normal, le lanzo una mirada rápida y suplicante que lo hace recomponerse casi al instante.

—¿Le está negando el acceso a la señorita Brown? —le pregunta al guardia con la mirada seria.

—Así es, no trae su tarjeta de acceso, ni tiene código de miembro.

—Escúchame, inútil empleado —se planta frente a él con ese porte militar que tiene—. Déjala pasar ahora mismo, antes de que el señor Roe te vete de las empresas de todo el maldito país —le dice serio—. ¿Cuál es tu número de empleado?

—No sabía que venía con el señor Roe, sino habría pasado de inmediato, pero ella acaba de decirlo, lo juro —se aparta rápido para dejarme pasar con todos los honores de la monarquía.

Cruzo la entrada y le lanzo una mirada rápida a Ethan, quien me guiña el ojo de vuelta.

—Gracias y descuida, abogaré por ti para que Alexander no lo haga —la boca de Ethan se mueve ligeramente como si fuera a reírse, pero vuelve a ponerse serio.

Ethan no me pregunta más porque tiene prisa en irse, ya se lo agradeceré después. Cruzo la entrada y me dirijo a la derecha, por donde vi irse a Alesha. *Joder*. Ethan es el mejor, aunque espero no le diga a Alexander nada de lo sucedido.

El lugar es enorme. ¿Cuánto paga la gente por entrar aquí? A lo lejos distingo el cabello de la pelirroja y voy hacia ella. Entra al restaurante y toma asiento en una de las mesas cerca del ventanal. Yo ocupo una mesa más alejada, en el extremo opuesto, y cuando el mesero se me acerca, lo único que le pido es agua mientras uso la carta para cubrirme.

Ella se mantiene en su lugar con una copa de vino, pero unos minutos después un hombre calvo que parece extranjero, casi de la edad de mi jefe, aparece y toma asiento a su lado.

El hombre tiene barba y cejas pelirrojas, incluso un acento marcado, como ruso. Conversan y entonces él le da algo en un sobre por debajo de la mesa. Frunzo el ceño y ella guarda el sobre en su bolsa. Mientras saco mi celular para grabarla, gira la cabeza y me atrapa mirándola. Enseguida, el hombre extranjero también voltea.

¡Mierda! Fui descubierta. Hora de irme. Me levanto y dos hombres pasan a mi lado. El hombre calvo me observa mientras voy corriendo hacia la salida del restaurante.

—Fue bueno verte, Alexander, espero que nos acompañes —escucho cuando estoy escaleras abajo.

—Cuenta con ello.

Esa voz me hace detenerme en mi lugar y me quedo de espaldas a ellos. *¿En serio tengo tan mala suerte?* La pelirroja se levanta de su silla y, si no me muevo ahora, vendrá hacia mí. Aprieto los labios en una línea recta y giro para intentar buscar otra salida.

Me golpea con suavidad en el hombro un sujeto alto.

—Disculpe, madame.

—No hay problema —paso a su lado sin levantar la mirada.

—¿Emma? —escucho la voz de Alexander a mi espalda, pero no me detengo.

Me percato de que la gente del club me mira con atención, como si fuera una nueva celebridad aquí. Pido las llaves de mi Mazda y comienzo a caminar a mayor velocidad hasta que me topo al grandulón de la entrada.

—Señorita Brown, quiero pedirle una disculpa por lo acontecido.

—No es necesario —le digo nerviosamente y trato de pasar mientras miro sobre mi hombro para cerciorarme de que Alexander no venga detrás de mí. Debo salir de aquí de inmediato.

—En verdad no quería retenerla, soy nuevo en el empleo y en serio lo necesito —sigue diciendo.

Le dedico una mirada comprensiva e intento pasar de nuevo, pero sigue disculpándose.

—Dígale al señor Roe que me permita conservar mi empleo, por favor.

Abro la boca para decirle que nadie le quitará su empleo, pero alguien a mi espalda se me adelanta.

—¿Por qué habría de quitarle su empleo, caballero?

Oh, no. Que la tierra me trague.

—Señor Roe, todo fue un malentendido, se lo aseguro —dice el guardia volviéndose hacia él con un miedo evidente, como el de sus guardaespaldas, confirmando mi sospecha de que seré atrapada en mi mentira.

—No es nada, se confundió —les digo a ambos y Alexander me mira con una ceja arqueada, debe estarse preguntando qué hago aquí—. Si me disculpan, tengo que irme, surgió una emergencia.

De nuevo, el hombre se interpone en mi camino, suplicando.

—No quería impedirle el paso a su prometida, señor Roe, pero ella no me dijo quién era cuando llegó.

Me trago mi grito de frustración y telepáticamente le digo al hombre que cierre la boca mientras le lanzo una mirada horrorizada. Alexander yergue la espalda y mira al hombre con el ceño fruncido.

—Repítelo.

Éste es mi fin. No conseguí saber qué trajo la pelirroja y ahora estoy en las manos de Alexander Roe en una situación incómoda.

—Su prometida olvidó su tarjeta de ingreso y es protocolo pedirla, pero, si ella me hubiera dicho desde el principio quién era, habría pasado sin problemas, señor. En cuanto me dijo que es su prometida, la tratamos como se merece.

Alexander aleja la mirada del hombre y la posa en mí, los engranes de su cabeza deben estar por estallar. Su gesto se endurece y me preparo para que me desenmascare frente al empleado. *Está bien, esta vez sí me lo merezco.*

—La próxima vez que le vuelvas a impedir el paso no tendré consideración. Trae mi auto —le ordena y el guardia asiente mientras corre a cumplir su orden.

Permanezco en silencio mirándolo como un pasmarote. Un hombre trajeado pasa a nuestro lado y Alexander lo saluda con una inclinación de cabeza y una media sonrisa, pero, en cuanto vuelve la mirada hacia mí, su sonrisa se desvanece.

—Camina y rápido —dice y comienza a moverse sin esperar mi respuesta.

—¿Adónde? —pregunto sin moverme de mi lugar.

—Deja de hacer preguntas —repite sin decir más.

Levanto la barbilla. No iré a ningún lugar con él.

—¿No te das cuenta de que la gente nos está mirando? —regresa a mi lado sacudiendo la cabeza, molesto. Cuando llega, me toma de la mano y me conduce por delante.

—¿Qué haces? —digo en voz baja viendo cómo las miradas aumentan a nuestro alrededor.

No me responde, sólo entrelaza sus dedos en los míos y tira suavemente de mí hasta un lugar al extremo opuesto.

—Todos nos están mirando, Alexander —susurro.

—Tu noticia del falso compromiso ya debió correr por todo el maldito lugar gracias a los sirvientes —dice y vuelve a sonreírle a otro hombre trajeado que pasa a nuestro lado—. Emma, Emma —dice entre dientes fingiendo una sonrisa y aguantándose las ganas de matarme en este instante.

Lo que dice es verdad, nos miran con insistencia. Los ricos son unos chismosos de lo peor. Entre toda la situación, aprieto los labios en una línea recta para contener mi risa, no sé si es por nerviosismo o porque en verdad me resulta gracioso lo que ocasioné.

Alexander está tenso hasta los hombros y sé que adonde sea que me lleve me dará el regaño de mi vida.

Entramos a un lugar menos concurrido, es una sala donde guardan equipo de golf. Después entramos a otra área más pequeña donde hay césped artificial y más cosas de golfistas. Al extremo hay un ventanal que da directo al lago.

—Quiero a todos fuera —le dice al hombre de la entrada y éste de inmediato corre a todas las personas que se encuentran dentro—. Ustedes también, largo —les dice a unos trabajadores, con el ceño fruncido.

Sólo hasta que estamos solos me suelta y se vuelve hacia mí con el rostro desencajado. Permanezco en silencio, mirándolo expectante.

—Tengo muchas preguntas justo ahora, pero empezaré por la más obvia. ¿Prometido? — suelta una risa irónica y enojada—. ¿No le parece eso una fantasía demasiado loca para su cabeza, señorita Brown?

La vergüenza me carcome, pero me mantengo en silencio.

—Con mi atractivo no me sorprende que fantasee conmigo, pero creo que usted se sobreestima demasiado como para pensar casarse con un billonario.

Y ahí se esfuma mi vergüenza.

—Lo hice para entrar al lugar, no había otra forma —levanto las manos, exasperada—. Vine porque…

—Porque me estás siguiendo de nuevo, igual que cuando nos conocimos.

Ahora soy yo la que suelta una risa irónica.

—¿Siguiéndote? Nunca te he seguido.

—A ver, si tienes razón, explícate.

Abro la boca, pero no puedo decirle que vine persiguiendo a la pelirroja porque no tengo pruebas de su deslealtad.

—No puedo decirte en concreto por qué, pero no estoy siguiéndote, eso tenlo por seguro.

—Engáñese a usted misma, señorita Brown, pero déjeme recordarle que nuestro acuerdo terminó —camina a mi alrededor.

Aprieto la mandíbula y me planto frente a él.

—¿Hace unos días hablabas de embarazarme y ahora te ofende que haya mentido sobre ti para entrar al lugar? —me mira con seriedad, aunque, por un segundo, baja la vista—. Tú eres el que se sobreestima demasiado y te recuerdo que yo terminé tu estúpido acuerdo.

Se acerca, invadiendo mi espacio personal, y su aroma se me sube a la cabeza.

—Sigues hablando de hijos y esto ya no es normal.

En un movimiento rápido me toma de la cintura y me atrae hacia su pecho. Mis manos chocan con sus pectorales y nuestros rostros quedan a la misma altura. Esa corriente eléctrica me envuelve y abro la boca para respirar.

—¿Tanto quieres que te embarace? Si es así, sólo pídelo —dice con voz ronca.

El calor enciende mis mejillas por esa mirada intensa.

—Nunca —le digo a la cara y me zafo de su agarre—. Eres la última persona con la que tendría un hijo.

Me giro para tomar mi bolso y salir de aquí, pero de inmediato se coloca detrás de mí. Su calor corporal cubre mi espalda y un escalofrío me recorre. Sus manos se posan en mi cintura y algo duro choca contra mi trasero.

Me tenso y dejo de moverme.

—Con mi potencia no te haría uno, sino al menos tres hijos.

Respiro hondo.

—No me van los hijos.

Parece que le molesta mi respuesta.

—¿Qué estabas haciendo aquí?

—No es de tu incumbencia.

Una de sus manos se mueve hacia adelante y viaja por mi vientre y luego más abajo. Cierro los ojos y me trago el gemido que trata de salir por mi garganta cuando mueve las caderas y me clava su miembro por encima de nuestra ropa.

—Suéltame —digo con voz clara.

Aparta mi cabello dejando mi hombro y la piel de mi cuello al descubierto.

—Oblígame. Tú eres la que dice que soy tu prometido, ahora te aguantas a que te manosee como tal —susurra con voz ronca en mi oído y sus labios recorren mi lóbulo antes de succionarlo.

Me muerdo el labio inferior con fuerza y vuelve a clavarse en mí. Aprieto los puños. *Oh, Dios.*

—Tan obstinada como siempre, Emma Brown —lame la piel de mi cuello, encendiéndome, y luego la succiona.

Aprieto los párpados con fuerza. Su mano me mantiene en mi lugar y mi pecho se alza de forma irregular, pero sigo sin soltar ningún gemido traicionero.

Su risa rebota en mi piel.

—¿No sientes nada o ese dulce coño ya está húmedo y caliente? —mi respiración se acelera todavía más—. ¿No quieres que lo toque?

Sigue repartiendo pequeños besos por mi cuello y se clava otra vez tortuosamente lento. Muerdo mi labio con más fuerza, sintiendo el sabor de mi propia sangre en mi lengua, mientras sus manos bajan al borde de mi falda.

Su cadera se separa para clavarse de nuevo y, sin poder evitarlo, mi cuerpo se mueve hacia tras para recibirlo, arrebatándole un gruñido bajo.

—¿Estás caliente, Emma? —vuelve a mi oído y miro por el ventanal hacia fuera—. ¿Se sentiría bien si deslizara mi lengua por tu apretado coño y te lo comiera con ganas una última vez?

Mi cuerpo es un traicionero y la humedad entre mis piernas aumenta. No puede hablarme así de sucio aquí. Con la poca fuerza de voluntad que me queda, tomo mi bolso y me giro hacia él haciendo que sus manos caigan de mi cuerpo.

Tiene la mirada oscurecida y sobresale un enorme bulto bajo su cinturón.

—Eso se lo dejo a Alesha, le gusta probar mis sobras y a ti intentar comprar lo inalcanzable. Podrías darme tus millones, pero ya no te deseo —le digo a la cara y me separo de él.

Reacomodo mi cabello y mi ropa. En cuanto cruzo la puerta, respiro hondo con las mejillas encendidas. Aún no sé cómo lo hice, pero logré escapar de su efecto, aunque utilicé cada gramo de mi autocontrol por no caer ante Alexander Roe.

Subo a mi Mazda aturdida y… caliente, pero no dejo que mi cuerpo gane esta batalla, vine aquí con un propósito y no era él. Tomo mi celular y marco el número de Cora.

—Coraline Anne Gray, pintora de día y detective de noche.

Me río de su presentación.

—Acepto que allanemos la casa de la pelirroja, quiero encontrar evidencias de su traición a Hilton & Roe —le digo en cuanto contesta.

Alexander

Miro el pequeño sobre plateado que, según Amelia, dejó Coraline sobre mi escritorio: es la invitación para Gallery Art. ¿Emma sabrá que lo trajo o sólo fue obra de la rubia, que decidió invitarme a pesar de haberse atrevido a gritarme hace unos días? En el club, Emma me rehuyó como lo ha hecho todos estos días.

Ya no hay acuerdo casual y Emma parece estar perfecta con eso. Pongo los ojos en blanco y me obligo a dejar de pensar en estupideces, ni siquiera es mi tipo de mujer como para estar perdiendo mi tiempo con ella y con su amiga la rubia.

Ethan se encargó de seguir a Emma al mediodía y vio cómo entraba a un restaurante con el maldito de Tail y cómo regresaban tomados de la mano a mi empresa. Vuelven a punzarme las sienes y me quito el saco porque me invade un repentino calor desagradable que me pone de pésimo humor.

Reviso las ganancias de mi nuevo hotel y veo a los inversionistas de Nueva York que tengo en mente para mis nuevas creaciones. El único inconveniente de expandir mi cadena hotelera hacia Estados Unidos es que en la Gran Manzana tengo a un idiota que me fastidia ver.

Reacomodo mi traje mientras espero a que el idiota de Tail aparezca en mi oficina; Amelia le indicó que viniera. El enojo que sentí en Brent aún me mantiene distraído de los planos para la reparación, pero solucionaré eso de una buena vez.

Dos minutos después, el inútil de Tail entra por la puerta con esa jodida cara de inepto que reclama mi puño.

—¿Me llamó, señor Roe? Estoy a su servicio. Aún no he podido terminar todos los pendientes, pero trabajaré en ellos toda la noche.

—Siéntate y cierra la puta boca —le señalo la silla frente a mí imponiéndome con mi presencia ante ese ridículo publicista que no tiene ni la mitad de dinero que yo en una sola billetera.

Después de lo que pasó esta tarde en el club quiero saber una cosa, para poder dejar mi jodida cabeza en paz de una vez por todas. Tengo cientos de cosas que resolver y estoy como un puto imbécil atascado en un solo tema.

Termina de sentarse y me levanto sin dejar de mirarlo.

—Seré directo, no me gusta perder mi tiempo y menos con mis sirvientes —hace una mueca cuando lo llamo mi sirviente, pero no niega serlo, no puede. Todos están a mis pies aquí—. Quiero saber una cosa y será mejor que mantengas esta conversación en secreto, Adam, o perderás las bolas —alza las cejas, pero asiente, asustado por mis amenazas.

Respiro profundo para evitar mandarlo a la mierda por puro placer.

—Emma Brown —digo mirándolo fijamente y me observa con curiosidad por escucharme pronunciar ese nombre—. ¿Te acostaste con ella en Birmingham?

Sus ojos azules me miran con atención, pero el idiota no responde.

—Habla, inútil —le exijo.

Levanta la barbilla.

—Sí, señor Roe —dice y el calor de la rabia me recorre otra vez, su cara de inútil es la receptora de miles de puñetazos imaginarios. Respiro profundo intentando guardar la compostura frente a este sirviente—. Nuestra relación es un poco complicada, pero nosotros llevamos una vida sexual muy activa, además de…

—No me interesa, lárgate —le gruño, cortándolo.

En cuanto la puerta se cierra, tomo mi abrigo y con un movimiento limpio tiro al cesto de basura el sobre plateado de la rubia.

—Rompió la exclusividad de nuestro acuerdo, ya no le tendré ninguna consideración —aprieto la mandíbula, enojado.

Capítulo 27

Alexander

Salgo de mi oficina enfurecido. *Jodido idiota*. Así que ella dijo la verdad y se lo ha estado tirando desde hace mucho. Ese desagradable calor vuelve con más fuerza que antes.

—Contrólate de una puta vez, Alexander —me digo.

Respiro hondo y hago lo que mejor sé hacer mientras voy a la oficina contigua a la suya, donde dejé la pequeña caja de terciopelo con el estúpido collar. Lo miro un momento y después la tiro a la basura con la mandíbula apretada.

—Sigues aquí, eres un adicto al trabajo, te hace falta un buen porro, eres un amargado —escucho la voz de Erick a mi espalda.

—No soy un amargado —me coloco el abrigo.

—¿Qué era eso que arrojaste a la basura?

—Una disculpa mediocre.

Suelta una risa.

—No esperas que te crea, ¿cierto? Tú nunca te disculpas.

—Por eso está en la basura, idiota —digo como si nada. Como si no fuera estúpido haberle pedido a Bennett que lo comprara para la señorita Brown. *¿Qué coño pasa conmigo? ¿Ahora me disculpo como un imbécil marica por nuestra discusión?*—. ¿Tienes planes para esta noche o te apetece ir por unos tragos a un buen sitio con amantes generosas? —le pregunto, ya fue suficiente de pensar en tonterías.

—Un buen trago no me vendría mal, pero antes tengo que verme con mis padres, estoy harto de las reuniones familiares. Te veo en el bar más tarde —asiento y nos encaminamos al elevador—. Unos buenos tragos nos ayudarán, hermano, estamos muy tensos.

Asiento y llevo la mano a mi rostro, harto de soportar ver esa oficina de publicistas al fondo.

—Necesitas liberar el estrés de la mierda de los últimos días, tienes una cara de asco —dice mirándome de reojo—. Deja que tu gente se encargue de todo, no tienes necesidad de estar lidiando con esto.

—No pienso delegarlo, todos son unos inútiles; además, estoy siguiendo un rastro.

Siempre estoy al tanto de cada aspecto de mi empresa y éste no será la excepción. Aparte, debo aparentar que el accidente de Brent fue mi error, no permitiré que nadie indague más de lo que debe.

—Entonces libera el estrés con una mujer.

Las puertas se abren y ambos salimos.

—Eso haré. Alesha se fue a ver a su padre, tengo que buscarme compañía las próximas dos noches, pero no hoy. Hoy sólo quiero beber unos tragos y relajarme.

—Tengo a unas gemelas rubias disponibles para que nos acompañen esta noche, son un par de turistas alemanas que buscan buena compañía en la ciudad. Las conocí hace unas noches y les doy un diez de diez en el sexo. ¿Qué dices? ¿Las compartimos como en los viejos tiempos?

Sacudo la cabeza.

—Hoy no.

Me lanza una mirada burlona.

—No me digas que ahora ya no te pone un buen par de tetas. ¿Te volviste un perro faldero?

—Sí, por eso estoy entre tu falda —arruga el rostro y contengo mi risa. Erick es un idiota—. ¿Las gemelas están limpias, al menos? —pregunto con una ceja arqueada mientras salimos.

—¿Crees que te ofrecería a una chica en condiciones dudosas sabiendo lo estricto que eres con tus amantes? Quién lo diría. Me voy un mes a Nueva York y me convierto en un desconocido para mi mejor amigo, ya hasta dudas de mis gustos.

—Soy precavido y lo sabes. Si sigues metiendo la polla en todos los agujeros que se te pongan enfrente terminarás sin bolas tarde o temprano.

—La vida es para disfrutarla, yo nací para no sentar cabeza en lo que me resta de vida, no hay mujer que me atrape, ni joven, ni madura —me da una palmada en el hombro—. Te veo en el bar con nuestras rubias —dice y asiento.

Mi camioneta se detiene a la entrada y su auto de lujo también. Matt me abre la puerta y Ethan sube al volante para sumergirse en el tráfico de Londres.

—Al Score —le digo y cierro los ojos para poder descansar de la luz de la oficina.

A los pocos minutos de trayecto, mi celular suena y meto la mano en el borde de mi abrigo. Cuando lo saco, un par de envolturas plateadas caen de la bolsa. Son dos condones que se desprendieron del paquete original sin que lo notara. Los regreso a su lugar despreocupadamente.

No sé cómo se desprendieron de la tira, pero tampoco me importa.

—¿Qué quieres, Bennett? No tengo tiempo para arreglar tus insignificantes problemas —respondo la llamada.

—¿Estás en el Score?

—Estoy en camino. ¿Qué sucede?

—Necesito saber cuál es el presupuesto de diseño para los hoteles de Nueva York de acuerdo con las cláusulas del contrato que negoció Erick.

—Llama a Blake y dile que te lo envíe, él lo revisó antes de traerlo a mi oficina —miro todo pasar como una mancha borrosa por la ventana—. ¿Ya estás trabajando en el proyecto? Pensé que no te involucrarías en él hasta después de la "importante" exposición de la rubia.

—Quiero tener todo listo antes de irme, aunque falten varios días para el evento.

—Una semana, para ser exactos. Si crees que en una semana prepararás algo decente para Nueva York, tendré que despedirte.

—¿Cómo sabes la fecha de la exposición de Cora?

Resoplo.

—Porque recibí una invitación de tu rubia esta tarde en mi oficina, no sé en qué estaba pensando esa mujer tan gritona, como si esas cosas me importaran. Dime, ¿desde cuándo te estás enrollando con la amiga de la señorita Brown?

—No eres el único que puede meterse con una mujer hermosa, hermano. Te recuerdo que también soy hombre.

—Lo que sea —lo corto—. Lo que hagas con ella o con Lena, la agente, es tu problema, pero mantenlas lejos de nuestros asuntos. Sobre todo a Coraline, porque, a diferencia de todas las mujeres a las que te has tirado, ella parece ser muy curiosa y no me gusta que meta las narices en mis negocios. Ya me percaté de que toma nota de todo lo que le platicas.

Bennett no es tan hijo de puta como yo, pero tiene una debilidad muy grande: a veces se le va la pinza de romántico empedernido, como con su amante de años, así que por acostarse con la rubia puede dejarla ver donde no debe y, como es hermana de un agente del MI6, menos la quiero cerca.

Ojalá que sea lo que sea que tenga con ella concluya tarde o temprano, esperemos que antes de que vuele a Nueva York. Lo conozco bien y sé que

138

terminará alejándola para quedarse con Lena, porque Coraline no parece del tipo romántico.

—¿Qué harás esta noche? —dice cambiando de tema.

Tampoco quiere hablar de ese cabrón y hace bien porque si supiera que está de vuelta comenzarían los problemas otra vez.

—Iré con Erick al bar por la noche, por si quieres unirte.

—No. Erick y el alcohol sólo terminan de una manera y me harta lidiar con ebrios —dice y tiene razón. Con ebrios y sexo barato—. Prefiero quedarme en casa con Kieran, me echa de menos. Además, ya tengo planes.

Suelto una pequeña risa porque sé que irá con esa rubia; la seguiría viendo aunque se lo prohibiera.

—Como quieras. Te veré mañana, pedazo de mierda.

—Espero que me dé la gana trabajar, cabrón malnacido.

Bennett casi siempre rechaza noches de alcohol, prefiere hacerlas a su estilo y en lugares mejores que al que Erick me llevará. Mi hermano no es tan cabrón como yo y me hace sentir mejor saber que no lo han jodido tanto como a mí.

Valió la pena el infierno de nuestra niñez por restarle mierda en su vida adulta. En cuanto la llamada se corta, mi camioneta entra al estacionamiento del Score.

—El señor Roe está aquí —dice Ethan por su auricular y bajo sin más.

—Quiero mi Aston Martin listo en una hora y no quiero seguridad siguiéndome esta noche, quiero tranquilidad. Iré a merodear por la ciudad —le ordeno a Matt y subo por el ascensor.

De vuelta a la soledad a la que estoy tan acostumbrado. Me froto las sienes y permanezco imperturbable hasta que las puertas se abren. Octavian está al frente de la isla de la cocina con su uniforme de chef, las manos detrás de la espalda y la cabeza gacha en señal de sumisión como siempre que me ve regresar.

—Su cena está lista, señor Roe.

—Sírvela en la terraza —me quito el abrigo y, después de acicalarme, me dirijo a la terraza.

Una gran variedad de comida inglesa está en la mesa y, aunque mi estómago no tiene intenciones de probar ningún bocado, me obligo a llenarlo o resentiré el alcohol que beberé más tarde.

Como en silencio y por un segundo miro hacia la ciudad mientras mis manos se mueven casi en automático preparando un bocadillo. Me sigue fascinando la vista, no sé por qué a Bennett no le gusta el paisaje urbano. Si fuera más ambicioso, le habría diseñado un piso como el mío, pero prefiere vivir casi en los suburbios, donde viven los mediocres.

Lo hace para no llamar la atención, después de todo, se enrolla en una relación con la hermana de un agente del MI6, así que debe mantener un perfil bajo.

Levanto la mano sin prestar atención y le doy un mordisco grande a mi tostada con crema batida.

El sabor dulce resbala por mi lengua y luego por mi garganta. Lo degusto como la primera vez que lo probé hace unos días. Cuando estoy por darle otro mordisco, me detengo bruscamente con el ceño fruncido. *¿Qué coño estoy haciendo?*

Miro el bocadillo en mi mano y lo dejo caer sobre el plato. Me levanto molesto y Octavian se acerca, sorprendido de que haya roto mi estricta dieta.

—¿Desea algo más, señor?

—Terminé, saca esta basura de mi vista.

Mi buen humor se esfuma como el humo del porro que enciendo. Le doy una calada y saco el humo por la nariz. Logré controlarme cuando el idiota de Tail salió de mi oficina y de camino a casa, pero por más que trate de mantener la cabeza ocupada en algo que no sea la traición de Emma no puedo.

Joderé a Tail por tocar lo que fue mío. Frunzo el ceño aún más, me llevo la mano al cabello y lo jalo con exasperación, sintiendo cómo me recorre ese calor molesto otra vez. Aprieto los puños, pero logro controlarme una vez más.

Un hombre dominante siempre debe saber controlarse. Yo sé mantenerme sereno y pensar con la cabeza fría bajo cualquier tipo de situación, durante años lo he hecho, y Emma Brown no será la excepción.

Me quito la corbata de un tirón y me meto en la ducha para eliminar de una buena vez esos pensamientos absurdos. Sí, estoy molesto porque ella acordó exclusividad conmigo y no lo cumplió, pero más molesto porque ese idiota la convenció de romper el acuerdo.

Éste es el peor acuerdo casual que he tenido. Con un demonio, dormí con ella sin tener sexo en Birmingham y en Brent. Yo suelo dormir poco, pero esas noches se alargaron. Sólo fue porque estaba cansado, no porque sea mi tipo de mujer.

Permito que el agua empape mi cuerpo por completo. No estoy de mal humor por las acciones de la señorita Brown, sino por el cabrón ese que saboteó mi hotel de Brent, por eso no estoy pensando con claridad, no hay otra razón.

Además, mi acuerdo casual con ella no funcionó desde el inicio, en especial porque ella no me la puso fácil como lo habría hecho cualquier otra.

Ahora, después de todo este tiempo, Logan vuelve a aparecer. Se había mantenido alejado de nosotros; siempre supe su ubicación gracias a mis *kray*.

Sin embargo, quiso intentar joder mi reputación para recordarme que aún pende de un hilo uno de los secretos más oscuros de mi impecable imagen de empresario en Londres.

Nadie debe saber quién soy en realidad. Él quiere controlar ese hilo, pero no lo logrará.

El agua fría resbala por mi espalda y mis hombros se tensan un poco más mientras miro mis tatuajes, en especial el mayor, aquél que me da el control absoluto sobre cientos de sirvientes: un lobo en tonos oscuros que cruza por mi antebrazo.

Ya no soy aquel niño torpe de diez años queriendo salvar a su hermano con ayuda del ministro del Gobierno inglés.

Emma

—Entonces Alesha Smith es una saboteadora de hoteles —dice Cora antes de pisar el acelerador—. Las películas de acción tienen razón: el criminal siempre es el que menos esperas, es mejor tener a tus enemigos cerca.

Vamos camino a Gallery Art. Cora supervisará el lugar donde sus cuadros serán colocados para la exposición y está tan emocionada que no podía perdérmelo, lo que es importante para ella lo es para mí también.

Ojalá Dylan pensara de la misma manera, dejara de lado su trabajo para compartir la felicidad de su hermana y no la hubiera hecho llorar hace una hora por teléfono al decirle que tiene cosas más importantes que ver unas pinturas colgadas en una pared.

Tuve que abrazar a Cora para que dejara de llorar y empecé regañar a Dylan. Por fortuna, logré que hicieran las paces a los pocos minutos. A veces me siento como su madre, porque, aunque él es un agente, sólo me hace caso a mí.

—Aún no tengo la certeza de eso, pero es lo más probable.

—¿Y por qué no se lo dices a Alexander?

—No quiere escuchar a nadie hablar del accidente, ni siquiera a mi jefe. La última vez que traté de ayudar, no salió precisamente bien —el recuerdo de las palabras de Alexander me hace mirar con recelo mi laptop, la cual sostengo en mis piernas a pesar del constante movimiento del auto.

—Entonces tendremos que hacerlo al viejo estilo, un par de latas de aerosol y la visita de las abogadas del bufet Taylor —saca una tarjeta imaginaria de su bolsillo—. Estamos aquí buscando a la señorita Smith. Esos nombres falsos siempre nos han funcionado.

—No vamos a hacer eso. Sí nos colaremos en su casa, pero sólo para buscar evidencias y así obligarla a que deje de meterse conmigo —suspiro—. Mi jefe me habló y me advirtió que me limitara a hacer bien mi trabajo si no quería problemas. El señor Jones nunca había dudado de mi talento, no lo entiendo.

—Ella tuvo que ver con eso, no lo dudes. .

—Alesha quiere mi cabeza, Cora, y hará todo lo posible por conseguirla. Si pierdo este empleo significaría comenzar la búsqueda otra vez; además, sé que intentará desprestigiarme.

—Eso ya lo veremos, por ahora está bajo nuestro radar —dice y asiento—. ¿Sabes? Estaba tan emocionada con la exposición que sin pensarlo le envié una invitación a Dylan, pero ya oíste cómo lo tomó —su mirada se entristece—. Tiene un cateo de armamento de dudosa procedencia en Mánchester y otro en Nueva York. A veces pienso que ya no tengo hermano.

—*Sexy*, quizá fue porque se la enviaste de último minuto como siempre. Su agenda es muy apretada.

—Soy su única hermana, podría hacer una excepción, pero nunca podré competir con el amor que le tiene a su trabajo. Mi tía tampoco podrá venir, pero enviará un obsequio, a ella sí le importó —se detiene en el alto—. Luke estará aquí desde mañana, preparando todo en la galería de los señores Pitt y fungiendo como mi asistente.

—Pero Luke es tu agente.

—No voy a rechazar a un asistente por un día —sonríe y aparca en la acera.

Me reacomodo el gorro y los guantes para el frío y salimos hacia la galería. El edificio de cristal es más grande de lo que se ve en las fotos. El nombre del matrimonio Pitt está en una placa de vidrio con la fecha de la fundación de la galería en la taquilla de la entrada.

Los pasillos de terciopelo rojo me impresionan y las luces en cada esquina alzan sombras en las curvas de las escaleras. En la entrada, cerca de las puertas de cristal, está pegado un tríptico de las siguientes exposiciones.

—Coraline Anne Gray, expositora —leo en voz alta y ella sonríe.

—¡Ésa soy yo! —el hombre de la entrada nos mira y Cora se disculpa por haber alzado de más la voz. Nos tomamos unas fotos para el recuerdo y entramos—. Por aquí, te enseñaré todo el lugar y la pequeña habitación que me han proporcionado como oficina para vestirme y arreglar los últimos detalles —me conduce por la galería hasta que nos topamos con una mujer de mediana edad.

—Bienvenidas —nos regala una sonrisa amable.

—Ella es una de las asistentes de la exposición, tiene pase de acceso por mí —explica Cora y le regreso la sonrisa a la mujer.

—Muy bien, síganme, les daré un breve recorrido para que no interrumpan a los limpiadores de alfombras, ni a los trabajadores que están dándole mantenimiento a la galería para el día del evento.

Muchos empleados corren a arreglar hasta el más mínimo detalle. A lo lejos veo a la señora Pitt dando instrucciones, pero no tenemos oportunidad de saludarla. La asistenta pasa los siguientes minutos mostrándole a Cora diferentes cosas, como enmarcaciones, el lugar donde colocará los cuadros y los trípticos con su nombre. Después de conducirnos por el pasillo de la exposición principal, nos deja para traer a otro de los asistentes.

—Tengo que decirte algo —confiesa Cora en cuanto la mujer desaparece—. Hay un regalo para ti en esta exposición, no quería estropear la sorpresa, pero, si lo ves sin previo aviso, te vas a desmayar.

—¿Un regalo? —pregunto y ella asiente—. ¿Qué clase de cuadro es? —pregunto emocionada de ser su musa de nuevo, me ha pintado una docena de veces por sus prácticas.

—Es un regalo por acompañarme todos estos años, pero te lo digo ahora para que no te sorprendas cuando lo veas y me odies por exhibirte por todo Londres.

—¿Y cómo sabré que es mi cuadro?

—Porque lo vas a reconocer cuando lo veas, eres la mujer de la pintura —aprieta los labios para ocultar su sonrisa.

—No suena a una pintura normal con esa risita coqueta. ¿Qué estás tramando?

—Nada —suelta otra risita—. Quiero que esta exposición sea especial, es la primera vez que una galería reconocida me da una oportunidad y las personas que me han apoyado en mi carrera artística se merecen un reconocimiento —sus mejillas se sonrojan ligeramente.

—Es la primera de muchas, no me sorprendería que pronto tengas tu propia galería, ése siempre ha sido tu sueño —le recuerdo.

—Tienes razón. Si Dylan sigue pagando por mis materiales, lo lograré, pero sabes que tiene planes distintos para mí y no apoyaría un proyecto tan grande —suena de nuevo triste, pero levanta la barbilla determinada—. Vamos a enloquecer al público con mi exhibición.

—Esa advertencia es muy prometedora. ¿Estás segura de que no puedo ver las pinturas antes que todo el mundo sólo por ser tu amigo? —dicen a nuestras espaldas.

Nos giramos y encontramos a Bennett con un abrigo negro recargado en una de las paredes, con las manos dentro de los bolsillos y el cabello ondulado un poco alborotado por el viento nocturno.

—Buenas noches, damas —nos regala una sonrisa ladeada.

—Te ves bien, Roe, aunque, si sigues apareciendo por los pasillos oscuros, te ganarás una patada en la entrepierna —le saco una risa mientras se acerca a nosotras. Como siempre, se inclina y deja dos besos castos en mis mejillas antes de ir hacia Cora y extenderse más de lo necesario en su saludo.

—Coraline —le dice al apartarse.

—Bennett —la voz de mi rubia favorita suena sin aliento.

¿De qué me estoy perdiendo? Carraspeo, interrumpiendo su momento.

—¿Qué haces aquí? Estamos viendo el lugar donde irán las pinturas —señalo los pasillos rojizos.

—Estaba por la zona —se encoge de hombros—. Y me apeteció entrar a mirar un poco de arte, mi alma de artista me lo pide. ¿Así que éste es el lugar donde estará la tan esperada exposición de Coraline Gray? —se gira hacia ella y por inercia Cora asiente.

—Está afinando los últimos detalles, estoy muy orgullosa de ella —digo.

—Me lo imagino. Estas paredes son resistentes —ladea la cabeza sin dejar de mirarla—. ¿No les parece?

Miro las paredes tapizadas.

—Supongo, están tapizadas de rojo con un material de la época victoriana —me encojo de hombros.

—Dejemos de hablar de las paredes —Cora carraspea; se ve un poco acalorada—. ¿Por qué no seguimos caminando? El pasillo está un poco vacío.

Bennett oculta una sonrisa y asiente.

—Justo como me gusta, iré después de ustedes —señala hacia el frente.

—¿Por qué quieres escabullirte de aquí? —le pregunto a Cora en voz baja mientras salimos a la otra sala.

—Me pone nerviosa su sola presencia.

Cuando llegamos, la misma mujer de antes vuelve a abordar a Cora y me quedo con Bennett esperándola. Es gracioso que nos encontremos aquí contemplando a Cora trabajar. La última vez que nos vimos fue un poco incómoda.

Él estaba desnudo y en circunstancias diferentes, pero al parecer ambos nos podemos ver las caras con serenidad. Aunque la imagen de Cora arrodillada con la polla de Bennett en la boca no es algo que se pueda olvidar de un día para otro.

—¿Así que apareciste aquí por coincidencia? No estás siguiendo a Cora ni nada de eso.

Asiente sonriendo como si hubiera leído mis pensamientos.

—Estoy tratando de mantener la cabeza ocupada. Voy a irme a Nueva York en unas semanas para la nueva negociación de los hoteles y será un viaje de casi dos meses.

—Pensé que estarías a cargo de las renovaciones de Brent.

Niega con la cabeza.

—Alexander quiere hacerse cargo él mismo, no quiere errores que involucren otro accidente y más medios sobre Hilton & Roe.

—El señor Roe es muy obstinado y no ve lo que en verdad sucedió con el hotel.

—¿De qué hablas? —se gira hacia mí con curiosidad—. ¿Algún empleado te contó algo?

Demonios, olvidé que hablamos de su hermano.

—Estoy desvariando y sacando conclusiones precipitadas, no me hagas caso.

—Cuando te pones nerviosa haces eso, hablar en voz alta —dice con esa sonrisa cálida de siempre—. Aún recuerdo cuando nos conocimos.

—Eso fue distinto a la última vez que te vi en mi apartamento —suelta mi boca parlanchina de repente y sus carcajadas rebotan por todo el lugar provocando que todos volteen hacia nosotros.

—Lo que tenemos Cora y yo… no sé exactamente cómo explicarlo —se rasca la nuca—. Ella y yo... ya sabes, ¿eso arruina nuestra amistad? —carraspea.

—Ambos son adultos y tú eres un buen tipo —me acomodo el abrigo—. Sin embargo, eso no quita que quiera patearte el trasero, te dije que la entretuvieras durante mi ausencia y terminaste enrollándote con ella.

Se toca el pecho.

—¿Y si te invito a cenar? Creo que tengo algo para ti que te hará cambiar de opinión, un pedido peculiar.

—Lo pensaré, pero mejor llévala a cenar a ella, odia la comida hindú y su postre favorito son los rollitos de canela. Dile que la veré en casa, encárgate de llevarla sana y salva —le guiño un ojo a Cora en señal de despedida y ella me ondea la mano a lo lejos. Me giro y regreso por el pasillo.

Bennett no vino aquí por casualidad y yo no pienso hacer mal tercio e interrumpir sus planes. El cielo ya está oscuro y no me vendrá mal caminar un poco con viento y frío. Meto las manos dentro de mi abrigo y avanzo por la calle mirando los autos pasar.

El aire frío me quema la cara. Veo una camioneta negra y de repente pienso en Birmingham, en la anoche en la que Alexander me pidió quedarse y la forma en la que me apretó a su lado. Voy perdida en mis pensamientos hasta que me topo con un hombre.

—Cuidado —dice y me detengo bruscamente.

—Lo siento —le dedico una sonrisa a modo de disculpa y lo miro pasar. En ese preciso instante me percato de que se trata del hombre calvo del restaurante, el mismo que se encontró con Alesha.

Lleva una chamarra de cuero verde y el resto de su ropa es del mismo color. Luce andrajoso, incluso hasta sus botas. Me detengo cerca del semáforo y saco mi celular fingiendo buscar algo para poder mirar de reojo y veo que todavía está detrás de mí.

De acuerdo, me está siguiendo. Necesito considerar mis opciones. Comienzo a avanzar más rápido, siempre acompañada de personas, y camino hacia el centro de la ciudad mirando de vez en cuando sobre mi hombro con la respiración acelerada.

¿Seth lo habrá enviado? ¿Fue el hombre que me siguió hasta Brent? Volteo una última vez y, cuando doy el siguiente paso, choco con alguien más y entro en pánico.

—Emma —Adam me toma antes de que me aleje o lo golpee por los nervios.

—Adam —digo con alivio sujetándome a su pecho, casi sin aliento. Miro hacia atrás una última vez y me percato de que el hombre calvo desapareció, lo único que veo es un Jeep todo terreno verde irse por la calle principal.

—¿Está todo bien? —Adam mira hacia atrás también con el ceño fruncido.

—Creo que alguien me estaba siguiendo desde hace dos calles. Salí a caminar para relajarme un poco, vengo de la galería donde expondrá Cora, voy camino a casa, pero el tipo llevaba varias calles cerca de mí —asiento un par de veces y le ofrezco una breve descripción del hombre.

—Quédate conmigo, vayamos juntos a dar una ronda por los alrededores para buscarlo. También iba camino a mi apartamento, está cerca de aquí, aunque el frío no ayuda mucho —sonríe con calidez, su nariz está adorablemente fría y se frota las manos.

Enseguida comenzamos a buscar con cuidado por los alrededores mientras le resumo la situación, incluso Adam habla con un policía de tránsito.

—Pues parece que no hay nadie, pero no me quedaré tranquilo si te vas sola. ¿Te molesta si te acompaño? Pareces un poco nerviosa.

Después de lo que acabo de ver no pienso negarme.

—En absoluto, me quedó una horrible sensación —miro una última vez hacia atrás para comprobar que el hombre ya no está y sigo a Adam.

—Yo no veo a nadie, tranquila, estás conmigo —mira a nuestras espaldas.

—Por ahora estoy segura, Adam, pero me están siguiendo.

—Cuando te lleve a casa, daré una ronda más, pero, si te sientes insegura, te llevo a todos lados.

Alexander

La música del bar retumba en mis oídos, irritándome, aunque el sonido es lejano a comparación del bombeo de mi sangre mientras escapa otro jadeo de mi boca y los labios de una mujer bajan por mis bolas. *Mierda.*

Escucho la risa de Erick y el grito de la gemela alemana me saca de mi trance un momento hasta que los labios de la mujer me envuelven la polla otra vez. La caricia combinada con el alcohol en mi sistema hace que gruña.

Echo la cabeza hacia atrás y perforo más rápido su boca con mi polla.

—Ale… Alexan… —trata de gemir con el pedazo de carne dentro, pero su pequeña boca apenas puede abarcarlo, la mitad de mi miembro queda fuera y lo toma con su mano.

No quiero escucharla. Quiero olvidarme de la mierda de los últimos días. Tomo su cabello en un puño y la penetro con más fuerza. Bajo la cabeza y contemplo la escena con los ojos rojos. La estoy jodiendo duro. Igual que Tail.

—Mierda —digo entre dientes y abro los ojos encontrándome con mi realidad: estoy solo en mi lugar. Me molesta que me sacaran de mi fantasía.

La otra gemela alemana sigue a mi lado. Actúa como una colegiala mimada de una pésima película porno. Hubiera preferido continuar con la fantasía con la señorita Brown que seguir soportándola. Su voz me molesta, su olor es nauseabundo y se ha dedicado a robarme fajos de libras como si no pudiera verla.

—Quiero un trago de tu whisky, ¿me lo das directo en la boca? —dice y se inclina sobre mí para intentar tomar el vaso poniéndome sus pechos apenas cubiertos en la cara. Como buen hombre que soy, no puedo apartar la vista—. Lo siento, casi te las pongo en la boca —pone cara de inocente y una de sus manos se desliza por mi muslo—. ¿Quieres que lo haga?

Quiero reírme de su intento poco sutil y me llevo el vaso a los labios otra vez. El alcohol me escuece la garganta y sigo observando cómo trata de llegar a mi polla. Cuando por fin su palma cubre mi miembro, su mirada cambia.

No la aparto y aprieta su agarre. Respiro hondo mientras me inclino sobre mi asiento y la dejo hacer. Vamos a probar sus habilidades para masturbarme. Sólo espero que no me pase la estupidez de Brent cuando Alesha me la estaba chupando.

—Hay unos baños disponibles en la parte trasera del club, justo ahí. Están limpios y casi vacíos y lo mejor de todo es que no se escucha nada —señala a mi espalda y sigue acariciando bajo mi cinturón. Después toma mi mano y la sube por su cuerpo lentamente hasta sus senos.

Quiere la atención que no le he dado en toda la noche. Aprieto mi palma sobre uno de sus pechos y gime con descaro, pero no habla como si supiera de obediencia. Toma mi otra mano para meterla bajo su corto vestido y la deslizo por sus piernas.

Recorro el borde de su vestido con mis dedos y, antes de que pueda percatarme, comienza a restregarse contra mi mano con la boca abierta haciendo que sus pechos salten. No lleva bragas, ni una tanga siquiera.

—Pon las manos contra tu espalda —le ordeno y, cuando lo hace, de inmediato la satisfacción me recorre.

Es complaciente, se restriega contra mi mano dándose placer.

—¿Nos vamos al baño? Tengo condones en mi bolso, pero si quieres no los sacamos para que tengamos más diversión —aunque es una presa fácil y parece dispuesta a obedecerme, no me pone duro que sea tan mimada.

—No —aparto la mano y vuelvo a tomar un trago.

—¿No? La estábamos pasando muy bien, no seas tan exigente, tu amigo es más sociable que tú —dice indignada y se separa de mí.

Ha estado tratando de llevarme a una follada rápida desde que llegó y ni siquiera ha despertado mi más mínimo interés.

Erick me mira desde el otro extremo del asiento y separa su labios de los de la otra gemela en cuanto la otra alemana se acerca a él con el ceño fruncido y se sienta sobre su regazo para acusarme porque no quiero ir a abrirle las piernas a un baño asqueroso.

—Tu amigo no quiere jugar conmigo, estoy muy enojada, es un hombre grosero, ni siquiera habla.

—Oh, tranquila, amor, yo te atiendo —la besa y luego besa a la otra dándose un atracón con las dos.

Cuando se aparta de ellas, se inclina sobre la gemela con la que él estaba originalmente y le susurra algo al oído. La chica se acerca a mí por mi espalda con la mirada entornada, tratando de lucir seductora.

—No quieres jugar porque estás muy tenso. A mí no me molesta que no hables tanto —posa sus manos sobre mis hombros y comienza a masajearlos mientras baja su boca por mi nuca—. Hace falta relajarte un poco y sé cómo hacerlo —susurra en mi oído y restriega sus pechos en mi espalda.

No negaré que ella está más proporcionada que su hermana, no utiliza ese tono de voz mimado y tiene mejores tácticas. Baja una de las manos que tiene sobre mis hombros y acaricia el bulto en mi pantalón. Esta vez, a diferencia de su hermana, logra que se despierte.

Se pone frente a mí, se inclina sobre la mesa y con una sonrisa de suficiencia bebe todo el contenido de mi vaso sin mi permiso. De pronto, su cabello ya no es rubio, sino negro, y acaba de desafiarme. Mi mano rebota en su trasero, pero en vez de soltar ese gemido sensual y alzarse sobre sus puntas como si estuviera asombrada y dispuesta a gritarme por azotarla, la mujer habla.

—Dolió —dice con un jadeo indignado y su cabello vuelve a ser rubio—. Me dejaste los glúteos adoloridos.

Rápidamente la jalo hacia mí hasta que termina a horcajadas sobre mi cintura. La tela de su vestido sube por sus muslos. Comienza a jadear haciendo que su pecho se alce y sus tetas quedan a la altura de mi rostro.

Baja la boca hacia la mía, pero antes de que me bese, la tomo de la nuca hasta que nuestros rostros están a la misma altura. Recorro mis labios por su mejilla y su barbilla y la siento estremecerse. Se mueve e intenta besarme de nuevo, pero la alejo con la mano que tengo entre su cabello.

No pienso probar los restos de Erick.

—No traigo bragas —dice con voz ronca.

La miro con una ceja arqueada.

—Pues póntelas.

Me la quito de encima y me levanto de mi lugar, ya estoy harto de estar aquí con estas rubias que parecen adictas. La mujer me observa con la boca abierta, sabe que falló en su intento de seducción. Por lo que veo, ese don no es para todas. Sólo para una.

La ignoro y me dirijo a la barra por otra botella. A lo lejos veo a un hombre calvo que me mira desde una de las esquinas, pero, cuando vuelvo a voltear, lo único que vislumbro es su espalda. No logro distinguirlo bien por la poca luz del lugar, pero me parece conocido, más por el vello pelirrojo de su barba.

Si hubiera salido con mi seguridad, ya lo tendría aquí mismo, pero no voy a montar un espectáculo, es un bar clasemediero.

Regreso a la mesa y veo a Erick solo.

—¿Qué pasa contigo, hermano? Quedamos en relajarnos —reclama y lo miro sin saber a lo que se refiere—. Tenemos a dos gemelas calientes que nos abren las piernas a cada segundo y no te llevas a ninguna de las dos al maldito baño.

—Te dije que no me apetecía esta noche; además, dudo que estén limpias, Erick, se abalanzan sobre cualquier cosa que tenga polla entre las piernas y dinero. ¿Puedes deshacerte de ellas de una buena vez?

—Eres exigente, pero nunca te había visto tan enojado —toma la botella y se sirve un trago hasta el tope sin importarle que ha bebido más que yo—. Me ronda algo por la mente: ¿no será que estás rechazando a esas bellezas porque ya tienes una mujer esperándote en casa? Alesha no es.

—No tengo tiempo ni ganas de tener a ninguna —me llevo el vaso a los labios y el alcohol me quema la garganta.

—Es una lástima que no veas el menú que nos ha llegado a la oficina. He visto chicas calientes últimamente, como la asistente de mi padre —se ríe.

Mi vaso se detiene a medio camino y le clavo la mirada.

—¿Qué?

—No me digas que no has notado a Emma —se ríe chocando su vaso con el mío sin notar mi expresión—. Tiene una cara preciosa que pone a cualquiera y un culo al que yo le daría toda la no…

Antes de que termine la oración, mi puño vuela hacia su boca de borracho. Se tambalea hacia atrás y su vaso se estrella contra el suelo. Me le voy encima pateando su cuerpo contra la barra mientras escucho sus quejidos y el crujido de sus huesos.

Le asesto un puñetazo en su puta mandíbula y alza las manos para intentar detenerme, pero se gana un golpe más y le fracturo la nariz con mi cabeza. No puede seguirme el paso, yo soy experto, he entrenado todas las técnicas de combate.

—¡¿Qué mierda?! —se lleva la mano a la boca para contener el rastro de sangre y escupe. Antes de que pueda recuperarse, le reviento el codo en la garganta y lo dejo sin aliento.

Me mira casi moribundo con la cara enterrada entre la suciedad del suelo. Aprieto los nudillos hasta que se me ponen blancos y me sacudo los hombros. Sin importarme la mirada horrorizada de algunas personas, lo dejo ahí tirado.

—Pensaré que tus repulsivos comentarios se deben a que estás ebrio, pero te lo advierto, no vuelvas a mirarla ni hables de ella así, inútil, ni en mi presencia ni lejos de ella —me acerco a él y lo tomo de la camisa hasta que lo levanto del suelo y quedamos a la misma altura—. ¡¿Me escuchaste, idiota?!

—Enten… entendido —jadea asustado, hablando como puede. Cuando lo suelto, se aferra a la barra—. ¿Qué te pasa, Alexander? —los meseros le ayudan a sostenerse—. La mujer está tan buena que…

En segundos empujo a los empleados y lo tengo aferrado de la camisa de nuevo.

—¿Qué te dije, idiota?

Lo liberan de mi agarre, disculpándose en su nombre, y entonces me percato de lo que acabo de hacer: casi le partí la mandíbula a mi mejor amigo. Bebo mi último trago de whisky y le lanzo una mirada rápida.

—Matt vendrá por ti —le digo con el ceño fruncido, saco mi celular y hago la llamada pertinente antes de entrar a mi jodido auto.

Emma

Me abrazo a mí misma soportando el frío lo mejor que puedo mientras mi edificio aparece ante nuestra vista. Ahora que ese hombre ya no me sigue, me siento más tranquila, pero continúo alerta a cualquier cosa que ocurra a mi alrededor.

Los taxis van llenos y hay poca gente por esta zona.

—No soy bueno corriendo, la última vez que lo intenté tuve una fisura. Parezco un pingüino cuando corro —suelto una risa corta mirando a Adam.

Tengo su bufanda en el cuello, me la ofreció como todo un caballero, aunque él va congelándose.

—Pueden ser las calles de Londres. Tuve un accidente al poco de comenzar a trabajar en la empresa.

—¿Qué? ¿Cómo sucedió y por qué nunca me enteré?

Me debato un segundo.

—Querían asaltarme al salir del gimnasio y, cuando traté de huir, mi tobillo no cooperó, así que me derrumbé en el suelo.

—La inseguridad en algunas zonas de la ciudad es peor de lo que imaginas, el Gobierno debería tomar cartas en el asunto. ¿Cómo saliste de esa situación?

—Me ayudaron —admito a medias y nos detenemos a la entrada de mi edificio.

—Menos mal, pero, si vuelves a tener problemas de ese tipo, no dudes en llamarme o mandarme un mensaje de texto. Ten mi contacto a la mano, no importa dónde estés.

—Lo haré y también gracias por acompañarme hasta aquí, me siento más segura contigo —por el rabillo del ojo veo un auto negro detenerse a unos metros de nosotros.

Adam también mira un segundo hacia el auto.

—No me lo agradezcas, a estas alturas ya deberías saber que soy muy atento con todo el mundo —levanta la mano y la lleva a mi mejilla. Sus dedos están helados.

—Voy a entrar —me alejo suavemente.

—Emma —me detiene.

—¿Sí?

—Mi bufanda. Te la dejaría, pero debo a regresar a casa —se ríe, mientras me la quita él mismo, y después se acerca—. Buenas noches —se inclina y, antes de que me dé cuenta, baja su boca besando otra vez la comisura de mis labios, luego la mueve y me besa tomándome de la barbilla.

Sus labios están fríos. Cuando termina, se separa y, con una sonrisa, regresa por donde vinimos sin decirme nada. Me giro aturdida con sabor a menta en mi boca y, justo cuando entro, escucho la puerta del auto abrirse. Necesito calor ya o voy a terminar congelada. Las puertas del ascensor se abren y entro. Momentos más tarde salgo con las llaves en la mano. Las introduzco en la puerta y giro la perilla para abrir.

—Buenas noches, señorita Brown.

Me sobresalto al escuchar la voz de Alexander. Giro y lo veo con las manos a los costados y la mirada seria clavada en mi puerta.

—Señor Roe, ¿qué hace aquí?

—Busco a Coraline Gray —dice tajante.

¿A Cora?

—Ella no está, tendrá una exposición y está en la galería de los Pitt arreglando algunos detalles…

—En ese caso, me voy —se da la media vuelta para abordar el ascensor sin dejarme terminar mi explicación—. No me gusta hablar con personas que no cumplen su palabra.

—¿Perdón? —suelto las llaves y lo sigo.

—Y ahora se sorprende como si no lo supiera, aquí hay tanta hipocresía —dice en voz baja sin mirarme.

El olor a alcohol me llega hasta donde estoy.

—Estás ebrio, Alexander, ni siquiera sabes lo que dices.

—No digas mi nombre, lo tienes prohibido, para ti soy tu jefe, así que llámame señor Roe —aprieta la mandíbula y presiona el botón del ascensor.

—¿De qué estás hablando? ¿Qué haces aquí en realidad?

El ruido del ascensor subiendo resuena.

—Vine a buscar a tu amiga la rubia, ya te lo dije.

—Mientes —me cruzo de brazos.

Se ríe roncamente sin humor, casi cínico, y ese sonido me estremece la espalda.

—¿Cree que vine a verla a usted, señorita Brown? No se sobreestime tanto. A diferencia de usted, yo no comparto a mis amantes.

Lo miro fijo.

—Yo tampoco —le digo con la barbilla levantada, no tengo nada de qué avergonzarme si es que vio el beso con Adam.

Aprieta la mandíbula y se vuelve hacia mí.

—Felicidades —se inclina hacia mí mirando el lugar donde estaba la bufanda de Adam—. Resulta que era verdad que tiene una boca experimentada. La vi afuera con Tail y todo el espectáculo que montaron juntos.

Esto es por lo que le dije en Brent. Cree que es verdad.

—Mucho —me inclino hacia él y le regreso la mirada asesina que me está lanzando.

—Ahora ya lo sé —comienza a acercarse más haciéndome retroceder hasta que termino recargada sobre la pared.

—Perfecto, ya te puedes largar —le digo con voz clara, como si su cercanía no me afectara.

—Antes te dejaré una cosa en claro —se acerca un poco más ignorando mis palabras y me toma del cuello, inmovilizándome—. Ninguna polla va a llenarte como la mía —baja la voz a un susurro ronco—. Nadie se va a llenar las manos con tus tetas como yo.

Mi respiración se acelera no sólo por sus palabras, sino por cómo me somete.

—Y nadie va a comerte ese coño apretado mejor que yo. Hazte a la idea de una buena vez, busca donde quieras, ya te probé y nunca podrás liberarte de mi tentación —me quedo pasmada en esos ojos verdes entornados, sintiendo la humedad en mis bragas por sus sucias palabras y la posesividad de su agarre—. Cuando te vuelva a follar, no voy a tener consideración, te voy a joder duro, Emma, muy duro y por todos tus agujeros.

El calor sube por mis mejillas y, en ese momento, su mano se desliza por mi abrigo y lo abre dejando al descubierto mi cuello donde todavía se pueden ver las marcas que me dejó.

—No me toques.

—No me toques, no me beses —dice en voz baja y recorre la piel de mi cuello con su dedo, estremeciéndome—. ¿Qué más quieres? ¿Que no te vea? ¿Que no fantasee contigo?

Nos miramos fijo, su vista baja un segundo hacia mi boca y luego vuelve a subir.

—Sí, no tienes derecho.

—Oblígame.

Baja la otra mano y la coloca en mi cintura. Mi ritmo cardiaco se acelera con ese simple toque. Me mira amenazante y en un movimiento rápido baja más la mano y me obliga a abrazar su cintura con mi pierna, haciéndome jadear de sorpresa.

Cuando lo hace, mi pelvis roza su erección y pega mi espalda a la pared. Mi respiración se queda atascada en mi garganta y abro la boca para jadear. Debo detenerlo y abofetearlo, pero conoce muy bien cada uno de mis movimientos, así que lo impide. Me mira a los ojos molesto y rota la cadera, clavándose.

Suelto un gemido mientras él gruñe y vuelve a clavarse. Me remuevo para que me libere, pero me tiene bien sujeta.

—Que me sueltes o grito.

—Grita entonces —dice y me muerdo el labio inferior para no gritar de placer por su dureza y su rol dominante a mitad del pasillo, donde cualquiera podría vernos. Puede que haya bebido, pero es muy consciente de lo que hace—. Te gusta mi polla, Emma Brown. No puedes negarlo.

Abro la boca, pero no, no puedo negarlo. ¿Vino sólo para eso? ¿Para recordarme que todavía lo deseo? Su mano suelta mi cintura y acaricia mis muslos cubiertos por la tela de mi pantalón hasta que desliza ambas manos hacia atrás y presiona mi trasero.

Maldición. Aprieta mis glúteos con ansias, haciéndome un poco de daño, pero su mirada está decidida. Me aferro a sus hombros subiendo la cadera y esta vez soy yo quien se frota contra él. Soy presa del deseo y de mis hormonas. Me provocó en el club, pero ahora no sé si podré resistirlo.

Su mirada se oscurece y me aprieta contra la pared sin dejar de observarme. Me bendice con una rotación de caderas, jadeamos juntos en el rostro del otro, pero sin rozar nuestros labios. Me vuelvo a frotar contra él y ambos gemimos.

—Eso es, Emma, frótate como te gusta.

El calor sube por mis mejillas, pero el roce es exquisito… echo la cabeza hacia atrás y gimo ruidosamente como toda una exhibicionista, hasta que bajo mi boca a su hombro y ahogo mis gritos.

—¿Ese coño está húmedo? —susurra en mi oído y asiento presa de la lujuria—. ¿Y quiere mi polla dentro? —vuelvo a asentir incapaz de hablar mientras me froto con más fuerza que antes. Quiero correrme—. A la mierda todo.

Abre mi abrigo y mira a ambos lados mientras se deshace del único botón de mi pantalón. Su mano se pierde dentro y encuentra el borde de mis bragas.

Sus dedos se adentran por debajo de la tela hasta que suelto un gemido largo cuando toca mis pliegues.

Su otra mano sube y cubre mi boca, apagando el sonido.

—Muy ruidosa —dice mientras recoge mi humedad y la frota sobre mi clítoris—. Ya me encargaré yo de las cámaras de este pasillo porque a ti parece que no te importa.

—Alexander —digo con voz apretada rotando la cadera mientas me acaricia. *Qué rico.*

—No digas mi nombre —frunce el ceño y dos de sus dedos se deslizan por mi humedad y me penetran—. No lo dirás de nuevo hasta que vuelva a follarte.

Lo miro con la boca abierta por esa advertencia. Ésta es la segunda vez que dice eso. Que me follara de nuevo.

—Eso no volverá a pasar —le advierto, pero su mano se mueve rítmicamente y sigo gimiendo de forma descontrolada, clavando mis manos en sus hombros. Enseguida quita la mano de mi boca y baja la cabeza, pero no me besa.

Esconde la cabeza en mi cuello y comienza a comerlo y chuparlo con ganas. Muerde mi piel, aumentando mis ganas, la succiona y vuelve a marcarme.

Me aferro a su cabeza enterrando mis dedos en su cabello, pero me aparta de forma brusca y atrapa mis brazos contra la pared con una sola mano.

—No vas a volver a tocarme hasta que te folle de nuevo —su aliento me golpea en la cara.

Sus penetraciones se hacen más rápidas y me muerdo el labio inferior con fuerza para ahogar mis gemidos. Su mirada sigue el movimiento y mira mi labio con recelo, pero no se detiene y tampoco me besa.

Con su palma frota mi clítoris y con sus dedos me penetra con decisión. La presión se acumula en mi coño y su olor a menta y alcohol se mezclan en mis sentidos. Libera mis muñecas y baja su mano hacia mi boca para cubrirla.

Cierro los ojos con fuerza y entonces me corro montando su mano. Mi respiración agitada se va calmando poco a poco mientras me regala caricias suaves para liberar toda la tensión.

—Cúbrete con el borde del abrigo —ordena haciéndome abrir los ojos mientras se inclina sobre mí y baja mis vaqueros junto con mis bragas a la mitad de mis piernas.

Miro el pasillo vacío. Tomo ambas esquinas y cubro mi desnudez lo mejor que puedo mientras verifico que nadie venga. Inhala el aroma de mi sexo haciéndome cosquillas y entonces entierra la cabeza entre mis piernas con una primera lamida.

Se detiene cerrando los ojos.

—*Tak for min mad* —susurra y no entiendo qué idioma es ése—. Gracias por mi comida — oigo que susurra antes de comenzar a devorarlo. *Es imposible que haya dicho eso, estoy delirando.*

—Alexan… Alexander —digo con voz apretada mientras siento su lengua recoger mi corrida.

—Cállate, Emma —ordena mientras con sus manos abre mis pliegues para atrapar mi pequeño clítoris entre sus dientes y después chuparlo haciéndome gritar.

Muerdo con más fuerza mi labio hasta que me duele, pero el dolor queda diluido en el placer. Aferro la tela de mi abrigo. La boca de Alexander es mi perdición. Lame de arriba abajo haciendo ruidos muy obscenos con mis fluidos.

Enterraría mi mano en su cabeza, pero no puedo soltar mi abrigo porque, si alguien pasara, me vería desnuda. Con la frente pegada a mi vientre, continúa con el asalto una y otra vez. Los sonidos de su lengua comiéndomelo me calientan la sangre de nuevo.

Levanta la mirada un segundo y me observa con seriedad mientras jadeo por los movimientos de su lengua. Se mueve otra vez y da justo en ese punto que me vuelve loca. Necesito gemir desesperadamente y también retener su cabeza ahí, justo ahí.

Sin importarme en absoluto, suelto uno de los bordes del abrigo y entierro mi mano en su cabello mientras echo la cabeza hacia atrás y gimo con la boca abierta.

Gruñe en voz baja, toma el borde del abrigo que dejé suelto y me cubre otra vez sin parar de lamer mi coño. Mantengo mi mano en su cabeza. Soy toda sensaciones, mi sangre hierve, mi coño está chorreando, mi vientre se contrae junto con mis piernas y me recorre un cosquilleo.

Nota las señales y sus lametones se tornan bruscos. Vuelvo a correrme. Las luces del pasillo se vuelven borrosas unos segundos mientras me vengo en su boca.

Mi pecho se alza agitado y mis piernas pierden la fuerza. Alexander toma todo lo que puede y bebe como poseso, se escucha cómo traga como si fuera a morirse de sed si no me probara. Se aferra a mis glúteos y me mantiene abierta para tomar hasta la última gota de mis fluidos.

Hace sonidos de satisfacción y lame mi coño con desesperación provocando que me quede sin fuerzas. Entonces se levanta y jadeo mientras observo cómo sus manos reacomodan mis vaqueros en su lugar. Cuando termina, se limpia los restos de mi corrida del borde de la boca y los chupa sin desperdiciar nada.

Aprieto las piernas por el ramalazo de placer que estalla con la imagen. El bulto en su pantalón levanta casi toda la tela de esa zona, pero no parece importarle porque no me folló.

—Buenas noches, señorita Brown —dice mirándome con recelo y sin más se gira dejándome todavía jadeante sobre la pared.

Sin creerlo, veo cómo entra al ascensor sin mirarme y las puertas se cierran. Me quedo en silencio recuperando el aliento y procesando el suceso. Como puedo camino de vuelta a mi apartamento y con movimientos automáticos entro con la piel caliente y la cabeza aturdida más que nunca.

Meto la mano en la bolsa de mi abrigo para sacar mi celular y llamar a Cora después de la locura que acaba de suceder con Alexander y mis dedos se topan con un objeto de terciopelo. Lo saco y es una caja un poco grande de color negro como la que vi en mi oficina. La miro confundida y la abro con cautela: en el interior reluce un collar plateado.

Capítulo 28

Emma

Me quedo con la boca abierta y sigo mirándome en el espejo de mi habitación con el collar sobre mi cuello. El delicado objeto de oro plateado reposa sobre las dos marcas casi inexistentes de mi cuello y también sobre las últimas y más visibles que dejó Alexander esta noche.

La luz de la habitación reflecta sobre el diamante incrustado provocando que éste destelle. Miro de nuevo la caja de terciopelo y luego mi reflejo. Trago saliva con fuerza. Se ve… espectacular.

Me quito el collar y lo coloco con cuidado en su lugar. Esto debe costar una fortuna. Ni siquiera soy capaz de pasar mis dedos por el diamante. Tal vez debería limpiarlo con sumo cuidado para borrar mis huellas dactilares.

Este regalo sólo tiene un nombre. *Alexander Roe.* ¿Primero me hizo correrme y luego me obsequia esto? Aún tengo las mejillas sonrojadas por la reciente actividad. Me dejé seducir en el pasillo, me está corrompiendo.

Cualquiera pudo pasar y vernos y, aun así, le permití hacerlo. Suelto un gemido molesto; lo dejé tocarme otra vez.

Tomo rápidamente mi nuevo celular y trato de recordar el número correcto. Me siento en el pequeño diván junto a la ventana de mi cuarto. Llevo las piernas a mi pecho y desde ahí observo la caja negra sobre mi cama mientras espero en la línea.

No dice nada cuando responde, sólo escucho su respiración agitada al otro lado. ¿Sabe que soy yo?

—¿Alexander? —digo con cautela.

—Señorita Brown —responde con voz tajante.

Abro la boca y me olvido de lo que iba a decirle. ¡El collar!

—Dejaste algo en la bolsa de mi abrigo —digo como si él no lo supiera. No responde.

—¿Qué es eso?

Silencio.

—¿Por qué?

Silencio.

Aprieto los puños exasperada de que no me responda.

—Ahora perdiste la capacidad de hablar, ¿no? ¿Qué pretendes con este regalo? Te volviste loco —miro el objeto, todavía asombrada—. Te dije que no quiero nada de ti, ven por él o voy a…

—Mira por tu ventana —dice con voz ronca, cortándome.

—¿Por qué?

—Mira por tu ventana —repite molesto como una orden.

Me incorporo del diván y miro hacia la calle. Mi respiración se atasca. Sigue aquí. Está frente a su Aston Martin con una mano dentro del bolsillo de su abrigo y con la otra sosteniendo su celular. Me mira fijo desde ahí y por un momento me cuesta soportar el peso de sus ojos verdes.

—Ahora tienes con qué cubrir mis chupetones sobre tu cuello —dice sin dejar de mirarme—. Tu novio es un puto idiota, pero sabe que él no fue quien te marcó así. Sólo yo te marco.

Abro la boca, pero no puedo objetar nada. Me quedo inmóvil en mi lugar sosteniendo el teléfono en mi oído mientras Alexander entra a su auto. *¿Mi novio?*

Observo el auto alejarse totalmente confundida y después de un par de minutos de mirar la acera vacía un auto plateado se acerca y aparca a un lado de una camioneta. No se ve nada por los vidrios polarizados y tampoco lo reconozco.

Será algún vecino. Miro con más atención y es como si alguien estuviera ahí. Un escalofrío me recorre el cuerpo y me aparto de la ventana. Me siento insegura desde que ese hombre calvo me siguió.

—¿Será otra vez ese hombre que me estaba siguiendo?

—¿Qué hombre? —se me cae el móvil de las manos en cuanto me percato de que Alexander sigue en la llamada—. ¿Quién te estaba siguiendo, Emma? ¿Cuándo? —demanda, pero no le respondo de inmediato por estar distraída viendo el auto plateado.

—De camino a casa —respondo después de unos segundos un poco aturdida por su preocupación.

—¿Cómo era?

—No creo que debas saberlo, no es para…

—Descríbelo con detalles, sobre todo sus facciones —hace como si no escuchara mi protesta—. Sigo esperando, Emma.

Decido decirle para evitar que regrese.

—Era extranjero, con nariz alargada, barbilla afilada, ojos azules, calvo, con barba y cejas pelirrojas, musculoso, de unos cuarenta años o más, ropa verde, un poco andrajosa, estoy casi segura de que puede ser ruso —explico todo cuanto puedo y se queda en silencio unos segundos.

—Ruso —repite para cerciorarse de que sí escuchó bien.

—Sí, pero no conozco a nadie así, puede ser una equivocación.

El policía que me ayudó a buscarlo junto con Adam dijo que había muchos compradores extranjeros en la ciudad por las exposiciones de las galerías.

—Pon mi número en marcación rápida en tu móvil y llámame ante cualquier emergencia de este tipo. Luego coloca a Ethan, a él contáctalo para las situaciones menores —no tengo tiempo de objetar porque cuelga dejándome más confundida que antes.

—Pero yo no quiero que… —la línea ya está vacía—. No aceptas negativas de nadie, ¿verdad? —discuto como una demente sola en la línea.

No quiero darle más vueltas al asunto, sólo ruego que mis preocupaciones estén infundadas y que ese hombre sólo sea un comprador de arte.

Saco de mi armario mi pijama. No sé cuánto tardará Cora en regresar y tampoco sé si vendrá con Bennett, pero no quisiera interrumpirlos. Entre mi ropa sale una playera blanca. Me la llevo al rostro e inhalo; aunque ya está limpia, siento que aún puedo percibir el aroma mentolado de Alexander.

Éste es mi pequeño recuerdo de Birmingham. Sé que debería devolvérsela a Alexander, pero no lo haré. Me desnudo y me la coloco sobre el cuerpo. Él debe tener cientos de ellas, digo a modo de justificación mientras el algodón se desliza hasta la mitad de mis muslos.

Miro de nuevo la caja de terciopelo y con cuidado la coloco sobre el tocador. Mis únicas joyas son de mi madre y nunca las uso, son especiales para mí, pero no son ni la mitad de costosas que ésta. Me tumbo sobre la cama mirando la caja en silencio, con el aroma de Alexander impregnado en la camiseta, pensando en por qué me lo compró.

. . .

—Tenemos un problema —nos dice mi jefe a todos los publicistas en la sala de reuniones de relaciones públicas y comienzo a odiar esa maldita frase después de escucharla hasta en sueños—. Todos los medios londinenses han publicado ya la noticia del derrumbe de Brent, pero alterada. Dicen que murieron todos los huéspedes, así que debemos movernos rápido para acallarlos o será noticia internacional.

—Señor, el portal web del *Daily Star* lo tiene como nota principal hoy, no vamos a aplacarlo con facilidad —dice Adam con el ceño fruncido.

—Yo me encargaré del *Daily Star*, mis contactos son buenos, llamaré a mi amigo, pero necesito a tres valientes que vayan con el medio más grande de Europa —el señor Jones frunce el ceño y todos se tensan—. El *New Times* inglés.

—Carajo, con sólo escucharlo ya me duele la espalda —Adam se frota los hombros.

—El *New Times* también ha divulgado la noticia como información de *última hora* —lee mi jefe desde su iPad.

Varios colegas murmuran mencionando los noticieros locales o sitios web más influyentes, pero ninguno se ofrece a hacer el trabajo sucio: frenar al *New Times*. Le temen porque este diario es conocido por su poder comunicativo en todo Reino Unido.

—Yo no iré, perderé todo el día y no conseguiremos negociar —dicen a mi espalda.

—Yo tampoco, la última vez que una empresa se metió con ese diario, los demandaron por diez millones de libras —responde otro.

Comienzo a revisar la bandeja de entrada de mi correo electrónico en mi iPad para intentar bajar al menos tres páginas web que estén desprestigiando a Hilton & Roe, pero brota una lista inmensa en mi pantalla. *Son demasiadas. ¿Qué tiene de especial el hotel de Brent para que nos estén saboteando de esta manera? ¿Qué quieren de Hilton & Roe? ¿Dinero?*

La puerta de la sala de reuniones de relaciones públicas se abre y entra Alexander con un traje negro y la mirada seria.

—¿Qué sucede? Recibí una llamada de tu secretaria, Jones.

Está de mal humor. Me pregunto si ya vio el collar plateado sobre su escritorio o si su secretaria no se lo entregó.

—Los medios de Londres publicaron la noticia de Brent, pero alterada, a tal grado que tanto el *New Times* como el *Daily Star* la están difundiendo así, desprestigiando los nuevos hoteles ecológicos del país. Estamos por convertirnos en noticia internacional.

Frunce el ceño.

—Hablaré con ellos. Convoca una rueda de prensa para mediodía y prepárame un discurso, también quiero a mi abogado, Blake, ahí. Que Erick comience las negociaciones legales contigo.

—No lo haga —levanto la cabeza y todos los ojos se vuelven hacia mí. Carraspeo, levantándome—. Si da la rueda de prensa, admitirá que el derrumbe del hotel fue su error y le restará credibilidad a la firma, que es lo que buscan.

—¿Y qué sugiere entonces, señorita Brown? —su mirada baja unos segundos hacia mi cuello y su expresión cambia.

—Que nos dé tiempo hasta el mediodía para cubrir la noticia incluso en los medios grandes. Los obligaremos a emitir un comunicado disculpándose con nosotros, entonces usted saldrá a dar un discurso arreglado que nos deslinde del accidente, aceptando las disculpas de los medios. Jugaremos el papel de víctimas culpando a la competencia por difamación, lo cual nos vendrá como anillo al dedo.

—¿Se cree capaz de cubrir a los medios más prestigiosos de Reino Unido para el mediodía?

—Lo sabrá al mediodía —extiendo la mano a la sala.

—Va en busca de tu puesto, Christopher —mira a mi jefe, sarcástico.

—Estamos encargados de su imagen pública, señor Roe. ¿Está insinuando que eligió a gente no capacitada para trabajar en su empresa y cuidar su prestigio? —digo.

Adam arquea una ceja y los demás publicistas permanecen en silencio, esperando un épico enfrentamiento verbal. Saben que Alexander Roe no se amedrenta ante nadie.

—Algunas personas son muy buenas para fingir y no apegarse a lo acordado, no me sorprendería que un pequeño desliz de recursos humanos haya provocado que tengamos a gente inútil aquí —recarga las manos sobre la mesa, imponiéndose—. ¿Qué cree que debería hacer, señorita Brown? ¿Recortar a la mitad mi personal y dejar a cientos de personas sin empleo?

—Eso no es lo que quería decir, sin embargo, si no confía en su equipo de relaciones públicas, entonces, ¿en quién lo hace? ¿Sólo en la señorita Smith?

Me mira directo a los ojos y se levanta bruscamente de su lugar, molesto.

—Debemos pensar antes de hablar; además, tiene prohibido interrumpirme otra vez —dirige su atención a mi jefe—. Quiero la rueda de prensa para el mediodía, un discurso preparado para admitir el accidente y, señorita Brown... —me mira con suficiencia—. No es una sugerencia, ¡es una maldita orden!

Respiro hondo y me obligo a asentir mientras me muerdo la lengua para no decir nada más.

—La reunión terminó —cierra una carpeta al azar antes de salir y los publicistas se levantan.

Respiro con dificultad y mi parte irracional tiene tantas ganas de gritarle a la cara por ser imposible, mandón, terco y un imbécil dominante que cree tener la razón todo el tiempo. Sé que no me dejará liderar este incidente por su ego adolorido de anoche.

Mi jefe está reclinado sobre su asiento con una pierna cruzada sobre la otra. Después de lo que me dijo ayer no debe estar contento con lo que hice, así que será mejor que comience a disculparme.

—Señor Jones, yo no pretendía sugerir un recorte de personal, creo que no me… —me interrumpo cuando una sonrisa cubre su rostro haciendo más evidentes las arrugas de sus mejillas.

—No estoy molesto por lo que dijo, Emma, al contrario, me gusta que lleve la delantera en este tipo de situaciones.

—¿De verdad?

—No se me ocurre nadie más capacitado. Piensa que la rueda de prensa es un error, ¿cierto? —asiento—. Yo también, aunque al final Alexander tendrá que darla, pero no hoy, así que tiene carta blanca para resolver esto antes del mediodía, yo retrasaré el discurso lo más que pueda.

—¿Está seguro? —su confianza en mí me asombra.

—Confío plenamente en usted, Emma —se levanta—. No me defraude, porque acaba de plantarle cara a Alexander y debemos cumplirlo. Me encargaré del *Daily Star*, pero el *New Times* es suyo. No espero que logre acallarlos por completo, porque son muy duros para negociar, pero si conseguimos que aligeren la notica unos días, tendremos tiempo de sobra para la rueda de prensa de Alexander.

Me guiña un ojo y sonrío con timidez. Sigue confiando en mí y no voy a defraudarlo.

—Eres increíble, lo tienes a tus pies. Estoy un poco celoso, como todo el equipo —Adam me toma de la cintura y, cuando estoy por empujarlo, reacomoda mi silla, disculpándose—. Tienes mi apoyo, linda.

—Sólo Emma, no me gustan los sobrenombres de ningún tipo.

—Lo siento —se rasca la nuca un poco nervioso.

Me pongo en camino a su oficina y me entrega una lista de contactos para poder llamarlos y reunirme con los patrocinadores del diario local mientras él trabaja con Alicia.

Mi celular tiene la bandeja de entrada llena de mensajes y llamadas perdidas. Lo olvidé en mi escritorio durante la reunión. Es Sawyer, quiere verme, hablar, visitará la ciudad el fin de semana, lo noto desesperado. Consiguió mi nuevo número y sabe de la exposición de Cora, también dice que ha llamado a Dylan y que, si es necesario, irá a visitarlo al MI6.

—¿Todo en orden? Tu móvil no ha dejado de sonar durante la reunión, pensé en responder y que dejaran un mensaje, pero no quería invadir tu privacidad —Alicia trata de ver sobre mi hombro, pero bloqueo el móvil.

—Es mi padre —respiro hondo—. Nunca respondas ese número ni le des información mía a un tal Sawyer Taylor.

—Entendido.

Al salir, me topo con Erick. Tiene una cortada en el labio y el pómulo demasiado hinchado. Se ve que le cuesta caminar y jadea cada vez que su cadera se mueve. Lleva una cinta en la nariz con un poco de sangre. Sólo espero que no esté fracturada, pero pierdo las esperanzas cuando se toma varios analgésicos en el pasillo como si no pudiera soportarlo más.

Dudo que todo eso haya sido accidental; más bien, le dieron la golpiza de su vida. Apenas puede abrir el ojo derecho y mover el hombro para presionar el botón del ascensor, así que corro a ayudarlo.

—¿Te encuentras bien? ¿Quieres que te llame un taxi?

Quiero ser amable, pero se apresura a presionar el botón.

—No es necesario, señorita Brown —dice sin mirarme.

—Ni siquiera puedes caminar —trato de sostenerlo, pero se aleja bruscamente, jadeando de dolor.

—No se me acerque ni siquiera para ayudarme —dice nervioso y entra al ascensor casi con miedo.

—Llamaré al taxi —digo a su espalda, aunque dudo que me haya escuchado; ni siquiera volteó a verme durante la corta charla.

Alicia, que mira de lejos la escena, tiene la boca abierta igual que yo.

—¿Lo querían matar? Parece que tiene el hombro dislocado —habla tan fuerte que debo hacerle una señal para que baje el tono de voz—. Yo me encargo de llamarle a un taxi.

Me alejo y me pongo en marcha a las oficinas del *New Times* ignorando la llamada entrante de Sawyer. Decido bloquear el número.

Más tarde, llego al enorme edificio de cristal del diario. En los jardines se alzan unas estatuas con sus iniciales. Al acercarme, siento cómo me recorre un repentino nerviosismo.

Sacudo los hombros y entro. Soy recibida como visita, pero enseguida localizo a mi contacto: el director general del diario.

—Chad —alzo la mano.

—Emma Brown —se acerca—. Esperaba esta visita, pero no lograrás mucho.

—Tengo la suerte de conocer al principal patrocinador del diario, al director de relaciones públicas y a ti, por supuesto, así que llámalos a una reunión.

—Varios de nuestros periodistas están cubriendo la noticia de Hilton & Roe, me la trajo Katherine Portman, no la conoces, pero es excelente y no conseguirás negociar con nosotros.

—Ni siquiera he empezado, no demores en convocar la reunión, me lo debes.

Niega sabiendo que de mí no podrá librarse. Investigo un poco sobre Katherine, pero no encuentro suficiente información. Más tarde, llegan dos ejecutivos mayores junto con mi contacto y me encierro con ellos al menos una hora para hacer la negociación pertinente. El hombre que dirige la junta es duro de convencer, pero no me rindo.

Permito que mi perfil ejecutivo tome el control de la situación y sólo relajo los hombros hasta que uno de los hombres canosos asiente en señal de que quitarán la noticia de su portal web. Sigo con la mirada imperturbable sin demostrar mi felicidad mientras una mujer entra a la sala.

—Éstos son los reportes que recibimos de Brent. La prensa amarillista no nos los vendió, nosotros no publicamos noticias falsas, contamos con una excelente periodista en nuestro equipo, Katherine Portman —me entrega los documentos tal como negociamos.

La mencionan tanto que quisiera conocerla, pero nunca me la presentan.

—Fue un derrumbe considerable —dice uno de los hombres—. No me imagino como ocurrió.

—Respondería a esa pregunta, pero, según lo que acabamos de negociar, aquí nada ha sucedido y su portal web se disculpará públicamente con Hilton & Roe —los tomo y me levanto—. Caballeros, ha sido un placer.

Salgo del edificio con los reportes en la mano y subo a mi Mazda con una sonrisa satisfecha. La excitación recorre mis venas cuando reviso mi reloj. Todavía tengo una hora para volver, confío en la capacidad de mi jefe para resolver su parte.

Entro en la empresa y encuentro a Alicia despidiendo a dos hombres de traje gris. Un repentino mareo me hace detenerme un poco, pero a los segundos lo controlo y me acerco a ella.

—Son los abogados de uno de nuestros socios, vienen a causar problemas y nuestro jefe no está aquí todavía.

—Envíalos a mi oficina, por favor, yo me haré cargo —asiente y va por ellos lanzándome miraditas de lo que traen en el maletín. Los dos hombres entran por la puerta de cristal—. ¿Cómo puedo ayudarlos?

—Queremos cancelar el acuerdo de privacidad que tenemos con Hilton & Roe. La noticia del derrumbe del hotel de Brent ya corrió por los medios y nuestra firma de diseño no saldrá perjudicada por un error de ustedes.

—No lo hará, hemos recibido disculpas de los diarios y se harán públicas en un par de horas. Más tarde, el señor Roe ofrecerá una rueda de prensa sobre lo que ocurrió en Brent y dará un discurso para aceptar las disculpas.

—Eso no nos asegura que frenarán la polémica que se desatará en las redes sociales y los portales web. No estamos dispuestos a comprometer el prestigio de nuestra firma por ocultar su error.

—Hilton & Roe no está ocultando ningún error y dará la cara por lo ocurrido. Les sugiero mantenerse al margen de la situación a menos que quieran que desacreditemos su pequeña firma —me pongo seria—. Hay cientos de empresas de diseño que quisieran ser parte de nuestro equipo. Brent es apenas uno de cientos de hoteles de nuestra cadena, la reparación estará lista antes de fin de mes.

—Dudamos que haya un convenio que nos beneficie.

—Entonces cancelemos nuestro acuerdo, divulguen la noticia por todos los medios y su credibilidad se vendrá abajo. Será su declaración contra la de Hilton & Roe —sonrío de lado—. Ésta es una cadena hotelera internacional, lo que sucedió en Brent no le restará prestigio.

Pongo las manos sobre mi escritorio con la mirada serena. Ésa es la mejor manera de negociar. Se miran entre ellos, hablan en voz baja y al final asienten ante mi propuesta, la cual beneficia a ambas partes, así todos terminamos satisfechos.

—Si la noticia se apagó en los medios y eso asegura que no tendremos problemas, ya no tenemos más que hacer aquí.

—Eso es lo mismo que pensé —los acompaño a la puerta y, cuando salen, respiro hondo. Creí que no iba a lograrlo.

Cuando se encaminan por el pasillo, cruza la entrada mi jefe en su traje clásico seguido por Adam y ambos saludan a los hombres que van de salida, confundidos.

—Fue una reunión inmediata, Alicia —se quita los lentes oscuros y ella asiente un poco sonrojada.

—¿Qué hacían aquí los de Vinils? —pregunta Adam mientras nos encaminamos por el pasillo.

—Tenían un pequeño desacuerdo, pero ya está resuelto.

En cuanto los ejecutivos se reúnen en la sala de juntas, el señor Jones da la noticia. Todos se ven complacidos a excepción de uno: la bestia de ojos verdes.

—¿Quién ordenó ir a los medios antes de mi rueda de prensa? —me mira con una ceja arqueada y la pelirroja sonríe de lado.

Disfruta pensar que fui la responsable de esa decisión porque así podrá convertirme en su presa.

—Yo lo hice —mi jefe responde, cubriéndome—. La rueda de prensa no es pertinente a menos que quieras que los patrocinadores de Birmingham no firmen el contrato.

—¿Qué hay del *New Times*? —pregunta reclinado en su silla con la mano debajo de su barbilla.

—No creo que vayan a eliminar la noticia, querido, muchas veces hemos tratado de negociar con ellos y no ha rendido frutos, sólo un genio podría conseguirlo —dice Alesha, quien ha estado a su lado desde que entró en la sala.

—¿No me consideras un genio? —Alexander la cuestiona y ella le besa la mejilla provocando que él haga una mueca.

—Eres el mejor de los que conozco.

Mi jefe los mira serio.

—No hay de qué preocuparse, si bien no tenemos un acuerdo con ellos, logramos razonar con el diario, así que aceptaron eliminar la noticia de sus portales web y ofrecer una disculpa pública a la empresa —sonríe satisfecho—. Emma lo consiguió —añade mirando a todos.

La tensión del ambiente se evapora y los murmullos comienzan a incrementar. Prácticamente todas las miradas se dirigen hacia mí y siento que el calor sube por mis mejillas. El único que no me mira es Erick; lleva todo el día tomando analgésicos. *¿Por qué nadie lo lleva a emergencias?*

Bennett me mira desde su asiento, complacido, y por primera vez lo escucho hablar desde que entró.

—Tienes una asistente muy eficiente, Christopher.

Me dedica una gran sonrisa y también sonrío.

—Emma es mi mejor publicista de toda la vida —dice el señor Jones y se gira hacia la pelirroja—. Que no quede duda de ello.

—Ya te quitaron el puesto, Adam —dice alguien de la mesa y él sonríe.

—Emma me impresionó desde el día uno, así que no me sorprende, se lo ganó y me encanta compartir su felicidad con ella —le responde y me guiña un ojo.

El ruido de una silla moviéndose bruscamente corta el momento y Alexander se levanta.

—Resuelto el problema de Brent, la reunión terminó. Quiero a los arquitectos en mi oficina y al director de diseño —le dice a su asistente, quien sale detrás de él.

Los demás ejecutivos comienzan a salir poco a poco, algunos pasan de largo, pero otros inclinan la cabeza en señal de despedida.

—Fue impresionante lo que hiciste hoy, Emma —Bennett se acerca con una sonrisa—. ¿Celebramos esta noche?

—Sólo hice mi trabajo, no merece ninguna celebración.

—Negociaste con uno de los diarios ingleses más exigentes del medio internacional, ¡cómo demonios no vamos a celebrar!

—Todavía siento como si mis piernas temblaran —admito en voz baja—. Ellos son muy exigentes, no creí salir viva de su oficina.

—Y, aun así, lo conseguiste —dice dándome dos besos en la mejilla a su modo clásico de despedida—. Cenamos con tus amigos y no acepto negativas de nadie —*ése es un mal de familia*—. Te veré más tarde o mi hermano explotará de enojo si no me presento en su oficina de inmediato como su fiel esclavo y sirviente.

—Bennett Roe tiene razón. Lo hiciste excelente —Adam aparece a mi lado—. El jefe está complacido.

—Muy complacido —dice el señor Jones a nuestras espaldas y salimos juntos.

Después de mi victoria, muy celebrada por mis compañeros, menos por el señor Roe, paso el día trabajando satisfecha, con una sonrisa que no debo perder. Las redes sociales son las más sencillas de controlar, pues se cierran las cuentas y se bloquea el acceso a los periodistas.

Me siento satisfecha con lo que sucedió hoy, mi jefe y yo hicimos un equipo increíble. Un ramo de flores de colores llegó hace poco más de media hora a mi oficina. Las envió Bennett y con ello aumentó mi buen humor.

—Parece que estás en el limbo con esa sonrisa —Alicia entra con una sonrisa cálida en su rostro.

—Son las flores de Bennett, huelen delicioso.

—Lo sé, necesito saber urgentemente de qué florería son. Quiero unas para mi escritorio y dudo que alguien me las envíe algún día, soy la peor en el amor.

—Por Dios, Alicia, eres bellísima, levantas miradas a cada nada, pero ninguna te convence.

—Soy algo exigente —se ríe—. ¿Comemos juntas?

Le regreso la sonrisa y asiento.

—En cuanto termine con esto, estaré lista. Recuerda que esta noche cenaremos entre amigos —muevo mis manos por el teclado.

—¿En serio irá Bennett? —toca su cabello y no sé si es por nerviosismo o coquetería porque apenas le presto atención al gesto.

—Sí, claro. Por cierto, cuando un edificio es demolido, ¿la maquinaria utilizada y la magnitud del derrumbe se anota en los registros de construcción? Estoy segura de que los arquitectos deben tener reportes al respecto.

—Seguramente —asiente y toma su bolso mientras me levanto.

—¿Crees que el equipo de Alesha o ese tal Mike, que es su asistente, tengan información del tipo de herramientas que podrían provocar un gran derrumbe como el de Brent? —frunce el ceño—. Es por curiosidad.

—Bueno, cuando se hicieron las mediciones de Birmingham y el señor Jones dio la noticia de que Hilton & Roe abriría más hoteles de lujo, nos llevaron a la locación y era una maquinaria más grande.

—Interesante —es lo único que digo y me quedo pensando en que Birmingham es mejor que el hotel de Brent, así que esto no es sobre los hoteles en sí. *¿Será que quien orquestó todo no lo hizo por el hotel, sino por Alexander Roe?*

Le lanzo una última mirada a los reportes que me dio la gente del *New Times* y salimos.

Alexander

—Eso es todo —le digo a la gente incompetente que está en mi oficina y todos salen uno a uno junto con Bennett.

Erick ni siquiera me mira cuando sale casi arrastrándose como un pordiosero. El moretón del ojo, la mandíbula inflamada y la cortada en su boca me dicen por qué: aunque estaba ebrio, recuerda bien mi amenaza.

Emma logró molestarme sin estar en ese bar; siempre me desafía, como hoy. Me paso la mano sobre el cabello, frustrado. Esa mirada avellana obstinada, no baja la barbilla cuando le hablo y tampoco se amedrenta.

Me siento detrás de mi escritorio, perdido en mis pensamientos, mientras recogen los planos. Las pequeñas bragas que conservo aún tienen ese puto olor que me hizo jalármela con fuerza anoche después de verla y yo no soy un marica que se haga pajas, eso es para precoces de polla pequeña.

Soy egocéntrico porque tengo veintisiete centímetros de orgullo en la verga. Estaba ebrio, por eso me hice una paja, pero eso no justifica que me haya comportado como un puto adolescente caliente oliendo y recodando el sabor de su coño.

El recuerdo de su mano aferrando mi cabeza para retenerme entre sus piernas me dice lo mucho que le pongo, sin embargo, sigue estando el idiota de Tail de por medio. Mi buen humor se esfuma al ver la caja de terciopelo sobre mi escritorio. Aprieto la mandíbula justo como cuando la vi esta mañana.

Se cubrió las marcas de mis chupetones, pero el collar le importa una mierda, me lo devolvió como un desafío. Irónico, la mayoría de las mujeres morirían por algo así de caro y ella me lo avienta en la cara.

Todos se van, sólo Alesha permanece conmigo.

—Las renovaciones de Brent se harán como pediste, esta vez no habrá fallas porque estoy a cargo —dice atrayendo mi atención.

—Eso espero, la última vez ese tal Mike, que es tu arquitecto de confianza, hizo mediciones incorrectas —me dejo caer sobre mi silla con las manos en las sienes.

Estúpido dolor de cabeza, no entiendo qué lo provoca, desde que comenzó el día ha ido empeorando.

—Todo saldrá bien, confía en mí. Estás muy tenso, déjame ayudarte —viene a mi espalda y, sin que se lo pida, masajea mis hombros.

Cierro los ojos y le permito hacerlo, conoce muy bien mi cuerpo, no como la rubia de anoche. Una de sus uñas se entierra en mi piel y me molesta al instante, pero lo compensa con sus palmas, masajeando mis hombros.

—Necesitas un baño en el jacuzzi y un whisky escocés —su tono de voz no es ni mimado ni seductor, es la media perfecta entre ambos; definitivamente, me conoce muy bien—. ¿Me quieres disponible esta noche para quitarte ese mal humor?

Me reclino en la silla y sus manos terminan de deshacer el nudo en mi espalda.

—Sí —respondo tajante.

Esa paja fue una idiotez. No alcanzo a ver a Alesha, pero sé que está sonriendo. Un mechón de su cabello rojo roza mi mejilla cuando se inclina gustosa y ansiosa por probarme.

—Estaré lista como tanto te gusta, lencería negra, medias largas —me susurra al oído.

—Te quiero atada —la pruebo.

—Estaré atada —responde complaciente—. Abierta, de espaldas, como lo quieras.

Complaciente como siempre. La satisfacción me recorre, pero no tanto como cuando Emma discute conmigo y es obstinada. Se separa de mí y camina hacia la entrada remarcando el contoneo de sus caderas, ofreciéndome un digno espectáculo de sus glúteos, pero la detengo antes de que salga.

Le debo una compensación por dejarla en Brent, ya que, por supuesto, nunca me disculparé con ella. Tomo la caja de terciopelo negro que no utilizaré y se la entrego apenas mirándola. Su sonrisa se ensancha. Me observa con curiosidad y señalo la caja con la mirada para que la abra.

—¡Querido! —su mirada oscila entre mí y el collar. Le encanta recibir regalos caros, ya sean de su padre o míos—. ¡Es precioso!

No me lo avienta a la cara como Emma. En su lugar, Alesha pasea su mirada codiciosa por la joya y parece una niña mimada cuando se lo sobrepone en el cuello, ansiosa.

—Ahora es tuyo —me levanto de mi lugar y un segundo después la tengo frente a mí.

—Me encanta que hayas pensado en mí, me habías tenido muy olvidada —miro su boca un segundo y le permito acercarse. Sus labios se posan sobre los míos con ganas, aferra sus manos en mi nuca y, con la experiencia de años, me relaja. Su lengua busca entrar, entonces el beso se torna perverso.

Subo mi mano por su cuello, estrujándola con fuerza. La toco como sé que quiere y la aparto unos segundos después, acalorada y satisfecha.

—Me muero por usarlo, todas las mujeres de alta sociedad me envidiarán —mira el collar otra vez—. Sólo necesito un evento importante para lucirlo.

La miro con la cabeza ladeada. No me interesan esas cosas.

—Iré a The Grapevine. ¿Tienes planes para la comida?

Su sonrisa se ensancha aún más, me tiene de regreso a su lado, el lado cómodo.

—Ninguno.

—Entonces vamos, te quiero de compañía.

—Volvemos a la normalidad finalmente, como tanto me gusta —asiente ansiosa y me sigue como siempre. Pasamos por el ascensor y, antes de salir a la entrada donde Ethan me espera, veo a un hombre entrar en la recepción.

—Bienvenido a Hilton & Roe —le dice la mujer de traje—. ¿Podría permitirme una identificación para proporcionarle una tarjeta de acceso?

Lo veo sonreír de lado.

—No será necesario. Emma Brown sabe quién soy —sus palabras logran captar mi atención por completo. Me detengo y observo con atención sus rasgos.

Su cabello es rubio ceniza. El tipo es grande, pero su mirada no me produce confianza y menos el tono en el que dijo el nombre de Emma. Por curiosidad, observo sus movimientos y con el ceño fruncido me acerco a la recepcionista.

—Querido —la voz de Alesha me hace girarme—. ¿Nos vamos? Me muero de hambre.

—Ve al auto y espérame un momento —abre la boca para objetar algo, pero la ignoro y me acerco a la recepción. El hombre ya no está y, aunque miro en todas direcciones buscándolo, no lo veo.

—¿Quién era el hombre que estaba aquí hace unos minutos? —la mujer casi me mira con terror y cambia el tono de voz.

—Señor Roe —inclina la cabeza de forma ridícula.

—¿Hablas?

—Sí, señor —vuelve a inclinarse—. El caballero buscaba a la señorita Brown, pero ella no se encuentra, así que le dejó un pequeño recado.

La miro tomar un pequeño adhesivo blanco del borde de su escritorio.

—Se llama Seth —lee.

—¿Seth qué? —la insto a seguir, ese nombre no me dice nada.

—Es todo lo que dijo, Seth, no hay apellido ni referencia, dijo que ella lo llamaría —vuelve a poner el adhesivo, pero no se percata de que el pequeño papel cae al suelo y tampoco se lo hago saber.

Si venía a verla, la llamará.

—De acuerdo —asiento terminando con el miedo de la mujer y camino hacia la salida para reunirme con Alesha.

· · ·

Dejo a Alesha desnuda sobre el sofá. Jadea después de masturbarse para mí hasta correrse. Me termino el vaso de whiskey escocés que me sirvió y el alcohol quema mi garganta mientras meto mis dedos en su vagina, complaciéndola y prolongando su orgasmo.

Es una astuta, le ofrecí una comida y me arrastró hasta su apartamento en lugar de regresar a la oficina. Lame los dedos que le metí y la miro, ya duro.

—Levántate —le digo bajándome la bragueta y, aún jadeante, se pone frente a mí—. De rodillas.

Sigue mi orden sin chistar. Mi erección salta afuera, ella abre la boca, se relame los labios gustosa y le da dos lamidas a la punta haciendo que deje mi porro a un lado.

—Te complazco más que Emma, ¿no es así? Dime que soy la única que atrapa la mitad de tu miembro en su garganta —una de las comisuras de su boca se levanta antes de que me acerque por completo.

Me detengo a medio camino y la miro muy serio. Abre la boca otra vez y se inclina para recibirme, pero no me muevo de donde estoy. Lo que dijo me regresa a la habitación, con ella de rodillas. Su cabello rojo se pega a una de sus mejillas.

—Estoy lista, amo —frunzo el ceño por ese absurdo sobrenombre con el que me llama. No entiendo por qué lo utiliza si sabe que lo odio. De pronto, su voz se vuelve irritante y mi dureza disminuye como con las alemanas—. Ya no hablaré más, aliméntame —vuelve a abrir la boca, pero guardo mi miembro en su lugar.

Acaba de joderlo todo. Su mirada se ensombrece y se levanta antes de que me vaya.

—Alexander —dice desesperada y camina detrás de mí—. No te vayas, fóllame —se abalanza sobre mí.

La miro fijamente.

—Ya no me excitas, Alesha.

Salgo igual que como llegué y subo al auto con la puta erección abajo. Estoy tenso; llevo ya varios días sin poder descargarme y eso le está afectando a mi miembro. Necesito provocarme otra erección, saciarme de alguna manera, o voy a perder la cabeza.

—Al Score —le digo a Ethan.

En cuanto entro al Score, me preparo para bajar a mi gimnasio, el cual se encuentra en la parte del fondo de mi piso de dos plantas. Me enrollo la cinta negra en las manos y pongo música a tope con el control remoto. Por un momento, me recuerda al gimnasio barato adonde iba Emma y entonces comienzo a golpear el saco.

Mi puño rebota y mi hombro se sacude, pero vuelvo a atacar. Los golpes siguen y siguen sacudiendo con fuerza el saco de un lado a otro. El dolor en mis nudillos no tarda en aparecer junto con la sangre y las cortadas, pero eso no me detiene; más bien, es mi puta motivación.

La pelea y el combate, la sangre y la muerte, corren por mis venas desde pequeño, y lo disfruto tanto… *sé arquitecto, por supuesto*. Sonrío de lado con perversión por el sarcasmo de mi propia mente.

Firmaré un nuevo contrato en alguna otra parte de Londres, negociaré con otros inversionistas importantes y mis hoteles arrasarán antes del fin de año. Sonrío como un hijo de puta perdiéndome en mi trabajo mientras sigo golpeando.

Una hora más tarde, Ethan aparece con ropa deportiva, mostrando sus músculos. Aún se mantiene en forma a pesar de haber dejado el ejército.

—Hace tiempo que no ha estado en las jaulas, no parece competencia para mí —dice.

Lleva un *Jo* de madera para entrenarme. Me quito la camiseta empapada y la lanzo al piso.

—Tómalo con calma —digo.

Desliza su pie con un movimiento rápido y bien calculado, y enseguida me golpea en la columna y en el muslo, casi tumbándome. Una sonrisa irrumpe en su rostro y alza el *Jo* en posición firme.

—¿Tan rápido y ya en el suelo?

—Te mataré, escoria —mi rabia sale a flote y me lanzo contra él.

Emma

—Tranquila —dice el médico, amigo de la doctora Kriss, mientras se retira la mascarilla blanca y los guantes de látex antes de tirarlos al cesto de basura—. No pasa nada si no quieres remover con láser las marcas hoy.

La doctora Kriss nos mira a lo lejos con preocupación. Aceptó quedarse conmigo durante la sesión como apoyo moral porque yo sentía miedo y ahora estoy avergonzada con ella. Me levanto de la camilla con la piel hormigueando mientras el doctor guarda el láser pequeño. Envuelve mi mano con una venda blanca mientras lo miro en silencio como en cada sesión.

—Lo siento.

—No pasa nada, lo haremos cuando estés lista, no vamos a forzarte ni a juzgarte. Nadie puede obligarte a hacer nada que no quieras —me regala una sonrisa tranquilizadora y la doctora Kriss también.

Asiento y permito que termine de colocarme la venda sobre la piel enrojecida. Quiero llorar, pero me controlo.

—Éste es un medicamento que puedes tomar en caso de que presentes dolor las próximas cuatro horas, aunque en realidad no te realicé el procedimiento completo —sale del consultorio y la doctora Kriss prescribe mi receta y me entrega mi siguiente caja de anticonceptivos.

—Trataré de nuevo en unas semanas y las veces que haga falta —tomo ambas cajas, pero no puedo sonreír de vuelta a pesar de que me dedica una mirada comprensiva.

Me despido de ella y, cuando salgo del consultorio con mi bolso en mano, Cora se levanta del asiento y camina hacia mí.

—¿Tan rápido terminó?

Sacudo la cabeza.

—No pude —alza las cejas—. Tenía muchas cosas en la cabeza. Hoy fue un día muy difícil para mí… simplemente no pude, tenía mucho miedo —suspiro—. Vámonos.

Asiente sin decir nada y salimos del hospital.

—No pasa nada, lo sabes. Ya lo harás cuando te sientas lista, ese médico también lo sabe, nunca te ha presionado.

Asiento. Tenía la cabeza llena de cosas y, cuando el láser tocó mi piel, el miedo me invadió como las otras veces, sobre todo después de lo que ocurrió en Brent, cuando Seth dijo que vendría por mí y por las constantes llamadas de Sawyer a mi nuevo número telefónico. *¿Tendría sentido quitarme las marcas cuando él podría volver a dejarlas?*

—Luke ya está en la ciudad, se compró un apartamento en la zona céntrica, ¿qué te parece si lo visitamos? Sería increíble —dice Cora para aligerar el ambiente cuando entramos en mi Mazda.

Hago una mueca que la hace reír.

—Luke no es de mis personas favoritas —resoplo.

—Si no vamos nosotras, él irá a nuestro apartamento sin avisar. ¡Espera! —abre la boca—. ¡Ya lo tengo! Hagamos una cena en casa y lo invitamos.

De eso nada.

—Alto ahí, no lo quiero rondando por mi hogar, vayamos a verlo hoy mismo. Pon su dirección en el navegador antes de que me arrepienta.

Si no lo hago, es capaz de cumplir su amenaza y no le tengo mucho cariño como para abrirle la puerta a mi privacidad. Mi apartamento podrá ser pequeño, pero es mi santuario y no lo infectará con su mal humor y arrogancia.

La música de Bon Jovi nos envuelve mientras sigo la ruta que el GPS nos indica y llegamos a una gran zona de edificios por el centro de Londres, en la avenida Siete.

La recepcionista nos permite el acceso como si nada porque reconoce a Cora y al final aparecemos frente a una puerta negra con el número veintisiete en color dorado. Cora toca el timbre, muy ansiosa, y los pasos de Luke resuenan antes de que la puerta se abra.

Con el cabello negro largo atado en un moño desigual en la parte trasera de su cabeza y con una camisa azul semiabierta, Luke abre la puerta.

—¡Sorpresa, guapo! —dice Cora y de un salto ya está estrechándolo en un abrazo.

Los enormes brazos de Luke aprietan el pequeño cuerpo de Cora por la espalda y le regala una sonrisa perfecta.

—Ya te extrañaba, *pastelito* —su cabeza queda apoyada en la de ella y, cuando le besa la mejilla, se queda pegado a ella todo el tiempo que quiere.

—Bienvenido a Londres, Luke —sonrío cuando suelta a Cora.

—Gracias, Emma, sé que haces un esfuerzo por venir a visitarme —inclina la cabeza a modo de saludo—. Pero no se queden afuera; adelante, por favor —se aparta y entramos al lujoso apartamento.

—Es acogedor. La reina podría vivir aquí —susurro cuando Luke va por nuestras bebidas—. Me pregunto si el dueño del edificio estará loco como para haber aceptado vendérselo.

Cora me da un pequeño golpe con el codo y me ahogo con mi risa. Luke regresa con nuestras bebidas y ella disimula con una sonrisa.

—Ya hablé con la galería sobre la exposición y está todo listo para el gran evento.

—Ayer revisamos los últimos detalles con una de las asistentes, pero me gustaría que lo checaras antes de que preparen todo, confío en ti por completo.

—Por supuesto, *pastelito* —le guiña un ojo y vuelvo a atragantarme con ese sobrenombre.

Cora me mira conteniendo su propia risa y Luke centra su atención en mí.

—¿Cómo está la familia, Emma? —pregunta desde su asiento.

Mi buen humor se desvanece. Ésta es una de las razones por las que no simpatizo con Luke: me conoce y conoce a Sawyer Taylor.

—Mi única familia está aquí, frente a ti —señalo a Cora—. Así que está bien, pero si te refieres al señor Taylor, supongo que tendrás que llamar a su compañía para saberlo porque yo no tengo idea y honestamente tampoco me importa —bajo la voz al pronunciar la última parte, como si fuera un secreto.

El rostro perfecto y atractivo del hombre maduro se rompe en una sonrisa.

—Prefiero no llamar, porque a mí tampoco me importa, sólo lo pregunté por cortesía —dice en voz baja igual que yo y mi humor traicionero suelta una risa, aunque de inmediato trato de disimularla con mi café, sin embargo, él nota que acaba de hacerme reír.

—Cora, será bueno para tu carrera que asista gente importante a la exposición. Mañana revisaré la lista de invitados y veremos si podemos impresionar a unos cuantos cazadores de arte.

Los ojos de mi rubia favorita se iluminan.

—Eso espero, aunque por mi cuenta ya tengo un par de invitados excepcionales que te vas a morir cuando los conozcas.

—¿Ah, sí? Háblame de ellos —la mira con curiosidad y yo también. No me había hablado de eso.

—Uno de ellos es el dueño de la cadena hotelera más grande de Londres: ¡Alexander Roe! —dice con una sonrisa. Las cejas de Luke se alzan y yo me atraganto con mi café—. Emma trabaja en su empresa y tuve la oportunidad de conocerlo, aunque de forma un poco más personal —carraspea—. Digo, profesional, lo conocemos de forma profesional.

—El dueño de Hilton & Roe —dice asombrado—. ¿En verdad lo conoces? —muy a mi pesar asiento—. Tendrás que presentármelo, sus hoteles son increíbles, he leído artículos sobre él, pero no creí que le interesara el arte.

—Es un hombre con presencia —dice Cora y sus ojos se abren más.

—No voy a presentártelo, Luke —siguen parloteando sin prestarme atención—. ¡No voy a presentártelo! —grito y se detienen—. Es mi jefe, no mi amigo, ni mi socio —Cora oculta una sonrisa. ¿A qué viene eso?—. Si asiste a la exposición a la que yo no tenía ni idea de que estaba invitado, lo verás de lejos, siempre lleva seguridad a todos lados.

—Tenerlo unos metros cerca será bueno para llamar la atención en la galería, eso será más que suficiente —me sonríe.

Seguimos conversando un rato más y, cuando finalmente salimos del apartamento, miro a Cora con los ojos entornados.

—¿Pensabas decirme que lo habías invitado a tu exposición?

No pregunta a quién porque sabe que hablo de Alexander.

—Tal vez.

—¿Cuándo?

—El día del evento —se encoge de hombros.

—¡Coraline! —su risa retumba en mis oídos y saco las llaves de mi Mazda cuando salimos a la acera.

—*Sexy*, no podrás evitarlo toda la vida. Bennett es tu amigo y habrá reuniones en su casa, quizá, como la celebración a la que nos invitó con la parlanchina de Alicia y Adam.

—Odio que tengas razón —suspiro sin querer arruinarle el momento—. Aunque él vaya, yo también estaré para mi mejor amiga —le guiño un ojo.

—No puedes faltar si quieres ver tu sorpresa —camina hacia la puerta del copiloto.

—Me pregunto qué tan loco será mi cuadro —levanto la mirada mientras ella entra al auto y, a lo lejos, veo al hombre de calvo de hace días.

Lo reconozco de inmediato, es el que ha estado siguiéndome. Me subo rápidamente al auto, coloco los seguros y me pongo en marcha con un escalofrío.

—¿Todo bien? —pregunta Cora percatándose de mi expresión.

Sacudo la cabeza, pero antes de contarle que alguien me ha estado siguiendo durante estos días cambio de opinión porque no quiero afectar su buen humor. No puedo preocuparla, está muy emocionada por su exposición. Lo platicaré con Adam, él ya lo sabe. En ese momento, se me ocurre tomarle una foto al hombre para denunciarlo, pero corre por la acera y se mete a una tienda de cigarrillos.

Miro el número de marcación rápida de mi celular. Alexander me dijo que debo llamarlo, pero confío más en la policía que en él.

—Todo está bien —digo y la luz verde cambia a roja, deteniéndonos.

Capítulo 29

Emma

—Tienes que admitir que Luke es simpático y que su humor ha cambiado, ahora es más liberal.

—Si tú lo dices, "pastelito" —me atraganto con mi risa y Cora me mira indignada—. Me pregunto qué pensará Bennett sobre ese curioso apodo y las miradas coquetas que tu agente te lanza de forma no profesional.

—¡Son miradas amables! —repite igual que siempre, pero ambas sabemos que no es así—. Además, Bennett no tiene nada que decir porque somos compañeros de sexo, no estamos saliendo ni nada por el estilo.

—Tú no tienes de esos compañeros, no te autoengañes; además, Bennett es demasiado tierno para eso.

—¿Y qué quieres que le diga? El hombre es como su hermano, no parece del tipo que saldría a citas, para eso mejor puedo buscar a ese adorable chico que conocí en el restaurante al poco de tiempo de venir aquí en cuanto se termine lo de Bennett.

—Eso es un hecho, no me imagino a Alexander en una cita, pero con Bennett puede ser diferente, él es más abierto, caballeroso y divertido. Sin embargo, tampoco lo lleves al extremo, es uno de mis únicos amigos en la empresa, además me gustan sus flores.

—A mí también me gustan su compañía y su amiguito.

—¡Cora! —miro hacia el pasillo mientras abro la puerta.

El olor de los rollitos de canela que dejó en el horno flota en el aire.

—¡Oh, Dios! —sale corriendo hacia la cocina—. ¡Los olvidé!

—Al menos apagaste el horno, si no, tendríamos a los bomberos aquí y una factura carísima por pagar —me río.

Se coloca el guante de cocina y saca con cuidado la charola repleta de bocadillos demasiado tostados como para comerlos.

—Mi memoria está atrofiada últimamente, así que no puedes culparme. La exposición me tiene muy ansiosa.

—Lo sé, los nervios ni siquiera te dejan dormir —sonrío y me acerco a ella, pero, a medida que me aproximo, mi sonrisa se desvanece.

Mi nariz se arruga y siento una arcada repentina por el olor del postre quemado.

—Toma uno, pero con cuidado porque están calientes —dice, pero yo ya estoy en camino al baño.

Abro la puerta de golpe y me dejo caer sobre las baldosas mientras vacío el contenido de mi estómago en el inodoro. Respiro hondo, pero al instante una arcada más grande me golpea.

—*Sexy*, ¿estás bien? —Cora me sostiene el cabello preocupada mientras cierro la tapa del inodoro y tiro de la cadena.

Asiento, pero sin hablar; respiro de manera entrecortada y todo me da vueltas. Me levanto con cuidado y me lavo la boca sintiendo nuevas arcadas. Por el espejo observo mi rostro pálido, me veo y me siento fatal.

—¿Qué sucedió?

—No lo sé —me recargo sobre la pared y recupero el ritmo de mi respiración—. Debió ser algo que comí o el estrés, hoy tuve un día muy agotador, siempre me olvido del desayuno.

Cora me mira en silencio.

—Necesitas un buen té para eso. Recuéstate, que yo te lo preparo.

Esta vez no protesto, sólo asiento y voy a mi habitación quitándome los tacones en el camino. Casi nunca tengo problemas estomacales, incluso puedo contarlos con la mano. No puedo creer que me esté ocurriendo esto antes de la exposición.

—Toma —Cora aparece con una taza humeante y me la entrega—. Bébelo despacio.

—Creo que el restaurante al que me llevó Alicia es muy malo, aunque sólo pedí salmón.

—Nunca confíes en la comida inglesa. ¿Recuerdas la vez que comimos almejas en ese restaurante carísimo por la fiesta de nuestra graduación?

Sonrío débilmente.

—Terminamos dos días en el hospital.

—Y nos perdimos el viaje estudiantil.

Nos reímos juntas y se recuesta a mi lado.

—Hemos pasado muchas cosas juntas y mira dónde hemos terminado —señala la taza—. Lo seguimos haciendo.

—Es bueno tenerte aquí —la abrazo—. Hoy fue un día muy largo, fui al *New Times*, tuve un mareo, traté con los abogados de Vinils, después de tener que…

—Espera, espera —me detiene y se incorpora—. ¿Tuviste un mareo?

—Son los tacones.

Suelta una risa y luego se pone seria.

—*Sexy* —mira la taza en mis manos y luego fija la vista en mí—. Un mareo, náuseas, ¿sabes lo que eso significa? —sacudo la cabeza distraída y bebo otro sorbo de mi té—. Pueden ser síntomas de un embarazo.

La miro fijo y un segundo después mis hombros se sacuden con mis carcajadas. Me río con ganas como nunca, hasta se me saltan las lágrimas, pero, cuando la veo seria, me detengo.

—Lo digo en serio.

Sacudo la cabeza.

—No —me levanto de inmediato—. ¡No! ¡De ninguna manera! ¿Cómo voy a estar embarazada?

Se pone la mano bajo la barbilla como si lo estuviera pensando.

—Según la biología y mi lógica, si sumamos dos más dos… ¡Te acostaste con Alexander Roe!

Vuelvo a sacudir la cabeza. *No. No. No.* Él… yo… *Joder*, me golpea la realidad de que, en la mayoría de nuestros encuentros, no usamos protección.

—No —camino por la habitación y abro el cajón de la mesita de noche. Saco una caja blanca y se la pongo enfrente—. ¡Pastillas anticonceptivas! Hoy he tomado la última píldora y ya tengo una caja nueva, así que aquí dentro… —me toco el vientre— sólo están mis intestinos.

—¿Y si no?

—¡Por Dios, Cora! No hagamos de esto un lío más grande, no estoy embarazada, debo tener anemia por olvidar desayunar la mayoría de las mañanas.

Toma la caja de mis manos y cuenta. Cuento con ella y suelto un prolongado suspiro.

—Tengo todo en regla —las guardo en su lugar y coloco la nueva caja que me dio la doctora Kriss.

—Pero ¿tienes la regla?

—No —sus ojos se abren con horror—, porque todavía no me toca y ya fue suficiente. No estoy embarazada y, si lo estuviera, el último hombre de la Tierra al que elegiría para ser el padre de mis hijos sería Alexander Roe.

Levanto las manos para aclarar el punto. El hombre es un gruñón, dominante, obstinado, con un carácter de los mil demonios, así que una versión pequeña de él sería como el karma de cualquier mujer.

—Está bien, simplemente fue una alerta porque los accidentes existen. Ya sabes lo que dicen, la píldora puede fallar por muchas razones, antibióticos, alcohol —camina hacia la puerta, pero me mira sobre su hombro una última vez—. Estás tomando medicamentos, ¿no es así?

Le arrojo una almohada que la hace reír. Quiere ponerme nerviosa, pero no lo logrará, soy muy consciente de mi cuerpo. Me miro al espejo a lo lejos y sacudo la cabeza con una sonrisa. Aquí dentro no hay nada y menos una miniversión de Alexander Roe.

. . .

—Me voy a la oficina —le digo a Cora mientras salgo del apartamento.

—Trae a Bennett a cenar cuando regreses —me lanza un beso y bajo por el ascensor.

—Señorita Brown —dice el hombre mayor que se encarga de la recepción con una mano levantada para llamar mi atención.

—Buenos días, ¿en qué puedo ayudarlo? —le sonrío.

—Ayer por la tarde le trajeron este pequeño paquete, pero no era una compañía local, por eso no trae sello.

Tomo la caja de cartón, que es como del tamaño de un libro, y la miro por todos lados.

—¿La persona que la trajo no le dijo de dónde provenía?

—No, el caballero dejó el paquete para usted y se fue sin dejar propina.

¿Caballero?

—¿Al menos le dijo su nombre? —niega con la cabeza. Es tan irresponsable, él no puede recibir un paquete así. Aquí no hay tanta seguridad como me habría gustado—. Gracias, pero, si la próxima vez no hay datos del remitente, prefiero que no acepte paquetes de extraños.

No tengo tiempo para llevar el paquete al apartamento, así que lo abriré en la oficina. Me subo a mi Mazda y me sumerjo por las calles de Londres con la curiosidad intacta. Mi mente sólo piensa en verificar si tengo anemia o algo más…

—Alicia —le dedico una sonrisa que me devuelve al instante.

—Buenos días, Emma, tienes todo el trabajo de hoy en tu escritorio.

Entro a mi oficina con el paquete en la mano y, mientras mi ordenador comienza a encenderse, abro la dichosa caja. Me cuesta un poco porque tiene cinta adhesiva por todos los bordes. Primero veo unos recibos, pero no tienen mucho sentido, son de la compra del paquete.

Saco lo demás y me percato de que es el periódico local envuelto por todos lados. Debe ser un error de entrega. Pongo los ojos en blanco y tiro la caja al cesto de la basura, pero algo cae del fondo. Lo recojo y veo que es un folleto turístico.

Con el ceño fruncido le doy la vuelta. VISITE TRAFFORD. Es un tríptico turístico de Trafford. COMPAÑÍA TAYLOR A SU SERVICIO, se lee en la primera página. Mi respiración se torna irregular, pero bebo un poco de agua para controlarla. Esto no significa nada, es un tríptico nada más.

Sin embargo, no puedo dejar de pensar que es un tríptico de Trafford, asociado con la compañía de mi padre, y que el paquete fue entregado para mí. Un par de golpes resuenan en la puerta y Adam asoma la cabeza. Tiro el papel a la basura y le indico que puede entrar.

—Te ves fabulosa —miente, porque sé que sigo pálida por mi vómito matutino, pero me regala esa sonrisa suya tan característica—. Anoche quería ir a ayudarte con lo de Birmingham, pero el señor Roe me encomendó demasiado trabajo; incluso dudo que pueda ir a casa esta noche.

—No te preocupes, ya casi tengo todo listo, lo único que necesito es que el señor Jones le dé el visto bueno para hacer la negociación con los periodistas —se sienta frente a mí y ahora sí puedo ver las bolsas debajo de sus ojos. Luce peor que yo—. ¿Tan mala fue tu noche?

Asiente agotado.

—Como te dije, mucho trabajo. Al menos me satisface saber que el señor Roe pudo disfrutar su noche sin problemas, se veía ansioso por irse con la señorita Smith.

—¿Ah, sí? —trato de no parecer interesada y asiente.

—No soy ciego, se deshicieron de mí para darse el lote juntos y, cuando llegaron húmedos y sonrientes esta mañana, supe que mi trabajo había valido la pena —se ríe, pero no le encuentro humor a lo que dice.

—Pues no debería cargarte de trabajo sólo para que él pueda darse un atracón con su amante toda la noche —digo molesta.

—Ya sabes cómo son los empresarios, ayer le dedicó toda la tarde y hoy ya la agendó de nuevo. Se ve que esta vez su relación va en serio, yo creo que en cualquier momento le da el anillo de compromiso, apuesto lo que sea —sonríe. Parece alegre de verme enojada—. En fin, ¿qué dices si comemos juntos?

Se fue con ella toda la noche. Odio sentirme molesta por eso y porque Adam sugiera que van a casarse. Le vendría bien a don gruñón y su genio de mierda.

—Está bien, comamos juntos.

—Vendré por ti, necesito que agendemos una cita no laboral —me guiña un ojo, pero sigo enojada como para sonreírle—. No quiero ser cotilla, pero pareciera que estás molesta porque el señor Roe se fue con Alesha Smith toda la noche, ¿es así? —su pregunta no me gusta.

—¿Por qué debería molestarme lo que hace el jefe?

—No lo sé, tú dímelo.

Entorno los ojos, mostrándome más enojada de lo que debería. Sólo estoy quedando en evidencia respecto al tema.

—Si sigues indagando en mi vida personal y maquinando conclusiones innecesarias cambiaré de opinión respecto a nuestra cena.

—¡No! —se disculpa repetidas veces—. Hablé de más, no quiero ofenderte, perdóname, soy un caballero.

—Tengo mucho trabajo, mejor vete —aparto la mirada.

—Lo siento, Emma —se disculpa de nuevo—. Lo que hagas en tu vida privada no es de mi incumbencia, mantendré la boca cerrada de aquí en adelante —sin decir más, sale de mi oficina, pero, por primera vez, no creo en sus buenas intenciones.

Alexander

Sacudo la cabeza de un lado a otro y después presiono mis sienes con fuerza. Entrenar con Ethan me ayudó a relajar los músculos, incluso dormí mejor que en días anteriores, pero esta jaqueca matutina aún persiste.

—¿Dolor de cabeza? —pregunta Bennett cuando entra a mi oficina con esa ropa casual que sabe que no me gusta porque incumple el código de vestimenta de la empresa.

Asiento y le señalo la silla frente a mí. El estúpido dolor de cabeza reapareció por la mañana. Ni siquiera ha comenzado del todo mi día y ya lo empeoró.

—Éstos son los diseños que tengo para los hoteles de Nueva York. Y mira el nuevo logotipo. Hice una combinación con destellos dorados para la semana de la inauguración y la fiesta de promoción. ¿Qué te parecen? Voy a dibujarlos en un cuadro 3D.

Miro los diseños, son excelentes.

—¿Cuándo te vas?

—En dos semanas. No lo estoy retrasando, es sólo que tengo que arreglar cosas importantes antes de mi viaje.

—Mantente en contacto con nuestras oficinas en Estados Unidos y, si requieres algo, Erick está disponible para viajar contigo. Conoce la estrategia de los accionistas, él negoció el contrato que nos ofrecerán.

—Lo hablaré con él —asiente—. Aunque dudo que quiera viajar, ha estado muy callado últimamente, y con la paliza que le pusieron en el bar, está con un pie en la oficina y otro en la tumba. Creo que el cambio de América a Londres le afectó las neuronas que no tenía.

—Sí, por eso quiero que te lo lleves, me harta verle la cara todo el maldito día —me reclino sobre mi silla.

Tal vez a ese viaje debería mandar al idiota de Tail. Es algo inútil, pero mientras más lejos de mí, mejor. Me he encargado de sobrecargarlo de trabajo, a ver si así tiene tiempo de seguir coqueteándole a Emma.

—Entonces, ¿qué dices, Alexander? —la voz de mi hermano me distrae.

—¿Sobre qué?

—Sobre lo que te hablé anoche de ir a la exposición de Cora para atraer a la prensa hacia el arte de la galería de los Pitt.

Lo miro malhumorado mientras recuerdo nuestra plática de anoche.

—Por si lo olvidas, tengo un departamento completo de publicistas y ninguno de ellos me ha sugerido que asistir a una exposición de mediana calidad sea bueno para mi imagen y la de mi empresa. Además —frunzo el ceño—, ¿tengo cara de comprador de arte?

—Tienes cara de puto cabrón —se levanta enojado—. Te recuerdo que también soy un Roe, así que pediré que asistan varios medios y mucha gente influyente.

—Nunca te ha gustado llamar la atención. ¿A quién quieres impresionar ahora? —lo miro con curiosidad.

Sin embargo, no me responde, sólo sale malhumorado, confirmando lo que ya sé: que le interesa tanto que la exposición sea llamativa y comentada porque se ha empecinado con la rubia. Sólo espero que ese amorío sea temporal y que no meta a Coraline donde no debe.

Por otro lado, si la exposición es tan importante para la rubia, todas las personas cercanas a ella asistirán. Pienso en mis opciones acariciándome la barbilla.

—Amelia —presiono el botón del altavoz y enseguida tengo a mi asistente en la oficina.

—Cancela mis compromisos del viernes en la noche, estaré ocupado en un evento de arte de los Pitt.

—Sí, señor Roe.

—Si Alesha ya llegó a la oficina, dile que me traiga los planos de Brent —dejo temas sin importancia de lado y me pongo a trabajar.

Asiente y sale de mi oficina. Una hora más tarde, Alesha entra cargando los dos planos de las reparaciones de Brent que hemos estado trabajando juntos con los programas de arquitectura virtuales. Huele a clavo y especias, es un aroma desagradable.

—Siento la tardanza, tenía asuntos por resolver y el tráfico me atrapó.

—Siéntate y muéstrame las modificaciones que hiciste.

—Podemos revisarlas más tarde si quieres, en mi apartamento. Tendré una botella de vino abierta.

—No, tengo una reunión importante con mis accionistas y me tomará tiempo.

Asiente, aunque la veo molestarse. Sé que sigue resentida porque la dejé ayer por la tarde. Abre los planos sobre la mesa y me señala cada uno de los detalles que mejoró para las reparaciones del estacionamiento que se derrumbó.

—Aquí —señala una parte—. No podemos reemplazar el muro o nos arriesgaremos a que ocurra otro accidente en la zona, pero, si lo movemos hasta aquí —señala otro punto—, te construiré un lugar reforzado.

Lo dice con tanta confianza que eso es lo que más me gusta de ella: su perfil ejecutivo.

—¿Estás segura? —la pruebo, aunque sé que cada detalle está perfectamente calculado.

—Por completo. Déjalo en mis manos, siempre he sido eficiente. Confíame el control total del hotel de Brent y de los otros hoteles ecológicos.

—Hazlo, tienes carta blanca para trabajarlos, confío en ti —la ayudo a guardar los planos, satisfecho de que hayamos encontrado un punto de equilibrio en el desastre que Logan causó.

—Señor Roe —el altavoz suena—. La señorita Brown le trae los reportes finales de Birmingham.

—Que pase —respondo y me pongo a trabajar en mis asuntos.

Dos minutos después un par de golpes resuenan y ella entra. La primera imagen me golpea con tanta fuerza que mi jaqueca aumenta. Trae una falda de tubo ceñida y una blusa blanca similar a la que le compré que apenas puede contener sus pechos. Sin embargo, luce muy pálida.

—Señor Roe, señorita Smith —saluda con menos entusiasmo que el de siempre.

—Señorita Brown —le regreso el saludo y me levanto—. Eso es todo, Alesha, puedes retirarte, te veré después.

—Claro, querido, te espero en casa otra vez —sonríe mientras se acerca y me besa en la comisura de los labios—. Adiós, Emma.

—Muéstreme los reportes —le digo en cuanto Alesha sale.

De forma casi automática se acerca y me entrega una carpeta con la mirada seria. Entonces me percato de que lleva una venda en la muñeca. Aparta la mano enseguida y recorro con mi mirada su otra muñeca.

No lleva venda, en esa sólo porta el reloj que siempre la cubre.

—Una sonrisa no le vendría mal, señorita Brown —la provoco y abro la carpeta.

Me mira con molestia, como siempre que no digo su nombre, pero no objeta nada al respecto. Veamos hasta dónde puede sostenerlo.

—No voy por ahí regalando sonrisas a todo el mundo, me gusta la exclusividad —responde tajante.

Tomo una respiración profunda. Ella y su boca imprudente.

—Hace bien porque su sonrisa es molesta la mayoría de las veces.

Abre la boca indignada y me contengo de reírme.

—Igual que la tuya, que ni siquiera me gusta —suelta y se gira para irse—. Cabrón —la escucho decir.

—¿Perdone? —dejo la carpeta sobre la mesa y se vuelve hacia mí—. Le recuerdo que soy el dueño de esta empresa y no permito que nadie me hable de esa manera —pongo la mirada seria—. Que sea la última vez que me insulta o tendré que despedirla, ¿entendió?

Sus mejillas, que no tenían color cuando entró, comienzan a enrojecerse, pero sé que es de coraje. Me preparo para la bomba que va a soltarme.

—¿Entendió o no? —insisto.

—Sí, señor Roe —me dice con una mirada asesina.

Que se contenga de gritarme me deja menos satisfecho que si me hubiera llevado la contraria, pero no insisto en molestarla más. Se dirige hacia la salida con los hombros rígidos, pero a medio camino se tambalea y se apoya en la pared con una mano para detenerse.

—¿Se encuentra bien? —pregunto con el ceño fruncido y, cuando no responde, me levanto preocupado—. ¿Quiere un poco de agua?

Asiente de espaldas y trata de caminar otra vez, pero vuelve a tambalearse. Respira hondo, sosteniéndose de la pared. Me acerco rápido a ella y la tomo del brazo para que mantenga el equilibrio.

—No me toques, estoy bien —trata de alejar mi brazo, pero no se lo permito—. Sólo fue otro pequeño mareo.

En cuanto la palabra "mareo" sale de su boca, abre los ojos como si se percatara de algo y su respiración se acelera.

—¿Qué te sucede?

No me responde, sólo mira hacia un punto fijo al frente, perdida en sus pensamientos. ¿Está por tener otro ataque de pánico? Respira entrecortadamente y luego me mira horrorizada de arriba abajo. Compruebo mi ropa, está impecable como siempre.

—No —dice sacudiendo la cabeza—. No puede ser, no contigo, tú no.

—Yo no ¿qué? —me ofendo sin saber qué le ocurre, pero su horror hiere mi ego—. ¿Qué te pasa? —dejo de lado mi enojo y se lo pregunto exasperado.

—Suéltame —su tono de voz cambia. Trata de zafarse, pero no la dejo y eso la enfurece más—. ¡Suéltame de una buena vez, Alexander! Tú serás el culpable de esto, maldito.

No entiendo de qué carajos habla.

—¿Qué hice yo? Tranquilízate, estabas mal hace un segundo y ya no tienes color en las mejillas.

—¡Ése es nuestro problema! ¡No! ¡Sólo es mi problema! —me grita a la cara y sigue forcejeando. Esta mujer se volvió loca.

—¡Ya es suficiente! —la retengo con más fuerza porque ni siquiera gritándome se ve bien físicamente. Sin embargo, ella es una obstinada de lo peor porque manotea para alejar mi mano y el hecho de que no me permita ayudarla me enfurece más—. ¡Dije que ya es suficiente, Emma!

No me hace caso y mi rostro arde por la bofetada que me da. Aprieto la mandíbula reparando en el escozor y ni eso la calma porque sigue intentando zafarse. En un movimiento rápido, la giro contra la pared y estrello mi palma sobre su trasero.

Su glúteo rebota y ella se pone sobre sus puntas aguantando el impacto.

—¿Qué estás haciendo? —me grita desafiante como siempre.

Vuelvo a bajar la mano, ahora con más fuerza, estrujando la piel un segundo como reprimenda por la bofetada que me dio y después me alejo.

—No vuelvas a abofetearme y dime qué coño te pasa —esta vez suelta un inconfundible gemido de dolor.

Ese simple y sensual sonido se me sube a la cabeza y la azoto de nuevo dejando mi mano sobre su trasero más tiempo del necesario cuando echa la cadera hacia atrás para recibir todo el impacto.

Después, como la pequeña seductora que es, vuelve a gemir, esta vez más agudo. Maldigo en voz baja. Mi miembro da un tirón y siento cómo el calor abandona mi cabeza y baja rápido, sin embargo, recuerdo que ella se siente mal y no quiere que la ayude.

Resistiendo mi propio impulso la giro y me inclino sobre ella hasta que nuestros rostros quedan a la misma altura. El color regresó un poco a sus mejillas. Está jadeando de manera brusca, levantando el pecho con cada respiración, y yo estoy a punto de perder el puto control.

—¿Terminaste o tengo que azotarte más?

Niega débilmente y su mirada baja hacia mi boca. Traga saliva con fuerza y, cuando sube la mirada, veo en sus ojos avellana que se muere por besarme. Las ganas de probar su boca y de darle lo que quiere me consumen, pero me alejo.

—¿Cuándo fue la última vez que comiste?

—No sé —responde en voz baja alejándose de la pared.

—Emma —le advierto.

—Anoche, ayer, no sé, he estado un poco enferma, no puedo comer nada.

Emma

—¿Anoche?

Me mira como si fuera una lunática, pero desde ayer mi estómago se siente como si no tolerara nada dentro. Por eso me salté las comidas tanto como pude, no quiero vomitar encima de mi escritorio.

—Ahora entiendo por qué estás así.

—Estoy bien —digo con decisión, pero es mentira.

Me reprende con la mirada.

—¡Deja de mentir, carajo! Estás pálida, débil y parece que te vas a desmayar —dice—. Ven —trata de moverme, pero sacudo la cabeza y me llevo la mano a la boca.

El calor de sus azotes disminuye y las arcadas vuelven. Tengo miedo de que, si abro la boca, termine ensuciando el suelo. Antes de que me percate ya está con la mano sobre mi frente comprobando mi temperatura.

—Estoy bien —digo en voz baja a través de mi mano.

—No, no lo estás —frunce el ceño—. Ve por tus cosas a tu oficina y sígueme —niego con la cabeza y se gira casi bufando por la nariz—. Si no vienes, voy a llevarte sobre mi hombro y todos nos verán, tú decides.

Lo dice muy en serio, por eso me obligo a despegar mis pies con cada paso. Salimos juntos de su oficina. Me cuesta seguirlo porque da pasos largos, incluso me detengo un par de veces, pero ni siquiera lo nota.

Pasamos a mi oficina un segundo para que tome mi bolso. En cuanto lo miran, todos apartan la vista. Respiro hondo intentando controlar las arcadas y salimos por el ascensor. Una de sus camionetas negras aparece en la entrada con Ethan al volante.

—Llévala a urgencias —le dice cuando se baja para abrirnos la puerta y luego se gira hacia mí—. Sube.

Miro la puerta horrorizada. No van a llevarme a un hospital público de ninguna manera, les tengo pavor a esos lugares con doctores no certificados que podrían recetarme un medicamento erróneo y cuyo equipo médico no posee la suficiente experiencia, como en Trafford; además, estoy en horario laboral.

—No puedo —sacudo la cabeza.

—Señorita Brown, tengo una reunión importante que atender con mis accionistas, así que suba al auto ahora mismo.

Sacudo la cabeza.

—No iré a un hospital público de ninguna manera.

Estoy enferma, pero no loca. Me giro para volver hacia la empresa, pero, antes de que pueda percatarme, ya estoy dentro de la camioneta con su cuerpo a mi lado y el auto en marcha.

—¿Qué estás haciendo? —lo miro con enojo mientras me coloca el cinturón de seguridad. No me responde.

—No iré a un hospital público, Alexander, así que bájame.

—Oblígame —dice tajante.

—No puedo dejar el trabajo ni mi tarjeta de empleado —digo mirando cómo nos alejamos—. Necesito mi tarjeta de empleado para que me atiendan —opto por ceder, ya que no hay escapatoria.

—Tarjeta de empleado —resopla como si la tarjeta fuera la cosa más ridícula del mundo sin reparar en lo que digo.

—Alexander, no tienes que… —me detengo cuando mi cabeza comienza a dar vueltas otra vez.

Me apoyo contra el sillón.

—¿Lo ves? Te encuentras mal.

—Escucha —digo con cuidado, tratando de negociar—. Hay un consultorio privado cerca, en Whitehall Street, ahí trabaja mi doctora familiar, déjame ahí.

—No —lleva el teléfono en la mano y teclea rápido.

¡Qué hombre tan desesperante, por Dios!

—No iré a un hospital público, Alexander. Sólo confío en la doctora Kriss, así que o me dejas ahí o te acusaré de secuestro.

—No te estoy secuestrando; además, Ethan puede atestiguar a mi favor.

Miro a Ethan por el retrovisor, pero el hombre no pestañea ni un segundo. Permanezco en silencio y miro por la ventana. Tendré que ir a ese horrible lugar, así que será mejor que me mentalice para eso. Ir a un hospital es fácil cuando vas de visita, pero no para atenderte.

De repente, me siento infinitamente pequeña en este asiento. ¿Y si esos síntomas sí son de lo que dijo Cora? *Oh, Dios, no.* Siento los ojos de Alexander clavados en mí, pero no puedo verlo, necesito salir de aquí. Sabrá del embarazo, no debe enterarse. Después de unos segundos, Alexander suelta un suspiro largo.

—Llévanos a Whitehall Street, Ethan.

Abro un ojo, sorprendida, pero él ya no me mira, tiene la cabeza fija hacia el frente con el ceño fruncido.

—Entendido, señor Roe —dice Ethan.

Se lo agradezco en mi mente y miro cómo pasamos por la avenida principal de Neal's Yard. He recorrido este camino en numerosas ocasiones, pero él no lo sabe. Aunque esta vez es distinto, me siento fatal. Cierro los ojos intentando controlar el mareo.

En cuanto me deje con la doctora Kriss, me haré un chequeo para averiguar a qué se deben estos malestares y volveré al trabajo.

—Gracias por traerme, señor Roe —me quito el cinturón de seguridad en cuanto el auto se detiene—. También gracias a ti, Ethan —le digo al grandulón y me bajo, pero otra puerta se abre al mismo tiempo que la mía y Alexander sale por ella.

Lo miro extrañada y un segundo después está a mi lado. No me pasa desapercibida la camioneta negra que nos siguió desde la empresa donde viene el resto de sus guardaespaldas.

—Te ayudaré a entrar.

—No es…

—¿Te llevo en brazos como niña pequeña, entonces? Estoy harto de que seas tan obstinada —me corta antes de que termine de hablar.

De mala gana acepto que me ayude a entrar al consultorio. Mientras avanzamos no pierde oportunidad de registrar con la mirada todo el lugar. Llegamos hasta la recepcionista de uniforme blanco.

—Buscamos a una tal doctora Kriss —dice antes de que yo pueda abrir la boca.

—¿Tienen cita?

—No necesito una jodida cita, soy Alexander Roe, billonario, influyente y poderoso —se impone sobre la pobre enfermera.

—Claro —nos regala una sonrisa, en especial a mí porque me conoce, y es evidente que él sólo le inspira miedo.

Hace una llamada rápida y asiente.

—Adelante, te espera por el pasillo a la izquierda, Emma.

—Gracias —le dedico una sonrisa y me giro para despedir a Alexander—. Gracias por traerme.

—Al parecer con usted no tengo otra opción porque nunca hace caso de lo que se le pide.

—No quiero discutir contigo, Alexander, no estoy en condiciones.

Aparto la mirada y me encamino por el pasillo. Toco la puerta y un "pase" me invita a entrar.

—Bienvenida, Emma —me sonríe la doctora Kriss y mira sobre mi espalda—. Y bienvenido…

—Alexander Roe.

Me giro y lo veo atrás de mí. ¡Me siguió!

—No vas a pasar conmigo —le susurro entre dientes, pero me ignora.

—Está enferma, apenas puede caminar, tiene arcadas, además de su evidente palidez y debilidad —le dice a la doctora Kriss como si yo no estuviera aquí.

—Yo no necesito que nadie… —me detengo cuando las arcadas vuelven con más fuerza que antes.

Cierro los ojos para controlarlas. No ahora, por favor.

—Está pálida, será mejor que la recueste en una de las camillas.

Asiento, pero, antes de que pueda moverme, estoy en el aire y el calor corporal de Alexander me envuelve. Abro los ojos mirándolo y sin poder resistirlo más permito que me lleve. Me incomoda que mire fijo la venda en mi muñeca.

Bajo rápidamente la mano y él aparta la mirada.

—Cuéntame tus síntomas, Emma, y cuándo comenzaron. Ayer te veías bien —la doctora Kriss ya está sentada frente a la camilla cuando Alexander me deja sobre ella.

Lo miro un segundo.

—¿Ayer estuviste aquí?

Lo ignoro para que no indague.

—He tenido arcadas desde ayer y me siento fatal con eso.

—¿Dolor estomacal? —niego con la cabeza—. ¿Dolor de cabeza? —vuelvo a negar.

—También he tenido… —lo miro por un segundo, pero su vista está fija en la placa de la doctora—. Mareos constantes —termino en voz baja.

—Mareos —repite ella en voz alta capturando la atención de Alexander, quien me mira con advertencia. Sólo ruego que la doctora Kriss no diga que podría ser sospecha de embarazo frente a él—. Te examinaré y después haremos un pequeño estudio para comprobar que no sea algo más —me guiña un ojo y comienza a palparme—. ¿Podrías esperar afuera? —le dice a Alexander—. Esto tomará tiempo, además tiene que desnudarse para el chequeo.

Resopla como si la petición de la doctora fuera absurda y la mira con una ceja arqueada.

—Ethan se encargará de regresarla a su casa en cuanto termine, señorita Brown.

—No es necesario, volveré a la oficina, tengo trabajo que hacer —me incorporo.

Me mira serio.

—En ese caso, me largo —dice y sale sin más.

La doctora no dice nada al respecto. Tampoco sé si su cara le resultó familiar. Me hace un chequeo general y después de casi una hora me reacomodo la ropa.

—Seré honesta contigo, Emma —me dice cuando me siento en su escritorio—. Lo más probable es que tengas una infección estomacal.

El alivio me recorre por todo el cuerpo. Yo sabía que no había nada de qué preocuparse, realmente fue hasta esta mañana que pensé en la posibilidad del embarazo.

—La mayoría de los síntomas coinciden, aunque tuvimos que realizar una prueba de embarazo por rutina para descartar esa opción —asiento—. Supongo que él es el involucrado en caso de tener un resultado positivo —asiento de nuevo—. Lo tomaremos con calma. Éstas son las pastillas que debes tomar cada seis horas. En un rato o a más tardar mañana el malestar se irá.

Tomo el pequeño frasco.

—Estas pastillas no afectarán la dosis de tus otros medicamentos, aunque el próximo mes ya no tendrás que tomarlos. Una última cosa, pueden provocarte un poco de sueño, pero sólo eso. Y nada de seguir saltándote las comidas, no quiero que padezcas un desorden alimenticio en unos meses, ¿de acuerdo?

—Entendido, muchas gracias por todo y siento no haber agendado una cita.

—No me lo agradezcas, me dijeron que un billonario malhumorado exigió entrar. Ten un buen día.

Salgo del consultorio con una botella de agua en la mano y tomo la primera dosis del medicamento, anotando mentalmente la hora. Tendré que buscar un taxi en la calle para volver al trabajo. Me acerco a la recepcionista para pagar mi consulta, pero me detiene en cuanto saco mi tarjeta.

—No es necesario, el pago ya está hecho. El caballero con el que venía se encargó de hacerlo y de dejarme este fajo de libras como propina —alza el dinero, sorprendida.

La miro confundida sin poder responderle algo razonable y salgo a la calle. Pagar por mí es un gesto que no tomaré, le devolveré el dinero de la consulta.

Camino a la acera para tomar un taxi, pero una de las camionetas negras se estaciona frente a mí y Ethan baja para abrirme la puerta.

—La llevaré de vuelta a la oficina, señorita Brown.

Suelto una risa irónica.

—Ethan, te lo agradezco, pero tomaré un taxi, no quiero abusar de tu trabajo.

—Creo que ambos sabemos que es inútil discutir conmigo, tengo órdenes y las cumpliré; además, el señor Roe ya no está aquí, por si le molestaba su presencia —dice en voz baja y me guiña un ojo.

Le sonrío de vuelta y me subo a la camioneta. Me mira por el retrovisor repetidas veces y me siento extraña de que me observe con tanta insistencia.

Paso el resto del día trabajando después de disculparme con Adam por haber faltado a nuestra comida, a la cual, por cierto, no me apetecía ir. Conforme han pasado las horas, me he sentido mejor, las arcadas han desaparecido e incluso ha regresado mi apetito.

Una bandeja de comida italiana sin remitente aparece en mi oficina y, cuando le doy las gracias al repartidor italiano, mi estómago gruñe. Al parecer, ya me encuentro mejor.

—*Ciao, bella! Buon appetito!* —la voz de Adam se escucha a mi espalda.

—¿Tú la ordenaste? —lo miro sorprendida—. Una comida que huele exquisito aparece en mi oficina de forma misteriosa.

Se encoge de hombros con las manos en sus bolsillos.

—Pensé que no podías quedarte con el estómago vacío. Has estado enferma y, aun así, no has parado de trabajar. Me preocupa mucho tu alimentación.

Mi pecho se estruja.

—Adam, eres el mejor.

—Antes de que me lo agradezcas, lo que harás será comer, ya no debes saltarte las comidas, vigilaré a cada momento que cumplas con tus horarios. Mi hermana tuvo un trastorno alimenticio y no quisiera verte en una condición así, de modo que, aunque me retires tu amistad, no te dejaré en paz, comerás a tus horas.

—Sólo si me acompañas —le sonrío.

Una sonrisa pícara tira de su boca.

—Estaré encantado.

Alexander

Me levanto de mi escritorio y tomo mi abrigo. Miro mi reloj: aún tengo tiempo suficiente para mi reunión con los accionistas y para la firma del contrato de Mánchester del próximo año.

—Me voy —le digo a Amelia—. Encárgate de llevarle este contrato a Blake para que lo revise y el otro a Erick.

—Sí, señor Roe.

Me coloco el abrigo sobre los hombros.

—¿Ordenaste la comida para la señorita Brown como te pedí?

—Así es, el restaurante italiano de lujo donde ordenó la envió hace poco más de media hora y fue bien recibida. Me encargaré personalmente de revisar sus horarios de comida y evitar que se los siga saltando.

—Perfecto.

Salgo por los pasillos, pero, antes de entrar al ascensor, mis pies se mueven hacia la oficina de Emma. Sólo estoy siendo educado. Necesito saber si comió o si rechazó la comida por ser una obstinada. Su alimentación no es un juego.

—¿Sí? —responde desde adentro y sale con sus cosas en las manos—. Señor Roe, ¿necesita algo? Estaba por irme, terminaré el trabajo pendiente en casa.

No me agradece en absoluto, lo cual no me sorprende.

—Veo que te encuentras mejor. ¿Pasaron las arcadas y los mareos?

—Sí —baja la cabeza—. Gracias por llevarme.

No es común ver su timidez. Me acerco poco a poco. Sus ojos se abren cuando me siente tan cerca.

—No se salte las comidas, no es una petición, es una orden. Tenga una buena tarde, señorita Brown —inclino la cabeza en señal de despedida y me giro para irme.

—Emma —dice a mi espalda—. Mi nombre es Emma.

—Buenas tardes, señorita Brown.

—Alexander —me detiene y se me acerca. Se planta frente a mí para que quedemos cara a cara. Sus ojos me miran con determinación—. No juegues conmigo.

—Nuestros juegos terminaron hace mucho, señorita Brown —a menos que lo haya olvidado, fue ella quien rompió la exclusividad y el acuerdo casual. Baja la mirada y me tenso.

—Al fin lo entiendes —dice.

Me inclino hacia ella.

—Sí, el acuerdo casual fue un desperdicio de tiempo —le digo conteniendo la rabia.

Me muero por besarla y hacerle perder el aliento, pero no la tocaré de nuevo hasta que la folle. Mi decisión es firme, pero esa mirada hambrienta que tiene me hace querer mandar todo a la mierda.

—Adelante —me aparto y señalo el ascensor.

Respira profundo y entra. Yo la sigo. Fija la mirada en las puertas como esa ocasión en la cual me provocó sin saberlo. Al igual que ese día, la observo con detenimiento, pero esta vez siento más que deseo, el enojo sigue aquí y no me fío ni de mí mismo.

Las puertas se abren y salgo con determinación. Hay un hombre en la recepción que no había visto antes, pero lo ignoro cuando camina hacia el ascensor.

—Ahí estás, mi *conejito* —dice el hombre a mi espalda justo cuando veo aparecer mi auto en la entrada.

Capítulo 30

Emma

Salgo detrás de Alexander con la mirada perdida hasta que veo a una persona en la recepción y me detengo bruscamente. *¿Alguna vez has experimentado la sensación de ser arrasado por un huracán de emociones tan grande que sientes cómo tu corazón palpita en tu pecho y te quedas sin aliento mientras se abre el infierno bajo tus pies?*

Porque eso es lo que yo siento ahora. Está de perfil, pero conozco bien sus rasgos desde Trafford. Es como si la traumática noche de hace unos años se repitiera frente a mis ojos, sin embargo, la venda en mi muñeca me recuerda dónde estoy. Quizás es una jugarreta de mi mente, he estado enferma y tal vez mis ojos me mienten.

Camino con cautela y veo a Alexander alejarse justo cuando el hombre gira la cabeza, permitiéndome observar por completo su rostro.

—Te extrañé tanto, mi *conejito* —dice con una sonrisa ladeada y uno de mis demonios ocultos regresa a la vida. Mi cuerpo se paraliza y ya no puedo moverme—. ¿No vas a saludarme? —comienza a acercarse a mí—. No me digas que después de tanto tiempo ya te olvidaste de los viejos amigos, Emma.

En cuanto mi nombre sale de su boca, me recupero de la sorpresa inicial.

—Tú no eres mi amigo —recalco—. ¿Qué haces aquí, Jaden? —pregunto apretando los puños y miro a mi alrededor.

El lugar está lleno, no estoy sola y mucho menos indefensa.

—Digamos que perdí contacto con mi querido Seth, así que pensé que tú podrías decirme dónde encontrarlo —dice Jaden, el mejor amigo de Seth. Es uno de los retorcidos que estaban esa noche cuando planeaban hacerme atrocidades y fue quien ayudó a Seth a encontrarme al día siguiente—. O tal vez podrías darme algo más que sólo su número de teléfono.

Me mira de arriba abajo mientras sigue sonriendo. No vino buscando a Seth, él debe saber dónde está, debe saberlo todo sobre él y vino con toda la intención, trabaja para él.

—No tengo contacto con él —digo entre dientes.

—Es una lástima —se acerca a mí hasta que queda a dos pasos de distancia—, porque sé que te está buscando y te va a encontrar, Emma. Bueno, de hecho, ya lo hizo —susurra en voz baja mientras levanta su mano hacia mi mejilla.

Me tenso por completo cuando se acerca más y el temblor de mis muñecas comienza poco a poco.

—No me toques o… —le advierto con un ligero temblor en la voz.

—¿O qué? —ignora mis palabras y se acerca más.

—O voy a sacar la mierda fuera de ti —responde una voz gruesa a nuestras espaldas.

Mi cuerpo reacciona al oírlo y un segundo después Alexander aparece a mi lado con los ojos verdes muy abiertos y la mirada seria y amenazante. Le saca más de una cabeza y media de altura por sus dos metros, y no se diga respecto a la robustez, porque Jaden nunca fue un tipo fornido.

Lo aparta de mí caminando hacia él un par de pasos.

—¿Perdón?

—¿Acaso eres sordo, criado?

Me tenso más que antes, pero eso no me importa en absoluto y me acerco más a Alexander. Me mira un instante y después su mano roza suavemente la mía antes de apartarse. Ese pequeño contacto es capaz de recorrerme todo el cuerpo.

—Creo que estás malentendiendo las cosas, amigo —carraspea—. No me he presentado —le dice Jaden acomodando su camisa barata con esa falsa sonrisa educada, como si aquí no hubiera sucedido nada—. Vengo de visita a…

—¿Me importa? —Alexander lo corta—. Lo único que veo es que estás incomodando a la señorita Brown, así que lárgate.

Jaden se ríe.

—Oye —levanta las manos sobre su pecho—. No sé lo que viste, amigo, pero no es lo que parece. Ella y yo somos buenos amigos desde hace mucho tiempo, estábamos hablando y tal vez vayamos a comer por ahí —me mira—. Díselo, Emma, dile que te irás conmigo.

Alexander me lanza una mirada rápida.

—No —respondo con seriedad.

—Ya la oíste, largo —le dice, tajante.

—No me iré sin ella —levanta la cabeza, desafiante—. Además, ¿tú quién eres para echarme de este lugar, hijo de puta?

¿Irme con él? ¡Jamás! La bestia de los ojos verdes yergue la espalda y me tenso porque de su interior emerge un porte oscuro que desconozco, como si fuera a matarlo… *¿Qué demonios estoy pensando?* Alexander mira a sus empleados como si cambiara de opinión al último momento, pues repara en que hay muchos testigos a su alrededor.

Hace un gesto con una de sus manos y dos hombres de seguridad se acercan de inmediato.

—Lo quiero fuera —ordena y se gira hacia mí—. Tú vienes conmigo.

Coloca una mano en mi cintura para alejarme de él. No protesto. Incluso si Jaden empieza a montar un espectáculo, nunca podrá contra esos hombres. En cuanto salimos, un alivio me invade, mi corazón sigue palpitando como si hubiera corrido un maratón y, sin pensarlo demasiado, tomo a Alexander del antebrazo.

Necesito tocarlo de alguna forma para saber que estoy bien.

—¿Quién era ese hombre?

—Él… no es mi amigo —es lo único que digo.

Asiente en silencio sin preguntar más.

—Mi Mazda —apenas digo cuando veo el auto de lujo acercarse.

—Ethan lo llevará —asiento y lo veo alzar las cejas. Seguramente esperaba que discutiera, pero necesito un segundo para calmarme después de esa inesperada visita.

Cuando Ethan nos abre la puerta, veo que Alexander le hace un gesto con la cabeza que no entiendo. Enseguida, Ethan alza su mano y observo que tiene un tatuaje similar al de Alexander, el tatuaje del lobo. El guardaespaldas asiente y lanza una mirada rápida hacia las puertas dobles de la empresa.

En cuanto cierra la puerta detrás de nosotros, dice algo por su auricular, pero no alcanzo a escuchar. Permanezco en silencio. Ethan ya no sube del lado del piloto, lo hace Matt. El auto arranca y una camioneta negra nos sigue.

Alexander continúa en silencio, mirando hacia el frente con el ceño fruncido. No sé lo que vio ni lo que escuchó, pero no puedo darle más vueltas a eso, aún no puedo recuperarme de la impresión de ver a Jaden aquí.

Eso es una mala señal. Seth está cerca, quiere empezar su juego perverso.

—Ordené que te llevaran comida a tu oficina —dice Alexander, sacándome de mis pensamientos—. ¿La probaste?

Abro la boca. ¿Así que él…? Pero Adam…

—¿La probaste? —insiste y su mirada se ensombrece—. Tus mejillas siguen pálidas.

Dudo que eso tenga que ver con la comida. Después de la visita con la doctora Kriss me he sentido mejor, sin embargo, lo ocurrido hace unos minutos acaba de arruinarlo todo.

—Sí probé la comida, estaba deliciosa —asiento y le doy las gracias en voz baja.

Estoy muy confundida. Por un lado, él volvió a cuidar de mí y, por otro, ¿Adam me mintió?

—Por cierto —tomo mi bolso—. No era necesario que pagaras la consulta —saco el dinero y se lo extiendo—. Fue suficiente con llevarme y esa propina… ¿Es tu forma de humillar a la gente?

Observa el dinero en mi mano y después aparta la mirada hacia la ventana, dejándome con la mano extendida.

—Tómalo.

—No.

—No es necesario que hagas todo esto, no soy tu responsabilidad; además, no estoy acostumbrada a que cuiden de mí —me mira con seriedad, como habitualmente hace. Después extiende la mano y toma el dinero.

Regreso a mi lado del asiento.

—A la casa de la señorita Brown —le ordena a Matt apenas mirándome. De pronto su celular comienza a sonar en su abrigo y lo saca—. Alesha —responde.

Permanezco en silencio. Ella otra vez. No es como que me importe que al final haya obtenido lo que quería. Mientras él habla, jugueteo con el borde de mi saco.

—Bien. Sí, ten todo listo, pasaré por ti más tarde. Sé cuidadosa.

¿Así que va a pasar la noche con ella? Lo miro de reojo. Me concentro en Jaden y en lo que sucedió para no pensar en el hecho de que Alexander estará con Alesha.

Jaden me encontró. Tendré que andarme con cuidado y decírselo a Cora. Necesito visitar la comisaría de inmediato. Seth podría… estar en un apartamento cercano al mío. Respiro hondo. No puedo quebrarme con la aparición de Jaden. Si están tratando de jugar conmigo, no les daré el gusto.

La policía de Londres sí me ayudará, no son como los corruptos de Trafford. Miro la venda en mi muñeca: si algo sale mal, haré que remuevan las marcas y cambiaré de apartamento. O tal vez debería… suspiro. *No, Emma. No tomes decisiones con base en tus emociones, no es bueno*, me recuerdo.

Cuando el auto se detiene en la acera, me apresuro a salir incluso antes de que Matt baje a abrirme. Camino dentro sin despedirme de Alexander, que aún está al teléfono, y miro a mi alrededor para asegurarme de que no hay nadie en la recepción ni por el ascensor.

Estoy a salvo todavía. Respiro hondo presionando el botón del elevador y una mano se posa en mi cintura. Me tenso, pero cuando una descarga eléctrica y el aroma mentolado recorren mis sentidos, relajo los músculos.

—¿Siempre suele irse sin despedirse? —dice Alexander mientras ambos oímos cómo el ascensor baja.

—Estabas al teléfono —me aparto de su toque—. No quería molestarte, pero gracias por traerme.

Espero que se vaya, pero no lo hace.

—Busco a Cora —dice a modo de explicación—. Espero que no le moleste que subamos juntos.

Ésta es la segunda vez que dice eso. ¿Para qué quiere verla? Lo miro fijamente, pero su expresión no me dice nada. Entro al ascensor sin responderle y sube también, manteniéndose en su lugar. El tiempo pasa más rápido de lo que pensé y logro mantenerme serena hasta que ambos salimos al pasillo.

—Adelante —digo abriendo la puerta de mi apartamento.

Sólo lo hago por educación; además, no soy el motivo de su visita, aunque eso me resulte un poco extraño.

—No es necesario, señorita Brown. Esperaré aquí en el pasillo.

Otra vez se niega a llamarme por mi nombre. Eso ya no me gusta; más bien, me molesta.

—Emma, mi nombre es Emma —lo corrijo, pero actúa como si no hubiera hablado.

—Señorita Brown, no tengo mucho tiempo, debo llegar a una reunión importante. ¿Podría decirle a su amiga que estoy esperando, por favor?

Lo dice muy serio y casi impaciente. Me golpea una sensación desconocida y desagradable. Está ávido por irse con cierta persona.

—Entonces, llámame por mi nombre.

Levanta la cabeza y clava sus ojos verdes en mí.

—No.

Nos miramos fijo. No sé cómo terminamos en esto, pero la distancia entre nosotros cada vez es más grande, o al menos para mí lo es. No va a ceder. Suspiro y lo miro una última vez.

—Llamaré a Cora —me pongo frente a él antes de entrar.

Si va a irse con la pelirroja, le dejaré un pequeño regalo para que esa arpía lo vea. Me acerco un poco más y antes de que pueda esquivarlo, le planto un beso húmedo en la mejilla dejando una marca de labial en su piel. Lo beso de nuevo y luego bajo hacia su barbilla para imprimir una mancha roja ahí también.

Me mira de reojo, descolocado por lo cerca que estamos.

—Hueles delicioso —susurro y su mirada baja hacia mis labios. Cuando sus ojos suben, lo veo con deseo antes de entrar al apartamento.

Dejo la puerta abierta sin saber por qué, o tal vez sí lo sé. Alexander entra de inmediato detrás de mí y siento su calor recorrerme la espalda después del sonido de la puerta cerrándose.

—¡Estoy en casa, Cora! —grito sin recibir respuesta.

Dejo las llaves sobre el pequeño mueble de la entrada como si nada y coloca sus manos a cada lado de mi cintura, pero sin tocarme.

Lentamente me giro hasta que quedamos frente a frente. Su mirada pasea por mi cara, pero no me acaricia. Estoy medio apoyada en el mueble. Se inclina poco a poco hasta que nuestros rostros quedan a milímetros de distancia y me relamo los labios con gusto.

Puede que necesite esto para olvidar lo que sucedió al salir de la oficina. Su mirada baja y, por loco que parezca, aunque no me ha tocado siquiera, mis mejillas ya están ardiendo.

—Al parecer, su amiga no está en casa —su aliento baila sobre mis labios y niego con la cabeza—. En ese caso, me voy —se aparta dejándome con las ganas de un beso—. Adiós, señorita Brown.

Lo miro, así como estoy, *decepcionada*. No va a besarme de nuevo, tampoco va a tocarme. Sé que es porque yo se lo pedí y, aunque me cueste admitirlo y mi cuerpo se niegue, esto es lo mejor.

—Buenas tardes, señor Roe —aparto la cabeza, confundida.

Se prepara para irse, pero antes de que pueda abrir la puerta un par de golpes resuenan.

—Soy yo, Emma, no encuentro la llave de repuesto que me diste —la voz de Adam se escucha en el pasillo.

Había olvidado que vendría a ayudarme con la lista de patrocinadores. Me sorprende lo de la llave, porque nunca le he dado nada. Veo a la bestia de ojos verdes tensarse por un segundo. Sonríe de lado y me mira una última vez.

—Quita esa mirada de deseo de tu rostro —dice en voz baja—. No creo que a Tail le guste verla sabiendo que estoy aquí.

Tiene la mirada seria.

—A Adam le gusta compartir —suelto antes de que pueda pensar bien mis palabras y se detiene de inmediato.

—Justo como a ti —lanza su daga.

—Y como a ti —levanto la barbilla.

Sonríe sin humor. Su gesto me molesta sobremanera. No sé qué le resulta gracioso si él se metió con la pelirroja en Brent.

—Disfrute su tarde con una buena compañía, señorita Brown.

Sale del apartamento y me acerco a recibir a Adam.

—Adam —Alexander lo saluda con un gesto de cabeza y camina hacia el ascensor.

—Señor Roe —dice Adam a su espalda, aunque parece no escucharlo—. Las listas de los patrocinadores —dice a modo de explicación en cuanto Alexander se va—. Las olvidaste en la oficina. No sabía que el señor Roe estaría aquí.

Miro la puerta del ascensor.

—Buscaba a Cora, mi amiga —carraspeo, aunque no tengo por qué darle explicaciones de lo que hacía él aquí—. Perdona, adelante —me aparto para dejarlo entrar; por un momento olvidé que Adam seguía en el pasillo.

—Tienes que llamar a los patrocinadores para asegurar su asistencia a Birmingham y, como no te vi muy bien durante el día, quise venir a ayudarte, si no te molesta.

Lo miro fijamente.

—Claro que no, eres muy amable —suspiro y recuerdo de forma vaga lo que dijo Alexander en su auto.

—En ese caso, manos a la obra —saca una de las listas—. La señora Pitt tiene un evento la próxima semana y estará fuera del país, así que necesitamos llamar a su asistente para agendar una reunión con ella.

—La llamaré mañana en la mañana. ¿Te ofrezco algo de beber?

—Un café no me vendría mal —sonríe y me encamino a la cocina.

Pongo la cafetera y, mientras espero, veo algo sobresalir de la bolsa de mi blazer. Lo saco y encuentro mi propio dinero, el que le ofrecí a Alexander. Suspiro largamente, no pelearé más con él por esto, saldré perdiendo.

—Alexander —sacudo la cabeza y regreso a la sala de estar con el café de Adam.

Me da las gracias y tomo asiento a su lado.

—Estaba pensando, ¿tienes algo que hacer el viernes en la noche? Tengo una cena con unos amigos y me encantaría que me acompañaras. Será una reunión de colegas.

—No puedo, lo siento.

—Es verdad, olvidé que no debía insistir en cosas así.

—No es eso, Cora tiene su primera exposición en una galería prestigiosa. Es en la de los Pitt el viernes por la noche.

—¡Eso es fantástico! —alza las cejas—. Ya hacía falta ver nuevas obras exhibiéndose en la ciudad.

Recuerdo que en Birmingham me habló sobre eso.

—Sí, es increíble.

—Cuéntame más sobre la exposición —se ve muy interesado y me siento feliz de que alguien se emocione por algo tan importante para nosotras.

—Como te dije, es la primera exposición de Cora en una galería prestigiosa y te juro que ella es una de las mejores pintoras que he visto.

—No lo dudo ni un segundo. ¿Irán muchos amigos?

—Sí —le sonrío—. Será muy especial ver ahí a gente conocida para darle ánimos y quitarle un poco los nervios —miro el sobre plateado que se encuentra en la mesa y me muerdo el labio con fuerza. Por fin, decido entregarle la invitación y la toma con entusiasmo.

—Sé que dijiste que tenías planes por la noche, pero tal vez podrías pasarte un momento.

—Esto es muy importante para ti, ¿verdad? —asiento en silencio—. La cena con mis amigos puede esperar, cuenta conmigo para ir y apoyar a tu amiga.

—No es necesario cancelar tus planes.

—Créeme que no les importará —se ríe—. Pero hay un pequeño problema.

Mi sonrisa se desvanece.

—¿Cuál?

—Según las reglas de etiqueta, a las exposiciones normalmente debe acudirse con acompañantes y no tengo un acompañante oficial para la noche —arruga la cara con pesar, aunque sé hacia dónde se dirige su comentario.

Lo miro en silencio: acaba de decirme que cancelará su reunión para ir a la exposición de Cora; además, es un buen amigo y, aunque yo no sigo esas reglas de etiqueta y no me importaría ir sola, tal vez debería darle una oportunidad esta vez.

—Es una coincidencia porque yo tampoco tengo un acompañante —en cuanto lo digo, sus ojos azules se iluminan—. Podríamos hacer un buen dúo el viernes por la noche.

—Encantado —sonríe de lado a lado—. Vendré por ti; seré muy puntual. Estaré esperando con ansias el viernes.

Asiento, esto es un poco extraño, pero todo sea por mi rubia favorita.

—Entonces, manos a la obra —levanto la hoja y juntos revisamos la lista de patrocinadores.

. . .

—¿Tú no tendrías que haberte ido ya a trabajar a esta hora? —pregunta Cora soñolienta entrando a la cocina.

—Adelanté todo el trabajo que tenía pendiente. De ahora en adelante me encargaré de desayunar en condiciones.

Una sonrisa tira de sus labios y baila en pijama hasta la mesa del pequeño comedor donde el desayuno está servido.

—Haces bien, *sexy*, me preocupé demasiado cuando estuviste enferma, pensé que de verdad sería tía —toma asiento frente a mí—. ¿Sabes? Hoy me siento eufórica —echa la cabeza hacia atrás y lanza un grito de felicidad que me hace reír mientras le sirvo una tostada especial de Emma.

La lleva a su boca y emite un sonido de satisfacción al probarla. Yo hago lo mismo con la mía y me mira con curiosidad.

—¿Qué pasa?

—Ayer por la mañana aún estabas enferma.

—Ya me siento mejor. Como te dije, la doctora Kriss me comentó que era una infección estomacal, así que disminuirá con las horas hasta desaparecer —doy otro mordisco a mi tostada—. No hay nada de qué preocuparse.

—Entonces, no hay un minisobrino ahí.

Me río.

—No.

—Ay —suspira—. Ya me había ilusionado con comprarle una chamarra de cuero para que conquistara a las nenas.

Me río en voz alta.

—Sería todo un casanova con una tía como tú, pero ¿podemos dejar de hablar de hijos inexistentes? —me toco el vientre, el tema me resulta un poco incómodo ahora que lo pienso.

Mi vida no está precisamente bien y mucho menos estable como para tener un hijo. Además, no sé si quiero ser madre. Como broma, suena gracioso y a la vez lindo, pero, si lo pienso de verdad, la sola idea me aterroriza.

—De acuerdo —su mirada cambia—. Entonces, hablemos sobre Jaden. La comisaría aplazó la cita de la denuncia que presentarás a las dos. Insisten en tener una demanda en condiciones, porque una visita a tu lugar de trabajo no se considera acoso.

Suspiro y miro hacia la nada. No quería preocuparla porque hoy es su noche, pero tampoco pude ocultarle el incidente con Jaden.

—No sé si pretendía regresar, pero después de que Alexander lo echó, dudo que lo haga —respiro profundamente—. Por el momento, no nos preocupemos por ello, soy más fuerte que antes y, si planea intimidarme con unas cuantas visitas, no lo logrará.

—*Sexy*, esto no es cualquier cosa.

—Lo sé, pero la policía no lo considera acoso. Ya estoy cansada de ocultarme como una cobarde. Si vine aquí fue por una vida nueva y no la voy a dejar por mi pasado, porque no puedo cambiarlo —cierro los ojos, pero los abro de inmediato—. Y si Jaden comienza a ir más lejos, ya podré levantar la denuncia.

—De acuerdo —desliza su mano por la mesa y sujeta con fuerza la mía—. Ya basta de tener miedo. Si yo lo veo, lo primero que conocerá serán mis rodillas sobre sus bolas. Además, recuerda que tenemos a Luke aquí.

Asiento. Aunque no quisiera que él se involucrara en esto, sé que podemos confiar en él.

—Basta de arruinar este día, hoy debemos celebrar —le guiño un ojo, sin embargo, ambas sabemos que debemos andar con cuidado de ahora en adelante—. Deberíamos practicar tu entrevista con los medios.

—Sí —reacomoda su cabello—. Estoy lista para arrasar con ellos.

Ambas nos reímos en voz alta.

—Puedo conseguir que los medios vayan, tengo muy buenos contactos, lo sabes.

—No harás nada de eso, no quiero a Emma la ejecutiva y diosa de las relaciones públicas caminando por los pasillos de Gallery Art —dice con determinación—. Esta noche quiero a mi mejor amiga, la mujer más *sexy* que he visto en la vida, acompañándome a mi primera exposición de prestigio.

—En ese caso, mantendré la boca cerrada —miro la hora en mi celular y me levanto—. ¡Llego tarde! Te veré después. Prometo regresar a casa a tiempo.

—De acuerdo, no mueras en el camino, te quiero.

—¡Te quiero! —le grito de vuelta y bajo corriendo hasta mi Mazda. Aún me siento nerviosa por lo de Jaden, pero debo ser fuerte por Cora.

Vivir con miedo, esperando que algo malo suceda, es horrible. Con los hombros caídos, salgo de mi edificio y me quedo boquiabierta cuando veo a Ethan del otro lado de la calle con una taza de café en la mano.

Mira a ambos lados como si estuviera vigilando y, cuando me ve, me regala un movimiento de cabeza. Le sonrío con amabilidad y subo a mi Mazda confundida. Lo miro por el espejo retrovisor mientras pongo en marcha mi coche. Sigue de pie fuera de un auto negro que, supongo, es de Alexander.

Avanzo hacia él.

—Ethan —bajo la ventanilla.

—Señorita Brown.

—¿Paseando por la zona? —oculta su sonrisa bajando la cabeza, sabe hacia dónde voy.

—Le diría que sí —arqueo una ceja—, pero ambos sabemos que eso no es verdad —sonríe—. El señor Roe quería asegurarse de que no hubiera más visitas inoportunas para usted como la de ayer en la oficina.

Parpadeo, sorprendida, y mi pecho se contrae. Abro la boca para decir algo, pero las palabras no salen. Miro hacia el frente, perdida en mis pensamientos, y un segundo después volteo por el retrovisor. No sé si Alexander está ahí o si tal vez Ethan vino solo, pero esto es más de lo que incluso Sawyer Taylor alguna vez hizo por mí.

—Todo está en orden, gracias —digo en voz baja y él asiente. Al fin me pongo en marcha con la mente confundida.

Uno de los muros que he levantado dentro de mí, el muro que construí el día en que perdí a mi madre… comienza a agrietarse.

Paso el día trabajando como de costumbre, tratando de no pensar demasiado las cosas, y finalizo mi proyecto de Birmingham. Todo está listo.

Después de que mi jefe me da la aprobación final y me mira satisfecho, me encamino a mi oficina para guardarlo. Por el pasillo, rumbo a la sala de juntas, me topo con unos ojos verdes. Sin embargo, en cuanto Alexander me ve, aparta la mirada y se concentra en su asistente.

Suspiro y me sumerjo en la protección temporal de mi oficina a pesar de la indiferencia de Alexander.

. . .

—¡Oh, por Dios, Coraline Anne Gray! ¿Realmente eres tú? —digo asombrada, dejando mi brocha sobre la cama, y miro a Cora con su vestido de noche dorado.

Es un vestido entallado que se ciñe a su cintura, resaltando su figura, y sube en un escote en V sobre su pecho dejando al descubierto sus hombros. Cae por sus piernas con una sensual abertura y termina en un ruedo fino.

Se da la vuelta en sus tacones de aguja con una sonrisa radiante y me muestra su espalda desnuda sobre la cual no caen ondas rubias, ya que lleva un recogido casual. Es la combinación perfecta de sensualidad y elegancia.

—Me dejaste boquiabierta —digo con una sonrisa—. ¡Te vez espectacular!

—Me siento espectacular y muy hermosa.

—No es para menos, hoy es tu gran noche —le dedico una mirada cariñosa y ella me la devuelve—. Entonces, ¿Luke vendrá por ti?

Asiente.

—Está esperando abajo —toma su bolso a juego—. Tenemos que irnos ya para arreglar un par de detalles de último minuto. Te veré ahí junto con Adam y Alicia, espero que no lleguen tarde.

Al final Cora aceptó la idea de que él fuera mi acompañante, no es como que tuviera otra opción.

—No tardaré.

—Luce el rojo con seguridad, Brown, que hoy te favorecerá.

—No mejor que el dorado a ti.

Sonríe y sale por la puerta casi dando saltos de emoción. La sonrisa de mi rostro no desaparece ni cuando retomo mi maquillaje. Cora habría muerto por ver a Dylan aquí, pero finalmente él no canceló su trabajo por pasar una noche con su hermana, así que me aseguraré de darle todo mi cariño y apoyo esta noche, lo que Dylan no hizo por irse a esa misión en Rusia.

Me quito la bata de seda y me quedo en un conjunto de encaje negro. Es demasiado pequeño, pero eso es lo que el vestido amerita. Me quito también el sujetador, porque no podré llevarlo, y me coloco el vestido rojo.

Los delgados tirantes suben por mis hombros y el resto del vestido cae por mis piernas hasta el inicio de mis tacones. La abertura de media pierna se abre mostrando lo mejor del atuendo. Reacomodo mi cabello en ondas sobre mis hombros y lo que veo me gusta.

Sin duda, Cora será el centro de atención, como debe ser, pero este vestido que me hizo comprar no se queda atrás. Es tan… seductor.

Sonrío y saco mi labial rojo para colocármelo junto con los pendientes largos. Termino y en ese momento llaman a la puerta. Debe ser Adam. Tomo mi pequeño bolso y, con una respiración profunda, abro la puerta. Del otro lado, Adam me saluda con una sonrisa, lleva un traje negro de gala y mancuernillas plateadas en los puños de la camisa.

—¡Guau! —dice mirándome.

—Es un vestido elegante, la ocasión lo ameritaba.

—Estoy completamente seguro de que nadie podría lucirlo tan bien como tú —me regala su sonrisa carismática y esta vez se la devuelvo con todo el gusto del mundo—. ¿Nos vamos?

—No puedo llegar tarde —le guiño un ojo y salimos juntos.

El Mercedes que conduce Adam es un modelo no tan reciente y el cuero de los asientos hace que la tela de mi vestido se deslice con facilidad. Cruzamos la ciudad charlando sobre cosas triviales y, cuando llegamos a Gallery Art, un hombre recibe su auto.

La galería está colmada de gente elegante y flashes a la entrada.

—¿Me permites? —me ofrece el brazo y no lo pienso dos veces antes de tomarlo.

Subimos los escalones, camino con cuidado por mis tacones abiertos y cruzamos la entrada. Las luces alumbran el corto pasillo. Lo atravesamos mientras observamos a una gran cantidad de personas a nuestro alrededor. Todos visten de forma elegante.

Hay meseros uniformados de color negro por aquí y por allá, sirviendo copas. Al pasar a la sala de entrada, encontramos una placa dorada con el nombre de tres personas: el de dos hombres y, entre ellos, el de Cora.

CORALINE ANNE GRAY, se lee en letras doradas.

—Es ella —le digo a Adam y lee con cuidado el nombre.

—Este evento promete mucho, no me sorprende que haya medios llegando.

A lo lejos veo a algunos periodistas preparar sus equipos y algunos fotógrafos comienzan a pasar entre la gente. También veo a Luke un segundo: va entrando a una de las salas donde seguramente está Cora.

—Los Pitt son famosos en Londres por sus organizaciones benéficas y su amistad con los políticos más influyentes del país, así que, con seguridad, los asistentes del evento acapararán toda la atención.

En cuanto Adam termina de decir eso, un carraspeo se escucha a nuestras espaldas y, cuando nos giramos, vemos a Bennett Roe en un esmoquin negro.

—¡Bennett! —le sonrío sorprendida, el hombre se ve espectacular.

Nunca creí que viviría para ver eso. Lleva el cabello bien peinado con cera y su sonrisa luce radiante. Cora va a morirse cuando lo vea.

—Emma, te ves increíble, completamente exquisita —se inclina y besa mi mejilla como siempre antes de jalarse el cuello de la camisa, lo cual me hace reír. Debe estar costándole traer el esmoquin puesto—. Adam, es un gusto verte —se gira hacia él.

—Bennett —Adam inclina la cabeza a modo de saludo.

—¿Dónde está la autora de la exposición? Llegué muy temprano al parecer, estoy emocionado —dice con una sonrisa.

En ese momento, veo la puerta de la sala principal abrirse y Cora sale casi corriendo de ahí para entrar a la misma sala donde entró Luke.

—Ahí la tienes —le digo, pero cuando se gira, ya no alcanza a verla—. Dijo que tenía unos detalles que resolver.

—Sí, claro —carraspea y baja la mirada ocultando una sonrisa, pero no tengo tiempo de intuir sus intenciones porque se despide enseguida—. Me quedaría con ustedes, pero no soy muy fanático de estos eventos. Te veré después —me guiña un ojo.

Lo despido con la mano y un mesero se acerca a Adam y a mí.

—¿Quieres una bebida? —me pregunta.

Un trago no me hará daño. Asiento y tomo una copa. Nos acercamos a una de las columnas y charlamos vagamente.

—Parece que los medios encontraron un pez gordo —dice dejando de reír—. Todos se apresuran hacia el mismo lugar.

Sigo la dirección de su mirada: los fotógrafos casi corren hacia la entrada.

—Debe ser alguien muy importante, será bueno para colocar la exposición en los diarios.

—No quiero hacerlo, pero mi perfil de publicista quiere ver quién es —dice Adam y me río con él porque siento la misma curiosidad, sin embargo, no tenemos que esperar mucho porque los fotógrafos se apartan y dejan ver a un hombre de ojos verdes en un traje negro.

Su traje hecho a la medida se ajusta perfectamente a su cuerpo y su cabello peinado hacia atrás hace que su atractivo aumente. Como siempre que entra a un lugar, su sola presencia impone. Recorro con la mirada al hombre que apenas mira a la gente a su alrededor.

Alexander Roe.

Sin embargo, no viene solo, una mujer lo acompaña. *La pelirroja.*

Capítulo 31

Cora

—El último de los cuadros ya fue colocado al final del recorrido como pidió, señorita —me dice la asistente mientras la miro. Presa de los nervios, mis manos tiemblan y un escalofrío recorre todo mi cuerpo.

¿Y si las cosas no salen bien? ¿Y si me desmayo otra vez? Necesito un té relajante o una botella entera de vodka. Miro con tristeza mi celular por última vez, sorbiéndome la nariz. Le llamé a Dylan con la esperanza de que cambiara de opinión, pero ni siquiera responde el teléfono.

Me escondo en uno de los rincones del pasillo con paredes tapizadas de rojo, porque a esta zona aún no dejan entrar a los asistentes del evento. Si Emma no estuviera aquí, lloraría toda la noche y me sentiría abandonada por todos.

Quisiera que mi hermano tuviera un trabajo normal y que aún me quisiera. Deben estar buscándome, pero necesito unos minutos. De pronto escucho un carraspeo y mis ojos van directo hacia Bennett. Esbozo una media sonrisa y quedo asombrada de inmediato.

Luce un elegante esmoquin con un moño al cuello. Lleva peinados con cera los rizos rebeldes que tanto me gusta acariciar. Me encanta más de lo que debería.

—¿Te caíste en una tienda de pingüinos? —pregunto cuando se acerca conteniendo la risa.

—Es un evento importante, de una persona importante, así que quiero que sea perfecto —se pega a mí, coqueto, pero su sonrisa se esfuma en cuanto ve mis lágrimas, que aún no se han secado.

—Estoy nerviosa —me encojo de hombros. En realidad no quiero hacer una escena, pero parece no creerme porque su mirada luce preocupada—.

Puede sonar tonto, pero, a pesar de todo, me sigue emocionando que la gente se interese en mi arte.

—No hay nada mejor que seguir nuestros sueños, incluso si perdemos lo que más amamos en el proceso —dice con seriedad—. Incluso si fracasamos, vale la pena intentarlo una y otra vez, Cora.

—¿Y por qué dices eso? —finjo demencia.

—Porque tus ojos azules están tristes en el día más feliz de tu carrera y me matan.

Quiero reírme, pero fallo y termino soltando un sollozo traicionero. Su mano sube a mi barbilla y me obliga a mirarlo.

—Quería que mi hermano estuviera aquí. Cuando mamá y papá murieron, no me quedó más familia que él y la tía Mary, pero siento que ya no lo tengo a él, no creo que sepas de lo que hablo.

—No exactamente así, porque, incluso en los peores momentos de mi vida, mi hermano siempre ha estado para mí —confiesa y trato de vislumbrar su expresión a pesar de la oscuridad del pasillo.

—¿El cabezota neurótico con carácter de los mil demonios? No te creo; además, es diferente, yo soy huérfana.

—Alexander fue mi figura paterna y no debió ser nada fácil para un niño asumir ese rol —frunce el entrecejo como si estuviera hablando de más, pero no puede evitarlo—. Yo… yo tengo un historial vergonzoso y estuve en… en una clínica de… rehabilitación durante muchos años.

—¿Por alcohol?

—Drogas, y, aunque no fue fácil el proceso, mi hermano se quedó conmigo —sus palabras despiertan un sentimiento extraño en mi pecho—. Estoy rehabilitado ahora, sin embargo, sé cómo se siente el miedo, Cora —toma mi rostro entre sus manos—. Y eres muy valiente por estar aquí, luchando por tus sueños.

—¿Y si fracaso? ¿Y si cometo errores?

—Entonces, yo me quedaré contigo, ignorando todos tus errores, y cuando te quedes en la oscuridad, yo joderé a todos los monstruos que te atormenten.

Me quedo sin aliento y él con los ojos muy abiertos. Termino sonriendo de lado a lado, estrechando su rostro entre mis manos con dulzura.

—¿Lo prometes?

—Si tu hermano es un idiota que prefiere quedarse en el trabajo, yo haré que la primera exposición de la hija de dos placas doradas del MI6 sea perfecta —entierra sus manos en mi cabello y empieza a besarme. Me distraigo tanto en su boca que dejo pasar el hecho de que nunca le había contado en qué trabaja mi hermano, pero, aun así, lo sabe.

—Mi exposición es en menos de dos horas.

—Aún te ves nerviosa, pareces una *gatita* —lame mi cuello con ansias y me olvido del problema de mi historia familiar—. ¿Quieres probar la resistencia de estas paredes, *gatita*?

Emma

Sorprendida, veo a la pelirroja entrar del brazo de Alexander. Alesha mira satisfecha el lugar, dispuesta a robar las miradas de todos los presentes, y no es para menos si va acompañada de él.

Alexander pasea su mirada por la galería y, cuando se encuentra con la mía, inclina la cabeza a modo de saludo. Bebo más de mi copa y me giro hacia Adam, quien tiene las cejas levantadas.

—Deberíamos acercarnos a saludar al señor Roe.

—No estamos obligados a nada, aquí no es nuestro jefe —el tono de molestia en mi voz no me pasa desapercibido.

—Te lo dije, esta vez esa relación terminará en boda, nunca va a eventos acompañado ni de su secretaria.

—No me interesa saber de ellos, cambiemos de tema —Adam me mira con curiosidad y también bebe de su copa.

Sin embargo, un calor me recorre la espalda, un calor que sólo una persona provoca. *¿Qué miras, Alexander?*, quisiera gritarle. Giro con mi copa en la mano y lo veo a unos metros de nosotros: está con los señores Pitt mientras la pelirroja charla con ellos.

Su rostro está serio y su mirada es intensa, como si intentara absorber cada centímetro de lo que ve. Aprieto la mandíbula, ¿acaso está desafiándome? Sonrío de lado. Si es así, voy a recordarle que yo también sé jugar.

Me apoyo en una columna y muevo mi pierna hacia delante, dejando a la vista mi muslo por la abertura de mi vestido. Después levanto mi copa hacia él y bebo.

—Esto está delicioso —le digo a Adam, quien sigue con atención y codicia cada uno de mis movimientos.

—Dicen que todo sabe mejor en la boca de alguien más —su tono de voz es bajo, nada comparado con su habitual forma de hablar.

Está intentando seducirme, pero esta vez sus juegos son bien recibidos. Me acerco más a él, casi rozando la tela de su traje.

—Entonces, deberíamos probarlo —digo con voz suave y le guiño un ojo.

Sus ojos azules bajan hacia mi boca. Sé que no esperaba que le siguiera la corriente, de modo que se apresura a besarme y, en cuanto logra posar unos segundos sus labios en los míos, noto sus ansias.

—Buscaré a Cora —me aparto antes de cometer alguna imprudencia, dejándolo con las ganas, y coloco mi copa sobre una de las mesas—. Vendré en seguida —acaricio suavemente su brazo y me alejo de la sala.

—Estaré esperándote, no tardes —su voz suena ronca.

No debería hacer esto con Adam, pero ver a Alexander venir con esa arpía fue demasiado. Él sabía lo que hacía, aunque desconozca que me molesta. Respiro hondo tratando de que mi buen humor no se desvanezca.

No me toma demasiado tiempo cruzar la sala y encontrar la puerta por la cual vi entrar a Cora. En ese instante, choco con Luke, quien va saliendo del lugar.

—Lo siento —me toma de los brazos—. Te ves muy elegante —me regala una sonrisa.

No le devuelvo el cumplido.

—¿Y Cora?

—¡Gracias al cielo que estás aquí! —dice Cora con el rostro sonrojado y las manos en la espalda mientras sale por el pasillo—. Tengo un problema.

—¿Qué sucede?

—Estaba arreglando los últimos detalles de tu sorpresa y mi vestido se atascó en uno de los reflectores —deja caer el rostro entre sus manos—. Esto es un desastre, no saldré desnuda a mi exposición.

—Tranquila, Cora —comienzo a pensar en todas las soluciones posibles—. Pero ¿qué clase de arreglo estabas haciendo para terminar así?

—Lo mismo le pregunté yo. Se perdió durante mucho tiempo para un simple arreglo —dice Luke a nuestras espaldas, muy serio.

No le gustan los imprevistos como éste, el orden es su especialidad, pero con Cora nunca se sabe qué pueda suceder.

—Uno diferente —nos rehúye la mirada y entonces percibo el ligero aroma en su ropa. Es el de… ¡Bennett!

—El evento está por comenzar, necesitamos conseguir otro vestido urgentemente, porque éste se rasgó de la espalda, hacia la parte del trasero. ¿Acaso te caíste, Cora? Porque cojeas y estás sonrojada —dice Luke cada vez más serio—. Emma, ¿podrías encargarte de esto mientras hablo con el dueño de la galería para que aplace la ceremonia?

—Por supuesto —digo, aunque no sé muy bien qué hacer.

Luke sale por la puerta.

—¿Qué voy a hacer ahora? —Cora me mira preocupada.

Abro la boca para responder, podría darle mi vestido.

—Usarás el mío.

—No puedo hacerte eso —aunque ella es una talla más delgada que yo, deberá servir. Comienzo a deslizar el cierre de mi espalda cuando una mujer de traje entra cargando lo que parece ser un vestido.

—Soy Midge —se presenta—. Traigo esto para la señorita Coraline Gray.

Compartimos una mirada rápida y vemos cómo abre el portavestidos dejando a la vista un vestido de gala color negro con incrustaciones de pequeños cristales.

—¿De dónde salió este vestido?

—Bennett Roe lo pidió de nuestra colección con carácter de urgente —explica y Cora lo mira con el ceño fruncido antes de respirar hondo.

La saco de su trance y la asistenta me ayuda a quitarle el vestido dorado. Le ayudo a colocarse el nuevo, tratando de no arruinar su peinado, y me rehúye la mirada más que antes.

—Un pequeño accidente y Bennett lo resuelve —digo mientras subo la cremallera por su espalda—. ¿Acaso fue él quien lo provocó?

—Sí, es un salvaje perverso, me dejó adolorida —responde con el ceño fruncido—. Es decir, ¡no! —se desdice enseguida, la miro fijamente y le lanza una mirada rápida a la mujer que trajo el vestido—. No tengo tiempo para interrogatorios, *sexy*.

—Tienes razón —suspiro y termino mi trabajo. Ahora entiendo por qué Bennett llegó más temprano de lo esperado—. Listo, estás perfecta otra vez.

—¿Estás segura? —reacomoda su cabello y la miro con atención.

—Por supuesto, eres la mujer más hermosa de toda la galería —digo con la boca abierta. El dorado le sienta increíble, como toda una diva, pero el negro la hace ver como toda una diosa—. ¿Quién eligió este vestido? ¿Las asistentas o Bennett? —me giro hacia la mujer de traje.

—Bennett Roe, señorita.

—Tiene buen gusto —oculto mi sonrisa y recojo el vestido dorado. En ese momento compruebo que la cremallera de la espalda quedó inservible.

No quiero pensar en lo que hicieron para que terminara así. Menos mal que su maquillaje sigue intacto, sin embargo, el dinero que pagó por el vestido dorado fue en vano. El vestido negro se ciñe a su cuerpo hasta los talones, pero se abre un poco como el mío.

—Tengo que decirte algo —le comento cuando termina de aplicar labial a último minuto. Quiero explicarle que Alexander apareció con la arpía pelirroja y que quizá me vaya antes de lo planeado.

—Todo está listo —Luke reaparece en la sala y, cuando ve a Cora con el nuevo vestido, se queda en silencio de pronto, pero enseguida carraspea y recobra la compostura—. Cora, tienes que salir ahora, los otros artistas están esperando junto con el dueño de la galería.

—Estoy lista —dice ella con una sonrisa que ilumina todo su atuendo—. Espera, Emma quería decirme algo, ¿qué ocurre?

Me miran expectantes, pero ésta es su noche y yo no puedo arruinarla, y menos por algo tan tonto.

—Que estoy ansiosa por la sorpresa.

—Oh, *sexy* —sonríe pícaramente—. Ya falta muy poco, lo hice con todo mi corazón.

La emoción que veo en su mirada me pone alerta y mi curiosidad se aviva como siempre.

—Tenemos que irnos —insiste Luke y después de compartir una mirada rápida lo seguimos fuera de la sala. Nos ofrece el brazo a ambas y Cora me lanza una miradita de advertencia para que lo tome.

Con su traje negro y su cabello atado en un moño, nos conduce hacia la estancia principal. No niego que Luke se ve más atractivo que antes. Cuando salimos, mantengo la vista fija en personas triviales en lugar de concentrarme en Alexander Roe.

—En un momento más te llamarán, *pastelito* —le dice Luke acomodando un mechón suelto del peinado de Cora detrás de su oreja y ella le dedica una sonrisa radiante—. No te vayas a desmayar ahora como en tu primera exposición en Trafford, por favor.

Los tres nos reímos en voz baja. Un par de años atrás fue la primera exposición de Cora, en Trafford. Fue muy pequeña, pero los nervios le jugaron una mala pasada y Luke tuvo que sacarla en brazos.

—Eso no pasara de nuevo —dice con la barbilla en alto—. Espero que estés conmigo durante el recorrido. Te necesito, Luke —él asiente con la mirada seria, pero ella apenas lo nota—. Y a ti también, Emma.

—Hay demasiada gente aquí para estar entre los artistas; además, vengo con Adam, pero te seguiré de cerca —le guiño un ojo.

—Habría dado lo que fuera para que Dylan estuviera aquí conmigo.

—No le tengas miedo a las cámaras, *pastelito*, es tu noche. Hoy también te ves espectacular, Emma —Luke toma mi mano y besa la parte inferior de mi muñeca.

Lo miro en silencio.

—Si no hicieras eso con todas las mujeres, tal vez creería que dices la verdad —me inclino para decírselo en el oído y Cora se ríe por lo bajo—.

Los veré después y, Cora —la tomo del brazo y la miro con todo el cariño del mundo—, estoy muy orgullosa de ti.

Sus ojos brillan con lágrimas contenidas, pero, antes de que pueda decir algo, me alejo de ahí y voy en busca de Adam.

Alexander

Detengo mi Aston Martin a la entrada de la galería de los Pitt y bajo por el lado del conductor. Mi seguridad se encuentra a la redonda porque tienen la orden de mantenerse lejos, como en cada evento.

Arreglo las solapas de mi traje negro y abro la puerta de Alesha, que está impaciente. Baja con un vestido negro que sólo le llega a la mitad de los muslos, aunque, cuando entró a mi auto, me dejó ver más piel de la que queda expuesta.

Acomoda su melena roja hacia un lado para dejar a la vista el collar plateado que luce en el cuello. La joya es lo suficientemente costosa para un atuendo de noche; además, resalta de manera espectacular en su piel blanca.

—Más despacio o me voy a caer con estos tacones —dice mientras se aferra a mi brazo al subir las escaleras.

Cruzamos la entrada juntos y los flashes de las cámaras me golpean de frente. En ese instante, entrecierro los ojos para poder soportar la luz que me ciega por un momento.

—Alexander —Marcus Pitt, el dueño de la galería, se acerca a nosotros justo como cuando nos vimos en Birmingham—. Bienvenida, Alesha —se gira hacia ella y la saluda.

Todos la conocen por ser una de mis mejores arquitectas y no es para menos, es casi perfecta.

—Gracias, Marcus. La decoración es perfecta. ¿Dónde está Angeline?

—Mi esposa estará encantada de verte por la exposición, se encuentra solucionando un inconveniente de último momento.

—Entonces, te veremos después. Ahora, si nos permites —lo corto antes de que siga haciéndonos perder el tiempo.

Alesha se despide de él. Pasamos un rato a solas bebiendo algunos tragos y su mirada oscila entre la salida trasera y la delantera.

—Vi unos autos verdes afuera de mi apartamento esta mañana. Cuando recibí tu mensaje, supe que Logan estaba en la ciudad —murmura en voz baja—. ¿Crees que tengamos problemas al estar en un evento público? Será mejor mantenernos fuera de las cámaras unos días, díselo a Bennett.

—Logan no suele pasearse por estos lugares; además, Ethan ha estado vigilando.

—Le diré a mi padre por si necesitas más información, pero en serio habla con Bennett. Lo noto disperso y eso no me gusta, no se ha centrado en nuestros "otros" negocios como debería —asiento mientras ocupamos unos lugares apartados del bullicio, sin embargo, nuestra paz dura poco, porque unos segundos después de sentarnos ya estamos rodeados por más personas y mi mal humor aumenta.

Alesha se encarga de conversar mientras yo me limito a asentir y sonreír. Es gente billonaria como yo, sin embargo, alardeo de mis ganancias de este mes en mis hoteles.

No estoy en este jodido evento para socializar. *¿Dónde está ella?* Paseo mis ojos por el lugar buscando a Emma hasta que, a lo lejos, un destello de tela roja se alza ante mí. Mierda. Ella está de rojo.

Un tirón me golpea la entrepierna al verla cubierta por una tela tan delgada que cae hasta sus tacones abiertos. No puedo evitar recorrer cada milímetro de su suave piel. El vestido ciñe sus voluptuosos pechos, los cuales casi se desbordan, pues la tela no puede contenerlos con facilidad e imagino que no debe traer sujetador.

Ese pensamiento me calienta la sangre. Un segundo después, Emma levanta la barbilla. Mi mirada se encuentra con la suya a lo lejos e inclino la cabeza para saludarla, pero ella se gira de inmediato dejándome ver su espalda.

Media espalda desnuda. Paseo codiciosamente mis ojos por su piel descubierta hasta que reparo en el idiota que tiene enfrente y que está haciéndola reír. Adam Tail.

Adam, Adam. Siento cómo la vena de mi cuello palpita al verlo tan cerca de ella. Un calor primitivo me recorre, pero no tengo tiempo de ver su jodida cara porque Emma se da la vuelta con una copa en la mano y se apoya en la columna que está a su lado.

La abertura de su vestido se abre un poco más, dejando al descubierto sus piernas. Me sonríe de lado y alza su copa hacia mí. *Perfecta.*

Me empapo de ella, sintiendo cómo me pongo duro al ver su cuerpo cubierto de rojo. Me está desafiando con ese simple gesto que parece casual, pero no lo es. Me tenso hasta las pelotas, pero agoto todo mi autocontrol para no ir en este momento, subirle el vestido hasta la cintura y enterrarme en ella.

—Querido —el chasquido de los dedos de Alesha se escucha a lo lejos y, muy a mi pesar, aparto los ojos de Emma.

—¿Qué quieres?

—El señor Grant quiere saber sobre Birmingham —responde con una sonrisa y mira hacia donde yo estaba viendo.

—No hay nada que decir —regreso mi mirada a Emma—. El proyecto de apertura está en manos de Christopher Jones, como siempre —la veo acercarse al idiota de Tail. Le acaricia el brazo lentamente hasta que su boca se posa sobre la de ella unos segundos.

Permanezco inmóvil, sin pestañear, mirando a Tail. Alesha se percata del cambio en mi expresión facial y me detiene porque sabe que estoy en un lugar público con muchos testigos alrededor. Suficiente. A la mierda el plan; como siempre, ella no me dejó terminarlo. Me levanto y comienzo a caminar hacia Emma, pero Alesha se pone frente a mí.

—Tengo un pequeño inconveniente y necesito tu ayuda.

—¿Cuál? —levanto la mirada, pero ya no veo a Emma. Regreso la vista al lugar donde está el idiota de Tail, ahora solo, con una sonrisa de cabrón en el rostro.

¿Qué es esa sonrisa? ¿Cree que va a follársela esta noche?

—Al fin llegas, hermano —Bennett aparece antes de que Alesha pueda decirme qué necesita. Mi hermano guarda su teléfono en el bolsillo de su pantalón.

Lo miro con sarcasmo y preparo mis habituales bromas para joderlo. Lleva un esmoquin y eso sólo me indica que está perdiendo la cabeza por la rubia. Sus técnicas deberían ser más sutiles o sólo logrará ilusionarla.

—Alesha, te ves preciosa como siempre, elegante y perfecta —le da un beso en la mejilla.

—No esperaba verte de esmoquin, Bennett —lo mira con atención.

—¿Por qué no buscas a la señora Pitt, Alesha? Me dijiste que querías venir para hablar sobre tus proyectos con ella, seguro debe estar buscándote —le dice Bennett.

—No la he visto en toda la noche; además, quiero estar con Alexander.

—Está justo ahí, mira —Bennett señala a la mujer a lo lejos.

Alesha lo mira con enojo, lo cual me hace reír internamente. Ella sabe que odio la compañía femenina en los eventos y la suya no es la excepción; si está aquí es por su propia voluntad, porque quería reunirse con gente de alta sociedad, sin embargo, no tiene por qué estar pegada a mí todo el tiempo. Que llegáramos juntos no significa que sea mi acompañante, ni hoy ni nunca, y lo tiene claro, pero aun así aceptó venir. Conoce las reglas del juego, pero es una masoquista, por eso me deja dominarla.

—¿Dónde está la rubia? —pregunto, tomando una copa de champaña de la charola de un mesero. Mientras más rápido termine este evento, más rápido podré largarme de aquí.

—Resolviendo un pequeño accidente. Así que ¿ahora eres comprador de arte o estás aquí por negocios?

—No hay nada de malo en impulsar nuevos artistas; además, los Pitt siempre han buscado mi presencia en sus eventos —me excuso y le doy un trago a mi copa—. ¿Cuándo vuelas a Nueva York? —cambio de tema.

—Ya te lo dije, pronto.

—Parece que no te quieres ir.

—Es un viaje de un par de meses, quiero despedirme de la forma correcta.

—Como sea, quiero ver cada reporte antes de que te vayas.

—De acuerdo —mira una de las puertas serio.

—Y mantente a raya con la rubia; si algo sale mal en nuestro otro negocio, te joderé —le recuerdo, su fijación por ella ya no me gusta.

En ese momento, se abre una puerta y sale la rubia en un vestido negro del brazo de un hombre alto, sin embargo, no es eso lo que llama mi atención, sino que, del otro lado, el individuo sujeta una delicada mano que conozco perfectamente: es la de la pequeña seductora vestida de rojo.

Se detienen a unos metros del público, él se acerca demasiado a ellas, les susurra algo al oído y ambas ríen. De pronto, un extraño cosquilleo me recorre.

—¿Y ese quién coño es? —le pregunto a Bennett con el ceño fruncido sin dejar de mirar al hombre.

Es mayor, de eso no hay duda, pero tampoco tanto como para no tirarse a cualquiera de las dos. Besa la mano de Emma y mis pies avanzan un centímetro.

—No lo sé —la voz de Bennett me detiene. Mi hermano lo mira de la misma manera que yo.

Cuando Emma se aleja tras susurrarle algo al oído, me replanteo la idea de entrar por una de las salas. Se queda sólo con la rubia y, cuando se acerca más a ella posando una mano en su espalda, mi hermano yergue su metro noventa de estatura.

—Te veré después —dice, alejándose en dirección a ellos.

Veo a Emma regresar con el idiota de Tail y bebo de mi copa.

—Disfruta de tus últimos minutos con el idiota, nena —digo en voz baja antes de sonreír como un puto cabrón.

Me acerco a uno de mis socios, saludándolo con una palmada en la espalda, y me habla de un proyecto en Mánchester. Lo escucho con atención. El lugar me parece atractivo, pero no lo suficiente como para establecer uno de mis hoteles ahí.

—Estoy buscando más ciudades del extranjero, tengo en la mira unas cuantas de América, así que lo pensaré.

—Es tu decisión, por supuesto, pero te beneficiaría más ahora que se sabe lo de Brent.

—Sobre Brent no hay nada, los medios recibieron información falsa como siempre —lo corto antes de que me recuerde mis problemas.

Sigue hablando, aunque no estoy aquí por negocios. Soy un cazador dispuesto a conseguir a mi presa. Paseo mis ojos por la estancia mientras Marcus Pitt se acerca al frente; al fin el ridículo evento está por comenzar.

En una de las columnas cercanas veo a alguien de perfil, vestido de traje negro. La maldita luz no me permite verlo bien, pero ni en ésta ni en otra vida olvidaría esos rasgos.

—Tengo que irme —le digo a mi socio, alejándome de inmediato.

La sangre me hierve de una manera diferente esta vez. Alesha capta mi mirada y ve al hombre vestido de negro como si fuera un invitado más.

—Alexander —Logan alza su copa y sonríe al mirarnos de lejos. Veo a unos hombres vestidos de verde que se escabullen entre la gente.

—El arte de esta exposición es único.

—Hijo de perra.

—No es la mejor de las bienvenidas. Alesha Smith, tan cautivadora como siempre, desde joven con esa belleza calienta pollas, aún eres la amante en turno de Alexander Roe —la sostengo porque, en cuanto lo reconoce, empalidece—. No creo que armen un escándalo después del desafortunado "accidente" de su hotel en Brent. El MI6 ya está investigando el inesperado suceso. ¿Dónde está mi querido Bennett? Quiero saludarlo como se debe, un kilo completo por los viejos tiempos —saca un paquete blanco del interior de su saco.

Rápidamente llevo mi mano a la pretina de mi pantalón y palpo un objeto metálico, pero Alesha me detiene.

—Aquí no, hay muchos periodistas.

—Ella es inteligente. Todavía me gustas, Alesha, llámame —se ríe—. Será una noche larga, me muero por ver la nueva mercancía —se aleja caminando con el calvo pelirrojo.

—Señor Roe —dice Ethan a mi espalda.

—Vigila el maldito lugar, llama a Matt y a Ida, y atrapa a ese pedazo de mierda —avanzo hacia él junto con Alesha.

Emma

El señor Pitt comienza a hablar sobre la galería y saluda a los invitados. Los más importantes son empresarios y socios de corporaciones o algo así, no presto mucha atención.

No obstante, su presencia será buena para aumentar el prestigio de la exhibición y, además, será perfecta para encontrar trabajo extra para Cora.

—También queremos agradecer la presencia del señor Alexander Roe, dueño de la cadena hotelera Hilton & Roe y gran amigo —dice con entusiasmo y las cámaras se mueven hacia él.

Miro con discreción hacia Alexander, quien se encuentra a mitad del pasillo como si estuviera yendo a algún lugar, sin embargo, en cuanto se ve expuesto por los periodistas, se detiene. Una melena roja se mueve a su lado y Alesha lo toma del antebrazo.

Le dice algo en voz baja y él asiente. No la aparta mientras el hombre vuelve a hablar, incluso parece como si ella lo hubiera ¿*tranquilizado?* Alesha levanta la mirada cuando él voltea hacia el otro lado. Es ahí cuando noto el collar plateado en su cuello.

Aplaudo sin dejar de mirarla cuando nombran a los autores de la exposición. ¿Le dio el collar plateado? Me río sin gracia y siento un calor en mis mejillas. En realidad me da igual lo que haga con él, ése es su problema, yo lo devolví y no esperaba menos de él.

—Coraline Anne Gray —dice el hombre y me olvido de la pelirroja para volverme hacia mi rubia favorita. Aplaudo con más fuerza que antes.

Adam aplaude con el mismo entusiasmo que yo y abren las puertas de la sala de exhibición. Es la misma que visité con ella el lunes por la tarde, sólo que ahora tiene los tapices colocados y los reflectores en las esquinas, lo cual eleva la elegancia del lugar.

Debajo de cada una de las pinturas, reluce una placa dorada con el nombre de su respectivo autor. Veo a un hombre robusto de espaldas que admira la pieza final de la exposición, la cual no alcanzo a vislumbrar desde mi lugar. De pronto, llama a uno de los empleados y le señala el cuadro.

En un momento del recorrido, quedamos al lado de Alexander, quien está conversando con un hombre que he visto en más de una ocasión con el señor Jones. No escucho lo que dicen, pero, cuando me llama por mi nombre, me giro hacia ellos por educación.

Para mi suerte, otro hombre aborda a Alexander en ese momento, así que me evito cruzar palabra con él.

—Emma Brown, es un gusto verla otra vez. ¿Viene en representación de la empresa del señor Roe?

—No, a los eventos de prestigio asiste Christopher, ella es una empleada más —dice la pelirroja a su lado.

—Alesha, no me había percatado de tu presencia —el hombre la mira con sorpresa y voltea hacia mí de nuevo.

—¿Ustedes se conocen?

—Sí, es una simple publicista de Christopher, ni siquiera debes saber su nombre.

—No estoy aquí por trabajo, soy invitada especial de la autora de la exposición —intervengo. Su sonrisa desaparece en un segundo y aprovecho mi oportunidad—. No veo tu invitación, Alesha, seguramente olvidaron entregártela, pero no hay problema, siempre podemos hacer una excepción con los empleados, ¿no es así? —el hombre asiente, lo cual provoca que ella se tense.

—Soy la acompañante oficial de Alexander Roe, no necesito invitación para este evento insignificante —tira su daga con una sonrisa.

Sin duda, las personas alcanzaron a escucharla, incluso un par de fotógrafos se acercan a ella y, cuando Alexander aparece a su lado, disparan un flash, sorprendiéndolo.

—Excelente compañía, Alexander —dice el hombre—. Alesha es tu acompañante oficial.

Alexander lo mira con el ceño fruncido y sus ojos se encuentran con los míos.

—Tengo que irme —me despido del hombre—. Siga disfrutando del evento.

El enojo que siento está fuera de lugar, tengo que concentrarme en algo que no sean ellos. Regreso con Adam, quien me sonríe, y seguimos caminando.

La sala es muy grande y el evento es asombroso. Busco con la mirada al hombre robusto de antes, pero parece como si la tierra se lo hubiera tragado. Camino al lado de Adam, impresionada con las obras. Yo nunca tendría la capacidad de crear algo como eso. A lo lejos veo a Alexander pasearse con la pelirroja y aprieto los labios en línea recta. *Estoy celosa.*

—Mira ésta —dice Adam—. Es muy abstracta. Los colores se neutralizan con el fondo y permiten apreciar las suaves pinceladas y el tenaz golpeteo del tono anaranjado.

A decir verdad, entiendo poco de lo que dice, parece haberlo aprendido en un manual. Sin embargo, asiento, porque sé que le gusta el arte, de modo que debe haber algo de cierto en sus palabras. Yo sólo veo un paisaje a medias. Seguimos caminando muy cerca de Cora y Luke, quienes van rodeados de más gente que no conozco. Busco a Bennett entre la multitud, pero no lo veo. Tampoco sé dónde está Ethan; lo saludé en la entrada, pero después desapareció.

¿Qué pasa aquí? Me percato de que tanto Alexander como Alesha miran constantemente al lugar por donde Bennett desapareció. Prometió volver con nosotros, pero todavía no lo ha hecho. En ese momento, veo que Alexander y Alesha intercambian algo parecido a un sobre y, en cuanto me descubren, desvío la mirada.

—¿En qué momento comenzaste a desarrollar tu gusto por el arte? —pregunta Adam, distrayéndome de mis pensamientos—. Yo empecé mi fascinación desde la adolescencia, con los grandes artistas. Me gustan las obras difíciles de interpretar.

Alzo las cejas, sorprendida.

—La verdad es que el arte es cosa de Cora, yo no sé apreciarlo —sonrío con timidez—. Además, si una pintura muestra algo que he visto antes para mí es mejor, no soy muy buena para descifrar lo abstracto.

—Yo tampoco. En realidad bromeaba con lo de las obras difíciles, sólo es un pasatiempo, sin embargo, estoy muy sorprendido con las obras de tu amiga —dice con admiración y sigo la dirección de su mirada.

De pronto, una mano roza la mía unos segundos y veo a Alexander a mi lado, admirando las obras. Me mira de reojo, pero no entro en su juego. Acaba de presentar a la pelirroja ante las cámaras como su acompañante oficial, justo como cuando llegó.

Me muevo, separándome por un momento de Adam, pero, cuando me planto frente a otra pintura alejada de todos, una mano roza mi cintura y parte de mi espalda.

—El arte es mejor tocarlo que verlo —dice detrás de mí con su mano deslizándose por la seda de mi vestido—. ¿No lo cree, señorita Brown?

Su aliento me acaricia cerca de la oreja y respiro hondo, cerciorándome de que no haya nadie a nuestro lado. Desliza su mano por mis hombros desnudos.

—El arte no se toca con las manos sucias —respondo molesta y me alejo bruscamente de él, pero no llego muy lejos porque coloca su mano en la pared, cortándome el paso, y se inclina sobre mí mirándome fijo.

—Ser sucio es una constante en mi mente —su aroma a menta se me sube a la cabeza.

Sube la mano y la desliza por mi boca, paralizándome por completo. Con su pulgar recorre la piel suave de mis labios y dejo escapar el aire, aunque ése es el único contacto que hay entre nosotros.

—Ésta es la otra sala —dice alguien a nuestras espaldas y nos separamos de inmediato mientras la gente entra.

Me muevo antes de que vuelva a acorralarme y regreso con Adam para continuar juntos admirando las obras de Cora. El siguiente cuadro me deja sorprendida. Es una persona cuyo rostro es apenas visible. Las sombras negras la cubren.

Después vemos el de un cuerpo femenino cubierto sólo en los lugares correctos. Podría decirse que parece erótico, sin embargo, el rostro de la mujer está desvanecido. Todas sus pinturas retratan a una persona diferente y en poses que me sorprenden. Abro la boca asombrada y camino empapándome del arte del pasillo como todos los demás.

—¿Te gustan? —escucho la voz de Cora a mi espalda.

—¡Eres la mejor! Serás el gran éxito de los Pitt —sonrío de lado a lado—. Son maravillosos, Adam está encantado y sólo he escuchado lo mejor de los invitados.

—Aún tienes que ver el cuadro principal de mi exposición. Está al final del pasillo —me guía unos pasos más a un cuadro que se encuentra dentro de una vitrina apenas iluminada desde las esquinas.

Me acerco poco a poco para verlo. La pintura retrata a una mujer en tonos oscuros. La mitad de su rostro y de su cuerpo se pierde entre las sombras; la otra parte, en contraste, resalta todos los rasgos faciales y tanto el abdomen como buena parte de uno de los senos están cubiertos por encaje. En un dedo, la mujer sostiene una joya radiante. La pose es un tanto atrevida. Lo estudio y Cora me regala una sonrisa radiante mientras admiro la obra erótica de mi propio reflejo.

Junto a la inscripción de la firma de Cora dice EN HONOR A KATE BROWN, el nombre de mi madre.

Mis ojos se llenan de lágrimas. Me giro hacia Cora con una gran sonrisa en el rostro.

—Lo amo —mi voz se quiebra en un ligero sollozo.

—Siempre te dije que tú debías estar en mi primera exposición importante y Kate también. Ella fue una madre para mi hermano y para mí —sonríe con tristeza—. Mi madre Kate.

—Cora —contraigo el rostro y la abrazo con fuerza, pero me separo de inmediato porque hay más gente a nuestro alrededor y no quiero arruinar nuestro maquillaje llorando—. Es simplemente perfecta —se me corta la voz.

Me inmortalizó en una obra de arte.

—La pintura no está a la venta como las demás, por eso está en la vitrina —explica—. Supuse que no querrías a un viejo libidinoso mirándola todos los días. Voy a obsequiártela en cuanto la quitemos de la exposición.

—¿Sabes que eres la mejor?

—Eso es obvio —sonríe de lado y Luke se ríe.

—Pero ¿cuándo la pintaste? ¿Cómo la hiciste a escondidas de mí? —sigo asombrada.

—Lo único que necesito es esto para comenzar a trabajar —toca su cabeza con uno de sus dedos refiriéndose a su memoria.

—Guau, necesito tomarle unas fotos, es impresionante la precisión de tus rasgos —escucho la voz de Adam a nuestras espaldas. Mira el cuadro sacando su móvil—. Eres tú, captura toda tu esencia —asiento y se vuelve hacia Cora después de sacar al menos cincuenta fotos y hasta un video—. Es una pintura maravillosa, de hecho, todas tus obras lo son. Felicidades, eres una artista excelente.

Miro a un lado, por donde Alexander camina y nuestras miradas se encuentran por un segundo. Está molesto. Pero ¿por qué? ¿Porque no lo dejé acorralarme en una de las salas? Debe estar loco si piensa que voy a ser su distracción nocturna con esa arpía colgada de su brazo todo el tiempo.

Cada vez que se separa de Alesha, ella va detrás como un perro faldero. Y no es como que toda la noche los haya estado viendo, sino que simplemente es algo que no puedo ignorar con todas las cámaras siguiéndolos.

—Estoy feliz de que te gustaran, Adam —esta vez Cora le regala una sonrisa radiante. Sé que con esas palabras ya se la ha ganado un poco, porque ella no era muy fan de tenerlo aquí esta noche.

Un hombre a nuestro lado observa la pintura y después me mira a mí.

—Eres la modelo de la pintura —aclara lo obvio y más personas lo notan.

—Es ella, mírala bien.

—¡Es preciosa!

De pronto, me encuentro rodeada de halagos y besos en la mano de los caballeros.

Sonrío nerviosa y me quiero escabullir porque me abruma la atención recibida. De pronto, el señor Pitt se lleva aparte a Luke. Un segundo después vuelve Luke alzando las manos, victorioso.

—Tengo excelentes noticias, *pastelito*. La mitad de tus pinturas está vendida.

El pecho de Cora se alza y sonríe radiante. En ese momento, el señor Pitt se acerca.

—Has sido una de las autoras más pedidas de esta noche, Coraline, ¡felicidades! Mi esposa y yo estamos interesados en que sigas siendo una de las autoras de Gallery Art. Si así lo deseas, nos encantaría firmar un contrato exclusivo contigo lo más pronto posible.

Cora se detiene a saltar de emoción, comparte una mirada ansiosa conmigo y le extiende la mano.

—Sería un honor, señor Pitt, estamos dispuestos a negociar en los mejores términos —le responde Luke ansioso.

—Señor Pitt, es un placer verlo de nuevo —Adam se entromete, le extiende la mano y el señor Pitt la toma amablemente.

—Adam Tail, te recuerdo bien de Birmingham, Christopher Jones nos presentó y tu rostro… —se gira hacia mí— también me resulta conocido. Nos hemos visto antes, ¿cierto?

Asiento.

—Estuve también en Birmingham, fui parte del equipo de Adam en el evento.

—Si me lo permite, Adam, su acompañante es una mujer hermosa y este cuadro la representa espléndidamente —señala la obra de Cora mientras más asistentes admiran el retrato.

—Muy hermosa, señor Pitt, hice una buena elección y creo que me la quedaré para siempre —dice Adam y, sin permiso alguno, coloca su mano en mi cintura, atrayéndome a su lado.

Los ojos de Cora siguen el movimiento y, aunque me tenso, no me aparto de Adam.

—Somos amigos —explico mientras todos nos observan.

Por el rabillo del ojo veo que alguien se acerca a nosotros, sin embargo, no me giro para comprobar de quién se trata; hay demasiadas personas como para conocerlos a todos. Miro a Adam y le sonrío.

Si con esto puedo conseguir desviar la atención de la gente que se da cuenta de que yo soy la modelo del cuadro, entonces lo haré. No obstante, Adam aprovecha de más la oportunidad y de pronto ya siento su boca en la comisura de mis labios.

Me inclino hacia atrás, mirándolo con el ceño fruncido, y trato de apartar sus manos de mi cintura, pero aferra su agarre. ¿Qué demonios le pasa?

—Quieren vernos juntos, Emma —dice a modo de justificación por su actitud sospechosa.

Escucho algo como un bufido a nuestras espaldas y un segundo después las manos de Adam desaparecen de mi cintura.

—La dama viene conmigo, Marcus, no con Tail —dice Alexander con un tono de voz grave y se coloca a mi lado, entre Adam y yo.

No sé cómo apareció ni por qué, pero todos lo miran expectantes por lo que acaba de decir, incluida yo. Una de sus manos va a mi cintura y me gira hacia él sin darme tiempo a procesar lo que está pasando.

—Ella es mi acompañante oficial de esta noche —dice decidido, captando la atención de la gente que está a nuestro alrededor y, antes de que me dé cuenta, tengo la barbilla alzada y su boca sobre la mía.

Me besa con decisión frente a todos los presentes. La sorpresa me recorre por completo. Coloco mi mano en su pecho aún aturdida, pero él no lo está; más bien, mueve los labios con toda seguridad, besándome sonoramente.

Su aroma y la fuerza con la que me sujeta me hacen regresar al punto de partida con Alexander Roe y es ahí cuando mis labios cobran vida sobre los suyos olvidándome por un segundo de dónde estamos.

El beso dura menos de lo que pensé. Cuando se separa de mí, respirando pesadamente por la nariz, lo veo directo a los ojos y mi mente se despierta de golpe. *Oh, Dios.* Me mira tan enfurecido y serio que me deja en claro que ése no fue un beso cualquiera.

—Estaré esperándote fuera y, si no vienes, vendré por ti —susurra por lo bajo con voz ronca—. Y me importa una mierda si este criado que viene contigo se interpone.

Si no morí con el beso que acaba de plantarme, lo hago cuando esas palabras salen de sus labios. La gente a nuestro alrededor que observó la escena no aparta la mirada, están boquiabiertos, murmurando.

Los periodistas nos miran con los ojos muy abiertos mientras tratan de pasar hacia nosotros para documentar lo que podría ser el escándalo del siglo. Sus cámaras no dejan de fotografiarnos.

—Lamento el inoportuno error, Alexander, como no te he visto con ella en toda la noche —se disculpa el dueño de la galería, pero apenas puedo escucharlo porque estoy a punto de desmayarme.

—Disculpa aceptada y que no vuelva a suceder —le dice serio—, porque mi nombre y el de la señorita Brown siempre estarán juntos —me suelta antes de irse por donde vino, dejándome boquiabierta.

El dueño de la galería se va con él y Luke habla de inmediato.

—Debí presentarme con Alexander Roe, es mejor verlo en persona que en una revista. ¿Por qué no me dijiste que era tu pareja, Emma? —la excitación en su voz me hace fruncir el ceño.

—¿Qué fue eso, Emma? —dice Adam mirándome fijo, pero sacudo la cabeza.

Ni yo misma sé lo que acaba de suceder con Alexander, sin embargo, Adam también intentó besarme a traición. *¿Qué demonios le sucede si ya le dije que sólo lo veo como un amigo?*

Veo que Cora escucha a Luke, quien habla sin parar. Observo a la pelirroja seguir a Alexander con fuertes pisadas. Yo me quedo petrificada ahí, sin pestañear siquiera; necesito procesar lo que acaba de suceder y las fotos que no dejan de tomarme.

—¡Alexander Roe ha sentado cabeza! ¡Tiene nueva pareja!

—¡La besó frente a todos!

—Dijo que sus nombres siempre irán juntos. ¿Habla de boda?

La gente se arremolina alrededor de mí.

—Necesito aire —huyo mientras Cora asiente y me sigue fuera de la sala. Mi mente está en blanco y mi cuerpo tiembla. Sin embargo, percibo un ligero aire de satisfacción en el rostro de Cora.

Salimos a un pasillo del otro lado y respiro hondo. Los guardias de seguridad de la galería evitan que los periodistas me sigan y me traen un poco de agua. Hay una mesa de bocadillos a lo lejos y gente por todos lados, pero esto es mejor que nada.

—¿Qué acaba de ocurrir?

—¡Te besó frente a todos! —sonríe tratando de no alzar la voz por la gente que está aquí—. ¡Dios! Alexander Roe te besó frente a todos y dijo que sus nombres siempre estarán juntos. Y no es por asustarte, pero la prensa estaba ahí.

—¿Qué mierda?

—Eso es lo que me pregunto, ¿qué mierda? Te comprometes con Alexander Roe y no me lo dices —su sonrisa se ensancha, pero al instante se desvanece—. ¿Qué sucede con el idiota de Adam? Estaba por forzarte para darse un atracón contigo.

Frunzo el ceño recordando lo que hizo.

—Tu exposición… yo no… yo no quería causar problemas.

—¿Bromeas? —sonríe—. Esto no es ningún problema, es mil veces mejor de lo que pensé, mis obras se están vendiendo, la gente admira tu cuadro y ahora tenemos a Alexander poniendo en su lugar a un aprovechado en el que nunca he confiado. Sólo que, eso sí, saldrás en todos los medios mañana.

Una risa a lo lejos nos indica que alguien está escuchando nuestra conversación. Es Alesha, quien aparece del otro lado.

—¿Alexander te dio un miserable beso y ahora vienes a arrastrarte como una zorra necesitada? No te hagas falsas ilusiones. Qué pena me das —dice contoneándose a mi lado.

Su hombro choca con el mío con toda la intención.

—Escucha, entrometida —Cora la mira—, nadie pidió tu opinión. Estás enfadada porque te dejaron en el suelo, ¿no?

—No es una opinión, es un hecho —nos mira sobre su hombro desnudo—. Un beso no se compara a un collar, Emma —acaricia la joya plateada sobre el cuello que muero por ahorcar con ambas manos—. Nos dio cosas diferentes y está muy claro cuál de las dos vale más —me mira de arriba abajo—. Pequeña puta barata, sólo sirves de diversión.

Cora arquea una ceja dispuesta a lanzarse contra ella y yo… siento cómo me hierve la sangre. Sin embargo, mi aturdimiento se desvanece y pienso en lo que acaba de decir en cuanto se aleja.

—Vamos por la maldita zanahoria —Cora se echa el cabello hacia atrás.

—No —la detengo—. Ésta es tu noche, no te la arruinará; además, este problema es mío —la miro irse—. Iré yo.

Comienzo a seguirla a una distancia prudente en cuanto se aleja. Cuando entra a los sanitarios, me quito una pelusa invisible de los hombros y entro decidida. Cierro la puerta detrás de mí y pongo el seguro, aunque lo quito de inmediato al ver a tres mujeres más dentro.

Están bien vestidas, y por la mirada que me lanzan, deduzco que estoy en territorio enemigo.

—Alesha, ésa es una pieza de colección de los Hawthorne —dice una de las mujeres admirando la joya.

—Es un regalo de Alexander, le encanta consentirme cada que tiene oportunidad, si te contara la cantidad de joyas que me ha dado.

—No pensé que estuvieran juntos. De hecho, acabo de escuchar que viene con otra mujer al evento, es el escándalo de la noche —comienzan a cotillear.

—Eso es una vil mentira inventada por una interesada que quiere llamar la atención como siempre —me mira por el espejo—. Ya sabes que a Alexander le gusta mantener su vida personal privada y a mí también.

—¿Pronto harán oficial su relación?

—No te sorprendas de que tambіén haya matrimonio, Katherine.

—Lo sabía, amiga. ¿Quieres que haga un reportaje especial en el *New Times*? —chillan de entusiasmo al unísono.

Me río mientras me lavo las manos. No puedo evitarlo, Alesha tiene la imaginación por los cielos y, aunque siga aturdida por lo que pasó, una cosa dejó en claro Alexander y es que con ella no vino. El sonido de mi risa hace que las mujeres volteen a verme.

—Emma —dice fingidamente asombrada la pelirroja—. Pensé que estabas rogándole un poco de atención a Alexander —se gira hacia las mujeres—. Es una de esas jovencillas que le abre las piernas a todo el mundo. ¿Cómo las llaman ahora? ¡Putas! Es una puta barata.

Sus palabras me hacen apretar los puños mientras las demás mujeres me miran de arriba abajo, juzgándome.

—Creo que te equivocaste de mujer —ladeo la cabeza—, porque la única puta barata que veo aquí eres tú.

No me ando con rodeos ni con eufemismos, de modo que las mujeres ahogan un jadeo de sorpresa.

—¿Cómo me llamaste, sucia vulgar?

—¿Qué? ¿Ahora me vas a hablar de educación? Porque, hace unos momentos, cuando estabas insultándome, me pareció que tú tienes todo menos educación y clase.

—¿Con qué derecho me hablas así, estúpida empleada? —azota una mano en el mármol del lavamanos—. ¿Acaso no sabes que puedo echarte del lugar con sólo chasquear los dedos?

—Adelante —la provoco—. Chasquea los dedos.

—Que Alexander te haya besado frente a las cámaras no significa que seas nada aquí ni en ningún lado —se me planta enfrente—. Eres un coño temporal —levanta la mano y, antes de que me dé cuenta, me asesta una bofetada.

Me voy hacia un lado y miro mi propio reflejo en el espejo. *Se jodió.* Aprieto el puño y, antes de que pueda moverse, le volteo la cara con un fuerte golpe en la mandíbula.

Las mujeres gritan y Alesha se tambalea y se resbala hacia atrás, perdiendo el equilibrio por sus tacones altísimos. Me acerco una vez más y le asesto el mismo golpe, pero del otro lado de la cara haciendo que su trasero se azote contra las baldosas del baño y suelte un chillido agudo mientras se cubre el rostro.

—Llamen a los de seguridad —grita una mujer joven y las otras se refugian en un rincón, alejándose de mí.

—¿Quieres que la mate? —dice esa tal Katherine, quien parece más cercana a Alesha que las otras.

—No, ese beso será la destrucción de su miserable carrera.

Pongo los ojos en blanco mientras la levantan.

—No crean lo que les dice, señoras. Alesha es la mejor arquitecta de Londres, pero tristemente se conforma con las sobras de un hombre que no puede tener.

—¿Qué dices? ¿Crees que tú lo tendrías comiendo de tu mano si yo no existiera?

—Esa pregunta sobra porque ya lo tengo comiendo de mi mano y eso que tú sigues existiendo.

Se levanta incitándome a pelear, pero la detienen pidiéndole que no arme un escándalo. Retoco mi labial con cuidado mientras la marca de su mano desaparece de mi mejilla y me preparo para salir.

—Alesha —la miro una última vez—, ponte un poco de hielo, querida —miro a las otras mujeres.

Salgo respirando pesadamente y con la mandíbula apretada bajo la mirada fija de la tal Katherine. Me quedo cerca, no puedo montar un espectáculo aquí, pero eso le enseñará a no meterse conmigo.

Espero hasta que veo a las otras mujeres salir y, en cuanto lo hacen, vuelvo a entrar. No veo a Alesha, debe estar en uno de los baños. En efecto, compruebo que está en el tercero cuando suelta un chillido de frustración y una maldición bastante impudorosa para alguien como ella.

Espero que esté acostumbrada a dormir en un baño porque ese chillido será poco para lo que está por vivir. Me acerco rápido a un mueble cerca del tocador. Es hora de usar mi fuerza del gimnasio.

Lo tomo y lo jalo con rapidez. Está más pesado y es más ruidoso de lo que pensé, pero ya no puedo detenerme.

—¿Quién está ahí?

Lo coloco frente a la puerta de Alesha y la atranco. La arpía me humilló delante de todas esas personas, y ésta es mi respuesta a eso.

Ya que está encerrada, voy por el siguiente mueble con más calma.

—¡Ey! —golpea la puerta por dentro—. ¡La puerta está atascada!

—Buenas noches, querida —susurro muy bajo y pongo el seguro por dentro para que, cuando salga, la puerta se cierre.

Alexander

Respiro hondo y miro a Ethan salir por la puerta para inspeccionar otra vez el lugar. Logan entra y sale de la galería, viene con alrededor de quince *kray*. Sé que Alesha se encontró con su amiga Katherine y que ella no venía con malas intenciones.

Mis guardias no pudieron atrapar a Logan sin hacer un escándalo. Maldito Bennett que trajo a todos estos medios para complacer a su rubia. Aunque eso no es lo que me tiene malhumorado. El jodido idiota de Tail besó a Emma y ella no se apartó.

Me jalo el cabello, exasperado. Espero que venga, porque si no, iré por ella y lo sabe. Mis pensamientos se desvanecen cuando la veo salir del sanitario de mujeres hecha una furia y cruza la estancia hasta una de las salas por las que sólo he visto entrar a personal de la galería.

La sigo molesto y también entro. Cuando se gira, veo que tiene las mejillas rojas y las manos en puños.

—Maldita arpía, estoy harta de ella, iré a su apartamento para mostrarle de lo que soy capaz —dice en voz baja y lo repite una y otra vez, pisando la loseta malhumorada.

La miro extrañado porque aquí no hay nadie; creo que está loca. Sigue diciendo cosas en voz baja, parece como si quisiera calmarse después de una pelea.

—Ella todavía no me conoce, sus chillidos no me importan —habla consigo misma y empiezo a creer que usa drogas.

—¿Emma? —digo y se sobresalta.

—¡Mierda! Me disté el susto de mi vida, infeliz —se toca el pecho. De pronto parece recordar que la besé frente a la prensa—. ¡A ti te estaba buscando!

—¿Qué planeas hacer? ¿Abofetearme de nuevo?

—¡Destruirás mi carrera de publicista! No puedo salir de este oscuro pasillo sin que me ataquen esos animales con sus cámaras —me mira fijamente y trata de pasar a mi lado, pero la detengo tomándola del brazo—. Suéltame, dijiste que nuestro acuerdo no intervendría con mi trabajo, pero ahora tengo dos llamadas de mi jefe y adivina qué: tu nombre y el mío aparecen juntos por todo el maldito internet —dice mirándome como si quisiera ahorcarme.

—Era de esperarse; mi perfección llama la atención de cualquiera.

—A ti no te afectará porque eres el dueño, pero a mí me despedirán —intenta zafarse—. Al final de cuentas, ella habrá ganado como tanto quería —ahoga un grito—. Desde el inicio quería mi trabajo y le diste la oportunidad perfecta para quitármelo.

—¿Quién?

No creo que todo esto sea por el beso, se ve molesta y a punto de acabarme a gritos si no la dejo ir.

—¿Qué te importa? Ya me has arruinado.

—Ven aquí —la tomo con fuerza y la conduzco por el pasillo para que hablemos de una puta vez, pero intenta zafarse de nuevo.

—No quiero hablar contigo, ni siquiera sé si puedo salir sin que todos me acosen.

—Será por ese cuadro tuyo que ya vendieron —le advierto.

—¡No me toques! No pueden venderlo porque es mío. ¡Esa pintura es especial para Cora y a mí me gusta!

—¡A mí también! Ofrecí mucho dine… —me corto.

—Ni pienses en comprarla, no está a la venta —me mira desafiante, zafándose de mi agarre, y se cruza de brazos—. Esa bruja me ha fastidiado la noche igual que tú —frunzo el ceño—. La arpía a la que le diste el mismo collar plateado que a mí —me mira indignada.

Levanto las cejas sorprendido, eso no era lo que esperaba escuchar.

—De todos nuestros problemas, ¿piensas en el collar?

—¿Nuestros? ¡Acosador de mierda! ¿Por qué se lo diste? ¡Maldición! —sus mejillas están rojas, pero una más que la otra, como si se hubiera frotado con algo o se hubiera golpeado.

Ahora entiendo que se refiere a Alesha. Sin embargo, me sorprende que esté haciendo una rabieta como si fuera una niña pequeña.

—Tú no querías el collar —le recuerdo, serio.

Abre la boca indignada y después aprieta las manos en puños.

—Eres un idiota que no se da cuenta de lo obvio y ni siquiera sabe lo que quiero —se gira para irse, pero en dos pasos la tengo aferrada por la cintura—. ¡Suéltame! —se remueve.

—¿Y qué es lo obvio? ¿Cuál es tu problema con ese collar?

—¡Que era mío! —me golpea en el pecho con fuerza y la satisfacción me recorre—. ¡Y se lo diste a esa arpía! Que estoy muy celo… —se calla de golpe, pero no necesita terminar la oración.

Está llamando a Alesha "arpía". Desde el principio se refería a ella.

—¿Estás muy celosa? —ladeo la cabeza y la atrapo contra una columna.

Se echa a reír y la sangre me hierve.

—¿Celosa? Tienes el ego por los cielos.

—Entonces, ¿a qué se debe esta rabieta?

—¡No es una rabieta! ¡Esa maldita me arruinó la noche! El beso arruinará mi carrera —golpea mi pecho otra vez con más fuerza que antes y ya no puedo con la sonrisa que brota de mi boca. Está celosa—. ¡Suéltame, maldición!

—De acuerdo —la suelto, pero sólo para cargarla y enredar sus piernas en mi cintura.

El movimiento hace que sus tetas reboten contra la tela del vestido. Luego se agarra a mis hombros para sostenerse.

—La única respuesta coherente para esta rabieta es follarte y así quitarte esa actitud mimada. Arreglaré el inconveniente del beso.

Sus ojos se abren, sorprendidos, y la escucho respirar irregularmente, sin embargo, vuelve a mirarme de forma asesina. Nunca me la pone fácil. La acerco más a mí hasta que sus piernas abrazan con más fuerza mi cintura y su aroma frutal se me sube a la cabeza. Estamos muy cerca.

—¿Quieres que te folle para que dejes de armar un drama en la exposición de tu amiga, Emma? —digo su nombre y traga con fuerza.

—No es un maldito drama, ya estoy harta de soportar a Alesha y a ti.

La tomo por la nuca y nuestros labios quedan a escasos centímetros.

—Aquí huele a celos y a muchos, Emma, si no los detienes, en menos de un año terminaremos casados y con tres hijos, mínimo. ¿Cuántos te apetecen a ti?

—Sigue soñando. Vete a la mierda, Alexander Roe —dice sin aliento.

Ése es el detonante. No la hago esperar más y entierro mi mano en su cabello para besarla como hace unos minutos en la galería. Pruebo otra vez esos labios suaves y dulces que tanto me han torturado durante este tiempo y la escucho jadear mientras muerdo su labio inferior.

Las ganas que he acumulado por días se me agolpan. Emma se resiste al principio, retorciéndose por todos lados y golpeándome, pero no me rindo y después de unos minutos sus manos acarician mi cabeza y me acerca a ella con deseo.

Le como la boca como he querido hacerlo desde la última vez que nos besamos, pero en esta ocasión es ella quien se frota contra mí y sin un rastro de vergüenza busca mi lengua y la enreda con la suya de forma lenta.

—Estás celosa, Emma —susurro y no me contradice.

—Ese collar es mío —dice otra vez y mi miembro da un salto. Hay tantas cosas que son suyas y ni siquiera se percata porque está empecinada con el collar de Alesha. Bajo las manos y acaricio sus muslos desnudos.

—Dile que es mío —su boca recorre mi mejilla y mis labios—. Dile que ese collar es de tu pequeña seductora.

Me pongo duro con esa expresión. *Mi pequeña seductora.*

Quiere que cumpla un capricho absurdo, pero sus caricias son tan hipnóticas que me planteo hacerlo de inmediato. Gruño cuando baja la mano hacia mi miembro por encima de mis pantalones.

Aprieto sus tetas sobre la tela del vestido, haciéndola gemir. Siento cómo se frota contra mí y sé cuáles son sus intenciones, pero no lo haré todavía. Sí quiero follarla esta noche, pero no aquí. Antes se merece un castigo que la haga gritar de placer.

—No voy a follarte —le advierto.

Me come la boca con más ganas y se deshace del único botón de mi pantalón. Su mano se pierde dentro de mi bóxer, tocándome la polla. El contacto me hace soltar una maldición. No es posible que sólo con su pequeña mano, la cual ni siquiera abarca el largo de mi polla, me haga ponerme tan duro.

—Empálame —suplica ansiosa.

Me pone tanto verla así que ni siquiera importa que estemos en un lugar público.

—Emma —gruño su nombre sintiendo cómo mi polla golpea en su mano.

Pasea el pulgar sobre mi glande y sube y baja la piel, cubriéndolo y descubriéndolo. Sus pequeñas bragas no contienen la humedad que ya traspasa mi ropa. Está impaciente. La dejo frotarse contra mí como la última vez fuera de su apartamento y gime calentándome la sangre.

Se frota con decisión, presa de su deseo, pero unos minutos más tarde parece entrar en razón y deja de besarme. La bajo con cuidado y la giro sobre la columna.

—Al final vas a arruinarme, ¿no es así? —dice sin aliento cuando aparto su cabello dejando al descubierto la piel suave de su cuello—. Si sigo cayendo en este pecado, terminaré en un infierno peor del que me imagino.

Gruño en su oído y comienzo a recorrer su delicada piel con mi boca mientras siento cómo se calienta con cada caricia de mi lengua. Se resiste como puede, pero tiene tantas ganas como yo porque, en el momento en que siente que presiono mi miembro contra su trasero, arquea la espalda y se acerca ella sola.

—Alexander —jadea.

Roto las caderas, presionándome contra la tela de su vestido, y desde su espalda mis manos buscan sus deliciosos pechos para amasarlos a mi antojo, haciéndola decir mi nombre una y otra vez como si fuera una oración.

Tengo que comérmelos, llenarme la boca de ellos otra vez. La giro y compruebo que sigamos solos en la sala antes de bajar los tirantes de este vestido que me vuelve loco y liberar sus tetas con un rebote.

Gruño cuando miro el manjar que tengo frente a mí, libre, sin sujetador ni barreras. No espero más. Bajo mi codiciosa boca y me prendo de sus tetas con hambre. *Señor, bendice mi alimento.* Paseo mi lengua sobre sus pezones del color de las frutillas, muerdo y chupo, al mismo tiempo que meto mis manos bajo el vestido y las deslizo por sus piernas hasta dar con el borde de sus bragas.

Estoy desarrollando una adicción por ellas, quizá lo hice desde el primer día. Las hago a un lado y voy por ese suave coño que está chorreando a mares. Lo acaricio y vuelvo a besarla mientras la ensarto con dos dedos de golpe. Los lloriqueos desesperados que suelta hacen que la bese con rudeza para aplacarla, porque sé que va a gritar.

Con la mano que tengo libre subo de nuevo los tirantes de su vestido y saco poco a poco los dedos con los que la estoy penetrando. Ya fue suficiente, la estoy premiando en lugar de castigarla.

—No te detengas —vuelve a montar mi mano en cuanto siente que ya no me muevo.

Mi plan era jugar con ella hasta que perdiera la cabeza y suplicara de verdad, pero en el momento en que monta mi mano con fuerza y se corre mientras dice mi nombre con esa boca imprudente lo pierdo todo. A la mierda todo.

Reacomodo mi bragueta conteniendo mi miembro duro. Veo la cerradura de la puerta moverse.

—Nos vamos, te llevaré a casa —sus mejillas están sonrojadas y sigue respirando con dificultad.

Abro una de las puertas mientras la guio afuera. No dice nada, sólo me sigue casi de forma mecánica. La encamino hacia la salida trasera y mi auto aparece en la acera.

Emma

Guardo silencio mientras el auto avanza. Le escribo un mensaje rápido a Cora. Le explico que Alexander me sacó repentinamente de la galería y que no pude despedirme porque tuvimos que escabullirnos por la puerta trasera o los periodistas nos perseguirían.

El camino hacia mi apartamento es el más incómodo que he tenido. Hay un retén en una de las avenidas. Ethan se detiene y le informa a Alexander que deberá tomar una ruta alterna.

Una hilera de autos azules todo terreno del MI6 bloquea la calle. Alexander los ve y no me pasa desapercibida la mirada cómplice que intercambia con Ethan. Cuando el guardaespaldas se detiene en la acera, a varios metros de mi edificio, por fin respiro con tranquilidad. Me bajo sin decir nada, no sé si sentir vergüenza, enojo o rabia. Después de todo lo que pasó estoy más tensa que un troco y eso que me hizo correrme.

¿Qué hice? Perdí el control de muchas maneras esta noche, todo por los celos que llevo conteniendo desde hace tiempo. No obstante, la maldita pelirroja colmó mi paciencia, así que tuve que desquitarme con la primera persona que pasó frente a mí y fue él.

Incluso le dije que el jodido collar es mío y una sarta de tonterías más. Aunque estaba furiosa, eso no me justifica. Lo miro bajarse de su camioneta. Ethan y Matt se quedan esperando arriba, pero segundos más tarde bajan y nos siguen.

—Me gusta la ciudad de noche. Agradezco que no sea como Trafford —Alexander me mira, caminando a mi lado—. ¿Te gusta la ciudad? —no responde y el silencio se torna incómodo.

Veo mi edificio a pocos metros.

—Me encanta la ciudad —escucho a Alexander decir a mi lado—. No hay forma de que algo me aparte de aquí.

—El sentimiento es mutuo; sólo me iría de Londres si me obligaran —alza la mirada y por primera vez no lo veo malhumorado.

—El ministro de la ciudad es uno de mis grandes amigos.

—Y la señora de la panadería una de las mías —respondo y escucho algo como una risa ahogada.

Alzo la cabeza para comprobarlo, pero no veo ningún gesto.

—El diseño de tu edificio está terrible.

Miro de nuevo mi edificio y recuerdo la arquitectura del Score y de los hoteles de Birmingham y Brent.

—Quizá —lo juzgo con la mirada—. Me gustan tus hoteles, el diseño de cada uno de ellos, eres un genio. Podría admirar día y noche tus creaciones sin aburrirme, me encantaría ver cómo haces esos planos, aunque, si lo hiciera, seguro me despedirías.

Se me escapa una risa larga de sólo imaginarlo. Sin pensarlo, busco su mano para que caminemos juntos. No se opone y, cuando lo miro, se queda estático observando mi sonrisa, su pecho se alza y veo que se tensa pasados unos segundos.

—¿Qué?

Permanece inmóvil observando mi rostro y mi mano sosteniendo la suya. *¿Acaso mi sonrisa causó un efecto en él?* Aparta la mirada, se queda serio y se aleja hacia sus guardaespaldas. Me quiero dar una palmada mental. Le estoy sonriendo como tonta todo el camino, lanzándole miraditas. Estoy empezando a mezclar lenguaje corporal y… sentimientos.

Ya no vuelve a colocarse a mi lado hasta que llegamos. Entro al edificio y ni siquiera saludo al portero. Sigo lamentándome hasta que subo por el ascensor y abro la puerta de mi apartamento con los hombros caídos.

Saludo al nuevo pez de Cora como si pudiera escucharme y suspiro. Debo cambiarme, tengo un desastre entre las piernas. Antes de que pueda dar siquiera un paso, un par de golpes resuenan en la puerta y, cuando abro, me quedo inmóvil.

—Tú y yo tenemos que hablar.

—Perderé mi trabajo por ese beso en la galería, necesito una buena estrategia —me recargo en la puerta agotada mentalmente—. He trabajado muy duro por esto.

Su mirada cambia.

—No perderás nada.

—¿Cómo lo voy a arreglar?

—Eso no lo discutiré a medio pasillo. ¿Vas a dejarme entrar o les ofreceremos otro espectáculo a tus vecinos? —aturdida, me aparto para que entre y cierro la puerta detrás de él.

Respiro hondo sin saber muy bien qué me va a reclamar ahora.

—Perderé todo lo que he logrado.

—No si yo no lo permito.

Ya no luce incómodo como en la calle.

—¿Qué es lo que…? —el número de Adam aparece en mi celular. No tomo la llamada, pero insiste una y otra vez.

Mi respiración se corta y ni siquiera puedo terminar de hablar porque con un movimiento rápido me apoya con las manos sobre el sofá de la sala de estar y levanta la tela de mi vestido, dejando a la vista mi trasero mientras avienta mi celular al suelo.

Primero escucho el golpe, me levanto en las puntas de mis pies con la boca abierta y después comienzo a sentir el escozor de sus azotes. Alexander emite un gruñido y otro azote me hace inclinarme hacia delante y soltar un gemido sonoro.

—Ocho azotes —dice haciéndome jadear—. Tres por ser obstinada y cinco por el idiota que te tocó.

Abro la boca ante sus palabras y sus manos me azotan otra vez. Mi respiración se vuelve irregular con cada golpe y la humedad entre mis piernas incrementa mientras Alexander gruñe. Me sujeto con fuerza al respaldo del sofá y, cuando va por la mitad, ya no puedo controlar mis gemidos. El ruido de su mano rebotando en mi piel es todo lo que se escucha en la habitación y me hace perder la cordura.

—Alexander —gimo con el último azote y siento sus manos en mis caderas.

Siento presión en la piel y escucho el sonido de mis bragas al rasgarse bruscamente.

—Guarda fuerzas, Emma, porque esto será duro —advierte con la voz ronca y siento el golpe de su erección recién liberada.

Me sujeto con fuerza al respaldo, ansiosa y excitada a más no poder. Va a dármelo con fuerza. Siento cómo guía su polla hacia mi vagina y gimo despacio.

—Rompiste nuestro acuerdo de exclusividad y ahora te mereces que todos los de la cuadra sepan que te estoy follando —dice y me penetra de golpe.

Grito en voz alta de placer y dolor al mismo tiempo mientras su polla estira mis paredes, sin embargo, no me da tiempo a recuperarme ni acostumbrarme a su enorme tamaño porque me la vuelve a clavar. *Oh, Dios.*

Araño la piel del sofá y grito otra vez.

—Estás… muy profundo. ¡Mierda, Alexander! —mis gemidos rompen el silencio.

Entra otra vez y luego una vez más antes de volver a azotarme.

—¡Que te escuchen! —me penetra otra vez—. ¡Que escuchen quién te folla!

Dejo caer la cabeza entre los cojines para amortiguar mis gemidos mientras me da con fuerza. Siento cada palpitación de su dura erección. Cada vez que sale roza mi clítoris con su polla y cada vez que entra me llena hasta el útero.

Gimo en alto, sin control. Sus manos aferran mis caderas y gruñe aumentando la velocidad y la rudeza. Cierro los ojos y veo destellos por todos lados.

Ya no puedo pensar ni hablar, sólo puedo gemir y gritar sin control. Mis glúteos chocan con los músculos de sus caderas cada vez más rápido y siento que una capa de sudor me cubre la frente.

—Joder, nena —gruñe en alto con voz ronca mientras me embiste con fuerza.

—Alexa… Alexander —las lágrimas se derraman por mis mejillas y ya no puedo sujetarme al respaldo.

Me dejo caer en el sillón y entierro la cabeza entre los cojines mientras gimo del delicioso placer y muevo mi trasero hacia él para recibir todo su grosor, haciéndolo gruñir.

—Dime de quién es este coño, Emma —gruñe.

Gimo recibiendo las embestidas y muerdo mi brazo para amortiguar los gemidos que deben cruzar las paredes de mi pequeño apartamento. En cambio, él gruñe tan alto como si no le importara que lo escuchen.

Estoy muriéndome de placer.

—¡Te hice una pregunta! —me azota otra vez, aumentando sus embestidas. Abro la boca y un gemido largo sale.

—Mío —gimo a medias y me azota de nuevo en ambos glúteos.

—¿De quién es este coño? Ya no puedes decirlo porque ya se lo diste a él —dice, clavándose hasta el fondo.

Gimo loca de lujuria y aprieto los puños aguantando las ganas de correrme en ese preciso momento. No respondo, pero grito y prácticamente me quedo afónica. Un gruñido emerge desde su garganta y me penetra con más fuerza que antes empujando mi cuerpo hacia delante. En mi mente, asiento. Nadie podría dármelo como él, nadie.

La presión se acumula dentro de mí, el calor me recorre el cuerpo y la necesidad me hace soltar gemidos de excitación. Ya no sé dónde estoy, sólo sé que he sido llevada al infierno una y otra vez. Me corro. Su nombre brota de mis labios y de nuevo me dejo caer en el sofá, sintiendo cómo mi propia humedad se derrama entre mis piernas y facilita que Alexander se mueva más rápido que antes.

Después sus penetraciones se ralentizan y sale de mi interior sin haberse corrido, haciéndome gemir con cada palpitación de su miembro aún erecto. Enseguida siento cómo unta con sus dedos mi humedad entre mis piernas. Luego, su mano desaparece y su lengua me recorre. Cuando volteo, veo que está chupando mi corrida.

Me incorpora con cuidado y me pone frente a él. Mira fijamente mi boca y desliza poco a poco sus dedos por mi labio inferior. Mi respiración aún esta acelerada. Me lo dio con mucha fuerza.

—De rodillas —dice, alejando su mano—. Es hora de alimentarte, nena.

Capítulo 32

Emma

Miro su miembro erecto entre sus piernas, con el pantalón semiabierto, y el hambre y la necesidad crecen dentro de mí. Trago con fuerza, pero no me muevo de mi lugar. Sus ojos verdes me miran con curiosidad y enojo al mismo tiempo porque no acato su orden de inmediato.

—¿Esperas una invitación? —se toma el miembro con una mano y comienza a jalárselo.

El calor se precipita por mi cuerpo mientras veo cómo se masturba. Me quema la piel y abro la boca para tomar una bocanada de aire porque la sola imagen de él dándose placer hace regresar el ardor entre mis piernas.

—Tal vez.

Mi obstinación no le causa gracia en absoluto. Se impone con sus dos metros de altura y un cosquilleo me recorre la nuca y la espalda.

—Si quieres que te disfrace la orden, entonces ponte de rodillas y reza, Emma —ordena una vez más con la voz ronca—, porque esta noche caerás nuevamente en la tentación.

Desliza su prepucio húmedo hasta el glande y luego lo baja. Una parte de lo que dice tiene sentido. Soy una pecadora y él me está corrompiendo aún más.

—La lujuria es un pecado, Alexander —respondo y mis mejillas queman cuando aumenta la velocidad de su mano.

—Y tú ya lo cometiste al igual que yo —camina los pasos que nos separan—. Pero una buena acción tal vez podría redimirnos.

—¿Cuál buena acción?

—Alimentar al hambriento y eso es lo que haré contigo.

Soy presa de esos ojos verdes, de esa mirada oscura que promete placeres carnales. Soy presa de mis propios deseos y pecados. Poco a poco me pongo de rodillas, mirándolo. Su vista sigue el movimiento y, en cuanto estoy lista, toma su polla por la base. Dura y erecta.

Es tan larga que no sé cómo entra en mi interior todo eso. Por eso, cuando la saca, siento un ligero dolor.

—¿Eres religiosa?

—No —respondo en voz baja.

—Entonces, déjame enseñarte a pedir perdón por tus pecados —me acerca el miembro a la cara—. Come.

Abro la boca, pasa el glande por mis labios, humedeciéndolos con las gotas preseminales, y luego lo desliza lentamente dentro de mi boca. Jadea acariciando mi cabello y saca su polla mojada. Me mira con una expresión diferente desde arriba mientras me alimenta. Mi pecho sube de pronto, levanto la mano y tomo su polla por la base haciendo que la suelte.

Me cuesta envolverla completa con mi mano por su grosor, pero no me detengo. Luce brillante por mis propios jugos y, al sentirla tan dura, me percato de que tengo mucha hambre. Saco mi lengua y recorro con ella todo el prepucio hasta la punta y de regreso. *Deliciosa*.

Escucho cómo respira mientras lo complazco y me caliento al mismo tiempo. Su glande rosado es lo que más me gusta y saboreo con gusto el líquido que gotea de ahí. Lo lamo ansiosa y la introduzco otra vez en mi boca hasta la mitad.

Gruñe. Con una de sus manos toma un puñado de mi cabello y me retiene.

—Cómetela entera.

Gimo por la orden y relajo los músculos de mi mandíbula y la lengua mientras empuja hacia adelante, ensartándome la boca poco a poco.

Abro más los labios para atrapar todo el grosor y sigue empujando. Cuando el glande roza la campanilla de mi garganta, respiro hondo para evitar las arcadas, aún hay mucho por tomar y sé que llegará tan profundo como la primera vez que lo hicimos. Sigue empujando hasta que sólo la base queda fuera.

Saca su polla ensalivada y vuelve a meterla casi ahogándome en el proceso. Cuando penetra mi boca de nuevo, las arcadas aparecen por lo profundo que llega, pero las controlo y esta vez soy yo la que mueve la cabeza hacia delante y atrás, comiéndola entera.

Lo escucho gruñir pesadamente.

—Eso es, aliméntate, nena —con la mano que sostiene un puñado de mi cabello dirige el movimiento de mi cabeza.

Los sonidos que emergen de su garganta hacen que la humedad entre mis piernas incremente y muevo impaciente mis rodillas en el suelo. Con una mano acaricio el vientre de Alexander y bajo hasta sus bolas para masajearlas con suavidad.

Siento la vibración de su cuerpo cuando gime en alto y sujeta mi cabello con más fuerza. Levanto la vista sin dejar de moverme y lo veo mirarme desde arriba.

—¿Te gusta, Emma?

Le respondo comiendo con más ganas. Mi boca se tensa y la mandíbula me duele, pero no me detengo. Sigo apretándolo y acariciándolo con las manos por donde puedo. Sus penetraciones se tornan más rápidas y descontroladas. Cuando siento que su miembro se expande en mi boca y Alexander ruge, siento mi entrepierna chorreando otra vez.

Toma su polla por la base, la saca y comienza a masturbarse hasta que sólo deja la punta en mis labios, lo cual me hace jadear. Enseguida vuelve a meterla en mi boca y es ahí cuando el primer chorro caliente me golpea hasta el fondo de la garganta y, tras éste, otro y otro más.

Lo tomo todo, tragando por instinto la esencia salada, sin embargo, es demasiado, como en Brent. Cuando termina, respira pesadamente y, con el miembro aún erecto, recorre la comisura de mis labios con el pulgar para limpiar parte de su corrida y me la lleva a la boca. Chupo su dedo comiendo como una chica buena.

Cuando termino, me levanta tomándome por la cintura. Sus manos van debajo de mi vestido y palpa mi entrepierna húmeda con sus dedos haciéndome jadear, todavía estoy sensible por los recientes orgasmos.

Me sujeto de sus hombros para mantener el equilibrio porque aún llevo los tacones puestos. Parpadea con el ceño fruncido, pero no detiene sus movimientos.

—Acabas de rogar por tus pecados y tu coño ya está chorreando —arquea una ceja—. ¿Te calienta comerle la polla al padre Roe? —me muerdo el labio y asiento—. No deberías hacerle ese tipo de cosas con la boca a un santo o tu pecado será más grande, Emma.

Él no es un religioso y menos un santo. El líquido caliente que escurre por mis piernas mientras sus dedos me acarician me lo recuerda.

—El hombre al que acabo de rezarle es todo menos un santo —digo jadeando y saca los dedos de mi interior para llevárselos a la boca.

Mientras bebe mi humedad con deseo, me mira fijo. El verde de sus ojos está completamente oscurecido. Sonríe. Una sonrisa perversa.

—No soy un santo —concuerda conmigo—. Soy más del lado oscuro —me recorre con la mirada lentamente—. Y debo advertirte que jugar tanto tiempo con el lobo te va a quemar.

Me quedo confundida porque la última parte la dijo muy serio, como si sus palabras fueran reales. *El Lobo.*

—Esto es cosa de una noche, no eres mi tipo —le informo levantando la barbilla con decisión.

Me envolvió con sus caricias, me dejé seducir presa de mi deseo por él, pero sigo siendo racional. Vuelve a sonreír.

—Soy yo el que establece las reglas y el que dice que tú no eres mi tipo, porque no lo eres, ni hoy ni nunca.

—Nunca he seguido tus malditas reglas —le recuerdo.

Me refiero a que nunca he sido sumisa y lo sabe, incluso cuando teníamos el acuerdo casual no me comporté como tal, sin embargo, por la forma en la que aprieta la mandíbula me percato de que no entendió el significado de mis palabras.

—De eso no tengo dudas. Al igual que a Tail, te gusta compartir a tus amantes. Realmente Alesha es mi preferida de la noche, me encanta llenarla de regalos.

Esa daga duele y me indigna al mismo tiempo. *Alesha.* Siempre vuelve a su lado, la desea. Ladeo la cabeza como si sus palabras no me hubieran ofendido y decido no aclararle que nunca pasó nada en Birmingham.

—Y aun así viniste a mí esta noche cuando la tenías disponible a ella.

Sonríe de lado y sospecho que la anterior daga no será la última en soltar.

—No te sobreestimes, Emma, una buena follada no se le niega a nadie, ni siquiera a ti.

Lo tomo de las solapas de su traje para atraerlo hacia mí, aunque el hombre es un molde de musculo duro y me cuesta trabajo, pero al final lo logro.

—Ni tampoco una buena chupada —contraataco.

Ambos tenemos nuestras razones para tratarnos así. Él fue capaz de meterse con Alesha mientras me dejó en Brent cuando más lo necesitaba y él piensa que tuve encuentros con Adam. Estamos a mano ahora, aunque eso no cambie el deseo que sentimos el uno por el otro.

Nos miramos fijamente a los ojos durante varios segundos con el rostro serio. Por los tacones quedamos casi a la misma altura y puedo observar bien sus rasgos, las cejas gruesas, las pestañas onduladas y esos pozos provocadores.

Verde contra café. Es tan despreciable, tan cabrón y tan… tan irresistible. Lo odio por eso, por sacar la parte más oscura de mí, por desearlo y desbocarme el pecho cada que me mira… por querer más que un acuerdo casual.

Bufa pesadamente igual que yo, tanto que respiramos el mismo aire.

—Tu boca sigue siendo imprudente.

—Y tú sigues siendo un maldito engreído controlador.

Lo último que alcanzo a ver son sus ojos verdes, porque un segundo después estoy inclinada sobre la encimera de la cocina mirando por la ventana los edificios de esta parte de la ciudad.

Estoy jadeando y sosteniéndome con fuerza al borde del mármol mientras me azota. Me levanto sobre la punta de mis pies en mis tacones y el siguiente azote que recibo me hace lanzar un gritito.

—Muéstrame ese culo, ojalá pudiera… —gruñe y me enrolla el vestido hasta la cintura.

Escucho algo como un paquete rasgándose y unos segundos después se clava en mi vagina de una sola estocada.

—¡Ah! —me empuja con la embestida y golpeo los recipientes que se encuentran sobre la encimera, los cuales terminan cayendo al suelo.

Esta vez se siente diferente tenerlo dentro. Una barrera de látex se estira en mi interior y el poco contacto de piel… Un condón.

—Eres una obstinada —gruñe—. Esto es cosa de una noche, pero te dejaré un recordatorio que va a durarte varios días —embiste dos veces más.

Me muerdo el labio inferior con fuerza sintiendo cómo pierdo el control, pero no le dedico más gemidos, no le doy la satisfacción de saberme muerta de placer.

—No necesito tus jodi… jodidos recordatorios —aprieto las manos, recibiendo las estocadas, y sin poder evitarlo, gimo en alto y sujeta con más fuerza mi cintura.

Esto es igual de duro que antes, incluso aún más. Sus manos sueltan mi cintura, y sin dejar de penetrarme, se pierden dentro de mi vestido, bajando los delgados tirantes de un jalón. Aprisiona mis pechos con sus manos y aprieta mis pezones con dos dedos, haciéndome gritar.

—Mañana, cuando no puedas caminar, vas a recordar que mi polla estuvo aquí dentro —rota las caderas y baja una de sus manos hacia la parte interna de mis muslos para acariciar mis pliegues. El placer escala a otro nivel, prácticamente está reclamando la mayor parte de mi cuerpo—. Vas a recordar lo llena que estabas con cada centímetro de mi polla dentro de ti —baja la boca a mi oído y envuelve mi lóbulo con sus dientes—. Y lo bien que te alimenté.

Un escalofrío de excitación recorre mi espalda desde la nuca hasta el punto donde nuestros cuerpos se unen.

Abro la boca, tragándome mis sonidos de placer mientras miro la ciudad. Si no fuera por la vista habría olvidado dónde estoy. La tela de mi vestido se desliza un poco hacia abajo y siento el calor de sus labios en mi espalda.

Me besa suavemente, pero, aunque el contacto es mínimo, mi piel se enciende. En realidad, me arde desde la galería. Veo su rostro a través del cristal. Nos miramos fijo y empuja otra vez, lento…

Percibo las emociones que cruzan por mi mente, la confusión, los celos que ahora reconozco por Alesha. Su mirada también está perdida; ambos gruñimos, yo gimo. Le sostengo la vista a través del cristal lo mejor que puedo, pero es demasiado persistente.

Su rostro se contrae, pero me obliga a mirarlo, para que vea quién me está follando. Eso hago, observo su rostro serio, pero poco puedo hacer porque, cuando las palpitaciones en mi entrepierna se intensifican, dejo caer mi cabeza y me deshago en él.

Las estocadas no se sienten igual con el condón de por medio, pero son igual de intensas. Aprieto los párpados con fuerza mientras me corro y sus embestidas aumentan de velocidad a los segundos.

Soporto las nuevas sensaciones. Alexander se aferra a mi espalda cuando por fin se corre sólo con un gruñido. Respiro agitada, con la mente en blanco y el cuerpo lánguido.

Deja caer su cabeza en mi hombro. Me siento exhausta y tengo un poco de cabello pegado a mi frente por el sudor de mi cuerpo. Como no tiene el saco ni la camisa puestos, veo el tatuaje del lobo a tinta negra en su antebrazo.

Todavía jadeando, giro mi barbilla para verlo. Accidentalmente, rozo con mis dedos su tatuaje en ese momento, como si fuera una caricia.

—Me gusta tu tatuaje. Los otros también, aunque no más que éste.

Levanta la cabeza y nos observamos en silencio. Su mirada cambia.

—¿Por qué me miras así? —pregunto al sentir la intensidad de sus ojos verdes.

Se tensa y sale de mi vagina de inmediato. Miro hacia un lado mientras se quita el condón. Casi nunca había usado protección conmigo. Incluso hoy, cuando me folló hace una hora, no se corrió dentro de mí.

Me gira con cuidado, me toma por la cintura y me sienta en la encimera mientras recupero el aliento. Con las mejillas ardiendo y totalmente exhausta, me recoloco el vestido al tiempo que él sube su bragueta.

Alexander

Emma aún está sonrojada, cubriéndose mientras me observa en silencio. Su mirada oscila entre el pequeño paquete metálico tirado en el suelo y yo. Todavía siento el roce de sus dedos fríos sobre mi tatuaje.

A pesar de no ser un caballero, recojo el látex y lo tiro a la basura. La oscuridad del apartamento me desubica unos instantes. Mi móvil suena varias veces y cuando lo saco veo un mensaje de Ethan. Lo mandé a atender asuntos importantes después de que nos trajo, relacionados con una persona en particular.

Me envió la ubicación de una de las camionetas de Logan en un hotel no muy alejado de la galería. La maldita jaqueca comienza a aparecer.

—Querías hablar antes de… esto —carraspea—. Habla.

Guardo el aparato en mi bolsillo tratando de ocultar mi enojo y me pongo el saco, mirándola.

No vine a hablar, vine por razones egoístas, aunque ni siquiera yo tenga cabeza para pensarlo con claridad.

Después de ver a Logan en la galería, únicamente Alesha pudo tranquilizarme una fracción de segundo antes de que perdiera el maldito control ahí mismo. Me acerco más a Emma, que está sentada sobre la encimera.

Estudio su rostro por cómo observa el cesto donde lancé el condón. Su mirada refleja lo confundida que está, sin embargo, yo no lo estoy.

No voy a correrme dentro de ella otra vez sin una barrera; de hecho, no debí follarla sin condón en cuanto crucé la puerta. No comparto a mis amantes, soy muy cuidadoso en el aspecto sexual, sin embargo, el deseo y verla tan ansiosa provocó que lo olvidara.

Ésta fue la última vez que la follé así, desde ahora será como debió ser desde el inicio. Ésta fue una excepción, pero ya no más, yo no tengo excepciones ni debilidades.

—No me gusta compartir a mis amantes, te lo dejé muy claro desde el principio —digo apoyando las manos en la encimera a un lado de sus caderas—. Nuestro acuerdo terminó, pero es más que evidente que entre nosotros existe todavía cierta atracción sexual y física.

Me mira con los ojos entornados. Si voy a follarla al mismo tiempo que el jodido idiota de Tail, será mejor dejar las cosas claras.

—Suena como si me estuvieras proponiendo otro acuerdo casual.

—Tengo que buscar nuevos métodos ahora que necesito relajarme —hablo como el hijo de puta que soy—. No voy a establecer lo que sucederá o no aquí, porque no busco nada más que lo físico al igual que tú. Aunque en esta nueva ecuación está Tail.

Me mira en silencio sin decir nada. Continúo.

—Esto no tiene etiquetas o reglas y tampoco es un acuerdo, así que haz con Adam Tail lo que quieras —me acomodo las mancuernillas de los puños de mi camisa—. Ambos somos adultos y yo admito que no evitaré que esto suceda de nuevo, aunque ya no quiera verte.

Me mira en silencio. Sé que estoy hablando de forma cruda, como un puto imbécil. Se inclina hacia mí lentamente y la miro expectante.

—Si quieres una mujerzuela, búscala en la calle, o mejor aún, encerrada en un baño, porque yo no soy tu puta ni la de Adam.

Noto que sus mejillas están sonrojadas. Una vez más, esa maldita palabra sale de su boca.

—Nadie ha dicho una mierda sobre putas —le advierto y me inclino también.

Pierdo la cabeza cuando se refiere a ella misma con esa jodida palabra.

—Acabas de proponerme con palabras adornadas ser tu puta mientras me acuesto con Adam —me clava el dedo índice en el pecho; se ve herida.

Me acojona que mi pecho reaccione a su mirada dolida. La frialdad con la que la miro la hace clavarme el dedo otra vez. No le propuse eso, hablo de sucumbir a la tentación cuando sea inevitable. Pienso que podría ser una buena idea, aunque compartir me cale, sin embargo, por un buen polvo podría funcionar.

Respira entrecortadamente, ahora veo que está interesada en Tail más de lo que pensé. Controlo ese jodido calor que crece en mis venas y que sé que desaparecerá esta noche, cuanto me folle a Alesha, y pongo mi mejor mirada comemierda.

Tengo que poner barreras entre esta mujer y yo, porque he terminado indagando en su vida privada, como cuando aquel hombre fue a buscarla a la oficina. Debo alejarla de nuevo sólo al plano sexual.

—Soy un puto cabrón y no es un secreto para nadie —acaricio su barbilla con mis dedos—. La decisión final es tuya, yo no tengo prejuicios.

Mi celular vuelve a sonar, pero lo ignoro.

—Superaste mis expectativas más bajas, Alexander. ¿Hay algo más que debería saber de ti? ¿Un acuerdo más estúpido que éste? —ladea la cabeza.

—Esto no es un acuerdo; si fuera así, ya estarías firmando esta vez. Más bien, estamos aclarando lo evidente porque ambos cedemos a un pecado en común.

—¿Cuál?

—La lujuria. No podrás evitar caer de nuevo, aunque intentes matarte en el proceso —digo y me inclino para besarla en la mejilla, pero enseguida me detengo y sólo me acerco a su oído—. Adiós, Emma.

Tomo mis cosas y la dejo sobre la encimera, vestida de rojo, con la mirada perdida a lo lejos. En cuanto subo al ascensor, me llevo el celular al oído, enojado. Quisiera retractarme o volver a ese apartamento.

—¿Dónde estás, Ethan?

—Camino al Score, señor. Como le comenté, Logan está cerca y mis hombres me informaron de un allanamiento en el edificio. Hay cuatro bloqueos del MI6 en la ciudad, vienen a buscarlos.

Salgo del ascensor, enojado.

—Estoy en camino. Reúne a todos los demás rápidamente —cuelgo y Matt me abre la puerta del auto.

Marco el número de Alesha para que se reúna con nosotros, pero me manda a buzón. Intento otra vez, y aunque consigo que entre la llamada, no responde. No insisto más, debió haberme visto salir con Emma y no tengo tiempo para sus dramas.

—Al Score —le digo a Matt y miro de nuevo la ubicación de las camionetas de Logan.

Maldito bastardo. Miro la ventana, molesto. No es casualidad que esté aquí. De pronto recuerdo la estupidez que cometí al besar a Emma frente a todos los medios, sin embargo, Christopher ya está en ello o no estaría acribillándome con llamadas desde que dejé la galería.

No pienso contestarle, tengo cosas más importantes que hacer. Matt conduce más lento que un puto anciano, pero, justo cuando mi paciencia está por agotarse, finalmente llega al Score y bajo decidido cuando mis hombres de seguridad se acercan.

—Señor Roe, hace poco más de una hora un hombre trató de entrar por la fuerza a su piso, venía armado —saca una foto y me la enseña—. Es de nuestras cámaras de seguridad, el hacker lo ha identificado.

No se vislumbra la cara del hombre, pero no necesito más que observar su ropa para saber que viene de parte de Logan.

—El edificio ya fue revisado en su totalidad y la seguridad se restableció. Está todo en orden.

—Trae mi Aston Martin —ordeno de inmediato y le lanzo una mirada a Ethan.

Esta "inesperada" visita es un aviso de que quiere verme y no voy a andarme con juegos, le daré la cara en uno de sus bares.

—Lo seguiremos de lejos, señor. Ya suman cuatro los bloqueos del MI6 en la ciudad —dice Ethan.

Asiento y, después de hacer unas llamadas necesarias a mi familia y a algunos socios en Dinamarca, me pongo en marcha. Conduzco hasta la ubicación donde hallaron la camioneta. Por el retrovisor veo uno de mis autos a dos coches del mío y dos Jeep verdes que buscan acercarse a mí.

Respiro pesadamente y palpo el acero en mi espalda. Llego a la ubicación de la camioneta. Es un hotel de mala muerte cerca de la avenida de la galería, el cual contrasta con los edificios a su alrededor.

Dos de sus *kray* vigilan la entrada y otros tres resguardan el otro lado de la acera. Tomo mi celular y marco.

—Estoy aquí, hijo de puta, ¿saldrás o acaso me tienes miedo?

—Muévete a un restaurante a dos cuadras de aquí. Mis *kray* están afuera, estaré esperando por ti —dice Logan y cuelga.

Pongo el auto en marcha de nuevo y me dirijo a donde me indica. Es un restaurante barato con pinta similar al hotel de antes. El lugar está prácticamente vacío y no me sorprende que abunden los vendedores. Entro por una de las puertas traseras y me dirijo a la mesa que está custodiada por dos *kray* vestidos de verde.

Miro hacia el bar a través mis lentes oscuros y siento que mis propios hombres caminan detrás de mí. Hay pocas personas en el lugar, en su mayoría ebrios.

Logan está en una mesa de espaldas a la mesa que está preparada para mí. El humo de su porro sube cuando lo deja salir y vuelve a inhalar una de sus tantas drogas sintéticas.

Me quito los lentes oscuros y parpadeo para acostumbrarme a la luz roja del lugar y evitar que me moleste. Quedamos espalda con espalda y siento que una rabia me recorre hasta los cojones. Tengo una botella de whisky barato frente a mí y un porro de hierba a un lado.

Ethan les ordena a mis guardaespaldas que me rodeen al igual que los de Logan lo protegen a él.

—Este lugar es una de mis recientes adquisiciones, junto con unos bares en la parte más prestigiosa de la ciudad —dice.

La música del lugar se escucha en alto y cubre nuestra conversación.

Me importa una mierda el lugar. Tomo la botella de whisky y lleno mi vaso hasta la mitad. Ignoro la maldita droga como siempre. Sé que Bennett desearía probarla, pero yo no.

—Tus negocios me importan una mierda. Habla de una puta vez, ¿qué quieres aquí?

—Trato de ser civilizado. Al menos pon un poco de entusiasmo a tu visita.

Me río sin ganas.

—Tratar de asesinar a veintitrés personas en mi hotel no me parece muy civilizado. ¿Qué pretendes ahora?

Se ríe largo.

—Siempre directo, Lobo —lo escucho tragar ese alcohol barato que sabe a agua de alcantarilla—. Todo quedó perfectamente calculado para que muriera la mitad de los huéspedes en el derrumbe. Podría responsabilizarte, aunque, si quieres, podemos negociar por un precio justo.

Esta vez soy yo quien se ríe. Él no habla de dinero, nunca ha hablado de eso, no lo necesita, nadie de mi linaje, en realidad; nos pudrimos en gloria en este maldito país, como yo mismo, que soy billonario, inteligente y perfecto.

—Me lo pensaré. De momento no me sirves.

Mi sarcasmo le molesta y el *kray* que se aproxima es detenido por Ethan.

—Estoy reclutando gente y tú podrías ayudarme —dice—. Los putos daneses quieren quedarse con la base militar del *Gard,* pero yo la quiero para mí. Me servirá para crear armamento y vendérselo a los rusos —se ríe más alto que la música—. Aún estás a tiempo de unir tu imperio a las empresas de lavado de dinero que poseo. Necesito más ingresos si iré por los daneses y sé que estás invirtiendo en la bolsa de valores neoyorquina.

Claro que lo sabe.

—Vete a la mierda, Hilton & Roe es un imperio que nunca vas a poseer —termino el alcohol de un solo trago. *Porquería barata.*

—Estoy intentando hacerlo por las buenas. Si no quieres ayudarme, tal vez Bennett lo haga.

—Con una mierda, imbécil —me levanto de golpe con la mirada seria y lanzó su mesa barata al suelo—. Tocas a mi hermano y te jodo.

Los *kray* nos rodean de inmediato y mis hombres sacan sus armas.

—Siempre protector con el pobre adicto. He pensado cn un último invento que podría hacer que no superara jamás su adicción. Él es uno de mis mejores experimentos humanos, cada droga siempre ha tenido su rostro como mi inspiración —se mofa caminando a mi alrededor con la ropa verde semiabierta del torso—. Tienes tiempo para pensarlo o el recordatorio será más grande que antes, empezando por el adicto.

Comienza a alejarse y uno de los *kray* arremete contra uno de mis guardaespaldas, atrapándolo a tracción. Ni siquiera me molesto en dar dos pasos cuando Ethan ya lo tiene de rodillas frente a mí, con el arma apuntando en su cabeza.

Saco el arma de mi espalda y le lleno el cráneo de plomo. Mato en segundos al insignificante *kray,* dejando un charco de sangre en el piso del bar.

Es como matar una rata, y yo desde niño soy experto en matar; disfruto tanto hacerlo.

Logan voltea, iracundo, pero con un movimiento de cabeza les ordena a sus *kray* que se alejen. La sangre me hierve en las venas, pero antes de hacer una puta estupidez no pierdo más mi tiempo y salimos de ese lugar de porquería.

Necesito una distracción que me haga entrar en razón. No quiero que Bennett sea el experimento de Logan otra vez y lo arrastre nuevamente a su adicción. Entro a mi auto azotando la puerta, hastiado por completo, y en ese momento el nombre de Alesha aparece en la pantalla de mi celular.

—Querido, me avisaron desde Dinamarca lo que pasó —dice con voz ronca cuando respondo.

—¿Dónde carajos estabas? Llevo buscándote toda la noche. Logan trató de infiltrarse en el Score y acabo de tener una reunión improvisada con él, aunque la organización no lo sabe.

—Fui encerrada en el baño de damas hasta que un sirviente me abrió. Estoy segura de que una maldita me encerró cuando estaba en…

—No tengo humor para escuchar tonterías —la interrumpo, masajeándome las sienes. Necesito relajarme para poder dormir tranquilo, las amenazas de Logan me enfadaron demasiado.

Estoy exhausto, estresado y malhumorado. Busco posibilidades de descanso, pero termino más molesto que antes al no encontrar ninguna.

—Ya estoy en casa, querido —se escucha el ruido del agua correr en el apartamento de Alesha. Sé que ella es una de mis posibilidades—. Tengo el jacuzzi listo y tu whisky escocés, ven para que te relaje, sabes que me necesitas y así hablamos de lo importante con los nuestros.

Emma

Cuando Alexander se fue de mi apartamento, el ardor en mi pecho se hizo más grande. Al menos Cora se quedó con Luke celebrando en la galería, no quiero que me vea enojada en su noche especial.

A tirones me quito el estúpido vestido rojo. En mi memoria, todos los acontecimientos de la noche se ven borrosos. Estoy tan enojada que ni respondo los mensajes del insistente de Adam. Evito a toda costa revisar las redes sociales porque, con seguridad, mi rostro acapara todas las publicaciones. Mañana por la mañana Alexander y yo ocuparemos los titulares de los diarios.

El estrés de no saber si conservaré mi trabajo me hace tomarme dos somníferos para obligarme a dormir.

No tardan en hacer efecto, ni siquiera tengo oportunidad de acomodarme entre las mantas. Duermo plácidamente en mi cama, mejor que en ocasiones pasadas; sin duda, se debe a que mi cuerpo liberó demasiada tensión con Alexander.

A mitad de la noche escucho el ruido de la puerta. Mi cabeza pesa y no puedo abrir los ojos, pero soy muy consciente de que algo recorre mi pierna desnuda.

Aún bajo el efecto de los somníferos, me remuevo contra la almohada tratando de abrir los ojos y liberarme del brazo que alguien intenta colocar bajo mi cabeza. Percibo un aroma a menta y el calor de un cuerpo. En cuanto siento unos músculos tensarse, logro abrir los ojos de golpe.

Hay un hombre en mi cama. Mi corazón comienza a palpitar con fuerza cuando me percato de que no estoy sola en la cama, pero me relajo un poco en cuanto reconozco la mano tatuada de Alexander y su pecho. Él se acomoda, intentando que rodee su cintura con mi pierna.

Entrecierro los ojos sin estar segura de que en verdad desperté. *No hagas esto de nuevo, Emma.* ¿Dos veces soñando con él en la misma semana? Es demasiado.

Miro la ventana de mi habitación y el cielo aún está oscuro. El reloj de la mesita de noche marca poco más de las tres de la mañana. Me pellizco el brazo para dejar de soñar y regresar a dormir, pero, aunque hago una mueca de dolor, Alexander no desaparece de mi cabeza y menos de mi cama.

Tiene los ojos cerrados y mi pierna envuelve su cintura. Su cabeza reposa entre mis pechos aún con camiseta. Me duele la espalda de estar en esta posición tan incómoda.

Su torso está desnudo y… miro hacia abajo y no veo más que su bóxer negro cubriendo lo necesario. ¿Cómo terminó aquí? ¿No se había ido con Alesha después de dejarme sobre la encimera?

—Alexander —susurro moviendo su brazo.

No responde.

—Alexander —digo con más fuerza, frunciendo el ceño.

—¿Qué? —dice sin abrir los ojos.

Lo miro muy de cerca.

—¿Qué haces aquí? Específicamente en mi cama. ¿Cómo demonios entraste?

—Son las tres de la mañana, cállate y duérmete, Emma.

¿Dormirme? ¿Cómo voy a dormir de nuevo si lo tengo en mi cama como una maldita aparición? Ni siquiera sé cómo entró a mi apartamento. Parece que se queda dormido de nuevo sin importarle mis reclamos. *Estoy soñando.* Poso mi mano en su brazo desnudo y no me aparta. Lo recorro con suavidad y sigue sin detenerme.

—¿Cómo entraste aquí? —digo en voz más baja porque es muy noche. Sin embargo, ésa no es la pregunta más importante—. ¿Qué haces aquí? —insisto.

¿Cora lo dejó entrar? ¿A qué hora regresó ella, que no la escuché? ¿Siquiera regresó? ¿No me envió un mensaje diciendo que estaría fuera? Tantas dudas se agolpan en mi mente aún adormilada que comienza a darme jaqueca. Sin embargo, la principal incógnita es qué hace Alexander aquí.

—¡Alexander, despierta! —grito, pero no funciona.

Ni siquiera se mueve. Su cabeza entre mis pechos me provoca un suave cosquilleo. Alexander no hace ni una mueca, parece una estatua o finge ser una como si mis senos fueran la mejor almohada del mundo. Me percato de lo extraña y vergonzosa que es esta situación.

Estar en pijama no es mi mayor vergüenza, lo es que mi pijama sea la camiseta que nunca le devolví. Espero que no lo haya notado, pero, si lo hizo, tendré que fingir demencia. Quito con brusquedad su mano de mi pierna y su cabeza de mis pechos y es entonces cuando abre de golpe sus ojos verdes.

—Quiero saber cómo entraste aquí, pero, más importante aún, qué haces aquí —me cruzo de brazos, provocando que su mirada baje, y recuerdo que tengo su camiseta puesta.

—¿Siempre eres tan exasperante? Quiero dormir.

—Bueno, no lo sería si no despertara a mitad de la noche y encontrara a un hombre semidesnudo en mi cama. ¿Haces esto todo el tiempo?

—¿Preferirías que estuviera completamente desnudo? —pregunta con sarcasmo y pongo los ojos en blanco, resistiendo el impulso de golpearlo.

—Preferiría no encontrarte en absoluto.

Me mira en silencio y luego su gesto se endurece y se levanta. ¿Ahora se va? ¿Sin decirme nada? Lo veo inclinarse por su pantalón. En ese momento reparo en el molesto ruido que a ambos nos hace masajearnos las sienes.

No se levantó para irse, se levantó por el celular. Se acerca a mi cómoda y toma mi botella de agua hasta que se la termina. Lo saca y responde.

—Alesha —la sola mención de su nombre me hace poner los ojos en blanco, pero recuerdo que la encerré en el sanitario de mujeres.

Alguien debió sacarla, espero que no haya cámaras de seguridad dentro del baño y, si las hay, lo negaré todo.

—La odio —susurro por lo bajo, sin embargo, al parecer Alexander alcanzó a escucharme, porque me mira fijamente.

—No, eso no te incumbe —responde, tajante, sacándome de mis pensamientos—. Búscalo cuando quieras. ¿Acaso son unos completos inútiles? No pueden darme ni una noche de descanso —se aparta el teléfono, molesto.

Permanezco en silencio, mirando su espalda desnuda. Me pregunto si está molesto por algo o si está esperando para reclamarme algo, sin embargo, cuando me muevo un poco, veo que tiene los ojos cerrados, la mano apoyada en la frente y una mueca de angustia en el rostro.

He visto esas señales antes. En Birmingham.

—¿Alexander? —me quito la sábana y me levanto preocupada.

—¿Qué quieres? —responde sin voltearse.

—¿Estás bien? —me planto frente a él.

—Sí —abre los ojos y parpadea.

Sus hombros están demasiado tensos. Joder, esto es una maldita locura porque ni siquiera sé cómo entró.

—¿Estás seguro? —pregunto y vuelve a cerrar los ojos.

Oh, no, sólo espero que no esté por desmayarse. Me acerco más a él y me alzo sobre las puntas de mis pies.

—¿Todo bien con tus ojos?

Abre los ojos y un segundo después estoy sobre su hombro. Ahogo un jadeo, sorprendida, y cuando me recuesta en la cama lo miro con molestia. Se acomoda a mi lado sin tocarme.

—Estás completamente loco, creí que te ibas a desmayar.

Respira hondo.

—Estoy cansado y me duele la cabeza, necesito dormir un poco, Emma. Dejemos los interrogatorios para mañana, ¿de acuerdo? —dice exhausto.

Sin duda, luce agotado y tenso. Sin embargo, no soy tonta, tiene una cama enorme y una variedad de habitaciones en su piso, ¿acaso necesitaba dormir conmigo?

Antes de que pueda seguir pensando sus ojos se cierran y su respiración se vuelve más pausada, sin embargo, desconfío porque nadie logra dormirse así de rápido. *¿Estoy soñando o me estoy volviendo loca?* Suspiro. Estoy mentalmente cansada y los somníferos siguen haciendo efecto en mi cuerpo.

Si esto es real y no un sueño, mañana no se librará de mi interrogatorio. Con un infierno que no lo hará. Me recuesto en la almohada y lo veo dormir en silencio. ¿De verdad está aquí? ¿Por qué?

Me alejo lo más que puedo al otro lado de la cama, aunque en realidad no es tan grande. No sé cuánto tiempo lo miro, pero al final el cansancio también me vence y me quedo dormida.

Siento que sus manos me arrastran a su lado y luego el cosquilleo de su cabeza entre mis pechos.

—Sólo puedo dormir si es contigo —susurra en mi inconsciencia—. Sólo duermo contigo.

. . .

Me despierto por la luz del sol que entra por la ventana y el sonido de la puerta cerrándose. Busco mi botella de agua en mi cómoda, pero ya está vacía.

Estiro mis extremidades impregnándome del aroma a loción masculina de mis almohadas.

Soy la única persona en la cama y miro a mi alrededor confundida. Las sábanas están revueltas del otro lado y su aroma sigue aquí.

—¿Alexander? —me levanto para buscarlo e iniciar mi interrogatorio. Tengo un ligero pero satisfactorio dolor entre los muslos y él es el responsable de esto.

Camino por el apartamento buscando a Alexander, pero sólo encuentro a Cora en la cocina. Luce fresca y recién duchada.

—¡Buenos días, *sexy*! —grita con una sonrisa de lado a lado.

—Ahí está mi rubia favorita, que arrasó vendiendo todos los cuadros de su exposición —la abrazo con fuerza—. Cuéntame, ahora que tu exposición ha sido todo un éxito, ¿tendrás tiempo para los amigos o deberé agendar una cita?

—Te permitiré verme si hablas con mi asistente —dice con un gesto de suficiencia y ambas nos reímos. Sin embargo, mi sonrisa desaparece en cuanto recuerdo por qué estaba aquí en primer lugar.

—¿Estás sola? ¿No hay nadie más en el apartamento? —miro alrededor buscando a Alexander.

—Sólo yo y el alma de mis peces, ¿por qué? —me mira con el ceño fruncido.

—Alexander estuvo aquí anoche —camino hacia la sala de estar.

—No tengo dudas de eso —suelta una risita y me percato de que mira mi forma de caminar.

—No me refiero a eso —me cruzo de brazos—. Anoche, en la madrugada, apareció en mi cama.

—¿Apareció en tu cama para dejarte sin poder caminar o apareció en tu cama para hablar de relaciones públicas después de lo que hizo en la galería?

—Nada de eso. ¡Apareció como un maldito fantasma, ni siquiera sé cómo entró! —levanto las manos, exasperada, pero rápidamente me cubro la boca con ellas—. Mierda. Tienes razón, me besó en la galería.

Mis problemas con lo sucedido en la galería me enfrentan desde temprano. Mi celular tiene cientos de mensajes y no quiero ni abrir los de mi jefe. Debería quedarme en cama todo el día, no quiero sentir las miradas de la gente.

Seré el cotilleo del año.

—Oh, sí lo hizo, lo recuerdo muy bien —levanta las cejas—. Y creo que aquí hizo algo más que besarte e insinuar que siempre estarán juntos —se carcajea.

Con las mejillas enrojecidas corro hacia mi habitación y abro mi laptop con miedo a lo que voy a encontrarme. Cora entra comiendo un pedazo de tocino, se sienta a mi lado y me ve navegar por los portales web de los medios más prestigiosos de Londres.

—Mujer, qué bien te ves ahí, son la pareja del año —señala Cora a mi espalda cuando encuentro el primer artículo. Mi foto encabeza el titular.

ALEXANDER ROE ROMPE LOS MEDIOS: ASISTE ACOMPAÑADO DE UNA MISTE-RIOSA MUJER A LA EXPOSICIÓN NOCTURNA DE GALLERY ART. En el *New Times* se lee el siguiente encabezado: EL EMPRESARIO ALEXANDER ROE CERCA DEL MATRIMONIO CON SU PUBLICISTA.

Mi rostro y la boca de Alexander sobre la mía se aprecian muy bien.

—En serio rompieron los medios. Aquí hay otro encabezado del *Daily Star* y de muchos otros medios amarillistas —me enseña su celular y la miro horrorizada.

—No puede ser, Cora, esto no puede ser. Si no hacemos algo de inmediato, toda la gente lo verá. Los medios, los empresarios, los socios.

—A estas horas, creo que todo Londres ya lo vio, *sexy.*

Mientras miro confundida los artículos, tomo mi móvil y marco el único número que realmente me aterra.

—Señor Jones —digo cuando responde.

—Emma —responde del otro lado. Con seguridad ya está al tanto de todo. Permanezco en silencio sin saber qué decir, aunque esto no es mi culpa, es de Alexander—. Creo que ya vio los artículos que han impactado en la página de la empresa —respondo que sí en voz baja—. Nos veremos en una hora en la oficina para discutir… este peculiar asunto —dice.

Suena a mi despido.

—Me gustaría explicarle la situación antes de reunirnos con los demás publicistas.

—Esto no tiene otra explicación más que la evidente, señorita Brown. Le advertí que cuidara su trabajo.

—No es lo que parece, sé que…

—No quiero escuchar más del tema hasta que esté en la empresa y hablemos frente a frente —no me permite terminar y mis hombros decaen.

—Sí, señor —termino la llamada y finalmente respiro hondo.

—Esto va mal, ¿cierto? Tu jefe no sonaba contento, nunca pensé que te hablaría así —dice Cora mientras me dirijo hacia mi armario—. Es malo desde el hecho de que te hará ir a la oficina en sábado.

—Creo que éste será mi último día de trabajo. Mi jefe ya me había advertido que no quería errores, confió en mí.

—No seas extremista. ¿No están encargados de proteger la imagen de Alexander y de su compañía? Bajen cada artículo.

—Es una noticia internacional, Cora, el desastre no se puede detener.

La escucho hablar mientras termino de acomodar mi blusa sobre mi pecho. Ayer fue una noche extraña, demasiado extraña, y sospecho que este tipo de eventos aún no han terminado. Ahora mismo debo afrontar uno que ni siquiera provoqué yo misma: el beso de Alexander y el hecho de que nuestros rostros circulen por todos los medios.

—Tengo que irme y solucionar esto —digo terminando de arreglarme en un tiempo récord. Enseguida tomo las llaves de mi Mazda—. Lamento que no podamos celebrar el éxito de tu exposición como se debe.

—*Sexy*, mi mejor celebración fue contar con la compañía de mis amigos, incluso aunque mi hermano no apareciera. Fue perfecto tenerlos conmigo.

—Aun así, no te quedarás sin una celebración digna, lo prometo.

Sonríe mientras salgo casi corriendo. Permito que mi perfil ejecutivo emerja y cree una estrategia para solucionar esto.

En cuanto llego a la empresa, la vergüenza se apodera de mí porque comienzan las miradillas de los empleados.

Finjo que no me molestan o que no percibo sus murmullos, sin embargo, todo el mundo habla a mis espaldas y me barre con la mirada. Las puertas del ascensor se abren en el piso de relaciones públicas y salgo con la mirada fija al frente.

Me giro un segundo y por el rabillo del ojo veo a una persona frente a la pequeña recepción. El hombre que está ahí se coloca de espaldas. Es sólo un instante, pero vislumbro un mechón de cabello rubio, similar al de Seth. Enseguida volteo de nuevo, buscándolo con el pecho desbocado, pero los empleados de la entrada se agolpan en las puertas del ascensor y se pierde entre la gente.

. . .

—Ya hablé con mis contactos, pero tendrás que ofrecer una rueda de prensa sobre lo ocurrido en la exposición. Ya tengo el discurso listo e incluso añadimos unas cuantas palabras para aclarar mejor la situación —mi jefe le entrega el documento a Alexander.

Él frunce el ceño. Sé exactamente lo que dice ese discurso porque yo lo elaboré, pero no digo nada, tal como mi jefe me sugirió antes de iniciar la reunión.

—Como podrás leer, retomarás ambos escándalos y dirás que West B trató de difamarte en dos ocasiones, que la señorita Brown fue la que te besó y que te deslindas de todo escándalo sobre algún compromiso que no sea laboral con ella.

Siento su mirada clavada en mí, pero la rehuyó. La pelirroja se encuentra a su lado y me observa con tanta rabia que presiento que va a arrancarme los ojos en cualquier momento. Me pregunto cómo habrá salido de su encierro temporal; la próxima vez tengo que ser más creativa.

—Ya está programada la prensa, tienes unos minutos para prepararte, los del equipo de imagen te esperan —responde mi jefe, serio.

—No pienso ofrecer ninguna rueda de prensa.

—Tu rostro está por todas partes, eres noticia internacional, culparás a West B y a Emma de todo, ya después limpiaremos la imagen de ella, diremos que West B mandó información falsa a los medios porque es nuestra competencia y que en realidad el beso en la exposición nunca ocurrió.

—Me parece perfecto —Alesha interviene—. Que la culpen a ella de todo lo malo que ocurre en Hilton & Roe, porque eso fue lo que pasó en la galería, ella lo besó, es evidente —dice para todos.

—¡Eso no fue lo que pasó! —digo y al instante me quiero golpear por idiota. La única cosa que me pidió mi jefe para no despedirme fue no hablar durante esta reunión y no desmentir que fui la culpable del beso en la galería.

—Por favor, Emma —Alesha sonríe de lado—, seguramente querías un ascenso.

Me hierve la sangre. Estoy a punto de renunciar, pero Alexander se adelanta.

—Me dijiste que hablaste con tus contactos, Jones, y eliminaste la mayoría de los artículos. Sigamos así y los que no se puedan borrar dejémoslos correr.

—¿No vas a desmentir lo que ocurrió en la exposición de anoche? —pregunta la pelirroja y enseguida se esfuma su sonrisa cínica.

—¿Por qué debería hacerlo? —Alexander se inclina en su silla—. No voy a desmentir algo que todo el mundo vio que hice.

Deja a todos boquiabiertos. Lo observo inmóvil mientras siento cómo enmudece la sala entera. Segundos después, todos comienzan a cotillear de nuevo, mirándome.

—Como te dije esta mañana, Christopher, yo besé a la señorita Brown y ella venía conmigo como mi acompañante —aclara Alexander, rompiendo por la mitad el discurso que me inculparía frente a la prensa.

Alesha se levanta de su lugar y sale de la sala sin despedirse, con menos clase de la usual porque azota la puerta. Ni siquiera sé qué hacía aquí si es una reunión rápida de relaciones públicas.

—Haré lo que pides —mi jefe no se ve complacido, pero no le lleva la contraria. Todos estamos en shock.

Alicia se cubre la boca mirándome con los ojos entornados.

—Emma sabe cómo solucionarlo y ya me informará —Alexander se impone. Mi jefe no tiene más remedio que asentir—. Si no hay más que decir, doy por concluida la reunión —dice serio sin moverse de su lugar.

Los tres publicistas reunidos salen de la sala. Al menos tuvieron la cortesía de no llamar a Adam. Tras unos minutos, nos quedamos sólo mi jefe, Alexander y yo.

—Háblame de la estrategia que planeaste anoche para solucionar este desastre —le dice Alexander a mi jefe.

Vuelve a estar serio. Respiro hondo, ya sabía que en realidad tenían un plan adicional aparte de la rueda de prensa.

—El único diario que aún tiene los artículos es el *New Times*, pero solicitan una reunión privada para negociar. Emma y yo nos reuniremos con ellos esta tarde —dice mi jefe.

—Cuando negocié el rumor de Brent, conocí al director general del diario, así que puedo manejarlo sola, señor.

Mi jefe me mira complacido, pero Alexander ladea la cabeza.

—Iré solo a la reunión.

—No eres publicista —mi jefe se levanta, tomándolo con humor.

—No es una sugerencia, es una orden —Alexander se levanta, serio.

Mi jefe se ríe.

—Emma, ¿tiene algún problema con eso? Aunque lo dudo.

Miro a Alexander antes de responderle a mi jefe. No sé qué trata de hacer, pero está demeritando nuestro trabajo como publicistas. Además, sigo sin entender por qué desapareció de mi cama está mañana como un fantasma.

—Creo que el señor Roe no podrá manejarlo él solo.

Alexander arquea una ceja.

—Perfecto, señorita Brown, entonces será mi compañía de esta tarde.

No era lo que quería conseguir.

—Me parece perfecto, ir juntos permitirá que aclaren la situación de mejor manera. Ahora, tengo que irme —dice mi jefe, luego sale de la sala.

Alexander no se mueve ni un centímetro de su lugar y lo miro con coraje, igual que cuando apareció esta madrugada en mi cama. Le he demostrado mi desprecio con mis miradas, aunque más bien mi enojo se debe a la pelirroja y a que él no tiene que aguantar los murmullos de los empleados como yo.

—¿Algún tema que quiera discutir, señorita Brown?

—¿Por qué les dijiste a todos que me besaste? —me cruzo de brazos.

—Porque soy un hombre, no un jodido idiota. Le haré frente a las consecuencias, no esconderé la cara como cualquier niñato imbécil.

—Todos hablarán de mí ahora.

—Nadie hablará de ti —dice muy serio—. Ya me hice cargo de eso. Mientras estábamos en la reunión, mi asistente mandó emails a los empleados.

—Gracias —lo miro y asiente.

Su celular suena. No ha dejado de hacerlo desde anoche. Cada llamada lo pone de peor humor. Alza la mirada con el ceño fruncido; debe ser algo importante o más bien frustrante porque se vuelve a tensar.

Paso a su lado en silencio, aunque aún hay muchas cosas por aclarar, sobre todo la de anoche, sin embargo, no tengo ganas de discutir. Mi escaso buen humor se esfuma cuando veo a la pelirroja afuera. Entra de nuevo a la sala, camina hacia nosotros y su mirada de arpía cambia radicalmente.

—¿Tienes un segundo, querido? Hay algo que debes saber sobre anoche, cuando me quedé encerrada en la galería.

Pongo los ojos en blanco y camino más deprisa hacia la salida. La oficina está casi desierta este día.

—No tengo tiempo —responde Alexander y su mano roza la mía cuando pasa a mi lado. Me mira de reojo, pero enseguida vuelve la vista al frente.

Entramos juntos al ascensor y, cuando comenzamos a bajar, su celular suena otra vez.

—Carajo, estoy en camino, Bennett, aún tengo algo importante que hacer —dice tajante y guarda su móvil.

Permanezco en silencio. Los pisos se me hacen eternos. En cuanto las puertas se abren, me apresuro a salir. Alexander camina más rápido que yo, como si tuviera una emergencia. Se sube a su auto y éste sale casi derrapando por la carretera. Detrás veo una camioneta no muy nueva y luego una más. Son Jeeps verdes que van siguiéndolo.

Con el ceño fruncido entro en mi Mazda y me pongo en marcha a la carretera también. Un auto plateado sale casi al instante detrás del mío y, en cuanto me percato de que me está siguiendo, piso el acelerador.

Capítulo 33

Emma

Presiono el botón de encendido de la radio y la música de una banda de rock estadounidense que jamás he escuchado llena mis oídos mientras vuelvo a pisar el acelerador. Miro por el retrovisor y veo el auto plateado; giro por una avenida y él hace lo mismo; la luz del semáforo me detiene, y él se planta a tres autos del mío.

—¿Qué mierda?

Desde el incidente con el hombre extranjero y calvo días antes de la exposición de Cora, no había vivido nada parecido a esto e incluso me había olvidado del asunto. El auto no es demasiado viejo para ser un modelo antiguo, pero tampoco es costoso.

Hay una persona capaz de hacer algo como esto: Jaden. Ese enfermo debe estar siguiéndome. Enciendo las luces intermitentes y me orillo para dejarlo pasar, pero disminuye la velocidad hasta quedarse a cuatro autos del mío. No va a irse, así que debo buscar otra opción.

Retomo la marcha. No puedo perderlo de vista; además, si me pongo a la par de él, podré descubrir quién lo conduce. Me quedo esperando unos minutos a que se acerque, pero la luz roja del semáforo nos detiene de nuevo a todos.

Tamborileo los dedos en el volante mientras espero el siga. La canción que suena me distrae por un momento. Habla sobre leyendas, venganza y armas. Miro la pequeña pantalla con el ceño fruncido. *The Score,* ése es el nombre de la banda.

Resoplo sin humor. Esto es irónico. Irónico que el nombre de la banda sea el mismo que el del edificio de Alexander Roe. ¿Coincidencia? A estas alturas de mi vida ya nada me sorprende.

Las luces del semáforo cambian de color y me pongo en marcha a baja velocidad, prácticamente a veinte kilómetros por hora. Si el idiota de Jaden está jugando, jugará de forma legal cuando lo meta tras las rejas por acoso.

La policía no podrá decirme que ahora no hay suficientes pruebas para hacer la demanda. Estoy segura de que es él, nadie en esta ciudad tiene interés en mí; además, es de esperarse, porque después de su inesperada visita a la oficina no se ha contactado conmigo.

Mi celular suena y bajo el sonido de la música para responder con el altavoz activado sin reparar en el número. El auto plateado iguala la velocidad de mi Mazda y aparece por el lado izquierdo.

—Emma Brown, diga —respondo y me mantengo al lado del auto plateado, el cual tiene los vidrios polarizados, por tanto, no puedo ver quién está dentro—. ¿Hola? —digo, insistente, pero la persona al otro lado de la línea no responde—. Si eres tú, maldito acosador, más te vale dejar de seguirme, porque le daré a la policía este número, ya te he denunciado.

De repente, la ventanilla del auto plateado baja y lo primero que observo es el rostro de Jaden, pero él no va al volante. Miro hacia el frente y, cuando volteo nuevamente, me sonríe de lado el muy idiota.

El infractor que me ha estado siguiendo es él, justo como lo sospeché. Aumento la velocidad para ver al conductor y Jaden se reclina en su asiento para permitírmelo como si supiera que eso es lo que quiero.

La persona está de perfil y lo primero que veo es su mandíbula y después un mechón de cabello rubio seguido de otro y otro más debajo de una gorra negra. *Seth.* Mi cuerpo se petrifica a mitad de la carretera y mi sangre se congela.

—Denunciaste a la persona equivocada, mi *conejito* —suena la voz al mismo tiempo que los labios del conductor se mueven sin apartar la mirada de la carretera.

—Seth —susurro a medias con un jadeo.

No puedo apartar la mirada del conductor del auto plateado. Es él. Oh, Dios, es él en Londres. Escucharlo era una amenaza latente, pero verlo es una pesadilla hecha realidad.

—Esta mañana vimos una foto tuya circulando por internet y la televisión. No sabía que aún eras una exhibicionista, Emma, tan zorra como siempre, mira que follar para alcanzar un mejor puesto sólo es de putas —quien habla es Jaden mientras Seth aprieta la mandíbula, aunque segundos después la comisura de su boca se levanta.

La foto... la foto con Alexander.

—Es una puta barata —Seth concuerda con él.

—Ni siquiera trates de huir porque te vamos a seguir a donde sea que vayas como lo hemos hecho desde Brent. Si les abres las piernas a millonarios, no será difícil abrirlas para nosotros y el nuevo negocio que tenemos en mente —Jaden se carcajea, aunque una mirada rápida de Seth lo hace callarse.

Ellos me han seguido desde Brent, justo como me amenazaron, pero ¿por qué hacer que un hombre mayor calvo me siguiera también?

—Mira hacia el frente, Emma —dice Jaden, pero no puedo dejar de observar a Seth, aún no creo lo que mis ojos ven—. ¡Te digo que mires al frente! —grita en el altavoz y después por la ventanilla del auto, sacando la cabeza—. ¡Esta estúpida se va a estrellar! ¡Reacciona, idiota! —se gira hacia el rubio.

Con esas palabras, Seth se vuelve hacia mí y, cuando veo su rostro, esos ojos azules claros y amenazantes, la mandíbula marcada y el cabello rubio debajo de la gorra, me quedo sin aliento.

Ésta es la primera vez que nos vemos las caras después de tanto tiempo.

—Que se estrelle por zorra —es lo único que dice y aparta la mirada mientras choca la parte trasera de su auto con mi Mazda.

Una voz en mi cabeza me grita para que reaccione, vuelva la mirada al frente y quite el pie del acelerador, pero mi cerebro desoye todas las señales y pierdo el control del auto en cuanto Seth vuelve a chocarme.

Los miro unos segundos más, pero ellos ya no voltean. Suben la ventanilla del auto, aceleran y desaparecen de mi vista.

La llamada se corta en ese momento y Seth choca conmigo una última vez. Siento una descarga de adrenalina que paraliza mi cuerpo y me hace temblar al mismo tiempo. Miro hacia abajo, son mis muñecas las que tiemblan, no es la adrenalina, es la velocidad del auto.

Veo cómo todo pasa como una mancha borrosa a mi alrededor. Lo más próximo a mí es una camioneta negra. Con el cuerpo temblando y la mente rota, ya no hay nada que pueda hacer, voy a matarme.

Aprieto los ojos con fuerza y espero el impacto, sin embargo, de un segundo a otro, sin saber cómo, logro reaccionar y piso el freno, aunque sé que el accidente es inevitable.

El golpe del aire entra por la ventanilla y choco con una camioneta. El sonido me cala los oídos y, aunque el cinturón de seguridad mantiene mi cuerpo fijo al asiento, mi cabeza vuela hacia el frente, impactando en el volante.

Gracias al freno, logro reducir bastante el impacto, pero aun así se destroza la parte delantera de mi auto y el cristal de la camioneta. Mi cabeza rebota hacia atrás y vuelve a golpearse cuando el auto se detiene.

No veo nada durante unos minutos, todo se siente abrumador, me palpo la frente adolorida con un rastro de sangre, se escuchan los sonidos de la ambulancia, uno que otro grito.

Varios autos se detienen a mi alrededor y comienzo a jadear sin poder abrir los ojos del todo. Mi cuerpo tiembla de pies a cabeza y siento que todo me da vueltas.

—Ayu… ayuda —susurro en voz baja tratando de levantar la cabeza, pero me duele demasiado.

Veo borroso y no sé dónde estoy, pero tengo que irme de aquí antes de que Seth regrese. Debo llamarle a Cora, decirle que lo vi, lo que me dijo, irnos y avisarle a Dylan. Trato de quitarme el cinturón de seguridad, pero me duele todo el cuerpo.

Me quejo en voz alta.

—Señorita Brown —una voz conocida me hace abrir los ojos y, cuando me giro, veo a Ethan, quien está abriendo la puerta de mi auto.

—¿Ethan? —susurro confundida mientras me quita el cinturón de seguridad.

—Salga del auto, carajo, tiene sangre en la cabeza —me extiende la mano y me percato de que con una mano sigo aferrada al volante.

Tomo su mano con cuidado y permito que me ayude a bajar. Decide cargarme porque la cabeza me da mil vueltas y ni milagrosamente podría caminar a su lado sin caerme.

No hay tantas personas a nuestro alrededor, el choque fue menor de lo que pensé, pero aun así el seguro tendrá que cubrir los gastos de… volteo y veo la camioneta negra contra la que me estrellé. Matt observa la parte trasera con el cristal roto y mi Mazda hecho mierda.

Oh, no. Reconozco esa camioneta.

—Ethan, la ca… camioneta… yo… tú y Matt… —digo a medias sin poder ordenar mis palabras.

—No se preocupe, el golpe de la camioneta fue menor; además, no tenemos ninguna lesión grave, nuestro seguro cubrirá esto y lo de su auto, así que por ahora nos ocuparemos de usted. Le haré unas preguntas para valorar la seriedad de su golpe —asiento—. Dígame su nombre completo.

—Emma.

—Apellido.

Pienso durante unos segundos de confusión.

—No sé —se preocupa y me obligo a pensar—. Es Brown, Emma Brown.

—¿Edad?

Levanto dos dedos y después cuatro.

—Veinticuatro.

Deja salir el aire que estaba conteniendo.

—Parece que la confusión es momentánea —me lleva a un lado y me hace sentarme en uno de los bancos cercanos al parque por donde chocamos, mientras la gente se dispersa.

Golpeé una de las camionetas de Alexander… Alexander Roe… Ellos trabajan para Alexander, eso puedo recordarlo. ¿Por qué pienso ahora en eso? Debe ser porque mi cabeza sigue dando vueltas y mi cuerpo tiembla.

Suspiro en un intento por calmarme, aunque no lo consigo del todo. Luego miro mi Mazda con la parte delantera destrozada y la lujosa camioneta prácticamente intacta.

¿Este parque estará lejos de casa? Mi mente está divagando en cosas sin sentido otra vez.

—Tenemos un inconveniente, señor, hubo un accidente automovilístico, un Mazda azul nos impactó —lo veo asentir con el móvil en la oreja—. La otra camioneta lo sigue de cerca, en cuanto lo resolvamos, iremos de inmediato al lugar.

Ethan se gira con el teléfono todavía en la oreja y hago una mueca. Esto duele demasiado. Me llevo la mano a la frente y, cuando la bajo, en mis dedos aún hay sangre. De pronto, recuerdo qué provocó el accidente, entonces jadeo y me cubro la boca con una mano. Perdí el control del auto, me paralicé por completo por… Seth.

¡Seth!

Me incorporo de inmediato tambaleándome y Ethan se gira para detenerme.

—No puede levantarse hasta que sea revisada por los paramédicos —me sostiene por los hombros antes de que me caiga.

—Tengo que irme —digo a medias—. Pagaré todo, pero debo irme ahora, no estoy a salvo.

—Los paramédicos están en camino, señorita Brown, sí está a salvo, el accidente ya pasó —vuelvo a sacudir la cabeza y escucho una voz que grita del otro lado del teléfono. Es Alexander—. Señor Roe —dice llevándose el móvil a la oreja otra vez—. No, el accidente fue por la avenida Siete. De acuerdo. Mandaré vigilancia al lugar.

Aprovecho que está distraído para ir a mi Mazda y tomar mi bolso. Por el reflejo de la ventanilla veo que la herida de mi cabeza es pequeña, pero me duele demasiado.

De pronto, veo las luces de la policía, y justo cuando creí que podría huir, me topo de nuevo con Ethan, quien ya no está al teléfono y me guía lejos de los oficiales.

—Matt se encargará de su auto, ahora debe acompañarme para ser revisada. Me guía hacia los paramédicos.

—Estoy bien, Ethan —al fin recupero mi voz—. No es necesario.

—Tienen que examinarla.

No acepta negativas y sospecho que eso lo ha aprendido después de tanto tiempo trabajando con Alexander, así que dejo que me guíe; además, no voy a discutir con un hombre tan robusto como él que parece militar.

Me sienta en la ambulancia con los paramédicos. Una mujer comienza a revisarme y me pregunta si tengo dolor en alguna parte del cuerpo mientras apunta a mis ojos con una luz, casi cegándome.

Hace su trabajo con cuidado y gracias a su amabilidad mi miedo aminora un poco. Los paramédicos determinan que la única parte dañada es mi cabeza. Limpian la sangre de mi frente y soporto el ardor. Se trata de una herida mínima, así que no me colocan nada más sobre ella.

De lejos veo a Matt y a otro hombre hablando y moviéndose de un lado a otro. Nadie me molesta, pues me imagino que la gente del dueño de Hilton & Roe debe estar altamente capacitada para gestionar este tipo de incidentes. Por fortuna, reaccioné a último minuto, de no haber sido así, estaría en peores condiciones. Sé que eso era lo que Seth quería, que me estrellara. El miedo crece dentro de mí.

—Por fortuna, no hay heridas profundas ni daño en otra parte del cuerpo, sin embargo, el golpe en la cabeza fue demasiado fuerte. Si prefiere, podemos llevarla a urgencias para que la revisen con detenimiento si el dolor persiste —me dice la paramédico.

—No, con esto me basta —digo rápidamente.

—En ese caso, podrá tomar cualquier tipo de analgésico para el dolor y deberá mantenerse despierta por las siguientes seis horas para prevenir una contusión.

Le doy las gracias y me ayuda a levantarme justo cuando Ethan se acerca a nosotras.

—La llevaremos a casa.

Asiento y miro a mi alrededor buscando el auto plateado mientras me lleva a la camioneta, pero no lo veo. Entro y me deslizo con su ayuda por las vestiduras negras.

—¿Se encuentra bien? —pregunta y asiento, pero es mentira.

Nada está bien conmigo. Miro a cada momento por la ventanilla, siento un escalofrío por la espalda y trato de hacerme un ovillo; un ataque de pánico va a quebrarme en cualquier momento. Mis muñecas comienzan a temblar otra vez cuando el motor ruge.

El mareo es constante, pero no lo demuestro. Tal vez se deba a que no he probado ningún alimento desde anoche o quizás el golpe fue más fuerte de lo que recuerdo. Cuando llegamos frente a mi edificio, Ethan me ayuda a bajar para no hacer mucho esfuerzo y cierra la puerta detrás de mí.

—Ethan, no quiero que el señor Roe se entere de esto, pagaré los daños y me haré responsable de todo, pero no se lo digas.

—Señorita Brown…

—Por favor —lo miro suplicante y asiente.

Aprieta los labios en una línea.

—Así será.

Le doy las gracias en voz baja y, en ese momento, la puerta de un auto se cierra.

—Hola, Emma —me giro y descubro que es Bennett, quien se acerca con el ceño fruncido—. ¿Estás bien? —mira la herida en mi cabeza y voltea hacia el hombre que me sostiene de la mano—. Ethan.

—Señor Bennett —le dice e inclina la cabeza.

—Un pequeño accidente con mi auto, me estrellé contra la camioneta de Alexander, un coche me empujó —respondo con una sonrisa corta para darle a entender que estoy bien, aunque mira fijamente la cortada de mi frente.

Examina mi cabeza por todos lados.

—¿Cómo sucedió y por qué no te llevaron a urgencias?

—Calculé mal el momento para frenar, no es nada grave, el otro auto se dio a la fuga; además, Ethan hizo que los paramédicos me revisaran y confirmaron que no hay más heridas.

Sacude la cabeza y me ofrece el brazo.

—Yo te llevaré adentro.

Acepto su brazo, pero no camino.

—Mi auto, tengo que arreglar lo que sucedió y…

—Nos haremos cargo de todo, señorita Brown, necesita descansar, está muy confundida y ansiosa —le dice Ethan a Bennett, quien asiente—. Revisaremos los daños y le mandaremos la factura.

—Gracias, Ethan —lo digo con toda la honestidad del mundo, me ha salvado ya dos veces. El grandulón me sonríe y camino con Bennett—. ¿Estás aquí por Cora? —le pregunto mientras entramos al edificio.

—No realmente —sonríe, aún preocupado—. Tenía el presentimiento de que necesitarías mi ayuda para subir a tu apartamento, así que decidí venir.

Se ríe y logra sacarme una risa débil, aunque sigo pendiente de que nadie nos esté siguiendo.

—Así nos conocimos y creo que tu destino es verme en accidentes por el resto de nuestras vidas —me toma de la espalda.

—¿Segura que estás bien? Te veo asustada por el accidente.

Trato de que el temblor de mis muñecas no sea muy notorio y asiento.

—Ya se me pasará, debo tomar unos analgésicos para el dolor.

—De acuerdo. Yo estoy aquí para invitarlas a cenar como celebración por la exposición de Cora. Y bueno, si tu cuadro hubiera estado a la venta, yo habría sido uno de los interesados en comprarlo.

—¿Viste la exposición completa? No te vi cerca durante el recorrido —frunzo el ceño.

—Lo hice de lejos. Los lugares muy llamativos no son de mi estilo —se encoge de hombros.

Asiento. Recuerdo que no podía encontrar una foto suya con Alexander, el hombre siempre aparece solo en todos lados, hasta anoche, cuando decidió besarme.

—Pero hiciste una excepción anoche.

—Siempre hago excepciones por mis amigos y tú y Cora son buenas y nuevas amigas.

—Claro —son tan buenos amigos que terminó arruinándole el vestido de manera misteriosa, pero no voy a mencionarlo.

—Vi los artículos de los diarios esta mañana —su tono de voz cambia, suena preocupado. Las puertas del ascensor se abren.

Permanezco en silencio. Otra persona que vio el beso de la exposición, sin embargo, en este momento eso no me parece tan relevante. Miro por los pasillos para asegurarme de que estén vacíos, de que Seth no esté aquí.

—Fue una situación muy curiosa —dice sin indagar en detalles que no pensaba darle y sigue mi mirada.

Debo parecer loca mirando por todos lados. Sin embargo, enseguida me recompongo y busco las llaves en mi bolso.

—Luego Alesha pasó mucho tiempo encerrada en el sanitario de damas de la galería —las comisuras de su boca se mueven.

—¿Encerrada? —pregunto con sorpresa fingida.

Asiente.

—Tuve que regresar por un asunto importante un par de horas después de que se terminó el evento y la encontramos intentando salir por una de las ventanas del corredor. Los empleados y yo la ayudamos a salir.

Es una lástima.

—No lo hubiera imaginado, esta mañana estaba fresca en la oficina cuando arreglamos el tema del beso con los publicistas —termino en voz baja.

Se ríe y me mira con los ojos entornados. Espero no estarme delatando. Las puertas del ascensor se cierran porque alguien presiona el botón en un piso de abajo. ¿Será Seth intentando subir? Tengo que entrar para estar a salvo.

—Emma —detiene mi mano antes de que abra la puerta.

—Lo siento, es que necesito entrar a la casa.

—Espera, quisiera hablar contigo un momento. No soy un caballero ejemplar, pero me gusta ser sincero y más con mis amigos. Vi el beso en la exposición —frunce el ceño—. No sé lo que tengas con Alexander, pero no esperes de él más allá de lo físico o saldrás lastimada y no quiero eso para ti.

Lo miro a los ojos avellana y reparo en cada una de sus palabras. Siempre he tenido presente el papel que juega Alexander en mi vida y nunca he esperado más de él, incluso cuando estaba vulnerable, pero siento curiosidad de que Bennett me diga esto.

—¿Lo dices por Alesha?

Carraspea y asiente.

—No va a renunciar a ella, nunca lo ha hecho —dice. Esa respuesta es un golpe de realidad para mí.

—Gracias, Bennett. Anoche Alexander cometió un error al besarme y por eso sus publicistas nos reunimos hoy a primera hora para arreglarlo.

—Creo que no me expliqué bien —frunce el ceño—. Alesha es parte de todo esto, pero…

—Su vida privada no me concierne y mejor dejo de entrometerme o terminará despidiéndome —bromeo con un ardor en el pecho, no quiero que siga hablando de él. Enseguida, abro la puerta.

No deseo continuar escuchando más sobre el señor perfecto y esa mujer que lo tiene a sus pies, aunque Alexander me provoque cosas que no debería sentir. Tampoco quiero que Bennett vea que acaba de herirme, tengo mis propios problemas y sinceramente son más importantes que estos dramas femeninos.

Bennett entra detrás de mí y encontramos a Cora riéndose sentada en el regazo de Luke mientras él la abraza por la cintura, ambos frente a su laptop.

—¡Ése es el mejor! —dice ella con su cabello rubio en una cola alta y Luke sonríe besándole el cuello.

Ésa es una imagen recurrente entre ellos, por lo cual no me sorprende verlos así. Cora siempre es demasiado expresiva con todas las personas, sobre todo en el aspecto del contacto físico, tanto que incluso parece inocente. Ella se ve feliz con Luke y ahora yo me siento más a salvo porque él está aquí.

Luke todavía tiene la cabeza enterrada en el cuello de Cora y, cuando ella se ríe de nuevo, él le da otro beso húmedo y le acaricia los muslos con suavidad.

—Estoy en casa —digo y percibo el temblor de mi propia voz.

—Volviste, *sexy* —dice ella levantando la mirada y de repente repara en Bennett a mi espalda. —Bennett.

—Coraline, veo que estás muy ocupada —dice serio a mi espalda.

—Luke —me acerco a ellos, que están cerca de la ventana—. Excelente exposición, felicidades —digo por cortesía y compruebo que no haya un auto plateado afuera.

Ambos se levantan de inmediato, pero la sonrisa de Luke no desaparece como hizo la de Cora.

—Gracias, fue una locura total, pero conseguimos más de lo que esperábamos y pronto Gallery Art nos ofrecerá un contrato permanente, ¿o no, *pastelito*? —me sonríe, pero no podría devolverle la sonrisa aunque quisiera porque estoy temblando de nuevo.

—*Sexy* —dice Cora desviando la mirada de Bennett. No había notado que se estaban viendo fijamente—. ¿Ése es un golpe? —tiene la vista fija en mi frente.

—Uh, no, digo sí —me confundo yo misma—. Bennett está aquí por lo de tu exposición y yo necesito una ducha.

Salgo por el pasillo y entro a mi habitación, me ovillo en el suelo, temblando por completo y sintiendo una capa de sudor que recorre mi espalda. No sé cómo conseguí hablar con Bennett con toda esta presión en mi cuerpo.

Percibo el castañeteo de mis dientes y me aferro a mis rodillas. Las lágrimas se agolpan en mis ojos y miro la ventana comprobando que esté cerrada. ¿Podría entrar por ahí como lo hizo Alexander? Ni siquiera sé si en realidad entró por la ventana la noche anterior, pero si él pudo hacerlo, Seth también podría.

—Será en otra ocasión, Bennett, no quiero discutir… Pues yo tampoco… Me importa una mierda… Perfecto, a mí tampoco me importa… —escucho a Cora discutir con Bennett y su voz se acerca al pasillo. Lo siguiente que percibo es que la puerta principal se cierra muy fuerte, cortando los gritos de Bennett.

—¿Emma? —entra Cora a mi habitación—. ¡Oh, Dios! —rápidamente corre a mi lado, pero me siento igual de paralizada que antes.

—Él está aquí —susurro con un hilo de voz, pero mi cuerpo sigue temblando sin control.

—¿Qué dices? ¿Qué sucedió? ¡Luke! ¡Luke! ¡Ven rápido! —grita y la veo asustada.

—Seth está aquí y provocó que chocara con una camioneta, su auto me empujó para matarme, pero se escapó —jadea con mi respuesta y, en ese momento, Luke entra corriendo a mi habitación.

Maldice en voz baja y se pone a mi lado. Hablan, pero no entiendo nada. Sin que le diga algo, me levanta en brazos y me coloca sobre mis rodillas. Mi cabeza queda entre mis muslos y su mano en mi espalda.

—Respira hondo, Emma, todo pasará —hago lo que me dice, pero la posición y el golpe hace que me duela incluso cuando el aire entra por mis pulmones—. Emma, necesito que respires muy hondo y de forma pausada.

No puedo. Me escuecen los ojos. Cora se lleva la mano al pecho sin saber cómo ayudarme. Después de unos minutos logro regular mi respiración y Luke me ayuda a incorporarme lentamente.

—Necesita agua, *pastelito* —Cora asiente y regresa con un vaso del cual me ayuda a beber—. Debió ser el golpe en la cabeza. Bennett dijo que fue un choque.

Asiento y miro a Cora. Me pregunta si puedo hablar, asiento de nuevo sosteniendo el brazo de Luke.

—Perdí el control en la carretera y me estrellé con una camioneta, pero los paramédicos dijeron que estaba bien, me empujaron contra… contra la ca… camioneta —siento que otra vez no puedo hablar.

—Muchas personas suelen reaccionar así después de un accidente por la impresión. Es una suerte que estés en casa y podamos ayudarte —dice con su voz gruesa y me acerca a su hombro para que pueda descansar mi cabeza en él—. Sigue respirando hondo, tómate tu tiempo —pasea sus manos por mi espalda.

Los largos mechones de cabello que quedan sueltos de su atado me hacen cosquillas en la frente. Cora tenía razón, Luke es diferente a como era en Trafford.

—Seguramente —respondo, aunque sé que no es así—. Ya estoy bien —me separo de Luke y me siento en la cama.

—Prepararé algo de comer mientras tú te recuestas un poco —vuelvo a asentir y mira a Cora—. *Pastelito*, ¿podrías ayudarme?

—Iré en un par de minutos, quiero asegurarme de que esté bien —él asiente y sale por la puerta medio abierta.

—¿Bennett se fue? —miro a Cora.

—Sí, le dije que Luke nos llevaría a cenar para celebrar. ¿Él te ayudó?

Sacudo la cabeza.

—Fue Ethan, uno de los hombres de Alexander, a Bennett lo encontré en la entrada, creo que estaba buscándote.

—Discutimos muy fuerte, ya nos veremos después, se está volviendo complicado todo este asunto de nosotros —acomoda su cabello rubio detrás de sus orejas—. Dime, ¿qué pasó con Seth?

—Él y Jaden me han seguido desde Brent —mi estómago se revuelve—. Lo vi, lo vi muy bien, él quería que me estrellara. Si no hubiera reaccionado, habría terminado realmente mal en la carretera. Golpearon varias veces mi auto, querían volcarme.

—Maldito bastardo enfermo.

—Tenemos que irnos de aquí —mi voz se quiebra por el miedo—. No podemos quedarnos con él siguiéndome los pasos, dice que vio la foto del beso en la galería, dijo que soy una zorra exhibicionista.

—Tranquila, cariño —me abraza—. No eres nada de eso; además, no estamos en Trafford. La policía de Londres no es corrupta como la que se vendió con tu padre.

—Ya comienzo a dudarlo, no me dejaron poner la demanda contra Jaden. ¿Qué vamos a decirles? Seth siempre cubre su rastro, y gracias a mi padre, ya no hay cargos en su contra, tiene todo su dinero para hacer y deshacer, no tengo salida.

—Claro que la tenemos. Hablaré con Dylan en este momento y se lo contaré todo.

. . .

Apenas toco la comida que me ofrece Luke y me encierro en mi habitación durante las siguientes horas. Por las voces que escucho, me percato de que Cora ha mantenido a Luke aquí, lo que es excelente en estos momentos. Sigo pensando que Seth aparecerá en cualquier instante.

Mi celular está apagado, no quiero arriesgarme a recibir sus llamadas imprudentes. Sigo sin explicarme cómo consiguió mi nuevo número.

Diría que el accidente me hizo entrar en crisis, que el estrés provocó el temblor en mi cuerpo, pero la realidad es que sólo me bastó ver la cara del enfermo que me encerró en Trafford para revivir el infierno de aquellos días.

Sujeto mi cabeza, aún me duele, y aunque quiero dormir un poco, no puedo hacerlo. Me levanto y paso un momento por la sala de estar, donde están Luke y Cora otra vez frente a la computadora.

—Todos los cuadros de la exposición fueron vendidos —dice Luke con una sonrisa en cuanto me ve aparecer—. ¿Ya te encuentras mejor?

—Mejor —respondo y le sonrío por un instante—. Felicidades por los cuadros, *sexy* —desanimada, abrazo a Cora y miro en la pantalla en cuánto los vendieron.

Entro a la cocina, quiero agua. Cora entra detrás de mí y me mira con los hombros caídos.

—Sé que ha sido un día difícil, Dylan no responde el teléfono, pero ya me devolverá la llamada.

—Quiero descansar y después pensar.

—Necesitas comer un poco. Si te hace sentir mejor, Luke pasará la noche aquí; aún no lo sabe, pero no se resistirá a mis tácticas de convencimiento ni a dormir en el sofá.

Sonrío débilmente y me abraza.

—Odio verte así, me parte el alma.

Resisto las ganas de llorar porque sé que también la haré llorar.

—Entonces no me mires —bromeo y la hago reír.

—Todo va a estar bien, encontraremos una solución —asiento—. Londres no es Trafford, la ciudad es más transitada, la seguridad es mejor, además aquí está Luke. La policía nos escuchará esta vez y, si no, aún nos quedan los Roe.

Frunzo el ceño con la última parte, la cual no tiene sentido para mí.

—Regresaré a mi habitación.

—Quédate con nosotros, veremos una película, así tu mente podrá despejarse, incluso cocinaré algo para ti.

—Prefiero trabajar.

—Sólo tú puedes trabajar después de lo que pasó.

—Es bueno para distraer la mente —Cora pone los ojos en blanco, pero me deja ir.

—No lo creo, pero ya que te niegas a hacerme caso, sólo hay una forma de solucionar esto y es hacerte sentir mejor —dice detrás de mí y toma su celular de la mesa con media sonrisa.

—¿Qué vas a hacer? —frunzo el ceño; esa sonrisa suya no me gusta nada.

—Ordenaré comida china —se encoge de hombros.

La idea me agrada, puedo intentar comer un poco.

—De acuerdo, cuando aparezca, llámame —paso al lado de Luke y regreso a mi habitación.

Me encargo de cosas pequeñas, como quitar artículos de páginas piratas donde hablan del beso en la exposición. Por momentos, sólo paso entre publicaciones sin sentido, pero, cuando el sueño comienza a vencerme, me detengo.

Aún no han pasado seis horas y no puedo dormirme. Tomo un analgésico para el dolor, es el único que he tomado desde el accidente, y me levanto. Apenas es media tarde, pero siento como si mis ojos hubieran estado días abiertos. Cierro la laptop y preparo el baño, al menos la ducha borrará un poco del estrés del día.

Alexander

La gente de Logan desapareció esta mañana del bar y, como muestran las facturas, es suyo, lo compró junto con el restaurante y planea comprar también un club nudista de la zona céntrica perteneciente a la prima de la secretaria de Christopher.

Camino con Erick por la acera. Ambos vamos trajeados, él fumando, yo con lentes oscuros protegiéndome del sol. Me arreglo el Rolex y miramos el club nudista a lo lejos. Está cerrado.

—Hace poco fue clausurado, investigué y al parecer la dueña no tenía suficiente dinero para mantenerlo, se necesita que alguien invierta.

—¿La secretaria de tu padre lo visita frecuentemente?

—Es cliente VIP, como su prima es la dueña —le da una calada a su cigarro—. No entiendo para qué alguien compraría un club como éste.

—No me interesa comprarlo, jamás lo haría, es una pocilga, no gastaría mis libras en esto; más bien, me interesa investigarlo.

Miro con desprecio el lugar y a los empleados que salen por la puerta trasera. Con un movimiento de cabeza, le indico a Erick que regresemos a los autos.

—Te traje un reloj de mi viaje a Nueva York, de quinientos mil dólares.

—¿Para qué quiero esa baratija?

—Es un soborno para que me aumentes el sueldo.

—Terminarás viviendo como pordiosero —me burlo.

—Maldito millonario egocéntrico —levanta el dedo medio.

En toda la mañana, no ha habido señales de Alesha, en Brent no está. Caterva Smith, su padre, estuvo anoche en la ciudad; me sirve trabajar con él.

Más tarde, paso por el parlamento inglés, donde tengo uno de mis mejores contactos del país: el ministro Madden. Nuestras relaciones públicas, de mi empresa con su familia, se basan en conseguir beneficios mutuos.

El político me mira, expectante, mientras le entrego a su esposa una aportación generosa para su próximo lanzamiento a finales de año.

Cuando estamos de regreso en el Score, Erick va por su tercer cigarrillo.

—Revisamos los bares, hay un club nudista que está a la venta.

—¿Desea comprarlo antes de que lo haga Logan, señor? —pregunta Ethan.

—No, no me interesa hacerlo, lo que quiero es saber si esta vez se establecerá en el centro de la ciudad, pues siempre se ha mantenido a las afueras del país.

—Logan ha tenido mucha actividad en los últimos dos meses.

—Mantenlo vigilado y también a sus *kray*. Si el MI6 está siguiéndoles el rastro desde Rusia es porque encontraron algo en su registro y en el nuestro —le ordeno a Ethan; él asiente.

—¿Qué pasó a mediodía? Estuve esperando a Matt para que vigilara las camionetas que me seguían.

—Como le dije, tuvimos un accidente, un auto nos golpeó por la parte trasera en la autopista principal —no me da más información.

—¿Hubo heridos? —pregunta Erick, aunque a mí no me interesa, sólo me reclino en el asiento de cuero.

—Nada grave.

Cuando salgo de mi despacho, Erick toma un vaso de vodka. Sé que se emborrachará todo el fin de semana para evitar salir del país, pero eso no está a discusión.

—¿Asuntos importantes? —ve a Ethan irse mientras asiento—. Éstos son los contratos de Nueva York que pediste.

—Son para Bennett, llévalos a su casa, va a viajar a Nueva York en un par de semanas para supervisar el diseño del hotel —se los regreso y suelta el vaso de inmediato.

—Se los llevaré, aunque no me agrada que quieras enviarme con él. Ya pasé casi tres meses fuera del país, quiero descansar y establecerme de nuevo —se reclina—. ¿Tienes tiempo para ir al bar? Ahora sí tengo buena compañía.

—Tengo una cena con los ejecutivos de *New Times* por la noticia de la galería, no quiero alcohol en mi sistema.

—Eres un puto adicto al trabajo —toma su vaso otra vez—. Es fin de semana, vamos a relajarnos. Manda a mi padre a solucionar los problemas con la publicista.

Me acomodo mi chaqueta negra.

—Cierra la puta boca o te golpeo de nuevo —alza las manos dando pasos hacia atrás.

—No diré más sobre esa mujer, sigo recuperándome de la fractura de costilla, pedazo de mierda.

—Vámonos, inútil —le señalo la puerta, malhumorado—. Tengo una reservación en The Grapevine. Debes tener algo más que alcohol en tu sistema o te vas a morir antes de que seas mi criado.

—No suena tal mal después de todo, aunque el bar es la mejor opción siempre que no te comportes como un jodido enfermo mental soltando golpes —le doy por su lado y entramos al ascensor—. Ya en serio, ¿no hay forma de que cambies de idea respecto al viaje a Nueva York con Bennett? Hace poco regresé a Londres, mi madre se pondrá loca.

—No le importas a tu madre, Erick.

—Al menos tengo una, no como tú.

—No regresaste para quedarte, quiero que le muestres los lugares y a los clientes, ya los conoces, tu hiciste la negociación.

—Tu hermano es muy capaz de hacerlo solo, no es la primera vez.

—No vas de cortesía, Erick, es tu trabajo o te despido.

—Si no podré librarme de ese viaje, al menos vuela con nosotros, no nos hemos tomado unas buenas vacaciones este año, me quiero divertir —se acomoda la camisa abierta del pecho. Su parecido con Christopher no deja de sorprenderme—. Visité lugares turísticos en la ciudad.

Es claro que no sólo fue a trabajar a Nueva York, sé que visitó a alguien en la ciudad.

—No dejaré Londres hasta que se hayan hecho las remodelaciones de Brent, Alesha las tiene programadas para esta semana y debo supervisar que los cambios queden perfectos.

—Ese derrumbe te jodió fuerte.

—Lo sé, por eso tengo que supervisarlo personalmente —salimos al estacionamiento del Score y las luces de su auto parpadean justo cuando llega mi Aston Martin.

Me subo y, mientras hago rugir el motor con el acelerador, mi celular suena. Es el número de Coraline. Me extraña su llamada, no sé qué asuntos pueda tener esa mujer conmigo, mucho menos proviniendo de la familia que tiene.

Salgo a la calle haciendo chirriar los neumáticos. El auto de Erick va frente a mí.

—Coraline —respondo finalmente después de ignorar cuatro llamadas; parece que no se cansa de insistir.

—No eres un idiota y ambos lo sabemos, ella te necesita ahora —dice y corta la llamada.

Miro la pantalla en negro sin entender nada. ¿Qué clase de llamada es ésa? Siempre he pensado que esa rubia está muy loca, desde que la conocí no me agradó y no sólo es porque su hermano trabaja en el MI6.

Frunzo el ceño y, antes de que me percate, igualo el auto de Erick rumbo al restaurante.

Emma

Me envuelvo con la toalla y salgo de la ducha. Me siento un poco mejor después de que el baño relajara mis hombros y me quitara el dolor de cabeza. Sin embargo, mi reflejo aún es deplorable porque no tengo ánimos ni por dentro ni por fuera.

¿Cuánta presión puede soportar una persona antes de derrumbarse? Mi límite está cerca. Después de secar mi cabello me coloco la camiseta de Alexander que aún conservo de Birmingham y salgo caminando a mi armario para buscar un par de calcetines calientes que me hagan dormir para siempre, si logro conciliar el sueño.

—¿Tienes el mal hábito de quedarte con prendas ajenas?

Un grito sale por mi garganta cuando veo a una persona sobre la cama mirándome fijo. El temblor que amenazaba con comenzar a sacudir mi cuerpo se detiene cuando Alexander se levanta con un abrigo negro y botas.

O el golpe en serio me afectó para siempre la cabeza o estoy viendo la versión sin traje de este hombre. No luce para nada como habitualmente lo hace, incluso trae el cabello un poco desordenado. Se ve más perverso y salvaje.

—Me diste el susto de mi vida —me palpo el pecho—. ¿Qué haces aquí? —pregunto mientras se acerca a mí.

—Si quieres respuestas, primero debes responder mis preguntas —mira la camiseta.

Debe tener cientos de ellas, pero trata de evidenciarme, lo cual es vergonzoso. He estado usando su camiseta como pijama porque me gusta su aroma a menta, pero no voy a admitirlo en voz alta.

—Cuando me devuelvas mis bragas, te devolveré la camiseta.

El fantasma de una sonrisa quiere emerger, pero lo reprime y regresa a su habitual expresión malhumorada.

—Entonces, la tendrás el resto de tu vida porque esas bragas ahora me pertenecen.

—¡Vaya fetiche! —pongo los ojos en blanco.

Parpadeo y su aroma a menta me envuelve. Si tan sólo supiera lo que necesito, podría abrazarme y hacerme olvidar lo que sucedió, pero no cometeré el mismo error que en Brent cuando me mostré vulnerable y me rechazó.

—¿Qué haces aquí? ¿Entraste igual que anoche? —pregunto otra vez sin ánimos de discutir con él.

—¿Anoche? —ladea la cabeza.

Resoplo. Si cree que me tragaré el cuento de que no estuvo en mi cama y que fue uno de mis sueños, está muy loco. No lo enfrenté esta mañana, sin embargo, al menos ahora puedo hacer algo más que ovillarme asustada.

—Anoche dormiste conmigo, apareciste como un maldito enfermo acosador y te metiste en mi cama —le recuerdo.

—¿Estás diciendo que dormí contigo toda la noche? —niega con la cabeza como si estuviera exasperado—. Anoche te follé, Emma, si quieres verlo como dormir, entonces hazlo.

Aprieto los puños porque sé que es un maldito mentiroso. Lo está negando todo para confundirme, pero yo sé lo que vi y lo vi en mi cama mientras dormía a mi lado.

—Anoche entraste de alguna manera a mi habitación y te metiste en mi cama para dormir toda la noche conmigo, explícame cómo demonios lo hiciste.

Levanto un poco más la voz, pero eso es un acto reflejo de protección. Mi miedo acaba de regresar porque, si Alexander pudo entrar, Seth también lo hará. No me responde porque tiene la vista fija en mi rostro.

—¿Qué mierda es esto? —se acerca más y aparta un mechón de cabello húmedo de mi frente dejando mi pequeña herida a la vista.

El toque suave de sus dedos me hace querer perderme en él un segundo demasiado largo.

—No es nada grave —me aparto cuando la punta fría de sus dedos toca donde duele.

—Es un golpe de un accidente automovilístico —dice Cora a su espalda, ni siquiera noté en qué momento entró a la habitación—. Se estrelló contra una de tus camionetas hace unas horas y tus... joder, creo que son tus guardaespaldas, ellos la trajeron a casa. No se encuentra muy bien, se ha tomado dos analgésicos, pero estaba en shock y no debe dormir al menos en unas cuatro horas más.

Le lanzo una mirada asesina para que se calle, pero la rubia ni siquiera me ve. Oh, no, ella lo hizo. Lo trajo aquí.

—Venía a ver si te encontrabas mejor, *sexy*, pero ahora que lo comprobé, regreso por donde vine.

Sale como si nada, tan rápido como llegó para delatarme frente a la bestia de ojos verdes. La mirada de Alexander refleja entre confusión y enojo al mismo tiempo.

—Vístete —dice serio y saca su celular del bolsillo delantero de sus vaqueros.

—¿Para qué?

—Te llevaré a urgencias.

Otra vez no.

—No voy a ir a ningún lado contigo y deja de allanar mi casa todo el maldito tiempo como un acosador —me inclino por mis calcetines de algodón y camino hacia la cama, ignorándolo. Casi puedo sentir sus ojos clavándose en mi espalda.

—¿Dónde carajos estás, Ethan? —su voz corta el silencio y cuando me giro veo que tiene el ceño fruncido y el celular en la oreja.

Ethan no le dijo nada, tal como me prometió, así que ahora estará en problemas. Quisiera evitarlo, pero estoy demasiado agotada como para salvar a nadie a excepción de mí misma.

—¿Qué auto estuvo involucrado en el accidente? Escúchame, puto inútil, vas a pagarlo —su tono de voz me hiela la espalda y siento pena por Ethan.

Ya no escucho lo que dice porque baja la voz. Mientras tanto, yo sigo tratando de averiguar cómo entró, aunque seguramente llamó a la puerta y Cora le abrió, porque ella está involucrada en esto.

En cuando Alexander salga de aquí, le haré saber a Coraline lo molesta que estoy, aunque el enojo es mejor que el miedo. Me coloco los calcetines largos y camino para meterme en la cama, pero no logro hacerlo porque lo tengo a mi espalda un segundo después.

—Dije que iremos a urgencias.

—Y yo dije que no quiero, quiero dormir.

—No puedes dormir. ¿Cuánto tiempo dijo el paramédico que debes permanecer despierta?

—Creo que seis horas —bostezo—. O tres, no sé. Si no duermo, no estaré en condiciones de ir a la cena con los del *New Times* —me arropo, abrazándome a mi almohada. La ducha me ha adormilado.

Lanza su teléfono sobre la cama, aunque todavía escucho su voz y se me planta enfrente.

—Emma, no puedes dormirte.

—Pero estoy agotada.

Espero que me mire de forma asesina o diga algo grosero como siempre, pero en su lugar me toma rápidamente de los muslos desnudos y abraza su cintura con ellos, despabilando mi cuerpo soñoliento.

—No me van los jueguitos, si dijeron seis horas, seis horas serán —gruñe y camina conmigo en brazos hasta que recupera su celular—. Nos vamos.

Coloca una mano en el borde de la camiseta e intenta cubrir mis bragas mientras salimos de la habitación por el pasillo. Mis pechos sin sujetador se mueven bajo la delgada tela y me aferro a sus hombros para ocultarlos.

La camiseta tiene aberturas a los costados y se me ve más de lo apropiado. Luke sigue aquí, así que le daré el espectáculo de su vida.

—Bájame —jadeo por el repentino movimiento.

No puedo salir, afuera hay peligro; donde esté Seth yo no estoy segura.

—No quiero —responde tajante y me lleva por el pasillo hasta que vemos a Cora en el sofá y por el ruido en la cocina entiendo que Luke está ahí.

—Alexander —me remuevo sin conseguir nada.

—Estás provocando todo menos que te baje —su voz suena un tono más grave y tomo consciencia de lo que estoy haciendo.

Conforme se acerca más a la puerta, mi pánico incrementa. Soy débil, comienzo a desconfiar de la policía de Londres. Mi solicitud de demanda no ha sido aceptada. Es verdad que es fin de semana, pero Sawyer tiene el dinero suficiente para sobornar a cualquiera.

—No me lleves afuera, por favor —me aferro a sus hombros y susurro conteniendo las lágrimas en un intento por disuadirlo de salir.

Sé lo que veré si cruzo la puerta. Se detiene de inmediato, yo dejo mi cabeza en su pecho y respiro de manera entrecortada. Seth está ahí afuera, está siguiéndome siempre.

—Emma —escucho la voz de Alexander. Estoy tratando de detener el temblor de mis muñecas. Él no debe notarlo, nadie debe hacerlo.

—Alto, vas con una simple camiseta —ésa es la voz de Cora, pero él no me suelta porque ella no se percata de lo que me sucede, sólo él.

¿Otro ataque de pánico el mismo día? Alguien me habla, pero ya no puedo ver dónde estoy. Me aferro a una camiseta negra mientras me veo en una camioneta con Seth mirándome e incitándome a que me estrelle.

Conejito. Una mano me toma de la barbilla y levanto la mirada hacia los ojos verdes de Alexander.

—No saldrás con ella así. ¿Acaso te volviste loco? Creí que estaban tratando de desmentir la noticia del beso en la exposición, pero esto dice muchas cosas —la voz de Cora se escucha lejana.

No la veo y Alexander tampoco aparta la vista de mí. *Dilo*, pienso, transmitiéndole muchas cosas con la mirada: mi miedo, mi sorpresa y algo más… necesito que diga esa palabra, aunque sea una última vez. Lo necesito con desesperación.

Sus labios se abren como si hubiera leído mis pensamientos, y cuando pienso que me llamara "nena", cierra la boca y parpadea dejando de mirarme. Me siento de vuelta en Brent, cuando se apartó de mí.

Las palabras de Bennett se repiten en mi cabeza y siento un ardor en el pecho. No puedo tener sentimientos por él, me niego a que me destruya por culpa de Alesha. Mira una de las carpetas marcada como confidencial que dejó Dylan entre las cosas de Cora.

El nombre del MI6 está en letras grandes. La enviaremos a Brent con el hermano de Cora. Alexander mira de reojo a mi rubia favorita.

—Aunque hayas tenido un accidente, aún tenemos una cena esta noche con la gente del *New Times*, espero que lo recuerdes —dice, soltándome.

Mis pies tocan el suelo y miro confundida por encima de su hombro.

—¿Te volviste loco? No puedes hacerla trabajar en estas condiciones —Cora se planta a nuestro lado.

Lo veo de nuevo; sus manos aún sostienen mi cintura. Hay algo en la forma en la que me mira, algo que no entiendo, pero aparta de nuevo la vista y observa otra vez la carpeta del MI6.

—¿No es capaz, señorita Brown? Dijo que el acuerdo casual no afectaría su trabajo, ¿lo recuerda?

—No te preocupes, Cora, sé cuál es mi trabajo y asistiré a la cena con el señor Roe.

—Aun así, te llevaré a urgencias. Eres mi empleada, vístete —dice serio, apartando las manos de mi cuerpo.

—No —levanto la barbilla, dolida—. No mandas en mi casa, vete.

Su cara se desencaja y volvemos a mirarnos fijamente.

—¿Estás haciendo otra rabieta? Por lo que veo, el collar de Alesha no es lo único que te molesta.

Siento un calor vergonzoso en mis mejillas en primera porque lo diga en tono de burla y en segunda porque le armé una rabieta en la exposición y ahora quisiera esconder la cabeza en la tierra.

Me acerco los pasos que nos separan y, aunque tengo las mejillas sonrojadas, me planto frente a él.

—Tú, Alesha y ese maldito collar pueden irse a la mierda juntos, casarse y tener cien hijos.

Su pecho se alza con su respiración y…

—Yo veré si Luke necesita mi ayuda en la cocina —dice Cora, pero no dejo de mirar los ojos verdes de Alexander. Esta vez no percibo esa extraña conexión de hace unos minutos; más bien, destaca el enojo entre ambos, el odio que hubo desde la primera vez que nos vimos.

—Anoche lo reclamabas como tuyo.

Esto no podría ser más vergonzoso, recuerda muy bien todo lo que dije molesta. ¿Por qué no se abre la tierra y me traga de una buena vez?

—No reclamé nada —mentira, sí lo hice y de forma patética.

—¿Te recuerdo las palabras exactas? —ladea la cabeza.

—Vete de mi casa —me cruzo de brazos y escuchamos juntos los pasos de Luke, que se acerca a la sala.

Me preparo mentalmente para enfrentar una vergüenza más porque no llevo ropa. Me giro de espaldas, al menos será mejor que tener a Alexander de frente recordándome mi pequeña rabieta en la exposición.

—Emma, tienes que…

No escucho lo que dice Luke y tampoco alcanzo a verlo porque estoy de nuevo en el aire, en brazos de Alexander, quien da zancadas rápidas hasta mi habitación con el rostro serio. Me deja a la mitad del cuarto y me baja con sumo cuidado.

—Vendré por ti a las siete —dice sin mirarme y sale dando un portazo.

Tengo la cabeza hecha un lío, me siento en la cama y miro al infinito. No sé qué es peor, si enfrentar esa cena con un diario prestigioso cuando no me siento con ánimos de ser una ejecutiva o enfrentar a Alexander Roe.

De pronto percibo que dejó su aroma impregnado en mí, y cómo no habría de hacerlo si me lleva en brazos cada dos por tres. Mataré a Coraline por esto, él no apareció en mi habitación de la nada.

Terminaré de enloquecer si comienzo a sentir estragos en mi estómago cada vez que aparece Alexander. Esta relación de publicista y jefe ha escalado a un nivel peligroso donde ya no tengo el control de lo que siento.

Me levanto con la cabeza invadida por Alexander y me recrimino lo estúpida que soy por haber permitido que algunos sentimientos se mezclaran. Tomo un vestido liso de color azul de una de las perchas y lo miro con enfado.

No quiero salir de mi apartamento. La gente en las calles de Londres murmura, cada restaurante que tiene los noticieros locales encendidos presenta la foto del beso en la galería. Soy el titular de cada revista.

—*Sexy*, la comida china acaba de llegar —dice Cora del otro lado de la puerta.

—Ni siquiera entres a mi habitación, Coraline.

—Pensé que ayudaría que lo vieras —entra sin importarle mi advertencia.

—Ayudarme a tener un paro cardiaco seguramente o a morir de estrés. ¿En qué estabas pensando al invadir mi privacidad? No voy por el mundo contando mi pasado —estoy enfadada—. Alexander no es nada mío para que lo llames cuando estoy en problemas.

—Quería ayudar.

—Pues no lo lograste —me giro, metiéndome a la cama, tal vez consiga dormir un poco antes de arrastrarme a la ansiedad de salir otra vez.

—Él busca más de lo que dice —me mira expectante.

—Lo único que sé es que no voy a quemarme otra vez, mira dónde estoy por el último hombre en el que confié. ¿Crees que Alexander Roe será diferente? Perfecto, me ha rechazado ya dos veces cuando algo así sucede y es humillante.

—Emma, él…

—Él tiene a la pelirroja. Bennett me lo dijo hace unas horas, que no renunciará a ella, y yo tengo mis propios jodidos problemas, estoy… agotada —no dejo que ese sentimiento de nostalgia me invada—. Si dormimos juntos anoche fue un error, como haberme besado frente a todos, no crees fantasías donde no las hay, siempre he sabido que Alexander es un hombre para mi placer físico, no para el emocional.

Suspira y asiente.

—Lo siento, no debí llamarlo, empeoré todo para ti.

Lo empeoré yo al romper la regla principal del acuerdo casual. *Nada de sentimientos.* No puedo con esos ojos de mi rubia favorita y la llamo a mi lado.

—Ven —se sienta en la cama y la abrazo—. No empeoraste nada, sólo no metas en estos asuntos al señor Roe.

—No lo haré, pero tampoco lo llamaré señor Roe. No trabajo en esa empresa pomposa y puedo llamarlo como quiera, en mi caso es "cabezota" —se encoge de hombros.

—No creo que nadie domine tu osadía algún día, Cora —sacudo la cabeza.

—Es porque soy pintora. Por cierto, ¿viste la mirada del cabezota cuando vio la carpeta confidencial que olvidó mi hermano entre mis cosas? —niego—. Hay algo extraño en esa mirada, Bennett la vio exactamente igual —dice más para ella misma.

—¿Como qué?

—Estoy loca, no me hagas caso.

. . .

A las siete en punto estoy arreglando mi cabello sin ánimos, tratando de poner mi mejor cara, aunque mis hombros caídos no ayuden mucho.

—De acuerdo, Emma —le digo a mi reflejo—. Saldrás por esa puerta en un momento y Seth no estará ahí, estará Alexander, estás a salvo por ahora.

Esas palabras me reconfortan un poco, el hombre siempre lleva seguridad con él. Confío en Ethan más que en cualquiera. Puedo estar segura, *puedo hacerlo.* Camino a la puerta justo cuando Luke descorcha una botella de champaña.

—Celebraremos la exposición y, ya que te vas, espero poder llevar a Cora a cenar a mi restaurante favorito.

—No, esperaremos a Emma, no quiero que se pierda la celebración.

Cora está determinada, sin embargo, no quiero que mi miedo opaque la celebración de su exitosa exposición.

—Ve con él, celebra tu logro, mi cena de trabajo se alargará, ya sabes cómo son esos medios.

—¿Estás segura?

Asiento para convencerla y le doy una sonrisa débil.

—Estaré con Alexander Roe. El único peligro que corro a su lado es estrés crónico y exaltación de tipo mayor.

—Odio que tengas que trabajar.

—Y yo amo trabajar. Quizá podría alcanzarlos en el restaurante al finalizar —le guiño un ojo, puedo hacer un esfuerzo por ella.

—Eso sería genial, pero… —baja la voz— no quiero que te sientas incómoda.

—No lo haré, dormir me sentó bien y, como tú lo dijiste, esto no es Trafford, me siento más segura aquí; además, debemos celebrar tu éxito.

—Eso me gustaría mucho —sus ojos se iluminan.

—No se diga más —la corto—. Envíame la dirección del restaurante y en cuanto termine la reunión tomaré un taxi para ir con ustedes.

—Iremos por ti —dice Luke—. Supongo que tu auto sufrió daños por el accidente.

—Un amigo lo arreglará —no menciono que es Ethan porque ya he tenido suficiente del mundo de Alexander Roe por hoy—. Tomaré el taxi, no te preocupes.

—Quería saludar al señor Roe, anoche no pudimos entablar conversación.

—Es un hombre ocupado, mantente a raya, Luke.

—En ese caso, se hará como tú dices —me ofrece una copa de champaña y la tomo por cortesía—. Por Coraline Gray.

—Por Coraline Anne Gray —levanto la copa con la de ellos y mi rubia favorita sonríe de lado a lado.

Bebo un sorbo grande y la dejo en la mesita de centro vacía. En cuanto siento el burbujeo en mi lengua, pido un par de copas más, las cuales me levantan un poco el ánimo y me ayudan a olvidarme de todo lo que pasó.

—Excelente champaña.

—Cortesía Roe —responde Cora—. Dale las gracias a tu jefe por enviarla esta mañana.

Permanezco inmóvil mirando el moño en la botella.

—Se las daré, tengo que irme, nos veremos más tarde.

Le dedico una última mirada a Cora y veo decepción en su rostro cuando revisa su celular.

Bennett no ha llamado.

Salgo en tiempo récord obligándome a no mirar a mi alrededor cuando mis vecinos caminan por los pasillos. *Él no está aquí*, me repito. Alexander está abajo, esperando en uno de sus lujosos autos. Las camionetas negras aguardan atrás. Vuelve a lucir un traje, como más me gusta verlo.

Cuando me ve salir, le rehuyo la mirada, no por ser insolente, sino porque quiero asegurarme de no ver un auto plateado. La calle está vacía, además los sentimientos mezclados me tienen nerviosa.

—Buenas noches —digo en voz baja y esta vez no abre la puerta trasera, sino la del copiloto.

—Buenas noches.

Le doy las gracias y subo. No le toma mucho entrar del lado del volante y nos sumergimos en el camino en silencio. Estiro la cabeza y veo las habituales camionetas atrás. Mis hombros se relajan en cuanto veo a Ethan.

—Tengo puntos que aclarar con los publicistas del diario.

Respira hondo como si estuviera cansado y lo miro con el ceño fruncido, pero continúo.

—Tomarás todo como un error y después negociaremos; más bien, sobornaremos, ésa es la táctica que usa el señor Jones en todos los casos que están fuera de nuestro alcance.

—Una técnica curiosa, igual que la de querer culparte de todo.

No respondo a eso porque no le veo intenciones de mantener la conversación, así que seguimos el resto del camino en silencio. Las tres copas de champaña que bebí me relajaron. Cora tiene razón, esto no es Trafford, si Seth quiere atraparme, le será más difícil aquí. Cierro los ojos un momento, pero los abro de golpe porque lo único que veo es su rostro.

—Tu auto estará listo en un par de días —dice, rompiendo el silencio.

—El error fue mío, no de tu chofer. Pagaré las facturas del accidente de la camioneta.

—Eso espero —responde de inmediato.

Llegamos a la entrada del restaurante y salimos del auto sin mucho entusiasmo. Encontrar la mesa es más fácil de lo que pensé y, al igual que siempre que cenamos, está alejada del centro y de luces que puedan resultarle molestas.

—Estás tensa, los del *New Times* notarán tus mentiras —dice a mi espalda mientras caminamos.

—No —sigo caminando, pero al poco rato siento que me conduce con su mano en mi espalda y el toque me desconcentra.

—Señor Roe —se levantan dos hombres de traje y recuerdo sus rostros: los conocí en la reunión en las oficinas del diario.

Sé que es estúpido, pero, mientras estrechamos nuestras manos, registro con la mirada el lugar. Finalmente nos sentamos. El mesero viene y nos proporciona la carta. Enseguida ordenamos; por mi parte, pido un platillo ligero, porque más tarde iré con Cora y Luke.

El mesero regresa y coloca unos enormes platillos frente a nosotros para los directivos del diario. El tamaño del mío es tan diminuto que atrae la mirada de Alexander.

El hombre de traje que se encuentra frente a nosotros comienza a hablar y el aroma del pollo me hace recordar que tengo el estómago vacío. Corto un trozo y lo como degustando la salsa agridulce que lo baña. Estoy famélica.

—Es extraño que vengan juntos a arreglar una noticia que han tachado de falsa.

Bebo más vino del que debería, tres copas no son suficientes, voy por más. Quiero algo que me haga olvidarme de Seth y este vino tiene cara de ser mi mejor amigo de la noche. Corto otro pedazo de carne y cierro los ojos, esto es delicioso, pero no debo comer demasiado.

—El diario tiene claro los acuerdos con Hilton & Roe, no daríamos una noticia que los desprestigie —dice el hombre y dejo mis cubiertos sobre la mesa, deteniéndome finalmente.

—Come más —dice Alexander serio, sin dejar de mirar al hombre.

—¿Qué? —preguntó en voz baja.

—Come más —repite y tomo de nuevo mis cubiertos.

El pollo está exquisito y puedo hacer un doble esfuerzo cenando con Luke y Cora. Mi copa de vino vuelve a estar llena y lo degusto con la mente flotando. Comienzo a percatarme de que estoy embriagándome porque me quiero reír de la botella de vino vacía y del candelabro que cuelga del techo.

Alexander me mira de reojo mientras termino mi platillo y le responde al hombre. Intervengo unos minutos después de forma profesional.

—Tenemos un convenio con ustedes para negociar el artículo que publicaron esta mañana.

—Negociamos con Christopher Jones. La verdadera razón de la cena es indagar en el artículo de forma verbal.

"Indagar" es un eufemismo de "chismorrear". Desde que comenzó la cena, llevo estudiando a este hombre y sé que lo único que quiere saber es si el beso en la exposición fue real o simple táctica.

—Sé claro con lo que dices —interviene Alexander, y cuando miro mi plato tiene más comida de la que recordaba haber dejado.

Miro su plato casi vacío. Recuerdo muy bien que esto lo ordenó él. Lo veo de reojo y mientras el hombre responde me lanza una mirada de advertencia.

—Yo no ordené esta comida —digo apenas moviendo los labios.

—No vas a levantarte de esta mesa hasta que termines lo que hay en tu plato. Tus malos hábitos alimenticios te van a provocar una enfermedad.

—He comido demasiado y ya no tengo hambre.

—No te pregunté —me mira fijo y tomo mi copa de vino otra vez.

—No vas a darme órdenes —susurro mientras le doy un trago, me siento más valiente ahora.

Mala señal del alcohol en mi sistema. El vino debió mezclarse con la champaña. Su enojo es evidente, hasta Ethan, que se encuentra de pie a espaldas de los del *New Times*, se tensa cuando lo ve molesto.

—Caballeros —dice dejando bruscamente su servilleta sobre la mesa—. Permítanme un momento —se gira hacia mí y toma mis cubiertos. Abro los ojos horrorizada mientras corta la carne de mi platillo. *¿Qué está haciendo?*—. Come —ordena serio llevando el tenedor a mi boca y siento mis mejillas ruborizarse mientras abro la boca.

¿Estaré tan ebria que ya estoy alucinando?

Sus ojos verdes no se apartan de los míos en ningún momento y mastico con dificultad porque sé que si rehuyo su mirada me encontraré con la de los hombres del *New Times* observándonos como pasmarotes con la boca abierta.

Vuelve a cortar otro trozo de carne y, cuando lo levanta hacia mi boca, le hago una seña para que se detenga.

—Puedo hacerlo sola —le quito el tenedor de la mano.

—Eso pensé —regresa a su lugar.

La temperatura del ambiente ha aumentado por lo menos diez veces o así lo siento yo. Mi cuello y mi rostro queman. Alexander está mirándome de reojo, así que corto otro trozo antes de que vuelva a alimentarme él mismo.

Esto es más delicioso de lo que pensé. En verdad estoy satisfecha, pero él no está contento con lo que he comido. Uno de los hombres carraspea y se lanzan una mirada cómplice entre ellos: acabamos de darles el chismorreo del año.

—Entonces, el artículo del beso…

—No hay negociación —lo interrumpe Alexander y yo casi me atraganto—. Si quieren seguir publicando la nota, háganlo, la gente vio lo que tenía que ver y no se desmienten verdades, somos pareja y nuestra vida privada no le concierne a nadie, fin de la reunión.

Oh, no. Este hombre está loco. Sé que Alexander está muy molesto por la actitud insistente de estos dos hombres, por ello les miente. Tengo los ojos muy abiertos, pero ya no hay nada que pueda decir, él acaba de aclarar lo que hizo.

Vacío el contenido de mi copa mientras los hombres se miran entre sí, ya no me queda más que seguir poniéndome ebria.

—En ese caso, la reunión ha terminado.

—Es lo que dije, quiero que se larguen —responde tajante.

No lucen ofendidos por las palabras de Alexander.

—Ha sido placentero verlo, señor Roe, pero es una noche espléndida, la música es buena y, ya que trae una buena compañía, una pieza no puede negársele.

—Yo no bailo —levanta la mano y el mesero se acerca corriendo asustado para atenderlo—. La cuenta.

—Enseguida, señor Roe.

Bien, esta cena fue por nada. Salí de casa por nada, Alexander hizo lo que quiso, aunque no sé qué pretende diciendo lo mismo una y otra vez. Si no quería que cubriéramos la noticia, nos los hubiera dicho desde el principio, y si iba a mentir, al menos podría habérmelo dicho a la cara.

Mi reputación ha quedado agrietada. Bebo el resto de mi vino en silencio y mi cuerpo comienza a sentirse tan ligero que me entran unas inmensas ganas de bailar.

Se despiden de nosotros y, cuando nos levantamos, me percato de que el piso se mueve un poco. Me sujeto a Alexander, pero lo confundo en mi embriaguez, porque no es Alexander, sino Ethan. Nos detenemos a la entrada.

—Una cena larga por nada —digo mirando a lo lejos cuando Matt trae la camioneta negra.

—Yo no le suplico a nadie ni me escondo detrás de notas falsas, ya te dije que no soy un niñato.

—Esta vez no se trata sólo de ti, sino de mí. Mi rostro también está en las notas, pero dudo que eso te importe —bajo los escalones de la entrada con mucho cuidado en cuanto su auto aparece, pero no me dirijo hacia él.

Debo conseguir un taxi para ir con Cora.

—¿A dónde vas?

—Tengo una cena de celebración —me percato de que estoy arrastrando las palabras. De pronto, todo comienza a parecerme gracioso. Me acerco a uno de los chicos uniformados; lo miro y me resulta atractivo—. ¿Podrías conseguirme un taxi, guapo?

—Enseguida, *madame*.

—Tú vienes conmigo —dice una voz a mi espalda y le hago un gesto con la mano para que se vaya, pero, si se va, Seth podría... aparecer.

—No iré contigo a ningún lado.

—No creas que no vi la cantidad de vino que bebiste, te mueves de un lado a otro.

—Ojalá hubiera bebido más —refunfuño mientras me lleva a su auto, tomándome de la espalda. Me ayuda a subir, me coloca el cinturón de seguridad y su rostro queda frente al mío.

Nadie debería ser tan perfecto, mucho menos él. Los ojos verdes, las pestañas onduladas, los rasgos finos y ese carácter cínico. *Es mucha perfección para una sola persona.*

—Toda mi familia posee la perfección de la que hablas —dice, lo cual me causa una confusión tremenda—. Todos los Roe somos perfectos, más yo.

Al parecer, hablé en voz alta, pero mi borrachera me impide sentir vergüenza. El auto se pone en marcha y veo la ciudad pasar frente a nosotros. Con los edificios iluminados, es una ciudad fascinante. El aire frío que entra por la ventanilla provoca que mi cabello se mueva.

No puedo pensar en nada más que en lo que veo. Si muriera en este preciso momento, valdría cada segundo mirarlo.

—¿Siempre sueles beber en reuniones ejecutivas?

—Sólo cuando estás tú —me encojo de hombros.

Aunque ésa no fue la única razón esta noche; más bien, fueron esos malditos estragos que desencadena en mi pecho cuando lo miro, esos suspiros largos que me roba. Volteo y veo a Alexander al volante, repaso sus rasgos perfectos.

—Eres un exitoso millonario de veintisiete años, dueño de la cadena hotelera más grande del mundo, pero pasas toda tu vida en la oficina, no bailas ni haces algo divertido —digo en voz baja, pero sé que me escuchó perfectamente—. Suena como una vida aburrida antes de los treinta.

—¿Mi vida te parece aburrida? —levanta las cejas.

—Sí, tengo veinticuatro años y no me veo en una silla toda la vida, encerrada en una oficina gritándole a todos como tú lo haces. El mundo es más que números y dinero en nuestras cuentas bancarias, necesitas a alguien o algo que haga que valga la pena.

—El alcohol te está volviendo más habladora.

—No culpes al alcohol de escuchar la verdad —me río sin sentido, otra señal de que el alcohol está haciendo efecto—. Dígame, distinguido señor Roe, ¿alguna vez ha considerado el mundo fuera de las cuatro paredes de su oficina?

—No —dice tajante.

—Eso es lo que pensé, eres tan predecible —me mira de reojo sin apartar la vista de la carretera—. Eres un empresario millonario, caliente —lo miro y repaso su cuerpo—, que nunca sucumbe a sus deseos más oscuros.

Veo la comisura de su boca levantarse.

—Te equivocas, siempre sucumbo a mis deseos —me lanza una mirada rápida y muy intensa.

La reacción de mi cuerpo es instantánea. Desde la primera vez que me tocó, me ha envuelto en algún tipo de corriente eléctrica que empeora cada vez que me ve.

—El deseo no sólo concierne al cuerpo, también habla del alma —digo sin aliento y nos miramos fijamente.

Ese verde me encanta y me envuelve, pero Alexander sigue siendo un enigma para mí, un enigma que me muero por descubrir.

—Apuesto a que nunca has hecho algo extremadamente ridículo sin importar que las personas te estén mirando porque hay cámaras apuntando hacia ti todo el tiempo.

—¿Algo como qué?

—Como bailar a mitad de la carretera.

Su risa irrumpe entre nosotros por primera vez y me gusta ese sonido ronco y grave. Es más, nunca la había escuchado. El hombre rara vez sonríe, pero lo hice reír y me siento orgullosa de ese pequeño logro.

—No soy un exhibicionista.

—Eres un aburrido —resoplo y me inclino en mi asiento—. Alexander Roe es más viejo de lo que aparenta. ¿Cuántos tienes? ¿Sesenta como mi padre? —mi lengua se traba con la última palabra, pero eso no le quita peso a mi provocación.

—Ya es suficiente, Emma —me advierte.

Vuelve a estar serio otra vez.

—Y le molesta escuchar la verdad, no quiere decirlo —lo miro justo cuando nos detenemos en una luz roja cerca de Carnaby Street.

Pasamos por una curva que rodea una de las fuentes del centro de la ciudad. Veo a varias personas ahí porque es una de las calles más transitadas de la ciudad, tanto por turistas como por nacionales.

—Olvidé que estás acostumbrado a que tus amantes te alaben y te besen los pies cada que respiras —sigo provocándolo.

Su mandíbula está apretada a muerte y sus manos se aferran con fuerza al volante. Mi reacción es inmediata: me río. Me río con ganas mirando hacia el techo gris de su auto. Mis hombros se sacuden y me duelen las mejillas de tanto tensarlas, pero es inevitable no reírme, es un gruñón de lo peor y terminará muriendo algún día por estrés.

Mi risa desaparece con ese último pensamiento. No puedo dejarlo morir, no quiero perderlo. *Yo lo quie…* Debo hacer que pierda la compostura un poco y libere estrés.

Rápidamente me quito el cinturón de seguridad y tomo la manija de la puerta.

—¿Qué mierda estás haciendo, Emma? —me gruñe cuando salgo del auto a media carretera.

Respiro el aire fresco y miro el cielo estrellado más allá de los enormes edificios. Camino tambaleante, los autos frente a mí comienzan a pitar, sobresaltándome. Los saludo con una mano mientras me quito los tacones y avanzo corriendo a la fuente que vi minutos antes.

—¡Emma! —grita a mi espalda, pero lo ignoro.

La gente cerca de Carnaby Street tiene música a tope que ahoga el ruido de los autos y de la ciudad. Arrojo mis tacones despreocupadamente. Las luces de la fuente iluminan el agua cuando sube y me salpica la cara. Puedo ser acreedora a una multa o a un arresto, pero me da igual; de todas formas, Seth va a encontrarme tarde o temprano y nada será peor que eso.

Mi buen humor se disipa. Estoy sola a mitad de la noche, Seth podría aparecer en cualquier momento. Miro el agua triste por revivir el último infierno, pero, cuando un *splash* sube y me moja la cara, sonrío de nuevo.

El agua fría le hace bien al calor de mi cuerpo y necesito más. Puedo sentir el ritmo de la música que suena a mi alrededor, debería bailar. Comienzo a avanzar hacia el centro de la fuente para sumergirme en ella.

—¿Acaso te volviste loca? —alguien me atrapa por la cintura antes de que el agua toque mis rodillas.

Alexander me gira hasta tenerme de frente. Su mirada luce desencajada. El sonido de la alarma de su Aston Martin suena a lo lejos.

—¡Estás dentro del agua! —me río con ganas.

¡El distinguido Alexander Roe está dentro de una fuente pública vestido de traje sacando a una loca descalza!

—¡Saliste del auto a la mitad de la carretera!

Me sigue gritando, pero no me importa, soy consciente de lo exquisito que se ve molesto, me gusta en todos sus modos.

—Baila conmigo —tomo su brazo, pero no logro moverlo.

—Yo no bailo.

En un movimiento rápido estoy en su hombro como si no pesara nada y miro el agua desde arriba.

—Joder, si tan sólo hubiera sabido que tendría que lidiar con una loca ebria esta noche —dice sin dejar de caminar.

—Igual habrías venido porque esa loca ebria soy yo —me remuevo para que me suelte y mira a su alrededor, bajándome lentamente.

Va a reclamarme algo otra vez.

—No habría venido porque tú —me señala con el dedo— eres el mayor de mis problemas. Nos vamos, ya montaste un espectáculo.

Vuelvo a reírme, me está riñendo y pienso molestarlo más. Corro lejos de él salpicando agua con mis pies.

—Tú también eres el mayor de mis problemas, ¿y sabes por qué?

La música sigue sonando con los bailarines de la calle y estoy lista para decir lo que me he ocultado incluso a mí misma desde hace tiempo. Le toma sólo dos zancadas atraparme, pero golpeo su pecho.

—¿Quieres saber por qué eres mi problema? —mi voz baja un tono cuando toco sus pectorales firmes y siento en mi pecho un movimiento bestial.

—No, nos vamos —está malhumorado, pero no me rindo.

—¿Quieres saberlo? —insisto como cualquier ebrio.

—¡Está bien! ¡Dímelo! ¡Dime por qué soy tu maldito problema!

Me sujeto a sus hombros y me levanto sobre las puntas de mis pies descalzos para quedar a su altura. Nuestros rostros quedan frente a frente y me muero por probar esos labios calientes y suaves.

—Es algo muy simple, cariño —susurro y sus manos toman mi cintura para estabilizarme—. Eres un idiota, un dominante de mierda y un maldito empresario caliente —frunce el ceño—. Pero aun así te tengo en mi mente cada puto segundo del día y está claro que ya perdí la cabeza por ti —me río sin ver su expresión.

Otro *splash* se alza en la fuente y nos moja a ambos. Acabo de decirle parte de lo que siento por él mientras la música suena de fondo. Es una suerte que me haya hecho comer, sino el alcohol se habría asentado pesadamente en mi estómago.

—Tu puta boca ebria está diciendo cosas sin sentido.

—Dice la verdad, pero no te gusta escucharla.

Me separo de él, que permanece estático en su lugar como una estatua. Con una mano, sujeto el vestido mojado y bailo al ritmo de la música, ebria y mojada.

Bailo sin importarme quién me mira; de todas formas, ya no tengo nada que perder. Alexander me carga otra vez y lo último que sé es que estoy rodeando su cintura con mis muslos justo como cuando apareció en mi apartamento.

—¿Qué acabas de decir? —pregunta serio, mirándome fijamente.

Me carcajeo.

—¿Ninguna mujer te ha dicho las cosas de frente? ¿Ni siquiera Alesha? Es extraño, porque siempre vuelves con ella —recuerdo las palabras de Bennett—. No vas a renunciar a ella, ni siquiera por mí.

Sus manos aferran mi cintura.

—¿Qué estás diciendo? Ya que empezaste a hablar, dilo todo.

—¿Qué sientes por mí? —miro sus ojos verdes y sonrío por su ceño fruncido. Me inclino, entierro mi mano en su cabello castaño y le como la boca con deseo. No me aparta. Este beso es una pequeña demostración de algo que no diré—. No diré nada más si tú no lo haces primero —me libero de su agarre.

Estoy ebria, pero incluso así veo lo que trata de hacer. Trata de sacarme la verdad. Debo mantener la boca cerrada o diré más de lo que debo o de lo que entiendo.

—Llévame a casa —digo más serena y oculto mi sonrisa cuando me mira con molestia.

Camina conmigo mientras yo rodeo su cintura y sujeto su cuello con mis manos. Recoge mis tacones del suelo. Me dejo caer sobre su hombro y respiro su fragancia masculina con los ojos cerrados.

—Me encanta tu aroma —huelo su cuello y, cuando se tensa, enseguida noto que no es por nada más que por placer.

—Es una fragancia cara.

—Es mi favorita, nunca dejes de usarla, soy adicta a ella como a ti —digo medio balbuceando.

Ya no abro los ojos porque me pesan demasiado, pego mis labios a su mejilla y por un instante siento que él también acerca su rostro a mi boca, pero, de nuevo, sigo ebria. Lo escucho moverse, luego un motor y el aire vuelve a golpearme en la cara.

Estoy medio dormida cuando me toma en brazos otra vez. Lo sujeto del cuello y lo beso tiernamente antes de bajar del auto. El contacto es tan suave que no puedo creer que me permita dárselo.

—Soy adicta a ti, mierda.

Escucho un gesto de satisfacción.

—El Lobo está aquí —dice alguien, pero no reconozco la voz ni sé quién es porque me sumo en la inconsciencia—. Señor, los sirvientes esperan sus órdenes.

Alexander

Me quito la ropa mojada y me coloco unos pantalones de chándal. Estoy cabreado por culpa de ella. Lidiar con ebrios no es mi especialidad ni tampoco me importa una mierda, pero aquí estoy otra vez recordando lo que dijo su puta boca.

Cuando termino, entro a la habitación para comprobar que no haya hecho alguna tontería como intentar huir, pero la veo dormida sobre mi cama, justo como la dejé, y me pegan de golpe sus palabras.

Me acerco con un suspiro, todavía molesto, y me siento a su lado en la cama. Sin poder evitarlo, movido por la curiosidad, acaricio su piel suave. Se abraza con fuerza a la almohada y su respiración levanta su pecho mientras suspira y, entre sueños, me pide que me acerque para oler mi colonia. Aún tiene el vestido puesto, porque, aunque está mojado del ruedo, no voy a quitárselo.

No me fío de mí mismo ahora, no después de lo que dijo. Su jodida boca ebria me tocó hondo con lo que dijo. *Joder*, esto es recurrente en los borrachos, siempre confiesan todo tipo de estupideces, como Erick, que quién sabe a cuántas mujeres les ha jurado amor eterno.

Acaricio su mejilla y de repente mueve la cabeza hacia mi toque como ha hecho un par de veces. Le gusta.

Esta vez me permito seguir unos segundos más y poco a poco su pequeño cuerpo se desliza por la cama en busca de mi calor corporal. Lo peor no es tenerla así, sino que no me muevo. Debería alejarme, pero no lo hago.

El recuerdo de ella bailando en la fuente me hace sonreír y cabrearme al mismo tiempo. Está loca, completamente loca, y me confunde como la mierda. Sin pedir permiso, se desliza hacia mi pecho hasta que termina apoyada en mí, paseando sus dedos por mi tatuaje de lobo y por los otros que hay en mi abdomen.

Mi egoísmo regresa por un momento. Me reclino hasta que termino al lado de su pequeño cuerpo, deslizo mi mano bajo su cabeza y la dejo hacer hasta que esconde su rostro en mi cuello, en busca de un afecto que no puedo darle.

Me tenso, no me gusta esa pose, se siente demasiado íntima y no me agrada dar muestras de cariño a ninguna mujer con la que follo. Mis manos se deslizan hacia sus hombros para intentar apartarla, como he hecho en ocasiones anteriores.

—No —dice en voz baja y me detengo.

Sus párpados se mueven, regresa su cabeza a mi cuello y se abraza a mí sin pedir permiso, suspirando. Ya es suficiente, no soy su cama ni un cómodo cojín.

—Emma, despierta —no responde, pero se aferra a mí—. Emma —vuelvo a decir más fuerte esta vez.

—¿Dormiste conmigo anoche? —pregunta adormilada, su aliento golpea la piel de mi cuello.

Aprieto la mandíbula.

—Sí.

—¿Por qué? —mete la mano debajo de mi playera y desliza su palma hacia mi pecho de forma codiciosa.

No le respondo y siento un cosquilleo por donde se desliza su mano. No sé por qué cojones le permito hacer esto.

—¿Por qué? —insiste como siempre. Es una obstinada, pero yo tengo la culpa por ir tras ella.

También soy un obstinado. La miro, todavía tiene los ojos cerrados y está ebria.

—Lo necesitaba.

Después de la mierda de Logan, pude ir con Alesha y sacarme las ganas, emborracharme como habitualmente hago, pero mis jodidos pensamientos me llevaron a su puerta y, cuando no respondió, no tuve más opción que usar viejas tácticas para abrir la cerradura.

Encontrarla con mi camiseta sobre su cuerpo desnudo fue más de lo que pude soportar y caí como un hijo de puta.

En cuanto escucha mi respuesta afirmativa, abre de golpe esos ojos avellana que expresan tanto. Su mano libre serpentea por mi cuello y me atrae hasta que mi boca cae sobre la de ella. Este maldito sabor a pecado. Me insta a ponerme sobre ella sin dejarme despegar los labios.

Gime un poco bajando su mano y sobándome la verga hasta que se endurece. Mi polla quiere enterrarse en ella, sólo desea ese coño apretado a su alrededor. La beso con fuerza haciendo que se arquee y sus pechos se presionen contra mi torso.

Soy duro y exigente, aún logro controlarme, sin embargo, al mismo tiempo estoy a punto de mandar todo a la mierda y subirle ese vestido de una buena vez.

Se aparta jadeando sin quitar la mano de mi cabeza.

—Yo lo necesito también, no soy tan fuerte después de todo —dice mirándome fijamente y recuesta su cabeza en mi pecho.

Frunzo el ceño. No dijo "lo necesitaba", sino "lo necesito", ésos son tiempos verbales diferentes.

—¿Por qué dices eso?

—Porque después de todo va a encontrarme otra vez y me va a arrastrar al infierno.

—¿Quién?

—Seth —dice con un suspiro y vuelve a dormirse.

Capítulo 34

Alexander

La miro fijamente, esperando por más información, pero ya tiene los ojos cerrados y la boca entreabierta, perdida de sueño. Me aparto con cuidado, aunque protesta balbuceando algo ininteligible, sin embargo, intuyo que está quejándose porque no quiere soltarme.

Hoy ya dijo muchas cosas estúpidas por el alcohol y tal vez estoy perdiendo mi tiempo buscándole sentido a la última frase que soltó, pero capturó mi atención porque nunca había mencionado ese nombre en mi presencia.

La recepcionista de la oficina dijo que un amigo con ese mismo nombre le había dejado un mensaje y un par de días después apareció el tipo que se la quería llevar a la fuerza, estaba claro que no quería ir con él.

—¿Dijiste Seth? —le pregunto con curiosidad, inclinándome hacia su oído, pero ella trata de sujetarme de nuevo, soñolienta.

—Ven, acércate —no abre los ojos y busca a tientas mi cuerpo para pegarlo al suyo.

Una característica de los ebrios es que puede persuadírseles con facilidad para que revelen información.

—Emma, sé una buena chica y responde la pregunta. ¿Quién es Seth? —me acerco a su oído en espera de su respuesta.

—Ya basta con eso —dice molesta en lugar de decir lo que pedí y abre los ojos, rojos por el alcohol—. Estoy cansada de esa mierda y de tu juego para enojarme.

Levanto las cejas sorprendido. Otra vez está soltando palabrotas. Voy a dejar de lado lo que dice y arreglarlo ahora o va a seguir tocándome las pelotas durante la noche. Estoy jodidamente exasperado, lidiando con una mujer ebria que me grita a la cara cada que quiere; genial para mis pelotas y mi poca paciencia.

—¿Y ahora cuál es el problema? —trato de levantarla para meterla a la ducha de una buena vez, pero se jala.

—Eso de... Emma, señorita Brown... Emma, Emma —imita mi tono grave de voz—. ¿Ahora tienes una afición por llamarme así?

—Ése es tu nombre —la incorporo en la cama y se sujeta de mis hombros como puede.

Toma mi rostro entre sus manos y levanta mi cabeza bruscamente hacia su mirada molesta.

—Pues no, ése no es mi nombre para ti —su aliento a alcohol no me desagrada—. Dilo —me clava los ojos avellana. Para estar ebria, se ve muy cuerda en este momento—. Dime "nena".

—Te voy a meter a la ducha fría y, cuando despiertes, no te quedarán ganar de beber otra vez después de la discusión que tendremos, así que muévete al baño o azotaré ese culo redondeado —le advierto serio.

Jadea y sus pupilas se dilatan, pero no me suelta.

—Dilo de una buena vez, Alexander. Ayer cuando me follaste no te costó decirlo.

—Fue cosa de una noche —le guiño un ojo recordándole lo que ella misma dijo.

—¿Y con Alesha no hay cosas de una noche? ¿A ella sí te la follas todas las noches?

—Y todas las mañanas —le sonrío como todo un comemierda.

Me borra la sonrisa de inmediato con una bofetada. Un ardor se extiende por mi mejilla y mi mal humor aumenta. Quita sus manos de mis hombros. Se deja caer sobre la cama y, mientras el escozor va desapareciendo de mi piel, se levanta tambaleante como puede.

Retengo la bola de maldiciones que cruzan por mi mente. Tiene una mano pequeña, pero me volteó la cara como a un jodido cabrón. Respiro para controlarme. ¿Qué coño hace? La veo caminar hacia la puerta.

—¿Adónde vas?

No me responde y llega hasta la puerta tratando de buscar la manija. Me paso una mano por el cabello, jalándolo, y voy por ella.

—¡No me toques! —se remueve cuando toco su espalda, pero apenas puede mantenerse en pie.

—Me golpeaste —le quito la mano de la manija.

—Te lo merecías, eres un cabrón hijo de...

—¡Ya basta! No vas a ir a ningún lado así como estás —le gruño y se detiene mirándome molesta.

De pronto, mi celular timbra y me alejo de ella, pero, cuando la pantalla se enciende otra vez, habla a mi espalda. Veo los mensajes de texto de Ethan en respuesta a la orden que le di hace poco más de una hora.

—Me propusiste encuentros sexuales consensuados durante el tiempo que quisiéramos —dice Emma, mirando la puerta ya más relajada—. Era un acuerdo casual, pero ¿alguna vez sentiste que...? —pasa saliva ruidosamente y luego frunce el ceño.

—¿Sentí qué? —muerdo el anzuelo de la curiosidad.

Da un suspiro largo y me mira malhumorada.

—Nada —sonríe de lado con cierto toque de nostalgia y sus ojos se colman de lágrimas—. ¿Puedes prestarme diez libras para un taxi? Tengo que ir a casa, pero no sé dónde está mi bolso —levanta las manos sobre su pecho.

—No.

—Te pagaré todo, los gastos del accidente, la reparación de tu camioneta y las diez libras.

Me quedo mirándola ahí parada junto a la puerta. Acaba de abofetearme y ahora me pide dinero para irse. Si cree que la dejaría irse así, entonces no me conoce; yo me ocuparé de ella.

La mención del accidente me hace dirigir la mirada hacia la herida de su frente. Si no hubiéramos discutido en su apartamento, la habría arrastrado a urgencias, pero estaba casi desesperada por quedarse en su casa.

Seguramente eran efectos secundarios del accidente. Quizá nunca había estado en una situación así, por eso estaba tan asustada; "miedo a la carretera", he oído que lo llaman. Sin embargo, ahora ya no se ve asustada por salir, incluso hoy sólo ha soltado delirios y ya no tengo idea de qué ocurre en su cabeza.

—La reparación de la camioneta es muy costosa, no utilizo cualquier seguro, es el de la agencia —camino hacia la cómoda y busco un contacto en mi celular. En cuanto lo encuentro, escribo un mensaje rápido, ignorando las llamadas perdidas—. Ni siquiera tu salario es suficiente para pagar.

No la dejaré pagar un solo centavo, eso está claro.

—No me importa qué tan costoso sea, trabajaré horas extra o buscaré otro empleo —se encoge de hombros—. Esas camionetas deben costar un ojo de la cara, ya me lo imagino —se ríe un poco.

—No vas a pagar nada.

La respuesta afirmativa del mensaje me hace dejar el celular sobre el mueble. Asunto arreglado, hora de meterla a la ducha.

—Sí lo haré —dice cuando avanzo hacia ella; sigue hablando del dinero—. Es verdad eso de conseguir un segundo empleo si el dinero no fuera suficiente, no le tengo miedo al trabajo, no soy una chica cara, Alexander. Cuando mamá murió, trabajé en todo tipo de lugares para costearme la universidad, incluso fui limpiadora de un restaurante durante mucho tiempo.

Me detengo para escucharla, percibo que se siente orgullosa por la forma en la que lo dice, sin embargo, cuando menciona a su madre, se le quiebra la voz.

—Mamá me enseñó a ser fuerte e independiente, te juro que te pagaré cada centavo.

Esos ojos avellana y su mirada me hacen reaccionar de la misma forma que en su apartamento. Aprieto la mandíbula, molesto por el vuelco que sentí en mi jodido pecho.

—No quiero tu dinero —la corto antes de que siga. Hay algo en su mirada, lágrimas reprimidas. *Carajo*—. Ven.

La tomo en brazos y se deja. La llevo rápidamente a la ducha mientras me ve con los ojos muy abiertos. Se aferra a mis hombros y la observo con dureza para amedrentarla, pero, si sobria es obstinada, ebria se jode al mundo entero porque su mirada imita la mía.

—¿Miradas asesinas, señorita Brown? Eso no es muy elegante de su parte ni mucho menos maduro.

—Si quieres elegancia, búscala en esas mujeres de vestidos ceñidos que critican cada dos por tres —mira el techo de la ducha—. De esas que se ríen cuando un hombre como Alexander Roe te besa en una exposición y te llaman puta arribista que va por su dinero.

—¿Dónde? —aprieto la mandíbula.

—¿Dónde qué?

—¿Dónde te llamaron así?

—En el baño de la galería, gracias a tu querida pelirroja y a ti también por besarme —suspira, encogiéndose de hombros—. Sobre todo, por ti, porque mi cara estará en las revistas y todos dirán lo mismo.

Alesha. Arreglaré ese asunto en cuanto Emma esté sobria.

—Nadie te llamará así y tu rostro no aparecerá en ninguna revista —me duele la mandíbula de tanto apretarla.

—¿Cómo lo sabes? No podrás evitar un escándalo internacional, ya es demasiado tarde —mira el agua caer—. Oh, no —sus ojos se abren más cuando entramos a la ducha—. ¡No lo hagas! No vas a bañarme con agua helada.

La corto abriendo más la llave y el agua fría cae de golpe sobre nosotros. Su cuerpo se encoge por el frío mientras jadea, empapándose.

—¡Alexander, sácame de aquí! —se aferra a mí con los muslos y los brazos, alejándose del agua.

—De eso nada —me muevo hacia delante, colocándola bajo el torrente directo—. Ésta es la segunda vez que haces una locura y no me voy a arriesgar a una tercera.

Esta mujer tiene una afición por hacer tonterías: en Brent se escapó corriendo, aquí se bajó del auto a la mitad de la carretera para meterse a una fuente. Lo siguiente será que se lance de un puente.

—Ni siquiera estamos en la calle, aquí sólo podría escapar a tu habitación —se ríe igual que en mi auto.

Ésta es la segunda vez que escucho ese sonido suave y ronco y me provoca estragos en el abdomen. Mi ropa se empapa y mi cuerpo se tensa con ese sonido que emana de sus labios. Finalmente se detiene, el agua fría está surtiendo efecto.

Lanza pequeños gemidos ahogados sin soltarme, su cuerpo comienza a temblar y se abraza aún más a mí. Su ropa mojada se pega a su cuerpo y deja a la vista sus pezones erectos.

—Estoy consciente —dice entre dientes—. Ya es suficiente, ya se me ha bajado un poco.

Miente, todavía arrastra las palabras cuando habla. Por mucho tiempo tuve que lidiar con Bennett cuando era adolescente, así que ahora poseo experiencia suficiente para saber cuándo parar. Odio lidiar con ebrios y adictos.

Permanecemos más tiempo así. Yo tolero bien la temperatura del agua porque así son mis duchas, pero su pequeño cuerpo tiembla cada vez más y, cuando nuestros ojos se encuentran, la miro con severidad. Su maldita borrachera me acojonó, tuve que sacarla de una fuente y encima me abofeteó.

No la amedrento con mi mirada, lo sé porque la suya no cambia y no me gusta el efecto que provoca en mí.

Cuando veo que levanta el rostro hacia el flujo de agua, arqueando la espalda, sé que el alcohol ya está bajando de su sistema. Para este momento, ambos estamos completamente empapados.

—Me estoy congelando —se aferra a mis hombros con total confianza. Desde que la llevo en brazos, no ha dejado pasar la oportunidad para enterrar su cabeza en mi cuello y yo no la he detenido.

La sujeto con una mano y con la otra cambio la temperatura del agua poco a poco; tampoco soy tan idiota como para que terminemos con hipotermia. Finalmente el agua caliente nos cae encima y suelta un suspiro.

—¿Eso está mejor?

—¡Sí! —me planta un beso en el hombro y se remueve para que la suelte. Dejo ir sus muslos, pendiente de que pueda sostenerse por sí misma.

Cuando lo hace, se empapa por completo la cabeza. Su cabello está desordenado y se le pega a las mejillas. Le aparto el pelo, pero, en cuanto acerco mi mano, se gira y recarga su mejilla en mi palma mientras el agua cae.

Cierra los ojos y se frota como si quisiera una caricia, como si la necesitara. Poco a poco deslizo los dedos por su piel, accediendo a la caricia. Esta noche ha estado especialmente vulnerable. Sus ojos se abren y me mira. No dice nada. Ya es suficiente contacto, dejaré que se duche.

Aparto mi mano con brusquedad.

—Dúchate, ya sabes dónde conseguir ropa seca.

No deja de mirarme. Frunzo el ceño y vuelvo a tocarla. *Esa mirada.* Poso una mano sobre su hombro y la hago avanzar los dos únicos pasos que nos separan. Mientras lo hace, su pecho se alza y sus ojos me observan, muy abiertos y expectantes.

Aunque su boca ebria estuvo soltando toda clase de delirios, sé qué es lo que en realidad necesita. La atraigo a mi pecho y dejo que descanse ahí su cabeza. Es un contacto sutil, sólo para levantarle el ánimo, pero termina estrechándome con sus brazos. Puedo sentir su energía debilitada.

Sé que necesita afecto y contacto, reconozco en ella ese sentimiento desde hace mucho. La dejaré hacerlo un poco más. *¿Qué carajos estoy haciendo?* Ella no es igual a las mujeres que hay en mi mundo.

El calor de su cuerpo combinado con el del agua se fusiona con el mío y muevo los brazos lentamente.

Suspira cuando la rodeo. Su cuerpo es tan pequeño en comparación con mis casi dos metros de altura, y como está descalza, su cabeza queda a la altura de mis hombros. Deslizo mi mano por la parte baja de su espalda y la sostengo así. Esas palabras que dijo antes se repiten en mi cabeza.

Siento su cuerpo temblar y… *Mierda.* Debo soltarla ahora mismo.

La alejo de mí, pero su boca sube al instante, sorprendiéndome. Entierra su mano en mi cabello y posa sus labios sobre los míos. El movimiento es lento, casi suave, no habitual para mí.

Se separa y junta su frente con la mía mientras respira por la nariz. La miro fijamente, pero tiene los ojos cerrados.

—No puedo caer por ti —abre los ojos.

Me mira y vuelve a acercar mi cabeza hacia ella soltando un sonido sensual con esa boca que sabe a tentación. Hace unos momentos se veía vulnerable y ahora está sacando mi mierda fuera con su lengua acariciando la mía.

La beso con fuerza, estrechando su cintura; este jodido vestido estorba tanto. Me aparto y voy por la cremallera en su espalda, pero ella es más rápida y me quita la playera antes de bajarme el pantalón y atraerme otra vez hacia su boca.

El agua resbala por mi espalda y se desliza por mis pies descalzos. Mi ego se levanta, orgulloso. Me desea.

—Pequeña seductora —gruño succionando su labio inferior, mordiéndolo y jalándolo. La devoro un poco más antes de girarla.

Jadea mientras me deshago de la prenda azul empapada. Enseguida desabrocho su sostén para liberar sus perfectas tetas. Mis codiciosas manos van por ellas y presiono su cuerpo contra el cristal de la ducha. Gime suavemente mientras amaso esa carne deliciosa y sujeto sus pezones con mi pulgar y mi índice.

Estas tetas son perfectas y voy a follárselas. Voy a correrme sobre ellas y luego en su boca.

—Tres azotes —atrapo el lóbulo de su oreja entre mis dientes y presiono mi erección contra su trasero.

—¿Por qué? —pregunta mientras jadea y echa las caderas hacia atrás para frotarse contra mi miembro. Yo se lo clavo en círculos sobre sus malditas bragas aún con el bóxer puesto.

—Dos por emborracharte y salir corriendo por la carretera y uno por frotarte contra mi polla cuando no debo follarte porque estoy enojado contigo.

Se estremece y suelto sus tetas para darle el primer azote. Se levanta sobre sus puntas y gime. Le doy el segundo y amaso la carne deliciosa de sus glúteos. En el tercero rebotan y bajo rápidamente sus bragas girándola para que apoye la espalda en el cristal.

Me inclino cerca de sus muslos y patea lejos sus bragas, sosteniéndose de mis hombros.

Inclino la cabeza y olfateo su coño. Maldigo en voz baja mientras me palpita la polla con ese jodido aroma. Arrojo sus bragas cerca de mi ropa para quedarme con éstas también.

Su pecho se alza mientras mi nariz recorre su pubis.

—Huele bien aquí —gruño y deslizo mi mano por su pierna. Bajo la boca un segundo para besar su cadera y debajo de su ombligo.

La escucho lanzar un gemido ahogado y moverse con impaciencia. Levanto la mirada y sonrío como un hijo de puta al verla necesitada.

—Hazlo, Alexander —su voz suena más grave que antes.

—¿Qué pasa? —con dos dedos abro sus pliegues y dejo a la vista la carne rosada de su vulva, que palpita. Quiero chuparla de inmediato. Es uno de mis alimentos favoritos y puede convertirse en mi adicción si no lo controlo—. ¿Aquí hay un coño que necesita ser comido?

—Sí —su respiración se acelera más.

Me satisface escucharla, pero quiero que diga algo más que monosílabos, quiero mi nombre en esos labios. Me encargaré de que grite más de lo que siempre lo hace.

—¿Está húmedo? —al mismo tiempo que hago la pregunta, la penetro con dos dedos, haciéndola gemir mientras asiente. Sus paredes están mojadas, casi chorreando—. Me encantaría complacerte, pero quiero saber algo primero.

Se mueve sobre mi mano, enterrando las uñas en mis hombros. Saco los dedos bañados de sus jugos y pruebo un poco de lo que comeré mientras me mira con los ojos entornados.

Sabe a puta gloria. Tan dulce y adictivo. Mi polla da un salto todavía dentro de mi bóxer. Tengo que metérsela.

—Pruébame —la necesidad en su voz y en su cuerpo vuelve negros sus ojos avellana.

—¿Quién es el dueño de tu coño, Emma? —me recoloco frente a ella. Su olor se me sube a la cabeza.

Abre los labios para responder, pero no la dejo hablar porque en ese momento bajo la boca a sus pliegues. La respuesta llegará a su cabeza antes de que la diga.

—¡Alexan… Alexander! —gime en alto y su mano se entierra en mi cabello mientras paseo mi lengua lentamente desde su clítoris hasta la entrada de su vagina.

El sabor y lo húmeda que está me hacen tomarla por las caderas y retenerla mientras chupo ese pedazo de carne que palpita en mi boca. Mi lengua sube y baja y sus gemidos se hacen desesperados, a pesar de que apenas acabo de empezar.

Levanto su pierna derecha y la coloco sobre mi hombro, abriéndola por completo, y ahora sí me doy un festín con su coño, chupando, mordiendo con suavidad la carne de su vulva hasta dejarla rojiza y mojándola más de lo que ya está.

—As… Así —me presiona contra ella, reteniendo mi cabeza, y siento cómo comienza a temblar. Está a punto de correrse.

Deslizo mi lengua por la entrada de su vagina, penetrándola poco a poco, y esta vez ya no contiene los gritos. Escuchar mi nombre de su boca es música para mis oídos y sentirla frotarse desesperadamente contra mi cabeza para correrse es pura satisfacción.

Me jala el cabello con fuerza mientras se corre en mi boca, liberando ese delicioso sabor que bebo entre sus muslos. No permito que recupere el aliento cuando ya la tengo de espaldas, arqueada, ofreciéndose. Soy brusco, pero no parece importarle.

—¿Adam no te ha atendido bien? —me saco el bóxer a tirones y salgo un momento de la ducha para traer un condón.

—¿Qué?

—Tranquila, yo cubro tus necesidades —rasgo el paquete y deslizo el condón por mi polla erecta antes de guiarla a su coño—. Siempre que quieras —le susurro en el oído y la embisto.

Su grito me hace apretar la mandíbula con fuerza mientras su vagina se cierra sobre mi miembro. *Joder*, tan malditamente apretada como siempre.

—Eres un idiota.

Gruño y la penetro otra vez, me complace tenerla así, pero el idiota también la ha probado tanto como yo.

Salgo y la embisto de nuevo, apretando la mandíbula. Mi afición por su coño me hace cogerla aun cuando hay otro perforándola también. No estoy acostumbrado a eso, pero es temporal hasta que encuentre un buen remplazo.

La tengo de espaldas y así es más fácil follarla. La tomo de la cintura y gruño con más fuerza cuando mis bolas comienzan a cargarse. No le veo la cara; si quiero, puedo pensar que es otra mujer más en mi ducha esta noche.

Aunque no soy de rubias, la mujer que Erick invitó al bar sabía lo que hacía y me puso duro cuando se frotaba contra mí. Embisto de nuevo.

—Más, Adam —gime el nombre de ese idiota y me cabreo.

—¡Silencio! —le ordeno molesto y aumento la velocidad de mis penetraciones.

Gime de nuevo y mi mal humor aumenta, no quiero escucharla. La voy a hacer terminar y luego me bajaré la erección de otra manera. Aumento la velocidad mirando el cristal, pero esta vez dice mi nombre entre gemidos, recordándome a quién me estoy follando.

—¡Cállate, Emma! —azoto su trasero y, cuando grita, el sonido baja toda la sangre a mi polla y me la pone más dura que antes.

Maldigo en voz baja saliendo de su interior. La incorporo para girarla hacia mí y la alzo. Ella rodea mi cintura con sus piernas y vuelvo a clavarle mi polla de frente, viéndola fijamente a los ojos, observando cómo su rostro se contrae de placer.

A la mierda todo. Me estoy cogiendo a Emma Brown. Se vuelve una descarada y me come la boca con ganas mientras la perforo.

—No deberías darle el coño a nadie que no sea yo —gruño mordisqueándole el labio inferior y la embisto.

El agua me ayuda a deslizarla hacia abajo y hacia arriba, haciendo que sus senos reboten. Mis bolas se contraen y un cosquilleo sube por mi espina dorsal mientras cargo otra vez, apretando su trasero.

Pensar en el idiota de Tail dentro de ella me hace gruñir. Necesito control, puto control.

—¿Cuántas veces te ha follado? —su ceño se frunce—. ¡Respóndeme!

No habla, sólo me clava las manos en la espalda y se corre en silencio, sin embargo, no dejo de penetrarla. Deja de besarme y abre la boca.

—Oh, Dios, Alexan… Alexander, ¡voy a correrme otra vez! —se arquea ofreciéndome sus tetas y clavándome otra vez las uñas. El ardor de las heridas me insta a ir más duro.

Va a dejarme marcas como ha hecho antes, pero me importa una mierda. Bajo la boca a sus tetas para succionar sus pezones sin disminuir la velocidad de mis embestidas. Voy a dejarle algo muy en claro y no necesitaré jodidas palabras.

Nos miramos fijamente. Ambos jadeamos. Cuando la veo morderse el labio inferior, acallo sus gemidos con mi boca y entonces comienza a succionar el mío. No pasa mucho tiempo cuando vuelve a correrse, mordiéndome desesperada.

Las paredes de su vagina me aprietan la polla y me corro en el condón, soltando una maldición en voz baja. La bajo en cuanto recupera el aliento y la dejo sola en la ducha.

Me apoyo en el borde del lavabo y aferro el mármol con demasiada fuerza. Maldita sea, necesito recuperar el puto control. Puta ducha y puto Tail. Me saco el condón mientras camino afuera, hacia la habitación. Cuando me coloco un bóxer seco, mi celular suena.

Lo ignoro mientras termino de vestirme y salgo para recibir a la mujer que espera en la estancia.

—Llega tarde.

—Señor Roe, vine en cuanto recibí su mensaje —me da la mano, pero no la tomo.

—Esta mañana, Emma tuvo un accidente automovilístico y tiene una herida en la cabeza —no me ando con rodeos, no tengo tiempo. *Ella no es mi tipo*—. La examinaron los paramédicos de tránsito, pero quiero su diagnóstico.

La mujer asiente y veo la preocupación en sus ojos.

—De acuerdo, la examinaré, aunque no es mi área de especialidad.

Le señalo el pasillo para que me siga. Sé que, como confía en esa mujer, todo será más rápido. Entramos a la habitación y la encontramos sobre la cama con una de mis camisetas de gimnasio.

La tela negra la cubre y aparto la vista cuando mi miembro da un tirón. Es la misma reacción que tuve cuando la vi dormir con mi camiseta. Sus ojos se abren cuando ve a la mujer detrás de mí y se levanta de mi cama con el cabello todavía húmedo.

—Doctora Kriss, ¿qué hace usted aquí? Quiero decir, buenas noches —mira a la mujer de pantalones holgados y luego a mí.

—Buenas noches, Emma. Me informaron que tuviste un accidente automovilístico —responde la mujer con una sonrisa.

—Nada grave, un pequeño golpe.

—Viene a examinarte.

Emma abre la boca, seguramente para replicar, pero no lo permito.

—Deja a la mujer hacer su trabajo. Volveré en cuanto termine —salgo de la habitación porque, si me quedo, vamos a discutir y aún tengo mierda en la cabeza y también asuntos pendientes.

Voy a mi despacho, pero antes de regresar la llamada que ignoré hace unos instantes, entra la de Christopher. Ethan me ve pasar y le indico que entre, tengo un trabajo para él.

—Hablé con Katherine Portman y con los medios extranjeros, no habrá portada ni noticia sobre lo que pasó en la exposición.

—No quiero ni un reportaje que no sea el del *New Times*. El rostro de Emma no aparecerá en la prensa amarillista.

—Ya está todo arreglado, sin embargo, es una noticia internacional, el bombardeo por redes sociales es imposible de detener. Lo que puedes hacer para no perjudicarla es dar una entrevista.

—Perfecto, daré la jodida entrevista —termino la llamada y Ethan entra detrás de mí con la misma mirada seria de siempre.

—Logan sigue en la ciudad, señor, su sede no está en Reino Unido, lo vimos merodear por la zona. Al parecer, se alió con un ruso —Ethan saca su celular y me muestra las fotografías de las camionetas que rastrearon. El ruso está con él. Mientras comienzo a trabajar, le regreso la llamada a Alesha.

—Alesha, ¿qué sucede?

Suspira del otro lado y escucho una puerta cerrarse.

—Mi amor, pensé que no responderías —en cuanto la vea, la reñiré por ese sobrenombre—. Llevo casi una hora tratando de localizarte. Logan estuvo aquí hace poco, estuvo en mi apartamento, estoy asustada, trajo a todos sus *kray* para amenazarme.

Carajo.

—¿Qué demonios quería?

—Hablar, según él —escucho sus jadeos y cómo pone los seguros de su puerta.

—¿De qué?

—Cosas sin importancia, después de todo somos conocidos también, pero pensé que te gustaría saberlo. Pasó las últimas tres horas aquí, bebiendo, y tengo mucho miedo —escucho el sonido de los seguros otra vez—. Estaba ocupada con alguien y apareció de la nada, apenas me dio tiempo a colocarme una bata.

—¿Ah, sí? —me reclino en mi silla y la escucho vacilar. Está ocultando algo.

—Si vienes, te contaré lo que dijo. Ya que interrumpió mi noche, tengo vino descorchado, Erick se fue… —se detiene—. Digo, el hombre que estaba conmigo gracias a Dios se fue mientras hablaba con Logan, si no él mismo lo hubiera echado, ya conoces sus maneras.

—Tengo un asunto importante en este momento, si no hay nada más que decir, te dejo.

—Me dijo que anoche te reuniste con él —suelta antes de que termine la llamada—. Sé que no le das explicaciones a nadie, pero me lo hubieras dicho para saber que estaba en la ciudad, así habría podido ver a mi padre también y después te habría ayudado a relajarte como siempre.

—No fue una reunión larga, parece que compró unos bares en la ciudad —cruzo mi pie sobre mi pierna sin dar detalles que no debe saber—. Además, ¿desde cuándo tu padre le sigue los pasos a Logan como un perro faldero?

Resopla.

—No lo sé, tú dímelo.

—No tengo tiempo para juegos, Alesha, la organización se reunirá pronto.

—Por tu humor, deduzco que tienes compañía femenina. En ese caso, te dejo con tus asuntos importantes mientras a mí me matan. Ojalá te pese en la conciencia —percibo su molestia al otro lado—. Adiós, querido.

Termino la llamada y miro a Ethan.

—Ponle más seguridad a Alesha. Justo como me informaste, Logan sigue en Londres. Fue a verla, algo trama. Mantén vigilado su apartamento las veinticuatro horas y pon a Matt al teléfono.

—Si necesita ganarles territorio a los daneses, no se irá hasta que consiga más dinero. Con ella obtendrá eso y aliados, señor.

—Alesha no va a involucrarse en nada. Caterva, su padre, no lo aprobaría, y si algún día lo intentara, la última persona con la que lo haría sería Logan —frunzo el ceño—. Veremos hasta dónde es capaz de llegar Logan cuando le quite los bares donde distribuye coca. Llama a Blake y dile que negociaré el doble del precio para comprarlos y luego los venderé de inmediato.

Sus negocios me tienen hastiado y su sola presencia me irrita, pero, si no quiere dejar Londres por las buenas, lo hará por las malas.

—También hay un pequeño asunto del que quiero que te ocupes después de ver a Blake —me acaricio la barbilla.

No es del todo relevante, pero sí me llama la atención por muchas razones.

—¿De qué se trata, señor?

—Quiero que busques a un hombre, el mismo que sacaste de la empresa hace poco más de una semana. Su nombre es Seth, no sé su apellido, pero investiga todo sobre él.

—Entendido, señor Roe.

Emma

Alexander entra por la puerta en cuanto la doctora Kriss termina de examinarme. Aún sigo aturdida, pero permanezco en silencio mientras guarda sus instrumentos. La luz con la cual revisó mis ojos aún me destella.

No sé por qué Alexander hizo esto y tampoco sé cómo sentirme al respecto. Primero se porta como imbécil en la ducha mencionando a Adam y después me cuida. Si gemí el nombre de mi compañero de trabajo fue para joderlo como él lo hace con Alesha.

—¿Y bien? ¿Qué tiene? —pregunta con las manos en sus costados mirando a la mujer muy serio.

La doctora Kriss observa el tatuaje del lobo que tiene en el brazo y empalidece un poco.

—Todo está en orden, el golpe no afectó ninguno de sus sentidos y no hay magulladuras en otro lugar de su cuerpo.

—Eso ya lo sé, le revisé todo el cuerpo —responde él y de inmediato siento mis mejillas incendiarse, sabe que no tengo golpes del accidente porque me tuvo desnuda hace un momento.

Fue posesivo, jodidamente duro y... me está mirando de esa misma manera justo ahora. Mi respiración se acelera y trago con fuerza. La doctora Kriss no lo nota o, si lo hace, no dice nada porque cuando habla suena normal. Agradezco al cielo por eso, ya pasé muchas vergüenzas como para vivir una más.

—Lo único que encuentro es dolor de cabeza y en la zona del golpe, sin embargo, cualquier analgésico puede solucionar el problema.

Alexander me observa, pero le rehúyo la mirada. Sé que parte del dolor de cabeza se debe al vino que bebí, pero eso podría arreglarse con un expreso. Salgo de mis pensamientos cuando veo a la doctora Kriss despedirse y, en cuanto ambos salen de la habitación, me levanto en busca de mi bolso. Camino despacio porque tengo un delicioso aunque apenas perceptible dolor en los muslos.

Me lo dio con fuerza. Me abanico un poco y sigo buscando en la habitación, pero no lo veo por ningún lado. ¿Y ahora cómo regresaré a mi apartamento? No tengo auto, ni efectivo, ni celular para llamar a Cora o a Luke.

Me dejo caer en la cama, dentro de las sábanas negras. Huelen a él. Me impregno de su aroma masculino todo cuanto puedo mientras regresa. Estoy sedienta, cansada y mi mente va y viene, pero principalmente se concentra en Seth.

Me emborraché por él, para olvidar su cara enfermiza, y terminé aquí. La puerta se abre y cierro los ojos para que piense que caí dormida, sin embargo, se acerca a nuestra cama.

¿Dije "nuestra"?

—Bebe esto, es para el dolor de cabeza.

Abro los ojos como si nada y bebo el vaso de agua fría que me ofrece, seguido de una pequeña píldora.

—Necesito un expreso —le regreso el vaso.

—Lo que necesitas es dormir.

Miro la habitación enorme, esto no es mi apartamento, esto no es Trafford.

—No sé dónde está mi bolso y Cora debe estar preocupada por mí.

—No lo está —se levanta sin decirme dónde están mis cosas—. Si no te hubieras excedido con la bebida, te habrías ahorrado el dolor de cabeza y habrías ido a esa cena de celebración que tenías.

—¿Cómo sabes eso?

—Digamos que te volviste más habladora ebria. Incluso decidí que me gustas más así, aunque eres una suicida —su rostro se torna más serio que antes.

Varias imágenes cruzan por mi cabeza. Yo en una fuente y luego loca con mis sentimientos por Alexander…

—Eso fue divertido —en realidad no estaba tan ebria, porque recuerdo bien eso.

—¿Divertido? —repite con sarcasmo—. Qué bueno que lo recuerdas.

Lo miro. En la ducha fue duro y jodidamente bueno, pero, antes de que volviéramos a sucumbir ante nuestros deseos, ocurrió algo más y sé que no fue mi imaginación.

—¿Me llevarás a casa?

—Buenas noches —dice tajante.

Ésa es una respuesta tácita de que me quedaré. No voy a negarme, aquí se duerme bien, pero no quiero que se vaya, aunque tampoco le pediré que se quede. *Suficiente, Emma, enfócate.* No estás del todo sobria.

—Buenas noches —le lanzo una mirada.

Respiro hondo mientras espero que salga. Esto no es Trafford, esto no es el apartamento de Seth, me recuerdo.

—Déjame ver la herida —se vuelve y camina hacia la cama. Me incorporo mientras apoya una mano sobre el colchón y me toma la barbilla con el ceño fruncido—. Hablé con Ethan, pero quiero oír tu versión del accidente.

Permanezco estática mientras me examina.

—Usé el celular y me distraje por un segundo, luego, cuando quise tomar el control del auto, ya era tarde.

—¿Qué más? —me suelta la barbilla, pero no descifro si cree en mis palabras o no.

—Tuve suerte de que fuera un accidente pequeño, me habría matado si no hubiera pisado el freno a último momento —digo mirando cómo se quita la camiseta.

—Tu auto no piensa lo mismo, parece que será declarado pérdida total.

Oh, mi pobre Mazda, lo quiero como si fuera mi hijo.

—Lo sé —hago una mueca; le preguntaré a Ethan.

Mientras pienso en mi bebé, veo a Alexander quitarse los vaqueros y… camina a su lado de la cama. En realidad, no tenemos un lado definido como tal, sin embargo, las veces que hemos compartido la cama siempre me he quedado a la derecha y él a la izquierda.

—¿Qué ves? —pregunta cuando se percata de mi mirada.

Sacudo la cabeza y se mete bajo las sábanas con el torso desnudo antes de apagar las luces. La habitación queda en completa oscuridad.

Poco a poco me deslizo por la cama hasta que mi cabeza toca la almohada. *Va a quedarse conmigo*, mi pecho se contrae. No obstante, me digo que ésta es su habitación, que la cama es enorme y que no hay ninguna intención oculta detrás de eso.

Su pecho se alza rítmicamente. Siempre que está conmigo, parece que se duerme de inmediato. Sin embargo, también pienso que quizá no es tanto por mí, sino que el estrés está cobrándole la factura pendiente. Con ese último pensamiento cierro los ojos y trato de conciliar el sueño, pero no lo consigo.

Tantas emociones se agolpan en mi cabeza y en mi pecho… emociones que se entrecruzan y me confunden. Mi miedo, mi tristeza y otra que me desestabiliza más que todas: mi fijación por Alexander.

Lo miro: tiene los ojos cerrados y recuerdo cómo me abrazó en la ducha. Mi pecho se sobresalta. Le dije que no puedo… que no puedo entender lo que me pasa con él. Me giro de inmediato, asustada por el rumbo que están tomando mis pensamientos. Me alejo a la esquina de la cama y me ovillo. Me duele demasiado la cabeza, pero por esta noche ya fue suficiente.

Deja de pensar, Emma.

No sé en qué momento me duermo, ni tampoco cómo lo logro, pero el sueño es bien recibido. Me voy deslizando por la cama hasta que siento un cuerpo cálido y duro. Descanso mejor así.

Algo suave acaricia la piel de mi cuello. Tiempo después, mi reloj interno me hace abrir los ojos lentamente. Una respiración profunda me cosquillea en la nuca y la mano sobre mi cuello me sostiene fuerte para que no me aleje.

Cuando me inclino hacia atrás, choco con su pecho. Trato de girarme, pero la mano que me envuelve no me deja moverme, el brazo de Alexander cae sobre mi abdomen. La habitación se ve borrosa y vuelvo a cerrar los ojos.

La poca luz que entra por el ventanal me da directo en el rostro mientras levanto mi cabeza de la almohada. Ya no estoy de mi lado de la cama, estoy del lado de Alexander con las sábanas arrugadas a mis pies, sola.

Me desperezo estirando todo mi cuerpo y caigo otra vez sobre la almohada. Aún es muy temprano, el sol apenas comienza a salir. Escucho un golpeteo constante, pero no sé de dónde proviene.

Me levanto confundida y sigo el sonido, pero proviene de afuera de la habitación. Camino por el pasillo del Score descalza y miro un saco de boxeo sacudirse a través de la puerta de cristal del fondo.

Alexander gruñe y asesta otro golpe y luego otro más mostrando su tatuaje. La fuerza que tiene en los brazos es impresionante.

El sudor se desliza por su pecho y su espalda, debe llevar mucho tiempo aquí. Esto me recuerda que efectivamente el hombre tiene un gimnasio en su casa y que no tenía necesidad de seguirme a Downing Street.

—Buenos días, señorita Brown —dicen a mi espalda.

—¡Dios! —me sobresalto—. Buenos días, Octavian.

El hombre asiático me ofrece una sonrisa cálida.

—Su desayuno está listo como ordenó el señor Roe, estaba por subirlo a su habitación. ¿Desea tomarlo en la terraza o en otro lugar de su casa?

¿Mi habitación? ¿Mi casa? ¿Escuché bien?

—No es necesario, no suelo desayunar; además, ya estoy por irme y no…

—Octavian —la voz a mi espalda me provoca un escalofrío—. Vete de aquí.

El hombre asiático está más asustado que yo porque agacha la cabeza ante Alexander y desaparece corriendo como hormiga silenciosa.

—Desayunarás y después te irás a tu apartamento —dice en cuanto estamos solos.

Abro la boca para protestar, no quiero que me alimente, pero pasa de largo sin mirarme. Camino a su lado.

—¿Dónde está mi bolso?

—No soy la persona de la limpieza. Búscalo tú misma.

—¿Perdona? —me ignora y entra a su habitación mientras se seca porque está muy sudado—. ¿Dónde está mi bolso? —sigue sin responderme y comienzo a buscar en cada uno de los cajones; él sólo me mira cruzado de brazos.

Idiota. No sé qué le pasa, pero ahora estoy molesta. Después de una noche como la que vivimos vuelve a recordarme que es un cabrón. Voy al cajón de su lado de la cama, pero, antes de que lo abra, me toma de la cintura y me aleja de ahí. De pronto, me planta el bolso en la cara.

—Deberías hablar con Tail, ha llamado toda la maldita noche y parte de la mañana —las comisuras de su boca suben—. Si quieres ahórrate la parte de que cogimos.

¿Adam llamándome? ¿Coger? Tengo unas ganas inmensas de abofetear a Alexander, pero se mueve hacia su armario como si las detectara. Veo las llamadas enojada, efectivamente hay más de diez de Adam, debe ser algo serio o no habría llamado tantas veces. Le doy la espalda a Alexander y llamo a Adam, quien responde de inmediato.

—Hola, cariño.

—¿Hola, cariño? —digo para reafirmar si escuché bien, pues ya le había dicho que dejara de llamarme con motes de cariño. Escucho algo como una risa a mi espalda y miro a Alexander, que tiene la cabeza ladeada. Yo sólo estaba repitiendo las palabras de Adam.

—Perdona, Emma, ¿eres tú? —se disculpa del otro lado—. Estaba distraído.

Parpadeo.

—No hay problema. Uhm, me llamaste más de diez veces, dime que Cora está bien.

—Sí, ella está perfecta —el alivio me recorre—. Estaba preocupado por ti. Tu amiga Cora estaba buscándote anoche y llamó para preguntar, no sabía dónde estabas y se escuchaba muy preocupada. ¿Dónde te metiste?

—Uh, yo… estoy en… —Alexander sigue mirándome fijamente—. Estoy en… en la casa de una amiga, Alicia, mi celular estaba apagado, pero iremos juntas al trabajo —no sé por qué me siento nerviosa ni por qué le estoy dando explicaciones a Adam.

—No le mientas al idiota, no es tan estúpido —Alexander habla muy alto.

—Menos mal. Cora habló sobre un accidente automovilístico, ¿está todo bien? Me preocupé demasiado, Emma —suspira Adam del otro lado de la línea—. Además, quería disculparme por lo de la exposición. Eres una gran amiga y no quiero que las cosas se malinterpreten ni que estén tensas entre nosotros. Vine a tu apartamento y traje vino para los dos anoche.

—¿Anoche esperaste en mi apartamento? —carraspeo mirando a Alexander, que voltea los ojos. Esta conversación no está yendo a ningún lado—. Adam, ¿podemos hablar después?

—Te veré en tu apartamento en un par de horas, entonces.

Joder, no es lo que quería decir.

—Está bien, te veré ahí —digo para que deje de entrometerse y cuelgo de inmediato.

Alexander se gira y abre uno de los cajones.

—¿Problemas en el paraíso con tu novio?

Abro los ojos de par en par, pero no me ve.

—No —respondo de inmediato, Adam no es mi novio.

—Por lo que escuché, se quedó esperándote en su cena de celebración, es una lástima, pero ahora entiendo por qué dice que su relación es complicada —¿*Qué?*—. No suelo dar consejos, pero coger es más simple que esas estupideces románticas —señala mi celular y me guiña un ojo mientras camina hacia la ducha.

Este hombre va a matarme de enojo crónico. Los golpes en la puerta me hacen reaccionar y, cuando abro, Octavian entra con una bandeja de comida. Hay fruta y tostadas en un plato. La crema batida está en un recipiente.

No sé cómo lo supo, pero mi estómago gruñe al verlas. Le doy las gracias y, muy a mi pesar, como en silencio porque me muero de hambre. Mientras tanto, intento descifrar qué acaba de pasar. Apenas desperté y ya tengo la cabeza confundida, pero ¿por qué Cora estaba tan preocupada?

Miro mi vestido sobre el borde de la cama y también mis tacones. Termino el desayuno y me visto antes de que Alexander salga, lo cual ocurre en menos tiempo del que pensé.

Sale con una toalla en la cintura y el torso húmedo. No me mira y entra a su enorme armario al final del pasillo. Me acomodo el cabello lo mejor que puedo y en menos de cinco minutos sale con un traje.

—Octavian trajo dos bandejas de comida —le señalo la bandeja con fruta y crema batida de su lado de la cama.

—No como desbalanceado y menos en una habitación —responde tajante y se arregla el traje—. Te llevaré a tu casa, si estás lista.

—Está bien —salgo de la habitación con el ceño fruncido sin entender su enojo y entramos al ascensor.

Bajamos en un silencio incómodo que quisiera que Ethan o Matt rompieran, sin embargo, ninguno de los dos lo hace, y, cuando subimos al auto, la situación no mejora. Ethan conduce más rápido de lo normal, como si sintiera la tensión del ambiente, y, en cuanto aparca, bajo sin esperar nada.

—Tengo que hablar con Coraline, si no te importa que te acompañe —Alexander baja detrás de mí.

—¿De qué?

—Asuntos privados.

—¿Qué asuntos?

—No son de tu incumbencia —pongo los ojos en blanco, miro a la calle por inercia y entramos a mi edificio.

Cuando las puertas del ascensor se abren, saco las llaves para reparar el lío de la llamada de Adam y la preocupación de Cora. Entro y dejo la puerta abierta para que pase Alexander, pero, tras haber dado unos cuantos pasos, me quedo de pie. Hay una botella descorchada de vino, dos copas y…

—Por Dios, Emma, ¿dónde te metiste anoche? —Adam sale por el pasillo sólo con los pantalones puestos—. Debiste llamar, estaba muy preocupado por ti, no viniste a dormir; llamé a Alicia, dice que no pasaste la noche con ella.

Permanezco estática y escucho una risa a mi espalda.

—No es tan idiota después de todo —susurra Alexander.

—Adam —intento detenerlo—. ¿Qué ha…?

—Señor Roe, no lo había visto —me interrumpe antes de que pueda decir algo, luce avergonzado y de inmediato se coloca la camisa que trae en la mano.

—Tail —lo saluda Alexander con una inclinación de cabeza—. Es bueno verte después de la exposición.

—Ya lo creo —Tail lo mira fijamente.

—Estoy aquí buscando a Coraline, pero creo que soy inoportuno —mira la encimera—. Por cierto, excelente elección de vino y buena cosecha.

Abro la boca, pero, al igual que con Adam, se despide de mí con una inclinación de cabeza. Cuando está por salir, se detiene y su mirada se ensombrece. Sigo la dirección de sus ojos y observo una caja de condones sobre el sofá, al lado de una chaqueta negra que, deduzco, es de Adam.

Una rubia soñolienta aparece por el pasillo en ese momento, pero ni siquiera la mira.

—Si me disculpan, me retiro.

Miro a Adam frente a mí y salgo detrás de Alexander.

—No hablaste con Cora —digo antes de que entre al ascensor.

—La llamaré más tarde. Ten un buen día —remarca las últimas palabras—. No te molestes en despedirme, conozco el camino y tú tienes compañía.

Está malinterpretando todo.

—Esto no es lo que piensas, es un malentendido.

—No pienso en nada, no es de mi interés tu vida privada.

—Adam está aquí porque anoche…

Se ríe.

—No pierdo mi tiempo escuchando historias de pareja, Emma, y tampoco me importan. Si necesitas liberarte más tarde, llámame, ése sí es mi trabajo —me guiña un ojo.

—No seas obstinado, anoche…

—¿Anoche qué?

Lo miro con el ceño fruncido, no puede hacer como si anoche no hubiera sucedido nada.

—Te explicaré qué sucedió —se acerca a mi lado y quedamos hombro a hombro—. Anoche tu noviecito se quedó esperando que vinieras para beber vino y follar, pero anoche fui yo el que te cogió duro y fue en mi cama donde dormiste. Ahora ve y arregla tu asunto con él.

Se aparta para mirarme fijamente. Aunque hay una sonrisa ladeada en su rostro, sus ojos verdes me lanzan cuchillos.

—Adiós, Emma —deja un beso húmedo en mi mejilla y se va.

Mi ceño se frunce y camino rápido a mi apartamento. Adam está sobre el sofá, mirando hacia la puerta.

—¿Qué haces aquí, Adam?

—Ya te lo dije, Cora me llamó.

—¿Y por eso estabas sin camisa cuando llegué?

Se levanta.

—¿Estuviste con Alexander Roe? Entonces es cierto lo que dicen los medios sobre el beso en la exposición.

—Ése no es asunto tuyo, es mi puta vida privada, deja de meterte.

—Es verdad —levanta las manos, defendiéndose—. Lo siento, pero con lo del beso en la exposición… —arqueo una ceja—. Tampoco es mi asunto, perdóname por entrometerme —suspira.

—Aún no me explicas qué haces aquí —me cruzo de brazos.

—Llegué temprano y un hombre de cabello largo me abrió la puerta cuando ya se iba. Era el agente de tu amiga. Tiré vino en mi camisa y fui al baño para limpiarme, entonces llegaste.

—*Sexy* —escucho la voz soñolienta de Cora en el pasillo. Mira a Adam y luego a mí—. Oh, sobre eso, como nunca apareciste en el restaurante y tampoco respondías el celular, llamé a Adam para ver si sabía en qué restaurante estabas en la reunión con los medios. Estaba preocupada, pero cuando llamó… supe que estabas bien por la persona con la que fuiste a la junta, pero olvidé decírselo a Adam.

Suspiro, agotada.

—Yo… estoy bien y no hay necesidad de quedarse, gracias por el vino, Adam, pero no puedo aceptarlo.

—Emma…

—Adam —lo detengo—, estoy molesta contigo porque me besaste a traición en la exposición y estás cruzando muchas líneas personales que no te he permitido. Creo que he dejado claro que sólo somos amigos y en este punto ya ni amigos, sólo quiero ser tu compañera de trabajo.

—Estoy aquí para disculparme, para dar la cara sin pedir explicaciones sobre lo que el señor Roe hizo.

—No tienes que pedir explicaciones de nada, no tienes derecho.

—Lo sé, soy un idiota. Por favor, discúlpame.

—Disculpas aceptadas, pero eso no elimina mi enojo. Quiero descansar, así que vete, por favor —le señalo la puerta.

Toma la botella de vino y su chaqueta y sale por la puerta sin decir más. Deja la caja de condones en el sofá. Quizá fui un poco borde, pero él mismo dijo que no intentaría algo conmigo y, aunque parezca una locura, hay algo en sus disculpas que no me inspira confianza.

—Fue mi error, *sexy*, estaba preocupada, llegué a pensar lo peor con lo que te sucedió.

—Lo sé, después de lo de Seth… sin embargo, Alexander cuidó de mí —me dejo caer sobre el pequeño sofá—. Cuidó de mi anoche y… —repaso hasta el más mínimo detalle de todo lo que ocurrió hasta el momento en que se fue molesto por el ascensor.

—Y vio a Adam aquí, semidesnudo y con un vino.

—Sí, esto está jodido, pero ése no es el mayor problema, Cora —me giro hacia ella y nos miramos fijamente; sus ojos azules, más claros que los de su hermano, están muy abiertos—. Creo que estoy…

—¿Qué?

No, eso no es posible. Mis sentimientos son confusos, pero no puede ser cierto. *Despierta, Emma, y enfócate de una buena vez.*

—Nada, Alexander se fue porque vio eso —señalo la caja en el reposabrazos.

Ahoga un jadeo.

—¡Ay, Dios! ¡Luke! —levanta las manos y su cabello rubio se mueve—. Son suyos, los trajo anoche como una broma coqueta hacia mí, una tontería que iniciamos en el restaurante, y lo peor es que Bennett también los vio, discutimos a gritos —se muerde los labios, nerviosa.

—Pues estaban junto a la chaqueta de Adam.

—Luke debió olvidarlos. ¿No me digas que Alexander pensó que tú y Adam…?

—No sé lo que pensó, pero vio a Adam salir semidesnudo del pasillo, la caja ahí, el vino... No quiso escucharme.

—¿Que hizo qué? Joder, llámame loca, pero esta situación parece demasiado trabajada como para haber sido una confusión, Emma —la miro desconcertada—. No me malinterpretes, Adam parece una persona decente, pero actúa como si quisiera demostrarle algo a Alexander.

—¿Demostrarle qué? Le dejé muchas veces en claro que sólo somos amigos, se lo he dicho a la cara en repetidas ocasiones, pero no lo entiende. Al irse, Alexander me dijo que él sólo atiende mis necesidades físicas.

—Claro que dijo eso —se ríe—. Está celoso —abro la boca y me señala con un dedo, con ese tono rojizo en sus uñas—. Emma, cuando lo vi, el hombre estaba echando humo por los ojos; no sé cómo se controló, pero estaba a punto de matar a Adam. No sé si has notado que cada vez que se queda inmóvil y sin pestañear pone una mirada asesina, pues hace un rato la tenía.

Abro la boca y luego la cierro otra vez porque ésa es la conclusión a la que yo también llegué al mirarlo irse apresurado.

—Está celoso —susurro con media sonrisa.

—Muy celoso —Cora suelta una risita—. Bienvenida a la realidad, *sexy.*

Alexander

Necesito tener el puto control. Ya es media tarde cuando entro a la maldita calle de clase baja donde las casas son más bien una invitación a esnifar coca. Pasé todo el día haciendo la negociación con Blake para tener la cabeza ocupada y hace más de dos horas vino a reunirse con el administrador de la sede de los bares.

Aunque el plan está saliendo como lo pensé, tengo a mis hombres rodeándome, porque los *kray* deambulan por aquí.

Me coloco los lentes oscuros y salgo del auto para encontrarme con Blake, mi abogado, y con el administrador de los bares. Es un hombre gordo con la cabeza rapada y tatuada. Su apariencia combina perfecto con esta porquería de lugares.

—Bienvenido, señor Hilton, ¿cierto? —me extiende la mano cuando llego frente a ellos, asiento sin tomar su mano mugrienta—. Como le dije a su empleado, los bares no están a la venta y ya no aceptamos negociaciones.

—Están hipotecados desde hace dos meses.

—Un error de información. Hace unas semanas un comprador llegó a liquidarlos por completo y se convertirá en el dueño de ellos en unos días.

Logan.

—Seré claro, pagaré el triple de lo que le dio ese hombre por los bares.

—Ya le dije que no están a la venta —saca un porro de detrás de su oreja y lo enciende.

Me quito los lentes despreocupadamente, él sólo es un mugriento como muchos otros que conozco a la perfección.

—Pagaré seis millones de libras por ellos.

Es una suma insignificante para mi fortuna, pero él casi se atraganta con el humo del cigarro y el brillo de los tres collares falsos que lleva en el cuello reflecta, molestándome, razón por la cual me pongo los lentes de nuevo.

—Coño, eso cambia las cosas. Cerremos el trato entonces —confirma mostrando sus dientes putrefactos.

—Firma los papeles necesarios con él, Blake, y haz la transferencia del dinero a su cuenta —mi abogado asiente y regreso a mi auto.

—Un placer hacer negocios con usted, señor Hilton.

La comisura de mi boca se alza.

—Todos lo saben —camino hacia mi auto pensando con satisfacción que, en cuanto Logan escuche ese apellido, se cagará en los pantalones.

Sé que los *kray* están vigilándome desde que llegué.

—Por la parte trasera —le digo a Ethan cuando paso a su lado sin mirarlo. Esto es una simple cortina de humo, una distracción perfecta, porque en realidad Blake firmó el trato con el administrador hace más de una hora.

—Los tengo en la mira, señor, hay francotiradores en los ventanales y los conservadores rusos han venido.

En cuanto las camionetas verdes salen disparadas en dirección contraria, mi sonrisa se ensancha y subo a mi lujosa camioneta. Demasiado tarde, los bares son míos y esta gente mugrienta sacará a Logan a patadas.

Saco el teléfono justo cuando entro al estacionamiento del edificio lujoso más cercano. Alesha está esperando en la entrada con una sonrisa plena en su atractivo rostro.

—¡Lo conseguiste! —afirma. Me conoce bien.

—Siempre consigo lo que quiero.

—Valió la pena entretener a Logan mientras tanto —se cierra a tirones el abrigo negro—. No es que me queje de ayudarte.

La miro fijamente, lleva un vestido rojo ceñido y el abrigo encima. Se acerca lista para una compensación, me besa, pero, en cuanto se acerca a mí, la lanzo al suelo y ambos caemos al pavimento.

La camioneta de los *kray* que me seguía entra al edificio y suelta el primer disparo. En cuestión de segundos, mis hombres cargan contra ellos. Ethan dirige la operación.

Alesha se aferra a mis hombros, alerta y experimentada. El sonido de las armas me cala los oídos.

—Compré los bares mientras tú lo distraías —la levanto, ayudándola a protegerse—. Y Logan ya lo sabe —miro el enfrentamiento a mi espalda.

Capítulo 35

Alexander

—Vamos, no quiero que te lastimen.

—Me encanta que me protejas.

—Es la costumbre, ven —la sujeto de la cintura mientras caminamos hasta mi camioneta, situada en medio del estacionamiento de ese edificio que, aunque pretendía ser de lujo, tendrá daños mayores por las balas.

El ruido es ensordecedor. Me recuerda muchas cosas de mi vida privada y cómo las aprendí, cosas que, cuando estoy en mi oficina lujosa, siempre tengo en mente. Me criaron como a una bestia y lo seré hasta el día que me muera.

Soy un asesino, un criminal procesado y el más buscado de Rusia y Reino Unido, sin embargo, la prensa mantiene mi imagen impecable. Ni siquiera me inmuto por el enfrentamiento, tengo todo muy bien calculado como siempre, voy dos pasos adelante que cualquiera. Cuando Matt abre la puerta de mi camioneta, Alesha y yo nos deslizamos dentro y mi celular vibra al mismo tiempo.

—Retirada —les digo a mis hombres a través de un auricular.

—Entendido, señor —responden del otro lado.

Dejo sonar el celular mientras me coloco los lentes oscuros y el motor arranca a toda velocidad. La satisfacción me recorre por completo.

—Logan —respondo la llamada, que entra una y otra vez, con una cara de comemierda que me encantaría que pudiera ver.

—Te voy a cazar, hijo de perra, acabas de arruinar mi más reciente negocio, voy a bombardear las bodegas de armamento en Dinamarca —gruñe del otro lado y termina la llamada.

Guardo el teléfono despreocupadamente. ¿Creyó que se la pondría fácil? No es imbécil, sabía que atacaría para que se largara y también sé que va a regresarme el golpe más fuerte que en mi hotel de Brent.

—No creo que haya llamado para felicitarte por la compra de sus bares —Alesha me mira desde su asiento—. ¿Por qué lo hiciste, Alexander? ¿Qué ganas con esto? Sabías que se iría de cualquier manera cuando distribuyera su nueva mercancía, siempre es lo mismo —cruza las piernas con ese vestido ceñido que me permite ver el contorno de sus muslos.

Paseo mis dedos por sus piernas como una distracción, pero ella las abre como una invitación.

Logan siempre regresa a Londres, jode todo por dinero y luego se va.

Nadie dijo que estoy dispuesto a tolerar siempre su patrón de comportamiento, en especial sabiendo que los daneses están cerca. Y menos cuando planeo cosas interesantes para mi beneficio en un futuro no muy lejano.

Llegó el momento de arrancar el problema de raíz y evitarme el fastidio de verlo mientras consigo lo que quiero, y lo que quiero es poder, más del que ya tengo. Quiero controlar por completo la organización de los treinta y siete.

—¿Ahora haces interrogatorios, Alesha?

Sabe que no debe cuestionarme sobre nada y, aun así, lo hace, exacerbando el enojo que inició cuando dejé al jodido idiota de Tail con Emma. *Condones.*

Me paso la mano por la barbilla lentamente, intentando contener la oleada de calor que me recorre las venas. Si Alesha no hubiera llamado, habría hecho más que sólo irme. *Sé algo sobre él.* No todos son buenos mentirosos como yo.

Su mierdilla de plan se vino abajo, pero eso no evita mi enojo porque Emma no desmintió nada. Veré hasta dónde es capaz de llevar esta situación.

—Estuve abierta de piernas para Logan, es normal que quiera saber qué planeas.

Me río sin humor.

—Nadie te involucró en esto, te lo recuerdo, tú te ofreciste y fuiste muy insistente en la reunión.

Sabe lo que hace, lo sabe muy bien. Me está sacando de mis casillas al hacerme preguntas innecesarias. No quería involucrarla, no uso a terceros para cubrirme las espaldas, siempre doy la cara y esta vez no fue la excepción, pero insistió tanto, llamada tras llamada, que al final accedí. Una característica clásica de Alesha es su persistencia. Siempre consigue lo que quiere.

Ella fue la que llamó en cuanto salí del apartamento de Emma para decirme que ese cabrón estaba en su apartamento otra vez y que lo retendría para mí.

Así fue que, en cuestión de una hora, Blake armó la estrategia de la compra con el nombre falso para que los hombres de Logan no mataran al administrador de los bares antes de que lograra el objetivo.

No fue algo tan grande, ya lo había estado investigando y, cuando descubrí que en esos bares vendía coca al mayoreo, no lo pensé dos veces. Si gano más con ese lugar, será para mi beneficio. Diría que actué por estrategia, pero en realidad no fue así. Lugar por lugar. El accidente que provocó en mi hotel de Brent no iba a quedarse así.

Ojo por ojo en mi mundo oscuro… La mafia.

—No lo hago para molestarte, querido —Alesha sube una mano por mi brazo—, pero la situación de Logan es peor de lo que pensé, si no no habría venido a prender fuego por unos miserables bares que compraste con un nombre falso y ese apellido que sabes que detesta.

Esa palpitación molesta hace que regrese mi dolor de cabeza y que frunza el ceño. Me masajeo las sienes. *Estrés, maldito estrés.* Ese cabrón no engaña a nadie y menos a ella.

—Es una advertencia. Si no se va de Londres, no voy a andarme con juegos baratos de quita y toma, también puedo prender fuego.

La camioneta desacelera mientras entramos al estacionamiento del Score.

—No tienes necesidad de hacer eso, Alexander, te dije que se iría en cuanto cerrara un negocio con unos inversionistas rusos. Él mismo me lo dijo.

—Me importa una mierda lo que haga. No lo quiero cerca de mi hermano, fin de la discusión.

—Lo sé, todo esto te tiene demasiado tenso —recorre mi brazo con su mano de nuevo, esta vez se extiende hasta mi pecho, pero se detiene cuando la puerta se abre y bajo dejándola con la mano en el aire.

—El señor Roe está aquí.

Camino al ascensor escuchando sus pasos detrás de mí. Ethan y otro hombre ya están dentro cuando llegamos. A lo lejos, veo a los trajeados abriendo la Cripta.

—Está hecho, señor, el ministro accedió a su petición —dice Ethan.

—Perfecto —inclino la cabeza y me quito los lentes oscuros para mirar fijamente al otro hombre, cuyo nombre me tiene sin cuidado, mientras ambos salen.

—¿Qué fue eso? ¿Qué está hecho? Ethan mencionó al ministro Madden —Alesha viene detrás de mí.

—Ya lo verás —seguimos caminando y entramos a la sala de estar por la planta baja, la cual abarca casi tres habitaciones.

Presiono un botón y se enciende la enorme pantalla con el noticiero en directo. Entrecierro los ojos para aguantar las luces del programa. El cintillo al pie de la imagen del reportero indica que se encuentra en la avenida Diecisiete, cerca de Southwest.

El lugar del enfrentamiento. Aparecen las luces fosforescentes de los autos azules todo terreno del MI6. La imagen es clara, aunque el sonido de las armas no se escucha bien por la voz del presentador y la censura del noticiero.

Alesha observa la imagen con el ceño fruncido y luego me mira fijo.

—Les tendiste una emboscada y mandaste al MI6 con la ayuda del ministro de Londres —arquea una ceja.

—¿Me culpas de esto? Quizás ellos llegaron solos al lugar indicado y Logan tardó en retirar a su gente de ahí.

Me acerco a su espalda lentamente, deslizo mi mano por su cintura, debajo de la cinturilla del vestido, y se deja caer contra mi pecho, gustosa.

—Mira bien —acerco mi boca a su oído—. Justo ahí —señalo la esquina de la pantalla que queda casi desenfocada de la cámara del reportero.

Las personas que están en el enfrentamiento son simples idiotas que cayeron en la trampa de Logan. Vemos a los hombres encapuchados mantenerse a lo lejos. Los *kray* son los mejores francotiradores, pero no van a enfrentarse con las fuerzas armadas por algo tan simple.

Esperan el momento en el que capturen a los demás para atacarlos. Cuando los atrapan, dejan ir la primera bala y matan a los únicos testigos.

—¿Crees que Logan está aquí por dinero, Alesha?

Gira la cabeza y me mira.

—Eso es lo que dijo mientras me penetraba.

—Quiere gente que se una a él, quiere aliados para empezar una maldita guerra de mafias. Sospecho que tú ya sabes que está detrás de ti para contactar a tu padre —bajo mis manos por sus muslos.

—¿Logan me quiere como su aliada? —su voz mimada es un arte en la cama.

—Sí, Alesha, te quiere, y como tu mejor amiga, Katherine, trabaja para él, pensé que estabas dudando en aliarte con el enemigo.

Hace mucho tiempo que nosotros conseguimos algo de ventaja sobre Logan con la ayuda del ministro. El padre de Alesha es quien la llena de lujos año tras año, porque, de entre todos los negocios sucios que posee, se dedica al lavado de dinero.

El resto de lo que tiene esta mujer es por su inteligencia y la prestigiosa carrera que se ha forjado como la mejor arquitecta de Londres, pero no deja de ser peligrosa como yo, porque guarda nuestro secreto más oscuro.

—¿Cómo iba a saberlo? Logan es un buen mentiroso —se hace la inocente frotándose contra mi dureza—. No sabía que quería alejarme de ti y, si es así, pierde su tiempo y lo sabes —poniendo voz mimada, quiere deslindarse de este enfrentamiento.

—Lo sabes muy bien o no me habrías llamado hace unas horas.

Sonríe con sus labios rojos. Deja de fingir.

—Estás en lo correcto. Logan no estaba de visita amistosa en mi apartamento y quise informarte. Mientras me follaba me dijo que quiere a los daneses —confirma lo que yo ya sabía—. ¿Me merezco una compensación especial o debo seducirte? —pregunta con voz ronca.

La giro suavemente, mirándola directo a los ojos.

—Por favor, Alesha, no estoy para juegos —su sonrisa desaparece—. No sé cuáles sean tus planes, pero ándate con cuidado, no juegues de esa forma arriesgada y menos cuando Logan te tiene en la mira.

—¿Estás preocupado por mí?

—Somos más que buenos amigos, ¿o no?

Asiente, pero hay algo más que sigue sin decirme.

—Lo somos y seré precavida, pero, dime, ¿qué vas a hacer cuando Logan te ataque de nuevo? Porque, digas lo que digas, lo atacaste para vengarte por el accidente de Brent, ¿o me equivoco? —me mira fijamente y de inmediato la suelto—. Esto se convertirá en algo mayor.

Apago el televisor y salgo para tomar un trago. Me acerco a la barra y lleno mi vaso de whiskey escocés hasta la mitad. Sus manos se posan en mi espalda y las desliza con suavidad hacia abajo.

—Sigues siendo impulsivo, Alexander, pero me gustas más cuando eres analítico.

No respondo, bebo otro trago de mi whiskey escocés y entonces me quita las manos de encima.

—Piensa en lo que te dije —su voz me golpea muy cerca del oído—. Tengo que irme, alguien me espera en casa para follar y es tu mejor amigo.

Deja un beso breve en mi mejilla y su mirada trata de buscar la mía, pero no lo consigue y finalmente se va. Lo último que dijo sobre Logan me deja molesto.

Tomo el vaso y me siento en uno de los sillones viendo la ciudad a lo lejos. El alcohol me corta la garganta. Me paso la mano por el cabello, perdido en mis pensamientos. Cierro los ojos y respiro hondo por la boca. Ésta es la misma sensación enfermiza que siento después de tener el mínimo contacto con él.

Sé que puedo darle batalla, mejor de lo que cree. Lo he seguido durante un tiempo al igual que él a mí. Incluso debería hacerlo…

Frunzo el ceño, desabrocho con brusquedad los tres primeros botones de mi camisa y me levanto bebiendo todo el alcohol de un solo trago. ¿Qué coño estoy pensando? No voy a perder los estribos ahora que tengo planes y mucho menos voy a entrar en una pelea encarnizada con un mafioso como Logan.

Tengo una reputación que mantener. Para la sociedad y los inversionistas, soy Alexander Roe, un magnate billonario inglés, dueño de una de las cadenas hoteleras más reconocidas en el ámbito internacional.

Me lo he ganado a pulso, con mi sudor de hijo de perra y con mi habilidad de puto cabrón. El hilo de mi reputación lo sostengo yo y seguiré utilizando esa pinta en mi beneficio para acumular más poder del que ya poseo y nadie conoce. Me siento de nuevo y miro a la nada durante mucho tiempo. Octavian, mi sirviente, trae mi comida y la coloca en la terraza antes de llevarse mi vaso de whiskey.

Miro la bandeja a lo lejos e inevitablemente me recuerda a esta mañana. Vi a Emma comerse esa jodida tostada de crema batida sin que ella se percatara. Siempre hace los mismos soniditos cuando toma el primer bocado. La visita de la tal doctora Kriss me hizo percatarme de que debe comer más que eso. Debería, pero no lo hace.

Saco mi celular de mi bolsillo y tecleo antes de levantarme. Camino hacia la terraza con la vista fija en él. Veo que mi última llamada fue la de Logan y mi mal humor regresa con más fuerza que antes.

—Llévate todo —le ordeno a Octavian y salgo de ahí.

Voy por el pasillo y me desnudo hasta colocarme los pantalones cortos. El sudor ya me cae por la frente incluso sin haber golpeado el saco, justo como esta mañana cuando supe que Alesha mentía respecto a la visita de Logan.

Cuando termino de enrollarme la cinta negra en ambas manos, lanzo el primer golpe para liberar la tensión. Por un momento mi vista se nubla, pero vuelvo a cargar. El saco rebota sobre la cadena y lanzo un golpe más. No me importa cuántos sean, ¿desde cuándo el control me ha abandonado así en un solo día?

Miro hacia el pasillo donde esta mañana vi a Emma semidesnuda, sólo con mi camiseta puesta, y golpeo otra vez con más fuerza que antes. Controlo el tirón de mi miembro, lo domino y lo bajo.

Mi instinto animal sale con cada golpe y esos pensamientos posesivos que surgen en mi mente no hacen más que hacer saltar la vena de mi cuello. *Sé algo sobre él.* Lo supe la noche de la exposición y también esta mañana.

Mi gruñido me rasga la garganta y los nudillos me duelen tanto que ya no siento la presión del saco, sin embargo, no dejo de golpearlo. Esto ya no es una liberación de estrés para recuperar el control, es para recuperar la cordura.

—¿Has considerado regresar a ese gimnasio mugriento en Downing Street? Creo que tiene más ambiente que este lugar solitario.

Una toalla húmeda me golpea en la espalda con fuerza cuando Bennett me la lanza enrollada. Me seco el sudor de la cara mientras el saco se va deteniendo lentamente. Tomo la botella de agua que me ofrece y me la termino por completo.

—¿Qué haces aquí, cabrón de mierda?

—También me da gusto verte, hijo de puta —sonríe, cruzado de brazos. El hecho de que se vea tan fresco y aliviado levanta mis sospechas.

—¿Y bien? —arqueo una ceja.

—¿No puedo visitarte cuando me place? Además, como sabes, mi vuelo a Nueva York se adelantó. No quería irme apresuradamente porque, si has observado bien, tenemos compañía de lejos.

—¿De qué hablas? Hace unos días hacías todo lo posible por retrasarlo y parece que ahora quieres largarte cuanto antes —me seco de nuevo con la toalla.

—Tengo unos inversionistas rusos que quieren cerrar un negocio conmigo en una de las compañías de su país.

—¿Qué clase de inversionistas son ésos?

—Unos viejos amigos —corta de inmediato el tema y levanta aún más mis sospechas—. Quería dejar todo en orden, pero, si no comienzo con el diseño de los hoteles de Nueva York, West B nos tomará ventaja.

—Claro, y tu pequeña rubia se queda en el país —lo miro fijamente y me sostiene la mirada, sin embargo, no le demuestro ninguna expresión—. ¿Y quieres un asado de despedida o una habitación especial antes de tu partida?

Se ríe.

—Me encantaría, pero paso de esa romántica forma de demostrarme tu amor, hermano, y mejor voy al punto —me desenrollo la cinta de las manos con cuidado, el sudor sigue cayendo de mi frente—. Harás algo especial por mí.

—¿Quieres que te enseñe a usar la cosa entre tus piernas de manera correcta?

Se ríe otra vez echando la cabeza hacia atrás.

—Ya tengo práctica suficiente con esto —se toca la entrepierna—. Y me han dicho que son muy satisfactorios mis métodos —me guiña un ojo—. Lo que quiero es algo más simple.

Me mira con los labios en línea recta, casi como si estuviera conteniendo una risa.

—Si no te la encuentras a oscuras, dudo que sepas usarla correctamente con tu rubia o no estarías huyendo de Londres. ¿Te dejó? —su mirada burlona se esfuma y es mi momento de sonreírle con suficiencia, pero mi mirada también se ensombrece cuando la puerta que está detrás de él se abre lentamente y, al percatarme de lo que ocurre, mi mal humor regresa.

Mierda. Mierda. Mierda.

—Espero que tu buen humor siga así, hermanito —sonríe de lado—. Kieran, ven aquí —dice Bennett y el jodido golpeteo en mis sienes regresa.

Emma

—No has dicho ni una sola palabra en todo el camino, Emma —dice Luke al volante.

—De repente me he vuelto muda —espeto y la risa de Cora unida a la suya no se hace esperar.

Estamos en camino al restaurante al que se suponía que iríamos anoche, pero que por mi estado de ebriedad me fue imposible asistir. Lo único que mejora mi humor en este momento es recordar a Cora lanzándole la caja de condones a Luke en cuanto cruzó la puerta de nuestro apartamento y después llorar pidiéndole disculpas.

¿De verdad lo llamo "*sexy* depravado"? Su cabello largo atado en un moño como siempre le da un toque salvaje, pero no me pone verlo. Además, creí que Cora sentía algo por Bennett. Ahora estoy un poco confundida porque me habló de una discusión grande entre ellos, pero no quiso dar más explicaciones, aunque se puso muy emotiva.

Luke y ella han estado haciendo bromas de doble sentido todo este tiempo, y antes de salir de la casa, me pareció verlos besarse a modo de saludo; sin embargo, cuando se lo pregunté, ella lo negó. Si peleó con Bennett, no creo que éste sea el camino correcto.

Miro por la ventana mientras conversan y llega a mi mente un vago recuerdo de mí misma viendo la ciudad de la misma forma anoche. Pasamos cerca de una fuente y las luces la iluminan. De repente no veo la fuente, sino los ojos de Alexander mientras me sostenía. Parpadeo, confundida ¿De verdad lo hice meterse a la fuente?

No lo recuerdo bien; mi mente bloqueó esos momentos debido al alcohol. Al llegar al restaurante, pedimos una mesa cercana a la ventana. Saboreo mi pequeño platillo con mejor ánimo, estar con ellos es bueno, disfruto de las bromas de Cora y, ahora que lo pienso, Luke no me desagrada demasiado. Es eso o en los últimos meses que no lo vi en verdad mejoró su carácter.

—Sean bienvenidos —se acerca un hombre con traje, el único que he visto así hoy.

—Buenas noches —respondemos los tres al unísono.

—Espero que estén disfrutando de su velada —nos sonríe y detrás de él aparecen tres meseros—. Tenemos una orden especial para ustedes por parte del dueño del restaurante.

—¿Orden especial? —Cora y yo miramos asombradas a los meseros mientras colocan las charolas de comida en nuestra mesa.

—Así es —el hombre espera pacientemente a que los meseros terminen de acomodar todo—. Disfruten su comida —nos regala una última sonrisa antes de marcharse.

—¿Y quién es el dueño del restaurante? —Cora mira con asombro todo lo que nos han traído.

—Eso mismo quiero saber yo, porque nos ha obsequiado un manjar digno del rey de Inglaterra —Luke mira mi lugar, porque han colocado el platillo más grande frente a mí y casi siento que mis mejillas queman.

—Sea quien sea, es un sujeto de buenos gustos —Cora se ríe.

El platillo... la comida... este platillo lo he probado antes... anoche. Levanto la mirada y busco a Alexander, aunque sé que es imposible que esté aquí, pero es más imposible el platillo frente a mí y toda esta comida para nosotros.

Frunzo el ceño y tomo mis cubiertos. Casi puedo escuchar una palabra flotando en el aire. *Come.* Llevo el primer bocado a mi boca y recuerdo cómo me alimentó frente a los publicistas del *New Times*.

La comida aquí es deliciosa y cara, aunque ahora podemos permitirnos probar más cosas gracias al dueño del restaurante, quien, quiero pensar, es un hombre desconocido que regala comida al azar. Me gusta aquí, es lujoso, pero no hay gente pomposa por todos lados, con vestidos costosos y traje. Sólo hay personas normales disfrutando de comida cara. Es simplemente perfecto para nosotros.

—¡Salud! Por el éxito de Coraline Anne Gray y su mentor Luke —levanto la copa de vino dulce y la choco con la de ellos.

Esta vez no hay alcohol para mí, ni lo habrá en mucho tiempo. Me centro en Cora, estoy feliz de poder celebrar este logro con ella. No ha perdido la sonrisa en ningún momento de la noche.

—Me encantaría decir que todo fue un éxito, pero no es así, al final hubo un pequeño problema y puede que me mates en cuanto lo sepas —hace una mueca mientras reacomoda su cabello rubio.

—¿Por qué?

—Bueno, todas las obras fueron vendidas —se lleva la copa a los labios.

—Significa que ganaste mucho dinero con las ventas, ¿acaso eso no es genial?

—No cuando tu cuadro también fue vendido.

Casi me ahogo con la comida. Me pongo la servilleta en la boca para evitar toser y mis ojos casi se salen de sus órbitas.

—¿Cómo?

—Traté de evitarlo, pero incluso fue el primero en ser comprado y por una cantidad que te mueres —suelta una risa nerviosa—. Vamos a arreglarlo, ya estamos en ello desde la mañana. ¿No es así, Luke?

—Definitivamente —hace un gesto como de soldado—. Apostamos mi pellejo a que mañana mismo lo tienes de regreso, el comprador no pudo haberse ido muy lejos y soy muy persuasivo. Lo convenceré de regresar la pieza a la galería a cambio de otra.

—No sé cómo sentirme al respecto —frunzo el ceño. Ahora un desconocido tiene ese cuadro erótico—. Ya fue bastante impresionante ver mi cara en una exposición con toda esa gente mirándome asombrada y ahora resulta que un extraño o extraña disfruta de mi cuadro a solas.

—Descuida. Tenemos el nombre del comprador y no suena como un viejo rabo verde —Cora arquea una ceja—. Es un tal señor Hilton. Suena con clase, ¿no?

—Eso espero —me río nerviosamente y bebo vino dulce para calmar las ansias.

—Me agrada que lo tomes tan bien.

—No creas que no quisiera enviarte a buscar ese cuadro de inmediato calle por calle, pero es tu cena de celebración, no puedo hacerte eso.

Se ríe echando la cabeza hacia atrás y no puedo evitar reírme también.

—¿Sabes? Tres celebraciones es demasiado bueno, podría acostumbrarme a esto.

—¿Tres? Sólo has celebrado con Luke y conmigo —me llevo la copa a los labios mientras baja el rostro. *Oh*—. A menos que hayas tenido una celebración la misma noche de la exposición.

—Yo no encerré a la zanahoria en un baño. Sólo diré que se lo merecía —me guiña un ojo—. Ésa es mi chica —dice en voz baja con los labios casi apretados, pero la escucho muy bien y casi me atraganto con el vino.

¿Cómo sabe eso? ¿No fue Bennett el que…? Arqueo una ceja y disimulo una sonrisa frente a Luke, quien no alcanza a escuchar esta pequeña y secreta charla.

—Así que Bennett y tú volvieron a la galería para resolver un "asunto importante" cuando todos los asistentes se habían ido. Me pregunto qué habrá sido.

—No quiero hablar de él en este momento, seguimos peleados —sonríe a Luke, que hace una broma para aligerar el ambiente, y espero escuchar su respuesta, pero su sonrisa se desvanece mientras mira por la ventana. Casi puedo decir que el color de sus mejillas desaparece por lo que ve.

—¿Cora?

—Está aquí. Luke, llama a la policía. ¡Rápido!

Levanto la mirada justo hacia donde mira y entonces lo veo. Pantalones grises y una chaqueta. Se quita el gorro dejando a la vista su cabello rubio. Es Seth con un cigarro en los labios.

—¿Qué pasa? —Luke levanta la mirada, pero desde su lugar no ve nada, sólo la calle transitada.

Cora me toma la mano para que deje de voltear hacia allá. Cuando vuelvo a mirar ya no está, pero es demasiado tarde.

—No alcancé a tomarle fotos, pero atestiguaré contigo sobre lo que vi —dice en voz baja—. Me quedé pensando en la exposición, ¿por qué no nos vamos de aquí? Me siento satisfecha, esto es demasiada comida para nosotros —asiento y, aunque quisiera, ya no puedo comer más de lo que hay en mi plato—. Debemos llamar a la policía, ha estado siguiéndonos —susurra a mi lado.

Luke pide la cuenta unos minutos después y, cuando vamos de regreso, Cora toma mi mano todo el camino. Por un momento, cuando salimos del estacionamiento, creo ver el auto plateado, pero por la poca luz no podría decir si era o no.

—Él estaba ahí, dime que lo viste también —le digo a Cora cuando Luke nos deja frente a la puerta de nuestro apartamento.

—Lo vi —responde en voz baja.

—Nos está siguiendo, no sé cómo se escabulló tan rápido del lugar, pero estoy segura de que nos sigue cada que salimos del apartamento —entramos con cuidado y justo en ese momento suena mi celular.

Seth.

—Es él.

—No respondas —lo toma y lo arroja al sofá.

El aire frío de la noche parece haberse quedado en mi cuerpo aunque aquí dentro la temperatura es cálida. El celular vuelve a sonar una y otra vez. No va a detenerse.

Cora mira con rabia el teléfono y rápidamente lo toma.

—¿Qué quieres, maldito enfermo? Nos estás siguiendo, pues buenas noticias, te hemos grabado y te van a volver a encerrar —responde Cora con el alta voz activado.

—Dudo que me hayan grabado y, si fue así, con dinero se soluciona todo —se burla—. ¿Disfrutaste tu cena, *conejito*? Fue cortesía mía, debí ponerle veneno —dice sin responderle a Cora, como si supiera que yo puedo oírlo.

—¡Vete al demonio! —le gruño.

—Veo que tu pequeño accidente no fue suficiente para cambiar tus modales conmigo. Por suerte, yo cuidaré tus sueños hasta que corras a esta loca rubia y te pongas al teléfono tú misma, no me hagas enfadarme con ella y quitarla de mi camino.

—No me importa.

—Sabes que ella puede tener tu mismo destino.

Cora desactiva el altavoz y, cuando se coloca el teléfono en la oreja, comienza a llamarlo como lo que es, pero yo sigo pensando en sus palabras. Me acerco lentamente a la ventana y veo que el auto plateado está en la acera.

Está aquí. Alguien llama a la puerta y, cuando Cora se queda en silencio, me obligo a apartar la mirada de la ventana. La voz afuera es conocida, así que decide abrir. Con un abrigo largo negro, los ojos verdes del visitante se fijan en los míos del otro lado de la puerta por unos segundos.

—Buenas noches, Coraline Gray, ¿podemos hablar?

Cora mira a Alexander y no sé si apaga el teléfono o sólo termina la llamada antes de guardarse mi celular en el bolsillo trasero de su pantalón.

—¿Yo? —lo mira confundida y él asiente—. Ah… Claro, adelante, pasa —lo hace entrar mientras me mira confundida.

Alexander me observa, pero aparto la mirada. El auto de la acera ya no está. En su lugar, hay un coche negro y Ethan está afuera junto con otro hombre que no reconozco. Tiene una ceja cortada y parece exmilitar.

—¿Te ofrezco algo de beber?

—No, no bebo porquerías —se mantiene de pie.

Estoy de sobra aquí, al parecer sí tenía algo que hablar con ella después de todo. Me alejo de la ventana y camino entre ellos sintiendo el calor de Alexander al pasar, sin embargo, no lo miro.

—Buenas noches, Emma.

Me despido con un gesto educado con la mano que lo hace fruncir el ceño, pero no tengo mente para hablar. Salgo por la puerta dejándolos solos. Escucho a Cora venir, pero necesito aire.

Aire. Camino por el pasillo y bajo por las escaleras. Tengo que decirle al hombre de la recepción que no puede dejar entrar a ningún hombre rubio. Reviso mi buzón y me percato de que mi cita en la comisaría sigue siendo pospuesta.

No sé qué es lo último que veo cuando una mano me jala hacia la salida de emergencia, azotando mi espalda contra la pared. Su mano tapa mi boca para acallar mis gritos y el horror me invade. De pronto, me golpea el abdomen, sacándome todo el aire, y me jala del cabello.

—Vamos a jugar un juego, *conejito* —Jaden se coloca a mi espalda y su aliento resuena en mi oído—. Se llama el gato y el ratón —se ríe, golpeando de nuevo mi abdomen—. Nosotros te perseguimos y tú corres asustada. ¿Te gusta el juego o quieres que Seth venga a explicártelo en persona?

De pronto, siento su mano en mi espalda mientras me empuja contra la puerta. Quiero gritar, pero no puedo respirar.

—Si tienes ese video de Seth, será mejor que lo elimines —mira a ambos lados—. Si le dices a la policía algo, ellos mismos te entregarán a nosotros porque les hemos pagado bien y, sorpresa, mataremos a la rubia y la lanzaremos a cualquier barranco, ¿quieres eso?

Niego con la cabeza cuando me obliga a responder. Mi cuerpo reacciona de inmediato, entonces le muerdo la mano con fuerza y me suelta mientras lanza una maldición. Pruebo su sangre amarga y salgo azotando la puerta de metal. El golpe resuena por todo el pasillo y corro lejos, aprovechando mi pequeña ventaja.

Jaden sale corriendo detrás de mí y empuja a la mujer mayor que vive en el apartamento de enfrente. Luego, le arrebata a tirones el bolso a otra mujer que va saliendo del ascensor.

—¡Ayuda! —grita la mujer, pero yo no me detengo. Sólo hay un pensamiento en mi cabeza: *huir*.

—¡Emma! —escucho el grito de Cora mientras corro por el pasillo y es el cuerpo de Alexander con lo que me topo cuando doy la vuelta.

La gente comienza a salir por todos lados, o eso es lo que veo mientras busco a Jaden con la mirada, pero seguramente el maldito enfermo escapó por las escaleras.

—¡Un asaltante en el edifico! ¡Se llevó mi bolso y atacó a la señorita! Estoy segura de que la estaba golpeando —dice la mujer del bolso.

—¡Se fue por ahí!

Alexander mira a su alrededor y me suelta antes de echarse a correr por donde señalan, patea la puerta para abrirla y resuenan sus botas. Miro a todos y Cora llega corriendo, me duele el abdomen por los golpes y el pecho por las amenazas.

—Vámonos de aquí, necesitamos ir con Dylan, aquí nadie nos va a ayudar, la policía... la policía es corrupta —caminamos entre el alboroto hasta nuestro apartamento—. Era Jaden, me acorraló en las escaleras... iba a hablar con el señor de la recepción… lo mordí para que me soltara —jadeo, mirando por la ventana. Siento como si mi cuerpo temblara por completo.

Así es como se siente la adrenalina. Omito la parte de los golpes por el bien de Cora, tengo que sacarla de aquí.

—¿Cómo dices?

La puerta suena interrumpiéndonos y un casi jadeante Alexander entra por ella.

—Atraparon al hombre, era un vagabundo.

No, no lo era, además estaba bien vestido y traía una chaqueta costosa. Se escapó.

—Está abajo, ¿podrías reconocerlo? —me pregunta directamente.

—No, no le vi el rostro —respondo tajante y camino hacia la ventana otra vez para mirar la acera. Veo a Ethan vigilar la calle y las amenazas de Jaden sobre lastimar a Cora dan vueltas en mi mente.

—Huías de él, ahora lo tienen los guardias. Debes reconocerlo para que hagan la denuncia correspondiente.

—No huía de él, era la mujer a la que le robó, no yo. No quiero ser la que te diga esto, pero deja de meterte en asuntos ajenos, éste es mi edifico, éste es mi apartamento y no me da la gana bajar a resolver nada que no me incumbe. Si tanto te importa, ve y arregla tu asunto con él.

Admito que la última parte fue añadida con toda la intención, aunque no tiene nada que ver con "el asaltante".

Cora carraspea y se pone frente a él.

—Entonces, Alexander, eh, haré lo que acordamos sobre Bennett. ¿Necesitas hablar de algo más?

—No.

—En ese caso —me aparto de la ventana—, ya conoce la salida, señor Roe.

—¿Me estás echando?

—Sí —me cruzo de brazos—. Tus servicios de follador no son requeridos en este momento, estoy muy cansada —hago un gesto de aburrimiento—. Recuerda que no te he llamado para suplir mis necesidades.

Las cejas rubias tirando a castaño de Cora se alzan al mismo tiempo que camino hacia Alexander.

—Tail te ayudó.

—Vete —abro la puerta.

Arquea una ceja, pero la adrenalina no ha desaparecido del todo. Abre la boca, pero me le adelanto a hablar.

—No pierdo mi tiempo con historias de asaltantes que no me importan. Si necesitas hablar con Cora, llámala más tarde —le guiño un ojo.

—Valiente —dice entre dientes.

—Error, objetiva, ofreciste tus servicios y justo ahora no los quiero. ¿El ego de tus pantalones lo puede soportar? —estoy en mi salsa, aunque molesta y aturdida, pero éste no es su asunto, lo de Jaden no le incumbe.

—¿Qué veo? ¿Acaso es molestia, señorita Brown? Pensé que a esta hora estarías acompañada —ladea la cabeza. No es idiota para no saber que recuerdo sus jodidas palabras—. Ambos tenemos razones para estar molestos.

—Tus problemas cuéntaselos a la puerta —le mando un beso y cierro la puerta en sus narices.

El carraspeo a mi espalda me hace dejar de maldecirlo en silencio.

—¿Y eso por qué fue?

—Porque no lo quiero aquí —me encojo de hombros.

—¿Soy yo o eso fue una pelea de pareja? —acaricia la pecera de Lucas.

Resoplo.

—Por Dios, Cora, no digas tonterías, tenemos problemas más grandes —me saco las botas de un tirón y cierro la puerta con todos los seguros posibles para evitar visitas inesperadas.

—¿Has pensado en lo que te dije?

Después de que tuvimos una pequeña conversación sobre él, le pedí no hablar más del asunto, pero está claro que no va a dejarlo pasar.

—No tengo que pensar nada porque estoy muy cansada, nerviosa y mucho más. Ya he enviado tres correos a la comisaría para que acepten mi visita y no responden —cierro los ojos—. Si sigues hablando de Alexander, tendré que lanzarte por la ventana y nunca más comerás una tostada especial de Emma.

Se toca el pecho con la mano.

—No te atreverías.

—Pruébame.

Se muerde los labios, pero asiente. Me recuesto en el pequeño sofá después de comprobar que la puerta está bien cerrada. Ahora que la adrenalina disminuye, es mi cabeza la que piensa en todo tipo de cosas.

—¿Quieres que llame a Luke para que se quede esta noche?

Sacudo la cabeza.

—La seguridad del edificio va a estar reforzada por lo del "asalto" —hago comillas con mis dedos—. Ahora se siente diferente —me llevo las manos a las pantorrillas y me abrazo a ellas.

—¿El qué? —se sienta a mi lado.

—Jaden —respondo—. Cuando me acorraló en el pasillo, tenía miedo, mucho, pero al igual que el día del accidente en mi auto, reaccioné y pude correr.

—Emma. Dylan dijo que no hay nada para atraparlo, tu padre limpió su historial, seguro que han sobornado a la policía local, pero esto es diferente, puedes ponerle una orden de alejamiento.

—Sí —asiento—. Podemos revisar las cámaras del edificio, seguro que lo captaron acorralándome en el pasillo.

—Entonces haré la llamada para que nos asesoren —saca el celular de sus vaqueros.

—De acuerdo —respondo casi automáticamente y su ceño se frunce.

—¿Qué pasa, *sexy*? Esa mirada no es por Alexander —continúa con el ceño fruncido—. Jaden… ese idiota… ¿Te tocó?

Sacudo la cabeza; más bien, temo por la vida de Cora.

—Lo único que dijo fue una serie de estupideces antes de que lo mordiera, pero no pienso en Jaden, sino en Seth —me escucha en silencio—. Me sigue, me acecha, pero desde lejos, y siento que lo peor será cuando se acerque.

—Eso nunca lo permitiremos —miro el correo de mi laptop y veo la palomilla verde con la dirección electrónica de la comisaría.

Se la muestro a Cora y marca el número que nos proporcionan, se coloca el teléfono en el oído y espera impaciente.

—Buenas noches, quiero hacer una denuncia anónima.

. . .

El tostador saca mis tan esperadas tostadas crujientes de pan blanco y pongo crema batida sobre ellas. Esta vez añado un poco de fresas encima. Suspiro de gusto cuando las pruebo y el dulce se extiende por mi lengua.

Hoy me desperté con más actitud que en los días pasados, los golpes en mi abdomen no dejaron moretones, sólo un poco de dolor. Fue liberador poner a la policía al tanto del asalto y denunciar a Jaden de forma anónima, esta vez no podrán negarse a hacer algo. Todo parece ir mejorando respecto a ese tema porque hoy por la mañana, después de casi una semana de insistencia, por fin aceptaron mi solicitud y me citaron formalmente.

Luke nos acompañó a llenar un formulario y el agente que nos atendió dijo que se pondría a trabajar en ello de inmediato. Investigarán el caso y vigilarán nuestra calle cada noche. Fue como si mis hombros se liberaran de un peso.

No puedo decir que estoy del todo bien, pero dejaré que mi perfil ejecutivo sea el que predomine durante el día.

Sabía que en algún punto de mi vida tendría que enfrentarme a mi pasado y quizás está es la prueba de que la Emma que Seth jodió no es la misma que la Emma que dejó Trafford por Londres, y con esta denuncia se lo estoy comprobando.

Hago una mueca. A veces es más fácil decirlo que hacerlo. A lo lejos miro el televisor de la sala de estar. Tiene el volumen bloqueado por lo que sólo veo patrullas sin entender muy bien de qué se trata. Le doy otro mordisco a mi tostada y veo a hombres disparar a gente encapuchada vestida de verde mientras el presentador habla.

Debe ser algún asalto grande por la zona. Hay demasiado de todo. Armas, balas y gente muerta.

—Oh, Dios, café caliente, tostadas recién hechas, creo que estoy en el paraíso —una somnolienta Cora inhala el aroma de la mantequilla en el aire—. Cuánto te amo, *sexy*, deberías casarte conmigo —dice mientras se arrastra hasta la cocina con un frasco de comida para pez en la mano.

—Buenos días a ti también —me río suavemente y me dedica una mirada cariñosa.

—Cuando miré por la ventana, vi una camioneta conocida en la acera, creo que estuvo ahí toda la noche. Parece que el día estará frío, hay muchas nubes en el cielo, pero nada que este desayuno no pueda solucionar —suspira—. Tostadas especiales de Emma, no podría vivir sin ellas.

Sigo mirando el televisor. Hay un hombre muerto sobre el suelo. Hago una mueca. Cora aprovecha mi distracción y se roba una de las tostadas de mi plato. Se la lleva a la boca, aunque manoteo para que no lo haga, pero igual se la come.

—Las llaves de mi auto están cerca de la pecera de Lucas —la miro confundida mientras se quita un poco de crema batida de la comisura de la boca—. No tienes auto hasta que salga del taller, lleva el mío al trabajo —se ríe—. Si es que puedes.

—¿Y cómo harás para ir a tus asuntos?

—Hoy no tengo asuntos fuera, Luke se encargará de reunirse con el señor Hilton para lo de tu cuadro y, si surge algo, ya me las arreglaré de cualquier manera. Hay taxis para eso.

Suspiro.

—De eso nada, yo iré en taxi y después llamaré a Ethan para saber qué paso con mi bebé. Además, tengo que ir a la comisaría para firmar algo sobre la demanda, recuerda que debes mantenerte protegida, Cora.

—Te tomará mucho tiempo si vas en taxi. ¿Al menos sabes cómo contactar a Ethan? ¿Su número telefónico o algo?

—No.

—Eso pensé —da otro mordisco—. ¿Te digo cuál es la solución para hablar con el grandote o la descubres sola?

—Hablar con Alexander —termino por ella y asiente—. Quita esa sonrisa de tu rostro, Cora, lo que sea que dijiste no pasará y… —me mira con una sonrisa ladeada que me hace pensar en muchas cosas que no debería imaginar justo ahora—. Y ya tengo que irme al trabajo.

—Adelante, no te detengo, huye de aquí, pero después de lo que vi por la ventana habrías deseado salir con las llaves de mi auto al menos para aparentar que irías en él.

—¿De qué estás hablando? —tomo mi bolso y me coloco el abrigo.

—Oh, de nada, no me hagas caso, aún sigo dormida y estoy demente —me lanza un beso y bosteza al mismo tiempo. A veces me causa ternura verla así. Sé que debo protegerla, ella no tendrá el mismo destino que yo, ya he hablado con Dylan y fingiré que quiero tomar unas vacaciones, pero en realidad sólo la enviaré con él para que esté a salvo con su hermano.

—Te veré después.

Salgo por la puerta del ascensor mirando la recepción. Aunque la policía ya está ocupándose del caso, sé que no puedo bajar la guardia respecto a Seth, menos aún cuando siento un escalofrío en la espalda cada que pienso en eso.

Lo único bueno de vivir aquí es que conseguir un taxi a la salida es más fácil que en otros lugares.

En cuanto cruzo la salida de mi edificio, tres camionetas se posan al frente, sobresaltándome. Me quedo de pie mientras un hombre de traje negro con lentes oscuros sale de la camioneta de en medio y camina hacia mí.

—Buenos días, Emma —dice—. Tu auto sigue en reparación y casualmente estaba por el rumbo. Ambos vamos al mismo lugar —no le veo los ojos, pero eso no evita que sienta la intensidad de su mirada.

¡Cora! Ahora entiendo sus bromas para nada soñolientas. Alexander es un idiota si piensa que voy a tragarme su cuento de "estaba por la zona" como al inicio de conocernos. Él estaba aquí con toda la intención, pero ¿por qué?

—Me informaron que se solucionó lo del asalto.

—Sí, aunque el hombre de la recepción dice que las cámaras de seguridad estaban desactivadas —le informo.

—Entonces ¿te llevo?

Anoche lo eché de mi casa y ahora se muestra amable.

—No es necesario. Estaba por tomar un taxi. Adiós, señor Roe.

Paso a su lado sin mirarlo en absoluto. Mi abrigo se mueve y a lo lejos veo la camioneta del agente con el que hablamos anoche. Debe estar inspeccionando la zona.

—De acuerdo, tomemos un taxi —oigo que alguien dice a mi espalda y alguien cierra la puerta de su camioneta. Un segundo después tengo a Alexander atrás de mí.

—¿Seguir personas es otro de los servicios que ofreces? Ya entiendo por qué eres millonario.

—Billonario —me corrige.

No me detengo. Dudo que se suba a un taxi teniendo tres monstruos negros de lujo en sus narices.

—Deja de seguirme.

Le toma unos segundos responder, y no sé si es por lo que dije, pero, cuando habla, me cambia el tema por completo.

—Te recuerdo que tuviste un accidente y te he visto hacer locura y media a mitad de la carretera. Nada me asegura que ya estés cuerda para viajar sola otra vez.

Me río de pura ironía.

—Descuida, no estoy ebria en este momento.

—No debiste beber de ese modo en primer lugar, siempre bebes hasta embriagarte —mi sonrisa se esfuma.

Oh, no, no pienso volver a eso. Está loco si cree que soy su maldito problema.

—Como digas, papi —digo con chulería y pongo los ojos en blanco, ya que ni al hombre desagradable que es mi padre le di alguna vez explicaciones de nada.

—Papi —repite y frunce el ceño—. No me calienta, pero me indica que quieres tener hijos.

Es desesperante.

—Mejor dígame, ¿desde cuándo persigue a sus empleados de esta forma, señor Roe?

Lo miro y no veo sus ojos, pero su cabeza indica que tiene la vista fija en mi boca.

—Volvemos al punto de partida entonces —sonríe de lado, aunque su voz suena un poco más ronca de lo habitual—. Perfecto, señorita Brown. Hagámoslo de ese modo.

—La verdadera pregunta es ¿qué haces aquí? No he solicitado tus servicios folladores esta mañana, ¿o sí?

Si no conociera a Alexander Roe, diría que su mandíbula casi se desencaja, pero no me detengo. Camino un par de pasos hacia él y terminamos hombro con hombro.

—Esta vez sí estuve atendida, para que sepas —digo en voz baja.

De reojo lo veo tensarse. A veces ser impertinente se siente bien, pero no debería acostumbrarme a esa arma de autodefensa o podría ser peligroso. No dice nada, sólo permanece en silencio. Resoplo. No hay duda de que sólo vino a fastidiarme el día como en los viejos tiempos.

—¡Taxi! —levanto la mano y un auto negro compacto con un letrero amarillo sobre el capote se detiene frente a la acera.

Abro la puerta y me deslizo por el asiento cuando… a los segundos otro cuerpo entra detrás del mío con más dificultad por la altura, pero lo consigue bajando la cabeza y cierra la puerta. Me quedo con las manos arriba procesando el hecho de que Alexander se haya subido detrás de mí. Sus rodillas se doblan casi por completo y no es posible evitar que su cabeza se golpee con el techo varias veces en un intento fallido por meter su enorme cuerpo.

Mide dos metros; además, estoy segura de que este taxi es una baratija para él. Finalmente dobla el cuello y cierra la puerta con esfuerzo.

—Estás bromeando.

Me mira serio mientras se coloca el cinturón de seguridad. Le regreso la mirada de la misma forma.

—¿Adónde los llevo? —pregunta el conductor.

—A las oficinas de Hilton & Roe —responde por mí.

—¿Qué estás haciendo? —recupero la voz en cuanto el taxi se pone en marcha.

—Es lunes por la mañana, estoy yendo al trabajo para arreglar asuntos importantes, ¿y tú? —aparta la mirada de la ventana y se inclina hacia mí.

El olor masculino a menta me llena los sentidos mientras veo su ceño fruncido debajo de los lentes oscuros cuando me coloca el cinturón.

—Cambia esa expresión, es un camino largo.

Hijo de… aprieto las manos en puños aguantando las ganas de darle un puñetazo en la cara. Ese sentimiento de pegarle se siente familiar por alguna razón.

No voy a montar un espectáculo frente al conductor a mitad de la carretera, ya tuve suficientes asuntos viales de por vida. En un inicio, cuando comencé a trabajar en su empresa, pensé que Alexander tenía una fascinación por tocarme las pelotas y sacarme de quicio; ahora no lo pienso, sino que lo confirmo.

Por el retrovisor alcanzo a ver que las camionetas negras nos siguen. Esto es ridículo, van al mismo lugar.

Permanecemos en silencio durante el camino, sin embargo, no puedo ignorar tenerlo cerca y pensar qué demonios hace un hombre millonario, corrección, billonario, de dos metros, dueño de decenas de autos, metido en un taxi conmigo.

—¿Resolviste tu problema en el paraíso? —pregunta en voz baja. No le respondo, sólo debo ignorarlo, pero no puedo, siento sus ojos clavados en mí.

—Sí, lo resolví.

—Eres mala mintiendo —dice en voz baja, tan baja que tal vez no lo haya dicho.

—Repite lo que dijiste —lo miro, pero él a mí no. No responde, no lo dijo. No quiero ir ahí, no quiero ir ahí, pero, ¿qué demonios hace aquí?

—Maldito acosador —gruño entre dientes y le doy la espalda como puedo.

—Gruñona —escucho muy por lo bajo.

—Idiota.

—Obstinada.

—¿Perdona?

—¿Sí? —se hace el inocente.

—¿Qué es lo que dijiste? —lo encaro.

—Yo nada, ¿y tú?

Si se pudiera morir al instante por frustración, en este momento estarían recibiendo mi cadáver en la morgue londinense.

—¿Ahora recuperaste el hábito de fastidiarme el día? Volvemos a los *Accidentes inoportunos*.

—Tú eres la que siempre estaba siguiéndome.

—Tienes delirio de persecución.

Sonríe de lado sin molestarse en responderme y me muerdo los labios para no seguir hablándole. Lo miro de reojo: tiene la vista fija en la ventana y frunce el ceño cuando el taxi comienza a detenerse en la entrada.

—Aquí tiene —extiendo dos billetes grandes para el hombre, pero de inmediato la mano de Alexander extiende un pequeño fajo de billetes que es demasiado para el viaje.

Pongo los ojos en blanco y quito mi mano, que gaste su dinero si quiere. Me preparo para salir, pero una mano me detiene antes de que abra la puerta.

—Avance de inmediato —le dice Alexander al conductor.

—¿Qué? —me zafo de su agarre. ¿Ahora qué pretende?—. Alto, amigo —el taxista me mira—. Voy a salir del vehículo, pero, si quiere, puede llevar a este sujeto a darle la vuelta a todo Londres, se ganará la propina de su vida.

Salgo del otro lado sin esperar respuesta y, en ese momento, un hombre me mira a lo lejos y comienza a correr hacia mí. Frunzo el ceño observando al extraño, acelero el paso para librarme de ese *stalker,* pero en cuestión de cinco segundos ya estoy rodeada de personas contra el taxi.

Mi respiración se atasca cuando disparan el primer flash, y luego otro más y otro más hasta que me ciegan y me impiden abrir los ojos.

—¡Es ella! ¡Llegó! ¡Síganla! —gritan al unísono.

—¡Señorita Brown, mire por aquí!

—¿Es verdad que es la diversión en turno del empresario Roe?

—¿Te ganaste el ascenso que buscabas con ese beso?

—¿Con cuántos jefes te acostaste para ser publicista?

Lo peor de todo no son sus cámaras ni sus preguntas, sino que comienzan a agolparse sobre mí hombres y mujeres periodistas mientras intentan capturar mi rostro. Hago una mueca cuando, con su hombro, un hombre me golpea con fuerza el brazo y la zona donde me lastimó Jaden.

—Suéltame —forcejeo con una mujer que intenta arrastrarme hacia su cámara con un micrófono en mi cara.

De pronto, escucho una puerta azotarse, pero no veo más que a los locos que están aquí. Un cuerpo robusto de traje negro me los quita de encima bruscamente.

—¡No la toquen! —es la voz de Alexander. El tono molesto me sobresalta. Se pone frente a mí para evitar que arrasen conmigo.

Segundos después tenemos una fila de hombres de negro que comienzan a apartarlos también. Respiro, aliviada. ¿De dónde salieron todos estos periodistas? Miro el logotipo de West B en las cámaras y lo reconozco de inmediato. Es nuestra competencia.

—Vámonos —la mano de Alexander envuelve la mía y me arrastra por el espacio que dejan libre sus guardaespaldas.

Siento el golpeteo de mi corazón contra mi pecho mientras tomo con fuerza su mano, permitiendo que me guíe.

—¡Señor Roe! ¡Muéstrenos a su acompañante!

—¿Es cierto que es la presentadora de sus nuevos hoteles en Birmingham? —eso me hace tensar la espalda. ¿Cómo saben eso? ¿De dónde obtuvieron esa información?

—¿Es su nueva diversión, señor Roe?

—Cuidado —desacelera sus pasos.

—¡Unas palabras de su amante en turno! ¿Se casará con ella? —escucho cómo gritan, pero Alexander ni los mira, mantiene la vista fija al frente y me lleva adentro.

Cada insulto hace que mi enojo aumente. Hacen de todo para que mire a sus cámaras. Cruzamos la entrada y me guía por el pasillo, está tenso. Él tampoco debe saber que pasó ahí fuera, ¿o sí? Su asistente nos ve y se acerca con la mirada preocupada, debe conocer de sobra la expresión de Alexander.

—Quiero a Christopher Jones en mi oficina de inmediato —lo dice casi entre dientes sin soltarme y la mujer desaparece enseguida.

Estamos atrayendo demasiadas miradas, pero basta con que él levante la cabeza para que los demás aparten de inmediato sus ojos curiosos.

—Esto es por el beso de la exposición. Lo sabía, sabía que nada pararía la noticia —digo siguiéndole el paso y, cuando me percato, estamos en el pasillo de su oficina.

No me responde, sólo lo veo apretar la mandíbula. Caminamos más lento y lo agradezco en silencio, todavía me duele el golpe en mi brazo. Abre la puerta de su oficina y una cabellera pelirroja llena su silla.

—Buenos días, querido —Alesha sonríe con suficiencia cuando se reclina en su silla con las piernas cruzadas. *Arpía*—. Vi a la prensa cerca de la entrada, es un verdadero fastidio lidiar con ellos.

Me dan ganas de lanzarla a los periodistas para que le quiten esa mirada arrogante de la cara.

Espero que Alexander finalmente me suelte, pero no lo hace. Su mano se mueve por mi espalda baja y me hace entrar a su lado. Cuando cruzo la puerta, la mirada de la pelirroja se posa en nuestras manos entrelazadas y pierde la sonrisa.

—¿Qué haces aquí tan temprano? —le dice Alexander, tajante.

—Estaba esperándote, hace sólo un par de minutos que entré. Necesitamos hablar de algo urgente —se levanta y reacomoda su vestido corto.

—Tengo un asunto importante, hablaremos después —se quita los lentes oscuros y le señala la puerta con la cabeza. Se gira hacia mí y me ayuda a quitarme el abrigo. Comienzo a bajarlo por los hombros. Cuando termina, me examina el brazo donde me golpearon y el abdomen—. ¿Estás bien? —asiento lentamente.

—Como digas —Alesha se levanta y pasa a mi lado mientras él deja nuestras cosas sobre su escritorio—. Pero sólo hice lo que me pediste, traer a los periodistas —dice en voz baja.

—¿Qué dijiste? —me vuelvo hacia ella.

—Lo que escuchaste, seguí órdenes, no era tan mala idea ésa de culparte de todo como dijo tu jefe —sonríe y se gira hacia él—. Alexander, no sé qué ocurrió ahí afuera, pero llamar la atención es bueno para promocionarnos ahora que nuestro negocio de Birmingham está por inaugurarse.

Cuando Alexander vuelve frente a mí, tiene el ceño fruncido y eso es suficiente para que los pies de ella se muevan más deprisa hacia la salida y se pierda por la puerta.

—Muéstrame el golpe —dice con el ceño fruncido en cuanto la puerta se cierra.

—Fue pequeño —me agarro el brazo, aún aturdida.

—Jodidos idiotas.

Me toca el brazo con cuidado mientras las palabras de esa mujer se repiten en mi cabeza. Él no la contradijo.

—Tú lo hiciste, dijiste que no era necesario culparme —me zafo de su agarre. Todo comienza a tomar sentido en mi cabeza.

—¿Qué?

—Tú los trajiste aquí, las cámaras, la gente, por eso querías que me subiera a tu camioneta esta mañana, sabías que nos estaban esperando —no puedo creerlo, lo peor es que ahora no sólo será el beso en la exposición, ahora tienen más tela de donde cortar.

Por eso no quiso negociar con el *New Times*, por eso me hizo entrar de su mano. Quiere levantar chismorreos para generar publicidad. La rabia crece dentro de mí.

—No traje a nadie aquí, Alesha se refiere a otro asunto de periodistas. ¿Para qué demonios los querría en mi maldita puerta?

—Eso respóndetelo tú mismo. ¿Quieres usarme como tu conejillo de Indias? —lo golpeo en el pecho con el dedo.

—Créeme, Alesha se refiere a otro asunto de periodistas.

—No te creo. Antes eras un imbécil, pero ahora eres despreciable.

Me giro para irme, pero, cuando abro la puerta, coloca una mano para cerrarla.

—¿De qué estás hablando?

—Déjame ir.

—No hasta que expliques lo que acabas de decir.

—¡Hablo de ti! —me vuelvo y lo señalo con el dedo—. ¿Viste lo que había ahí afuera? Nadie mencionaba tu nombre, fui yo la que fue tratada como una ramera y ahora critican mi puesto.

—Christopher vendrá a arreglarlo, tu rostro no saldrá en ningún artículo como me lo pediste.

—¿Cuándo te pedí eso?

—Cuando estabas ebria —dice, tajante—. Hablé con Christopher para quitarte del escándalo.

Más chismorreos por todos lados. Ahora con mi jefe. Las palabras de Seth cuando me habló del artículo, las palabras de las mujeres en el baño, las palabras de la propia Alesha. Sujeto la manija de la puerta para salir.

—Emma —trata de hablar, pero ya tuve suficiente de todo, de todo.

—Te culparía —lo miro fijamente—. Quisiera hacerlo, pero todo fue mi maldito error, nunca debí aceptar el acuerdo casual contigo, me jodiste la vida con eso —veo que su rostro cambia con esas palabras—. Tu puta barata que duerme con dos acaba de dimitir, así que termina con tu jueguito de una buena vez, sea cual sea. Yo me largo hoy de tu empresa, tendrás mi renuncia en una hora.

Salgo apretando las manos en puños. Veo a Alicia mirarme con los ojos entornados, todos aquí debieron ver a los periodistas a la entrada, todos murmuran llamándome arribista. Entro a mi oficina y Alexander entra detrás de mí.

—Emma, te juro por Dios que si te vuelves a llamar puta en mi presencia...

—Me importan una mierda tus advertencias, desde hoy ya no eres mi jefe —lo corto antes de que termine.

Se jala el cabello, exasperado, y camina hasta el otro extremo de mi oficina. Coloca las manos sobre el mueble más próximo y mira la pared del otro extremo. Su respiración pesada se escucha por toda la habitación. Está buscando calmarse.

Mi rostro estará en todos lados otra vez, Seth lo verá... Salgo de mi oficina y busco calmarme también. La gente me mira por el pasillo.

—¿Qué miran? Vuelvan a su trabajo —Alicia los reprende y siguen su camino—. Ven aquí —me lleva al baño.

—Había periodistas por todos lados, me golpearon —respiro hondo.

—Lo sé, traté de localizar al señor Jones, pero ya era demasiado tarde para alejarlos, han esperado aquí toda la mañana, y los elementos de seguridad no pudieron deshacerse de ellos.

—Hablamos con los medios, el *New Times*, el *Daily Star*... Teníamos un acuerdo con ellos para que no se filtrará la noticia del beso en la exposición y aun así aparecieron aquí.

—Emma, el señor Jones hizo las llamadas pertinentes, en tu historial vi que adjuntaste más números, ambos limpiaron casi todos los medios, pero la noticia fue internacional.

Fue Alexander. Lo sé.

—¿No vas a chismorrear como todos?

Se acerca a mí con una mirada cálida.

—En una firma hotelera como ésta siempre estás expuesta de esta manera, estamos en el ojo de todo el mundo. Sólo que estar con el dueño es un nivel superior.

—Todos hablarán de mí, ¿cierto? Voy a renunciar —suspiro. Eso era lo que quería evitarme desde un inicio cuando comenzamos el acuerdo casual.

—Que te importe una mierda lo que los demás piensen —levanta la barbilla. Nunca la había escuchado soltar una palabrota—. ¿Quiénes son ellos para juzgarte?

No hablé de esto ni con Cora porque de alguna manera no quería ni pensarlo. Me reclino en el lavabo.

—Me llamaron arribista en la exposición después del beso, dicen que por eso tengo mi puesto.

—No lo eres, esas personas hablan por el reflejo de sus propias vidas, y yo... no voy a preguntarte cuánto tiempo llevas con esto del... señor Roe, pero en ningún momento te vi dejar tu trabajo. Aunque estabas saliendo con un billonario no te tomaste libertades ni te aprovechaste de los beneficios, estás aquí porque eres capaz y sobresaliente en tu trabajo.

—Gracias, Alicia —suspiro, aunque no le aclaro que no salgo con él, nadie podría salir con él—. Hablar me hizo bien, ahora necesitamos arreglar lo que sucedió ahí afuera, es un desastre.

—Lo arreglaremos —me guiña un ojo y saca una pequeña dona de su bolsillo—. Sé que no es un buen lugar para darte comida, pero algo dulce siempre mejora el ánimo.

La tomo con cuidado y le doy el primer mordisco. Cuando salimos, la pelirroja camina por el pasillo contrario y nos mira con una sonrisa.

—¿Y quién es esa puta barata de la que todos están hablando en la oficina, Mike? —le pregunta a uno de sus arquitectos.

Todavía me duele el brazo cuando dejo a Alicia en su lugar para regresar a mi oficina e intentar resolver este desastre. Cuando cierro la puerta, veo la espalda del hombre que dejé aquí. No se ha movido de su lugar y sigue tan enojado como antes de que saliera.

Echarlo no servirá de nada, esta oficina y todo el jodido edificio es suyo. Ya estoy cansada de esto, la que se va soy yo. Tomo mis cosas para ir a la oficina de mi jefe cuando un par de golpes resuenan y la cabeza de Adam entra sin esperar mi autorización.

—Emma —se ve serio.

—¿Qué quieres, Adam?

—Vengo del pasillo y escuché varias cosas interesantes, vi a los periodistas afuera, todos hablan de lo mismo —mete las manos en sus bolsillos—. Lo hiciste de nuevo, apareciste con Alexander Roe, pero esta vez todos lo vieron y no se podrá ocultar el hecho como lo del beso en la exposición.

—¿A eso viniste? No tengo tiempo para que una persona más hable sobre mí, ahórrate tus comentarios innecesarios.

—No pretendía decirlo así —se disculpa y asiento—. El señor Jones ya está en su oficina, deberíamos ir juntos para arreglar este desastre.

—Estoy en camino a verlo —la espalda de Alexander al otro extremo se tensa.

Adam se cruza de brazos.

—Otro problema tuyo que arreglar.

—Es el último.

—No lo creo —entrecierra los ojos—, pero tengo una buena relación con la gente para la que trabajan esos periodistas, así que puedo arreglarlo.

El tono en el que lo dice no me gusta demasiado.

—Perfecto, hablaremos juntos con el señor Jones.

—No estoy seguro de querer compartir esa información con él.

—¿De qué hablas? —dejo mis cosas sobre el escritorio y lo miro. Alexander no se ha movido de su lugar y Adam no lo ha visto todavía.

—Emma, está claro que alguien mandó a los medios a la entrada. Arreglémoslo de inmediato, pero juntos —arquea una ceja reacomodándose la camisa azul que lleva, la cual hace juego con el color de sus ojos—. Sólo tú y yo.

¿Qué diablos quiere ahora?

—De acuerdo, ¿qué sugieres?

—Algo que nos va a gustar a ambos. Aplacaré a esos periodistas a cambio de tus servicios —camina un paso—. Te he estado observando todo este tiempo. Aunque no lo creas, sé que Alexander Roe sólo quiere follarte, sin embargo, conmigo no sería así.

Abro la boca y Adam se acerca.

—¿Qué mierda dices? Respétame —miro a Adam, el hombre que hace unas horas estaba pidiéndome disculpas casi de rodillas y que ahora trata de sobornarme sexualmente.

—Quiero ser claro como siempre. Para nadie es un secreto lo puta que eres, Emma —avanza hacia mí—. Los medios se calmarán con mis contactos, pero coopera un poco conmigo, ábreme las piernas. Sé más amigable y cariñosa que aún no te perdono ese beso en la exposición. Chúpamela en este momento y en diez minutos tengo el asunto arreglado.

Retrocedo y Alexander camina al frente con la mirada desencajada haciendo que Adam finalmente lo vea.

—¿Qué dijiste, hijo de perra? —se lanza contra él de inmediato, le asesta el primer puñetazo en la nariz y lo tumba al suelo.

Doy un salto hacia atrás. *Oh, Dios*. La cara de Adam enrojece y su cuerpo se azota contra el piso. En dos zancadas, Alexander lo levanta por la camisa y le asesta el siguiente golpe con la cabeza.

Algo se fractura en Adam, quizá su nariz o su mandíbula.

—Vuelve a llamarla así y joderé tu puta vida que vale una mierda —le propina otro puñetazo en la boca.

Esa mirada asesina no se compara con nada, pero lo peor de todo es que Adam le regresa el golpe y otro más. Eso no hace más que encender a Alexander, sin embargo, no hay comparación entre cómo pelea Adam y cómo pelea Alexander. Cada vez confirmo más que tiene entrenamiento militar, y no sólo por su técnica, sino por la agresividad en cada golpe.

Cuando Adam quiere golpearlo de nuevo, lo para en seco y la sangre no se hace esperar… ¡Jesús! Mi aturdimiento por las palabras de Adam se esfuma en cuanto Alexander lo acorrala y se deja ir contra él con fuerza. Lo azota contra mi escritorio y retiene su nuca con intenciones de fracturársela.

¡Lo va a matar! Lo asfixia y una leve sonrisa perversa tira de su boca, como si disfrutara el hecho de aniquilarlo. A mí me recorre un escalofrío de miedo. Me quedo atónita con ese pensamiento mientras observo la pelea sin moverme. Adam fue un idiota al humillarme así y se merece todo eso, sin embargo, Alexander no le da tregua.

Le revienta un brazo, provocando que Adam grite muy fuerte. La puerta de mi oficina se abre de golpe y Erick entra corriendo con la mirada confundida, quizás escuchó el alboroto del mobiliario.

—¡Coño! —gruñe y toma a Alexander por los hombros, pero él se lo quita de encima con facilidad y sigue sobre Adam, pateándolo, hasta que es Bennett el que entra apresuradamente y junto con Erick logran apartarlo.

Bennett se ve delgado, pero tiene una fuerza similar a la de su hermano. Alexander está perdido de enojo. Adam, por su parte, está realmente jodido, apenas respira. Me coloco frente a él. Su rostro está ensangrentado y, si no fuera por lo que dijo, sentiría pena por él.

—¿Está muerto? —pregunto al percatarme de que ya no se mueve.

—Todavía no —responde Erick.

Alexander escucha eso y nos mira jadeando. Sólo tiene una cortada en la boca y vuelve a avanzar hacia Adam con toda la intención de acabar el trabajo. Ni siquiera pestañea. Bennett se prepara para enfrentarse a la bestia de ojos verdes, pero me adelanto y lo golpeo en el pecho dejando mi palma sobre su torso.

—Ya fue suficiente.

Clava su mirada en mí y su pecho se alza una y otra vez, pero de pronto se detiene.

—Saquen a este bastardo de aquí —les bufa a Erick y a Bennett, respirando por la nariz sin dejar de mirarme.

Erick acata la orden. Adam camina inestable, al menos se mueve, aunque pronto no lo hará. Bennett deja que Erick se lo lleve y se acerca a mí.

—¿Estás bien? Ninguno de ellos te golpeó, ¿o sí?

—Estoy bien —asiento.

—Vamos, deja que mi hermano se calme —me toma del brazo y casi escucho a Alexander rugir.

—Ella se queda conmigo —la orden me provoca otro escalofrío.

—Te sigo en un momento. Me quedaré un segundo más o podría hacerse daño.

No parece satisfecho de dejarme con Alexander enojado, pero muy a su pesar asiente. Levanta uno de los objetos que se cayó por la riña y lo reacomoda en su lugar. Antes de irse, mira a su hermano y siento la intensidad de ambas miradas en mi propio cuerpo.

Es la primera vez que escucho a Bennett hablar en otro idioma, parece danés. Le dice algo y Alexander lo sigue con la mirada, malhumorado, y le responde de la misma manera.

Cuando la puerta se cierra, Alexander sigue sin moverse. No dejo de observarlo, aparta la mirada de la puerta y la clava en mí. La cortada de su boca es profunda y tiene rastros de sangre por la barbilla.

Miro el lugar donde tenía a Adam en el piso y jadeo al observar los rastros de sangre. Está a mi espalda, pero aún siento su cuerpo temblar, ni siquiera sé cómo consigue seguir perfecto en su traje. De repente toca el interfón de mi teléfono fijo.

—Quiero a todos mis ejecutivos arriba de inmediato —ordena frío y calculador.

No sé a quién se lo dice, pero, cuando aparta la mano, vuelve a mirarme.

—¿Te volviste loco? —lo miro sorprendida mientras respira con dificultad—. Estabas por matarlo.

—Nadie te llama de esa forma, nena —su voz y la fiereza con la que salen sus palabras no cambia—. Nadie.

Mi pecho se alza con esa última palabra y su rostro registra la reacción inmediata de mi cuerpo, por eso me mantengo seria. Carraspeo retomando el control de mi cuerpo.

—Ahora me acarreaste más que un pequeño problema con él —necesito desviar la atención de mis pensamientos y la reacción de mis emociones hacia otra cosa. Molestarlo… cabrearlo.

—¿Cuánto tiempo más vas a seguir mintiendo, Emma? —avanza hacia mí lentamente y el bulto que comienza a levantarse en su entrepierna provoca una punzada justo en mi sexo.

Lo vi salvaje, casi… asesino. El sudor le pega el cabello a la frente y me recuerda la imagen de su torso sudado en su gimnasio. Tiene un poco de sangre de Adam; además, acaba de defenderme y… ¡Joder! ¿Qué estoy pensando? Si parece una bestia que me da terror.

—¿De qué estás hablando? —mi pecho se alza otra vez.

—¿Cuánto tiempo más crees que me voy a seguir tragando esa mentira de que te follaste a ese hijo de perra? No lo hiciste ni una sola vez.

Arquea una ceja y yo… me quedo en blanco. No, de ninguna manera, él no lo sabe.

—¿Eso es lo que te dice tu ego todas las noches? —me cruzo de brazos ignorando su cercanía—. ¿Que el mundo gira a tu alrededor y que nadie puede desear a otro que no seas tú? Abre los ojos de una buena vez.

En dos zancadas esta frente a mí y me levanta la barbilla con una mano. Siento cómo su cuerpo tiembla todavía por la fuerza descargada.

—Entonces dilo —su aliento me golpea en la cara y respiro con dificultad—. Di que te lo follaste.

Trago saliva con fuerza.

—Me lo follé.

Aprieta la mandíbula y me hace retroceder un paso.

—Di que rompiste el acuerdo de exclusividad en Birmingham.

—Rompí el acuerdo de exclusividad en Birmingham —jadeo mientras se tensan mis pezones contra mi sujetador.

Me hace retroceder un paso más y luego otro hasta que me topo con el borde de mi escritorio. Siento mi sexo humedecerse al verlo así, tan molesto, caliente y posesivo.

—Di que te ha follado antes y después de que yo lo hiciera.

Me cuesta sostenerle la mirada, porque me observa con demasiada intensidad y no deja de respirar de forma brusca. El único contacto que hay entre nosotros es su mano en mi barbilla, pero incluso ese simple toque es suficiente para que un calor me recorra el cuerpo.

—Me folló antes y después de que tú lo hicieras.

Aprieta aún más la mandíbula, los huesos se le marcan perfectamente. Aparta la mano de mi barbilla, pero sólo para tomarme de los muslos y colocar mi trasero sobre la mesa. El movimiento es tan repentino que me desestabiliza.

Me sube la falda y me abre las piernas de un jalón antes de colocarse entre ellas. De pronto se me planta de frente, con los ojos verdes como dagas.

—Mentirosa.

Dejo de respirar cuando baja la boca hacia la mía y me atrapa contra el escritorio. Ambos soltamos un gemido sonoro y el rastro de sangre de su barbilla ensucia el borde de mis labios. Forcejeo con él, pero no deja de mover los labios contra los míos, siento la fuerza de su enojo porque sus músculos vibran con cada movimiento. Abro la boca para permitir que su lengua entre, pero no para besarlo. Mis dientes atrapan su labio inferior y muerdo con fuerza al lado de su herida.

Arruga la frente un poco en cuanto le sale sangre, pero no se detiene.

—Salvaje —dice tomando mis muñecas para que no lo aparté.

Vuelvo a morderlo y el gruñido de excitación que ahoga en mi boca me hace jadear e incrementa la humedad en mi sexo. Le gusta el masoquismo.

Su mano se enreda en mi cabello mientras ambos nos comemos con deseo. El beso se hace más intenso y desesperado, también me muerde y gimo. Los dos jadeamos, buscando un poco de aire, pero ninguno se detiene y finalmente lo jalo por las solapas del traje y enredo mi lengua en la suya.

Le quito el saco de un tirón y me apresuro por los botones de su camisa. Quiero tocarlo, necesito contacto y él parece tener la misma desesperación que yo.

Su mano derecha sube el resto del borde de mi falda hasta mi cintura y me abre más las piernas. Su erección se clava con mis bragas de por medio y mi humedad moja su pantalón. Gimo otra vez y acompaño el movimiento de su cadera.

Por Dios bendito. Está más duro de lo que lo he sentido otras veces, la pelea lo volvió un salvaje dominante y primitivo.

—Ya estás mojada para mí —baja la mano ahí donde nos estamos frotando y la mete dentro de mis bragas de encaje para palpar mi sexo y bañarse los dedos—. Tan húmeda, nena.

Gimo al escucharlo llamarme así y lo aferro del cabello con más fuerza para impedir que aleje su boca de la mía. Mi cuerpo quema por completo, siento la sangre caliente correr por mis mejillas y mi sexo.

—Me mojaste, Alexan… Alexander —gimoteo al ritmo del movimiento de sus dedos.

Saca la mano de mis bragas haciendo un sonido de satisfacción y me abre de un tirón la blusa, dejando mis pechos a la vista. Su mirada se fija en ellos codiciosamente, con hambre.

—Sácame la polla que quieres dentro —ordena y entierra su cabeza en mi cuello.

Succiona mi piel, me muerde y gruñe. De inmediato voy por su bragueta. No me aguanto las ganas de frotarlo y apretarlo por encima de la tela. Ansiosa, le saco el miembro palpitante. Lo acaricio hasta los testículos.

Jadea y me quita las bragas. Espero por la deliciosa penetración, pero se detiene. Éste es el pecado que hemos creado, la tentación de la cual ninguno de los dos puede huir.

Con una mano se toma el miembro y con la otra me toma la barbilla para que lo mire directo a los ojos. Respira bruscamente levantando su musculoso pecho una y otra vez. Se ve cabreado, perverso y posesivo.

—Desde ahora, este coño es sólo mío, Emma, grábatelo en la cabeza —gruñe mientras me mira y me penetra de una sola estocada.

Ahoga con su mano el grito que sale de mi boca. Mi vagina se abre a la invasión, no me da tregua, sale y vuelve a entrar con fuerza. Gruño cerrando los ojos, aguantando la punzada de placer. *Piel contra piel.*

Cuando vuelve a entrar, le clavo las uñas en la espalda y siento cómo se tensan sus músculos por las heridas que le provoco.

—Tan jodidamente apretada… Me encanta —jadea y me toma de los glúteos para acercarme a sus penetraciones.

Gimo sin control ante su rudeza y siento cómo clava los dedos en mi trasero. Su nombre es todo lo que digo y… ¡Mierda! ¡Estamos en mi jodida oficina! Follando donde cualquiera podría entrar y vernos.

—Alexander —sale un gemido y gruñe al escucharme.

—Sí, nena, soy el que te folla —lame mis tetas con hambre.

—Alexander, estamos en… —baja la boca a la mía y me besa con fiereza ahogando mis palabras y mis gritos mientras mis pechos rebotan contra su torso y su miembro roza niveles superiores… *Mierda, está muy profundo.*

Cuando se separa, muerdo mi labio inferior. Él no hace nada para controlar sus gruñidos ni sus jadeos. Sus sonidos salvajes de satisfacción hacen eco en mi oficina. La cortada en su boca me hace fruncir el ceño y desearlo más al mismo tiempo.

—Lo controla muy bien, señorita Brown —observa cómo muerdo mi labio inferior—, pero quiero oír mi nombre mientras follo mi coño.

Niego con la cabeza y me saltan las lágrimas de placer cuando aumenta la velocidad hasta que las penetraciones se convierten en embestidas. Me embiste sin piedad. Me aferro a su trasero de piedra y lo acerco más a mí.

—La quiero entera.

Gruñe en mi boca y me bendice con una rotación de caderas.

—Mira lo duro que me tienes, Emma —me susurra al oído y me amasa los pechos—. Sólo tú pones así de dura mi verga, nena.

Me muerdo el labio con más fuerza, haciéndome daño. *Joder. Joder.* Lo observo molesta y su mirada excitada me dice que otra vez provoqué un efecto diferente.

Me levanta sin salirse de mí y me empotra contra la pared más cercana. Mis tacones se clavan en su espalda.

—¡Oh, Dios, Alexander! —me golpeo la cabeza contra la pared y grito sin importarme que alguien me escuche mientras me corro ruidosamente.

Alexander

Estoy loco de rabia, pero tan duro por esta mujer que aprieta en su interior mi verga mientras se corre con mi nombre en esa seductora boca. La penetro con más fuerza y la presión se carga en mi espina dorsal y en mis bolas.

Jadea mirándome con esos putos ojos avellana que me matan. Cuando me jala para besarme, aprieto su trasero y dejo ir mi corrida caliente dentro de ella.

Emma es mía.

Sólo mía.

Gruño su nombre y libero mi semen haciéndola gemir otra vez. Con esos sonidos, lo único que logra es dejarme semierecto. Enreda su lengua en la mía mientras nuestras respiraciones se calman y mi semilla se derrama en ella.

Cuando termino, la llevo de regreso al escritorio. Envuelve sus piernas en mi cintura y besa la puta herida que me escuece la boca. Quiero tenerla otra vez, la deseo tanto, soy insaciable con ella, pero aún hay algo importante por hacer.

Me prendo a sus tetas una última vez dejándoselas rojizas. Lamo su pezón suavemente.

—Vamos —salgo de su interior y entorna los ojos cuando vuelvo a succionar sus pezones.

—¿Adónde?

Permanece sudorosa y jadeante, mirándome con deseo mientras guardo mi miembro en mis pantalones. Con movimientos automáticos, se abotona la blusa, relamiéndose los labios. Sus mejillas están rojas y se ve recién follada, como más me gusta.

—Nena —miro su coño todavía expuesto, lleno de mí—. Vas a tener que comer un poco de eso o mojarás tus bragas al caminar.

Arquea una ceja y sin más mete su mano entre sus muslos y toma parte de mi semen para llevarlo a su boca enseguida.

—Está muy bueno.

Carajo.

Pequeña seductora.

Me mira con suficiencia al observar cómo se erecta de nuevo mi miembro, sin embargo, esa mirada no dura mucho.

—Alguien pudo habernos escuchado, fuimos muy ruidosos —mira hacia la puerta bajándose la falta y en busca de sus bragas.

—Me importa una maldita mierda —recojo sus bragas del suelo y las meto en la bolsa de mi saco, que también estaba en el suelo. Mientras tanto, se acomoda el cabello, aunque no podemos hacer mucho porque acabamos de follar y el olor a sexo está en el aire y en ella.

Mi polla da otro tirón. Reacomodo mis mancuernillas de oro y, cuando la miro, está inclinada buscando las bragas. Casi sonrío, pero sigo cabreado hasta la médula.

—No encuentro mis bragas, ayúdame —dice finalmente.

—Te compraré unas nuevas, una maldita colección costosa, pero ahora vamos —le repito serio.

—¿Adónde? —se cruza de brazos; no es un buen momento para ser obstinada.

La miro un segundo y la beso de nuevo antes de tomarla de la mano para llevarla adonde quiero. Pasamos caminando entre la gente. Sé que no se atreven a verme porque mi mirada es asesina. Hacen bien porque voy a joderme a unos cuantos imbéciles si se interponen en mi camino.

Saco mi celular de mi bolsillo y se lo doy.

—Envía un mensaje de texto a este número para que alguien te traiga bragas nuevas —me mira con el ceño fruncido—. Es de Amelia, mi asistente.

Sin embargo, no toma el celular. Pongo los ojos en blanco. Me detengo y me llevo el aparato al oído.

—Quiero una colección de bragas de encaje —miro su cintura—. Talla treinta y cuatro, diminutas y eróticas.

Termino la llamada y seguimos nuestro camino. Ella permanece en silencio. Cuando llegamos a la sala de reuniones, les cedo el paso a ella y a la secretaria de Christopher. Espero un momento para entrar, respiro hondo para bajar mi enojo. Sé que miran la herida en mi boca. *Necesito controlarme.*

Entro y, como siempre, la sala entera enmudece. Ocupo mi asiento al extremo de la puerta y los miro uno a uno. Me importa una mierda donde esté el jodido idiota de Bennett, tampoco veo a Erick aquí.

Espero que estén en la morgue con Tail.

—¿Qué está pasando, Alexander? —susurra Alesha a mi lado, pero no dejo de examinar la sala—. Tienes una herida, querido.

Levanta la mano para tocarme, pero la quito. Christopher me mira desde su lugar y después a Emma. *Lo sabe.*

—Les dejaré una cosa en claro —me levanto de mi asiento después de mirarlos a todos. Emma está en su lugar, observándome fijamente—. La persona que envió a los periodistas aquí no quedará impune, le joderé la miserable vida día y noche —coloco las manos sobre la mesa tanto como mi traje me lo permite—. Y, desde ahora, cualquiera que se atreva a meter las narices donde no lo llaman se larga.

Permanecen en silencio y camino lejos de la mesa.

—Cualquiera que hable de la señorita Brown se larga.

Emma me mira desde su lugar con los ojos entornados.

—Cualquier chismorreo sobre ella que llegue a mis oídos, buscaré a la persona responsable y se largará de inmediato, ¿entendido?

Los rostros serios y asustados asienten.

—Largo de mi vista, inútiles —les digo con la misma fiereza de antes. Todos se levantan de inmediato como una parvada de infelices asustados y comienzan a salir.

—Señor —entra Amelia a la sala de juntas y me detiene justo cuando iba en dirección a los publicistas, en especial hacia una—. Hay una persona esperándolo fuera.

Emma se levanta de su lugar, intrigada.

—¿Quién?

—Un hombre de traje bien parecido. Su nombre es Logan.

Capítulo 36

Emma

Permanezco boquiabierta, procesando lo que acabo de escuchar. A mi lado percibo que Alicia ahoga un sonido de sorpresa por la amenaza de Alexander, y no es para menos. Todo el mundo dirige su mirada hacia mí, pero en segundos la apartan.

—Cualquier chismorreo sobre ella que llegue a mis oídos, buscaré a la persona responsable y se largará de inmediato, ¿entendido? —Alexander mira a todos fijamente, la herida en su boca no lo inmuta para hablar.

La expresión fiera que tenía mientras golpeaba a Adam sigue ahí, la respiración agitada, el ceño fruncido y la rabia con la que me folló hace unos minutos.

Mi jefe alza las cejas y comparte una mirada rápida conmigo, pero permanece serio en su lugar. No puedo ver la expresión facial de los demás, aunque imagino que es muy similar entre sí, incluso puede que yo tenga la misma que ellos.

Los ojos verdes de Alexander se clavan en mí. Esa mirada es posesiva y protectora. A mí nadie me había protegido nunca, ni siquiera Sawyer Taylor, mi padre.

Parpadeo para dejar de mirarlo y siento cómo el constante golpeteo en mi pecho se acelera. Veo cómo los ojos de Alesha se mueven de inmediato hacia Alexander en cuanto termina de hablar, pero él ni siquiera lo nota porque no deja de observarme.

—Largo de mi vista, inútiles —corta cualquier réplica, aunque dudo que alguien pudiera decir algo.

Su mirada recorre mis rasgos y de pronto se oscurece aquí, a la mitad de la sala de reuniones.

Mi mente corre a mil por hora y toda clase de emociones me inunda. La pelirroja me mira desde su lugar, su semblante está desencajado y refleja lo mucho que me detesta en este preciso momento, aunque para nadie debe ser un secreto eso. *Si las miradas mataran.*

Sin duda, el sentimiento es mutuo. Los ejecutivos comienzan a salir. Nadie me mira, nadie murmura nada, sólo ella, que, mientras camina hacia la puerta, me barre con la mirada una y otra vez.

Amelia entra a la sala de juntas apresuradamente, se acerca a Alexander y le dice algo mientras me levanto. Les suplico a mis piernas que, por favor, no me fallen ahora. No es como que pueda ignorar el hecho de que Alexander Roe acaba de salir en mi defensa.

El señor Jones se levanta y me arriesgo a mirarlo, con seguridad debe estar tan confundido como todos. No me sorprendería que después de esto me despidiera y aceptaré esa decisión de inmediato; sin embargo, la sorprendida soy yo cuando veo una media sonrisa en su rostro mientras se levanta de su lugar mirando a Alexander y después a mí.

—Tenemos que trabajar para aplacar a los medios. La noticia correrá a los medios locales de inmediato —retoma la compostura y se pone serio—. Emma, encárguese de la negociación. Alicia, haz que Adam me contacte con el representante de la empresa.

Adam. Aún no sé dónde está ni adónde se lo llevaron, o si sigue vivo, porque no veo al hijo de mi jefe por aquí y, por lo que acaba de decir el señor Jones, no sabe sobre la pelea.

—Sí, señor, trataré de encontrarlo —asiente ella con voz nerviosa. Debería decirle que Adam está fuera de servicio, sin embargo, ya se enterará, porque cuando Erick lo sacó debió llamar la atención de muchos.

—De acuerdo, señor Jones —me limito a responder.

Mi jefe inclina la cabeza mirándome ¿complacido? Luego se dirige hacia Alexander, cuya expresión facial luce tensa, incluso más molesta que hace unos instantes, y comparten unas palabras. Entonces, la expresión de Alexander se muda al rostro de mi jefe.

De repente, Alexander levanta la mirada, observa entre los que quedamos en la sala como si buscara a alguien en específico y me encuentra. Su expresión cambia radicalmente otra vez.

—Vamos, aquí no podemos hablar —me dice Alicia.

Carraspeo y la sigo hacia la salida. Tengo un ligero y delicioso dolor entre los muslos que me hace caminar más lento.

En el camino nos cruzamos con una mujer joven de cabello negro, con un traje gris y un maletín en la mano. Su mirada es fiera y, cuando nos ve, su expresión no cambia. Sus ojos se centran en mí, pero los aparta para mirar a alguien más.

—Katherine Portman —la llaman.

—Mi cliente no espera demasiado tiempo y mucho menos a Alexander Roe —le dice a alguien a nuestra espalda.

¿Alexander Roe? Ni siquiera lo llama señor Roe. ¿Acaso no sabe quién es el dueño de la empresa? De repente la reconozco, es la periodista del *New Times* y la amiga de la pelirroja.

—Qué forma tan elegante de presentarse aquí sin una cita previa, nunca se pierden las buenas costumbres —mi jefe responde tajante.

—Sabes que no estamos aquí por cortesía, Christopher.

Alicia camina más rápido hasta que salimos de ahí porque, es claro, esa conversación se hará más grande.

—¿Quién es ésa?

—Es periodista, la vi saludar a Alesha con mucha amabilidad en la exposición de Cora —la miro de nuevo.

—Deben querer hacer negocios importantes —dice Alicia cuando finalmente los perdemos de vista.

Agradezco que no mencione lo que sucedió en la sala de reuniones. Aunque puede que sea por la advertencia de Alexander.

—Ya lo creo, he negociado con muchos de su tipo.

Entre más alto sea el rango, más egocéntrico es el carácter de las personas, pero, claro, hay algunas excepciones, sólo que nunca las he conocido. La ausencia de mis bragas hace que el aire frío me golpee entre los muslos, pero apenas lo noto, es bueno que mi falda me cubra lo suficiente.

Pasamos por una oficina cuya puerta se encuentra medio abierta, atisbo la silueta de un hombre que está de espaldas vestido de traje negro. Su espalda es ancha y él se ve de buena altura, pero no vislumbro nada más.

Suspiro con el ceño fruncido. Nadie me mira, todos están en sus asuntos por voluntad propia o no. Cuando llego a mi oficina, apoyo las manos en el escritorio más confundida que antes.

Aún veo el desorden de la pelea, el lugar donde Adam estaba acorralado e incluso manchas de su sangre en los muebles. Me resulta repulsivo recordar sus palabras, es una de las pocas personas en las que confiaba laboralmente e incluso lo consideraba mi amigo.

Suspiro repetidas veces. *¿Una ramera? ¿Una zorra? ¿Una puta?* Qué ironía, la palabra en mi boca suena amarga, pero oírla de terceros suena peor. Ahora entiendo lo que mi madre decía sobre pensar antes de hablar, a veces las palabras pesan tanto como los actos.

Alguien llama a la puerta, pero hago caso omiso, no tengo ganas de hablar con nadie y me dedico a arreglar el desastre que hay aquí, tanto por la pelea como por el sexo. Aún se percibe el aroma de Alexander y el mío en el aire. Estoy confundida, pero, si algo sé, es que no debo tomar decisiones con base en las emociones, si no, en este preciso momento me iría de aquí.

Me forjé mi propio camino como publicista y Alicia tiene razón, no debo echarme para atrás sólo por unas cuantas miradas. Debo negociar con los medios, esos periodistas no llegaron por casualidad; más bien, alguien de aquí filtró información confidencial, como el hecho de que yo dirijo la apertura de Birmingham.

La pelirroja me dio a entender que fue Alexander quien lo hizo, pero nada de lo que acaba de suceder confirma eso. En realidad, para mí sólo hay una sospechosa y sé por qué lo hace: quiere venganza. Vuelven a llamar un par de veces más a la puerta, pero de nuevo ignoro los toquidos. Quiero un momento de silencio. Todo a lo que le hui al momento de aceptar mi acuerdo con Alexander, todo eso está cayendo sobre mi cara de un solo golpe.

Al tercer toquido de la puerta, Amelia asoma la cabeza, justo cuando reviso mis contactos para armar una estrategia.

—Buenos días, señorita Brown, ¿podemos pasar? —me sonríe tímidamente y una mujer rubia se asoma detrás de ella.

—Adelante —no me queda más que dejarlas entrar.

La mujer rubia viene bien vestida y tanto su postura, su forma de mirar como sus movimientos son de una asistenta departamental. Lleva una gran caja dorada en las manos.

—Soy gerente de la firma Harrod's, traemos la colección que solicitó.

¿Harrod's? Joder, esa tienda es costosa.

—Emma Brown —me presento y de inmediato me extiende la enorme caja. Doy un paso atrás—. Lo siento, yo no solicité ninguna colección.

—Usted no, pero el señor Roe sí y especificó que es para Emma Brown —me regala una sonrisa perfectamente blanca—. Ésta es nuestra última colección de ropa interior diseñada por Andrew Paccini y bordada en encaje por Jolina Gil; es sólo lencería erótica, como él pidió.

No conozco los nombres que acaba de decir, pero es evidente que son de alta gama. Alexander robó mis bragas de nuevo, así que aceptaré unas porque no pienso andar todo el día con la entrepierna desnuda. Habría sido suficiente con un par, pero ese hombre lleva todo al extremo.

La llamada que hizo antes de entrar a la reunión.

—¿Qué clase de lencería es?

—El señor Roe especificó tangas.

La mujer rubia carraspea mientras tomo la caja mordiéndome la lengua para no decir más y asintiendo, muerta de la vergüenza. Le agradezco y Amelia la acompaña hacia la salida al tiempo que camino de vuelta a mi escritorio.

Abro la caja y no hay una, sino al menos diez tangas de etiqueta dorada. Ni siquiera miro el precio, yo misma sé que en Harrod's los precios van de seis cifras en adelante.

Tomo las primeras que veo, sin fijarme en que son las más diminutas de todas, sólo sé que son las que más me gustaron. Me subo la falda hasta la cintura y me las coloco de inmediato. El delicado material roza mi piel de forma discreta y me ajusta a la perfección.

O Alexander sabe muy bien mi talla o es un exvendedor de ropa interior femenina. Cierro la caja y la dejo en el suelo.

—Sólo un par de bragas, Alexander, no tomaré más —digo para mí misma.

—Son tangas, no bragas.

La voz a mi espalda me sobresalta, me giro y encuentro a Alexander apoyado en la puerta con la mirada oscurecida. Ni siquiera escuché en qué momento entró, pero estoy segura de que me vio colocarme la diminuta ropa interior.

—Quiero redimirme por los anteriores robos y las inexplicables desapariciones en mi presencia, así que la colección completa es tuya.

La intensidad con la que me mira me hace pensar que está aquí desde antes de que me colocara las bragas y que por ende le regalé la vista perfecta de mi sexo húmedo.

—No, sólo tomaré un par y lo haré porque sé que mis bragas no desaparecieron por arte de magia de aquí.

Separa la espalda del cristal de la puerta. Sus movimientos son demasiado tensos, como si la persona que lo visitó lo hubiera sacado de sus cabales.

—Si no tomas toda la colección, compraré la maldita tienda entera sólo para ti, Emma.

Alzo las cejas.

—No serías ca… —me detengo antes de decirlo, porque en realidad sé que sí sería capaz. Cambio mis palabras—. No quiero nada de ti.

Frunce el ceño y parpadea un par de veces.

—Además, tienes que explicarme muchas cosas —me cruzo de brazos. Ese movimiento atrae su mirada hacia mi pecho—. Por ejemplo, lo que acaba de suceder en la reunión.

Eso es lo que quiero saber, qué fue todo eso.

—Nadie cuestiona lo que hago, Emma —me responde muy serio. Eso ya me lo había dicho antes y parece que de verdad le molesta.

—Seguramente escucharon la pelea y vieron a Adam salir de aquí. ¿Seguirá vivo?

—Nadie hablará de eso, yo lo arreglaré, y, si sigue vivo, lo remataré.

Trago saliva.

—Debieron escucharnos mientras follábamos.

Su mirada baja a mi boca. Maldito sea el efecto de este hombre en mi cuerpo y maldita mi mirada por ir a su entrepierna dura. El hilo de la tanga roza mi zona sensible.

—No, todas las paredes aíslan el sonido.

—Aun así, alguien pudo escucharnos.

El pensarlo hace que la vergüenza se apodere de mí, pero parece que él no conoce ese sentimiento.

—Nadie lo hizo —aprieta la mandíbula—. Y respecto a tu primera pregunta, si es necesario, remplazaré a cada empleado de esta empresa porque nadie, absolutamente nadie, te va a señalar —remarca cada palabra.

—¿Por qué?

Camina hasta que queda frente a mí y baja la cabeza para que lo mire a los ojos.

—Porque primero tendrían que pasar sobre mí para tocarte —responde con voz ronca.

No sé qué me provoca más, si lo que acaba de decir o esa última palabra que hace que me hormiguee todo el cuerpo. Nos miramos fijamente.

—Aunque eso no cambia el hecho de que tendré que castigarte —respira hondo por la nariz—. ¿Durante la reunión tenías que mirarme de esa forma sabiendo que sigo duro por ti? Y ahora no quieres aceptar lo que es tuyo —señala la caja—. Me estás volviendo un maldito loco. ¿Eso es lo que buscas?

—Alexander…

—Voy a castigarte duro por mentirme —su mirada se oscurece—. Te voy a azotar antes de comerte ese coño apretado que tanto me gusta y luego te voy a volver a follar una y otra vez hasta que me ruegues que pare, aunque no lo haré.

La tensión sexual crece y su mirada se fija en mis pechos. Mis pezones erectos se marcan perfectamente como hace unos minutos. No puedo evitar esa reacción ante su comportamiento dominante-posesivo.

—¿Dónde están mis bragas? —pregunto casi sin aliento tratando de llevar la conversación a un terreno seguro lejos de mis fantasías.

—¿Para qué quieres saberlo si te las voy a quitar otra vez?

La advertencia con el tono de voz ronco seguida de su mirada clavada en mi boca me hace jadear más. La puerta se abre en ese momento, interrumpiéndonos, y mi jefe entra seguido por otro de sus publicistas. Frunce el ceño al mirarnos y carraspea.

Alexander se aparta para que puedan entrar y respiro hondo, pero lo único que logro es oler su colonia. Sé que nadie más lo nota, pero lo veo cerrar con fuerza los ojos antes de mirarme de nuevo.

—Ya está arreglado el inconveniente, ahora estoy aquí como me pediste —le dice mi jefe.

Asiente y espero que no noten la tensión que hay en el aire, tensión que no ha desaparecido desde que Alexander me subió al escritorio.

—No quiero una reunión grande para indagar en elementos privados. Como te dije, Christopher, yo no envié a esos periodistas —lo dice mirándome con fiereza. Yo lo acusé de hacerlo y todavía lo tiene muy presente—, así que quiero al culpable.

—Probablemente se contactaron con los directivos del *New Times*. Me dijeron que no aceptaste la negociación con ellos durante la cena que tuvieron.

—Así fue —le aclara sin el más mínimo asomo de duda—. No lo aceptaré, pero dudo que hayan sido tan estúpidos como para recurrir al diario, no iban a ganar nada más que reputación de difamadores por tergiversar información de nosotros.

—Eso no es todo, señor Jones, también sabían del proyecto de Birmingham y que yo lo dirijo, eso es información confidencial de Hilton & Roe —intervengo mientras los guio hacia mi escritorio.

Siento la mirada de Alexander clavada en mí, pero se mantiene lejos.

—También los escuché cuando cruzamos la entrada —me secunda y camina por la oficina—. ¿Cómo demonios lo supieron? Nuestros hoteles de lujo en Birmingham son el mejor proyecto que tenemos este año y ahora West B lo sabe.

Mi jefe se mantiene sereno y el otro publicista me mira.

—Estoy seguro de que no fue así, pero tengo que preguntarlo por protocolo, ya que se trata de información confidencial. ¿Hablaste de eso con alguien, Emma? —mi jefe me mira fijamente—. Durante alguna de las negociaciones o las reuniones que mantuviste.

—No, señor —respondo de inmediato.

—Una simple frase o algún dato que se te fuera de las manos pudo ser suficiente para alertar a West B —interviene el otro publicista.

¿Qué está insinuando este sujeto? Yergo la espalda.

—Yo no cometo ese tipo de errores.

—Siempre hay una primera vez para todo —se cruza de brazos.

Arqueo una ceja.

—Si fuera una simple aprendiz, te daría la razón, pero no lo soy, tengo más experiencia en el área de lo que te imaginas. No hay documento perdido, palabras de más y mucho menos información compartida con la competencia, puedes probarme.

El publicista arquea las cejas y, muy a su pesar, asiente en silencio.

—Tengo que hacer un par de llamadas, estoy seguro de que la persona que filtró esa información dejó rastro —mi jefe se levanta—. Emma, no los contacte hasta que yo lo haga primero y le dé instrucciones.

—De acuerdo, señor.

—También cancele las reuniones con el *Daily Star*, nos reuniremos con ellos mañana por la mañana o después.

Asiento y ambos hombres caminan fuera. Alexander permanece aquí y no parece tener intenciones de irse.

—Sé quién lo hizo —digo cuando cierran la puerta—. Y obviamente no fuiste tú —añado cuando me mira.

—Eso es un avance significativo, porque antes fui acusado. Yo también sospecho de alguien —su mirada se enfurece—. Adam.

No fue él. Si analizamos la situación con detenimiento, Adam sólo fue un oportunista, ¿o no? De pronto mi celular suena y nos interrumpe. Camino hacia mi escritorio para tomarlo. El número me sobresalta y miro de reojo a Alexander.

—Tengo que tomar esta llamada —le digo. Él me da la espalda, pero no se mueve de su lugar.

Pongo los ojos en blanco y le respondo al agente de policía.

—Diga.

—Señorita Brown, soy el agente de la comisaria Drill.

—Lo sé —nuevamente miro de reojo a Alexander.

—Necesitamos que venga, será una visita breve. Tenemos informes sobre su denuncia contra Jaden Roberts por acoso, aunque, por desgracia, no son buenas noticias para usted.

Más problemas.

—De acuerdo, pasaré en cuanto tenga tiempo libre —el agente dice un par de cosas más que apenas escucho mientras Alexander se da la media vuelta—. Adiós —termino la llamada.

Sigue el movimiento de mi celular todo el camino hasta mi escritorio. Aún puedo ver la cortada en su boca al lado de las mordidas que le di. El recuerdo hace que mi cuerpo entero se erice.

—Tienes que atender esa herida. ¿Te duele?

—No —responde tajante—. ¿Cómo está tu brazo? —se acerca y antes de que responda ya lo está revisando otra vez como en su oficina. Permanece la tensión en sus manos cuando me toca.

—No me duele —me alejo de su toque. Sus manos se quedan suspendidas a la altura de mi cuello y me observa con el ceño fruncido—. Entonces ¿hay algo más en lo que te pueda ayudar? Tengo trabajo por hacer.

—Sí, hay algo más de que hablar —responde de inmediato mientras frunce aún más el ceño—. Nosotros.

—¿Nosotros? —me cruzo de brazos. Me mira fijamente, está apretando la mandíbula a muerte. Sacudo la cabeza y controlo las ganas de reírme con ironía como él—. No. No te equivoques, Alexander, aquí no hay un nosotros.

Camina acercándose a mí.

—Mientras más te sigas mintiendo, Emma, más difícil será nuestra vida juntos —yergo la espalda sin amedrentarme.

—Si buscas formar un nuevo acuerdo casual conmigo, pierdes tu tiempo. En el momento en que tú rompiste el acuerdo de exclusividad con la pelirroja lo jodiste todo para nosotros.

Esa noche en Brent, cuando yo lo necesitaba.

—¿Soy yo el que rompió el acuerdo? —se inclina sobre mí aprovechando su altura y respira por la nariz con fuerza mientras habla—. ¿No fuiste tú la que habló de estarse tirando al jodido idiota desde Birmingham?

—Entonces estamos a mano —intento pasar a su lado, pero me toma del brazo.

—¿Por qué sigues fingiendo? Ya quedó claro que no me tragué tu mentira —pega su rostro al mío—. Vi cómo lo echaste como un perro cuando me fui.

¿Se quedó a verlo?

—Fue una pelea que arreglamos después —miento.

Su mirada se desencaja.

—Eso es lo que él quisiera, pero no tú. Incluso aunque el muy idiota lo dijo, reconozco tu excitación —su mano sube por mi clavícula—, tu deseo y las malditas ganas que me tienes.

—¿De qué estás hablando?

Se ríe sin una pizca de humor.

—Lo convenciste de seguirte el juego, por un momento casi te creo que habías caído ante sus patéticos coqueteos.

—¿Qué? —frunzo el ceño. No puede ser. ¡¿Que Adam hizo qué?!

—¿Ahora finges que no lo sabes? —se acerca aún más—. Me importa poco lo que me dijo el idiota, pero te juro que si te toca como lo dijiste o como quiere hacerlo, lo joderé hasta aniquilarlo.

Lo miro fijamente y mi respiración se acelera, tanto por lo que dijo de Adam como por la advertencia posesiva.

—¿Cómo te atreves a meterte en mi vida? —golpeo su pecho con mi dedo—. Sigue creándote tu propia fantasía sobre que no me lo follé, dile eso a tu maldito ego todas las noches, dile que no me gusta que Adam me folle tanto como tú lo haces —me inclino sobre él con el simple afán de molestarlo.

—Emma —advierte con la mandíbula tan apretada que incluso verlo hace que me duela, pero no me detengo.

—Crees que miento por lo que viste, pero sabes que no es así —respira entrecortadamente por la nariz y veo la duda en sus ojos. Me aprovecharé de eso.

—Emma —advierte otra vez.

—No te tortures más, Alexander, sólo quiero tus servicios de manera temporal —su cuerpo se tensa más—. ¿Qué pasa? ¿Querías el paquete completo? —recuerdo las palabras de Cora—. ¿Estás celoso de Adam? ¿Celoso del hombre que me folla después de ti?

Sus ojos se oscurecen como nunca antes y me clava la mirada de forma penetrante.

—Tentaste tu suerte —bufa y un segundo después estoy boca abajo sobre el escritorio con la falda enrollada en la cintura.

El primer azote me escuece la piel y abro la boca, jadeando. Su mano vuelve a bajar y me levanto sobre la punta de mis tacones, no puedo evitar el gemido traicionero que sale cuando me azota de nuevo, apretando mis glúteos y gruñendo con fuerza.

Me arde el trasero.

—Controla esa jodida boca imprudente.

Con los siguientes azotes, ya tengo la tanga mojada y me olvido de por qué está azotándome, sólo sé que mi cuerpo está caliente. Me aferro al escritorio soportando el dolor.

—¿Te lo follaste? —gruñe bajando la mano otra vez y gimo.

Abro la boca, pero lo único que logro articular es su nombre.

—Ale… Alexander.

—No te calientes, Emma, que no me voy a detener —no quiero que lo haga, mi sexo se humedece más—. ¿Te follaste al idiota? —baja la mano otra vez y llevo mi trasero hacia atrás para recibir el impacto.

Me muerdo el labio otra vez mientras me complace con la rudeza de sus manos. Sabe que me gusta, aunque nunca voy a admitirlo en voz alta, es un juego perverso de masoquismo. Baja la mano de nuevo y me muerdo el labio, ahogando un gemido. *¡Dios!* Si sigue así, voy a correrme sólo con los azotes.

—Te hice una jodida pregunta.

—No —susurro en un jadeo—. Nunca me lo follé, jamás lo haría.

Suelta un gruñido molesto mientras me toma de la cintura con una mano y me levanta. Me planta frente a él. Está respirando entrecortadamente como yo. Me aferro a sus hombros, jadeando.

—Dejémonos de juegos de una puta vez. A la mierda con Tail.

—No me toques —miro su boca y luego sus ojos.

—Tu castigo no ha terminado, sigo enojado contigo por ser tan mentirosa.

—Me importa… me importa una mierda.

Aprieta la mandíbula.

—¿Qué dijiste, señorita? —se inclina más hacia mí, totalmente enfurecido.

No me acobardo.

—Maldito dominante posesivo —su mano aferra mi cintura y la envuelve para atraerme a su cuerpo, mis sentidos se nublan y su aroma a menta me roba la respiración.

—Obstinada.

—Idiota.

—Gruñona.

—Posesivo.

Fija su vista en mi boca y relaja el ceño.

—Pequeña seductora.

Alexander

Esa mirada inocente que me lanza no hace mella en mí. Veo sus pezones marcarse sobre la tela de su blusa. El pensar en sus tetas desnudas hace que mi miembro dé un salto. Emma casi se corre mientras la azotaba y eso me provocó una erección.

El calor que invadió mi sangre cuando habló del idiota sigue ahí. Sé que soy posesivo con lo que es mío.

—Tienes dos opciones para que hagamos las paces: tu escritorio o nuestra habitación en nuestra casa —no me ando con rodeos. Subo la mano y le acaricio ese labio inferior que tanto quiero chupar—. Pero, si nos quedamos aquí, los empleados tendrán el mismo trauma que tu amiga la rubia cuando te escuchó gritar, porque voy a dártelo duro.

Muy duro. Mi fantasía de este momento es hacerla suplicar por más, sólo a ella. Hace unos minutos me contuve lo mejor que pude, pero con ella es difícil. Además, después de la visita de Logan me siento tenso y abrumado.

Mi cuerpo y mi mente desean a alguien en este momento y esa persona está frente a mí. Su excitación sube hasta sus ojos avellana, que se entornan, y su boca se abre humedeciendo mi dedo. Con seguridad, va a replicar como siempre.

Me le adelanto antes de que hable.

—Responde o vuelvo a inclinarte sobre el escritorio para azotarte con mi cinturón.

Traga saliva con fuerza cuando ve que tomo la hebilla.

—Haz las paces con tu miembro en la mano —me espeta y se suelta de mi agarre.

Toma su bolso de su escritorio y sale caminando lo mejor que puede en esos tacones que me clavó cuando la tenía empotrada contra la pared. No se lleva la caja. Otra vez está desafiándome.

Extraigo de la bolsa interna de mi saco mis lentes oscuros para colocármelos mientras la dejo tomar su pequeña ventaja. La sigo, casi riéndome. Mato con la mirada a cualquiera que se atreva siquiera a verla mientras entramos en el ascensor.

Ni siquiera me mira cuando estamos dentro y, en cuanto la puerta se abre pisos abajo, sale casi corriendo. Sacudo la cabeza y una sonrisa casi sale de mi boca. En dos zancadas la alcanzo y la echo sobre mi hombro, haciéndola ahogar un grito de sorpresa. Sujeto la parte baja de su falda y camino hacia la salida, donde mis camionetas aparecen junto con mi auto en medio de ellas.

—¡Alexander! —escucho su voz agitada cuando llegamos a mi Aston Martin negro.

—Trae sus cosas y las llevas a su apartamento, me voy y no quiero que nadie me moleste —le digo a Matt, quien asiente mientras nos abre la puerta.

Nos subo por el asiento del conductor y, en cuanto la puerta se cierra, la deslizo por mi pecho hasta que termina a horcajadas sobre mí.

—¡Estás loco! —me pega con los puños en el pecho—. ¡Eres una bestia demente y posesiva! ¿Cómo te atreves a…?

Con una mano le atrapo ambas muñecas y siento la piel rugosa de sus cicatrices. Con la otra mano la tomo de la nuca y la llevo a mis labios. Se remueve molesta, pero no tarda en abrir la boca cuando succiono su labio inferior.

—¿Vas a seguir gritando o hacemos las paces? —le gruño. La tomo de la cintura y la hago deslizarse hacia delante para que sienta mi dureza. Gime contra mi boca mientras se frota.

Ahora mismo sólo pienso en hacerle a un lado la tanga y penetrarla. Sin embargo, la suelto y la coloco sobre su propio asiento. Sus mejillas están sonrojadas y su pecho sube de forma desigual.

—Colócate el cinturón —pongo el auto en marcha y el motor ruge. Con movimientos casi automáticos se coloca el cinturón.

Arranco a toda velocidad; mis guardaespaldas me siguen. Emma mira al frente en silencio. De pronto, me asalta el recuerdo de nosotros en Brent. Aunque detesto hacerlo, busco el botón del techo descapotable.

—Me encanta que hagas eso —lleva el rostro hacia arriba—. Me gusta cómo se siente el viento en mi cara.

Cuando el sol de Londres comienza a filtrarse por encima de nuestras cabezas, sus ojos se iluminan y casi consigo que sonría, pero se contiene. El aire nos golpea a ambos y mis lentes ayudan a que la luz no me deslumbre.

Sin embargo, a Emma no parece importarle la luz porque de reojo veo cómo echa la cabeza hacia atrás y se baña en ella. Si no tuviera la carretera enfrente, admiraría esa imagen detenidamente.

Conduzco por la ciudad tratando de relajarme. La miro otra vez de reojo y ella también me observa. Pienso en muchas cosas que no debería. No debo olvidar la posición en la que me encuentro por el secreto que guardo. Sin embargo, cuando cruzamos la Séptima avenida y veo la calle del carnaval, la recuerdo bailando y sonriendo como una loca en aquella fuente.

Mi celular suena y respondo la llamada de Ethan.

—¿Qué pasa?

—Seguí a Logan en cuanto dejó Hilton & Roe como pidió, señor. Sigue en la ciudad y acaba de mandar a sus *kray* a vigilarlo.

—¿Cuántos son? —Emma me observa desde su lugar, pero, cuando cruzamos miradas, aparta la vista.

—No muchos, pero ya los tengo ubicados y reforzaré la seguridad.

—Perfecto, mantenme al tanto de cualquier movimiento.

—Sí, señor.

Llegamos frente a su edificio y aparco en el mismo lugar donde dejé a mis hombres vigilando durante toda la noche para protegerla después de ese asalto.

Se quita el cinturón y sale sin decir nada mientras subo el techo del auto. Salgo detrás de ella y me mira de reojo mientras la sigo. Cuando salimos del ascensor, entra a su apartamento y me cierra la puerta en la cara.

Sigue jugando conmigo. Meto la mano dentro de mi bolsillo y saco el clip de areola. Lo meto por el pequeño agujero y abro la cerradura. Sus ojos se entornan cuando me ve entrar.

Me mira con una ceja arqueada y algo me dice que sabía que yo iba a entrar como fuera.

—Conque así fue como entraste a mi apartamento. Podría demandarte por asaltante.

No respondo, sólo me planto frente a ella, bufando.

—Muy graciosa. Esto sólo será un trauma más para tu amiga —le digo y me mira expectante.

—Cora no está aquí.

—Mejor, me huele a reconciliación.

Sonríe de lado desbocando mi pecho con su sonrisa. No me ando con juegos, la tomo de la nuca y la beso con fiereza. Suelta un gemido ronco que ahoga en mi boca y jala las solapas de mi traje para pegarme a ella.

La levanto de los muslos y la guio a su habitación. No tardo en desnudarla y, cuando la tengo sobre la cama en una pose de diosa frente a mí, digna de admirarla, me quito la maldita ropa que me estorba bajo su intensa mirada.

—Planeo tomarte en todos los ángulos humanamente posibles. Tengo la mente más pervertida que conocerás en tu vida —sus tetas se levantan con su respiración atrayendo mi mirada codiciosa. Cuando libero mi erección, se apoya sobre sus codos para verla.

Levanto a Emma y la siento a horcajadas sobre mí para que me monte. Me tomo el miembro con la mano.

—Empálate sola —le ordeno con voz ronca.

Emma

Un hormigueo recorre mi cuerpo y la humedad aumenta entre mis piernas, ya no puedo contra lo inevitable: el pecado de la perversión que acaba de ofrecerme Alexander Roe. Me sujeto de sus hombros y, después de mirarlo a los ojos, me levanto sobre mis rodillas y me penetro sola con un golpe seco.

Ambos jadeamos al unísono.

—Qué rico —alzo mis caderas y bajo lento.

—¿La sientes? —susurra en mi oído y levanto la cadera otra vez, jadeando. Gimo de puro placer.

—Sí, la siento.

Me encanta. Sus manos apresan mi cintura y me hacen bajar con brusquedad. Gimo y me levanto otra vez con su ayuda. Bajo, empalándome. En esta posición entra más profundo. Sus caderas suben para penetrarme y grito por la invasión de su polla, arqueando la espalda.

Baja la boca, apoderándose de mis pechos. Con una mano amasa uno mientras se alimenta del otro, cegándome de lujuria. Me olvido de todo y comienzo a subir y bajar sin control buscando correrme.

—Disfrútala, Emma, pareces ninfómana, no me voy a ir, nena —gruñe y toma mi cuello para que lo mire, esa mirada posesiva. Sube las caderas y me clava.

Echo la cabeza hacia atrás, gimiendo. Ya no lo estoy montando, ya no tengo el control, incluso en esta posición él me está clavando con mucha fuerza. Mis uñas se entierran en su piel. Este hombre es mi perdición, mi pase directo al infierno.

Cuando las paredes de mi vagina se aprietan alrededor de su polla, la saca de inmediato y me coloca bocabajo. Mi cara confundida descansa sobre las sábanas y de pronto me azota deliciosamente.

—Nunca vas a correrte cuando te monte, ¿verdad?

Enseguida siento algo húmedo deslizándose entre mis piernas y escondo la cara en las sábanas mientras me pone a prueba.

—Mío —su aliento golpea los pliegues de mi vulva y sus dedos acarician mi clítoris.

—Alexander —lloriqueo y sus movimientos se hacen más rápidos.

La presión vuelve a acumularse en mi clítoris. No hay más, voy a correrme.

—No tan rápido, nena —vuelve a detenerse. Lo miro sobre mi hombro con la boca abierta, jadeando.

Su musculoso pecho se alza y sus ojos verdes se oscurecen.

—No juegues conmigo, no quiero quedarme tensa —lo miro con molestia, pero ni se inmuta.

—¿Qué pasa? —ladea la cabeza—. ¿Quieres correrte?

El ardor entre mis piernas no espera más. Asiento lentamente, mirándolo suplicante. Mi mirada cumple su objetivo porque lo veo tomarse el miembro con una mano y bombearlo con ella. Me relamo los labios mientras veo cómo se masturba.

—¿Hambrienta? —desliza su puño hacia abajo.

—Mucho.

Su mirada se oscurece más hasta que el color verde desaparece y desliza su puño de nuevo.

—Agárrate con fuerza a la cabecera —ordena con voz ronca.

Mi ritmo cardiaco se dispara mientras me mira fijamente esperando a que acate la orden. *Oh, Dios.* Me incorporo poco a poco y avanzo hasta la cabecera escuchando mi respiración agitada y pesada. *Va a dármelo con fuerza.*

Lo siento venir a mi espalda, su aliento baila en mi nuca y, cuando su mano recorre mi espalda desnuda, comienzo a temblar de anticipación y deseo. Su mano pasea por mis glúteos y los amasa antes de bajar la cabeza a mi cuello.

—Ruégale a Dios para que la cama no se rompa, Emma —susurra cerca de mi oído y, sin previo aviso, me penetra de una sola estocada.

Grito y empuja mi cuerpo hacia delante con la embestida. Me aferro a la cabecera mientras las paredes de mi vagina se estiran al grosor de su glande.

—¡Mierda, Alexander! —su mano va a mi cintura y me rodea para propinarme la siguiente embestida, la cual me deja fuera de sí igual que la otra.

Sus gruñidos hacen que se me caliente la sangre y llevo el trasero hacia atrás para salir al encuentro de sus penetraciones.

—Ésta es la única polla que llena tu coño —gruñe enojado y se clava de nuevo haciéndome gemir. Me estoy sujetando a la cabecera con tanta fuerza que mis nudillos se están poniendo blancos—. Nadie más lo hace —*doble embestida*. Mi cuerpo choca una y otra vez hacia el frente y mis piernas tiemblan con cada impacto.

El placer es demasiado hasta el punto en que no puedo contenerlo todo. Siento cómo mi rostro se baña en lágrimas y me dejó ir gimiendo su nombre.

El sudor comienza a deslizarse por mi espalda mientras el sonido de nuestros cuerpos y el retumbar de la cama resuena por toda la habitación. Mi humedad hace que se deslice más fácilmente, tan profundo.

—¿Quieres más?

—¡Sí!

Estoy tan perdida en él que ya no hay rastro de vergüenza, la rudeza con la que me penetra es adictiva y sin el látex del condón siento cada trozo de piel y el calor de su miembro.

—¡Ésta es la única polla que vas a tener dentro día y noche durante el resto de tu vida, Emma! —su cadera choca con mi trasero—. ¡Sólo la mía!

No hay alternativa, sólo ha sido él. Nadie podría llenarme como él. Con ese último pensamiento cierro los ojos gritando su nombre y me corro abundantemente. Un cosquilleo recorre todo mi cuerpo. Alexander no se detiene ni disminuye la fuerza.

—Dime de quién es este coño y más te vale que lo digas fuerte —jadea en mi oído y me bendice con una rotación de cadera mientras me recupero de mi orgasmo.

Me relamo los labios y me sujeto con más fuerza de la cabecera porque sé el efecto que tendrán mis siguientes palabras.

—Es mío.

Pierdo el sentido de dónde estoy y juro que veo destellos cuando gruñe molesto y levanta mi pierna sobre mi cintura. En esa posición me embiste de nuevo, llenándome en diferente ángulo. La cabecera de la cama choca con la pared una y otra vez y…

Un fuerte sonido hace que nos tambaleemos al frente, sobre la pared, cuando por fin se rompe la cabecera. Ahogo un jadeo de sorpresa.

—No lo preguntaré otra vez. ¡¿De quién es este coño?!

Las arremetidas vienen con fuerza y mi mente se desvanece hasta que somos él y yo en este jodido momento. Es un maldito posesivo.

—¡Tuyo! ¡Es sólo tuyo, Alexander! —grito y vuelvo a correrme.

La presión explota otra vez y pierdo toda la fuerza. Mis entrañas se estremecen, me suelto de la cabecera rota y jalo su cabeza hacia un lado para poder besarlo.

Cuando las penetraciones se vuelven desiguales, siento que tendré un tercer orgasmo en ese momento y en efecto me corro cuando ruge mi nombre y su esencia caliente se derrama en mi interior. Siento cómo me aprieta las caderas y ordeño hasta la última gota de su semen. Jadeo sin control y me dejo caer sin fuerzas sobre las sábanas.

Mi cuerpo parece tan lánguido cuando me aleja de la cabecera. Lo único que se escucha en la habitación es el sonido de nuestras respiraciones agitadas. Su mano permanece en mi espalda desnuda y la desliza de arriba hacia abajo.

Me recuesto sobre su pecho desnudo y, sin importarme nada, entierro mi cabeza en su cuello, absorbiendo su aroma masculino y mentolado.

No me aparta.

Lamo la piel salada de su cuello y gime, excitado. En muchas ocasiones me ha negado el acceso a esa zona de su cuerpo y ahora entiendo: es una de sus partes más erógenas. El sonido de la puerta abriéndose me hace incorporarme, despeinada y sudorosa.

—Es Cora.

—Menos mal, se perdió toda la acción —aprieta uno de mis pechos y me tumba a su lado otra vez para llevárselo a la boca como si fuera un caramelo.

—Me rompiste —murmuro cansada, cerrando los ojos mientras acaricio su musculoso pecho. Mi respiración no puede regularse todavía y la suya tampoco.

—Lo hice, pero aún no he terminado contigo, Emma —su voz está ronca y promete mucho.

Suspiro y vuelve a abrirme las piernas.

. . .

No sé en qué momento me quedé dormida, pero mi cuerpo está exhausto después del efecto de Alexander Roe. Me remuevo para estirar mis extremidades y el dolor de mis muslos me despierta por completo.

Alexander permanece con los ojos cerrados y la cabeza enterrada entre mis pechos. Su mano en mi cintura me mantiene pegada a su cuerpo. El olor a sexo está en el aire, y si perdí la cuenta de las veces que me corrí es por algo.

Sonrío de lado. Mañana no voy a poder caminar. Aún siento la humedad de la última follada y, bueno, técnicamente es como si hubiera corrido un maratón desde Londres hasta América, porque mis músculos están entumidos.

Miro por la pequeña ventana y la luz es casi nula, ya atardeció. Trato de moverme, pero no es sólo la mano de Alexander la que me atrapa, también es su cuerpo entero. Me reacomodo sobre la almohada y lo veo dormir así sobre mí.

Llegó el momento de pensar. Esto fue sexo de reconciliación, sin duda, pero quiero más que sólo eso.

—¿Disfrutando de la vista? —habla sin abrir del todo los ojos.

—No —respondo y abre los ojos verdes. Parpadea como siempre, adaptándose a la poca luz, y ve la habitación casi a oscuras.

Levanta la mano que tiene bajo mi cabeza y frunce el ceño mirando su reloj. Se estira y cae todo su peso sobre mí. Prácticamente me aplasta, pesa demasiado, cada músculo me ahoga. Como si mis vergüenzas no fueran suficientes, mi estómago gruñe en ese momento y entonces Alexander se detiene.

—Estoy hambrienta —digo antes de que suelte alguna de sus bromas inoportunas.

—Ya lo creo, señorita Brown —mira con lascivia la cabecera rota de la cama.

Planeo decirle algo grosero, pero el sonido de la puerta nos interrumpe de nuevo; además, estoy afónica. Al parecer, Cora volvió a salir minutos después de que la escuché entrar hace un buen rato, pero eso no es lo que me sorprende, sino la voz de Bennett y el tono de discusión por el pasillo.

—Hay que conseguir algo de comer. ¿Pedimos a domicilio?

—No como porquerías, tengo un chef especializado.

—Pues tráelo a mi casa —bromeo.

Me levanto de la cama dejando a un soñoliento y desnudo Alexander ahí. Él se voltea mostrando su miembro, es un dios perverso. Me mira desde su lugar y mis mejillas se sonrojan con mi evidente cojera. Se pone las manos detrás de la cabeza y me mira complacido.

—¿Disfrutando de la vista? —repito sus palabras con pudor, aunque, después de lo que hicimos las últimas horas, no debería existir ese sentimiento. Me coloco la camiseta que le robé hace mucho.

—Me encanta la vista, tómate tu tiempo para buscar tu ropa.

Repasa la camiseta detenidamente; creo que debí haber elegido otro atuendo. Las voces del pasillo cada vez se escuchan más fuerte, parece una discusión más seria de lo que pensé. De pronto, Alexander reconoce la voz de su hermano. Se quita la sábana de encima, que tampoco estaba cubriendo mucho, y se levanta tan desnudo como el día en que nació.

Sonríe de lado ante mis intentos fallidos de apartar la mirada.

—Bennett ya no debería estar aquí —frunce el ceño enseguida.

—¿Por qué? —¿Sabrá algo de lo que pasa entre él y Cora?—. También es amigo nuestro —me acomodo el cabello lo mejor que puedo.

—No me refiero a eso, sino a que tiene negocios fuera de Londres y estaba por irse, mi asistente revisó la fecha de su vuelo.

¿Irse de Londres? Pero ¿y Cora? Voltea a verme como si no fuera consciente de lo que acaba de decir y me observa mientras levanta su camisa.

—No puede dejar a Cora.

—Lindo atuendo para ir a cenar, aunque es una prenda robada.

—¿Cenar?

—Estás hambrienta. Voy a alimentarte —dice como si nada.

Está loco. Sacudo la cabeza y abro la puerta. Pediremos algo a domicilio, porque mis dotes culinarias son nulas.

—Será mejor que no salgas ahora o Bennett te verá.

Antes de salir al pasillo veo que frunce el ceño. Seguramente Bennett sabe que está aquí porque debió ver su enorme auto en la acera, no es como que cualquiera tenga una de esas máquinas lujosas.

Cuando llego descalza a la sala de estar, me encuentro a Bennett con las manos en los bolsillos y la mirada gacha a la mitad de la estancia.

—Hola, Bennett.

Levanta la mirada. Parece molesto, lo cual es extraño en él, porque siempre está de buen humor.

—Hola, Emma —se acerca a mí y deja uno de sus clásicos besos como saludo, aunque hoy se siente diferente.

—¿Estás aquí solo?

—Cora insistió en ofrecerme algo de beber, aunque le dije que no —hace un esfuerzo por sonreír, pero no lo consigue—. ¿Y tú? ¿Estás bien después de lo de esta mañana? —se ve casi nervioso al preguntarlo.

—¿Viniste a decir algo sobre eso?

—No, creo que la advertencia de Alexander también me incluye; además, estoy molesto de que alguien haya puesto a los periodistas sobre ti —me dedica una mirada cálida—. Si necesitas ayuda, llámame, aunque estaré fuera del país una temporada.

Asiento, creo que él es realmente sincero en su amistad conmigo, aunque no olvido lo que me dijo de la pelirroja. En ese momento, mi rubia favorita sale de la cocina y, en cuanto me ve, esboza una sonrisa burlona.

—Aquí tienes —le da una copa de vino a Bennett, pero él la deja sobre la mesita de centro después de darle un solo sorbo—. Y bien, ¿para qué somos buenas? —le pregunta Cora y después se gira hacia mí—. Me encontré a Bennett afuera y me dijo que estaba aquí por nosotras, pero, como estabas ocupada, le dije que sólo yo estaba disponible.

Se ríe, pero la mirada de ambos es tensa, estaban discutiendo, los escuché desde mi habitación. Logro darle un codazo a Cora, el cual provoca que Bennett frunza el ceño. Sin embargo, mis vergüenzas no se acaban ahí, porque de pronto escucho pasos a mi espalda.

—Bennett. Coraline —escucho la voz de Alexander. La sonrisa burlona de Cora se ensancha y, en un instante, tengo una de mis chaquetas sobre mis hombros.

Miro a Alexander con los ojos muy abiertos mientras se pone a mi lado.

—¿Qué haces aquí? —le pregunto sin mover los labios.

—No soy prisionero en tu habitación; además, no traes bragas, nena, recuérdalo —responde en voz baja y me abraza por la espalda, colocando el brazo en mi vientre frente a ellos como si fuera de lo más normal, sin importarle las miradas de sorpresa.

—Hermano —lo saluda Bennett casi sorprendido y se remueve en su lugar.

—Pensé que a esta hora ya estarías en el vuelo, Erick ya ha dejado Londres.

—Hubo un problema —mira a Cora y ella le rehúye la mirada—. Quería resolverlo antes, pero creo que no será posible. Estoy aquí para despedirme —frunce el ceño y miro a Alexander, pero él no parece sorprendido.

La sonrisa burlona de Cora desaparece poco a poco.

—¿Qué?

Bennett nos mira a ambas con el ceño fruncido.

—Me voy a Nueva York para trabajar en el diseño de los nuevos hoteles, no sé cuánto tiempo me quedaré, serán varios meses, sin embargo, no quería perder la oportunidad de despedirme de los grandes amigos —sonríe débilmente.

Cora permanece estática en su lugar. No relaja la mirada ni cuando sale Luke de la cocina.

—Terminé mi llamada, *pastelito*, ya podemos irnos a cenar —dice guardando su celular en el bolsillo de sus pantalones y Bennett lo mira—. Oh, lo siento —nos mira a todos—. Señor Roe, es un honor conocerlo en persona —dice casi sorprendido. Alexander camina a mi lado y lo mira de la misma forma que su hermano—. Lo siento, ¿interrumpo algo?

—No —Bennett responde de inmediato—. Será mejor que me vaya, estoy de sobra aquí, es evidente —camina hacia mí—. Voy a extrañarte demasiado. Adiós, Emma, fue un gusto conocerte.

Lo abrazo para despedirme de él, su tamaño es igual al de Alexander, aunque se siente diferente. La tensión en el ambiente y en sus palabras es obvia.

—También te extrañaré a ti y a nuestros accidentes, no dejes de llamarme —se ríe—. Buen viaje, Bennett.

Se separa y va hacia la rubia, quien está en silencio. Suspira extendiéndole la mano.

—¿Te vas de Londres? —pregunta Luke y Bennett asiente—. Buen viaje.

—Gracias —se pone frente a ella—. Adiós, Coraline —Cora levanta la mirada y juraría que sus ojos tienen un brillo húmedo. Es como si en cualquier momento fueran a escapársele las lágrimas—. Siento no ser quien pensabas, pero esto es lo que soy —esa frase confirma mis sospechas.

Ella no le responde, sólo asiente y, cuando pienso que va a abrazarla, da un paso atrás como si hubiera cambiado de opinión.

—Vete —le dice Cora.

—¿Sabes? Soy un humano común y corriente —le dice a Cora antes de despedirse de Alexander—. *Jeg vil til sidst gifte mig med dig* —le dice en danés sin traducir sus palabras.

Alexander frunce el ceño, él sabe lo que dijo, pero no le dice nada e incluso parece molesto mientras mira a Cora.

—Hermano —Bennett inclina la cabeza hacia Alexander a modo de despedida y él le devuelve el gesto.

Cuando sale, Cora se queda mirando la copa de vino. Luego Luke voltea hacia ella y sonríe.

—¿Nos vamos, *pastelito*? En la galería nos esperan, estamos afinando los detalles del comprador del cuadro.

Es cierto, mi cuadro.

—No —levanta la cabeza al tiempo que parpadea para contener las lágrimas—. Arréglalo tú, yo estoy cansada —sonríe como siempre, pero es una sonrisa triste—. Alexander, tengo lo que me pediste, así que, cuando puedas, llámame. Si me disculpan.

Se encamina por el pasillo y Luke, al verse solo, se despide y se va. Cuando nos quedamos sólo Alexander y yo, lo miro con el ceño fruncido.

—¿Le pediste algo a Cora?

—Sí —parpadea.

—Algo sucedió entre ella y Bennett, ¿lo notaste?

—No es de nuestra incumbencia —dice y mira la carpeta de Dylan.

De pronto, su celular zumba en el interior del bolsillo de su saco mientras veo el pasillo por donde acaba de irse Cora.

—Ethan —dice Alexander y frunce el ceño—. ¿Dónde? Estoy en camino. No, ten listo todo donde siempre.

Termina la llamada y ya está tecleando en su teléfono.

—¿Problemas?

—Un simple imprevisto, un choque con una de mis camionetas —me mira—. Tengo que irme.

Asiento y vuelvo mirar el pasillo.

—Cuidaré de Cora mientras tanto.

Sigue mi mirada con el ceño fruncido.

—Octavian te traerá la cena hasta la puerta —cuando esas palabras salen de su boca, lo miro fijamente.

—¿Estás seguro?

Sonríe ante mi mirada confundida.

—Adiós, nena —baja la boca, pero sólo me besa la mejilla.

—Adiós, Alexander.

Sale del apartamento con el teléfono de nuevo en la oreja.

—Matt, el idiota cometió una tontería, reúnelos en la Cripta —dice molesto y es todo lo que escucho mientras se va.

Cierro la puerta confundida por esas palabras que no entiendo y me golpeo con una caja en el piso. Es la caja de Harrod´s. Me dejo caer sobre la puerta, pero no tengo mucho tiempo para lamentarme porque aparece Cora con la pijama puesta y las mejillas húmedas.

—¿Qué ocurre, cariño? Todo parecía ir de maravilla en tu relación.

—Bennett no es lo que pensé que sería —se encoge de hombros y empieza a sollozar—. Es algo que no se puede reparar.

—¿Por eso discutían?

—No lo entenderías, *sexy*, es más que eso, más grave —mira la carpeta de Dylan—. Representa todo lo que más me ha lastimado en la vida.

—¿Quieres contármelo?

—No esta noche, por favor, tengo el corazón roto y la mente hecha un lío, no sé qué voy a hacer —asiento, dándole privacidad. Me concentro en ver mi celular porque tiene dos llamadas perdidas de mi padre. Cuando entra la tercera la desvío y elimino un mensaje de texto donde me pide contestar.

—¿Vino para superar el efecto de los Roe? —levanta la botella.

Suspiro.

—Por favor.

Alexander

Aparco el auto lo más rápido que puedo porque Ethan ya está esperando por mí. Mi buen humor por estar con ella logra aplacar el creciente enojo que me invade en este momento. Al salir comprobé que los hombres que destiné para vigilar su apartamento ya estuvieran en sus puestos, porque aún no confío en que Emma esté a salvo después de ese sospechoso asalto.

—¿Cuánto tiempo tengo para llegar hasta ellos?

—Menos de veinte minutos, señor —me entrega un casco de motocicleta.

—Mantenlo cerca del radar. ¿Estás seguro de que los *kray* estaban siguiendo a Bennett?

—Completamente seguro. La gente de Logan está siguiendo a su hermano desde el apartamento de la señorita Brown y justo ahora van a acorralarlo en la autopista.

Hijo de perra.

—Entonces voy a joderlos —me coloco el casco, me monto en la Harley y acelero.

—Vamos detrás del Lobo —dicen por el intercomunicador.

Asiento y arranco la motocicleta a toda velocidad perdiéndome entre los autos.

Capítulo 37

Alexander

El aire golpea mi cara conforme aumento la velocidad de la motocicleta. Tomo la desviación hacia la carretera principal a las afueras de la ciudad. El acelerador ruge y paso entre los autos que bloquean mi camino hacia Bennett.

La autopista aún queda a varios minutos, pero no van a tocarlo. Paso por la última salida y veo una de las inconfundibles camionetas verde militar de los *kray*, sin embargo, no hay bloqueos del MI6.

—Los vemos, señor, los *kray* están rodeando todas las salidas de la autopista, hay más de doce bloqueos —dice Matt por mi auricular.

—Síguelos y córtales el paso antes de que se acerquen a mi hermano.

Muevo la muñeca y la Harley ruge. Al frente veo otras dos camionetas verdes, pero no están vacías como la que vi a la entrada de la autopista. Detengo la moto derrapando por el suelo. Sin quitarme el casco meto la mano detrás de la espalda y camino hacia los francotiradores.

Sin embargo, el sonido del gatillo detrás de mi cabeza me detiene.

—Sabíamos que tendríamos una visita. Aquí te mueres, hijo de perra —me dice uno de los *kray*.

Miro la camioneta que se encuentra frente a mí. Mis sentidos están alerta. Miro hacia un lado y me percato de que dos de los *kray* son rusos. Dmitry debe estar aliado con Logan.

Me doy media vuelta y le asesto un gancho en la garganta que lo tumba al suelo. Luego le doy un puñetazo en el rostro y un golpe en la nuca, tras el cual se desmaya. Su cuerpo se convulsiona cuando toco su yugular con la punta de mi pie y sus ojos se cierran.

Mi instinto más oscuro emerge. Sonrío de lado y bajo la punta de mi pie para terminar el trabajo y matarlo.

—Tómala —le señalo el arma al hombre que me sigue de lejos.

Caminamos entre las camionetas, vigilando la zona a cierta distancia.

—¿Los emboscamos, señor? —mis guardaespaldas vienen detrás de mí.

—No —evalúo la zona—. Ethan —hablo por el auricular.

—Logan está aquí, lo tenemos rodeado, está a quince metros de usted, en una de las camionetas de los *kray* a las afueras de la autopista —responde de inmediato—. Está vigilando con un computador de rastreo, va a mandar a los francotiradores por Bennett, ni siquiera va a acercarse hasta que lo hayan acorralado para secuestrarlo.

Aprieto la mandíbula. Se lo advertí a ese bastardo. A mi hermano no volverá a tocarlo.

—¿Cómo dio con él? ¿Cómo supo que viajaría a Nueva York si lo teníamos distraído?

—Tienen un informante cerca de las jaulas que le pertenecen. Tenemos a uno de sus hombres y lo hicimos hablar, no es francotirador y fue fácil sacarle la verdad, pero no reveló nombres, prefirió matarse antes que hablar —se corta un poco la comunicación.

Me quito el casco y lo lanzo al suelo sacando el arma de detrás de mi espalda. A la mierda con mantenerme al margen como dijo Alesha. ¿Cómo voy a ignorar esto? No sólo me está provocando, sino que quiere que realmente lo ataque.

—Dame el arma del *kray* —le digo a uno de mis hombres. Extiendo la mano y me entrega una simple Glock con pocas balas.

Reconozco el peso. Es calibre nueve milímetros, diseñada para los *kray* de Logan, pero esta noche la uso yo. Camino con el arma en mi costado. Mis camionetas rodean el perímetro de las salidas de la autopista y mis hombres se mantienen a buena distancia de mí.

Me escabullo por la lateral de la autopista con mucha cautela. Primero escucho el chirrido de las llantas del auto de Bennett y después veo cómo cuatro camionetas le cierran el paso. Los encapuchados uniformados de color verde salen y él no tiene más opción que detenerse.

—Abajo, bastardo —le ordena uno golpeando el vidrio polarizado de su auto con el arma.

Bennett baja sin inmutarse y se pone frente a ellos.

—¿Qué es lo que quieren? —pregunta con serenidad, pero sé que en realidad está calculando toda la situación como aprendimos a hacerlo desde niños.

Un movimiento apenas perceptible de su mano me indica que lleva algo bajo la pretina de sus pantalones. Un arma. *Perfecto.*

—No hables a menos que se te pida o te volaré la puta cabeza —el *kray* le clava la punta de su rifle en la boca y reconozco la voz de Katherine, la amiga de Alesha.

Palmeo mi costado para comprobar que el arma siga ahí y la levanto a la altura perfecta.

—La camioneta de Logan avanza, señor —escucho a Ethan decir.

Viene por él.

—Déjalo seguir.

Cuando seis hombres rodean y apoyan contra el asfalto la cara de mi hermano poniendo sus botas sobre su espalda, Katherine se tumba sobre él para atarle las extremidades.

—Te trajimos un obsequio, Bennett —le arroja un pequeño paquete de cocaína a la cara—. Para que no se pierdan las buenas costumbres.

—Hace tiempo que terminé mi rehabilitación —dice mi hermano, jadeando.

Ella le levanta la cabeza, riéndose.

—Ninguna rehabilitación es suficiente para un adicto como tú; además, el amo ha mejorado la droga, no te vas a poder resistir, está muy buena.

Acopio todo mi autocontrol para no desatar el infierno ahora mismo. En parte, Alesha tenía razón: la mejor estrategia con Logan es ser analítico.

La camioneta verde finalmente se acerca, el motor ruge y, seguido de un grupo de *kray*, baja Logan con ropa menos ostentosa que el traje que llevaba esta mañana. El arma en su costado y la sonrisa en su rostro provocan que me hierva la sangre.

Mira a mi hermano, quien continúa tumbado en el suelo, mientras sus *kray* cubren el perímetro.

—Veo que ya te dieron tu dosis semanal, Bennett.

Me levanto bufando y doy la señal con la cabeza.

—Atáquenlo.

Mis hombres se mueven con sigilo, pero yo voy al frente mientras lo escucho hablar.

—¿Qué quieres, hijo de perra? —le gruñe Bennett y los encapuchados aprietan sus botas contra él.

—Cierra la maldita boca mientras el amo habla —le gritan.

—¿Acaso no tienes modales? —uno le da una patada en el costado.

Camino mientras observo todo en primer plano. Logan levanta la mano y los detiene. El bastardo vuelve a sonreír.

—Creo que ésta no será una visita amistosa como planeaba que fuera —camina a su alrededor—. Seré claro contigo: o cooperas o aquí mismo te cargan todos estos hijos de puta.

Bennett me mira de reojo, aunque me mantengo lejos de los *kray*.

—Adelante, cabrón.

Se incorpora quitándose a los *kray* de encima con las fuerzas que estaba guardando, y cuando arremeten contra él, levanto el MP5 y el sonido corta el aire para después dispararles en los malditos pies.

Un semicírculo cubre a Logan de inmediato abriendo fuego hacia nosotros. Rápidamente saco el arma de mi espalda y se la lanzo a Bennett deslizándola por el suelo. Él la toma, derrapándose a mi lado, y comienza a atacar igual que yo.

Logan ni se inmuta y camina de regreso a la camioneta, o eso pensaba, porque trae una jeringa en la mano y se la clava en la pierna a mi hermano. Mis hombres rodean el perímetro y veo a Ethan a lo lejos. Me abro paso entre los *kray* disparando. Bennett dispara uno a uno como si el casquillo no rebotara en su mano.

—Cuando ordene, señor —Ethan se pone a mi lado.

Miro la cara del bastardo que más odio en la vida. Observa todo desde lejos con la mano en la barbilla. Levanto uno de mis calibres y apunto directo al parabrisas. Aprieto el gatillo y la bala impacta sobre el vidrio. Disparo una y otra vez hasta que termino destrozándolo por completo.

Poco tiempo le da para poder reaccionar, agacharse y esquivar los impactos. Un segundo después ya tengo a los *kray* sobre mí, apuntándome y rodeando a mis hombres.

—Le inyectó algo a Bennett —le digo a Matt para que vaya a verlo.

Bennett se mantiene sereno, incluso relajado. Parece que le inyectó droga porque se ve más despierto.

—¡Esto me gusta! —grita, tocándose la pierna y disparando.

—Hora de la acción —Logan y yo nos miramos fijamente por el vidrio roto.

Llevo mi mano al auricular.

—¡Ahora! —ordeno con voz ronca y más de treinta hombres salen de los alrededores para cubrir a mi gente.

Emma

Un golpe en el pecho que nunca había sentido en mi vida me hace levantarme de la cama de Cora, donde ambas estábamos recostadas. Ella parece soñolienta, sigue hablando entre sueños y embriaguez.

—Quiero otra bebida como la que me preparó Octavian.

—No lo creo, *sexy*, ya tomaste demasiado —la detengo y refunfuña haciéndome reír.

—Quiero emborracharme por desamor, me duele el alma.

No tomé más que una copa, sin embargo, ella parecía tener una cuenta pendiente con esa botella porque perdí la noción de cuánto bebió. La arropo bien. Finalmente se duerme mientras su cabello rubio reposa sobre la almohada.

Aunque no lo haya dicho, la conozco muy bien como para saber que ésta es su forma de lidiar con la despedida de Bennett. No habló de ello, sólo bebió en silencio mientras veíamos un capítulo de una serie norteamericana de comedia, sin embargo, alcancé a ver cómo se limpiaba una que otra lágrima.

Eso se terminó cuando Octavian apareció, como Alexander había dicho, y nos ofreció bebidas dulces que ella aceptó de inmediato antes de la cena.

Me levanto de la cama para despedir al chef de Alexander. Me acerco a Cora y le doy un beso en la frente que la hace suspirar. Ella suele demostrar sus sentimientos y estoy segura de que Bennett pudo ver todo eso. No me sorprendería que se haya enamorado de él.

Bennett también se veía destrozado por irse, seguramente algo grave ocasionó la separación. Salgo por el pasillo aún caminando de forma extraña por el efecto de Alexander y veo que Octavian está colocando los platos de la cena en el lavavajillas.

—No era necesario —camino hacia él. Me siento un poco avergonzada.

—Es parte de mi trabajo —responde y cuando sonríe remarca sus rasgos asiáticos—. Además, el señor Roe me advirtió que no podría irme hasta que usted terminara su cena y no lo ha hecho.

Miro mi plato en la encimera. Es demasiado grande incluso para alimentar a dos personas, aunque Cora sí se comió todo, sólo espero que el vino no la haga vomitar más noche y terminemos en un lío.

—No puedo terminármelo, ya no hay espacio en mi estómago.

—Entonces creo que me quedaré toda la noche —bromea.

Sonrío.

—Tal vez Alexander no lo dijo en serio —me remuevo sobre mis pies—. Quizá sólo bromeaba.

—No, señorita Brown, él lo dijo muy claro —me interrumpe—. El señor Roe no bromea en lo que a usted se refiere.

—¿Qué quieres decir con eso? —tomo asiento en el taburete.

—Que pidió que se le alimentara —se seca las manos con una toalla desechable de la encimera—. ¿Desea algún postre o una bebida? Tengo la orden de complacerla en todo.

Levanto las manos sobre mi pecho y sacudo la cabeza.

—No y no es necesario que te quedes, Octavian —suspiro—. La comida estuvo deliciosa, pero hasta tú sabes que eso es demasiado para mí sola —señalo el platillo que luce impecable.

—De acuerdo —asiente finalmente—. Ha sido un placer servirles esta noche a usted y su amiga —toma sus cosas—. Estaré encantado de estar a su servicio las veces que lo requieran —inclina la cabeza a modo de despedida.

—La cena estuvo deliciosa, eres un excelente chef —le doy las gracias, le cedo el paso y lo encamino a la puerta.

Cuando la cierro, me recargo sobre ella y doy el suspiro más largo que he dado en toda mi vida. Hoy he sentido un torbellino de emociones en mi interior y, por si fuera poco, mi cama está rota. Me muerdo el labio inferior mientras un calor recorre mi cuello al recordar la forma en la que ocurrió ese pequeño accidente.

Me acerco a la ventana con los brazos cruzados, perdida en mis pensamientos. Alexander se fue y debo estar bien con eso, pero algo me preocupa. Frunzo el ceño al ver una camioneta negra en la acera de enfrente. La reconozco, es suya.

¿Volvió? Miro, entrecerrando los ojos para tener una mejor visión, y veo a un hombre que no conozco al interior del auto. Supongo que vienen por Octavian.

Me alejo de la ventana. Entre tantas distracciones olvidé visitar al agente y, sobre todo, preguntarle a Ethan sobre mi auto. Estoy agotada, pero lo de hoy no fue ni la mitad de lo que tendré que hacer mañana. Sé que hay malas noticias sobre Jaden y no quiero ni pensar de qué se tratan.

Sólo quiero que este asunto con él y Seth terminé de una buena vez. Vivir con miedo es la peor de las torturas.

Me siento en el pequeño sofá café y abrazo mis piernas. Antes de que el nerviosismo abrumador se apoderé de mí, cierro los ojos y recuerdo una palabra en particular dicha por los labios que tuve sobre mi cuerpo todo el día de hoy.

Sin duda, hubo sexo de reconciliación, pero ese *nosotros* que dijo antes ¿qué significa? No es como que pudiera ignorar que hay un psicótico rubio siguiéndome e iniciar otro acuerdo casual con Alexander, aunque estrictamente él no me lo propuso.

Mi celular no deja de sonar, las llamadas de mi padre no cesan. Decido contestar.

—Al fin respondes, hija —suspira del otro lado de la línea—. Temía que mi próximo viaje sería a la ciudad.

—¿Cómo conseguiste mi nuevo número, Sawyer? Te dije que no quiero nada de ti.

—No hemos arreglado las cosas, Emma, necesitamos hablar del lío que he visto en los medios y también sobre el malentendido que se creó con tu novio Seth, ya estoy cansado de tu actitud, no me hagas ir a la ciudad.

. —¿Cómo te atreves a llamarlo mi novio?

—Eso es justo lo que tu madre hizo de ti, una insolente —cambia su tono de voz—. Habría sido mejor que hubieras vivido conmigo para mantenerte a raya. He visto la foto de la galería en todos los noticieros. ¿Crees que ésa es una forma decente de comportarte? No sabes cómo me han criticado mis amigos adinerados y todo es por tu culpa.

Me río sin humor, es un maldito cínico, no debí responder esta llamada.

—Eres tan patético, Sawyer. La única cosa buena que pudiste hacer por mí fue dejarme ir con mi madre lejos de tu maldita ambición.

—Me estás ocasionando conflictos con tus arrebatos con la prensa y no voy a tolerarlo.

—Vete al demonio —apago el celular y lo arrojo al sofá.

Me tumbo a un lado y suspiro otra vez perdida en mis pensamientos. Sawyer es el peor padre de la historia, lo único que le importa es hacer dinero a cualquier costo. Si alguien conoce la paz mental, ésa definitivamente no soy yo.

Alexander

El sudor se me pega a la cara cuando guardo mi arma y me quito el polvo de los hombros. Bennett hace lo mismo que yo. No ha dicho ni una sola palabra hasta el momento, tiene las pupilas dilatadas y recoge del suelo la bolsa de coca que le dejaron.

—¿Te han estado ofreciendo droga recientemente?

—Unas cuantas visitas nada más, pero no he recaído.

No le creo.

—Parece que te drogaron con esa inyección que te pusieron, te ves más alerta.

—Sea lo que sea que me pusieron, está muy bueno —se ríe, pero me pongo serio.

—Supongo que sabías que Logan estaba en la ciudad desde el accidente en mi hotel de Brent y que los inversionistas rusos con los que quieres asociarte son aliados de Dmitry Makov, son los mismos con los que él está trabajando en su organización.

—No puedes probar eso, hice la investigación correcta y el ruso con el que me voy a asociar no es el calvo de Dmitry, tengo buenos contactos —se quita la camisa sucia—. Ni Logan ni Katherine cumplirán sus amenazas, por eso me largo del país.

Puedo y lo haré: utilizaré a su rubia para algo importante. No sé qué planea hacer ahora Bennett con el capital que tiene ni quiénes son sus contactos, pero pronto lo averiguaré. Estoy seguro de que ella descubrió algo que no debía, vi la forma en la que nos miraba en su apartamento.

Sabía que involucrarse con una mujer cercana al MI6 nos traería problemas. Parpadeo para aclarar la vista, pero se me dificulta mucho. Sigo intentándolo hasta que lo logro, no pienso tocar esas malditas pastillas otra vez.

Jalo el borde de mi camisa, veo a Bennett terminar con lo que hacía y le señalo con la cabeza que subamos al edificio lujoso que tenemos enfrente. No tengo que tocar dos veces la puerta para que Alesha la abra de inmediato con sólo una bata de seda negra semiabierta sobre su cuerpo.

—Querido, ¿sucedió algo malo? —se ve soñolienta, pero cuando ve a Bennett a mi lado abre la puerta por completo para dejarnos entrar, sabe que algo va mal si ambos estamos aquí.

El olor añejo a clavo y una mezcla de menta colma el ambiente y el fuego de la chimenea arde suavemente.

—¿Sucedió algo? No me informaron de ninguna misión —pregunta.

—Claro que sucedió algo, si no no estaríamos aquí —Bennett resopla con éxtasis en sus venas.

Lo ignora por completo y me planto frente a ella.

—Iré directo al grano, Alesha. ¿Cómo sabía Logan de los movimientos de Bennett? ¿Cómo supo que se iría de la ciudad? —la miro fijamente.

—¿Cómo? —arquea las cejas y parpadea—. ¿Qué sucedió? ¿Estás herido? ¿Logan hizo esto? —me palmea el pecho sucio, pero aparto su mano.

—Te hice una pregunta —repito—. El bastardo lo estuvo siguiendo durante el día y lo emboscó hace una hora, a pesar de toda la seguridad que dispuse.

—Alexander, si fue capaz de decírselo a Logan, contraviniendo tus órdenes, ¿qué te hace pensar que te lo confesará fácilmente? —Bennett se deja caer en el sofá.

—Ella es un miembro —los miro a ambos.

—¿Me estás acusando? —Alesha se planta frente a mi hermano y le clava el dedo en el pecho—. No tenía idea de que estaban detrás de ti. Logan vino por mí primero antes de ir por ustedes, ¡¿por qué demonios iba a decirle algo como eso?!

—No lo sé, dínoslo tú, Alesha. Estamos confundidos porque de repente parece que olvidaste que tu padre te salvó de Logan hace años y ahora te acuestas con él.

—Esto es increíble. Fue sólo una vez para protección de Alexander —su voz se corta.

—Alesha, déjate de dramas —me llevo las manos a las sienes. El dolor de cabeza y la tensión no me han abandonado desde que me despedí de Emma. En dos zancadas estoy junto a ella y la tomo del brazo—. ¡Quiero la puta verdad, ahora!

Sus ojos azules se ponen brillosos y su labio inferior comienza a temblar.

—No lo hice, jamás te traicionaría —susurra.

—No te creo —me yergo sobre ella.

—No me sorprende —parpadea y se libera de mi agarre—. ¿Por qué lo haría? ¿Por qué los traicionaría a ti o a Bennett? ¿Cuántas veces lo he hecho desde que estamos juntos? —veo la primera lágrima deslizarse por su mejilla—. Ustedes son lo más cercano que tengo a una familia, pero veo que el sentimiento no es mutuo, aunque me lo hayan dicho muchas veces.

Me da la espalda, creo que toqué fibras sensibles, sin embargo, no me ando con rodeos ni tonterías porque precisamente ella es cercana a nosotros.

—Entonces ¿quién más cercano a nosotros tiene contacto con Logan? —camino detrás de ella—. ¿Eh?

—¡No lo sé! —se sorbe la nariz—. ¿Quieres que lo investigue? ¿Qué quieres que haga? ¿Qué me tiña el cabello de castaño y sea una pobre idiota?

—¿Qué coño estás diciendo?

—Soy yo, querido, no la otra que vendió información sobre tus hoteles.

Arqueo una ceja. No va a cruzar ese límite.

—No voy a preguntar cómo sabes todo eso, pero mide tus palabras, Alesha.

Bennett la mira con el ceño fruncido desde su lugar, lo que ella dijo lo alteró, puedo verlo muy bien en su mirada, la familia es un tema que lo pone tenso.

—Ya basta, Alexander, ella tiene razón —se levanta cuando me ve enfurecer—. Está claro que no fue Alesha. Más bien, eso es lo que Logan quiere que creamos, por eso la visitó tantas veces, quiere que desconfiemos de nosotros mismos —camina hacia la barra del minibar de Alesha.

Ella me mira con los ojos entornados. Lo que dice Bennett tiene sentido, si Logan logra dividirnos desde adentro, podrá atacar mejor.

—Tal vez debí decírtelo —dice ella a mi espalda en cuanto nos encaminamos hacia Bennett—. La última vez que lo vi fue hace unas horas —nos ofrece una botella de whiskey escocés—. Me amenazó.

—¿Te hizo daño? —frunzo el ceño y la examino para comprobar que esté bien.

—No, pero quiere venganza por sus bares y va a tomar partido —se limpia las mejillas y me abraza.

No le devuelvo el abrazo, pero tampoco soy un idiota como para tratarla mal. Se aparta cuando asiento, entonces le limpio las lágrimas del rostro y me entrega el vaso.

—Está bien, te creo.

—Te lo dije, querido. Sólo lo provocaste con lo que hiciste.

—Me importa una mierda. Aquí hay un puto traidor. Primero fue lo de Brent y ahora esto, en cuanto emprendan el siguiente movimiento lo atraparé y lo llevaré a las jaulas —me bebo el vaso de un solo trago. Me escuece la garganta, pero enseguida acepto que me sirva un vaso más.

Bennett le besa la cabeza de manera protectora, después se empina el vaso y ella le sirve más. Cuando se agacha para tomar otra botella, la parte delantera de su bata se abre y muestra el contorno de sus pechos.

—El arma me tensó las manos —aparto la mirada y me limpio la sangre de la herida que tengo en la palma.

—Aunque no fue en las mejores circunstancias, siempre es jodidamente bueno como la primera vez —Bennett sonríe como un puto cabrón y, aunque no quiero hacerlo, también sonrío.

Compartimos ese pasado y los demás secretos que nos joden, pero no puedo negar que seguimos haciéndolo bien. Seguimos siendo un buen equipo, y yo soy perfecto, el mejor.

—Los rodeamos y les plantamos batalla hasta que sus refuerzos llegaron, pero ya estábamos de salida —le explica a Alesha y ella ladea la cabeza con una gran sonrisa en el rostro.

—¿Ah, sí? —desliza su lengua sobre su labio inferior y vuelve a llenar mi vaso. Cuando el cuerpo de Bennett se tensa, veo el pie desnudo de Alesha pasar por sus piernas como si estuviera alejándolo.

—No me sorprende, eres uno de los mejores francotiradores del Lobo —arrastra las palabras con voz más ronca y su mano serpentea por la barra hasta mi brazo—. Deberíamos celebrarlo los tres.

—No tiene a todos los *kray* aquí, no eran ni la mitad de los que vi la última vez —apunta Bennett alejándose. Yo también había notado eso, que Logan tiene menos gente ahora, o quizá sólo la está reservando para algo más.

—¿Crees que tenga algo entre manos? —Alesha ya está a mi lado con la bata abierta.

De eso no tengo la menor duda, Logan es muy calculador, pero lo que me preocupa es que haya seguido a Bennett desde la casa de Emma, no la quiero involucrada en esto de ninguna jodida manera. Alguien le dijo que estaba ahí, estoy seguro.

Además, sigue latente la situación de Coraline Gray y lo que haya descubierto por culpa de Bennett.

Miro la hora. La tensión no me abandona ni un solo segundo. La adrenalina del ataque, el control perdido, la fuerza de las armas… ha sido demasiado por un puto día, quiero algo y lo quiero malditamente mal, pero no es posible ahora.

Me levanto del taburete y Alesha se incorpora conmigo.

—¿Adónde vas? —se coloca a mi espalda—. Tengo el jacuzzi listo para mí, puedes unirte con Bennett también —baja el tono de voz.

Apenas escucho lo que dice mientras le escribo a Ethan.

—No, gracias. Me voy —frunzo el ceño cuando se me planta al frente.

—Alexander —acaricia mi brazo de forma insinuante—. ¿De verdad quieres irte? Bennett se va a quedar.

Tomo su mano y la detengo.

—No olvides mis advertencias sobre Logan, Alesha —miro a mi hermano—. Bennett, me largo, ¿qué vas a hacer? —lo miro antes de salir.

Vacía todo el contenido de su vaso. No debería beber tanto, pero ya es un jodido adulto para saber lo que hace, aunque deduzco que su no tan amigable despedida de la rubia es la culpable de esa última copa.

—Me voy a Nueva York esta noche en uno de los *jets*, eso no ha cambiado —aprieta la mandíbula y mira hacia el frente, perdido en sus pensamientos.

—Como sea, es tu decisión —le digo y él asiente. Salgo de inmediato esquivando a Alesha, quien regresa con él y se quita la bata del todo.

Bajo los malditos pisos, que se me hacen eternos, y cuando llego abajo, mi camioneta ya está lista.

—Al Score.

Los ojos me escuecen tanto que ya no puedo mantenerlos abiertos. Durante el enfrentamiento sentí cómo alguien me golpeó entre la nuca y el cuello y eso empeoró mi condición. Parpadeo para aclarar mi vista, pero no funciona del todo.

—El señor Roe está aquí —dice uno de mis hombres. Abro la puerta cuando la camioneta se detiene y bajo como puedo.

Subo por el ascensor, intentando sobrellevar la tensión de todo mi cuerpo, y cuando las puertas se abren, suelto una maldición. Hay un desastre en la entrada, un maldito desastre. Me jalo el cabello, exasperado, y mentalmente cuanto hasta diez para calmarme.

Camino con cautela. Escucho un ruido en el comedor y, cuando enciendo la luz, parpadeo para que no me deslumbre. En cuanto enfoco veo que ahí está esa cosa mirándome. Detiene sus movimientos de lo que sea que estaba haciendo.

—¿No fui claro contigo? —le pregunto molesto—. La maldita sala es un desastre.

Sus ojos suben y se clavan en los míos; sigue sin moverse. Me pongo en cuclillas para quedar a su altura y lo miro desafiante.

—Haré que duermas fuera esta noche.

Como si fuera la sonrisa de un niño pequeño o un minihumano, Kieran abre la boca y un segundo después estoy en el piso con el maldito perro labrador retriever sobre mi pecho. El impacto es fuerte y maldigo a Bennett tantas veces como puedo.

—Fuera —le digo cuando saca la lengua para lamerme la cara y de inmediato se me quita de encima y se echa a correr por el comedor.

Me jalo el cabello y voy por el perro de mi hermano.

—Basta —le gruño, pero no se detiene y sigue corriendo—. ¡Coño! ¡Detente! —voy detrás de él, pero el animal corre como loco por todos lados, primero va sobre el sofá y luego por el pasillo saltando y mordiendo.

¿En qué puto momento me metí en esto? Vete a la mierda, Bennett.

—¡Kieran! —voy deprisa siguiéndole los pasos y lo pierdo de vista. Es sólo cuando la pelota cae a mis pies que entiendo lo que quiere. Jadea con la boca abierta y se me viene encima de nuevo.

—¡Ethan! —grito con fuerza tomando al perro por el collar para evitar que se escape otra vez. Ethan aparece de inmediato con dos hombres más. Le entrego el perro.

—¿Te gustan los perros? —asiente—. Bien, desde ahora éste es tuyo, quítalo de mi vista —lo toma con cuidado cuando el animal se comienza a jalonear.

Me voy caminando por el pasillo sacudiéndome la ropa, pero casi escucho a Bennett a mi espalda y me regreso cabreado, maldiciendo en voz baja.

—No es tuyo, sólo sácalo de mi vista, llévalo a pasear o lo que sea que hagan los animales de su especie, después regrésalo aquí, ya conoces lo protector que es el imbécil de Bennett con esa porquería.

—Sí, señor.

Lo veo llevárselo y vuelvo a jalarme el cabello con más fuerza que antes. Éstas serán las semanas más largas de mi vida hasta que vuelva y se lleve al perro. Me voy a la ducha, necesito una jodida ducha.

Emma

La manta que coloqué sobre el sofá apenas me cubre hasta los pies. Una mitad me cubre parte del cuerpo y la otra mitad cae al piso desordenadamente.

Planeaba dormir con Cora, pero, cuando volví a la habitación, se había movido ocupando toda la cama y preferí no molestarla, así que no tengo más opción que dormir aquí hasta que arregle mi cama. No está en tan malas condiciones.

Estoy entre dormida y despierta, porque, aunque estoy muy cansada, mi cuerpo sabe que ésta no es mi cama y no puedo conciliar del todo el sueño.

Justo cuando suspiro escucho que tocan a la puerta, sin embargo, aquí nadie llama a estas horas. Lo ignoro porque ya estoy logrando dormirme del todo, pero vuelven a tocar. Me remuevo y me pierdo poco a poco en la inconciencia.

Después de unos minutos, suena el seguro de la puerta y la abren. El ruido me pone alerta, sin embargo, no logro despertar por completo.

Lo primero que escucho son pasos acercándose pesadamente y después mi mente se despierta cuando siento el cosquilleo de unos labios en mi mejilla. El movimiento se detiene y me incorporan en el sofá.

El aroma a menta me envuelve el olfato y suspiro gustosa, sujetándome a unos hombros. Una mano me rodea la cintura y la otra se entierra en mi cabello mientras el hombre apoya la cabeza en mi cuello, aspirando mi perfume.

—Mierda, te extrañé, nena —dice en voz baja y ronca, reteniéndome contra su cuerpo.

—Alexander —digo muy soñolienta y me aferro a sus hombros tratando de obligar a mis ojos a abrirse, pero no puedo, pesan mucho, estoy exhausta.

—¿Qué haces durmiendo en este jodido sofá? —pregunta sin soltarme.

Sus hombros son muy cómodos y mi cabeza pesa tanto que podría dormirme aquí otra vez. —Rompiste mi cama —explico.

Es tan cómodo y huele delicioso como si recién se hubiera duchado. Dormir así es una droga y yo soy adicta. Aspiro su cuello y se tensa como siempre, pero no voy a detenerme.

Dejo un delicado beso en su yugular y aspiro su aroma otra vez.

—En ese caso, nos vamos —me levanta por los muslos y se envuelve la cintura con ellos.

Me sujeta muy bien y posa sus labios sobre los míos. Mi pecho se alza mientras suspiro, enterrando mi mano en su cabello durante ese beso soñoliento. Abro los ojos poco a poco cuando se aleja, no sé qué hora es, pero, por mi cansancio, diría que es de madrugada.

—¿Adónde vamos?

—Al Score.

Me despabilo por completo cuando el aire me golpea en las piernas desnudas, parcialmente cubiertas por su camiseta, y comienza a andar conmigo hacia la puerta.

—¿Cómo? —levanto la cabeza de su hombro.

—No tienes que dormir en ese hueco. Hay una cama lo suficientemente grande en nuestra habitación, mañana repondré la tuya —frunce el ceño y se las arregla para buscar la manija de la puerta por debajo de mis muslos, pero aparto su mano para detenerlo.

Otra vez esa palabra.

Nuestra.

—Es muy tarde, no voy a salir de aquí a mitad de la noche. Además, no quiero dejar sola a Cora —me quejo—. Bájame.

—No.

—Bájame, estoy muy cansada, sólo quiero dormir y voy a hacerlo en el sofá —resopla—. Es un hueco, pero era un hueco cómodo y cálido hasta que me levantaste de ahí.

Me mira con molestia y le regreso la misma mirada. Estaré soñolienta, pero no permitiré que se salga con la suya.

—Siempre eres imposible —regresa conmigo en brazos hasta el sofá.

Me tumba sobre los cómodos cojines y luego lo veo quitarse las botas de un puntapié. Su chaqueta cae sobre el otro sofá y se quita la camiseta de un tirón antes de jalar el botón de sus vaqueros.

—¿Qué haces? —pregunto otra vez soñolienta. Joder, sí que estoy cansada.

Cierro los ojos después de observar su pecho y verlo bajar sus pantalones. ¿Dónde está mi manta?

—Dormir en el maldito sofá contigo —responde de mal humor.

¿Qué? Esta vez, mi mente se despierta de golpe. ¡Alexander está aquí! Rápidamente acomoda su cuerpo junto al mío. El sofá, aunque es largo, es muy pequeño para ambos, en especial para Alexander con sus casi dos metros de altura.

—Ven —me rodea la cintura y me acuesta sobre su cuerpo. Mis piernas se enredan con las suyas y veo cómo su mano se pelea por levantar la manta del suelo.

Aunque el calor de su pecho es delicioso, me las arreglo para mirarlo fijo.

—¿Qué estás haciendo aquí? ¿Cómo entraste? —me sujeto a su pecho.

—Ah, ya despertaste del todo, pensé que tendría que ducharte con agua helada de nuevo —dice con sarcasmo y al fin alcanza la manta.

—Alexander —le advierto.

Aunque la sala está oscura, alcanzo a ver dos heridas en su rostro: la que tenía en la boca y una nueva en el pómulo.

—Toqué la puerta, no abriste, entré, te llevaba a nuestra habitación, te negaste, fin de la charla —nos cubre con la manta.

Ignoro lo que dice y más ese tono irónico.

—¿Qué te pasó? Estás herido —levanto la mano y toco delicadamente su pómulo.

—Nada —pasea sus manos por mis piernas desnudas y me alza sobre él hasta que su cabeza se encuentra entre mis pechos—. Necesito dormir.

—¿Conmigo?

No me responde, sólo lo siento inhalar y acariciarme como la otra noche que apareció aquí. ¿Necesita dormir conmigo cada noche? Sus manos se mueven y acarician mi espalda por debajo de su camiseta de la forma correcta, como si supiera que debe hacerlo así para relajarme.

—¿Entre mis pechos es la única manera en la que te gusta dormir? —siento cómo el cansancio me va venciendo otra vez; además, ahora que estoy sobre él, me siento más cómoda que en el sofá.

—Cállate, Emma —susurra cerca de mi oído y la respiración profunda que me alza sobre su pecho me adormece cada vez más.

Suspiro tratando de no cerrar los ojos, pero finalmente me rindo. Ya es tarde, estoy cansada, mañana me preocuparé por esto. Me acurruco sobre él dejándolo dormir entre mis senos y la inconciencia me atrapa otra vez.

—Es la única manera en la que puedo dormir —susurra.

· · ·

Mi reloj interno me despierta poco a poco. Siento cómo la respiración de Alexander acaricia mi oreja y su cabeza provoca un suave cosquilleo entre mis senos. Me remuevo encima de su cuerpo y me apoyo en su pecho desnudo para ver cómo terminamos.

La manta no fue suficiente para los dos y sólo está sobre mi cuerpo. El sofá no es lo bastante largo para acoger su cabeza, de modo que está apoyada a medias sobre el respaldo, y de sus pies ni se diga, están doblados y seguro le dolerán cuando los extienda. Suspiro confundida de tenerlo aquí otra vez y, cuando me dejo caer sobre él, una de sus manos sujeta uno de mis pechos por debajo de la camiseta.

Siento cómo aprieta mi seno con la palma de su mano. Arqueo una ceja. Es atrevido hasta cuando duerme. Esta vez no pudo escaparse y decir que no durmió conmigo, si se hubiera movido un centímetro, me habría despertado.

El sol apenas va saliendo, aún es muy temprano. Me remuevo y su erección matutina roza mi entrepierna. En un impulso valiente beso su mejilla y permanezco estática para observar su reacción. Sólo lo veo fruncir el ceño. ¿De verdad estará dormido?

Nadie en esa posición puede dormir del todo y menos él, que tiene una cama más cómoda que la seda. Me remuevo otra vez sobre él y sus ojos no se abren, pero aprieta la mano en mi pecho. *Sucio,* seguramente piensa que se trata de un sueño húmedo.

Me muevo de nuevo y en automático eleva las caderas como si fuera a penetrarme. El movimiento provoca que se incremente el roce, de modo que lo que comenzó como una pequeña broma para él ahora me tiene húmeda y mordiéndome el labio inferior para no gemir.

No es sólo el roce de su erección, sino su mano en mi pecho y el hecho de que fungiera como mi colchón humano toda la noche por haber roto mi cama. Ese gesto me incita a desear cosas que no debería.

Esto no está bien, me digo mientras me froto contra su miembro duro. Un roce más y me detendré. Lo miro, aún tiene los ojos cerrados. *Dios.* Quiero comerle la boca. Me muerdo el labio inferior con más fuerza por mis pensamientos sucios y me dejo caer sobre su pecho respirando de manera entrecortada.

Dormir en esta posición no es sano para nadie, es muy sexy despertar así. Cuando me froto de nuevo, no puedo evitar gemir. La mano en mi pecho se aprieta y gimo sin control, estoy húmeda, muy húmeda por él.

De repente su respiración se hace más pausada y su mano sujeta con fuerza mi cintura. Levanto la cabeza y veo los dos pozos verdes mirarme. La vergüenza me quema el rostro, soy una seductora y hago lo posible por controlar mis jadeos.

Me atrapó frotándome contra él. Carraspeo y me preparo para decir algo, pero se me adelanta.

—¿Te frotabas a gusto, pequeña seductora? —dice con voz ronca.

—Buenos días —mi voz suena ronca también.

—Demasiado buenos —mi pecho se alza y de inmediato Alexander se incorpora en el sillón, colocándome a horcajadas sobre él. Su mano baja por mi cintura y se pierde dentro de mis bragas. Sin ningún pudor desliza sus dedos en mi humedad y acaricia mi sexo, haciéndome jadear—. ¿Tan temprano y ese coño ya está húmedo, nena? —sonríe de lado.

—Es tu culpa.

—¿Quieres que te lo coma o que te lo llene? —mi pecho se alza aún más, atrayendo su mirada un segundo antes de que esos intensos ojos verdes vuelvan a mirar a los míos.

Mueve con más fuerza sus dedos dentro de mis bragas. Gimo largamente, pero, al recordar que estamos a la mitad de la sala, me detengo y lo ahogo a último momento.

—Cora está aquí —digo sin aliento.

—Eso no lo pensaste hace unos segundos cuando te frotabas contra mi polla dura, sucia.

Abro la boca para refutar esas palabras, pero de inmediato me toma de la nuca y me besa. Me aferro a sus hombros. Ni siquiera comienza con un beso casto, desde el primer momento ya es salvaje. Recorro su herida con mi lengua y dejo que me haga a un lado las bragas mientras busca meter su polla entre ellas.

La primera estocada me hace clavarle las uñas en el pecho. Nos miramos fijamente; en esta posición soy yo la que tiene el control.

Me levanto sobre mis rodillas y bajo lentamente, haciéndolo gruñir, mientras intento ahogar un gemido entre mis dientes. Vuelvo a subir y, antes de descender, ambos miramos al pasillo. Bajo de golpe y él levanta la cadera al mismo tiempo.

El choque me hace gritar. Él intenta ahogar mis gemidos con su boca y entonces aprovecho para tomar un puñado de su cabello.

—¿Por qué no terminaste tu cena? —me levanta la cabeza.

—¿Qué? —vuelvo a bajar sobre él.

—Di órdenes para que te alimentaran correctamente y no se cumplieron —se ve muy molesto, con el ceño fruncido. Supongo que Octavian se lo dijo.

—Sólo me gusta que me alimentes tú —digo con voz ronca, rotando mis caderas, y aprieta mi cintura cuando entiende el doble sentido de mis palabras.

—¿Eso es lo que quieres? —me pregunta, clavándose de nuevo—. ¿Quieres comerte mi polla?

Desde que me tocó, el placer me nubló la cabeza. Me acerco a su oído y le chupo el lóbulo mientras froto mi cuerpo contra el de él.

—Sí, la quiero entera y sólo para mí —susurro y dejo un beso húmedo ahí.

El gruñido que emerge desde su garganta me calienta la sangre antes de que él me levante y me baje sin piedad. *Joder.* Necesito gritar.

—Alexan... Alexander —me muerdo el labio inferior con fuerza.

—Esto te pasa por quererla entera —me riñe en voz alta y levanta las caderas otra vez, clavándose y haciéndome lloriquear en silencio cuando siento su miembro demasiado profundo.

Frunce el ceño y de inmediato sube la mano y me cubre la boca para impedir que siga gritando y llame la atención de la rubia, que duerme a unos metros de nosotros.

—¿Sólo para ti? ¿Eso es lo que realmente quieres? —me la clava entera.

Las lágrimas se derraman por mis mejillas porque no puedo liberar mi placer con gritos. Asiento, su mirada se oscurece más y vuelve a mirar al pasillo. Ese golpe en su pómulo no me gusta nada, pensé que sólo lo había imaginado anoche.

¿Qué le paso? ¿Se metió en algún tipo de pelea? Cuando me penetra otra vez, me olvido de esos pensamientos.

—Mierda —aprieta mis senos sobre la tela de su camiseta, amasándolos con deseo, y el sonido de mi humedad con su miembro entrando y saliendo provoca que enloquezca.

—¿Ahora entras a casas por la madrugada para dormir en el sofá? —digo en medio de la excitación del momento.

—No —responde tajante.

Escuchamos la puerta de la habitación abrirse y sus embestidas aumentan de velocidad. Cierro los ojos y mi vagina se contrae alrededor de su miembro mientras convulsiono sobre él, en búsqueda de que me llene de placer. Tras unos segundos, me corro deliciosamente.

Su mano en mi boca ahoga mis gemidos y muevo la cadera para incitarlo a correrse también, pero no lo hace.

—*Sexy* —escucho la voz de Cora en mi habitación.

Alexander quita su mano y me come la boca con pasión y tan duro dentro de mí. Jadeo acariciando su lengua con la mía, pero de pronto me impide seguir.

—Arriba —me levanta y, cuando se desliza fuera, me deja vacía.

—¿Emma? ¿Dónde estás? —Cora cierra la puerta de mi habitación y él se recoloca su bóxer tapando el bulto de su miembro duro mientras mi pecho sube y baja.

Al parecer aún le queda decencia, ¿o será porque ella va a ayudarlo con algo y no quiere incomodarla? ¿Qué será lo que se traen entre manos?

—Te vas a hacer daño —sube la mano y libera mi labio de entre mis dientes, no recordaba que aún lo estaba mordiendo.

Mi pecho sube y baja de forma irregular, pero él se ve tranquilo, no es justo. Cuando aleja su dedo de mi boca, lo atrapo con mi mano y comienzo a succionarlo como si fuera su polla. Sus ojos se oscurecen.

—*Sexy*, ¿estás aquí? —la voz de Cora viene por el pasillo.

Paso mi lengua por la yema de su dedo y muerdo. Succiono con fuerza y finalmente lo dejo ir.

—Dejaste a tu nena con hambre —le susurro al oído y bajo de él lentamente, satisfecha con mis resultados.

Me levanto como puedo. Coño. Ayer me dejó incapacitada y ahora lo hicimos de nuevo. Voy a cojear en la oficina.

Una soñolienta, desaliñada y cruda Cora se arrastra por el pasillo, con el maquillaje corrido, mirándome con los ojos entrecerrados. Su cabello rubio es una maraña, pero no parece importarle.

—¿Qué haces aquí?

—Dormí aquí.

—¿Dormiste en el sofá? —frunce el ceño y de pronto siento un cuerpo en mi espalda.

—Buenos días, Coraline —dice Alexander, haciendo notar su presencia, y los ojos de Cora se abren tanto como pueden.

—¿Sigo ebria o Alexander está aquí? —me mira y luego lo mira a él, confundida. Sé que le resulta raro verlo aquí, y no es la única.

Abro la boca para responder, pero…

—Despídete de tu amiga y camina a tu habitación de inmediato —el susurro en mi nuca me detiene—. Voy a alimentarte con mi polla.

Dios.

Trago saliva con fuerza y pierdo la fuerza de las piernas.

—Está aquí —mi voz suena ronca cuando respondo y una sonrisa amenaza con dibujarse en mi rostro. Voy a jugar con él un poco, tal como se merece—, pero ya se va.

Me alejo de él. Camino hacia la cocina por el suelo frío con una sonrisa. Conecto el tostador mordiéndome el labio inferior. Cuando las tostadas salen, me recargo en la encimera y veo a la bestia de los ojos verdes aparecer con el torso desnudo, pero ya con los pantalones y las botas puestas.

—Voy a castigarte por eso —me mira serio.

Muerdo mi tostada y sonrío.

—Hazlo.

Nos miramos fijamente.

—Adiós, Alexander —Cora pasa a su lado arrastrando los pies—. La puerta está por ahí, no quiero ver a ningún Roe al menos por un día completo —señala con vaguedad.

Alexander arquea una ceja y me mira. Me coloco a su lado.

—Creo que acabó en malos términos con Bennett —le explico.

—Eso escuché, mi hermano está hecho mierda —no le despega la mirada a Cora, pero es una mirada minuciosa, como si ella fuera el enemigo—. ¿Quieres desayunar algo? —me sorprende mi propia amabilidad, incluso mi pecho se desboca cuando le pregunto eso.

—No como…

—Porquerías y nada que no prepare Octavian —termino por él y asiente. Sé que esto lo pagaré más tarde, pero nada puede compararse con la expresión de Alexander—. Adiós —le sonrío y arquea una ceja.

Sabe lo que estoy haciendo. Me quiere alimentar, pero lo dejaré con las ganas. El esbozo de lo que parece ser una sonrisa cruza por su rostro, sin embargo, no se permite dejarla salir; en su lugar, se aclara la garganta.

—Tu auto está abajo, Ethan lo trajo del taller, ya quedó la reparación.

Oh, cambio radical de conversación.

—Gracias —lo digo enserio—. ¿Y las facturas que debo pagar? Las de tu camioneta y las de mi Mazda —me mira como si me hubieran salido dos cabezas y se va por el pasillo en silencio sin responderme.

¿Qué demonios?

—Alexander —lo sigo—. ¿Qué pasa con las facturas que me dijiste que pagara?

Se coloca la playera de inmediato y toma su chaqueta.

—Corren por mi cuenta —responde sin mirarme.

—No, yo voy a pagar todo, estaba ebria, pero recuerdo que te lo prometí —me planto frente a él.

—No está a discusión —baja la cabeza y le da una mordida grande a la tostada que sostengo en mi mano—. Adiós, nena —me da un beso en la mejilla y desparece por la puerta sin permitirme replicar.

Me quedo con la boca abierta y la tostada en mi mano. Es un maldito imposible, no me permitió disfrutar de mi pequeña victoria por dejarlo duro.

Miro con molestia la puerta, pero al final aparto esos pensamientos. Voy con Cora, quien está comiendo una tostada mirando hacia la nada.

—¿Se fue? —pregunta y asiento—. Bien, odio a los Roe y no quiero verlos durante el resto de mi vida.

—¿Te sientes mejor? —le acaricio el hombro y eso la hace reaccionar.

—Me siento perfecto, ¿por qué no debería estarlo? —se levanta y sonríe débilmente—. Bebí un poco más de la cuenta, pero fue como una noche de chicas. Hoy veré al señor Hilton para el asunto de tu cuadro y después pasaré por la galería para...

Está hablando nerviosamente para evadir el tema en cuestión.

—Cora —la detengo—. No tienes que fingir conmigo.

Su labio inferior tiembla y sus ojos se colman de lágrimas.

—Voy a estar bien —dice con voz aguda—. No estábamos destinados a estar juntos, es imposible; además, fue una sorpresa que Bennett se fuera. Eso es todo, no hay nada más que decir.

Mi pecho se estruja porque sé que está en negación.

—¿Qué sucedió entre ustedes? Las cosas parecían marchar bien, estaban saliendo.

—Con él todo era muy bueno como para ser verdad, sin embargo, representa todo lo que está mal para mi familia, así que lo terminé —confiesa por fin y veo su labio temblar otra vez. Oculto mi sorpresa, no me había hablado de eso.

—¿Por qué?

Se encoge de hombros.

—Iba a suceder tarde o temprano, seguro iba a darse cuenta de que yo no soy para él como él no es para mí —sé que es una mentira—. Puedo lidiar con eso, pasa todo el tiempo y con Bennett Roe no tenía por qué ser diferente.

—Cora —me acerco a ella y la envuelvo en un abrazo—. No digas eso.

—Es la verdad, *sexy*, sabes que nada dura para mí y mi hermano no iba a aprobarlo, menos aún cuando supiera que él...

—¿Él qué?

Suspira.

—No vale la pena seguir hablando de esto, ahora está a miles de kilómetros de distancia, en otro continente, estará allá por muchos meses y yo tengo que sonreír y continuar —los ojos se le llenan de lágrimas y cada gesto suyo hace que mi pecho duela.

Veo todas las señales en sus ojos y en esa expresión triste que carece de brillo.

—Te enamoraste de Bennett.

—Sí y ha sido el peor error de mi vida —las lágrimas se deslizan por sus mejillas y finalmente asiente.

. . .

Después de mi visita a la doctora Kriss, estoy en el último lugar en el que me gustaría estar. Me duele el corazón por Cora; me duele mucho en verdad verla sufrir, enamorada y destrozada, repitiéndose que Dylan no aceptaría a Bennett, aunque sigo sin explicarme por qué.

La dejé en la galería, perfecta como siempre. Sé que es más fuerte que yo y que cualquier mujer que haya conocido, justo como mi madre nos crio de niñas cuando sus padres murieron.

Recuerdo poco a los señores Gray. Eran dos agentes del MI6 que dieron su vida por la justicia. Observo mi Mazda por las cámaras de seguridad que se encuentran frente a mí y veo al agente de la comisaría aparecer de nuevo.

—Lamento la demora. Éstos son los datos de los que quería hablarle, señorita Brown —me acerca los documentos—. Según la investigación que realizamos, Jaden Roberts dejó la ciudad hace dos semanas, lo cual contradice la declaración que hizo hace unos días aquí.

Sacudo la cabeza mientras escucho a su secretaria teclear en su ordenador.

—No, eso no es posible. Le digo que él ha estado acosándome desde hace mucho tiempo. Incluso hace un par de días estuvo en mi edificio, me golpeó y me amenazó. Estos datos son erróneos.

—¿Tiene pruebas de que estuvo en su edificio? Puedo mandar a dos oficiales a revisar las cámaras de seguridad de la recepción.

—No, esa noche estaban apagadas.

Su mirada me evalúa.

—Qué coincidencia. ¿El portero podría declarar?

—Atraparon a otro hombre y lo acusaron de asalto, pero no era él, le aseguro que era Jaden. Tengo una llamada en mi móvil.

Se lo entrego y lo conecta a su laptop para revisarlo.

—Señorita Brown, es la llamada de un teléfono público, pudo ser su acosador o cualquiera, esto no es una evidencia contundente.

—Mi amiga declaró en mi denuncia, ella fue testigo del ataque.

—Sin embargo, al igual que usted, tampoco tiene pruebas —niega con la cabeza, decepcionado—. En cambio, Jaden sí las tiene, señorita Brown, pues la compañía para la cual trabaja en Trafford nos confirmó que voló de regreso a la ciudad hace ya más de dos semanas.

—Imposible, debieron alterar los datos con la aerolínea.

—Lo sentimos. Dados los resultados, no podremos ayudarla, su denuncia no procede por falta de evidencia —me mira con atención—. ¿Ha considerado acudir al psicólogo? Las alucinaciones también son producidas por estrés postraumático, el cual se exacerba en ambientes de presión laboral o por accidentes como el que tuvo recientemente.

Mi respiración se acelera.

—¿Perdón? ¿Está insinuando que estoy loca?

—No fue ésa mi intención —coloca las manos debajo de la barbilla y, en lugar de archivar mi denuncia, la bota a la basura—. Mucha gente tiende a confundir los hechos que ocurren cuando la presión…

—¡No estoy loca! Yo sé lo que vi, Jaden me ha estado acosando, me acorraló en mi edificio en la salida de emergencias —golpeo su escritorio, interrumpiéndolo.

—Lo siento, pero, sin pruebas, eso nadie se lo creerá —rompe mi declaración y la de Cora mientras se levanta y siento eso como una bofetada en la cara. Es claro, ha sido sobornado.

—Le pagaron, ¿verdad?

—No le permito acusar a un oficial de soborno.

—¿Qué compañía es a la que hablaron para verificar que Jaden está en Trafford? —mis pensamientos corren a mil por hora.

—Le pido que mantenga la calma.

A la mierda la calma.

—¿Qué compañía es? —insisto, alzando la voz más de la cuenta—. ¿Quién es el dueño?

Mira la única hoja que tiene delante.

—El señor Sawyer Taylor, de la compañía Taylor.

Mis ojos se llenan de lágrimas cuando confirmo mis sospechas. Me entristece ver que el oficial no hace nada por ayudarme.

—También está aquí el señor Jaden Roberts. Dada su insistencia en la denuncia, lo hicimos venir desde Trafford para declarar —su mirada es fría.

La policía de Londres es igual de corrupta que la de Trafford. Mi ritmo cardiaco se dispara cuando dice eso. Le hace un gesto a su secretaria, quien sale y segundos después reaparece con ese enfermo vestido con un traje barato y bien peinado.

—Buenos días, oficial y Emma —me saluda con una ligera inclinación de cabeza.

—Es él —me levanto, pero apenas me prestan atención mientras se saludan—. Me estuvo siguiendo, me amenazó, amenazó con lastimar a mi mejor amiga cuando estuvo en mi edificio y me golpeó.

Jaden frunce el ceño y toma asiento donde yo estaba hace unos segundos.

—Como le comenté, señor Roberts —comienza el agente—, la señorita Brown levantó una denuncia en su contra por acoso. ¿Es cierto que usted la conoce?

—Así es, señor, Emma y yo somos grandes amigos.

—No soy nada tuyo, maldito enfermo.

—Señorita Brown, le pido que mantenga la calma —vuelve a decirme el agente antes de girarse hacia él—. ¿Qué puede decir sobre la denuncia de acoso?

—Eso es imposible, señor. Mi jefe, el señor Sawyer Taylor, acaba de confirmar que yo me encontraba en Trafford; incluso tengo los boletos de avión y recibos de pago de restaurantes para respaldar mis palabras —comienza a decir una serie de mentiras sobre los lugares en los que ha estado recientemente y la secretaria del agente toma nota de todo—. ¿Procederá la denuncia en mi contra, señor? —pregunta en cuanto termina.

—Todo lo que acaba de decir es mentira, esa mordida que trae en la mano yo se la hice —hablo tratando de que me escuchen—. ¡Él me acorraló!

—Emma, ¿qué pasa contigo? ¿Por qué haces esto? —Jaden trata de acercarse a mí—. ¿Quieres dinero o atrapar de nuevo a Seth para que sea tu pareja?

—¿Dinero? —el agente se levanta.

—Sí, señor. Su condición no es muy buena ahora, pero yo puedo ayudarla sin la necesidad de hacer esto. La mordida fue de mi mascota, a la cual ella conoce muy bien —mi mano vuela hacia su jodida mejilla y le asesto una bofetada tan fuerte que me arde la palma de la mano.

Dos oficiales entran de inmediato para mantener el orden.

—Eso ha sido suficiente —Jaden tiene la cara volteada con la marca de mis uñas.

Me zafo del agarre del guardia y tomo mi bolso.

—Señorita Brown, tiene que firmar los documentos que avalan su denuncia como inválida —dice el agente a mi espalda.

—Métase sus jodidos documentos por el trasero —le digo con desprecio y salgo a la calle.

Mis sollozos se tornan incontrolables en cuanto salgo. Justo cuando pensé que alguien podría ayudarme, la vida me da una bofetada, como cuando le dije a mi padre lo que Seth me había hecho, y, al igual que en esa ocasión, ahora me da la espalda para ayudar a esos malditos enfermos.

Me dejo caer en los escalones de la entrada. Nadie va a ayudarme, nadie puede ayudarme contra Seth. Siento como si me mirara a cada momento. Sé que disfruta hacerlo. Disfruta hacerme saber que está aquí, pero no se acerca.

El juego del gato y el ratón.

Mi móvil suena, es un mensaje anónimo.

> La única manera de terminar el juego es irte
> de Londres, pero sola, sin Cora. Regresa a tu
> apartamento en Trafford, ya confirmaste que
> llevo la delantera.

No hay remitente, pero no lo necesito. Sé que está aquí.

Me levanto, limpiándome las mejillas bruscamente, y entro a mi Mazda con las muñecas temblando. El auto plateado sale del estacionamiento a la par del mío y tomo otra ruta para que no me siga. Conduzco a toda velocidad por la ciudad hasta el edificio más grande que he visto en mi vida.

Tiene una H y una R en lo alto. Cruzo la entrada con los hombros caídos, perdida en mis pensamientos, y el temblor de mi cuerpo no cesa. Siento el peso del mundo sobre mí. Soy un rival muy pequeño para el poder de mi padre.

—Emma, tienes la lista de reuniones del señor Jones en tu escritorio —me dice Alicia cuando paso a su lado—. Y esto es para el señor Blake.

Asiento mientras tomo los documentos y sigo caminando. Paso por mi oficina sin detenerme. No sé adónde voy, parece como si mi cuerpo hubiera activado el piloto automático.

No encuentro a la secretaria del señor Blake, así que continúo derecho. Toco la puerta y, cuando escucho que el abogado me dice que pase, entro a su oficina. No está solo para mi mala suerte. Los ojos verdes de Alexander me miran.

—Buenos días, caballeros —no lo miro, apenas puedo concentrarme en lo que digo—. Éste es el contrato de privacidad para Nueva York. El señor Jones quiere que lo revise.

—De acuerdo, gracias —el abogado lo toma amablemente.

—¿Emma? —su voz me cala los oídos.

—Señor Roe —parpadeo y suelto el fólder, no me había percatado de que aún sostenía un extremo.

Salgo de mi aturdimiento y camino hacia la salida. ¿Qué me pasa? El pasillo se ralentiza, parpadeo y camino lejos, pero me topo con el cabello pelirrojo de Alesha, quien me bloquea el paso. Intento pasar a su lado, pero me lo impide. La miro y vuelve a hacerlo.

—Voy a pasar —le digo entre dientes.

—No tienes buena pinta. ¿No me digas que los medios te atacaron otra vez en la entrada? —se mofa—. Seguramente quieres llamar la atención con tus "actos penosos", qué patética eres.

—Muévete, por favor —le repito y jadeo. Es obvio que se percata de que algo anda mal conmigo.

—Disfruta tu pequeña burbuja de caramelo, porque no va a durar, maldita mujerzuela barata. Si tienes miedo de algo, que sea de mí, porque no soy una simple arquitecta.

Trato de pasar de nuevo, pero pierdo el equilibrio. Alesha me toma del brazo y me arrastra hacia no sé dónde, apenas logro caminar y casi no puedo respirar. Trato de zafarme de su agarre, pero me es casi imposible, es muy fuerte.

—Veo que te falta el aire y quiero hacer mi buena obra del día —observo su sonrisa y entramos a un sitio oscuro. Me arranca el bolso de las manos, no le cuesta nada hacerlo.

Aquí no hay aire y eso no me ayuda en absoluto; más bien, me hace recordar cuando Seth…

—Lugar para las ratas —su sonrisa es todo lo que veo antes de que cierre la puerta.

Capítulo 38

Alexander

—La transacción del pago de los bares que compró se ha completado con éxito a nombre del señor Hilton como pidió —dice Blake

—Perfecto —miro por la ventana—. Quiero que todo se mantenga al margen y mi nombre real no aparezca en ninguno de esos documentos.

—Como desee, señor Roe.

—También prepara la liquidación de Adam Tail, quiero su renuncia de inmediato. Y arruínale la carrera laboral en todo el país de modo que se pudra en la miseria —aprieto la mandíbula.

El mensaje de Erick fue muy claro, aunque me importa una mierda lo que haya hecho con el jodido idiota, lo dejó en urgencias y después siguió a Bennett a Nueva York. Algo bueno de todo esto es que Bennett se mantendrá lejos de Logan y de la rubia.

Esta mañana, cuando Coraline me echó del apartamento de Emma, vi el desprecio en sus ojos, sabe demasiado, descubrió lo que no debía. Voy a intimidarla y también me ayudará, así podré indagar en los planes de Bennett con esos inversionistas. No me fío de ellos, estoy seguro de que son aliados de Dmitry.

Envío un mensaje para convocar una reunión en una de mis criptas. La rubia dijo que ya tenía la información que le pedí. Para ella no será difícil entrar en el apartamento de Bennett durante su ausencia y buscar lo que requiero.

Llaman a la puerta y le hago una señal con la cabeza a Blake para que deje entrar a quien sea que esté tocando. Me mantengo serio en mi lugar, pero, cuando veo sus ojos marrones aparecer, me giro de inmediato. Emma me lanza una mirada rápida. No querrá seguir jugando aquí.

Obstinada.

Esta mañana me dejó tan malditamente duro por ella que sus bragas en el cajón de mi mesita de noche sólo hicieron que me la imaginara usándolas sobre ese coño que tanto me gusta. Por suerte, la ducha fría ayudó a que no sucumbiera ante una paja mediocre como la de la noche en el pasillo.

No sólo jugó conmigo como la pequeña seductora que es, también me echó de su apartamento como un perro, se veía muy satisfecha haciéndolo y no pude actuar como quería porque Cora estaba ahí, pero la castigaré por eso.

Ya estoy pensando en amordazarla en nuestra cama esta tarde.

—Buenos días, caballeros —dice con voz baja y en un tono que no me gusta para nada—. Éste es el contrato de privacidad para Nueva York. El señor Jones quiere que lo revise —le habla sólo a Blake, a mí me está ignorando de manera deliberada, así que frunzo el ceño.

Me recuerda el inicio de nuestro acuerdo casual. No quería chismorreos por la oficina, sin embargo, ya dejé en claro que no la señalarán aquí a menos que quieran largarse. Le extiende el fólder que lleva en la mano, pero no lo suelta cuando Blake lo toma.

Su mirada se ve perdida, como si no estuviera concentrada en lo que hace.

—De acuerdo, gracias —le dice Blake para que lo suelte, pero permanece inmóvil.

Frunzo aún más el ceño y doy un paso hacia ella. Noto un ligero temblor en sus manos.

—¿Emma? —la llamo y parece reaccionar porque parpadea como si hubiera salido de un trance.

—Señor Roe —suelta el fólder de inmediato y se gira para irse.

¿Qué demonios ocurre? La sigo con la mirada hasta que sale de la oficina.

—Entonces ¿hará alguna otra transacción con los bares que adquirió, señor? —pregunta Blake llamando mi atención, pero no aparto la mirada de la puerta.

—No, mantenlos a nombre de Hilton y asegúrate de que tengan rentabilidad. Soy billonario, no necesito más ingresos, pero utilicémoslos para generar algo de dinero.

—¿Alguna sugerencia?

—No. Utiliza la estrategia que desees —termino la conversación y camino hacia la puerta.

—Espere, señor Roe, sólo firme este documento y todo estará listo —me detiene antes de que toque la manija.

Regreso hasta su escritorio, observo el fólder extendido y firmo el documento. Cuando salgo el pasillo, ya está vacío. Miro hacia ambos lados buscándola, pero ya no está.

Estaba como en un trance... No pudo haber sido por otro accidente automovilístico, me encargué de que su Mazda fuera equipado adecuadamente para ella. Cambié casi todas las partes y eso no podrá rechazarlo como ha hecho con cada cosa que le he dado.

A no ser que ese idiota del otro día la haya buscado de nuevo. Matt no me ha reportado nada al respecto. Saco mi celular mientras camino hacia mi oficina. Enseguida responde.

—Señor.

—¿Dónde estás?

—En la casa de la señorita Smith, ella... quería un vino.

—¿Estuviste vigilando la casa de la señorita Brown como te ordené? Me refiero a antes de que yo llegara anoche con ella —cierro la puerta detrás de mí—. Quiero detalles de todo.

—Hablamos con la seguridad del edificio, pero el hombre que lo administra es un avaro que no tiene planeado adquirir un mejor sistema de seguridad por los costos. El asaltante fue un vagabundo.

Como lo supuse, no hay atracos en los edificios si no hay una porquería de administrador, nadie debería vivir ahí, menos ella.

—El hombre tiene el edificio en un asco de condiciones legales y privadas. Por más que insistimos se negó a cambiar la seguridad.

—¿Consiguieron su nombre y sus datos? —me reclino en mi silla.

—Sí, señor, lo tenemos fichado —responde y asiento—. De ahí estuvimos vigilando el edificio como ordenó, no hubo ningún otro asalto ni nada por el estilo. Ida trajo a Octavian una hora después de que usted se fue, pero nosotros no nos movimos del sitio.

—¿Ella o su amiga la rubia salieron del edificio?

—No, señor, y en la ronda que hicimos confirmamos que lo de la otra noche fue sólo un asalto, el hombre fue encerrado y a ninguno de los inquilinos del edificio parece inquietarle el asunto.

Claro que no, por la corta cantidad que pagan mensualmente incluso podrían estar escondiendo un psicópata ahí, en uno de los apartamentos, sin darse cuenta.

Me froto la frente.

—¿Qué información tienes sobre Seth?

—Ninguna, señor, es sólo un conocido de la señorita Brown.

—Muy bien, si ya no hay problemas, retírense de la zona. Ahora encárguense de vigilar la casa de mi hermano, no quiero visitas indeseadas. Iré más tarde.

—Como ordene, señor.

Dejo el teléfono sobre mi escritorio y me reclino sobre la silla. Desde esta mañana, cuando aún tenía a Emma sobre mí, empecé a experimentar un tirón en el cuerpo. Me paso la mano por la nuca, en la zona donde me golpearon con el arma, y pareciera como si el tirón se intensificara.

La puerta se abre sin avisar y veo a Alesha aparecer.

—¿Tienes un momento para revisar el último plano de Brent?

—Matt dijo que estaba en tu apartamento porque le pediste un vino.

—Sí, claro —se relame los labios—. Lo dejará en la recepción.

Aprieto los párpados con fuerza y asiento. Se acerca con una sonrisa de lado a lado en su rostro y extiende el plano sobre mi escritorio.

—Hice las modificaciones que me marcaste, la constructora lo aprobó y anoche llamaron para decir que el proyecto está terminado —vuelve a sonreír—. Me encantó el nuevo diseño que creaste, eres el mejor.

Miro los planos en los que yo mismo trabajé con ella esa noche en el Luxus.

—¿Viajarás a Brent para aprobar la remodelación?

—Sí, esta misma tarde. Cada reporte, cada factura y todos los sellos de seguridad están listos y aprobados —dice muy satisfecha—. El hotel puede reabrir en cuanto lo desees —miro el punto donde ocurrió el derrumbe, que ahora está reconstruido—. Tengo entendido que Christopher consiguió que los afectados firmaran un documento para deslindarnos de los daños a cambio de que nosotros cubriéramos los gastos médicos.

No le respondo a eso.

—Quiero que el hotel reabra mañana mismo —respondo tajante—. Hablaré con el departamento de relaciones públicas —extiendo mi mano para tomar el teléfono fijo.

—Espera —toma mi mano antes de que levante el auricular—. También pregunté por los familiares de los heridos, aunque no lo creas.

—A mí me dan igual —me levanto y siento nuevamente el tirón. El dolor me hace sujetarme del borde de la mesa. Maldigo en voz baja apretando la mandíbula.

Maldita sea.

—¿Estás bien, querido? —Alesha se acerca de inmediato, su mano sube a mi rostro, pero tengo los ojos cerrados.

—Sí —me aclaro la garganta y me alejo de ella mientras presiono el botón del interfón—. Haz que la señorita Brown venga a mi oficina de inmediato —le digo a mi asistente en cuanto responde.

—Si quieres, yo me encargo de hablar con los publicistas, no te tomes esa molestia —mira el teléfono antes de observarme de nuevo—. No te ves bien, yo lo arreglaré —pone la mano sobre mi hombro.

—Gracias, pero no es necesario.

Asiente.

—Siempre será como quieras, sabes que yo te complazco, pero ¿qué te pasa? ¿Es algún tipo de dolor por...?

—No es nada —respondo tajante. Si hay algo que me molesta es que noten la maldita falla de mi cuerpo, la maldita falla que nunca desaparece—. Ahora, si me permites, estaré ocupado —señalo la puerta.

Me mira fijamente sin moverse de su lugar ni un centímetro. Otra vez tiene la misma mirada dolida de anoche.

—Entonces ¿así serán las cosas desde ahora entre nosotros? —se cruza de brazos—. Si ya no confías en mí, dímelo a la cara de una buena vez y quítame el tatuaje.

—Alesha...

—Puedo soportarlo —sus ojos se inundan de lágrimas—. Dime que no soy familia para ti ni para Bennett y échame fuera como una mugrienta después de todo lo que hemos pasado juntos, a lo mejor el ministro de Londres y su esposa me dan asilo.

El tirón regresa, pero resoplo para contenerlo y me acerco a ella.

—Ya basta de esa mierda. Sabes que eso no es cierto, sigues siendo un miembro valioso.

—Entonces ¿por qué me acusas de traicionarte con Logan? —levanta la barbilla—. ¿Te engatusa una mujer de acuerdo casual y tratas de manera frívola a todos los que somos cercanos a ti? Todos somos sospechosos menos ella. ¿Qué pasa contigo, Alexander?

—¿Qué coño estás diciendo? —camino por un vaso de whisky escocés, es temprano, pero quiero algo que me alivie el tirón en la nuca, y no las malditas pastillas—. Te diré qué pasa conmigo: Logan.

—Sé que Logan te tiene tenso, siempre ha sido así, pero no me refiero a eso —se acerca a mi espalda—. Cada vez que ha aparecido, has lidiado con él.

—No había aparecido en mucho tiempo —abro la botella.

—Pero sabías que lo haría tarde o temprano.

Aprieto la mandíbula y lleno el vaso hasta el tope. Maldito sea este jodido tirón y maldito sea Logan.

—Alexander, nosotros no somos personas comunes y lo sabes —se planta frente a mí—. Hemos lidiado con eso todo este tiempo y nada había cambiado hasta ahora. ¿Qué estás haciendo?

—¿Con qué? —vacío el vaso.

—Con ella, con Emma Brown. ¿Lo sabe? ¿La involucrarás en esto? Ésa sería una estupidez —me clava los ojos.

Respiro hondo.

—Vete, Alesha, no tengo humor para discutir.

El jodido malestar aumenta y se está convirtiendo en un golpeteo agudo sobre mis sienes.

Sacude la cabeza.

—No, no me iré sin decirte que, de todas las estupideces que has hecho y que estás haciendo, ella es la peor —frunce el ceño—. ¿Qué fue todo eso de ayer? Pusiste en alto su nombre frente a toda la empresa y no sólo eso, sino que en la exposición permitiste que todos los medios te fotografiaran con ella. Los conservadores rusos han estado llamando para preguntar si hay nuevas órdenes de tu parte para iniciarla en nuestros asuntos.

—Sabes muy bien que no permito que nadie cuestione mis acciones, Alesha, así que ya basta de una maldita vez —alzo la voz y veo cómo su sonrisa se ensancha, le gusta verme enojado.

—No quieras tratarme como a los demás sirvientes y miembros. Tú, Bennett y yo fuimos cortados con la misma tijera y lo sabes, pero ahora parece como si no te importara —jadea—. Anoche, cuando te fuiste, hablamos de ti, de tu jodida actitud y tu maldita desconfianza.

—¿Qué es lo que quieres? —la tomo del brazo con fuerza, mirándola fijamente—. Has estado fastidiándome durante estos últimos días y ya me tienes harto. ¿Cuál es tu maldito problema con lo que hago o no? Soy el líder.

—¡Quiero que abras los putos ojos de una buena vez! —me grita a la cara—. ¿No eres tú el mismo Alexander que creó este imperio? ¿No eres tú el mismo dominante que jode duro como tanto me gusta? ¿No eres tú el mismo que no se deja dominar por nadie, y menos por una maldita mujer? —se inclina muy cerca de mi boca, jadeando—. Durante los últimos días ya no he visto a ese Alexander, sino a un hombre patético.

Mi mal humor se me sube a la cabeza.

—Cállate, Alesha, estás colmando mi paciencia —le gruño.

—Lo que no quieres es que te diga la verdad. Estás yendo detrás de ella otra vez, ¿por qué? —clava la vista en mi boca—. ¿La has atado como a mí? ¿Le has jodido el culo como a mí? ¿Se arrodilla de inmediato cuando se lo ordenas? ¿Mataría por ti? Apuesto a que no ha hecho nada de eso, porque no es mujer para ti, querido. De todas las mujeres que has tenido, ella es la más estúpida de todas.

—Dije que te calles —le advierto en voz baja, no puedo perder el puto control, aunque parece muy decidida a que lo haga.

—¿O qué? ¿Vas a azotarme? —su pecho sube y baja—. Hazlo, azótame y luego clávamela duro y fuerte como te gusta, para que sepas qué es lo que realmente quieres —la miro con el ceño fruncido—. Si vas detrás de ella es porque no me has follado desde que comenzaste ese acuerdo casual, pero hazlo y vas a recordar que te gusta tener un coño diferente todas las noches.

Mis manos tiemblan mientras incremento la fuerza sobre su brazo. Estoy bufando como un toro con sus malditas palabras. Su sonrisa se ensancha con mi reacción, sólo ella sabe cómo hacerme perder el maldito control de una manera tan retorcida.

Jadeo mirándola y de inmediato se abre la blusa de golpe dejando sus tetas desnudas ante mi vista. Sus pezones están erguidos, le excita joderme. —Míralas —se las amasa sola—. ¿No tienes hambre?

—Alesha —le advierto.

—La puerta está cerrada. Cómetelas —gime en tono agudo—. ¿No quieres follarme las tetas y luego correrte en ellas? —sube su tono de voz a uno más mimado.

Mi mirada baja hacia sus pechos. Se los amasa y toma mi mano para que sustituya la suya, sin embargo, no se lo permito. Sólo tomo su cuello y lo presiono con fuerza. Jadea, pero la excitación en sus ojos es innegable.

—Estoy molesta porque me tienes muy descuidada, siempre volvías a mí cuando el acuerdo se terminaba, pero esta vez no lo has hecho. Ella no sabe quién eres en realidad, y en cuanto lo sepa no se quedará —lleva su mano debajo de su falda.

Mi mano se tensa en su brazo y aprovecha para bajar la suya hacia mi polla.

—Alesha —le advierto, pero no se detiene.

—El Alexander dominante habría buscado otro coño en cuanto esa estúpida te terminó, pero no lo hiciste —gime—. El Alexander que conozco ya me estaría follando en este momento.

Aferra mi miembro, pero no se erecta a causa del jodido tirón en mi nuca.

—¿Por qué persigues tanto a esa estúpida? ¿Por qué le das tantas consideraciones que a mí no? —frota mi miembro y abre las piernas—. No me digas que te tiene dominado —susurra con una sonrisa maliciosa, sabe que ésa es mi debilidad.

—A mí ninguna mujer me domina —le gruño.

Se inclina y se acerca a mi oído.

—Entonces cógeme ahora mismo y demuéstramelo.

La rabia me ciega. Maldigo muchas veces y ella jadea con cada palabra. La tomo de los hombros y la inclino sobre la mesa, bufando por todo lo que ha dicho. A mí ninguna mujer me domina.

Rápidamente abre las piernas, se sube la falda hasta la cintura y se baja las bragas mostrándome su coño húmedo y depilado.

—Vamos, Alexander —me incita jadeando cuando ve que no me muevo—. Penétrame duro.

Puedo cogérmela como quiere para mostrar mi punto. Me acaba de cabrear hasta la médula y lo hizo con toda la intención. *Dejaste a tu nena con hambre.*

¿Por qué no ha venido todavía? Aparto la mirada de Alesha y observo la puerta. Dejo a Alesha así como está y regreso por mi whisky. Vacío el vaso mientras miro por la ventana.

El tirón en mi nuca regresa con más fuerza y ya comienzo a ver borroso. *Carajo.* El hijo de perra que me golpeó sabía lo que hacía.

—Alexander —dice a mi espalda, pero la ignoro—. ¡Alexander!

—Vístete y vete —ordeno, no diré más porque ya tuvo suficiente con la acusación de anoche, sin embargo, no estoy de humor para seguir tolerando sus reclamos.

Escucho su respiración agitada y la siento a mi espalda.

—Estás malditamente mal, te tiene cegado.

La ignoro y bebo de mi vaso; con el alcohol, el tirón comienza a adormecerse.

—Eres un imbécil si crees que esa idiota es suficiente para ti. Es una traidora para la empresa, ya lo descubrirás, pero sobre todo es una mujerzuela barata, una puta.

Mis hombros se tensan y me giro de inmediato, ya tiene los pechos cubiertos y las bragas puestas.

—Aún te tengo consideraciones, pero mide tus palabras, Alesha —le advierto muy serio—. Cuando dije que nadie en esta empresa podía hablar de ella, también me refería a ti.

Nadie la toca.

Da un paso atrás como si mis palabras la hubieran herido.

—¿Qué? ¿La estás poniendo sobre mí? —sus ojos se ponen brillosos.

Me mantengo impasible en mi lugar, ya me cabreó con todas las estupideces que dijo y con todo lo que hizo. Ahora nada va a quitarme esta mirada comemierda de la cara. ¿Quería verme enojado como un puto cabrón? Pues aquí está.

—Que sea como quieras, pero después no digas que no te lo advertí —su mirada pasa de dolida a molesta en un segundo.

—¿Es una amenaza, Alesha? Habla claro —me yergo sobre ella imponiéndome con mi altura.

Sacude la cabeza.

—No, a diferencia de ti, te sigo considerando mi familia y te tengo lealtad, tengo el tatuaje que me lo recuerda, pero sé que eso no cambiará nada

—se reacomoda la blusa a jalones y, cuando termina, se me planta enfrente—. Si ninguna mujer te domina, ¿por qué la sigues tanto?

—No voy a repetirlo otra vez. Vete —siento la tensión sobre mis jodidos hombros como una coraza.

Me mira en silencio, pero despés arquea una ceja.

—¿Estás obsesionado con ella? —la miro fijamente y su risa rompe el silencio entre nosotros—. No seas tan ingenuo, querido. No me digas que esa mujer con su cara de pena y con las folladas baratas que te da te hizo creer que estás obsesionado o, peor aún, que estás enamorado de ella.

Permanezco en silencio, taladrándola con la mirada. No sé qué haya hablado con Bennett anoche, pero siento cómo los restos de autocontrol se desvanecen poco a poco.

—Y no respondes —levanta la barbilla.

Parpadeo.

—No digas estupideces.

—Entonces responde las preguntas —se ríe otra vez, sacudiendo los hombros—. ¿Quieres que te recuerde lo que eres y cómo conseguiste tu libertad y la de tu hermano?

Nuevamente la tomo del brazo y me sonríe satisfecha cuando la arrastro hacia la puerta. Nos miramos a los ojos, la poca paciencia que me quedaba acaba de irse a la mierda. Está disparando dagas que no debería soltar, porque jugar con fuego es muy peligroso y más con alguien como yo.

—De la misma forma en que tu padre consiguió la suya con el ministro Madden —le recuerdo sonriéndole de lado y su mirada de suficiencia se desvanece de inmediato.

Se suelta de mi agarre a tirones.

—Veamos cuánto te dura tu mentira con ella, querido, escuché que su amiga descubrió a tu hermano y se lo dirá —me planta un beso en la mejilla—. Porque dudo que sepa quién es realmente Alexander Roe o ya se habría largado desde hace mucho tiempo.

Camina hasta la puerta, dejándome inmóvil. Toma la manija, pero se gira sobre su hombro.

—Una cosa más antes de irme —dice—. Si por alguna remota razón crees que tienes sentimientos por ella, déjame reírme en tu cara y abrirte los ojos —sonríe—. Querido, no te engañes, tú no amas a nadie, ni siquiera a ti mismo, y lo sabes muy bien. Por algo Logan te jodió.

—Eso no quita que también pueda joderte a ti.

—Eso no es lo que Bennett piensa, también es consciente de que estás jugando con fuego con tu pequeña damisela en peligro —aprieta la mandíbula—. No le des la espalda a tu familia por una follada casual.

Me lanza un beso y sale de la oficina. Miro la ciudad por la ventana y recuerdo a mi hermano en el suelo. Los disparos a nuestro alrededor eran tan fuertes que incluso aún puedo escucharlos en mi mente. Luego esa arma en mi mano. *Disparo.*

Cierro los ojos, siempre fue por mi hermano. *Mi familia.* Salgo de inmediato, cabreado hasta la médula. Cuando mi secretaria me ve avanzar por el pasillo, se levanta.

—Señor Roe, la se…

—No me interesa —la corto con un gesto de la mano—. Cancela mis citas y reuniones, no quiero que nadie me moleste, ¿entendido?

Salgo y me topo con numerosas personas en la entrada, sin embargo, se apartan de inmediato en cuanto mis hombres me cubren. Ya no tolero el maldito tirón en la nuca.

Miro a un lado antes de cruzar la salida del edificio y veo a un tipo rubio que levanta la cabeza al mismo tiempo.

Subo a mi auto y de inmediato arranco a toda la puta velocidad que el motor puede soportar.

. . .

Golpeo el saco de manera constante, el sudor corre por mi frente a mares, apenas puedo ver, pero a la mierda con todo, aún hay rastros de mi racionalidad en la cripta del Score. ¿Qué coño me pasa?

Seguramente debo llevar horas aquí, pero aún tengo toda la tensión acumulada. *Control.* Hoy no hay control.

—¡Ah! —rujo y cargo con más fuerza que antes, el sonido del impacto de mis nudillos hace eco en mis oídos.

Necesito ser golpeado, esto no es suficiente. Me detengo, jadeando, y permito que el saco se balancee. Veo la vara de madera con la que Ethan me entrena y unas retorcidas ganas que había ocultado por mucho tiempo salen a flote.

Cierro los ojos y, cuando los abro, jadeo con fuerza. Miro la hora en mi Rolex, he estado aquí cinco horas.

Salgo con el cuerpo empapado y tomo la puta ducha más fría de mi vida. Cuando termino y me acomodo la ropa frente al espejo, vuelvo a ser yo. El maldito cabrón de Alexander Roe, no una imitación barata de algo que no soy.

Mi celular suena. Es la rubia de Bennett, pero ignoro la llamada. Reviso el buzón y me percato de que tengo diez llamadas perdidas de ella a diferentes horas. Si quiere hablar de lo que descubrió de Bennett, la amenazaré.

Camino a mi despacho ignorando todas las llamadas, ya me comunicaré con ella más tarde para el trato que tenemos. Ethan me sigue los pasos junto con Matt como siempre que tiene información para mí. El bulto de pelos amarillento está sobre uno de los sofás de la sala y mi mal humor empeora con sólo verlo. En cuanto me escucha, alza la cabeza y se levanta moviendo la cola de un lado a otro.

—Ethan —digo antes de que el perro se me acerque y él lo aleja de mí. Veo que en el sofá hay algo negro debajo de donde estaba el perro. Me acerco y encuentro uno de mis sacos más costosos mordisqueado por todos lados. Miro al perro completamente serio y, como si fuera un minihumano, abre la boca sacando la lengua como si me estuviera sonriendo.

La madre que me parió. Que te jodan, Bennett.

Me acerco al perro y, cuando lo miro desde arriba, mueve el rabo. Mis hombres permanecen estáticos esperando por mi reacción, saben que cuando me enojo es como desatar el infierno, pero por hoy he tenido suficiente mierda.

—Sácalo de mi vista —es lo único que le digo a Ethan.

Lo hace de inmediato y lo desaparece por una de las puertas antes de volver. Ni siquiera miro de nuevo el desastre en el sillón, porque, si lo hiciera, me molestaría aún más. Camino hacia mi biblioteca y mi chef cruza frente a mí como hace habitualmente.

—Su cena está servida, señor —dice Octavian cuando paso a su lado. No he probado bocado en todo el día, sin embargo, cuando veo la charola que trae en las manos, no se despierta mi apetito y sólo aprieto la mandíbula.

Las palabras de Alesha se repiten en mi mente y me invaden unas tremendas ganas de regresar al gimnasio. *Control.*

—Quita esa porquería de mi vista y tráeme una cena en condiciones a la terraza —señalo la cosa con crema batida encima.

Octavian ni se inmuta con mi brusquedad y asiente.

—Sí, señor —toma la charola de inmediato y se va.

Mi celular vuelve a sonar: otra vez es la rubia. *Coño.* No sé por qué me llama tanto, tampoco sé por qué no lo hace su amiga.

Entro a mi despacho, dejando las preguntas innecesarias de lado, y Matt es el primero en hablar como de costumbre.

—Hicimos la ronda como pidió en el edificio de la señorita…

—Me interesa saber sobre la vigilancia en la casa de Bennett —lo corto tomando los documentos del escritorio y me centro en ellos con la mirada seria.

—No registramos actividad reciente de los inquilinos y mucho menos de Logan. ¿Quiere que la seguridad permanezca toda la noche vigilando el perímetro antes de su visita?

—Sí, y también encárgate de seguir todas las camionetas de los *kray*, deben continuar en la ciudad. Quiero un reporte detallado de todos los lugares que visiten.

—Como ordene —dice y sale del despacho. Entonces le pido a Ethan que se acerque.

—¿Qué sucede?

—Tenemos reportes de Logan. Hoy por la mañana se encontraba fuera de la ciudad, cerca de Brent, donde está la base del MI6 —me informa—. No lo siguen los *kray*, parece que esta vez va solo.

—Algo trama, comunícame con el ministro Madden —digo y él asiente junto conmigo—. Quiero que lo… —una nueva llamada de la rubia me interrumpe.

Molesto, por fin respondo. Abro la boca para decir algo grosero por haberme interrumpido, pero se me adelanta.

—Hasta que contestas, cabezota —dice la rubia en voz muy alta—. Te he estado llamando, pero creo que tu pomposa agenda no te permite usar las manos ni el celular.

Controlo la oleada de rabia que me inunda.

—Coraline —digo a modo de saludo—. ¿Qué diablos quieres? Estoy muy ocupado.

—Yo nada, se trata de Emma —dice de inmediato y frunzo el ceño.

—Mira, no tengo tiempo para tus estu…

—No me importa en qué reunión, cena o intervención empresarial estés, ¿de acuerdo? —me corta otra vez—. Emma no ha regresado a casa, su horario laboral ya terminó, pensé que estaba contigo, pero, cuando llamé a la empresa, Alicia me dijo que sólo la vio una vez esta mañana y que tú te fuiste solo.

—Hace dos horas que su horario laboral terminó —me levanto de inmediato.

—La he llamado todo el día, pero no responde, ni llamadas ni mensajes. Yo… estoy muy preocupada porque, según la ubicación de su Mazda, se quedó en tu empresa —escucho el sonido de algo metálico—. Estoy en camino a Hilton & Roe, así que mueve tu trasero hasta allí de inmediato.

Emma

Abro los ojos. No sé dónde estoy, sólo sé que aquí no se puede respirar. Trato de hablar, pero mi garganta está muy seca y no puedo levantarme. Todo mi cuerpo tiembla y creo que en cualquier momento volveré a desmayarme.

Me abrazo a mis piernas y trato de relajarme. Maldita arpía, me encerró aquí como yo la encerré en el baño. Se vengó de mí. Me limpio las lágrimas que no sabía que estaba derramando. Estar aquí se siente como el infierno que me hizo vivir Seth.

Él también me encerró. Es como si ésta fuera una señal de la vida que me indicara que estoy a punto de revivir eso. Como puedo me levanto, mis pies se tambalean y termino cayéndome al suelo otra vez.

Tengo que seguir intentándolo. Hoy en la comisaría entendí que nadie me va a salvar, sólo yo puedo hacerlo. No sé cuánto tiempo he estado aquí dentro, pero sí sé que mi estado físico no ha mejorado. Como si lo que me ha pasado últimamente no fuera suficiente tortura.

Me levanto de nuevo y, con las muñecas temblando, logro tomar la manija de la puerta. Me cuesta unos minutos girarla y empujo con mi hombro una y otra vez hasta que al final logro abrirla. El aire de afuera es bien recibido y, aunque no soy religiosa ni nunca lo he sido, le doy gracias a Dios por poder salir de ese agujero.

Miro a mi alrededor tratando de ubicar en dónde estoy. Es como una bodega, aquí hay archivos y portaplanos. Debe ser alguna parte de la oficina. Aquí tampoco hay ventanas y no sé qué hora es, no tengo mi bolso conmigo ni nada.

Siento mi boca muy seca. Salgo como puedo y camino lentamente. Me tambaleo por el pasillo hacia la salida. Hay muy poca gente alrededor. Algunos me miran y otros no. Ahogo un jadeo cuando veo por la ventana que ya hay poca luz afuera. *Esa maldita zorra.*

—Disculpe, ¿se encuentra bien? —se acerca un hombre de mediana edad con traje gris.

—Necesito agua —digo y lo miro confundida.

—Pues sírvasela —responde malhumorado y asiento. Miro con el ceño fruncido a varios hombres trajeados que pasan a mi lado como si buscaran algo.

Siento mi cuerpo languidecer. Estoy a unos pasos de mi oficina y, cuando me acerco, me sujeto a la mesa de Alicia y respiro hondo. Ya estoy fuera. Suspiro y entonces las lágrimas se agolpan otra vez en mis ojos.

Ya estoy fuera, logré salvarme de ese pequeño encierro.

Mis muñecas tiemblan sobre la madera del escritorio, el miedo me carcome y la impotencia me consume de los pies a la cabeza. No conozco la respuesta a muchas cosas, pero sí sé que ya no puedo más. Seth me dio un ultimátum para irme a Trafford, pero sola. Sawyer me acecha y Alesha también.

Esa mujer se aprovechó de mi estado de vulnerabilidad para encerrarme y dudo que esto sea suficiente para ella. Ya antes había enviado a los medios a acosarme; sin duda, seguirá atacándome.

No sé qué es peor: estar encerrada ahí o salir sabiendo que Seth está aquí. Sé que hará todo lo posible para que me quede con él, su juego comenzó. Es un manipulador psicológico, no necesita tocarme para hacerme sentir miedo.

Primero invadió mi mente y me debilitó hasta que decidió que era hora de joderme. Claro que tuvo éxito, cuando me atacó, yo era muy vulnerable mentalmente hablando, así que fue pan comido para él y sé que ahora intenta hacer lo mismo.

Sin embargo, esta vez tiene la ayuda de Jaden. Ha agotado mi mente, me ha vuelto vulnerable para poder atacarme. Me sorbo la nariz. Soy como una gacela acechada por leones durante días hasta que se cansa de correr.

Yo ya me cansé de correr.

No tengo oportunidad en esto. Seth siempre tendrá el apoyo de Sawyer y la amenaza de su último mensaje fue clara. La policía es corrupta aquí también, sin embargo, me niego a regresar al infierno. Me largaré de Londres, iré a otro lugar, me asentaré cerca de Mánchester, y si se empeña en seguirme, me iré a Irlanda hasta que no vuelva a encontrarme, pero no pondré en peligro a Cora.

Dylan no ha respondido a mis llamadas, no puedo irme con él, ni siquiera sé si está en el país. Me limpio las mejillas y respiro hondo para controlarme.

—¿Nena? —escucho su voz a mi espalda… Sé que es mi imaginación. Me duele que mi mente me lleve a Alexander en mi peor momento.

Cuando Alesha me encerró, yo estaba por tener otro ataque de pánico y mi mente traicionera quiso que recordara esa voz para que pudiera reaccionar, sin embargo, no funcionó, ya no funciona escuchar a Alexander en mi mente.

Respiro hondo para dejar de imaginar cosas que no existen, tengo el corazón agrietado a pesar de los sentimientos que he desarrollado por él. Sólo me falta un tramo más para llegar a mi oficina. Sólo espero entrar y llamar a Cora o tal vez un taxi para que me lleve a casa. Me pregunto qué excusa le habrá dado esa arpía a mi jefe para justificar mi ausencia.

Alicia, el señor Blake e incluso el mismo Alexander me vieron aquí. Me levanto y ahogo un jadeo en cuanto veo a Alexander frente a mí. Me mira desde el pasillo. Lleva un abrigo largo y el cabello alborotado.

—Emma —dice y camina hacia mí con el ceño fruncido.

—Alexander —digo confundida.

Cora viene corriendo detrás de él.

—¡Oh, Dios, *sexy*! —pasa a su lado y lo quita de en medio antes de que me toque—. ¿Dónde estabas? No respondiste al teléfono en todo el día, pensé lo peor.

Me sujeto de ella.

—¿Qué sucede? —pregunto aturdida y veo cómo los hombres trajeados de antes permanecen estáticos. ¿Me buscaban a mí?

—Me preocupé, tu auto estaba en el estacionamiento, pero Alicia te vio una vez y me dijo que luego desapareciste —responde Cora sin decir más porque Alexander puede escucharla perfectamente—. Pensé que te habían secuestrado —añade en voz baja.

—¿Dónde estabas? —pregunta Alexander, ya a mi lado. Cuando su vista se fija en mis ojos, que deben decir mucho de lo que estaba ocurriendo hace unos segundos, le rehúyo la mirada.

—Supimos que estabas aquí en cuanto vimos tu auto afuera.

Ambos me observan, pero el peso de sus miradas es demasiado como para lidiar con ello en este momento. La amenaza de Alesha se mezcla con todo lo demás. Estoy harta de tener tantos problemas.

—Yo… —abro la boca para explicarme, pero la cierro de golpe al recordar lo que el agente dijo y todo lo que sucedió en su oficina. Mis hombros se caen y me las arreglo para responder—. Tuve asuntos que resolver, me perdí —camino lentamente hacia mi oficina.

Estoy cansada, muy cansada, ya no puedo confiar en nadie más.

No arrastraré a nadie a mi miseria. Cora tiene sus propios problemas, no puedo agobiarla con esto, ya ha tenido suficiente con perder a Bennett. Tampoco confiaré en nadie de nuevo, menos en alguien como Alexander.

La única vez que confié en alguien además de Cora fue en Sawyer y trajo a mi verdugo hasta mí a pesar de ser mi padre. Si analizo todo lo sucedido y mi clara desventaja, es más que evidente que es hora de rendirme a lo inevitable.

Sucederá de nuevo. Seth me acorraló y ya sólo me queda esperar el momento en el que me atrape, pero será lejos de Londres, huiré.

Cora me sigue, pero Alexander ni siquiera se acerca y hace bien. Además, poco debe importarle, incluso si le dijera lo que sucedió, esa mujer lo negará todo y no estoy en condiciones de tener otra riña con un enemigo más fuerte que yo.

No ahora.

—¿Qué clase de asuntos y por qué nadie te había visto en todo el día, *sexy*? —ella no va a dejarlo pasar así de fácil.

—Fueron asuntos del comprador de mi apartamento y… uh, mi celular se quedó sin batería —no tiene caso seguir mintiendo aquí—. No hagas más preguntas, Cora, ya te contaré todo en casa.

También le rehúyo la mirada a ella. Veo extrañada mi bolso sobre mi escritorio y lo tomo con cautela, esa mujer lo trajo.

—Vamos.

—De acuerdo, porque sé que lo que dices es mentira.

Asiento, me conoce bien.

Cuando salimos veo a Alexander en el mismo lugar de antes. Paso a su lado y levanta la mirada, atrayendo la mía. Permanecemos así. Percibo algo diferente en sus ojos, como si estuviera poniendo distancia entre nosotros u ocultando algo, aunque yo también oculto cosas que pronto repercutirán en nosotros.

—Yo… —Cora se remueve en su lugar—. Te espero en el ascensor mientras te despides —dice, alejándose.

Miro sus ojos verdes. No importa cuánto lo desee o fantasee con cosas imposibles entre ambos, como una vida juntos, por ejemplo… nunca será posible y nunca lo admitiré en voz alta. Desearía tener una vida diferente, pero sé que no será así.

Nuevamente Seth me atrapará y no podré hacer nada al respecto, me iré de Londres, lejos de Alexander también, aunque eso me duela.

—¿Por qué desapareciste? —pregunta.

—Asuntos personales —respondo y parece aceptar el pretexto de inmediato.

Asiente. Desde que llegó, no se ve como anoche, cuando fue mi colchón humano. Ni como esta mañana, todo bromista. Siento que la distancia crece entre nosotros, e incluso ha vuelto a llamarme "Emma". Puede parecer un hecho insignificante, aunque sé que no lo es. Sin embargo, lo acepto; lo inevitable siempre sucede.

—Tu amiga me llamó, estaba muy preocupada por ti, fue muy insistente —frunce el ceño de nuevo y mantiene el semblante serio.

Asiento.

—Cora es así, debí llamarla, pero lo olvidé —suspiro—. De todas formas, gracias por venir —respondo en voz baja, ya no me quedan fuerzas para replicar o para pelear, oficialmente me rendí.

Me mira otra vez tan serio como sólo Alexander Roe puede estarlo. Sé que quiere decirme algo, pero no lo hace. Quizá que anoche fue un error, que todo lo que sucedió fue mentira o yo qué sé, pero voy a ahorrarle las palabras; de todas maneras, nunca creí que podríamos tener algo fuera de un acuerdo casual por más que yo lo quisiera.

Nadie quiere a una mujer jodida. Resisto las ganas de llorar con ese pensamiento y me las arreglo para sonreírle.

—Adiós —me inclino y lo beso en la mejilla.

Es una despedida, aunque él no lo sabe, así como tampoco sabe que lo extrañaré. Permanece estático. Finjo ignorar ese gesto y me separo de inmediato. Camino hacia el ascensor con el alma por el suelo, lo miro una vez más y ondeo la mano.

Te amo. Te amo. Te amo. Me arde el pecho con esos pensamientos, pero qué más da, sólo podré decirlo en mi mente. En un segundo estoy caminando hacia el ascensor y al siguiente estoy en el aire. Ahogo el jadeo que amenaza con salir de mi boca y me sujeto a los hombros de Alexander. Me mira y…

—Conque atendiendo asuntos personales, ¿eh? —mira por el pasillo—. Qué mentirosa eres, considera tomar terapia para mitómanos.

Lo miro atónita mientras camina conmigo en brazos hasta el ascensor. Cora se hace a un lado y nos mira de reojo.

—Oye, cabezota —le dice Cora mientras Alexander pulsa el botón del último piso—. ¿Cuándo vamos a reunirnos para lo del edificio de tu hermano? Entre más pronto dejemos de vernos será mejor para mí, así podré superar a los Roe y no volveré a verlos jamás —la última parte no la dice tan convencida.

Miro primero a la bestia de ojos verdes y luego a ella. El ascensor comienza a bajar.

—¿Disculpa? —él arquea una ceja.

—¡Oh, sí! ¡Lo olvidé! —levanta las manos sobre su pecho—. Es un asunto confidencial y no debo hablar sobre eso o me matarás. Por favor, no lo hagas, soy muy joven —hace un gesto con su mano como si cerrara su boca con un zipper y se pone pálida.

¿Acaso aquí todos se han vuelto locos? Un segundo, ¿lo llamó "cabezota"? Salgo de mi aturdimiento como si yo fuera la única que nota lo que está sucediendo.

—Alexander, bájame.

—No —responde sin mirarme.

—Bájame —me remuevo, pero me sujeta con más fuerza. ¿Qué demonios le sucede?

Los pisos se me hacen eternos. Cuando las puertas se abren, pienso que va a bajarme, sin embargo, no lo hace. Miro a la poca gente que queda aquí y la vergüenza me invade. Ethan se acerca desde la puerta de entrada hasta nosotros.

—Lleva su auto, ella viene conmigo —ordena.

¿Qué?

—Yo iré en mi propio auto, cuídala —dice Cora recolocándose el bolso y me dedica media sonrisa—. Te veo en casa, *sexy*, cuando decidan regresarte.

Mi rubia favorita se va sin mirar atrás y yo quedo más atónita que antes. ¿Qué paso con la distancia de arriba y la mirada seria? Alexander camina a la salida conmigo y, cuando me remuevo otra vez, finalmente mé baja.

Me desliza por su cuerpo hasta que mis tacones tocan el suelo. Sus camionetas aparecen de inmediato a la entrada.

—Entonces, ¿asuntos personales? —vuelve a decir.

—Sí, ya te lo había dicho.

Me mira con el ceño fruncido y entonces levanta mi cabeza hacia la suya hasta que posa sus labios sobre los míos suavemente. Su mano serpentea por mi cintura y me pega a su pecho en un gesto cálido que no es bueno para mi salud mental en este momento. Por más que quiero resistirme el solo contacto de sus labios me envuelve.

—¿Por qué te ves desaliñada? Dime la verdad —pregunta, separándose de mí y dejándome jadeante.

—No quiero problemas —lo miro y trato de recuperar el aliento. Por el rabillo del ojo observo al hombre de traje gris que me vio salir de la bodega, está hablando con Ethan. *Mierda.* Matt nos abre la puerta y, antes de que pueda protestar, Alexander me sube.

Espero que entre, pero no lo hace. Mis ojos se abren en cuanto veo que se acerca al hombre y su expresión cambia. Regresa al auto con los hombros tensos y la mirada seria.

—Déjeme verte —se sube a la camioneta.

—¿Para qué? —me aparto cuando estira la mano.

—Ven aquí, Emma —dice serio y me atrapa de inmediato. Me coloca a horcajadas sobre él y con la mirada recorre cada centímetro de mi cuerpo—. Asuntos personales mis cojones. ¿Cómo que saliste tambaleándote de una maldita bodega?

Aprieto los labios en línea recta y permanezco en silencio. Le rehúyo la mirada.

—Suéltame.

—Si no me dices lo que pasó, iré a revisar las cámaras de vigilancia de la empresa y lo averiguaré por mí mismo —respira con dificultad por la nariz—. No quiero sacar conclusiones precipitadas.

Lo miro fijamente.

—No soy tu maldito problema, Alexander —digo y es la verdad.

—Bien —me recoloca en mi asiento y se baja—. No la dejes salir de la camioneta —le dice a Matt gruñendo.

Oh, no. De inmediato tomo la manija, pero la puerta no se abre. Alexander sube los escalones de la entrada y cruza las puertas de cristal. Voy por la otra puerta y tampoco se abre.

—¡Matt! —golpeo el vidrio, pero el hombre se mantiene en su lugar sin pestañear—. ¡Matt! ¡Ábreme la puerta, por favor! —golpeo otra vez y veo cómo hace una mueca, pero no me libera de mi prisión.

—Lo siento, señorita Brown, recibo órdenes del señor Roe —cruza las manos por enfrente y veo el tatuaje en su brazo.

Se me hiela la sangre cuando al fin recuerdo las últimas palabras de Alesha. *No soy una simple arquitecta.*

—Es un delito retener a alguien en contra de su voluntad.

—No si es por su bien. El hombre de traje nos dijo que salió de la bodega tambaleándose y muy enferma —responde y vuelve a su posición de antes.

¿Que dijo qué? Sigo peleándome con la manija, pero no logro nada y no me queda más remedio que rendirme a ser prisionera otra vez. Miro mi bolso, está del otro lado del asiento. Bueno, ¿y a mí qué más me da si descubren a esa zorra loca?

Después de varios minutos observo a Alexander acercarse a la salida. Hay tres hombres esperándolo ahí y, a través del cristal, veo cómo les grita algo que los hace agachar la cabeza. Cuando termina, sale por las puertas dobles y su mirada me hiela la sangre.

Matt por fin se aparta y la puerta se abre. Permanezco en mi asiento, expectante, y siento la tensión de Alexander en el aire. Ya sabe todo. Matt se sube rápidamente del lado del conductor.

—A urgencias, de inmediato.

Me incorporo. Oh, no.

—Sí, señor Roe.

—Alexander —lo miro cuando la camioneta se pone en marcha.

—No voy a aceptar una negativa, Emma, las cintas están dañadas, pero pude ver muy bien cómo estuviste en esa jodida bodega siete putas horas —remarca cada palabra.

¿Dañadas? Eso no es lo más importante ahora mismo.

—Estoy bien, sólo llévame a mi casa —me ignora—. Alexander —me quito el cinturón, pero sigue ignorándome.

Me planto de su lado y sus manos me atrapan automáticamente cuando damos la vuelta en una curva.

—Estoy bien, Alexander, no tienes que llevarme a ningún lado —tomo su rostro desesperada, no quiero ir a un maldito hospital, con sólo pensarlo comienzo a temblar de miedo.

—Mírame, estoy perfecta.

Desliza la mano que tiene en mi cintura hacia mi vientre mientras giramos por la otra curva. Abre la mano y me mira fijo antes de que sus ojos se claven en mi abdomen.

—Alexander —sigo el rumbo de su mirada, pero no me detengo—. Por favor, llévame a casa.

Levanta la mirada y desliza la mano que tiene sobre mi vientre hacia mis manos, con las cuales sostengo la solapa de su traje. No me había percatado de que las tenía ahí y ahora veo cómo se mueven con frenesí.

—Tuviste un ataque de pánico —dice como si de pronto lo comprendiera todo mientras toma mis manos. Sacudo la cabeza y siento el miedo de estar encerrada otra vez. Efecto retardado, lo llaman algunos.

Sin embargo, ya no estoy encerrada.

—Mírame —me toma de la nuca y vuelvo a sacudir la cabeza—. Tuviste un ataque de pánico encerrada en la bodega.

No respondo, sé que el miedo está aquí otra vez y estoy por hacerme un ovillo.

—Emma —me llama por mi nombre, y surge nuevamente ese efecto doloroso en mí—. Emma —repite.

¿Cómo pude soportar esto estando encerrada y sola en ese agujero?

—Nena, mírame.

Soy traída de vuelta a la vida con esas palabras y levanta mi cabeza hacia la suya. —Respira —su mano acaricia mi espalda.

—No puedo —digo con voz apretada.

—Sí puedes, sólo mírame —eso hago. Veo el verde de sus ojos y puedo respirar otra vez.

Es un alivio para mis pulmones. Dejo caer mi cabeza sobre su pecho sin importarme nada. El miedo se desvanece poco a poco, entierro mi cabeza en su cuello y me sostiene así. Sus dedos trazan círculos en mi cintura.

—Estaba atrapada —digo en voz baja antes de que pueda detenerme—. No podía salir.

Su pecho se alza con una respiración profunda y me levanta con él. Permanece en silencio por varios minutos en los que lo siento tensarse.

—¿Cómo pasó? —pregunta.

—Me encerraron.

Maldice en voz baja y su pecho se vuelve a alzar.

—¿Quién? —gruñe.

No le respondo. Me siento más tranquila mientras me sostiene. Ahora que está más cooperativo puedo pedirle que me regrese con Cora.

—Llévame a casa.

—No —responde tajante.

—Alexander —lo miro desde abajo y deja de fruncir el ceño.

—Basta, Emma, se hará lo que yo digo.

—Está bien —nuevamente me abrazo a él con demasiada fuerza, no quiero dejarlo, me quiero quedar con él toda la vida.

. . .

Después de una revisión minuciosa por parte de la doctora Kriss durante la cual Alexander estuvo detrás de mí todo el tiempo mientras la médico le aseguraba que estoy bien, voy subiendo por el ascensor de mi edificio. En el consultorio privado lo vi con el ceño fruncido todo el tiempo y su expresión no ha cambiado.

Escuchó todo lo que me dijo la doctora Kriss en silencio y después se aseguró de subirme a su camioneta sin darme posibilidad de huir, aunque tampoco iba a hacerlo.

—No tienes que seguirme —digo abriendo la puerta.

—Trata de deshacerte de mí —responde a mi espalda—. No voy a ir a ningún lado.

Cora sale de la cocina peinada con un moño desordenado.

—Bueno, hola —levanta la espátula que lleva en la mano—. Ese viaje a casa duró más de la cuenta. ¿Hubo alguna parada especial?

—Coraline —la saluda él y ahora que lo pienso sólo lo hace para molestarla, porque la rubia frunce el ceño. De pronto, se dirige a mí—. Ve a tu habitación, necesitas descansar —repite lo mismo que dijo la doctora Kriss.

—Claro, tú toma un baño y yo prepararé la cena —dice Cora, aunque no tiene idea de por qué lo dice Alexander—. ¿Te quedarás a cenar, cabezota?

Alexander arquea una ceja y la idea de tomar un baño me resulta tan atractiva en este momento. Dejo mi bolso en la entrada y me quito los tacones de un puntapié. Camino hacia la ducha para liberarme de todo el estrés de este jodido día.

Aún dudo que mañana pueda levantarme y seguir adelante. Me desnudo y regulo la temperatura del agua. Alexander no preguntó ni dijo más y eso no me gusta nada.

El agua caliente moja mi cuerpo y relaja los músculos tensos de mis espalda y hombros. Lloro ahí mismo, lloro por haber estado encerrada en esa bodega y porque el agente me llamó mentirosa.

Lloro por parecer tan débil todo el tiempo. No sé cuánto tiempo paso en la ducha, pero, cuando el agua se ha llevado mis lágrimas, siento una esponja pasar por mi espalda y me sobresalto.

Alexander me sostiene por la cintura y reajusta la temperatura del agua. Respiro entrecortadamente y su mano se mueve por mi abdomen. Pega el pecho a mi espalda. Tengo que terminar con esto de una buena vez.

Como dije en la empresa, no hay nada que pueda hacer para evitar que Seth me atrape. Además, entre Alexander y yo no hay nada más, nunca lo hubo, ni podría haberlo.

—Deja de pensar, Emma, sólo te haces daño —dice cerca de mi oído como si pudiera leer mi mente y vuelve a acariciar mi abdomen.

—¿Por qué? —preguntó en voz baja.

—¿A qué te refieres?

Me giro para tenerlo de frente.

—¿Por qué fuiste a buscarme, Alexander?

Frunce el ceño.

—Coraline me llamó.

No sé qué buscaba con esa pregunta. Soy una estúpida. Miro hacia un punto fijo por encima de su hombro.

—Si eso es todo, entonces vete, necesito más que eso.

—Si lo pides de verdad, lo haré —su mano sube a mi rostro y desliza su pulgar sobre mi mejilla como si enjugara mis lágrimas—. Dime que me vaya, pero de la forma correcta, mirándome a los ojos.

Eso es fácil. Levanto la vista otra vez hacia esos pozos verdes.

—¿Siempre tienes que escuchar las cosas dos veces para creerlas?

—No, pero la gente no siempre dice lo que en realidad quiere la primera vez —me mira directo a los ojos—. Dilo, Emma, pídeme que me vaya.

Maldición. ¿Por qué lo complica? ¿No ve que me rendí respecto a Seth? ¿No ve que sólo soy una mujer derrotada frente a él? Respiro profundo.

—Vete, Alexander.

Asiente.

—Ya lo dijiste, ahora créetelo —me toma de la nuca y me besa de inmediato.

Sus manos bajan a mis muslos y me alza. Cierra la ducha. Me duele demasiado el alma, mi miedo sigue aquí, pero, en cuanto me toma en brazos, siento como si todo desapareciera.

—Eres una obstinada, Emma —se aparta lentamente y me mira con el ceño fruncido—. Y me mentiste en la oficina.

—No soy tu problema.

—Me importa una mierda, voy a joder a quien te encerró.

Mi pecho se alza y me saca en brazos de la ducha. Así, goteando, camina hacia mi habitación y ahogo un sollozo al ver el pasillo.

—Alexander, van a lastimarme y a Cora también si no me voy.

—Yo te protegeré.

Mi mano se apoya en el azulejo de la ducha y abro los ojos de golpe. Estoy sola; mis pensamientos me traicionaron. Mi piel luce arrugada. No sé cuánto tiempo llevo aquí ni por qué decidí comenzar a fantasear una charla con Alexander. Quizás es mi desesperación o que ya perdí la razón.

Me enjuago el jabón y me pongo la bata antes de salir. Tengo la piel más suave y menos tensa, pero mis hombros todavía se sienten caídos. Al parecer, la ducha no fue suficiente para relajarme por completo.

—Cora —salgo por el pasillo y veo a mi rubia favorita recargada en la encimera.

—No está, por si lo buscas —responde—. En cuanto entraste a la ducha se fue, se veía extraño.

—No importa —suspiro.

—¿Ahora sí vas a decirme lo que sucedió? Porque no traes buena cara, *sexy*. ¿Qué está mal?

—Nada, todo está perfecto —le dedico la mejor de las sonrisas. Decirle adiós a ella también será difícil.

No se ve muy convencida con mi respuesta, pero en ese momento suena su celular, interrumpiéndonos, cosa que agradezco. Lo ve con el ceño fruncido y luego me mira fijamente. Mientras tanto, voy por un poco de agua.

—Es Bennett —alza las cejas y también me sorprendo, aunque ella más bien se tensa.

—Responde, debe ser algo importante.

Lo duda unos segundos, pero al final asiente.

—¿Qué quieres, Bennett? Te dije que no me llamaras más.

El sonido de la música llega hasta mí. Cora frunce el ceño y se aleja el celular de la oreja.

—¿Qué demonios? Parece que está en un bar —pone el altavoz y la música se escucha aún más alta—. ¿Qué diablos significa esto?

—Quizá se marcó por error, no creo que te haya llamado para que supieras que está en un bar en Nueva York —arqueo una ceja, esto es increíble. Espero que no sea lo último que pienso.

—Voy a colgar —pone los ojos en blanco, pero segundos antes de que lo haga escuchamos una voz masculina cantar.

—*Saturday morning jumped out of bed and put on my best suit. Got in my car and raced like a jet all the way to you* —alzo ambas cejas y veo que Cora tiene la boca abierta porque escuchamos a Bennett ebrio comenzar a cantar "Rude", de Magic!, a todo pulmón con la voz ronca.

Cora abre mucho los ojos y permanece estática escuchando la canción y la voz inconfundible de Erick animando a Bennett a seguir cantando.

—Díselo, hermano —lo anima a gritos.

—*Why you gotta be so rude? Don't you know I'm human too?* —Bennett continúa, pero en la línea que dice *I'm gonna marry her anyway* ("Me casaré con ella de todas formas") cambia el pronombre y dice *I'm gonna marry you anyway*, es decir, "Me casaré contigo de todas maneras".

Sujeto mi pecho conmovida por el romanticismo del momento. No puedo evitar sonreír por escuchar a Bennett confesar su amor. Las mejillas de Cora se sonrojan y entonces Bennett termina de cantar dando un último grito.

—No importa lo que hagas, Coraline Anne Gray, así me odies, sé que en el fondo me amas y un día me casaré contigo de todas formas, ya lo verás —promete.

—Lo harás, hermano —se escucha la voz de Erick y entonces se corta la llamada. Cora se queda mirando el celular, impactada, cierra la boca de golpe y respira hondo—. Comprobado, los Roe están dementes.

—Eso no me parece loco, bueno, si lo ves como loco enamorado, suena mejor.

Sacude la cabeza.

—Lo único que escuché fue a un… a un loco ebrio cantando una mala versión de una canción que no me gusta —evade mi mirada—. ¿Por qué no olvidamos este bochornoso momento de mi vida y regresamos contigo?

Me río débilmente.

—Como si pudiera olvidar a Bennett diciendo que se casará contigo. Parece muy decidido, ¿crees que sí cumpla su promesa?

—¡Emma! —me mira con los ojos entornados—. Tú no viste ni escuchaste nada, borra ese recuerdo de tu memoria en este instante.

—Será imposible, ya imaginé tu vida con él —me río más fuerte.

—Además qué importa, sólo llamó ebrio, a kilómetros de distancia, la realidad para nosotros es otra, es sobre mis padres —suspira.

—¿Bennett y tus padres? —la miro fijamente.

—Estoy asustada de decir lo que descubrí.

—Me estás inquietando.

—Emma —me mira preocupada—. *Sexy*, acabo de ver a un hombre irse acojonado por alguna razón, así que mejor dime qué pasa contigo.

Me quedo atónita. ¿En qué momento esta conversación retornó hacia mí?

—¿Sobre qué?

—Bueno, puedes comenzar llamando a la persona que compró tu apartamento. Dice que te ha estado enviando correos y sigues sin respondérselos.

—Es verdad, lo había olvidado por completo.

—Sí, bueno, eso, pero también puedes hablar de lo que sucedió hoy —se encoge de hombros—. O de lo que sucede con Alexander —abro la boca, pero me detiene—. Ya no lo niegues, entre tu lujosa y nueva cama, el hombre durmiendo en el sofá, esa mirada brillante…

Trago saliva con fuerza.

—¿Mi nueva cama, dijiste?

Asiente.

—La trajeron cuando llegué a casa, casi me asustó el tamaño de esa cosa —se ríe—. Pero conozco tus evasivas y no me voy a apartar del tema en cuestión y ese tema se llama Alexander Roe.

Por primera vez en mi vida consigo mantenerme entera frente a ella. Verla tan perfecta y fresca me inspira a ser un poco más fuerte.

—No sucede nada más de lo que sabes —me encojo de hombros—. Lo de hoy fue una confusión, ya te lo explicaré después. Creo que iré a dormir temprano hoy —camino por el pasillo.

—Emma Roe Brown, detente ahí mismo —dice a mi espalda y me detengo más por la sorpresa de lo que dijo que por otra cosa—. Comienza a hablar ahora mismo.

Arquea una ceja rubia, no va a parar hasta conseguirlo. Con un suspiro, procedo a contarle la verdad.

Alexander

Miro el edificio por fuera y presiono el puente de mi nariz. No pude quedarme, traté, pero no pude por las palabras de Alesha y porque tampoco quiero que Emma comience a involucrar sentimientos. Respiro hondo.

Voy a joder al que le hizo esto. Me molesta ver el video donde se observa que entró a la bodega y pasó horas encerrada. No sé qué me pasa, pero, cuando pienso en ayudarla, recuerdo algo que no quiero.

Tomo el celular y marco los números correctos antes de llevármelo al oído.

—Christopher, necesito verte.

—Estoy en casa, ven cuando quieras, Alexander.

Miro de nuevo el edificio y el recuerdo de las palabras de Alesha viene a mi mente otra vez por alguna razón.

—Olvídalo —frunzo el ceño—. Te veré mañana en la oficina.

—¿Estás seguro?

—Sí, era algo sin importancia, unos reportes y otras cosas.

—De acuerdo, pero sabes que estoy disponible para lo que necesites. Lo hablaremos mañana por la mañana.

Termino la llamada y respiro hondo. ¿Qué mierda me pasa? Cierro los ojos y rebusco en la bolsa de mi saco. Cuando encuentro el envase pequeño, lo saco de inmediato. Miro de nuevo el edificio y un maldito pensamiento sobre ella surca en lo profundo de mi mente.

Un pensamiento que no quiero escuchar, aunque sé que Alesha tiene razón: debo terminar mi vínculo con Emma.

Saco dos píldoras del envase. Las aborrezco, aborrezco que me dejen inconsciente por varias horas, pero lo que más odio es recordar por qué terminé tomándolas. Son recuerdos míos y de Bennett en el infierno.

—Al Score —ordeno a mis hombres con voz ronca.

Miro una última vez el edificio y llevo las píldoras a mi boca, debo terminar mi relación con ella, mi organización es mi prioridad.

Capítulo 39

Alexander

Pienso en el poderío que poseo, del cual nadie sabe salvo mis aliados, como el ministro de Londres, Caterva y algunos otros. Guardo un secreto oscuro al que nadie debe estar ligado, mucho menos Emma.

No está preparada para conocer quién soy realmente y es mejor así. Miro el edificio desde mi camioneta cuando Matt avanza. Pienso en los momentos en los cuales Emma ha ido penetrando las capas de mi confianza.

A la mierda todo. Me saco las pastillas de la boca antes de tragarlas y las escupo mientras miro por el retrovisor.

—¿Cuánto tiempo han estado vigilando la casa de Bennett?

—Todo el día, señor, y no hay rastro de los *kray* por la zona.

—Quiero mi auto listo a la entrada del Score.

Matt asiente y habla por el auricular. Saco mi celular, estoy frustrándome con tonterías no fundamentadas cuando tengo cosas importantes que hacer. Le escribo un mensaje de texto rápido a la rubia para encontrarnos fuera del edificio de Bennett, pero no responde.

Aparcamos en el Score y me cambio de ropa antes de subirme a mi Aston Martin. Coloco el celular sobre el tablero y tengo al hombre que busco del otro lado de la línea en cuanto salgo a la carretera.

—Háblame de los rusos que quieren invertir con Bennett.

—Aparentemente, todo indica que no hay problema con los empresarios, Alexander, aunque, investigando a profundidad, descubrimos que lavan dinero y el MI6 ya los está buscando, así que si tu hermano se asoció con ellos, lo terminarán involucrando.

—No es novedad, pero ¿en específico, con quién está trabajando Bennett?

—Dmitry Makov, el ruso que se alió con Logan.

Bennett lo sabía y aun así decidió involucrarse con ellos. ¿Qué pretende hacer? Le doy las últimas indicaciones al tipo con quien estoy hablando por teléfono y, al detenerme en la luz roja, vuelvo a enviarle mensaje a la rubia. Como sigue sin responder, la llamo.

El teléfono suena varias veces, pero no toma la llamada. Intento de nuevo y finalmente tengo éxito.

—¿Qué quieres, cabezota? Estoy durmiendo, como la gente normal —dice casi susurrando.

Contengo la molestia de escucharla llamándome así de nuevo y me recuerdo que sólo ella sabe dónde están las jodidas facturas que involucran a Bennett con Dmitry y que también vio a un par de *kray* visitarlo hace algunas noches.

Se lo advertí, le dije que mantuviera a la rubia lejos de nuestros asuntos, pero no lo hizo. Ella terminó viendo más de la cuenta y sé que no es tonta, me hizo preguntas; incluso deduzco que está ayudándome para obtener más información. Tengo que deshacerme de ella.

—Sabes que soy alguien peligroso, así que vas a ayudarme de buena gana o pondré un arma en tu cabeza para que lo hagas —escucho cómo contiene la respiración.

—Está bien, pero no me amenaces más, por favor.

—Estoy en camino al edificio de Bennett, te quiero ahí de inmediato, lleva la llave que le robaste y entra como acordamos, quiero los documentos de los que me hablaste.

—¿Estás seguro de que no hay nadie vigilando? ¿Ni la mujer de la limpieza? No quiero ser arrestada a la mitad de la noche por allanamiento de morada y tampoco quiero ir a la estúpida comisaria de la avenida Diecisiete donde el agente es un completo estúpido que acepta sobornos.

Dios, esta mujer está loca.

—Sí, ya te dije que soy muy precavido o no te estaría llamando —doy vuelta a la derecha—. Y te aseguro que no vas a terminar en prisión.

—Pues muy listo no eres porque, si lo fueras, habrías captado… —se detiene abruptamente y la escucho suspirar.

—¿Habría captado qué?

Escucho ruido del otro lado.

—Nada. No puedo ir ahora. Tengo un asunto importante aquí.

—¿Cómo que no puedes? Tenemos un trato.

—El trato fue que te ayudaría por las buenas o me matarías porque dijiste que esos documentos son importantes y que, si no los recuperas, Bennett estará en problemas, sin embargo, podemos conseguirlos mañana.

—Los conseguiremos ahora —le ordeno, perdiendo la paciencia.

—A darle órdenes a tu abuela. No voy a dejar a Emma sola, ella es más importante para mí que cualquier cosa, así que puedes mandar a tus matones contra mí si quieres —frunzo el ceño y termina la llamada de inmediato.

Emma

—Esa maldita zorra pelirroja cruzó la línea, ya me veo haciéndome un licuado de zanahoria en su apartamento mientras le prendo fuego.

—Eso no importa, Cora.

—¿Que no importa? ¡Te dejó en una puta bodega siete horas! ¡Y si no hubieras podido salir? —se levanta—. Es hora de hacerle una pequeña visita en casa —toma las llaves de su auto—. Aún tengo ese bate de beisbol en mi carro y vamos a darle un buen uso.

—No, Cora.

—¿No? Eso no está a discusión, voy a sacar su apestoso cabello rojo y barreré el piso con él —entrecierra los ojos—. No sabemos dónde vive, pero puedes llamar a Adam y averiguarlo, debe conocerla, o a Alicia o ¡al mismo Alexander si quieres!

—Nada de eso, además Adam… Adam debe estar en urgencias. Alexander casi lo mata.

Una parte de mí piensa que llamar para saber cómo está sería lo correcto, a pesar de lo que dijo.

—¿Qué?

—Fue en la oficina y, como era de esperarse, Alexander lo dejó muy jodido —me encojo en mi lugar—. Los golpes que traía Alexander en el rostro fueron por esa pelea —frunzo el ceño—. Bueno, no todos.

—Mierda, ¿por qué me perdí eso? ¿Crees que quieran hacerme una demostración especial sólo para mí? —la miro confundida, pero su expresión fascinada no cambia—. No me culpes, no voy a sentir lástima por Adam, si tu hombre se lanzó contra él fue por una razón y, aunque no la sé, apoyo a Alexander.

Pongo los ojos en blanco, con ella es imposible hablar de esto, parece que tiene a Alexander en otro concepto diferente al mío.

—¿Y a qué te refieres con "No todos los golpes"? ¿Viste algo sospechoso?

—Anoche, cuando se fue, recibió una llamada como de emergencia, supongo que debió sucederle algo.

—Llamadas de improviso, ¿no? De esas por las que que dicen: "Tengo que irme de inmediato", bajan la voz, responden con monosílabos —asiento—. Bennett también recibía llamadas así y, bueno, sucedieron muchas cosas más —se reclina sobre el sofá—. ¿Alguna vez viste a unos hombres medio altos con ropa rara cerca de Alexander?

—¿Qué clase de hombres?

Se muerde el labio inferior.

—Hombres serios y misteriosos.

—No lo creo, pero ¿por qué lo preguntas? —recuerdo cuando vi el tatuaje de Matt y me invade el miedo.

—Por nada —sacude la cabeza—. Son cosas que pienso y veo.

—¿Qué clase de cosas? ¿Que ellos no son lo que parecen…? —dejo la frase flotando entre nosotras.

La forma en la que Alexander pelea, el hecho de que sus guardaespaldas se inclinen y prácticamente se arrodillen ante él. Quisiera que Cora dijera que no, que estoy desvariando, pero me mira con los ojos muy abiertos.

—Coraline.

—Estoy asustada —dice y se me hiela la sangre—. Esas cosas son demasiado peligrosas. Ya te contaré después de que haya ayudado a Alexander a buscar algo en el apartamento de su hermano. Por ahora sólo puedo decir que debemos contactarnos con Dylan de emergencia, sé que ellos no son lo que aparentan —desliza el dedo por el borde de su taza lentamente—. A veces nada es lo que parece.

Tiene la mirada perdida. Suspiro y me levanto por mi bolso. Mi celular está lleno de mensajes y llamadas perdidas. Todas son de Cora. Ella llena de nuevo nuestras tazas y comienzo a revisar los mensajes.

Hay uno en especial que me llama la atención, no tiene mucho que llegó. Es un número desconocido. Lo abro dudosa.

¿Ya te fuiste a Trafford como te ordené?

Me tenso, es de Seth. Respiro profundo y lo elimino después de releerlo dos veces.

—Luke y yo buscamos al señor Hilton para recuperar el cuadro —dice Cora desde la cocina—. Anoche no tuvo demasiada suerte él solo, el hombre no se presentó, pero veremos si funciona el encanto femenino.

—¿Lo recuperaron? —me levanto del sofá y otro mensaje entra en ese momento.

> Veo que desobedeciste, estoy aquí. ¿Por qué no bajas
> y hablamos de lo que sucedió en la comisaria hoy?
> Jaden me contó todo.

Mi respiración se atasca y reviso que la puerta esté bien cerrada.

—No, el hombre no apareció, pero mañana iremos de nuevo, ese cuadro tiene dueña —Cora está ajena a lo que sucede.

Una llamada entra y es del mismo número. La rechazo de inmediato. Vuelve a entrar y la rechazo otra vez.

> Llamaré a la policía.

Escribo apretando la mandíbula.

Cora dice algo que no puedo escuchar.

> La policía no va a ayudarte, trabajan para mí. Si no
> bajas, voy a subir y les daré una visita especial a Cora
> y a ti. ¿Eso es lo que quieres? ¿Quieres que también
> me la coja a ella?

—¿Entonces qué dices? Me parece la mejor opción —dice Cora, apareciendo con nuestras tazas en las manos.

Me quedo en blanco mirándola.

—Uh…

—Si quieres busco otra opción —no sé a qué se refiere.

El temblor de mi mano me hace apartar la mirada mientras ella se sienta en el sofá.

> Te lo advertí, voy a subir.

—No —digo de inmediato.

—¿Entonces busco otra opción? —me pregunta confundida.

Asiento y tomo mi abrigo del sofá, sólo tengo la bata puesta y voy descalza.

—Tengo que bajar por unas facturas que dejé con el portero —busco las llaves del apartamento tratando de no parecer nerviosa.

—¿Irás así? —se levanta—. Yo lo hago.

—No —la detengo—. Yo voy. Necesito un poco de aire fresco, siete horas encerrada puede ser asfixiante.

Frunce el ceño, pero no me quedo a escuchar su respuesta. Salgo de inmediato pisando el suelo helado.

Ya salí, no la lastimes.

Escribo. No puedo dejar que lastimen a Cora y llamar a la policía es una pérdida de tiempo, en este mundo sólo el más fuerte sobrevive.

Lindo y obediente *conejito*, ya sabes que ningún agente te va a ayudar.

Trato de aplacar las náuseas que me da leer eso.

No uses el ascensor, baja por las escaleras así descalza como estás.

Miro de nuevo a mi alrededor, asustada por el hecho de que supiera que no llevo zapatos.

Deja de mirar y baja de una buena vez, no voy a lastimarte.

Miro el pasillo donde estoy. Qué ironía, es el mismo sitio donde estuve una vez con Alexander. Ajusto las solapas de mi abrigo para cubrirme lo mejor posible y camino hacia las escaleras con los hombros caídos.

Abro la puerta roja de metal y comienzo a bajar escalón por escalón. Detrás de mí se escuchan unos pasos y me sobresalto. De repente tengo a alguien a mi espalda, el olor de su colonia me resulta familiar…

Permanezco estática. Una mano se posa en mi cintura y siento cómo el miedo me recorre todo el cuerpo. Mis ojos se llenan de lágrimas y apenas puedo procesar lo que sucede cuando esa risa ronca que aborrezco invade el lugar.

—Hola, *conejito* —dice Seth en mi oído.

Me sobresalto y despierto de esa pesadilla tan real. Veo que hay una mano aprisionando mi cintura con fuerza. ¡Mierda! Estoy en mi habitación, pero lo último que recuerdo es haberme dormido en el sofá después de platicar con Cora y beber té caliente para relajarme.

Las amenazas de Seth han sido tantas que ya tengo pesadillas con ellas. Todo esto no ha sido más que un mal sueño, pero el horror me invade rápidamente al ver a alguien en mi cama.

Grito con fuerza y trato de liberarme. Mi habitación está a oscuras. Hacía poco había podido conciliar el sueño con los ojos pesados de tanto llorar, incluso aún puedo sentirlos húmedos.

Creo que, con la rodilla, le doy en la entrepierna al hombre que se encuentra a mi lado porque lanza un quejido ronco y me suelta de inmediato. Para asegurarme de dejarlo en desventaja, bajo de nuevo la rodilla y le asesto un golpe más fuerte.

Me levanto con brusquedad de la enorme y costosa cama que no debería estar en mi habitación, y cuando camino hacia la puerta, el reguero de ropa me resulta familiar.

Me detengo con el ceño fruncido. Mis mejillas aún se sienten húmedas y eso me hace sospechar que no tiene mucho que llegó, porque lo último que recuerdo es haber estado llorando en silencio en el sofá para que Cora no me escuchara y después haber cerrado los ojos.

—¿Alexander? —corro hacia el interruptor, prendo la luz y entonces veo al castaño sobre la cama que él mismo compró.

Está doblado sobre su abdomen desnudo y su rostro luce compungido. Sobresalen las venas alrededor de su cuello por la fuerza con la que está apretando la mandíbula y maldice en voz baja varias veces con las manos sobre su miembro.

—Coño, Emma —jadea entre dientes—. Acabas de eliminar cualquier posibilidad de que tengamos un hijo.

Me cubro la boca con la mano y camino hacia él con el corazón desbocado. *Oh, Dios, es él.* Estaba tan horrorizada de que fuera Seth. Mis muñecas comienzan a temblar, pero me las arreglo para ocultarlas.

—¡Pensé que eras un asaltante!

Mi corazón aún martillea en mi pecho. ¿Quién demonios aparece a la mitad de la noche en la cama de alguien? Ya se había ido, ¿cómo iba a saber que volvería?

—Si no fuera por mí, un asaltante te habría atrapado más fácilmente en el puto sofá en el que estabas dormida —gruñe.

—Si no hubieras traído esta enorme y exagerada cama habría dormido en mi habitación, no pude quitarle los plásticos protectores —lo miro con molestia—. No sé si lo notaste, pero esto no es el Score, es un simple edificio.

Cuando entré y vi la monstruosidad que había aquí dentro casi me desmayo. La cama es tan grande como la de su habitación y en mi pobre recámara apenas hay espacio suficiente para ella, no sé cómo Cora permitió que la metieran.

Este hombre no conoce la palabra "gradual". Me mira como si yo estuviera demente. Aquí el único demente es él, que se mete en mi cama cada dos por tres.

—Me diste un susto de muerte —camino temblorosa hacia su lado de la cama para tomar un poco de agua—. ¿Sabes? Las personas normales no van... —me detengo porque me mira fijamente y después frunce el ceño.

¿Hay algo que no haya notado? Miro a mi alrededor y, cuando mi camiseta favorita para dormir me roza los muslos, me percato de lo que está viendo.

—¿Qué miras? —levanto la barbilla y me cruzo de brazos a pesar del temblor de mis manos. Me niego a sentirme avergonzada—. Tienes mis bragas, tengo tu camiseta, es un trato justo.

Me mira serio, pero puedo ver el esbozo de una sonrisa. Sube la mano y acaricia su nuca con el ceño fruncido.

—Ni siquiera lo pienses —lo corto cuando lo veo abrir la boca—. No voy a devolverte nada.

Su mirada se pone más seria que antes, sin embargo, yo también mantengo firme mi mirada molesta.

—Primero reduces nuestras posibilidades de tener un hijo con tu bendita rodilla y ahora me prohíbes expresarme —dice pensativo—. Interesante, señorita Brown, ¿cuál es el siguiente paso de su locura? Pensé que sólo te comportabas así cuando bebías.

—¿Mi locura? —me río sin humor cuando por fin se levanta—. Tú eres el que se metió aquí a mitad de la noche. ¿Acaso has considerado que el loco eres tú? ¡Ah! Ése es el detalle que falta. ¿Qué haces aquí? —remarco la última pregunta.

—Dormir, eso es lo que siempre hago a mitad de la noche —se inclina sobre mí y frunce el ceño cuando me mira a los ojos.

Aparto la mirada en cuanto veo el golpe en su pómulo. Sé qué aspecto tengo, hace poco estuve llorando miserablemente, sin embargo, no necesito su compasión ni la de nadie.

—Allanaste mi apartamento, estás demente —digo sin mirarlo.

—No.

—No sé qué haces aquí —levanto las manos, exasperada. El enojo crece dentro de mí—. Pero lo que sea que busques conmigo no lo vas a obtener, ya te dije que no quiero otro acuerdo casual, así que sal de mi cama ahora mismo.

—¿Perdona?

—Quiero que te vayas —lo miro y vuelve a fruncir el ceño. ¡Dios! ¡Quiero que deje de mirar mis ojos!—. El sexo duro no fue reconciliación, sólo fue sexo, cumpliste con tus funciones, ahora vete —me las arreglo para decirle eso sin que mi voz tiemble, ya cuando se vaya podré derrumbarme de nuevo.

Su mirada se ensombrece, pero no me importa. Está loco, por completo loco. Mi día fue una mierda y sigue sin mejorar. Incluso mi pequeño logro de haber conciliado el sueño por unos minutos acaba de irse a la basura.

Estoy cansada mentalmente como para discutir y ya me cansé de llorar frente a todos. Con Cora traté de ser fuerte y sus abrazos me reconfortaron cuando dormimos juntas, pero, con Alexander, cualquiera de las dos opciones es una tortura.

Miro la ventana para asegurarme de que sigue cerrada y de que nadie podrá forzarla para abrirla. Lo escucho colocarse la ropa y permanezco en silencio viendo la acera vacía. *Es Alexander*, me repito de nuevo.

Me froto los ojos con manos temblorosas, me duelen por todo lo que ha pasado. Escucho sus pasos y… de pronto mis piernas abrazan su cintura en un instante.

—Si no hubieras estado encerrada en una jodida bodega, discutiría contigo —lo miro atónita y vuelve a fruncir el ceño—. ¿Por qué no te tomaste el calmante que te dio la doctora esa? ¿Por qué coño estaba en la basura?

¿Cómo sabe que estaba en la basura?

—No lo quiero, mi dolor no se eliminará con eso —esa píldora no arreglará nada. Los efectos negativos en mi cuerpo los provoca una persona: Seth.

—¿Cómo que no lo quieres? —pregunta enojado y toma mis muñecas para que dejen de temblar; su agarre es firme pero cálido—. ¿Te importa tan poco tu vida?

Lo miro a los ojos. Mi labio inferior comienza a temblar, es la frustración, el enojo y… Yo sólo quiero que esto termine.

—Eres malditamente imposible —sacude la cabeza y así, molesto, camina hacia la salida—. Te debí llevar conmigo desde un principio —dice más para sí mismo que para mí.

—¿Emma? —la voz soñolienta de Cora se escucha por el pasillo y la rubia aparece con un pantalón holgado frente a nosotros—. ¿Qué demonios haces, Alexander? ¿La estás raptando?

—Esto no te incumbe —mira a Cora y ella se hace hacia atrás con miedo. De pronto, recuerdo nuestra plática—. Se irá conmigo —le responde tajante—. Debiste encargarte de que se tomara el calmante como te dije.

—No quiso hacerlo.

Ni siquiera miro a Cora ni escucho que más le dice porque sólo trato de controlar mi cuerpo para que no me lleve con él.

—Bájame —susurro mientras me aferro a sus hombros cuando salimos del apartamento y entramos al ascensor.

—No.

Sollozo un poco. No quiero ser débil, pero él no debió regresar a sacarme de mi miseria.

—Bájame —vuelvo a pedir y dejo caer mi cabeza sobre su hombro.

Permanece en silencio y el ascensor se abre. El frío se precipita sobre mis muslos desnudos y me abrazo a él en busca de calor.

Soy patética, voy mojando su chaqueta negra con las lágrimas que caen por mis mejillas. *Nadie cuida de mí, nadie puede ayudarme*, me repito una y otra vez. Alexander no me baja.

—Al Score —escucho que le dice a alguien que no alcanzo a ver.

Subimos a la camioneta y me coloca a horcajadas sobre él. La manga derecha de su chaqueta está un poco rasgada como si se hubiera jalado con algo.

—Abre la boca —escucho un paquete abriéndose y, cuando lo hago, Alexander coloca un calmante en mi lengua.

Trago con fuerza y, cuando se desliza por mi garganta, me aferro a su camisa y escondo la cabeza en su cuello.

Permanece en silencio, no dice nada. El auto se pone en marcha y el movimiento provoca que me sujete con más fuerza a su camisa. No sé si es por lo que acaba de darme o porque estoy con él, pero siento como si pudiera dormirme así, como si con él todos los problemas desaparecieran.

Siento su mano acariciar mis mejillas con suavidad. Cuando abro los ojos, veo unos frascos blancos del otro lado del asiento, los reconozco de inmediato, son suyos, pero ambos están cerrados.

Mi cuerpo se siente ligero y, con el constante movimiento y el calor de su cuerpo, suspiro.

Alexander

Nuevamente resisto el impulso de limpiar los rastros húmedos en sus mejillas y mejor decido concentrarme en la carretera. Debí llevármela desde el principio, no sé qué coño estaba pensando al creer que debía estar fuera de todo esto, ella ya es parte, desde el beso en la galería, y, aunque no lo sepa, ya no se podrá librar.

Está acurrucada en mi regazo; mientras tanto, yo sigo maldiciendo en mi mente. Siento de nuevo el tirón en la nuca, pero lo dejo pasar. Si me hubiera tomado las jodidas pastillas para dormir no habría ido a su apartamento ni me habría percatado de que, como siempre, no hace lo que se le ordena.

Estoy malditamente enojado.

—¿Sabes por qué te dan los ataques de pánico? —le pregunto y su cuerpo se tensa.

—Por miedo y ansiedad —responde con un hilo de voz.

Por las veces que los he presenciado, parece que tienen un patrón, el de la noche en Brent, el de la oficina y éste, aunque este último la afectó más porque estuvo encerrada. Nunca había lidiado con algo así, sin embargo, el tema no me resulta ajeno.

Hubo un tiempo en el que me preocupaba que Bennett los tuviera. *Bennett*. Maldigo en mi mente otra vez. ¿Por qué coño se metió con Dmitry? El cuerpo de Emma se mueve y me regresa al presente.

—¿Quién te encerró? —le vuelvo a preguntar, apretando la mandíbula.

—Tengo frío —ignora mi pregunta y se pega más a mí.

Se hace un ovillo y mis manos se tensan cuando la aprieto contra mí. De nuevo me ronda un pensamiento respecto a nosotros y ella no ayuda a alejarlo, porque mete las manos bajo mi playera y acaricia mi pecho desnudo. Quiere contacto. Por eso se acurruca. La camioneta desacelera.

—El Lobo está aquí —dice Ethan por el auricular antes de abrirnos la puerta.

La bajo en brazos de nuevo. Ya no objeta nada, sólo reposa su cabeza en mi hombro mientras subimos. El enojo que sentía por la tarde no ha desaparecido. Tengo miles de cosas por las cuales preocuparme, pero ese puto pensamiento sobre nosotros sigue en mi cabeza.

Llegamos a la estancia y la jodida bola de pelos que me rasgó la chaqueta corre hacia nosotros. Emma levanta la cabeza cuando escucha el primer ladrido y entorna los ojos.

—Fuera de aquí —le digo al perro, pero comienza a revolotear a nuestro alrededor.

—¿Compraste un perro?

—No es mío, es de Bennett, a mí no me gustan los perros, tengo gustos más exóticos por lo que a mascotas se refiere —esquivo a la bola de pelos y sigo caminando.

—¡Es Kieran! —dice ella alzando las cejas y la miro confundido—. Cora me había hablado de él, pero no pensé que fuera tan lindo.

—Yo no lo llamaría especialmente lindo, ese animal es un desastre, se la vive mordisqueando mis trajes Versace, no lo quiero cerca de mí.

—Pues viene detrás de nosotros, parece que él sí te quiere —dice cuando cruzamos el pasillo hacia nuestra habitación.

El perro no tarda en meterse entre mis pies y pasar corriendo. El tirón en mi nuca regresa y estoy a punto de llamar a Ethan para que se lleve al animal. Bennett se comprará otro. Emma se remueve entre mis brazos y la bajo, aunque no muy convencido.

—Hey, Kieran —se agacha y el perro comienza a agitarse y a mover la cola—. Soy Emma —le acaricia la cabeza suavemente.

El animal, que suele correr como loco por toda la casa, se tranquiliza con ella y mueve la cabeza bajo su mano.

—Eso es, amigo —lo mira con ternura y observo la escena en silencio.

El perro vuelve a mover la cabeza y se deja acariciar por ella.

—Siéntate.

El perro se sienta y arqueo una ceja. Bennett pudo haberme dicho que el animal tenía modales, modales que manda a la mierda cuando se trata de mí. Esos ojos castaños que miraban fijamente al perro se vuelven hacia mí.

—Sólo necesita un poco de cariño, no que lo apartes cada vez que viene.

La miro con atención, parece que no habla del perro.

—Es un perro y no tengo humor para darle todos esos cuidados —me cruzo de brazos—. Además, nunca he tenido un perro.

—¿Y no crees que es interesante hacer cosas por primera vez? —se encoge de hombros—. Si tenemos miedo de hacer algo, nunca vamos a saber si realmente somos capaces de lograrlo.

—Suenas como si todo fuera tan fácil —señalo al animal.

—No lo es —sacude la cabeza—. Nunca es fácil —termina en voz baja y su mirada se pierde a lo lejos—. Ven y acarícialo —carraspea.

—No.

Levanta la barbilla y me clava esos putos ojos... Doy un paso al frente y pongo la mano ahí donde tiene la suya, sobre el perro. Se sobresalta cuando me ve hacerlo, pero no retira la mano.

Entrelazo mis dedos en los suyos y acaricio el pelaje amarillo del perro mientras la miro. Su mano es pequeña en comparación con la mía y me hace recordar la bofetada que me dio. Pego mi espalda a la suya y parpadeo con el ceño fruncido mientras acerco mi otra mano a su cintura por encima de su playera.

Su pecho se alza y yo frunzo más el ceño. Dejo de acariciar al perro. Mantengo mi mano sobre la suya y subo mi pulgar sobre el dorso de su mano, observando cada movimiento. Nunca he acariciado a nadie. Nunca he sentido la necesidad de hacerlo.

Vuelo a acariciar su mano. Un golpeteo me llega a las sienes y respiro profundo. Su pecho sube al compás del mío y... tengo que verla.

Con la mano que tengo sobre su cintura, la giro. Tiene los ojos entornados y la boca ligeramente abierta. Se inclina muy despacio y no sé qué coño hago inclinándome igual que ella, aun cuando el tatuaje del lobo quema sobre mi piel recordándome quién soy en realidad.

Emma

Miro los ojos verdes de Alexander y vuelvo a respirar profundamente. Estoy a punto de tocar su rostro con el mío, pero su mano sube y me detiene antes de que lo haga. Su ceño sigue fruncido y me mira como si quisiera alejarme.

—Maldito dominante —digo en voz baja mirándolo de una forma en la que no debería hacerlo.

Quita la mano con lentitud.

—Pequeña seductora.

Permite que me acerque hasta que la punta de mi nariz roza su mejilla. El contacto es suave y, por un momento, recuerdo el sentimiento cálido de estar con mi madre, de estar con Cora, pero… es Alexander, sólo él provoca un sentimiento más fuerte que todas las demás personas.

El que me desafió desde que lo conocí, el que me siguió a Downing Street, el que me reta por no desearlo como está acostumbrado a que lo hagan, el que me frustra cada que tiene oportunidad, el hombre más imposible del mundo.

El que ahora temo que no sea lo que aparenta.

Dudosa, subo y bajo la cabeza; la caricia parece provocarle varias sensaciones en la mejilla, porque lo siento tensarse. Mi pecho se alza y me armo de valor para soltar aquello que me ha estado atormentando todo este tiempo.

—Alexander, creo que estoy ena…

—Otra vez —me interrumpe—. Mierda, otra vez la jaqueca —se aparta de inmediato, gruñendo, y se toca la nuca.

Salgo de mi estupor inicial y recupero el aliento.

—¿Alexander? —voy a su lado y vuelve a quejarse—. ¿Qué pasa?

Las venas de su cuello se ven dilatadas de nuevo y me percato de que contiene la respiración.

—Nada —sacude la cabeza sin quitar la mano de su nuca—. Vamos, tienes que descansar, ya sabes dónde está la habitación.

Dudosa, pongo mi mano en su espalda.

—Dime que estás bien —digo y asiente, pero no le creo. Decido tomar su cabeza entre mis manos y mirarlo directamente a los ojos. Sé que quizá me reclame después por hacer eso—. ¿Qué sucede?

—Nada —dice mirándome con el ceño más fruncido aún. Sin embargo, su celular suena y aparta la mirada. Lo saca del bolsillo y, mientras habla, recuerdo las palabras de Cora cuando me acurruqué con ella en el sofá antes de que se fuera a dormir.

Llamadas extrañas y hombres extraños... me dan escalofríos con sólo pensarlo.

—¿Hace cuánto tiempo que está ahí? —pregunta y, como prefiero no entrometerme, camino por el pasillo hasta su habitación.

No me llevará a casa y no pelearé con él a mitad de la noche, aunque eso sea habitual entre nosotros. Uno de sus guardaespaldas aguarda en el pasillo y, cuando paso a su lado, mueve la mano.

Tiene el tatuaje de un lobo también. La habitación está a oscuras como siempre y, cuando enciendo el interruptor, apenas y se ilumina tenuemente. Alzo las cejas cuando veo un par de sacos en el suelo. Al levantarlos, me percato de que tanto las mangas como partes de la espalda están rotas. *Kieran.*

Los alejo de la puerta para que Alexander no pueda verlos, no creo que le importe un par de sacos lujosos, puede comprarse cientos de ellos.

Camino hasta mi lado de la cama y me arropo con las gruesas sábanas que me proporcionan el calor que necesito. Alexander tenía razón, el calmante ayudó. Desde hace mucho tiempo supe que aquí me siento protegida, y no es sólo por todos los guardaespaldas que vigilan, sino por Alexander.

Mi pecho se alza al recordar lo que sucedió hace unos minutos en el pasillo.

La puerta se abre y de inmediato cierro los ojos. Lo escucho acercarse. Un par de minutos después retira la sábana del otro lado de la cama y me arropa su calor corporal. Respiro hondo y el aroma mentolado de su perfume inunda mi olfato.

Todo aquí huele a él. Tan delicioso. No dice nada, permanece en silencio. Mantengo los ojos cerrados. Los siento terriblemente pesados. Comienzo a contar números, cosas y todo lo que puedo en mi mente para conciliar el sueño. Por muy trivial que sea, también pienso en mi cuadro y en ese hombre que no lo ha regresado. Sólo espero que el pudor de esa pintura siga intacto.

. . .

La luz que entra por la ventana me hace abrir los ojos, pero el calor corporal de Alexander es todo lo que quiero. Ya no me avergüenzo, sé que de una u otra manera terminé cerca de él. Su mano en mi cintura y mi cabeza en su pecho me lo dicen.

Lo observo. Duerme tan pacíficamente que no parece estar estresado como cuando nos separamos.

Estoy jodida y no es por Seth, sino porque cometí la peor de las locuras de este mundo. *Me enamoré de Alexander Roe.*

Lo supe desde hace mucho tiempo y mi reacción natural fue pelear conmigo misma y recordarme que no hay finales felices para mí, sin embargo, eso no cambió nada y ahora que por fin me he rendido no pierdo nada con aceptarlo.

Siempre pensé que, cuando lo aceptara, me embargarían todo tipo de emociones, pero lo único que siento es una nostalgia enorme por tener que irme en un par de días.

No pude evitar enamorarme, no después de verlo vulnerable en Brent, no tras alimentarme, ni mucho menos cuando fue capaz de ponerme por encima de todo el mundo. No sé qué lo orilló a hacerlo, pero lo hizo.

Hizo que me enamorara después de sufrir un infierno que no ha terminado, sin embargo, al menos ahora sé qué es lo que debo hacer. Necesito un par de días más antes de abandonar todo lo que he construido en Londres. Con cuidado, me aparto de él y llamo a Cora para que traiga mi ropa, ya que anoche Alexander sólo me llevó con esta camiseta. En cuanto mi rubia favorita me responde, regreso a la cama y me acomodo a su lado.

Sus ojos se abren lento y aparto la mirada como si me hubiera atrapado haciendo algo ilícito.

—Buenos días —carraspeo y me quito de encima.

—Emma —su voz suena ronca por el sueño. De pronto, mi estómago ruge e interrumpe el silencio. Mientras tanto, él se frota los ojos con el puño y parpadea con fuerza.

Lo he visto hacer eso tantas veces que creo entender cuál es su problema: es algo en sus ojos, un problema de la vista, por eso los dolores de nuca. Estira el brazo sobre la mesita de noche a su lado y toma el teléfono fijo.

—Octavian, sube dos charolas de desayuno a nuestra habitación —dice y mis mejillas se tiñen de mil tonos de color rojo.

No me resistiré a que me alimente, guardaré el recuerdo de ello; además, estoy muriendo de hambre desde que abrí los ojos y tengo antojo de mi desayuno especial.

—Tostadas de crema batida —le susurro y me mira de reojo, muy serio.

—De eso nada, ése no es un desayuno balanceado —arquea una ceja.

—Pero…

—No —me corta de inmediato.

Le lanzo una mirada suplicante. *Sólo esta vez, Alexander, será nuestra última mañana juntos.*

Resopla.

—Tostadas de crema batida —dice serio y casi hago un bailecito feliz.

Cuando cuelga, me levanto de la cama y repaso con la mirada la habitación como el primer día que estuve aquí. La nostalgia me invade, no quiero irme, pero recuerdo lo que debo hacer.

—Quiero hablarte de algo —digo mirando por la ventana.

Se tensa, quizá piensa que terminaré de confesar lo que anoche ya no pude, sin embargo, sé que no debo hacerlo.

—Adelante —dice a mi espalda.

Me giro y lo veo sentado sobre la cama.

—Es sobre Cora —en cuanto el nombre sale de mi boca, lo veo relajarse. *Qué extraño*—. Y Bennett —añado rápidamente mientras me observa con el ceño fruncido. Respira hondo—. Cora está enamorada de él y creo que tu hermano debería saberlo, pero dudo que me escuche a mí.

—No me entrometo en la mierda de mi hermano.

—Él también la quiere y no deberían herirse por eso.

Permanece en silencio, sabía que reaccionaría de esa forma desde anoche mientras pensaba en hablar de esto con él.

—Tomaré una ducha.

No espero su respuesta y camino hacia el enorme baño de mármol bajo su mirada ceñuda. Repaso otra vez el lugar una última vez y me dejo empapar por el chorro caliente de agua que me alivia la tensión al instante. Cuando salgo, no veo a Alexander por ningún lado.

Encuentro mi charola de desayuno y mis tostadas sobre ella. Me siento en la orilla de la cama y les doy el primer mordisco mientras observo la habitación a la que entré por un acuerdo casual la primera noche sin saber que iba a terminar enamorada de este hombre y con el corazón roto.

—*Sexy* —escucho la voz de Cora en la puerta y le digo que entre. Trae pantalones cortos y el cabello rubio en un moño despeinado.

—Guau, es más grande de lo que pensé —dice mirando a su alrededor—. Estoy aquí como me pediste. Un par de grandulones me siguió hasta el pasillo de la entrada para que no husmeara donde no debo.

—Cosas de billonarios. Nunca lo entenderemos —me encojo de hombros y me extiende el portatrajes con mi ropa.

—¿Qué sucedió anoche?

—Alexander me ayudó —me encojo de hombros y comienzo a ponerme el pantalón—. Tengo que hacer varias cosas en la oficina, pero ¿podrías contactarme con la compradora de mi apartamento en Trafford?

—Por supuesto, cariño, pero que pasará con… —mira a ambos lados y baja la voz—. Seth.

—Tranquila, Cora, lo tengo resuelto.

—¿Se lo dijiste a un nuevo oficial? Sé que Dylan no ha devuelto nuestras llamadas, pero lo hará en unas semanas —recuerdo lo que me contó anoche mientras le confesaba todo; sigo creyendo que Dylan perdió la cabeza.

No puedo esperar semanas, me entregaré.

—Ya no te preocupes por eso, todo está arreglado.

—¿Qué tramas, Emma?

—Todo saldrá bien —muerdo mi tostada otra vez y arreglo mi cabello como puedo antes de dejar la camiseta que había tomado prestada y la que ocupé hace un rato sobre la cama. *Le devolveré las prendas*—. Vámonos —le señalo la puerta y termino mi tostada.

Cora se levanta y se dirige a la puerta. Miro la habitación y me quito uno de los pendientes que llevo. Son los mismos que usé esa noche en el Grave cuando iniciamos el acuerdo. Lo dejo sobre la mesita de noche, es algo así como un recuerdo, más para mí que para él.

Cuando salimos por el pasillo, nos topamos con Ethan. No hay rastro de Alexander por ningún lado.

—Señoritas, buenos días, las guío por su camino.

—Dile al cabezota de tu jefe que me llame —dice Cora y Ethan asiente.

Lo miro con una ligera sonrisa y recuerdo la vez que mintió en el club para que me permitieran entrar.

—Gracias por todo, Ethan —el hombre frunce el ceño—. Dile a Alexander que nos fuimos.

—El señor Roe tuvo que salir de último momento, pero pidió que terminara su desayuno.

—Lo hice, la charola está vacía, díselo, lo logré —respondo con orgullo y camino hacia el ascensor.

—Estoy muy orgulloso de usted —me dedica una sonrisa cálida.

Cuando comenzamos a bajar, Cora me observa.

—¿Por qué me miras así?

—Estás diferente.

—Ayer estaba muy mal, pero ahora todo está más claro —me extiende mi bolso, lo tomo y saco la píldora del día para tomármela.

. . .

Estaciono mi Mazda y escucho que siguen entrando más mensajes. Son de Sawyer, pero ya no pienso responderle. Miro el edificio de Hilton & Roe como el primer día que acudí para la entrevista con el señor Jones.

Me miro en el retrovisor y arreglo mi cabello. Respiro hondo y bajo del carro con mis lentes oscuros, sosteniendo las llaves en la mano. En ese instante veo el Mercedes marrón de Alesha estacionarse a unos autos del mío y, cuando se baja, su cabello pelirrojo ondea con el viento.

Aún tengo una cuenta pendiente con ella, se metió con la Brown equivocada, así que la haré pagar como último acto.

—Emma, buenos días —me saluda Alicia cuando paso a su lado—. Ayer todo el mundo estuvo buscándote.

—Lo sé. Llamé al señor Jones esta mañana para explicarle lo sucedido. ¿Puedes llevarme todos los proyectos que estamos trabajando, incluyendo el de Birmingham?

—Claro.

Entro a mi oficina y me sigue con las carpetas en las manos.

—¿Quién es el mejor publicista después de Adam?

—Thania Grant, la rubia, ¿por qué lo preguntas?

—Quiero hablar con ella, hazla venir, por favor —abro la primera carpeta—. Y, hablando de Adam, ¿sabes cómo está? No lo he visto.

—Uh —mira hacia la puerta, cerciorándose de que nadie nos escuche—. Al parecer se involucró en una pelea y terminó con unas fracturas horribles. Ahora está utilizando su tarjeta VIP de ejecutivo en un costoso hospital de la ciudad. La empresa lo está pagando todo.

—¿Podrías darme la dirección?

—Enseguida —sale de la oficina y yo… comienzo a preparar todo antes de presentar mi renuncia a Hilton & Roe para irme de Londres en un par de días.

Alexander

Cuelgo el teléfono después de intentar comunicarme de nuevo con Bennett, sigue reacio a contestar, seguramente ya sabe que descubrí su traición con los rusos. Erick dice que los negocios van bien, pero el muy cabrón también ya debe saber por qué quiero hablar con él. Lo mandaré a la mierda si confirmo que en verdad está involucrado en lavado de dinero.

La llamada que recibí esta mañana fue clara: su nombre aparece en los registros de la empresa rusa de Dmitry Makov.

Tomo un dije de plata en forma de cruz que tengo en una caja de terciopelo negra y pongo mi frente sobre ella antes de volver a guardarla en su lugar.

Arreglaré la mierda de Bennett, al menos el pensamiento jodido sobre Emma ya abandonó mi cabeza.

Una mujer negra entra y me mira fijamente. Esperaba ver a Katherine.

—¿Dónde está Logan?

—Se fue de Londres.

—No sabía que Brent ya no es parte de Londres.

—Así que por eso viniste, Alexander Roe, para rodear todo el perímetro como si fueras un perro. Te conozco, éramos amigos de la infancia junto con Alesha, por cierto, la extraño —ladea la cabeza, sonríe y me acerca una charola con un porro encendido—. Para relajarte.

Se cree muy inteligente, pero el cabrón aquí soy yo.

—Guárdaselo a Logan de mi parte, dile que sus bares dejan más que un simple porro —me despido con una inclinación de cabeza y me largo de ahí.

. . .

—¿Cómo es posible que se haya filtrado la información de Birmingham? Despierto y lo primero que veo en todos los malditos medios es una nota sobre nuestro proyecto más ambicioso de este año —golpeo la mesa, pero Christopher ni siquiera se inmuta.

Salgo de un problema para involucrarme en otro. Es menos grave, pero no menos estresante. Parece que trabajo con una bola de incompetentes.

—Todo lo que investigué es que le cedieron la información a West B, salió de nuestra empresa.

—Claro que salió de nuestra empresa, era información confidencial —dice Alesha desde su lugar—. Desde el espía de hace dos años no habíamos tenido un incidente similar.

—Podemos proceder legalmente si lo desea, señor Roe —Blake interviene.

—Quiero a todos tus publicistas aquí de inmediato, Christopher.

—Sabes que lo resolveremos, Alexander. West B no tiene la capacidad de tomarnos ventaja —se levanta de su lugar—. Traeré a todos menos a uno, sabes bien que mi equipo está incompleto.

—¿Quién falta? —pregunta Alesha.

—No es relevante. Trae al resto de los publicistas.

Respiro profundo mientras hace que la mujer menuda que tiene por secretaria llame a los empleados. Alesha me mira desde su lugar, no se ha acercado a mí desde que entró.

Reviso mis mensajes en el celular, el primero es de Ethan.

> Logan está en Brent, se aloja cerca del hospital de los sobrevivientes de su hotel, señor.

El otro es de la rubia de Bennett.

> Te veo a mediodía en el edificio como quedamos, no llegues tarde, cabezota.

Si no fuera tan perspicaz, ya la habría quitado de en medio. Emma entra junto con los demás publicistas y recuerdo lo que dijo sobre Coraline. No se ve igual que anoche, ahora tiene mejor semblante. Me acerco a ella.

—¿Terminaste la bandeja del desayuno?

—Completa —asiente sin llevarme la contraria y levanta la barbilla con orgullo. Frunzo el ceño extrañado.

—¿Quién más sabía sobre el proyecto de Birmingham?

—Dado que es mi proyecto, sólo el señor Jones y yo teníamos la información completa —levanta la barbilla. Toda ella huele a mi ducha.

Asiento y camino alrededor de la mesa.

—¿En verdad es necesario reunirnos a todos si es evidente quién tenía la información del proyecto? Los culpables deben estar entre esos dos —Alesha se levanta.

—Es cierto. ¿Por qué no nos explicas lo que sucedió, Alesha? —Emma también se levanta.

—¿Yo? Creo que hablas de ti misma, querida —se ríe antes de girarse hacia mí—. Si el proyecto se viene abajo, quiero mi remuneración completa, Alexander, sabes que mi prestigio como arquitecta no se irá a la basura por este error.

—No habrá ninguna remuneración porque el proyecto sigue en pie —la detengo.

—¿Y cómo? —se cruza de brazos—. Las innovaciones ya salieron a la luz, ¿qué más vamos a ofrecerles a nuestros clientes? La persona que nos traicionó sabía lo que hacía.

—Gracias al área de seguridad tenemos un par de correos electrónicos enviados a West B desde la empresa —Christopher me extiende unos documentos—. El remitente es desconocido, pero tenía acceso a los archivos confidenciales.

—Seré muy claro —veo los correos—. Blake, tienes carta blanca para proceder legalmente contra el traidor, lo quiero fuera de mi empresa de inmediato.

—Quiero acusar de manera pública a Emma Brown por utilizar indebidamente los archivos confidenciales de Hilton & Roe —dice Alesha—. Puedo presentarte pruebas de que lo hizo, tengo los correos que envió y las últimas llamadas que sostuvo con el publicista de West B.

—Eso es mentira, jamás me he comunicado con West B —Emma interviene.

Claro que es mentira.

—¿De qué estás hablando, Alesha?

—Siempre supe que la que tú llamas "tu mejor publicista", Christopher, no era más que una maldita espía. Llegó y ascendió como si nada y luego lideró nuestro mejor proyecto para venderlo a la competencia —abre una de las carpetas y saca las copias de los mismos correos que Christopher me mostró, pero el destinatario es la cuenta personal de Emma.

—¿Qué coño es esto?

—La espía que buscas es Emma Brown.

—El hecho de que mi capacidad mental y laboral sea superior a la suya no significa que sea una espía, señorita Smith —ella se defiende.

Arqueo una ceja y, ¡joder!, cómo me pone verla en modo depredadora.

—Y no sé qué sea eso, pero puedo afirmar que, si hay una mujer de actitud sospechosa aquí, eres tú.

—Nada de lo que digas hará que te crean, traidora. ¿Culparme de vender mi propio proyecto?

—Suficiente, Alesha, no me importa nada de esto, quiero al verdadero traidor fuera.

—Alexander —la pelirroja camina a mi lado—, las pruebas lo dicen todo —me las acerca de nuevo y veo a Christopher dudar, su semblante se endurece—. Querido, velo por ti mismo —baja la voz—. Te lo dije —miro las hojas de nuevo, su nombre está ahí. *Emma Brown*—. Nunca confíes en nadie que no sea de la familia —me recuerda Alesha en voz baja.

Ése es el lema para sobrevivir, los tres lo sabemos. De otra forma mi hermano y yo no habríamos salido adelante.

—Muéstrame esos papeles —Christopher se levanta. Alzo la mirada y no tengo que pensarlo ni un solo segundo.

—Ella no lo hizo —me acerco a Emma—. Resuélvelo de inmediato, Christopher —él permanece en silencio.

—¿Cómo lo sabes? —Alesha viene detrás pisando ruidosamente—. ¿Acaso no me crees? A mí, que soy tu mano derecha en cada proyecto.

—No lo hizo, la conozco muy bien —la encaro y bajo la voz, todavía le tengo consideraciones a Alesha—. Y si no quieres que te avergüence frente a todos, deja esta mierda de una vez, no termines con mi paciencia —la miro fijo y ella me observa desafiante, esto ya no me gusta nada—. Todos fuera, la reunión terminó.

Mi ceño se relaja cuando un cuerpo se coloca a mi lado. *Joder.* Le va a lanzar una daga, lo veo en sus ojos castaños y en la forma como alza la barbilla. El tirón que da mi polla al verla salvaje y defendiéndose me hace querer subirla al escritorio ahora mismo y follarla duro.

—Si quieres inculparme, Alesha, la próxima vez enciérrame de por vida en la bodega, no sólo siete horas.

Capítulo 40

Emma

Levanto la barbilla y veo cómo la piel de Alesha palidece por completo. Si no fuera pelirroja, pensaría que está enferma. Se metió con una Brown. Grave error.

El señor Jones despega los ojos de los documentos que tiene en la mano, los cuales me inculpan injustamente. Si hay un sospechoso aquí, es ella, y no voy a amedrentarme. Lo demostraré y diré lo que vi en el club cuando la seguí.

—¿Cómo dice, Emma? ¿Encerrada?

—Así es, señor Jones, como lo oyen todos aquí. La señorita Smith me encerró en una de las bodegas durante siete horas, en las cuales me desmayé por... por un ataque de pánico —termino la última parte en voz baja.

Alexander permanece estático y, cuando lo miro de reojo, noto un ligero temblor en sus brazos. No esperaba esa reacción de su parte, sólo quería exponer a Alesha delante de todos.

Los demás ejecutivos dirigen su mirada a la pelirroja, quien me mira como si quisiera estrangularme, pero todavía no he terminado con ella, así que, con la elegancia que me enseñó Kate Brown, la miro fijamente.

—Hace unas semanas la encontré merodeando en los planos de Birmingham y la seguí, sé que no fue lo correcto, pero la descubrí entregándole documentos a un hombre. Si me muestran una foto del dueño de West B, podría decir si era él o no.

Mi jefe se levanta con la boca abierta.

—Es un hombre de mediana edad, cabello gris...

—Robusto y alto como usted —termino por mi jefe—. Sí, era el dueño de West B —la miro a ella—. Felicidades, Alesha, tu moral laboral es igual de repulsiva que tu moral humana.

En cuanto termino veo a Alexander avanzar hacia ella con el rostro descompuesto.

—Alex, puedo explicártelo —Alesha levanta las manos.

—¿Explicar qué, Alesha? —mi jefe se pone a la defensiva y ésa sí es una reacción esperada, ya que su calidad humana es su sello personal—. ¿Cómo puedes explicar lo que está diciendo la señorita Brown?

—¡Está mintiendo! No estaba encerrada en ninguna bodega. Es otra de sus estrategias para que no la inculpen por lo que le hizo a la empresa, miente respecto a haberme visto con alguien —levanta la barbilla—. Vendió información confidencial a West B. Christopher, escúchame, yo tengo la razón, te he advertido sobre ella desde que la conocí y nunca me has hecho caso.

Por Dios, qué arpía. Está admitiendo que ha intentado desprestigiar mi trabajo desde que me conoció. La gente a nuestro alrededor permanece inmóvil y los murmullos se alzan por toda la sala, pero poco me importa, ya no tengo nada que perder.

Alexander la toma del brazo y veo cómo su pecho se levanta bruscamente.

—¿Qué diablos le hiciste? —tiene la mandíbula apretada y Alesha entorna los ojos.

—¡Miente! —me señala de nuevo—. Soy tu familia, debes confiar en mí, no en ella, ni siquiera puede probar lo que dice, sólo quiere cubrir su traición.

Es cierto, no puedo probar nada, porque las cintas de las cámaras de vigilancia están dañadas, lo que es un misterio.

—Te pregunté qué diablos le hiciste a Emma —la voz de Alexander es un murmullo ronco que me hiela la piel.

No habla de West B, sino de mí. Alesha solloza de manera patética y ladeo la cabeza. Estoy sorprendida por la facilidad con la que le salen esas lágrimas.

—¡Nada! ¡Esa maldita zorra miente! —le grita a la cara.

Alexander se le planta enfrente e inclina la cabeza. Yo retrocedo por instinto, aunque no soy a quien está confrontando.

—No vuelvas a llamarla así en tu jodida vida.

Me quedo de piedra en mi lugar. Todos lo hacemos.

Respira profundo sin soltar a Alesha.

—Recoge tus cosas en este momento y lárgate de Hilton & Roe, traidora —la mira sin condolerse de sus lágrimas—. ¡Blake, prepara su renuncia sin liquidación! —ordena con un grito.

Alzo las cejas y ahogo un jadeo. Mi jefe me mira sorprendido y luego vuelve a centrar su mirada en Alexander. Todos en la sala nos observan.

455

—Sí, señor Roe —responde el abogado de inmediato ante el tono de Alexander.

—Pero, Alexander —solloza con más fuerza que antes sin importar que todos la vemos. Sus mejillas se enrojecen y no sé si es por la vergüenza o por la rabia—. No —sacude la cabeza—, no puedes echarme, tenemos proyectos juntos, somos familia. ¡Ella no es nadie!

—Tienes diez minutos para irte, si no lo haces, te saco —la suelta bruscamente y le da la espalda—. La reunión terminó.

Todo ocurre tan rápido que apenas puedo procesarlo. Los ejecutivos comienzan a salir. Algunos palidecen, tal vez nunca habían visto a Alexander hacer algo así. Yo tampoco esperaba que hiciera esto.

El cabello rojo de Alesha se mueve mientras va detrás de él. Uno de los publicistas camina a su lado para detenerla, pero ella no se deja.

—¡Muévete! —le grita para pasar.

El hombre se sonroja y se hace a un lado de inmediato, y justo cuando ella pasa junto a mí, se detiene. Me mira fijo, pero le sostengo la mirada con la barbilla alzada.

—¡Maldita oportunista! —me grita a la cara y retrocedo un paso; estoy tan absorta como ella.

—Alesha, tranquila —le dice otro hombre tomándola del brazo, pero ella no se detiene.

—¡Suéltame, Mike! —se jalonea—. ¡No eres más que una oportunista! Una puta que quiere su dinero.

Oh. Alto ahí, zanahoria. Estará muy dolida con lo que acaba de hacer Alexander, pero no debería tentar su suerte.

¿Quiere otra demostración de mi puño en su cara como en el sanitario de damas? Ayer encerró a una mujer vulnerable que no pudo defenderse porque no podía ni siquiera mantenerse en pie, pero hoy no lo hará.

—Te gusta jugar, pero te metiste con la persona equivocada, estúpida, vas a conocerme —me susurra por lo bajo.

Saca algo de su espalda con una elegancia entrenada y trabajada, ¿es una daga? Retrocedo y, cuando va a abalanzarse sobre mí con todo el cuerpo, aparece un torso trajeado frente a mí.

—Si le tocas un solo cabello, te mataré —Alexander se alza sobre ella y mi pecho da un brinco.

Se miran fijamente y por primera vez me percato de que en ambos hay algo oscuro. La mirada de Alexander es asesina, se nota que habla enserio. De pronto, le dice algo en un idioma extranjero.

Al final, ella retrocede, no puede sostenerle la mirada a alguien como él.

—Hablemos a solas, querido —le pide tratando de tocarlo.

—Ocho minutos para que te largues —le aclara antes de apartarse y volverse hacia mí con la mirada seria—. Toma tus cosas —me dice en el mismo tono mandón. Su voz está ronca.

Doy un pequeño salto, pero asiento. Hago lo que me pide con manos temblorosas y me saca de la sala de reuniones bajo la mirada de los ejecutivos restantes.

Creo que desaté el infierno ahí dentro. Lo miro de reojo, tiene la mandíbula apretada a muerte y no me suelta en ningún momento.

—Quiero hablar con la señorita Brown sobre el caso de Birmingham —mi jefe se interpone en nuestro camino—. Siento mucho lo que le sucedió, Emma, pero sabe que este caso y las acusaciones son muy serias —añade alzando los documentos falsos.

No puedo descifrar su expresión, él estaba muy convencido con esos documentos, sé que, si duda de mí, no permitirá que vaya a ningún lado. Alexander se yergue por completo y mi jefe recibe una mirada seria.

—Fuera de nuestro camino, Christopher.

El tono de voz no es amable; más bien, es el de alguien que exige obediencia inmediata, así que mi jefe, al igual que yo, lo mira atónito. Se aparta enseguida. Siento su mano tensa mientras sostiene la mía y me conduce por el pasillo hacia su oficina.

¿Qué demonios hice? Sucumbí ante el impulso repentino de desenmascarar a Alesha frente a todos sin pensar que causaría todo este alboroto. Mi cansancio mental me está jugando una mala pasada, ya no soy consciente de lo que hago.

Entramos por la puerta de cristal doble bajo la mirada de su secretaria. Alexander me cede el paso para que entre primero. Su rostro luce descompuesto y su pecho sube y baja irregularmente como si hubiera corrido por horas.

Me remuevo en mi lugar. Como decía mi madre, es mejor tomar al toro por los cuernos.

—Si planeas reclamarme por no decirte que ella fue la que me encerró, de una vez te digo que no vas a…

—¿Te tomaste el calmante que te dejé sobre el buró esta mañana? —pregunta entre dientes, interrumpiéndome.

Frunzo el ceño.

—¿Qué?

Pone los ojos en blanco.

—Claro que no lo hiciste —se separa de la puerta y camina hacia su escritorio—. Nunca haces lo que se te pide.

Lo veo sacar un frasco de uno de sus cajones y mientras lo abre llaman a la puerta. Blake asoma la cabeza y, en cuanto Alexander lo fulmina con esos ojos verdes cargados de ira, temo por la vida del hombre.

—Señor Roe, necesito…

—¡Fuera, criado de mierda!

El hombre cierra la boca de golpe y sale casi corriendo mientras Alexander camina hacia el minibar que se encuentra a la derecha. Saca una botella de agua, la vierte en un vaso de cristal y se acerca a mí con la mirada seria.

—Abre la boca, esto es lo que debiste tomarte esta mañana.

Lo miro a los ojos confundida y frunce el ceño. Lentamente abro la boca, coloca una píldora blanca en mi lengua y me ofrece el agua.

—¿Por qué haces esto? —pregunto después de que la pastilla se desliza por mi garganta.

No me responde, me quita el vaso de las manos y regresa al minibar.

—¿Por qué haces esto? —vuelvo a preguntar.

Su espalda se tensa, pero sigue en silencio. Frunzo el ceño y camino hasta donde él está y me le planto enfrente.

—¿Por qué haces esto?

—¡Porque estuviste encerrada en una maldita bodega siete horas por culpa de Alesha y voy a ocuparme de ti ya que tú no lo haces! —responde exasperado—. Y ni siquiera pienses en salir de esta oficina porque no lo harás hasta que te lo ordene.

—¿Qué? Estás demente. ¿Cuántas veces tengo que repetirte que no soy tu maldito problema? —le clavo el dedo en el pecho y siento sus músculos tensos.

—No te pongas a la defensiva, Emma, que justo ahora estoy malditamente cabreado contigo —bufa.

Así que es eso, me culpa por lo que hizo Alesha. Eso de algún modo duele.

—Si no querías despedirla, no tenías por qué hacerlo, mi mierda la arreglo yo sola.

—Como digas, no voy a cambiar de opinión, te quedas aquí —se gira hacia su escritorio.

—No puedes retenerme, maldito controlador.

Se gira de inmediato. Sus ojos verdes están más oscuros que antes. Se inclina para tenerme frente a frente.

—Puedo y voy a hacerlo, no te irás.

Nos miramos a los ojos. Ambos respiramos con dificultad. No le respondo, sólo camino hacia la puerta. No tengo que pelear, me largaré de aquí de una buena vez; si cree que va a tenerme prisionera, está loco. Llego a la puerta,

458

pero no tengo ni tiempo de tomar la manija porque estoy sobre su hombro en un segundo.

Camina a zancadas y planta mi trasero en su escritorio.

—Suéltame.

Me mira a la cara.

—Oblígame —ruge y se inclina sobre mí.

Giro el rostro para evitar que me bese, pero no es lo que planeaba hacer porque en su lugar toma el teléfono fijo.

—Amelia, haz que traigan de inmediato todas las cosas de la señorita Brown a mi oficina.

Aprieto los puños. Cuando quita el altavoz, me remuevo, pero no me suelta.

—¿Por qué quieres tenerme aquí si soy la traidora de tu empresa? —lo cuestiono, él también vio los documentos que esa mujer presentó—. ¿O ése es el plan? ¿Retenerme mientras haces la investigación?

—Estás loca —sacude la cabeza y yo abro la boca indignada.

—¿Yo soy la loca? —lo tomo de las solapas y lo pego a mí—. ¡Tú eres el maldito demente aquí!

—¡Te pregunté quién te encerró y te lo guardaste!

—¡Si todo el drama es por ella, no tienes que…!

De pronto, su boca está sobre la mía y me besa con tanta fiereza que apenas puedo respirar. Aprisiona mi labio inferior entre sus dientes y el dolor me hace jadear.

—Puedes intentar discutir todo lo que quieras, de cualquier modo no saldrás de aquí —se aparta de pronto.

Me quedo jadeando. Esta mañana decidí irme para alejar a Seth y ahora Alexander me impide siquiera salir de la oficina. Todo habría sido más fácil si no hubiera admitido lo enamorada que estoy de él.

Ese último pensamiento hace que el corazón me dé un vuelco. Apareció de manera repentina sin que pudiera evitarlo, como si desde hace mucho tiempo supiera que siempre he estado enamorada de Alexander.

Eso me asusta demasiado. Mi cuerpo y mi mente no pueden aceptarlo tan fácil. No podré irme si no lo saco de mi mente.

—Te odio, Alexander Roe —digo para protegerme.

—El sentimiento es mutuo, Emma Brown.

Sé que ninguno de los dos lo dice en serio y lo confirmo cuando vuelve a besarme, aunque ahora más lento. Frunce el ceño y llaman a la puerta en ese momento.

Amelia entra con dos hombres más, me bajo del escritorio de inmediato y veo cómo traen mis cosas. Alexander se queda de espaldas mientras acomodan todo aquí dentro. No puedo mirarlo, dije lo que dije y estoy asustada por estar enamorada de él.

—Dile a Christopher que trabaje con ella aquí —le dice a Amelia, quien asiente de inmediato.

Veo a Ethan entrar detrás de ellos y Alexander intercambia unas palabras con él antes de irse. Me quedo en la espaciosa oficina y miro hacia la puerta en silencio.

Alexander

Me recargo sobre el mármol de la pared respirando con dificultad. Siento mi cuerpo temblar de ira; necesito descargarla pronto. El imaginarla en esa bodega me cala como una puta navaja en la cabeza, nadie se apiada de mí, ni siquiera los viejos demonios.

—¡Bennett!

—*Alex, sácame de aquí.*

¿Qué mierda me pasa? Levanto la cabeza y me miro al espejo, estoy jadeando miserablemente. Ni siquiera la pude besar en condiciones por toda esta rabia contenida. Lo único que puedo hacer es maldecir mientras me lavo la cara y regreso con Ethan.

—Tráeme el reporte de las actividades de Logan en Brent y retira la vigilancia de la casa de Bennett, la rubia llegará ahí en cualquier momento y no quiero que la vea.

—Como ordene, señor. Matt se encargará de llevar a la señorita Gray por un camino seguro, porque hemos visto un par de *kray* merodeando por la zona desde ayer.

—Que no los vea, es muy perspicaz —Ethan asiente—. Matt no me ha informado más sobre el tal Seth. ¿Tienes toda la información que te pedí?

—Así es, señor Roe. Me he encargado en persona del asunto: buscamos a la persona incorrecta.

—¿Cómo?

El asunto no es tan relevante como toda la mierda que intento gestionar, sin embargo, tengo curiosidad de saber qué sucede con ese sujeto, porque pienso que está relacionado con el nuevo ataque de pánico de Emma. Las pastillas que le recetó la doctora la ayudarán, pero sé que su problema es interno.

—Matt ha estado investigando, aunque no me fío mucho de él. El hombre que aparece en las cámaras de vigilancia no se llama Seth, sino Jaden

Roberts. Tiene varios cargos en su contra en el estado de Trafford y al parecer intentaron levantarle un denuncia aquí en Londres.

Interesante.

—¿Por qué fue la denuncia?

—Alexander, debemos hablar —escucho la voz de Alesha a mi espalda.

Me giro y la encaro. Es muy valiente para seguir aquí. Sabe que voy a correrla de nuevo porque retrocede ante mi mirada.

—No me voy a ir sin que me escuche el distinguido Alexander Hilton. Hilton. Hilton. Roe, el Lobo.

Repite ese apellido que no quiero oír, el de la madre de Bennett. Lo dice en tono burlón porque sabe que la odio, aunque esté muerta. Ethan lleva con cautela la mano hacia su espalda. Levanto la mano y lo detengo. Ladeo la cabeza y Alesha levanta la barbilla.

—Tú decides, querido, o me escuchas o revelo lo que somos frente a toda la empresa.

Reprimo la risa irónica que quiere salir. Se cree muy valiente, veremos qué tanto lo es. Avanzo hacia ella lentamente, su sonrisa de suficiencia es lo último que veo mientras me conduce a la oficina contigua de la suya. Me mantengo en silencio y ella pone el pestillo a la puerta.

—No hagas esto —las lágrimas ruedan por sus mejillas. Lágrimas que no estaban hace unos segundos cuando dijo ese apellido—. Soy yo, no puedes desconfiar de mí.

La dejo hablar durante varios minutos más. Se limpia la nariz con el dorso de la mano.

—No la encerré, ella miente, te lo puedo probar —me mira con los ojos húmedos—. No querrás arruinarnos por una puta barata, de ésas puedo conseguirte muchas y lo sabes —se inclina a susurrar en mi oído—: Te conseguiré una igual, pero más obediente. No te arruines.

Controlo la oleada de calor que irrumpe por mis venas cuando me llama de esa forma y ladeo la cabeza.

—¿Arruinarme? ¿Eso es una amenaza?

—Si no me escuchas, no tendré más opción —comienza a sacar las garras poco a poco—. No quiero llegar a esto, sabes que mi padre no me negará nada y no quieres meterte con Caterva Smith —sonríe con suficiencia.

—Entonces me estás declarando la guerra.

Su mano se desliza por mi brazo.

—No, si cooperas. Ya me cansé de que no me atiendas, de que estés todo el tiempo con ella; además, un error podría costarte todo lo que has construido hasta ahora —toma mi mano y deja un beso en mi pulso—. Soy muy buena guardando secretos, en especial los tuyos.

461

—Eso suena como un chantaje.

—No lo es. Quiero que abras los ojos, no estás enamorado de ella.

—Deja esa mierda de una buena vez, no estoy ni mierda de nadie.

—De acuerdo, no lo estás —sonríe cuando me ve molesto por mencionar esa ridiculez de nuevo—. Pero sí te tiene cegado y no voy a permitir que te manipule. Te quiero, te deseo, eres parte de mi vida, eres mío y de nadie más, así que toma tu decisión ahora. Sabes que soy la hija de Caterva y puedo ser peligrosa.

—Alesha —hago a un lado su cabello y le levanto la barbilla, una lágrima solitaria rueda por su mejilla y la quito bruscamente con mi dedo.

La tomo por los hombros con fuerza.

—A mí no me amenazas —avanzo haciéndola retroceder—. Te advertí que no la tocaras y lo hiciste —la miro de forma penetrante.

—No quieres meterte con Caterva Smith.

Su padre es un pobre miserable que fue marcado por Logan hace mucho tiempo. Me inclino sobre ella, ya llegué al límite de mi paciencia.

—Te olvidas de que soy el Lobo, Alesha —jadea al escuchar la última palabra y trata de liberarse de mi agarre, pero no lo permito—. Si quieres un enemigo, ya lo tienes.

Ese tono de voz pocas veces emerge, pero, cuando lo hace, es como si mis demonios me consumieran y poseyeran mi cuerpo como una legión.

Emma

Miro el enorme asiento vacío de Alexander, no ha regresado desde que se fue y ya pasó casi una hora. Una parte de mí piensa que es por lo que le dije y la otra dice que busca calmarse por haber corrido a su mejor arquitecta.

Dejo escapar el suspiro más largo de mi vida y cierro los ojos.

Anoche, mientras dormíamos, o al menos mientras él lo hacía, reflexionaba cuán irreales son las personas. Lo miré durante la mayor parte de la noche y me atreví a acariciarlo una vez, igual que aquella noche juntos en Birmingham.

Hace unos meses, cuando llegué a Londres, no tenía ni idea de adónde me llevaría el destino o la vida, pero sabía que no podía rendirme. Ya no tenía oportunidad de hacerlo, había puesto toda mi fuerza de voluntad en dejar Trafford y comenzar de nuevo, principalmente inspirada por el recuerdo de mi madre.

Ella había renunciado a todo cuando dejó a Sawyer Taylor, un hombre avaro que llevaba años engañándola con su actual esposa. Su dinero no nos hizo falta, juntas sobrevivimos, así que pensé que, si ella lo había logrado, yo también podría hacerlo.

De pronto, entra un mensaje de texto a mi celular. En cuanto lo leo, me tenso.

Hola, conejito.

Guardo el teléfono en el bolso con manos temblorosas. Debo hacerlo, debo irme, sé que en Trafford el infierno de alguna forma será menor, tal vez consiga que Seth reaccione, negocie, ceda… o quizá me rinda. Sin embargo, si voy a irme, lo haré limpia de culpas, yo no traicioné a Alexander vendiendo información a West B y voy a demostrarlo. Mi jefe no ha aparecido y no toma mis llamadas.

Comienzo a teclear en la computadora para buscar mi exclusiva lista de contactos, conozco a un par de personas que podrían ayudarme a contactar con alguien dentro de West B.

Mientras trabajo, recuerdo los años en la universidad. Nadie sabía que era la hija de Sawyer Taylor, uno de los empresarios más influyentes de Trafford, porque adopté el apellido de mi madre. Sin embargo, aunque se hubiera sabido, me habría esforzado igual. Mi madre siempre fue mi inspiración para lograr mis metas profesionales.

¿Quién dice que una chica no puede sobresalir sola? Levanto el teléfono.

—Buenos días, habla Emma Brown, quisiera comunicarme con Matthew Andrews.

Recopilo los emails que envié la última semana y hago un respaldo. El recuerdo de la risa de Cora es mi motor para hacer la siguiente llamada.

—¿Es usted la directora de relaciones públicas de West B?

Cora, al igual que yo, se enamoró de un Roe. No debió ser difícil para ella. Desde que lo conocí, supe que el hombre tiene mucho carisma y sé que él también está enamorado de ella.

Ellos no iniciaron con un acuerdo casual, para ellos fue más sencillo, son almas gemelas, y si le revelé a Alexander lo que siente Cora por su hermano fue por si remotamente decide decírselo, así Bennett podría volver por ella.

He tratado de llamarlo, pero no responde y ni siquiera lee los mensajes de texto. Quizá las cosas no vayan tan bien en Nueva York.

Termino la última llamada y reorganizo la información. Todo está resuelto, no sólo logré probar mi inocencia, sino que también solucioné el problema de la información filtrada. Salgo de la oficina y veo a Ethan en la puerta, me regala una inclinación de cabeza, sólo espero que no me detenga.

A los minutos estoy en la oficina de mi jefe. Permito que revise todo. Al principio impidió que Alicia me dejara pasar, pero fui muy insistente. Cuando entré a su oficina, no mencionó nada sobre lo sucedido en la reunión, así que yo tampoco lo hice.

—Lo que me está mostrando es imposible.

—No lo es, señor Jones. Todo está resuelto, llegué a un acuerdo con la gente de West B. Lo llamarán en una hora para reunirse con usted.

—En una hora —repite en voz baja, de verdad luce sorprendido—. ¿Cómo logró hacer eso?

—Con buenos contactos.

—Ya lo creo, pero eso sólo resuelve una parte —me mira y se inclina sobre sus codos como si fuera a decir algo de suma importancia. Si me despide ahora sólo acelerará las cosas para mí.

—No vendí ningún tipo de información, señor.

—Le creo y le ofrezco una disculpa por dudar de usted.

—Disculpa aceptada, todo me acusaba.

—No todos dudaron de usted —me mira fijamente.

Es cierto, Alexander no lo hizo, ni por un solo segundo.

Deja los documentos de lado.

—Su estancia aquí no ha sido fácil, incluso con lo que sucedió hoy me sorprende que siga aquí —sus palabras insinúan algo más, no sólo habla de trabajo, parece que también se refiere a mi relación con Alexander—. Desde que la vi trabajar por primera vez, supe que sería un elemento valioso para nuestra empresa, y ahora que Adam no está, es el apoyo perfecto.

Sé que le tomará semanas regresar a Adam, sin embargo, espero que mi jefe tenga todo el apoyo que necesita. Miro su cabello grisáceo y aprieto los labios en línea recta, éste es el momento.

—Gracias por todo, señor Jones.

Frunce el ceño.

—No nos estamos despidiendo, Emma —sonríe—. Me reuniré con los ejecutivos de West B y mañana renovaremos el proyecto de Birmingham juntos, su proyecto, Emma —asiento, aunque eso no será posible—. A trabajar.

Miro su cara regordeta y recuerdo su manía de hablar sin detenerse para tener todo bajo control. Este hombre creyó en mí desde el primer día que me vio. Lo echaré de menos.

—Sí, señor.

Regreso a la oficina de Alexander y, para mi sorpresa, Ethan me sigue. Cuando entro, el castaño está de vuelta. Lo miro, pero tiene la vista en algo sobre su escritorio mientras sostiene el celular sobre su oreja. Por la expresión de su rostro, sé que sigue molesto.

Veo abierta la botella de whisky escocés cerca del minibar y un vaso casi vacío al lado. Mientras él trabaja, le escribo a la mujer que compró mi apartamento y su respuesta llega de inmediato.

—Busca un sobre exactamente igual —dice Alexander al teléfono. Levanto la mirada porque me parece escuchar la voz de Cora del otro lado y me encuentro con sus ojos verdes.

Aparto la vista y sigo trabajando. Los minutos pasan y siento cómo sigue mirándome. Además, aquí hace calor y, cuando me abanico, un recuerdo llega a mi mente. *El primer día.*

Un hombre trajeado entra y, en cuanto Alexander termina la llamada, comienza a revisar algo con él. Se ve que es algo importante porque cuida mucho sus palabras, como si no debiera revelar información de más.

—Ya revisé el contrato de Nueva York que envió Erick Jones, está valorado en el doble que el de Brent.

—¿Cuánto? —Alexander se reclina sobre su silla.

El hombre me mira de reojo.

—Doscientos setenta millones de libras —responde—. Más los impuestos de la transacción americana, que son del veinticinco por ciento del precio total.

¡La madre que me parió! Casi me atraganto con mi propia saliva al escucharlo. La incomodidad me invade, yo no debería estar oyendo esto, nunca he visto tanto dinero junto y prefiero no hacerlo nunca.

—No es tanto como pensaba. Erick es un idiota, no supo hacer bien la negociación —Alexander arquea una ceja—. ¿Y qué hay del hotel ecológico en Manchester?

Ay no. Seguirán hablando de dinero y yo aquí soy una intrusa, así que tomo mis cosas como puedo y me levanto sin mirarlos, con la cara roja. Éste es un buen momento para regresar a mi oficina; además, Alexander está distraído. Camino sigilosamente hacia la puerta.

—¿Vas a algún lado? —la mano de Alexander aparece frente a mí. Levanto la mirada y me encuentro con sus ojos verdes.

—A mi oficina.

—Ésta es tu oficina de ahora en adelante —dice con seriedad; era verdad eso de que no iba a dejarme ir.

Aprieto los labios en una línea recta, trataré de no darle un espectáculo al hombre que está aquí.

—Prefiero no interrumpir tu reunión.

—No me molesta tu presencia —se cruza de brazos.

—No me gusta escuchar reuniones ajenas. Además, soy publicista —levanto la carpeta que llevo en las manos—. Los negocios no son lo mío.

Ladea la cabeza.

—Qué extraño, recuerdo que me abofeteaste y dijiste que yo no era el único imbécil con dos profesiones. Supongo que hablabas de negocios, ¿o me equivoco?

Estoy sorprendida. Lo recuerda a pesar de que sólo se lo dije una vez. Frunzo el ceño. Eso ocurrió cuando el acuerdo se terminó. Fue un idiota y lo sigue siendo.

—No lo sé, yo sólo recuerdo unas palabras hirientes para alguien que quería ayudarte en ese momento y una disculpa mediocre después, aunque Alexander Roe nunca se disculpa.

Regreso a mi asiento autoasignado con los hombros caídos y me centro en una hoja cualquiera. Desde que estamos aquí se ha portado así. Me sigo cuestionando si me culpa por haber despedido a la pelirroja.

Siento su mirada clavada en mí, y como si mi vergüenza no fuera suficiente, mi estómago comienza a gruñir. Bendito estómago. Quisiera una de las donas de Alicia. Me arriesgo a mirarlo y ojalá no lo hubiera hecho porque sigue observándome.

—Vete —le dice al ejecutivo.

—Aún tenemos que revisar los presupuestos, señor.

—Estoy ocupado, vete —camina hacia su lugar y toma su saco—. Vamos —dice acercándose a mí mientras el hombre recoge sus cosas.

—¿Adónde? —ladeo la cabeza—. Pensé que estaría prisionera en tu oficina hasta que mi turno laboral termine.

Entorna los ojos.

—Voy a alimentarte —responde ignorando mi sarcasmo.

—Bien —dejo todo de lado inmediatamente y tomo mi bolso. Frunce el ceño, creo que esperaba que peleara, pero no voy a hacerlo, tengo poco tiempo para compartir con él antes de abandonarlo como para desperdiciarlo.

Me pongo a su lado.

—¿Nos vamos, señor Roe, o se quedará mirándome como un pasmarote ahí todo el día? —pregunto cuando no se mueve.

Sacude la cabeza y sé que quisiera decirme "obstinada", pero no lo hace. Saca sus lentes oscuros de la bolsa interna de su saco y se los coloca. Me conduce fuera de la oficina con la mano sobre mi espalda. Mientras caminamos su mano apenas roza la mía.

Lo miro de reojo, quiero conservar este recuerdo.

En un impulso valiente deslizo mi mano por la suya y entrelazo nuestros dedos. *Esto se siente bien.* Su mano es grande en comparación con la mía, pero, aunque sus dedos son un poco ásperos, la piel de sus nudillos es suave.

Podría soltarme la mano en cualquier momento, pero no lo hace.

Veo que están vaciando la oficina de la pelirroja y frunzo el ceño. De verdad la echó. Nadie nos mira o al menos eso parece porque alcanzo a observar algunos ojos curiosos. No me importan ahora, será la última vez.

Llegamos a la entrada, donde está su auto, y me detengo bruscamente al ver un carro plateado al otro lado de la calle. *Oh, Dios. Aquí no.* Los veo muy bien. Son dos personas. Seth y Jaden.

Seth baja la ventanilla y posa su mirada asesina sobre mi mano entrelazada con la de Alexander.

Choco con la espalda de Alexander y una camioneta se aproxima a nosotros.

—Lo… siento —me disculpo, pero él tiene la vista clavada en la acera.

—Entra —me abre la puerta del copiloto.

Sin preguntar nada le entrego las llaves de mi Mazda, se las da a Ethan y le hace un gesto con la cabeza que no entiendo. Ambos subimos. Las camionetas negras que siempre nos siguen cortan el paso de cualquiera, incluso del auto plateado.

El motor ruge y el auto se sumerge en el tráfico mientras algo vibra en mi bolso. Disimuladamente saco mi celular y veo otro mensaje de texto. No lo abro. Respiro hondo, *esto pronto terminará*, me repito. Cierro los ojos un segundo y, cuando los abro, logro regular mi respiración.

—Hay un restaurante italiano cerca de aquí —digo en voz baja—. No es de tu gama, pero la comida es buena.

—Si está por estos rumbos, claro que no es de mi gama.

Pongo los ojos en blanco.

—No te vas a morir por no ser sofisticado un día —lo miro cuando nos detenemos en la luz roja—. Apuesto lo que sea a que nunca has probado comida rápida o una hamburguesa doble.

Me mira como si me hubieran salido dos cabezas.

—¿Cuál es la dirección de ese lugar?

Le indico por dónde ir y, cuando volvemos a estar en silencio, lo miro de reojo, sigue teniendo la mirada seria de antes y los hombros tensos. Por un momento me olvido de Seth y, sin pedir permiso, presiono el botón para abrir el capote.

La cubierta se levanta poco a poco y, sin mirar la expresión de Alexander, volteo hacia arriba. *También quiero conservar este recuerdo.* Veo la ciudad pasar a nuestro alrededor como una mancha borrosa.

. . .

—Éste es un verdadero milagro. ¡Llegaste temprano a casa! —me saluda Cora con una sonrisa que le devuelvo en cuanto entro al apartamento.

Está en el piso con un overol corto y un moño despeinado; hay rastros de pintura por todos lados, incluso en su cuerpo. Mi comida con Alexander fue más corta de lo que pensé, se mantuvo callado la mayor parte del tiempo y no tocó el plato sin poner cara de asco.

Fue un alivio regresar a casa. Aunque lo atrapé observándome durante la comida, sé que seguía molesto. Sigo creyendo que se arrepiente de haber corrido a la pelirroja.

—Cortesía de Alexander —me encojo de hombros—. Y antes de que se lo digas, me tomaré las pastillas —voy a la cocina y escucho sus pasos venir detrás de mí.

—Si la doctora Kriss te las dio, fue por algo bueno.

Asiento, no puedo contradecirla.

—¿Dónde estuviste todo el día? Me pareció escuchar que hablabas con Alexander.

Alza las cejas y se ríe con nerviosismo.

—¿Yo?

La miro fijamente.

—Sí, tú, no puedes mentirme. Alexander me retuvo en su oficina la mayor parte del día y reconozco tu voz muy bien.

Suspira.

—De acuerdo, te lo diré —me siento en el taburete frente a ella—. Bennett está metido en algo ilegal y Alexander está intentando salvarle el trasero.

—¿Qué? ¿Cómo que algo ilegal?

—No entiendo mucho de lo que el cabezota de Alexander me dijo, pero creo que invirtió en un negocio en el que lo engañaron, y tenía ocultos unos documentos en una caja fuerte que vi la última vez que estuve en su casa —abro tanto la boca que casi me llega hasta el suelo—. Sé que no estuvo bien, pero entrar no fue difícil, Bennett no tiene tanta seguridad como don gruñón; además, es un idiota. ¿Cómo se le ocurre involucrarse en algo así?

—Dijiste que lo engañaron.

—Eso es lo que dice Alexander, pero Bennett sigue siendo un idiota y no responde las llamadas, así que entré a su casa y salí sin una pizca de culpa.

—No puedo creerlo de él.

—Menos mal, Alexander evitará que su estúpido trasero termine en la cárcel —asiento y me dejo caer sobre la encimera—. No pensemos en eso, no quiero recordar al idiota que me rompió el corazón ni hoy ni nunca. Mejor dime, ¿qué quieres hacer hoy?

No me importa lo que tenga que hacer, antes de irme me aseguraré de que Bennett responda el maldito teléfono, lo juro por mí misma.

—Quiero allanar la casa de la pelirroja y usar el bate que tienes guardado en tu auto.

Cora ahoga una risa.

—Y yo quiero volarle la cabeza con un rifle como el de unos hombres que vi hoy por el apartamento de Bennett.

Entrecierra los ojos como si estuviera pensativa.

—Hablo en serio, Cora, allanemos su casa. ¿Qué dices? —me levanto y la miro con una sonrisa, no tengo nada que perder—. De todas formas, la policía de este lugar es una mierda.

Llevar a mi agresor frente a mí, llamarme loca y finalmente absolverlo fue el colmo. Sé que Sawyer pagó una buena cantidad por eso; la corrupción es tan miserable como él. Cora me mira y sus ojos se tornan nostálgicos.

Desliza su mano por la encimera y la pone sobre la mía.

—Entonces ¿qué dices?

—Si lo dices en serio, voy contigo, tenía que reunirme con Luke, pero esto es más emocionante —sonríe con complicidad—. Mostrémosle lo que una rubia y una castaña son capaces de hacer, no por nada aprendimos buenas técnicas de mi hermano.

—Estoy bastante segura de que Dylan nos enseñó esas técnicas para salvar nuestro pellejo, no para allanar la casa de nadie —le sonrío con complicidad.

—Cataloguemos eso como una buena acción para la sociedad —se encoge de hombros—. Después de terminar con ella también podríamos ir a la casa del oficial corrupto y darle un trato especial; si algo sale mal, que Alexander nos salve del problema.

—¿Por qué? ¿No te gusta dormir en prisión? Lo hicimos un par de veces en Trafford y te vi muy cómoda ahí.

Se ríe a carcajadas, pero enseguida regresa esa mirada nostálgica y sus ojos brillan.

—Oh, *sexy*, no sabes cómo me gusta verte así, bromeando, sonriendo —frunce el ceño—. Pensé que, después de lo de ayer, nada iba a mejorar.

Le sonrío apenas. Ella no lo sabe, no sabe que me iré de Londres.

Ésta podría ser mi última hazaña con Cora, porque recuperarme de ese infierno con Seth fue difícil y ahora sé que, si vuelve a suceder, no podré más y quizá me suicidaré...

—Quizá nada va a mejorar, Cora, pero ¿sabes qué? —me inclino hacia ella y la miro fijamente a los ojos verdes, que son un poco más claros que los de Alexander—. ¡Que le den al mundo! ¡Vamos a joder a la pelirroja!

Sonríe de lado a lado.

—Juntas.

—Juntas.

—Como siempre.

Me envuelve en un abrazo tan fuerte que me regresa a la vida por unos segundos.

Alexander

Terminé la comida en cuanto pude, no podía estar cerca de ella más tiempo sin que el jodido tirón de mi nuca regresara a cada segundo. No hablamos mucho y tampoco quería hacerlo. Sigo cabreado y, mierda, necesito relajarme de una puta vez o no podré pensar con claridad.

—Dios, ¿qué me pasa? El dolor es más intenso que de costumbre —apoyo la cabeza entre mis manos.

Vuelvo a llamarle a Bennett y otra vez me manda a buzón. Lo maldigo en voz baja. Si el cabrón no responde pronto, yo mismo iré a Nueva York a sacar su trasero de la miseria en la que se ha sumergido.

Los documentos que la rubia sacó hoy de casa de Bennett están esparcidos sobre mi escritorio. Como lo sospeché, las firmas coinciden. Mi hermano está involucrado con Dmitry.

—¡Maldita sea! —llamo de nuevo.

—Alexander —la voz ronca y soñolienta de Erick responde.

—No me importa dónde coño estés, quiero que vayas con el cabrón de Bennett y lo pongas al teléfono.

Considerando el cambio de horario entre Londres y Nueva York, es probable que el muy idiota esté en algún apartamento desconocido, con una resaca de los mil demonios, pero no me importa porque tendrá que colocarse los pantalones y cumplir mis órdenes de inmediato.

—Mierda, no grites, la cabeza va a explotarme —gruñe—. Bennett no está conmigo y, por si no lo sabes, es muy temprano para que llames.

Respiro hondo.

—Erick —digo en voz baja—. Saca tu culo de ahí ahora mismo.

El tirón de mi nuca viene con fuerza, no va a desaparecer sin las malditas pastillas, no después de lidiar con la traición de Alesha, su estúpida amenaza, la mierda de Bennett y mis propias miserias.

Respiro hondo y espero a que el idiota de Erick salga de ahí. Escucho sus pasos por todos lados y también una voz de mujer. Le voy a cortar el miembro al cabrón.

Mantengo el teléfono conmigo mientras salgo de la Cripta, quitándome a tirones la corbata. Entro a mi habitación y lo primero que veo es a Kieran sobre la cama con uno de mis pantalones hecho pedazos a su alrededor.

Cuando me ve entrar, ladea la cabeza y saca la lengua.

—Se terminó, hoy te largas de aquí —me acerco a él con zancadas rápidas, pero salta de la cama y sale corriendo de la habitación.

Eres un maldito cabrón, Bennett, eso es lo que eres. Sigo maldiciendo en mi mente mientras tiro todo a la basura. Tendrán que limpiar a fondo esta cama, no pienso dormir donde estuvo esa bola de pelos. Paso mi mano por el borde, quitando con brusquedad los restos de pelo amarillo.

Mientras lo hago, mi mano topa con algo debajo de uno de los cojines: son mis camisetas blancas. ¿Qué coño es esto? Las saco y el aroma de Emma inunda la habitación. Las olvidó.

Maldición. Estuvo encerrada, malditamente encerrada. *Yo sólo recuerdo unas palabras hirientes para alguien que quería ayudarte en ese momento y una disculpa mediocre después, aunque Alexander Roe nunca se disculpa.*

Te odio, Alexander Roe.

Erick habla del otro lado de la línea, pero no puedo apartar la mirada de las camisetas mientras recuerdo esas palabras.

—El cabrón de Bennett se ha vuelto un jodido ermitaño, no habla con nadie, ni siquiera sale del apartamento que compró, sólo lo veo cuando nos reunimos con los inversionistas.

Te odio, Alexander Roe.

—¿Escuchaste lo que te dije?

Logan está en Brent, señor Roe.

Mierda. Si Logan no se ha ido es porque sabe muy bien que Bennett se alió con Dmitry, traicionando con ello a mi organización. Por eso lo acorraló en la autopista.

—Erick, quiero que regreses hoy mismo a Londres, pero quiero que lo hagas solo —dejo las camisetas sobre la cama con el ceño fruncido.

—¿Por qué?

—¿Bennett te habló de unos inversionistas rusos con los que haría negocios?

—No lo recuerdo.

—¿Quieres un puñetazo para que te refresque la memoria?

—Coño, cálmate un poco, hombre —aprieto la mandíbula. Erick con resaca es tan exasperante como el jodido perro de Bennett—. Creo que sí me contó algo —carraspea—. Recuerdo que le dije que estaba loco si quería trabajar con una empresa de facturas negras. Lo poco que investigué sobre ellos es que recién habían entrado al mercado inglés como inversionistas, pero no pude encontrar el nombre de los pasivos que manejan.

Claro que no pudo, los rusos no son inversionistas. *Carajo.*

—Cambié de opinión, quédate en Nueva York y, si puedes, controla tu polla por al menos un día.

Corto la llamada y me quito el traje antes de ir a buscar a Ethan.

—¿Tienes los datos? —le pregunto a Matt mientras el hacker examina los documentos de Bennett.

—Estos documentos son una manzana podrida, sirven para despistar —dice el hombre de la computadora—. Los rusos son mafiosos asociados con Logan, los ha buscado durante un año para ponerlos de su lado en su pelea contra los daneses, pero Bennett se le adelantó.

Carajo.

—¿Cómo se llama el líder? No pueden ser muchos como para pasar desapercibidos aquí.

—Son el grupo más pequeño de contrabandistas de Rusia, sólo trafican armas robadas y drogas. Son amateurs —me muestra una lista de nombres—. Sospecho que, si se unieron a Logan, es porque quieren dinero.

—El padre de Alesha no ha hecho alianzas desde que Logan lo marcó, así que la persona que convenció a este grupo de rusos insignificante a unirse a Caterva quiere abrirse camino hacia Logan.

—¿Cree que los rusos quieran unirse a los daneses para pelear por el territorio de armas en el Gard de Dinamarca? —pregunta Ethan y frunce el ceño—. Esa base militar ha estado abandonada durante siete años, pero los reactores siguen en buenas condiciones y, ya sean los rusos, los daneses o Logan, lograrán fabricar nuevas armas.

—Los mafiosos rusos son muy ambiciosos, pero Logan también lo es, así que quizá se alíen.

—Entonces ¿qué haremos, señor? Debemos matar al traidor de su hermano por violar las reglas de la organización.

Bennett se metió con la gente equivocada; malditas sean las razones que lo llevaron a hacerlo.

—Quiero que localicen al líder de esta pequeña asociación de rusos. Le haremos una visita.

—Hay una cosa más, señor —Matt se interpone en mi camino antes de que salga—. La señorita Gray vio de nuevo a los *kray* fuera del apartamento de Bennett.

—¿Qué?

—Traté de impedirlo, señor, pero se percató de que la estábamos vigilando.

—¡Te dije que la cubrieras, inútil! —maldigo y me jalo el cabello, exasperado—. Ya sabes que la rubia tiene ojos por todos lados.

—No pude hacer más, señor Roe.

—Fuera de mi vista —lo echo. Si lo mantengo frente a mí, voy a partirle la cara por incompetente.

Agacha la cabeza como sabe que debe hacerlo.

—Lo tengo —dice el hacker—. Justo como lo sospechó, el líder es Dmitry Makov, el ruso calvo, y está asentado en Reino Unido con Logan.

—Ethan, reúne a los hombres, iremos por él. Si veo una falla, así sea mínima, mandaré a la mierda a quien sea.

. . .

Reconozco a los rusos de inmediato, pasé la mayor parte de mi adolescencia con ellos. Los veo desde mi camioneta. No son muchos y seguramente los controla alguien mayor.

—Caterva ha tratado de ponerse en contacto con usted, señor.

—Mándalo a la mierda.

Veo a los rusos entrar al bar que nos indicó el hacker y doy la orden de que los rodeemos. Camino detrás de Ethan para cubrir su espalda. Arreglaré la mierda de Bennett de una jodida vez. Estamos haciéndolo bien, los tenemos en la mira.

Veo a Dmitry Makov, camino hacia él con el arma desenfundada, pero enseguida mueve la espalda, como si me escuchara venir.

—No tan rápido, Alexander Roe, estaba esperando por ti.

Más de diez luces rojas me apuntan.

—¡Emboscada! —gritan a los lejos y el infierno se desata.

Las balas vuelan y se destruyen las unas contra las otras. Peleo con el ruso hasta que termino acorralado contra una de las paredes.

—Tu hermano es más ambicioso que tú, supo que unirse al amo es mejor que pertenecer a la organización del Lobo.

Esas palabras me enervan.

—Tú sólo eres un vulgar títere en las manos de Logan.

—¿Quién dice que trabajo para él? Somos socios por partes iguales, soy un miembro de alto rango en la organización de los treinta y siete.

Dejo mi arma de lado, dispuesto a tirarla al suelo. Si es un títere, cualquiera puede manejarlo.

—Entonces ordénales a tus hombres que se retiren —me apunta con el arma—. Oh, claro, no puedes, porque eres una escoria bajo los pies de Logan.

Entorna los ojos azules.

—¡Retirada! —les grita a los rusos y, cuando se apartan, los *kray* de Logan aparecen frente a nosotros con media sonrisa.

Emma

—¿Estás lista, agente y abogada Brown?

Cora aparca el auto en la acera. Los edificios no son tan grandes como pensé, sin embargo, la zona es prestigiosa. Tardamos dos horas en armar el plan y una gran emoción me invade, como en los viejos tiempos.

Si Dylan pudiera vernos, ya estaría detrás de nosotras gritándonos que no lo hagamos.

—Lista, agente y abogada Gray.

Sacarle la información a Alicia no fue fácil, sin embargo, Cora es muy persuasiva. No me sorprende, es un arte que ha aprendido de su hermano, que es un agente de espionaje.

Vemos a Alesha subir a su auto cubriéndose un escote prominente con un abrigo y una sonrisa de lado. Detrás de ella, sale una camioneta color verde militar que la sigue de cerca. En un segundo, desaparecen de nuestra vista.

Un hombre alto cuyo rostro no alcanzo a vislumbrar porque es de noche permanece en la acera con un cigarrillo. Le da una calada y el humo sube.

—¿Por qué iba tan feliz la zanahoria? Dijiste que Alexander la echó de la empresa por tocar a su nena.

—¡Ya basta con eso! —a mi pecho no le hace bien que Cora me recuerde eso, no cuando planeo dejarlo—. La muy arpía debe estar tramando algo.

—Sea lo que sea, cuando regrese se le borrará esa sonrisa del rostro. Vamos por ti, zanahoria saboteadora, robahombres, arpía robatrabajos y molesta mejores amigas —dice mirando el edificio con los ojos entornados.

—Alexander no es mi hombre —le recuerdo resoplando. Incluso aunque el acuerdo siguiera vigente, sería ridículo llamarlo así.

—Para mí lo es —se encoge de hombros—. Vamos, es ahora o nunca, tenemos suerte de que haya salido justo en este momento, aunque no sabemos cuánto tiempo tendremos —asiento—. Por cierto, el rubio te sienta bien, aunque no tanto como a mí.

Ahogo una risa y reacomodo mi cabello corto. Esta peluca es demasiado real para haber costado sólo siete libras en el centro comercial.

Salimos juntas de su auto. Nos aproximamos al hombre que está fumando en la acera. Vuelve a darle una calada a su cigarrillo mientras mira constantemente hacia la calle. Es alto, debe medir más de dos metros, y lleva un abrigo desgastado color verde militar.

Cora pasa por delante.

Cuando es mi turno, el hombre se gira y yo, por no meterme en su camino, me aparto, sin embargo, termina chocando conmigo. Caigo al suelo de rodillas mientras él se recarga en la valla de al lado.

—Lo siento —me disculpo cuando se agacha para ayudarme a levantarme.

Recorre mi rostro con la mirada y veo el esbozo de una pequeña sonrisa. Es un hombre mayor, pero no demasiado.

Sus ojos son verdes.

Un escalofrío recorre mi espalda al ver su mirada, porque me resulta muy conocida. El hombre me mira de arriba abajo perversamente, pero después me observa directo a los ojos, como escudriñándome. Luego, repasa mi cabello rubio.

—Lo siento —repito.

Me levanta.

—No hay problema. De noche, las calles de Londres son engañosas para transeúntes distraídos —su voz es gruesa.

—Sí —digo con vergüenza. Por distraída lo lancé contra la valla.

En cuanto Cora nota que no voy detrás de ella, da media vuelta y me ve con él.

—Otra vez, discúlpeme.

—Disculpas aceptadas… —me mira como incitándome a decirle mi nombre.

—Uh, Rebecca —digo el primer nombre que se me viene a la mente, tratando de que no perciba el temblor de mi voz y por educación le extiendo la mano.

Veo un brillo en sus ojos como si supiera que miento, pero de todas formas acepta mi mano.

—Es un placer, Rebecca —su mano es muy grande y fría, y su agarre, muy fuerte—. Soy Logan.

Capítulo 41

Emma

Siento un escalofrío recorrerme todo el cuerpo al escuchar su nombre. No me agrada el color de sus ojos porque, si bien se parece al de Alexander, su presencia es atemorizante, nunca había sentido algo así con nadie. Es como el miedo perturbador que sentiría al estar frente a un animal salvaje.

Lo observo en silencio. Es muy alto y de su abrigo emana un olor a madera de pino combinado con el humo del cigarrillo que ya ha tirado al suelo. Aunque es de noche, creo que su cabello es castaño oscuro, pero va muy cubierto para ver bien sus rasgos.

Lleva la boca hacia mi mano y deja un beso frío. La alejo por instinto. El instinto de la gacela y el león.

—No se ven muchas chicas rubias por la ciudad, soy más de jugar con castañas —ladea la cabeza, buscando mi mirada, pero no puedo soportar el peso de sus ojos.

—No soy de la ciudad —parpadeo mientras observo a Cora acercarse.

—¿Todo bien por aquí? —pregunta cautelosamente con su abrigo costoso y la peluca pelirroja que oculta sus rizos dorados. Mira al hombre a mi lado y me tenso cuando él dirige la mirada hacia ella de la misma forma curiosa que lo hizo conmigo.

—Sí, todo está bien —asiento nerviosa. De nueva cuenta me disculpo con el hombre, pero ya sin mirarlo.

—No hay problema, Rebecca —su voz me hiela la piel. Sigo a mi rubia favorita—. Sé más precavida al caminar o caerás en las manos equivocadas —dice a mi espalda, incluso puedo sentir su mirada detrás de nosotras.

—No te detengas hasta que entremos al edificio —le digo a Cora, aumentando la velocidad.

—¿Por qué? ¿Quién es ese tipo?

—Es un extraño, choqué con él por accidente, nada importante, pero...
—miro a mi espalda y percibo que aún nos mira—. Pero me sentí extraña a
su lado.

—¿Y quién no? La ropa que lleva no es precisamente la de alguien civilizado. ¿Quién viste así? —Cora también le lanza una mirada rápida y frunce
el ceño.

—¿Por qué lo dices?

—Porque tiene una vestimenta muy peculiar. Cerca de la casa de Bennett
vi a unos hombres con ropa similar.

—¿Qué hombres?

—No sé, estaban a lo lejos, como si estuvieran vigilando.

¿Unos hombres estaban vigilando la casa de Bennett? Comienzo a creer
que el negocio sucio en el que se involucró es más peligroso de lo que Cora
dijo, Alexander debe saberlo, y con seguridad ésa debe ser una de las razones
por las que Bennett no responde las llamadas desde que se fue a Nueva York.

¿Por qué hizo eso? Nunca tuve la impresión de que Bennett fuera un
hombre ambicioso o algo por el estilo; además, no puedo imaginar que con
un hermano como Alexander no se percatara de que el negocio era un fraude.
Tendré que hablar con él después.

Cuando llegamos a la puerta de entrada del edificio, un hombre de traje
sale caminando mientras habla por teléfono. Compartimos una breve mirada
y entramos. Cora se lleva el teléfono a la oreja y camina con seguridad.

—Sí, Alesha, ya estoy aquí —dice y el hombre de la recepción nos mira
fijamente—. Mi asistente trae los documentos que pediste, permíteme un
segundo —caminamos hasta el recepcionista—. Buenas noches, soy Coraline
Gray, abogada del bufete Gray —le extiende la mano.

—Su identificación, por favor.

—Claro —saca la pequeña tarjeta blanca del bolsillo de su abrigo y se la
entrega. El hombre la examina y luego mira a Cora—. ¿Qué? Ahora soy pelirroja ¿Hay algún problema con eso?

—Ninguno, madame —Cora se gira hacia mí y me señala.

—Ella es mi asistente, no necesita su identificación —se adelanta.

—Es el protocolo, por la seguridad del edificio.

—Señor, somos parte de un bufete de abogados muy importante. Tenemos una reunión con Alesha Smith, supongo que la conoce —saco la pequeña
tarjeta de mi bolso.

Asiente.

—Lo entiendo, pero sin su identificación no puedo dejarlas pasar.

Cora resopla como toda una mujer caprichosa, hasta yo le creería su papel. En ese instante, vuelve a colocarse el teléfono en la oreja.

—Alesha, baja, por favor, y haz que tu inútil recepcionista me deje pasar o no firmaré esos documentos y perderás el caso. Tú decides —le lanza una mirada asesina al hombre—. No encontrarás otra abogada como yo en todo Londres.

El hombre abre los ojos con miedo y rápidamente se endereza.

—No es necesario que la señorita Smith se moleste en bajar. Adelante, damas. Piso tres, por favor —nos señala el ascensor.

Cora le lanza una última mirada y camino detrás de ella hasta las puertas de metal.

—¿Viste lo rápido que nos dejó pasar?

—No dudo de que todos aquí le tengan miedo a Alesha.

Ya estamos subiendo. Hora del allanamiento.

Los nervios comienzan a invadirme, pero respiro hondo y logro calmarme.

Salimos del ascensor y caminamos por el pasillo con nuestros abrigos largos, los cuales cubren la ropa deportiva que llevamos debajo. Nos acercamos a la puerta que describió Alicia y miro a ambos lados antes de forzar la cerradura hasta que el seguro se abre.

Creo que conozco las mismas técnicas que Alexander utiliza para entrar a mi apartamento por las noches.

—En efecto, no hay nadie —le digo a Cora y entro en silencio.

El apartamento es muy grande, casi tan grande como el piso de Alexander. El sitio está bien diseñado y puedo jurar que vi la mesita de centro en una prestigiosa revista y el precio tenía más de cuatro ceros. De pronto, me percato de que el lugar está colmado del olor a madera de pino. Estoy segura de que el hombre con quien tropecé estuvo aquí dentro.

La chimenea está apagada, pero aun así le da un bello toque rústico. Me molesta que me agrade el diseño de la casa de esa arpía, sin embargo, debo reconocer que tiene buen gusto.

—Oh, Dios, este lugar es enorme —dice Cora mirándolo de arriba abajo—. Mejor aún, más para destruir —sonríe dando pequeños saltos de emoción.

—Demasiado —abro la bolsa de mi abrigo y le doy las dos latas de aerosol negros que le tocan. Por su parte, Cora abre su abrigo y saca su bate.

—Si me permites, haré los honores —levanta el bate en alto.

—Adelante, por mí no te detengas, redecoremos el apartamento de Alesha —no podría detenerla ni aunque quisiera.

—Esto es por encerrar a mi *sexy*, maldita zanahoria —va por la lámpara de cristal más cercana. Se ve costosa.

El bate la rompe de inmediato. La lámpara cae al suelo y se resquebraja en miles de pedazos. Cora sonríe con suficiencia. "Nunca te metas con una rubia y su amiga castaña", dice su expresión.

Me lanza el bate y lo tomo con manos temblorosas, sé que esto está mal, pero ya me cansé de soportar a la gente miserable y Alesha es una maldita miserable; además, odio la idea de que se haya follado a Alexander en el pasado... ¿O en el presente?

—Hazlo —me incita con una sonrisa.

Asiento y mi objetivo es la mesita de centro que vi al entrar. Es muy costosa y espero que sea de edición limitada para que no pueda reponerla. Dejo caer el bate con fuerza y la mesa se agrieta enseguida.

Golpeo de nuevo con más fuerza. Seguramente el ruido alertará a los vecinos, pero no me importa porque la mesa se parte por la mitad. Sonrío de lado a lado, eso se sintió vigorizante. Bajo de nuevo el bate y hago añicos la mesa.

—¡Joder! —grito y Cora silba.

—¡Eso! Tu hombre estaría orgulloso de ti si te viera.

Con una sonrisa más grande me acerco a la serie de estatuillas que reposa sobre la chimenea. Tiro la primera, luego otra y otra hasta que termino con ellas. Cuando miro alrededor, ya no veo a Cora cerca.

Sobre uno de los muebles a los que me acerco veo un folleto del hospital central de Brent. Lo tomo con el ceño fruncido, es al que llevaron a las víctimas del derrumbe. Reacomodo mi peluca y tiro un florero que reposa en un estante. Esto se siente tan liberador que debería hacerlo también en la casa de Sawyer Taylor.

Ese cabrón nunca fue mi padre ni me protegió cuando más lo necesité. Rompo otro florero con el bate. Ahora, debido a que liberó a Seth de prisión, revivo el infierno que viví con él.

Liberó al abusador de su hija. Golpeo con más fuerza y, cuando Cora me toma del brazo, me percato de que tengo las mejillas húmedas.

—¿Qué sucede? —me limpia las lágrimas mientras me sorbo la nariz y me hace agacharme a su lado. Ya no tiene el abrigo puesto ni las latas que le di.

—Alguien viene, seguro escucharon el ruido —nos ocultamos detrás del sofá de la sala de estar. Se escuchan pasos por la entrada.

Mierda. Van a atraparnos.

—Corre por ahí —susurro, señalándole un pasillo.

—¡Coño! —le gana la risa—. La bruja regresó, es hora de llamar a tu hombre para que nos saque de prisión.

—¡Silencio! —me contagia su risa.

Entramos por una pequeña puerta al final del pasillo y escuchamos voces en la entrada. Me toma de la mano y me acerca a una ventana. Repaso la habitación y comienzo a abrir los cajones de una cómoda. En uno de ellos encuentro más de cinco armas diferentes acomodadas una delante de la otra.

Cora se coloca a mi espalda y las miramos; están perfectamente pulidas.

—Ella me lo dijo, no es una simple arquitecta. Además, trató de atacarme con una daga.

Me acerco de nuevo a la ventana y el piso parece más cercano de lo que creía, sin embargo, estamos en el tercer piso, no bajaremos sin una pierna rota, mínimo.

—¿Podemos saltar?

—Está muy alto.

—Si no saltamos, la zanahoria nos atrapará.

Miro de nuevo por la ventana. Hay unos arbustos, aunque no es seguro que aterricemos sobre ellos. Terminaremos contra los contenedores de basura o, peor, contra el asfalto. *Dios, vamos a terminar hechas papilla.* A pesar del miedo, Cora me ayuda a subir por la ventana.

El viento golpea mi rostro y el cosquilleo del vértigo recorre mi cuerpo. Cora sale también y se sujeta a la ventana. Sus manos tiemblan.

—¿Dónde está tu abrigo?

—En la habitación de la zanahoria, me lo quité mientras le dejaba una pequeña sorpresa y ya no hubo tiempo para volver por él.

—¿Cómo sabías cuál era su habitación?

—Entré a todas y elegí la más fea, seguro es la suya —se encoge de hombros—. Por cierto, mira lo que encontré ahí —me enseña un trozo de papel con una inscripción en danés y la figura de un lobo al reverso.

—¿Qué es eso?

—Lo averiguaremos después —la cerradura de la puerta se mueve y las dos nos sobresaltamos—. *Sexy*, tenemos que saltar ahora.

—Vamos a morir, Cora —ahora veo el piso y los arbustos muy lejanos. Además, estamos en la parte trasera del edificio.

—No hay tiempo. Dios, haz que no muera, por favor —recita una plegaria mirando al cielo y después salta.

Su peluca pelirroja se mueve con el viento. Gracias al cielo aterriza entre los arbustos, aunque la escucho quejarse por el golpe. *Bien.* Mi turno. No soy muy religiosa, así que no podría recitar ni una pequeña oración para salvarme. Sólo conozco un santo.

—Que el padre Roe me proteja —señalo al cielo y me lanzo.

Caigo en picada, con medio cuerpo sobre los arbustos y la pierna izquierda en el asfalto. El dolor en ella me deja sin aliento, aunque por suerte los arañazos de las ramas no traspasaron mi abrigo.

Cora se levanta con dificultad, jadeando y mirando hacia la ventana. Se arrastra hacia mí cuando las luces de la habitación donde estábamos se encienden.

—Mierda, lo hicimos, ¿estás bien?

—Creo que me rompí una pierna —me levanto como puedo, pero el dolor es demasiado—. Ésa fue una gran caída —no hay rastro de sangre, pero me duele como el infierno.

—Tenemos suerte de estar vivas, iremos a urgencias si es necesario, pero hay que largarnos de aquí —se frota el brazo con una mueca—. Ahora sí veamos de qué se trata esto —saca el trozo de papel del bolsillo trasero de su pantalón deportivo y lo examina con el ceño fruncido.

—¿Y bien? ¿Para qué robaste eso? —cojeo hasta ella y de pronto me percato de que me corté la palma de la mano porque gotea un poco de sangre.

—Cuando fui a la casa de Bennett para ayudar a Alexander, vi un papel escondido parecido a éste y la zanahorita tenía el mismo símbolo en uno de los cajones de la habitación. Creo que recuerdo haberlo visto antes en unos documentos de mis padres, aunque Dylan no me dejaba acercarme mucho a sus cosas después de que ellos murieron.

Veo el símbolo del lobo en tonos negros, no es como el de Alexander, pero sí muy parecido. Más abajo hay algo como una inscripción con un apellido. Giro la cabeza para verlo mejor, pero el golpe me aturdió un poco la vista porque sólo percibo una mancha sin forma.

—Es un lobo —parpadeo para aclararme la vista—. Son inscripciones como las que Dylan dibujaba por las noches. Recuerdo que nosotras lo espiábamos.

—¡Eso es, *sexy*! Sabía que las había visto en algún lado, pero no recordaba dónde, por eso robé el papel —permanece en silencio mirándolo fijamente.

—Nunca supimos qué eran esas líneas que Dylan dibujaba, nunca nos dejó meternos en sus asuntos.

—Sin embargo, yo sí me inmiscuía —susurra y algo parece aclararse en su cabeza—. Se lo enviaré a Dylan.

Saca su celular y le toma una foto al papel con el ceño fruncido. Teclea algo rápido y guarda tanto el teléfono como el pequeño trozo de papel.

—¿No te parece que estás exagerando un poco? —la miro con atención—. No creo que sea el símbolo de alguna secta sangrienta, ¿o sí? —bajo la voz.

—Mierda santa, espero que no —dice y la veo buscar las llaves de su auto con las manos temblorosas—. Hay que largarnos de aquí, *sexy*, de inmediato —corre por la parte trasera del edificio y la sigo lentamente.

La escucho maldecir en voz baja; imagino que mil pensamientos cruzan por su mente. El dolor en mi pierna es muy fuerte, mi cuerpo cayó sobre ella sin piedad.

Cuando se percata de que no la sigo tan rápido como quisiera, regresa para ayudarme. Apoyo el brazo sobre sus hombros y avanzamos.

Me ayuda a subir al auto y de inmediato se pone en marcha. Durante el camino permanece en silencio, no me dice nada, sólo pisa el acelerador tanto como puede. De pronto, una llamada de Dylan entra a su celular, pero la ignora y sigue conduciendo hasta que regresamos a nuestro edificio.

—¡Lo hicimos! —trato de aligerar el ambiente tenso que se siente desde que dejamos la casa de Alesha.

—Espero que haya quedado satisfecha con nuestro trabajo —sonríe apenas y me ayuda a bajar.

Por fortuna, ella sólo tiene un par de raspones en los brazos, salió bien librada. Me deja sobre el sofá cuando Dylan vuelve a llamar. Mira el teléfono nerviosa.

—Es Dylan, tengo que responder —se va por el pasillo, aunque me resulta extraño, porque ella suele hablar por teléfono frente a mí.

Hacía semanas que él no se comunicaba con ella debido a su gran carga de trabajo. Me reacomodo en mi lugar y trato de colocar un cojín bajo mi muslo, pero el dolor es intenso. Sólo espero que esto no sea grave.

No alcanzo a escuchar la voz de Cora y comienzo a preocuparme. ¿Qué será ese símbolo? Vagamente recuerdo haberlo visto con Dylan, aunque no podría decir si es el mismo. De pronto, viene a mi memoria el día en que murieron los agentes Gray.

Se dijo que había sido un accidente, pero, al crecer, me enteré de que más bien fueron asesinados por una organización criminal. Me quito la peluca de un tirón, y cuando pasan los minutos y Cora no regresa, me preocupo aún más.

Con la poca fuerza que tengo me levanto y camino por el pasillo apoyándome en la pared. La encuentro frente al espejo del baño con las manos sobre el lavabo de mármol y el rostro pálido como si hubiera visto un muerto.

Su celular está en el piso y sus ojos muy abiertos.

—¿Cora?

Se sobresalta cuando me escucha.

—*Sexy*, ¿por qué te levantaste? Tu pierna no está nada bien —su voz está ronca.

—¿Qué sucede?

—Emma —sus ojos se llenan de lágrimas, pero no derrama ninguna. Las palabras se quedan atascadas en su garganta—. Es el dolor de mi brazo —se quita la peluca con una mueca de asco y, cuando me acerco a ella, mi pierna se dobla y caigo al suelo.

—Maldición —esto duele demasiado—. No caí completamente sobre los arbustos.

—¿Será grave?

—No creo, sólo necesito descansar la pierna o se inflamará.

Asiente.

—Además, sé que odias ir a urgencias —me ayuda a levantarme y me lleva hasta mi habitación—. Traeré hielo.

Me quedo jadeando sobre la enorme cama nueva que compró Alexander mientras pienso en lo que le está sucediendo a Cora. Sin embargo, momentos más tarde, me percato de que el cable del teléfono de mi habitación está cortado en pedazos y la ventana, abierta.

Recojo los trozos de cable de la cómoda. ¿Qué demonios? Repaso la habitación en silencio y siento un escalofrío recorrerme.

Seth estuvo aquí.

Mis muñecas comienzan a temblar, reconozco el olor que hay en el aire. Me levanto de inmediato cojeando y me dirijo a la puerta. Estuvo aquí. Mi almohada está en el piso y, sobre ella, reposa un vestido rojo, el mismo de la exposición de Cora.

Es una especie de mensaje, pero no quiero descifrarlo porque todas las posibilidades me provocan náuseas.

—¡*Sexy!*

El grito me ensordece y Cora deja caer la bolsa de hielo al suelo.

—Dios, Cora, me asustaste a muerte —salgo cojeando al pasillo. No quiero estar en el mismo lugar en el que él estuvo, no quiero.

El ruido de la ventana de mi habitación cerrándose nos sobresalta.

—¿Qué mierda fue eso?

Cora tiene la vista fija en la puerta de mi habitación y yo busco con desesperación mi celular para pedir ayuda, pero no puedo encontrarlo.

Alexander

Suelto el gatillo de mi arma mientras dos *kray* se lanzan sobre mi espalda y me clavan las puntas de sus rifles, uno en el costado y otro en la nuca. Cuando recibo un segundo golpe, la visión se me nubla y me arrastro rápidamente por el piso hasta un muro para cubrirme.

Soy el mejor en el combate cuerpo a cuerpo, fui entrenado por daneses, ingleses y rusos. Fui la mejor arma de la organización de Logan durante mi adolescencia.

Quiero atrapar a ese hijo de puta que involucró a Bennett con los rusos. Sé que Dmitry trabaja para Logan y quiero que se deslinde de mi hermano. Es miembro de mi organización, debería matarlo por traidor.

Me limpio el sudor de la frente y retengo a un *kray* hasta que lo aniquilo con mis manos. Sonrío perversamente contemplando su cuerpo agonizante a mis pies. Mi deporte favorito es matar.

—Es el… el Lobo —jadea, convulsionando en el suelo antes de que alce una de mis dagas suizas y se la clave en el cuello.

La sangre mancha mis pies, haciendo un charco. Levanto la mirada, serio. Mi maldad emerge cuando asesino gente. El mejor asesino de la mafia inglesa, ése soy yo.

Para el mundo soy un prestigioso empresario, dueño de un imperio hotelero por mi perfección como arquitecto, sin embargo, en realidad soy un mafioso, líder de una organización criminal londinense.

Alexander Roe, mejor conocido como el Lobo, cabeza de la organización del Lobo, con más de trescientas sedes y miembros activos en Londres, Dinamarca y Rusia; mil doscientos asesinos a mi cargo sólo en Londres; entrenado por francotiradores rusos desde los diez años y marcado por la organización de los treinta y siete desde mi nacimiento; el mayor contrabandista de armamento en Europa y el principal aliado del ministro de Londres para corromper la política del país.

Atrapo a otro *kray*. Lo sostengo de la cabeza y, con toda la maldad de mi ser, lo azoto contra el pavimento, desatando la bestia que vive en mí.

No veo cerca ni a Matt ni a Ethan, que son mis hombres de mayor confianza, sin embargo, sí veo a los demás acarreando pólvora. No tengo las manos limpias de sangre, pero hoy no quiero regresar con Emma teniendo ese maldito pesar en mi conciencia. Quiero verla, necesito verla. Malditos sean estos pensamientos sobre ella.

Maldigo ese pensamiento silencioso que no me ha dejado tranquilo ni un solo segundo.

Corro por una vereda libre en busca del ruso que se largó antes de que los *kray* aparecieran. Un *kray* se interpone en mi camino y disparo mi carabina M4. Le impacto la rodilla y lo mando al suelo con un gancho en la nuca.

Mato a tres desde mi posición, a pesar de tener la vista nublada.

—¡Quiero al ruso! —les digo a mis hombres y cambian de rumbo, sin embargo, más *kray* nos rodean.

—Maldito cabrón —me golpean en la espalda.

—Te metiste con el Roe equivocado —me giro sonriendo, clavándole el arma en el pecho—. ¿Para quién coño trabajas y por qué involucraste a Bennett? Sé que no trabajas por voluntad propia con Caterva.

Es el ruso. Tiene la cara ensangrentada y dos heridas en los pómulos.

—Ya conoces la respuesta: Logan —me enseña sus dientes mugrientos—. Él nos obligó a trabajar con Caterva Smith para que consiguiéramos involucrar a tu hermano en los negocios y funcionó. La adicción de tu hermano lo hizo recaer en la organización de los treinta y siete.

Ethan le dispara a lo lejos. El cuerpo del hombre se tambalea mientras tres *kray* se lanzan sobre mí y me tumban al suelo antes de que pueda volarle la cabeza al ruso. Él se desliza por un hueco de la vieja construcción y dos *kray* lo siguen. Cargo contra los que están encima de mí y el sonido de las balas me ensordece. Sin embargo, no tengo oportunidad de matarlos porque salen corriendo de inmediato.

Jadeo sin prestar atención a ese movimiento y me centro de nuevo en el ruso. Deslizo mi arma por el hueco por donde entró y, cuando impulso mi cuerpo para ir tras él, una bota aprisiona mi cuello y me corta la respiración.

—No tan rápido, Alexander.

Es Logan.

De pronto, seis *kray* se precipitan sobre mí, inmovilizándome. En cuestión de segundos los miembros de mi organización se unen al enfrentamiento. Visualizo mi arma en el hueco por donde la deslicé, sin embargo, sé que no podré alcanzarla.

—Te crees muy valiente viniendo a rescatar al adicto otra vez, pero fue decisión de Bennett involucrarse en el negocio —sonríe de lado—. Al parecer, la sangre llama a la sangre.

—Cállate, hijo de perra.

Los *kray* me patean para amedrentarme.

—No hables con el amo —una bota impacta repetidamente en mis costillas.

—Aunque no lo creas, él es más listo que tú, porque sabe lo que le conviene —presiona mi garganta con más fuerza, cortándome la respiración—. Me he cansado de buscarte, de ir tras de ti todo el tiempo jugando a las encrucijadas. ¿De verdad creíste que me había quedado por los bares que me robaste? Sabes muy bien lo que quiero en verdad —las venas de mi cuello se dilatan—. Voy a comenzar una guerra contra los daneses y te arrebataré el contrabando de armamento, aunque sabes que siempre puedes unirte a mí.

Consigo liberar mi brazo derecho y lo estiro por el hueco. No hay aire en mis pulmones.

—Tienes dinero, dinero que servirá para apoderarnos del Gard y ganárselo a los daneses —me clava la punta de su rifle en la frente—. Lo utilizaremos como una cortina de humo para despistar a todos.

Estiro más el brazo y toco la punta de mi arma. La jalo de golpe y, con el poco aire que me queda, me incorporo y les disparo a cuatro de los *kray*. Alguien se coloca a mi espalda y carga contra los que faltan. No necesito girarme para reconocer a Ethan.

Logan carga contra mí y voy tras él. Mis hombres me cubren. Rodeo uno de los muros de la construcción y me protejo del plomo que lanza. Cargo más balas mientras jadeo para recuperar el aire y siento que mis pulmones queman.

Espero a que cesen sus disparos y voy tras él. Le vuelo el arma y lo arrincono contra una de las paredes. El plomo no oculta el olor a madera que emana de su ropa.

—Ya no tengo diez años, hijo de perra —saco la carabina M4 de mi espalda—. Y ahora sí puedo volarte la puta cabeza —le apunto directamente.

De pronto, se escucha que alguien le quita el seguro a su arma. Siento cómo me apunta a la cabeza.

—No lo harás, Alexander —dice Alesha a segundos de jalar el gatillo.

Logan esboza una sonrisa de puto cabrón y yo siento que mi sangre quema en mis venas por la traición de una miembro activa de la mafia.

—Excelente traición, Alesha —digo sin dejar de apuntarle a Logan.

—No es traición, querido, te pedí que me escucharas, pero decidiste no hacerlo porque estás cegado por esa mujer, así que acabo de cambiar de bando.

Su traición no me sorprende, sé que es muy impulsiva cuando no consigue lo que quiere, pero que sea de lado de Logan y no del de Caterva, su padre, es lo que me jode.

—Imposible —Logan frunce el ceño—. ¿Perdiste los cabales por una mujer? Debí enseñarte las reglas con mano más dura, Alexander, así habrías aprendido. Si es la castaña de la exposición, la quiero convertir en mi nuevo juguete.

Controlo mi respiración y trato de analizar la situación.

—¿Desde hace cuánto tiempo estás cooperando con Logan?

Alesha no responde.

—No podía quedarme en Londres sin un postre delicioso y sabes que siempre disfruto comer lo que ya probaste, me follo a todas las hembras que has tenido —se relame los labios—. ¿Quieres compartir a la mujer a la que te has estado follando últimamente?

Pierdo el control. Dejo ir la primera bala, pero no contra Logan, sino contra el *kray* que venía hacia él y arremeto contra Alesha para quitarle el arma. Enseguida acorralo a Logan y cargo contra el cabrón con fuerza. Primero le apunto a la espalda, pero, cuando sus *kray* me rodean, dirijo mi arma a su cabeza.

Alesha está en el suelo con la mejilla raspada por la fuerza con la que la lancé y tiene los ojos húmedos.

—Sigues empeñado en hacerlo difícil, pero él es un gran aliado, te vas a arrepentir.

La dejo hablar y le corto la respiración a Logan como lo hizo conmigo. Voy retrocediendo hasta el hueco por el cual se escabulló el ruso.

—La gente de Brent va a morir —dice Alesha. Me detengo y le clavo la mirada—. La gente de Brent va a morir quemada y no podrás hacer nada, querido. Perderás tu prestigio por una mujerzuela barata que te abrió las piernas como a todos los de la oficina. A esta hora mañana todos sabrán que perteneces a la mafia.

Carajo.

Con una mirada detengo a mis hombres. Mi siguiente movimiento es arriesgado.

—Retirada —veo a Ethan erguir la espalda, pero debe acatar la orden.

Se alejan, dejándome solo con los *kray*. Logan me clava el puño en el costado y disparo para despistarlos. Veo a varios *kray* cubrir a Alesha. El hueco está en mis pies.

Lanzo a Logan contra la columna y de inmediato entro por el hueco. Salgo al segundo piso de la construcción. El aire me golpea el rostro como una puta bofetada y me sujeto a unos arneses para bajar cuando comienzan a dispararme. Sólo tengo un objetivo en mente: matar a todos los sobrevivientes de Brent antes que ellos para evitar el escándalo.

Emma

Comprobamos tres veces que la ventana y la habitación estuvieran cerradas, y tres veces busqué mi celular, pero no lo encontré. La casa está vacía, pero sé que él estuvo aquí, de modo que tendré que adelantar mi viaje.

—Luke viene para acá. Si Seth estuvo en el edificio, no quiero que estemos solas —Cora deja su celular sobre el sofá y, cuando estiro mi pierna, el pequeño aparato se pierde entre los cojines.

Permaneceremos en la sala de estar hasta que Luke aparezca, no voy a volver a una habitación donde Seth estuvo, ni siquiera puedo tocar el vestido que está en el suelo, siento repulsión, es como si me dijera que quiere que me lo ponga.

—Tengo que hablar de algo contigo —digo mientras le curo los raspones del brazo.

—¿Qué sucede, *sexy*?

Trago saliva con fuerza y dejo el algodón a un lado. No va a ser fácil decir esto.

—Me iré de Londres y regresaré a Trafford.

Frunce el ceño, pero, contrario a lo que esperaba, no dice nada.

—Haces bien —finalmente dice en voz baja y temblorosa—. Larguémonos de aquí, pero no a Trafford, vamos a Brent con mi hermano.

—*Sexy*, tú no puedes irte, tú tienes un contrato con la galería aquí, Luke está aquí, incluso Bennett, aunque ahora esté a miles de kilómetros de distancia.

Aún sigo confundida por el hecho de que aceptara con tanta facilidad mi decisión de irme. Hasta hace unas horas, antes de recibir la llamada de Dylan, parecía estar muy a gusto aquí.

—Nada de eso me importa. Yo iré adonde tú vayas, no quiero quedarme aquí tampoco, necesito pensar —se abraza a sí misma.

Tengo que saber de qué habló con Dylan.

—Ya fue suficiente, Cora, dime qué es lo que sucede. ¿Esto es por Bennett?

Levanta la mirada, otra vez se ve pálida. No dice nada, sólo mira al frente. Sigo la dirección de sus ojos. El televisor está en silencio, pero, cuando veo las llamas en el noticiero, me sobresalto.

Cora y yo nos miramos de inmediato cuando leemos "Brent en llamas" en el cintillo inferior. El fuego consume el hotel de Hilton & Roe. En la parte superior de la pantalla destaca una alerta sobre un ataque terrorista. Al parecer, una bomba cayó hace treinta minutos sobre la ciudad.

—Oh, Dios, ¿qué sucedió? Eso es un gran incendio.

—Subiré el volumen.

El presentador tiene una cara de congoja y apenas puede sostener la mirada ante las cámaras.

—Hace unos momentos, las autoridades de Brent reportaron un bombardeo en la ciudad, el cual ocasionó que el hospital central del estado se incendiara. Las llamas se han extendido por todo el lugar, aunque el equipo de rescate ha trabajado arduamente. Bebés, niños, adultos, así como el personal de salud, han sido víctimas de esta catástrofe. Hasta ahora no se ha reportado ningún sobreviviente. De igual forma, han colapsado los hoteles cercanos, incluido el recién remodelado Hilton & Roe. El olor a huesos quemados inunda el ambiente. Aún se desconoce la causa exacta de esta tragedia, pero reportes no oficiales aseguran que el incidente fue provocado.

Mi corazón se estruja. La imagen cambia y observamos cómo las llamas arrasan con todo el lugar.

—Oh, Dios —Cora se cubre la boca.

Todo arde en llamas. La gente de alrededor grita y llora de manera descontrolada. Siento mis ojos humedecerse.

—¿Quién pudo provocar algo así?

Alguien sin alma.

—Hemos recibido un reporte de último minuto. Nos enlazaremos a Roll Street, donde el hotel de la cadena Hilton & Roe que acababa de inaugurarse hacía tres meses ha colapsado. Treinta metros han cedido por el bombardeo. Los rumores apuntan a que el empresario Alexander Roe es uno de los principales sospechosos del ataque terrorista.

—¿Qué? —me incorporo con la boca seca y la pantalla se apaga bruscamente.

—¿Qué demonios? —Cora se levanta y se dirige al televisor. Por el reflejo de la pantalla, veo a alguien pasar detrás del sofá. Me levanto de inmediato, cojeando, y veo a Jaden venir de la habitación de huéspedes por el pasillo.

—Buenas noches, señoritas.

Sonríe con la ropa del portero de nuestro edificio puesta.

Aunque escucho el grito ahogado de Cora a mi espalda, permanezco petrificada viéndolo. Mis muñecas comienzan a temblar y la sangre abandona por completo mi cuerpo cuando un par de manos me toman por la cintura.

Manos grandes.

Un tacto conocido.

Me giran bruscamente por los hombros, lastimándome la pierna, y veo al demonio que cavó mi tumba en Trafford.

Seth.

El pánico me invade. Jaden se acerca a Cora, la acorrala contra la pared con una bofetada que le voltea la cara y la lanza al suelo. Recibo una bofetada similar y un puñetazo en las costillas. Mi pierna no soporta el impacto, de modo que caigo frente a las botas sucias del rubio.

Mi vista se nubla y ya no sólo tiemblan mis muñecas, sino todo mi cuerpo. Siento las lágrimas deslizarse por mis mejillas.

—¿Me extrañaste, *conejito*? —dice Seth finalmente frente a mí, pegando su rostro al mío—. Es hora de divertirnos.

Capítulo 42

Treinta y siete horas antes. Manhattan, Nueva York

Bennett

Me reclino en el sillón y dejo escapar el humo del porro en círculos mientras la mujer que contraté baila para mí sólo con unas medias negras de red mostrando su feminidad húmeda por mi lengua.

Hace bastante tiempo que no consumía hierba. Alexander odió esa faceta de mi vida. Éramos unos adolescentes, sin embargo, él sabe que nuestras adicciones nunca se curan del todo, no si seguimos marcados por ellas.

La organización del Lobo distribuye droga, aunque me rehabilité para dejar esa mierda, a la cual era adicto de niño. No obstante, caí de nuevo porque si te criaron así desde pequeño, no puedes dejarlo atrás por mucho que lo desees. Siempre caes de nuevo en la tentación.

El éxtasis que siento me nubla la cabeza.

Abro la boca y libero otro aro de humo. No puedes renunciar a lo que te hace sentir bien. Mi mente visualiza formas desiguales; a veces, eventos aleatorios, como la visita de los rusos; otras veces, veo personas, en especial a la rubia.

Desde hace días, mi celular está tirado en alguna parte de la habitación. Lo arrojé contra la pared como un maldito poseso porque no paraba de sonar. Además, quería olvidar lo que había pasado con Coraline, sé que ella me odia.

Hubiera sido mejor que Logan me atrapará en Londres cuando me acorraló en la carretera y no haber sobrevivido y tenido que largarme solo después de que Coraline me dejara. Él me amenazó con ella, sabe cuáles son mis puntos débiles.

Los padres de Coraline murieron a causa de la mafia, y después de haber traicionado a la organización criminal del Lobo, sé que tendré el mismo destino, me matarán sin piedad.

La mujer de ojos verdes se inclina y atrapa con sus labios el humo que sale de mi boca. Está extremadamente delgada, como yo. Le magreo los glúteos y nos enrollamos a besos mientras suena de fondo una de las canciones más famosas de A2M.

Mierda santa. Sabe a anfetamina. Pruebo la droga de su boca y me besa con intensidad. Ese sabor es mi pequeño pecado capital desde que era niño.

La aparto bruscamente, pero ella sigue moviéndose y contoneando las caderas frente a mí con una sonrisa. Admito que está buena, pero no tengo humor para seguir con esto, lo único que puedo pensar es en que ya quiero se vaya.

Ya me la chupó todo lo que quiso, me liberó y volvió a comérmela, no obstante, no meteré mi polla en su coño hoy. A lo lejos escucho el sonido de la puerta o quizás es la droga provocándome alucinaciones. A veces escucho cosas, una voz dulce y seductora. *Gatita.*

Me giro y reviso que la puerta del apartamento siga cerrada. Le di órdenes claras al dueño del edificio para que nadie me molestara, ni siquiera Erick, que se ha aparecido ya dos veces desde anoche.

No permitiré que colme mi paciencia, no estoy para soportarlo; si me metí en este edificio viejo es para que nadie me encuentre.

Las únicas veces que salgo de este lugar es para reunirme con los socios de Hilton & Roe y presentarles los diseños de los hoteles. Procuro ser lo más breve posible y, en cuanto todo termina, me arrastro al infierno de nuevo y me sumerjo en la miseria.

Incluso Erick piensa que me he vuelto loco, y quizá no está equivocado. Coraline me dejó para follarse a otro frente a mis narices, y no sólo es el ego lo que me jode, es el pecho el que me quema, porque me abrí con ella, me mostré vulnerable, y ahora sé que no debí hacerlo.

Me río como un idiota y muerdo el glúteo de la bailarina. Esto es lo que debo hacer: disfrutar, coger e ir por otra. No hablarles de putos sentimientos ni mariconadas de ésas.

De pronto, la música cambia a rap en español. Es demasiado complejo para que pueda comprenderlo; además, mi mente está totalmente aturdida, sin embargo, el ritmo es bueno, me envuelve los sentidos de inmediato y me llena de la vibra que necesito para sentirme como un verdadero hijo de puta.

Cuando miro el techo, ya no me molestan las luces neón color azul. Le doy la tercera calada a mi porro, ¿o es la cuarta? La mujer se acerca de nuevo con los pechos de fuera y se arrodilla entre mis piernas. La miro hacer su trabajo. ¿Se llama Emilia?

Compartimos una mirada oscura, sin embargo, no sé si por el alcohol o la coca, segundos después veo que su cabello es rubio.

Enredo mi mano en sus mechones despeinados y alzo la cadera para penetrar su boca con fuerza mientras succiona y pasa la lengua por mi glande.

—Oh, *gatita* —gruño clavándosela hasta el fondo. Sé que ese sobrenombre la calienta demasiado—. Cómetela toda, Coraline —le ordeno.

Carajo. Sacudo la cabeza frenéticamente, ella no es la rubia. ¿Eda? ¿Emilia? ¿Paulina? ¿Cuál es su jodido nombre?

Me levanto del sillón y le doy estocadas duras que la hacen ahogarse. Veo las lágrimas deslizarse por sus mejillas y escucho sus pequeños jadeos mientras se aferra a mis piernas para soportar el impacto, aunque en realidad mi fuerza no se compara en nada con la rabia que siento.

Me asocié con los rusos consciente de que trabajan para Dmitry, aunque Caterva me advirtió que no lo hiciera, sin embargo, desde hace mucho tiempo él está marcado por Logan, todos lo saben, y ese maldito me amenazó con dañar a Coraline.

Me corro en la boca de la rubia. Yo mismo me repugno. Me visto a tirones, aún jadeante. Puedo estar muy enojado, pero no debo comportarme como un puto cabrón todo el tiempo. Levanto a mi amante, cuyo nombre recuerdo de repente, y me disculpo con ella en voz baja.

—No me importa, me gusta que seas salvaje —me sonríe mientras se limpia la comisura de la boca.

—Vete —le doy más dinero del que seguramente ha ganado en toda su vida, se lo merece.

Ha soportado a un cabrón enojado que gruñe el nombre de otra mujer cada dos por tres. Esa gatita de rizos dorados me dejó jodido. Ya no puedo follarme a cualquier otra rubia que no sea Coraline sin pensar que ella está cogiendo con Luke, quien sin reparos le comía la boca frente a mí.

Coño, ya estoy cabreado de nuevo. La próxima vez me encargaré de conseguir a una bailarina castaña o morena.

—¿Mañana a la misma hora? Ya no podré venir más tiempo, me estoy quedando con mi hermano —dice sonrojada mientras se viste.

Ella ha sido la única mujer a la que le he permitido visitarme, pues aceptó todas mis reglas desde el principio. El reflejo que veo en el espejo que está frente a mí es el de un hombre jodido. Me acojona verme así.

—No —frunzo el ceño y le ofrezco más dinero del que acordamos, es lo menos que puedo hacer—. Aquí terminan tus servicios.

Acepta la negativa sin protestar, otra cualidad por la cual la elegí.

—Gracias por la paga, fue muy buena todos los días —se guarda el fajo de dólares en una cangurera de cuero negra—. Supongo que se termina porque regresas a Londres —asiento, aunque eso no es cierto.

Se acomoda los pechos bajo el top ceñido y mi mirada se posa en ellos, aunque no capturan tanto mi atención como sus glúteos.

—Bueno, caballero, nos divertimos juntos como antes —sonríe—. Si un día regresas a Nueva York, ya sabes dónde encontrarme.

Se marcha del apartamento. Yo sigo medio ebrio, medio drogado por la coca, pero recuerdo que su nombre es Emilia y que hay algo perverso que nos une.

La misma sangre.

Enciendo la enorme pantalla que está empotrada sobre la pared y quito la música de fondo para que ya no me moleste. Me siento, apoyo los codos sobre mis piernas y mantengo la cabeza baja mientras regreso poco a poco a la consciencia.

Miro la cicatriz de la mordida que tengo en el dorso de la mano. El recuerdo de los gritos de Coraline mientras la follaba contra el muro de la galería es música que no debería existir en mi mente ni en mi corazón.

Verla vestida de dorado en su exposición.

Hacerla mi mujer.

Luke follándola en su apartamento.

Otra vez me invade la misma necesidad de llenarme de alcohol. Otra vez siento que esos pensamientos se apoderan de mi cabeza y se burlan de mí.

¿Acaso no nos enseñaron a no dejarnos dominar por una mujer? Alexander me lo inculcó a su manera y Logan lo hizo con él, pero de una forma mucho peor, así que mi hermano evitó que Logan me lo mostrará a golpes.

Sin embargo, terminé fallándole al involucrarme con la organización de Logan en un tipo de alianza de la que no creo poder salir fácilmente, si es que acaso existe una salida de la mafia londinense.

Querían dinero y yo inyecté gran parte de mi capital para los supuestos negocios. De pronto, vuelvo a escuchar el sonido de la puerta, pero no pedí que viniera la maldita gente de servicio, no quiero ver a nadie. ¿Qué parte de "no ser molestado" no entienden esos inútiles? No les pagué lo suficiente, al parecer.

Ni mi despecho por el rechazo de Coraline ni las amenazas de Logan respecto a ella justifican mi estupidez. Sé que ese maldito toma a los más idiotas y los amedrenta con la mierda de su pasado para convencerlos. Y el mío es tan jodido como el de mi hermano, e incluso como el de la misma Alesha. Sólo nosotros tres sabemos qué demonios nos persiguen.

Sucumbí a mis adicciones. Soy un jodido imbécil.

—¡Ah! —arrojo el maldito porro al suelo con un gruñido y estrello la botella de alcohol contra el muro, quebrándola en mil pedazos. Me corto con un vidrio y la sangre se derrama por la palma de mi mano, cerca de la mordida.

Merezco este puto dolor. Logan tenía razón, tanta maldita razón. *A las mujeres sólo debes cogértelas y botarlas para ir tras otra.* Pero soy más débil que mi hermano, siempre lo he sido y me enamoré de ella.

Levanto la mirada hacia el noticiero que aparece en la pantalla. El cintillo que se encuentra en la parte inferior dice mi apellido, Roe.

Tomo el vaso de tequila de la mesita del centro y lo llevo a mis labios. El líquido me quema la garganta y también lo estrello contra la pared. Me jalo los rizos y mis ojos regresan a la pantalla.

Justo encima de la cabeza del presentador figura un recuadro rojo con la palabra "Brent" en letras grandes. Parpadeo para dejar de alucinar estupideces, esto es América, ¿por qué demonios transmitirían algo sobre Brent?

Aclaro la vista y leo que cayó un bombardeo en Brent que afectó el hotel de Hilton & Roe. A un lado del cintillo, aparece otro nombre que me hiela la sangre.

Alexander Roe.

Me incorporo de inmediato, tambaleándome torpemente, y todo lo que veo en la pantalla es fuego. Caigo de rodillas, acojonado, y rebusco en el suelo el celular hecho trizas.

Lo encuentro y, con la mente llena de telarañas, hago lo que puedo para encenderlo. Por el elevado precio que pagué por él debería encender sin problemas, aunque lo haya utilizado como saco de boxeo para evitar llamarla otra vez.

La porquería no enciende. La compañía Apple se vendrá abajo por la mala calidad y la poca variedad en sus productos.

—Vamos, mierda —la pantalla sigue negra, pero unos segundos más tarde se ilumina.

Las alertas de las llamadas perdidas aparecen como nunca. Varios nombres pasan como manchas borrosas, entre ellos un número desconocido.

No sé cómo detener el maldito aparato, la sección de llamadas perdidas está saturada y, cuando trato de apagar el celular, se escucha un zumbido agudo que me provoca jaqueca. Lo suelto y me sujeto la cabeza.

—¡Carajo!

Lo pateo lejos para que se calle y maldigo todo lo que puedo, incluso a gente que no conozco, como el creador de la compañía de esos celulares.

La puerta de la entrada rebota contra la pared cuando alguien fuerza la cerradura. Me preparo para gritarle a quien sea que esté por entrar cuando un hombre calvo se acerca a mí con la mirada oscurecida.

—Así que aquí te escondes, pequeña sabandija. En un edificio viejo y barato —me derriba y me patea las costillas—. Llevamos días buscándote en el lugar equivocado. Tú y tu hermano sí que saben despistarnos.

Entre mi inconsciencia alcohólica veo a otros dos hombres entrar. Son gente de los rusos, los reconozco por el tatuaje en el cuello.

—¿Te estabas escondiendo, hijo de perra? —el hombre calvo se agacha y me abofetea—. ¿Creíste que podrías huir de nosotros viniendo a otro país?

No siento los golpes, estoy drogado hasta los codos. Todo se mueve.

—El maldito está jodidamente drogado —no sé quién dice eso. Parpadeo, pero veo todo azul por la luz neón del techo.

—Dejémosle un recuerdo y pongámosle el chip que el amo pidió. Será más fácil convencer al otro cabrón si tenemos a este idiota.

El amo.

—Es un maldito bastardo igual que él, tarde o temprano cederá.

—Me avisaron que hay una emboscada en la construcción del jefe Dmitry Makov y que soltaron las demoliciones donde las sembramos —dice un hombre y otro silba como si fuera un partido de futbol—. Si no cede, el amo lo obligará.

—Cierren la puta boca de una buena vez —los detiene el calvo.

Algo me pica en el hombro, debe ser un vidrio de la botella que arrojé porque siento cómo el líquido empapa mi codo.

—¿Qué mierda hacen aquí? —logro articular.

—Tómalo como una visita amistosa, es más divertido hacerte mierda cuando estás consciente —responde uno de ellos y lo veo sacar el fajo de dólares que estaba en mi pantalón—. No vuelvas a perder contacto o te cortaremos las bolas.

—Recuérdalo, idiota, no puedes huir de la organización de los treinta y siete, el amo siempre gana —se acerca el calvo y pisa mi codo, clavándome los trozos de la botella.

Gruño, aguantando el dolor de su pisada y de las cortadas. El alcohol sube por mi esófago y amenaza con salir por mi boca.

—El contacto constante es la regla principal de Dmitry Makov —me quita la bota de encima y lo maldigo en todos los idiomas que conozco mientras los cabrones se van, riéndose.

El último en irse se gira con una sonrisa de lado y se guarda mi dinero en el bolsillo del pantalón.

—No te metas más coca o vas a quitarnos el placer de matarte.

Me arrastro como un maldito gusano y los vidrios me raspan las manos. Intento levantarme, pero me resbalo y termino tirado otra vez. La droga bloquea mucho del dolor que siento, pero no quita de mi cabeza la imagen de las llamas.

Intento levantarme una vez más, pero vuelvo a caerme.

—¡Ah! —grito acojonado y la puerta se abre de nuevo. Comienzo a maldecirlos, pero de pronto siento que alguien me levanta: es Erick. Lo observo con el ceño fruncido—. Eres tú —digo con alivio.

Me mira unos segundos en silencio y de repente impacta su puño contra mi cara y termino tumbado en el suelo otra vez. ¿Qué carajos?

—Coño, eso es liberador, ahora entiendo a Alexander —se mira el puño con orgullo.

—Hijo… hijo de perra.

—¡Cierra la boca y levántate ahora mismo! ¡Mira esta mierda de lugar! —sus gritos hacen que me explote la cabeza—. Llevo dos días buscándote, maldito enfermo, ¿por qué no me abrías? ¿Así piensas sobrevivir? ¿Entre alcohol y no sé qué mierda más? —camina mirando todo con asco.

Otra vez me apoyo en las palmas de las manos. Abre las cortinas de golpe, me ciegan la luz y la vista de los edificios de Nueva York.

—Tienes suerte de que esté aquí para sacar tu culo de este asqueroso edificio al que te metiste. ¿Ahora vas a los barrios de mala muerte?

—Alexander… —digo con la garganta seca y la cara ardiendo por su jodido puñetazo.

—Te va a cortar las pelotas y entonces mi puño te parecerá poca cosa. ¿Alguna vez has probado el puño de ese cabrón? Parece de maldito acero —se toca la mandíbula.

—Alexander —repito.

—Erick es mi nombre, comadreja —me mira y por primera vez repara en la sangre del piso y de mi hombro—. ¿Qué coño te pasó?

No respondo, sólo trato de levantarme. Mientras me mira, su celular suena, reventándome la cabeza.

—Es la operadora, es una llamada de larga distancia —frunce el ceño—. Ya vi las noticias del bombardeo.

Me sujeto al antebrazo del sofá para no caerme mientras habla con Christopher. La droga me impide enfocar la vista y el ardor de mi herida no es normal. Erick maldice en voz baja y, cuando por fin logro vislumbrar su rostro, observo que tiene la cara desencajada y casi pálida.

—Debemos regresar a Londres de inmediato.

Brent, Londres
Alexander

El sonido seco del bombardeo aún tiene abrumados a muchos de los habitantes de Brent. Los servicios de emergencia van y vienen por los muertos y heridos, todos los medios están sobre mí.

Veo el fuego que consume el hospital mientras los gritos desesperados de las personas que tratan de salir me calan en los oídos. Mi subconsciente no me engaña, pero tampoco me provoca algún tipo de remordimiento. Finalmente, me importa un carajo, crecí viendo y haciendo cosas peores.

Si tuviera la cruz de plata que mantengo oculta, en este momento la aferraría en mi mano. Lo único que en verdad me importa son los daños de mi hotel y mi reputación. Yo no tengo remordimientos de conciencia, soy un asesino experimentado.

Una mujer que no ha sido completamente consumida por el fuego me sujeta de los brazos, tosiendo y gritando desesperada para que la ayude.

A pesar de que mi hombro derecho sigue doliéndome por la caída que sufrí en la construcción cuando hui de Logan y sus *kray*, cargo a la mujer.

La prensa rodea la ciudad, por eso lo hago. De pronto, una columna se derrumba, entonces nos tiramos al piso y quedamos bajo los escombros. El humo nos cubre a ambos, de modo que me resulta imposible ver bien, sin embargo, sé que las cámaras nos están captando, así que permito que consigan buenas tomas de mi fingido rescate para congraciarme con los medios.

Una de las ventanas del hospital colapsa y las llamas terminan de arrasar el lugar. Arrastro a la mujer por el suelo hasta que logramos salir. Ella va jadeando con los brazos raspados, por desgracia sigue viva.

El segundo ministro de Londres viene en camino por si hay otro bombardeo. Cargo a la mujer hasta donde están los paramédicos que rodean el hospital. La prensa captura el momento, lo cual me ayudará a limpiar mi imagen de empresario. A lo lejos veo a Ethan sacar a un hombre mayor sobre sus hombros. El MI6 no tardará en llegar junto con el ministro.

La policía rodea el lugar, lo único que pueden hacer es cubrir el perímetro para evitar que las llamas se extiendan. Los lugareños de los poblados cercanos y de la parte sur de la ciudad fueron desalojados a tiempo.

No permiten que nadie cruce la zona del desastre, pero a mí no podrán detenerme. Los murmullos a mi alrededor y la información de mis hombres indican lo mismo: que el incendio del hospital fue provocado por la persona que hizo colapsar mi hotel. Es un hecho evidente, se necesitan dos dedos de frente para saber que estas llamas fueron originadas por un objeto en particular.

—Hay restos de bombas de demolición a quince metros del hospital —Matt se acerca a mi hombro—. Debe haber un rastreador de incendios controlado por los *kray* para medir la presión del fuego, así que vamos a tratar de encontrarlo antes de que la policía lo haga.

—No son muy especializados como para encontrarlo, sin embargo, no quiero que nadie lo vea, es mejor que ese rastreador quede en nuestras manos.

—La policía no tiene el equipo adecuado para aventajarnos, pero ya solicitaron refuerzos de mayor rango al MI6 —frunzo el ceño—. El equipo especial de seguridad está por llegar para revisar la zona. Si encuentran el rastreador, sospecho que harán lo mismo con su hotel, señor, porque ambos accidentes fueron provocados de forma simultánea.

Ethan se acerca y examina la zona con los lentes oscuros puestos. Luce impecable, como si no hubiéramos enfrentado a un mafioso poderoso hace unas horas.

—Debemos limpiar la zona antes que ellos o involucrarán mi hotel con los bombardeos —ambos hombres asienten.

Mis guardaespaldas me escoltan hacia mi auto. De pronto, arriba una fila de camionetas todoterreno color azul oscuro del MI6 detrás de las patrullas ordinarias. Los hombres que van dentro llevan uniformes diferentes a los de los guardias.

Llegaron, tenemos que darnos prisa. Dejo a la mitad de mis hombres en el área para que hagan la búsqueda, y cuando subo a mi auto, una camioneta se detiene frente a mí.

Salen cinco agentes y el último en bajar es el conductor. Lleva el mismo uniforme que los demás y un chaleco antibalas azul. Repasa el lugar con la mirada. Su corto cabello rubio asoma bajo su gorra. Piso el acelerador y me mira fijo.

Un recuerdo de Rusia llega a mi mente cuando veo sus asquerosos ojos azules.

—¡Camaleón! ¡Por aquí! —le grita un agente moreno tan robusto como él y le hace un gesto con la cabeza para que lo siga.

Nos miramos a los ojos. En su chaleco dice DYLAN GRAY.

Salgo por la carretera a toda velocidad hacia el hotel de Brent. Un sabor amargo se instala en mi boca. Para ser de madrugada, varios medios están aquí. Los flashes de sus cámaras dan la impresión de que es de día.

Es posible observar los escombros incluso a la distancia. Mi vista continúa borrosa por la caída que sufrí en la construcción cuando escapé de los *kray*. No sé cuánto tiempo más aguante mi cuerpo antes de necesitar las malditas pastillas.

Mis camionetas negras me siguen y, cuando aparco, me rodean. En cuanto bajo del auto, una cerca de hombres trajeados me cubre de los periodistas, quienes se agolpan a mi alrededor y disparan el flash de sus cámaras sobre mi rostro.

—¡Unas palabras, señor Roe!

—¿Qué pasó exactamente en su hotel? ¿Es cierto que está relacionado con el bombardeo de Brent?

—¿Ésa es la seguridad que brinda su cadena hotelera?

Paso entre ellos con la mirada seria y veo a Christopher a lo lejos. Cada paso que doy es como una piedra que me quema.

—El lugar fue desalojado antes del derrumbe —dice en cuanto me acerco.

—¿Cómo?

—Hubo una llamada anónima que avisó al personal, aún no se tienen pistas ni señales de quién pudo haber sido, pero sirvió para que los daños sólo fueran materiales.

Con toda la gente que murió en la ciudad, esto está lejos de ser "sólo daños materiales". Miro las ruinas de mi hotel, el peso de la culpa no se compara con lo que siento en este momento, estoy lleno de impotencia y rabia, mucha rabia difícil de contener.

—Erick lo sabe —dice Christopher, sacándome de mis pensamientos—. Él y Bennett estarán de regreso pronto para ayudar.

Lo miro de reojo. Lo que menos quiero es ver al cabrón de Bennett.

—No necesito a nadie que estorbe.

Aprieta los labios en una línea recta.

—Arreglaré todo esto, ya estoy contactando a todos mis publicistas para que vayan trabajando la noticia. Emma tiene buenos contactos, tengo planeado firmar un acuerdo con West B para que…

Sigue hablando, pero me quedo perdido en el nombre que dijo. Ahora que tengo la cabeza más despejada, recuerdo la traición de Alesha, sin embargo, eso no es lo que me preocupa, sino Emma. Si Alesha está despechada, puede ir por ella.

Carajo. Le doy la espalda a Christopher. De pronto siento como si el maldito mundo hubiera colapsado y caído sobre mis hombros.

—Señor Roe, ¿el imperio de Hilton & Roe se vendrá abajo tras este incidente?

Las luces me ciegan mientras aprieto la mandíbula a muerte. En mi mente sólo se repite el nombre de Emma.

—Nadie destruye Hilton & Roe y menos a Alexander Roe —digo ante las cámaras y me abro paso entre todos.

El cielo apenas es visible, ya que lo cubre una densa capa gris. Me pongo a revisar el hotel y los daños. Hay más de cien personas aquí y esta vez yo dirijo todo. Evalúo los planos y detecto una falla: sé que fue muy bien planeada por Alesha. A partir de ahora nadie se involucrará en mis asuntos más que yo.

Pasan las horas acompañadas del sonido de los relámpagos que auguran una tormenta que sigue sin desatarse. La gente trabaja para remover los escombros. De pronto, una mano se posa en mi espalda y me tensa. Es Erick. Se coloca a mi lado.

—Hermano —no dice más. No hay nada que decir, la responsabilidad del derrumbe de mi hotel y del incendio del hospital recae en mí.

—¿Dónde está ese jodido cabrón que lleva mi apellido?

—En su casa, estaba totalmente intoxicado de coca cuando subimos al *jet* privado para regresar.

Sonrío de lado para contener la rabia. *Intoxicado de coca*. Llamo a uno de los trabajadores y lo dejo a cargo. *Maldito adicto*.

—¿Cómo puedo ayudarte? —pregunta Erick.

—Desapareciendo de mi vista, inútil —paso de largo. Ethan me sigue, apenas tolero tener a alguien cerca. Le doy instrucciones a mi guardaespaldas—. Regresa a Londres y ve por Emma, llévala a mi casa, no quiero que Alesha se acerque a ella —frunzo el ceño mientras miro de lejos a los agentes del MI6—. Y también lleva a su amiga la rubia.

—Entendido, señor.

—Después mantén la vigilancia en su edificio toda la noche, yo me encargaré de lo demás.

Dejo el auto de lado y entro a una de mis camionetas. Mis ojos están casi inservibles para conducir.

—A la casa de Bennett Roe.

. . .

—Quédate aquí —detengo a Matt a la mitad del pasillo.

Miro la puerta frente a mí y la abro de una patada, rompiendo la cerradura. De pronto escucho un jadeo a mi lado. Volteo y veo a una mujer mayor de cabello canoso inmóvil en el pasillo con su bastón en la mano.

Cuadro los hombros.

—Buenas noches —inclino la cabeza y entro.

Lo busco por todos lados, pero sólo hay rastro de su equipaje y ropa sucia regada por el suelo. Voy directamente a su habitación, pero la puerta de la sala de juegos está entreabierta y la luz encendida, así que cambio de rumbo.

Cuando entro, me mira. Tiene los ojos rojos y reconozco la expresión de mierda de su rostro. Su cabello está húmedo y sólo lleva un chándal y una camiseta. Hay una botella de licor semiabierta en la mesa frente a él.

—Dame una sola razón para no sacar la mierda fuera de ti.

—También me alegra verte, hermano. ¿Trajiste a Kieran?

La poca paciencia que tengo se desbarata y en tres zancadas ya lo tengo de la camiseta contra la pared. Tiene dos golpes en la cara, el muy idiota se hizo mierda solo. Nos miramos en silencio, bueno, él está en silencio, porque yo estoy bufando como un toro.

—¡Eres un maldito cabrón! —le grito a la cara.

—¿Qué coño pasa contigo? ¿El derrumbe de tu hotel te corto las pelotas?

Pierdo el control y le asesto el primer gancho para que se calle. Si no hubiera estado resolviendo su mierda, habría salvado a la gente del hospital.

—Hijo de… —le doy un puñetazo tras otro para cortar sus palabras.

—Aún eres un puto bebé —le permito recuperar el aliento y veo unos papeles sobre su escritorio, son los del negocio que hizo con los rusos—. ¿Papeleo importante? —señalo las hojas con condescendencia.

—No te metas en mis asuntos, cabrón de mierda —me empuja antes de arrancarme de las manos una hoja y se cuadra de hombros—. ¡Soy muy inteligente para saber lo que hago!

—¿Eres inteligente? —arqueo las cejas—. ¡Eres un puto imbécil que no sabe de negocios! ¡Eso es lo que eres! ¡Traicionaste a mi mafia! ¡Voy a matarte como el mugriento en el que te has convertido! —saco el pecho, pero no se amedrenta y me planta cara.

—Cierra la maldita boca —me golpea en el pecho y eso desata la bomba que ambos traemos por dentro.

Cargo contra mi propio hermano, liberando la tensión de las últimas horas, sin embargo, él se me viene encima con la misma fuerza. Colapsamos contra el maldito escritorio y reviento a Bennett por ser tan imbécil.

Le asesto un rodillazo en el abdomen y lo veo doblarse del dolor. Me planta varios puñetazos en la cara, ayuda el hecho de que casi no veo una mierda, pero además el cabrón sabe hacerlo. Los dos fuimos criados así, sin embargo, yo soy más robusto que él y logro inmovilizarlo en el piso.

Cargo para reventarlo por completo, pero, al mirarlo a los ojos, decido levantarme. Ni toda la rabia del mundo hará que cambie lo que hizo.

—¿Qué sabes tú de mis negocios? —dice con la boca llena de sangre. Jadeo como loco.

—Lo sé todo, imbécil, tengo un recuerdo de tu líder ruso aquí —me señalo la nuca y su rostro se desencaja de inmediato—. Ya no estás a la defensiva, perfecto.

—¿Cómo lo supiste? —se levanta y me contengo para no lanzarme contra él otra vez.

—Siempre voy dos pasos adelante, sólo necesitaba nombres para saber a quién cargarme primero; además, la rubia me ayudó. Esa mujer es más inteligente de lo que crees, es una suerte que no se haya quedado con un estúpido como tú.

Frunce el ceño y la cortada que le hice en la boca comienza a inflamarse. Me duelen las sienes y pruebo mi propia sangre.

—¿Por qué aceptó ayudarte? —me pregunta.

Me río sin una pizca de humor.

—¿De toda la mierda que hiciste eso es lo único que te preocupa? —aparta la mirada, avergonzado—. No me hagas odiarte, hermano, volviste al infierno —digo mirándolo una última vez.

Ya no puedo verlo. No hoy, porque terminaré matándolo a golpes o él a mí. Me largo de la habitación, azotando la puerta. Nada puede desaparecer todo lo que está jodido, nada puede calmarme. O quizá sí. De pronto, sólo pienso en que dormiré con Emma y que no tendré que colarme en su apartamento.

Maldigo en mi mente a todos, en especial a Logan.

—Alexander —Bennett viene detrás de mí con el ceño fruncido—. ¿Dejaste que Coraline entrara a mi oficina y buscara en los archivos ocultos? ¿Cómo supo las contraseñas de la caja fuerte?

—¿Por qué no le preguntas a ella? —ladeo la cabeza, su expresión me dice que no lo hará—. Eres muy inteligente para regresar a la organización de los treinta y siete y no tienes pelotas para hablarle a la mujer que te follaste —me río sin humor.

—Se llevó unos bocetos que tenía dentro —aprieta la mandíbula.

—Pobre hombre, fuiste robado, tal vez la policía de la comisaría que está en la avenida Diecisiete te ayude —me giro.

—Eran bocetos de la organización del Lobo.

Carajo. Me vuelvo hacia él, aunque dudo que la rubia se haya interesado en ese símbolo, seguro debió parecerle estúpido.

—Ése es tu problema, sé un maldito hombre, da la cara, tú lo jodiste, tú lo arreglas —bufo, mirándolo fijamente.

Me voy de aquí, tengo que olvidarme de toda la mierda, tengo que hacerlo y quiero hacerlo con mi mujer.

Emma

—Tranquilas, en silencio y sin hacer tonterías como antes —Jaden sostiene una cerveza en la mano. Ésta es la cuarta vez que viene a comprobar que sigamos aquí.

Se acerca a Cora y le lame la mejilla después de la asquerosidad que hicieron con nuestras bocas. La veo apretar los ojos con miedo y asco.

—Dos por uno —sonríe de lado—. Hoy es mi día de suerte, me tomaré una cerveza más y vendré a darme mi primer atracón contigo, rubiecita. No creo que Seth me deje comenzar con Emma.

Se ríe de mi expresión y de los sollozos de Cora y sale de la habitación. Afuera se escuchan risas. Sospecho que son amigos de Seth. Miro a Cora recargada en la pared opuesta a mí.

—Lo siento tanto, todo es mi culpa, debí irme, no arrastrarte a esto —digo con la voz quebrada. Aborrezco que tenga que pasar por este infierno.

Sacude la cabeza.

—No te atrevas a culparte por esto, hicimos lo que pudimos, pero la policía no quiso escucharnos.

—Debí irme antes y mantenerte a salvo.

—Yo te iba a seguir hasta el fin del mundo y ahora… —sus ojos se llenan de lágrimas y observo el golpe que ha enrojecido su piel blanca—, si vamos a morir, lo haremos juntas y que se joda la muerte.

—No permitiré que te toquen, te lo juro, haré lo necesario para protegerte.

Sacude los hombros débilmente.

—Al menos vivimos una noche loca, allanamos la casa de Alesha y nunca me habían apuntado con un arma, así que rompí récord.

Miro por la rendija de la puerta y veo la sombra de Seth caminar de un lado a otro. Escucho que habla por teléfono y que Jaden saca cervezas de la nevera. Tengo que llevarme a Cora de aquí, me sacrificaré por salvarla.

Me levanto con cautela, cojeando por la pierna adolorida, y rebusco la ventana tras las sábanas que la recubren. Estamos en mi antiguo apartamento en Trafford.

Cuando le apuntaron en la frente a Cora para hacernos subir al auto plateado, sentí mi corazón detenerse. Hay gente que está destinada al sufrimiento, pero ella no es una de esas personas, así que no me importa quemarme por salvarla.

Sus manos y sus pies están atados, pero los míos no. Tal vez decidieron dejarme así porque se percataron de cuán vulnerable soy al tacto de Seth. No son necesarias las correas para inmovilizarme, el ataque de pánico fue instantáneo. Si regrese a la realidad fue gracias a la voz de Cora.

Me sujeto a la pared y como puedo llego hasta ella. Caigo al piso, aguantando el dolor, y comienzo a desatar sus brazos. La correa quema mis palmas, pero no me detengo.

—¿Qué haces?

Jalo con más fuerza y la libero.

—Ayúdame con la correa de tus pies —niega con la cabeza de inmediato, el miedo en sus ojos es evidente, también ha estado llorando en silencio—. Van a oírnos y sabes que no se andan con juegos, nos golpearán.

—Confía en mí, los conozco, están bebiendo, nada los va a distraer —la miro con los ojos húmedos y entonces me ayuda a desatar sus pies con las manos temblorosas.

La habitación en la que estamos se encuentra completamente oscura, la única luz que hay es la de la rendija de la puerta. Cora consigue desatarse y por fin me tumbo en el suelo.

—Escúchame, tengo un plan y debe funcionar porque es nuestra única oportunidad. ¿Estás dispuesta a hacerlo?

Asiente.

—Tengo miedo, pero conoces el lugar mejor que nadie, es tu antiguo apartamento. Quién diría que ellos eran los verdaderos compradores y que sólo estaban utilizando a esa chica.

—Eso ya no importa —me apoyo en mi muslo para levantarme de nuevo, pero se me dificulta—. Hay una ventana ahí, está cubierta, no es muy grande, pero tu cuerpo es menudo y podrás salir —le señalo el lugar que apenas es visible.

—Te ayudaré a salir —Cora se inclina para levantarme, pero no la dejo.

—No —sacudo la cabeza y sus ojos se llenan de lágrimas.

—No voy a dejarte aquí, Emma —solloza—. Prefiero que nos arrastren al infierno juntas a dejarte con esos malditos.

—Tendrás que hacerlo —la tomo por los brazos para hacerla entrar en razón, pero niega varias veces. Sé que debo ser fuerte para poder salvarla—. No podré huir con una pierna lastimada y lo sabes, seré un estorbo para ti.

—No me iré sin ti, no te abandonaré.

No hay manera de convencerla, sólo me queda una opción: mentirle.

—Entonces saltaré después de ti y huiremos juntas, me recargaré en tu cuerpo para poder caminar, buscaremos una tienda de autoservicio y pediremos ayuda por teléfono, loca.

—¿Lo prometes?

—Sí. No me vas a abandonar, sólo nos separaremos para que busques ayuda cuando la pierna se me canse.

Mira la ventana y luego a mí.

—Está bien, no sé cómo vamos a irnos, pero lo haremos, alguien tendrá que ayudarnos y, si no, buscaremos a... —se queda callada—, a Alexander.

La incomodidad que emana de sus palabras me resulta extraña. Ella sabe algo que yo no, pero ya nada de eso importa.

—De acuerdo, buscaremos a Alexander —me ayuda a levantarme y caminamos hasta la pequeña ventana.

—Sal tú primero para que pueda ayudarte a saltar —me hace una suerte de escalón con las manos.

—No, si salgo primero, no podrás atraparme del otro lado.

—Cierto —se alza sobre la ventana, escalando por la pared. La cargo por la cintura para ayudarla. Jadea, alzando los tobillos, y sale. Escucho cuando cae en el césped. Es un piso de altura, así que no debió lastimarse.

Respiro hondo y la escucho llamarme. Con el corazón comprimido, cierro la ventana y la bloqueo con la poca fuerza que me queda. *Hay personas que están destinadas a sufrir.* Grita más fuerte, llamándome con sollozos, pero no iré.

Ella debe salvarse. Me deslizo por la pared hasta el suelo con la pierna tensa y lloro en silencio. Son lágrimas de alivio al saber que ella está afuera. Escuchar las risas de la sala me hace abrazar mis piernas.

Más tarde, cuando ya mis lágrimas se secaron, entra Seth y me paralizo.

Se acerca a mí y me pone de pie sin condolerse por el temblor de mis muñecas ni por el dolor de mi pierna.

—No llores —besa mi boca y mis mejillas, me lame y me saborea. Después enciende la luz y mira la habitación vacía—. ¿Dónde carajos está la rubia?

—No sé.

—No te andes con juegos, estúpida —me zarandea y me asesta un puñetazo en la nariz—. ¿Dónde carajos está?

Sacudo la cabeza con miedo y sonríe de lado mientras quita las mantas que cubren las paredes hasta que encuentra la pequeña ventana.

—Te crees muy lista, ¿no? Una ventana parece un escape muy fácil y el vecindario es poco concurrido.

De pronto, veo a Jaden pasar a su espalda con el cuerpo de Cora sobre su hombro, como si fuera un saco de papas, y ahogo un jadeo. Está inconsciente, quiero ir con ella, pero Seth se inclina sobre mí.

—Para asegurarme de que no hagas más tonterías mientras trabajo, tendrás compañía, *conejito* —dice, me lanza al suelo y patea mis costillas una y otra vez.

Los gritos rasgan mi garganta y mis profundos quejidos quedan atrapados entre las cuatro paredes de la habitación.

. . .

Me hago un ovillo, arrastrando mi mejilla por el suelo mugriento. La reprimenda que me dio por ayudar a escapar a Cora me hace sollozar, me molió el cuerpo a patadas. La garganta me duele de tanto gritar, sin embargo, ya entendí que aquí no hay nada que pueda hacer. La pierna me duele mucho y ya no puedo moverla.

Me encerró totalmente a oscuras, sin embargo, una hora más tarde se apiadó de mí y me llevó a la que antes era mi habitación, donde encendió cuatro velas, una en cada esquina.

Un hombre me mira de lejos y el miedo de que se acerque y me lastime me hace tener los ojos abiertos en todo momento, aunque estoy exhausta. No sé quién es, pero desde que Seth lo trajo para vigilarme, sé que él no encaja aquí, su ropa es diferente, parece alguien adinerado.

Hace mucho frío y las correas que están cerca de mis pies descalzos me hacen sollozar a cada momento. Es como una advertencia, un aviso de que me atará. Recuerdo la voz de mi madre cuando algo me asustaba. Decía: "Tienes que enfrentarlo", pero ¿cómo se enfrenta algo como esto? Las lágrimas caen por mis mejillas.

La pesadilla se repite en el mismo lugar, entre las mismas paredes blancas. Cora no está aquí, Jaden se la llevó, pero no sé a dónde. La puerta se abre, escucho pasos y cierro los ojos de inmediato.

—Sé que no estás dormida, *conejito*. Te traje la cena —se inclina hacia mí y comienzo a sollozar otra vez.

—No me lastimes más.

—Ya, ya —acaricia mi cabello—. Shhh, no llores más, aquí estoy para consolarte —besa primero mi mejilla antes de ir por la comisura de mi boca—. Mi dulce conejito asustado, tú te lo buscaste.

Aprieto los párpados con más fuerza, me niego a verlo. De repente, posa sus asquerosos labios en los míos. Los mueve desesperadamente y me repugna tanto.

—¡Mueve los labios! —jadea extasiado.

No le hago caso y aprieto los labios en una línea recta, sin embargo, vuelve a insistir tomándome de la barbilla. Con la mano que tiene libre me abre las piernas de un tirón y se coloca sobre mí, obligándome a tomarlo de la espalda.

—No quiero —volteo la cabeza y me muerde el labio inferior hasta hacerme sangrar.

Siento el sabor de mi sangre y me quedo inmóvil. Necesito saber dónde está Cora, ella debe salir de aquí, aunque yo no lo haga, no deben lastimarla a ella. Paso mis manos por su espalda y abro la boca.

—Mmm, *conejito* —gruñe mientras me toquetea los pechos. En ese momento atrapo su labio inferior entre mis dientes con la misma fuerza que él lo hizo.

Jadea cuando su sangre se le derrama por la barbilla y araño su espalda clavando mis uñas. Me remuevo de su estúpido agarre mientras intento controlar el temblor de mis muñecas.

—No me toques, maldito enfermo —le clavo las uñas de nuevo.

El puñetazo en mi boca me voltea la cara y entonces me detengo de inmediato. El dolor corta mis lágrimas y recibo otro golpe más fuerte que el anterior.

—Ya verás, perra desobediente —se quita el cinturón y me voltea bocabajo, lastimándome la pierna y tirando el tazón que había traído con una especie de sopa.

Jadeo desesperadamente y me remuevo para intentar liberarme, sin embargo, Seth es más rápido que yo y se coloca a horcajadas sobre mí.

—Desde tu apartamento, cuando no quisiste mamármela, te advertí que fueras una buena chica, pero sigues sin entenderlo. ¿Todos pueden besarte menos yo? —sacudo la cabeza—. Te vi en las revistas, vi cómo te ofrecías.

—Él no me repugna como tú —suelto lo primero que viene a mi mente.

—¿Ah, no? Ya veremos qué tan valiente sigues después de que te ponga en tu lugar sin que el millonario ese que te tenía de amante venga a rescatarte. Unos azotes te enseñarán a comportarte.

Me levanta la camiseta deportiva y sus manos desabrochan mi sujetador de un tirón. El aire frío golpea mi espalda desnuda y, cuando el cuero del cinturón se precipita sobre ella, el grito me desgarra la garganta.

Oh, Dios. Grito de dolor y le suplico que pare, pero me ignora. Seth baja la mano de nuevo y recibo otro azote en la espalda. Mi cuerpo se siente como en llamas, me queman los azotes de su cinturón y mis pulmones se quedan sin aire mientras las lágrimas me bañan la cara.

—Se… Seth… Seth, no — suplico a medias, pero baja de nuevo una y otra vez.

—¿Es porque él tiene dinero? ¿Cuánto te pagaba, ramera? —el dolor me inmoviliza y mi piel quema y arde con intensidad—. Yo también te ofrecí dinero y no quisiste.

—Por… favor —suplico con la poca fuerza que me queda.

—¿Creíste que encerrarme en una maldita prisión iba a detenerme? —me azota de nuevo—. Te mereces esto y más por encerrarme ahí, estúpida. ¿Sabes lo que es vivir en una puta celda sucia? —me propina otro azote—. ¿O lo que es comer comida de mierda durante meses?

Ya no tengo fuerzas para removerme, el dolor es demasiado, sólo escucho los insultos y los reclamos esperando el momento en el que mi cuerpo colapse. Mis lágrimas mojan el suelo y mi mejilla sigue rozándose en la suciedad del piso. El otro hombre observa todo con una cara de satisfacción que me hace llorar con más fuerza.

—Suplica todo lo que quieras —sus manos se deslizan hacia la parte delantera de la camiseta con claras intenciones—. Esto te enseñará a ser obediente durante los siguientes días antes de tu destino final.

Mi mente se nubla y pierdo las fuerzas para sollozar. No puedo hablar ni respirar, el ambiente huele a sangre y creo que es la mía.

—Ya fue suficiente, dijo que no la lastimaran tanto —le dice el hombre que ha estado vigilándome, sin embargo, Seth no parece escucharlo, entonces el hombre se levanta y los azotes paran.

—No necesito un maldito vigilante —le dice al hombre aventando el cinturón a un rincón—. ¿Sabes que los chicos llegarán mañana, *conejito*? —murmura en mi oído como si quisiera que el hombre no escuchara—. Vamos a divertirnos mucho, como la última vez.

Escucho un grito largo de Cora y después algo rompiéndose en otra habitación del apartamento, puede ser cualquier cosa, el mobiliario ya es viejo y no está en buenas condiciones. Nunca pensé que Seth fuera el verdadero comprador ni que me traería aquí.

—¡La rubia se escapó otra vez! —Jaden entra azotando la puerta y ni siquiera se inmuta al ver mi espalda lacerada.

El otro hombre se levanta de nuevo y mira a Seth y a Jaden.

—Son unos idiotas, no pueden someter a dos simples mujercitas.

—¡Eres un maldito imbécil! —le dice Seth a Jaden. Me deja en el suelo y lo sigue—. ¡Atrápala o te vuelo la cabeza, idiota!

Me quedo tratando de pronunciar el nombre de Cora, pero no puedo ni hablar. Veo los pies del hombre acercarse. Sus manos se aproximan a mi espalda y baja mi camiseta, cubriéndome las heridas. Aprieto los párpados y trato de recuperar el aliento.

—Qué asco de comida. Siendo honestos, te ganaste la reprimenda —patea el tazón con repugnancia, regresa a su lugar, toma un periódico viejo de una de las pilas que hay a su lado y así, bajo la luz de las velas, se pone a leerlo con una pierna cruzada.

Como puedo bajo una mano hacia mi vientre, respirando con más dificultad que antes, y la dejo ahí, como protegiéndome, para poder recuperar el aire.

Miro las sombras que crean las velas y, con la espalda ardiendo, pierdo la consciencia de todo lo que me rodea.

Capítulo 43

Alexander

Soy preso de la mierda que ha caído sobre mis hombros las últimas horas y éste sólo es el comienzo. Conozco a Logan muy bien como para saber que no va a rendirse.

Me paso la mano por el rostro repetidas veces y llevo mi mente a otro lugar lejos de aquí. El único lugar donde tengo tranquilidad es con ella, con mi mujer.

Mi mujer.
Emma.
Mía.
Sólo mía. Esa mujer obstinada que se la pasa gritándome en la cara y retándome cada que tiene oportunidad, esa mujer que tiene un coño delicioso y apretado, ella es mi mujer ante cualquier persona dentro y fuera de mi mafia.

Esa mujer que saca mi lado más posesivo y protector, esa mujer que no está preparada para conocer la dimensión de mi organización y mi verdadero yo… Sin embargo, no voy a dejarla ir de mi lado, un Roe toma una mujer una sola vez en la vida.

Suelto una serie de maldiciones. Estoy cabreado, estoy jodido ante los medios y mis malditos demonios están amenazando con salir, pero aun así la deseo malditamente. Anhelo dormir con ella en una maldita paz de al menos tres horas seguidas.

—Pisa el maldito acelerador —le gruño a Matt mirando por la ventana.

Cuando entramos al estacionamiento del Score, me desabrocho el botón superior de la camisa para poder respirar mejor y bajo de la camioneta ignorando la fila de hombres que se coloca frente a mí. Veo que algunos están adentro, aunque ya saben que no estoy de humor para presidir reuniones y mucho menos lidiar con mi familia.

—¿Dónde están los demás? —le pregunto a Matt, quien camina en silencio a mi lado.

—Ethan se los llevó, señor —su voz suena extraña, como si fuera a pegarle un tiro por hablar.

—Perfecto —salgo entre la fila de mis autos.

Mientras haya sacado a ambas mujeres del apartamento, me importa muy poco cuánta gente se haya llevado. La quiero a salvo, vivirá en mi casa y dormirá en nuestra habitación hasta que sepa qué hacer con la mierda que desató Alesha.

Será más fácil si la tengo a la vista todo el tiempo. No olvidaré con facilidad que Alesha la encerró en una bodega siete putas horas.

—Señor Roe, tenemos información del rastreador que dejó la gente de Logan cerca del hospital —dicen a mi espalda.

Me vuelvo hacia mis hombres lanzándole una mirada rápida al ascensor.

—¿Dónde está?

—Por aquí —sigo a uno de mis guardaespaldas y entramos a la pequeña oficina de vigilancia de las tres que hay en el estacionamiento subterráneo.

Cuando entramos, baja el interruptor de la luz y sólo deja encendida una lámpara de escritorio que ilumina el objeto de metal. Lo tomo entre mis manos. Se siente terso y es pequeño, como del tamaño de una pantalla de celular.

—¿Y el detonador? —volteo el objeto y no veo la pequeña pieza que falta.

—Lo tienen los agentes del MI6.

Levanto los ojos, pero mantengo la cabeza gacha.

—¿Qué coño dices, imbécil?

—Tratamos de buscarlo por todo el perímetro, pero clausuraron la zona y lo encontraron antes que nosotros.

—¡Carajo! —lanzo el rastreador a la mesa.

Esos agentes fastidiaron todo. Tendré que ir por el detonador yo mismo a la base de Brent. Salgo de la oficina y, por la expresión asesina de mi rostro, todos se apartan de mi camino. Golpeteo bruscamente el botón del ascensor para que las puertas se cierren.

Si los agentes tienen el detonador, se percatarán de que mi hotel fue demolido por la misma persona que incendió el hospital central de Brent. Me jalo el cabello, exasperado. Ya son más de las cuatro de la mañana y sigue pesándome la puta noche.

Las puertas se abren y Kieran salta desde la sala de estar hasta la entrada.

—Ni siquiera lo pienses —lo alejo antes de que comience a revolotearme como un maldito tornado y para mi sorpresa el perro permanece en su lugar quieto, mirándome con la cabeza ladeada.

Ethan está en la entrada con las manos detrás de la espalda y la mirada seria, debe estar muy cansado, aunque es un hombre robusto y resistente; después de todo, es un exmilitar londinense, mucho tiempo trabajó bajo el mando del teniente Wall. Se ve entero pese a que me dobla la edad.

—¿Dejaste la vigilancia en su edificio antes de traerla? —dejo la chaqueta de cuero sucia sobre el brazo del sofá—. Caterva está por la ciudad y no tardará en enterarse de que su hija se unió a Logan, si no es que ya lo sabe.

Eso sería interesante de ver. Su hija, la que tanto ha protegido, se unió al mismo hombre que lo marcó cuando salió de la organización de los treinta y siete hace casi quince años, durante los cuales Caterva ha vivido en el infierno por lo que sé.

—Ni la señorita Brown ni la señorita Gray estaban en el apartamento —me yergo y siento que las piernas se me debilitan—. Revisamos todo, pero el apartamento está vacío, los vecinos dicen que se fueron de la ciudad.

Tengo dos pensamientos en la cabeza en este preciso momento y los dos involucran la idea de un asesinato.

—¿Cómo que se fueron? ¿Cuándo? ¿Adónde? —acopio toda mi fuerza de voluntad para no lanzarme contra Ethan. Pero si la vi ayer…—. ¿Y por qué mierda no cumpliste la puta orden que te di?

—Esta mañana entregaron el contrato de alquiler del apartamento en la recepción.

—Eso no es posible, anoche la vi. Coraline trabaja para Gallery Art, Emma para Christopher Jones, ¿cómo mierda van a irse de la ciudad de un día para otro? ¿Por qué maldita razón lo harían? —comienzo a sentir punzadas en la cabeza.

—Es un hecho que se fueron, señor.

—¡Con una mierda! ¿Revisaste las cámaras de vigilancia? ¡Te dije que Alesha estaba fuera de sí cuando la vi!

—No hay cintas en ese edificio, señor, fuimos por calles cercanas y sólo conseguimos los videos de una, pero tiene una pésima calidad.

—¡Me cago en la puta mierda! —me jalo el cabello, casi arrancándomelo—. ¡No pudo irse, de ninguna manera!

—No hay rastro de ellas, empacaron todo. Antes de regresarnos, revisamos el apartamento de arriba abajo otra vez y...

—¡Me importa una mierda si revisaste el jodido apartamento hasta que se te cansó la polla! Si no la encuentras ahí, revisas el puto edificio, la calle, la maldita ciudad y el país completo una y otra vez y hasta por debajo de las piedras. ¿Cómo mierda te presentas frente a mí para decirme que mi mujer se fue?

La rudeza de mis gritos me hace apretar los puños para contener la rabia a como dé lugar, en este momento no hay puto control. Las arrugas apenas visibles en el rostro de Ethan se tensan y mantiene la cabeza inclinada.

—Investigamos a los vecinos, pero todos dicen lo mismo, que se fueron. Mandé a gente al antiguo apartamento de Coraline Gray, que está a cuatro horas de aquí, pero no encontraron nada, el lugar sigue vacío. Sus celulares están apagados y no hay forma de comunicarse con ninguna de las dos.

Meto la mano en el bolsillo de mi pantalón bruscamente.

—Mueve tu puto culo a ese edificio y di una plegaria para que no te mate en el camino.

No he terminado de hablar cuando ya estoy yendo escaleras abajo. Azoto la puerta del primer piso. Me llevo el teléfono a la oreja, pero me envía directo al buzón. Azoto la puerta del siguiente piso y luego la del siguiente, y así hasta que llego al estacionamiento.

—Mierda, Emma, respóndeme —intento de nuevo sin éxito.

Me niego a creer que se fue, ella no me dejaría. La única explicación que me viene a la cabeza es Alesha. Si ya tenía planeada su traición, pudo ir por ella mucho antes. Debí mandar todo a la mierda, el hotel, el hospital, e ir yo mismo por ella, no enviar a una bola de jodidos imbéciles.

—Alexander —escucho la voz de Bennett y de pronto lo tengo frente a mí—. Tenemos que hablar.

Al menos viste con decencia, sin embargo, el color rojo de sus ojos no ha desaparecido. En este momento lo aborrezco más que nunca, porque su mierda desató mucho de todo esto. Mis hombres lo emboscan como el traidor que es y, en instantes, le apuntan a la cabeza más de diez armas.

—¡Largo de mi camino!

—Esto es importante —se mantiene frente a mí.

Ella es importante.

Sólo ella es importante para mí. Paso de largo y entro a mi auto.

—Saca a este perro de mi casa, no quiero verlo cuando regrese —ordeno a uno de mis hombres y salgo derrapándome por la carretera. Mi vista es una mierda, pero eso no me impide pisar el acelerador hasta rebasar el límite de velocidad.

Veo por el retrovisor que mis camionetas negras me siguen. Me paso la puta luz roja y ladeo el volante cuando veo una caseta a unos pocos metros. Pongo el teléfono en altavoz con una rabia muy grande que crece dentro de mí.

—Contáctame con los putos imbéciles que están a las afueras de la ciudad, de inmediato —ordeno y Ethan ni siquiera responde, hace bien en no hacerlo o voy a joderlo.

El ceño me duele de tanto fruncirlo, pero me importa una mierda. Derrapo por la acera cuando por fin escucho la voz gruesa al otro lado de la línea.

—Señor Roe.

—Revisa ese maldito edificio de arriba abajo. Quiero hasta la más mínima información, investiga si la rubia se contactó con alguien ahí o si alguien la vio ir en días pasados —ordeno.

—Entendido —responde antes de que corte la llamada.

Aparco en la acera de siempre y entro observando todo a mi alrededor. Hago una señal para que nadie me siga.

—¿Puedo ayudarlo en algo? —dice el hombre calvo de la entrada.

Lo miro de reojo en silencio, no me quita la mirada de encima hasta que entro al ascensor. Sé que tanto mi expresión como la ropa sucia llamaron su atención. Aún tengo restos de los escombros del hospital.

Me pongo el celular en la oreja.

—Entra y vigila todo lo que hace el puto recepcionista. Si trata de salir, no lo permitas. Las puertas del ascensor se abren y miro por el pasillo. Fuerzo la puerta como siempre y entro. El apartamento sigue amueblado, pero es evidente que falta todo lo demás.

No hay nada sobre la mesa ni sobre la encimera de la cocina. Las luces están apagadas y en el ambiente flota un olor como a madera de pino. Me acerco al sofá y el olor se intensifica. Es el mismo olor que hay en el apartamento de Alesha.

Reviso cada maldito rincón, por el suelo, por debajo de la cama que le compré, el armario… sin embargo, todo está completamente vacío a excepción de una pequeña caja con documentos.

Me dejó.

Sacudo la cabeza y salgo del apartamento cabreado con la caja en la mano. Le pregunto por ella a la gente que sale de sus casas y dicen la misma estupidez, que se fue. Toco en la siguiente puerta, y como no quieren abrir a pesar de que escucho ruido dentro, me autoinvito a entrar con una patada.

Una mujer en pijama que está en la mesa se levanta de golpe y veo a dos niños correr por el pasillo hacia ella. Un hombre tatuado se pone frente a mí con algo parecido a un bate de beisbol.

—¡Hijo de perra! ¡Llamaré a la policía!

—No soy ningún asaltante —digo para tranquilizar a los niños, que están pálidos. Al cabrón que sostiene el bate no me importaría mandarlo directo al infierno—. Quiero saber de las mujeres que vivían en el apartamento de al lado.

—¡Llama a la policía, mujer!

La mujer no se mueve, sólo me mira, poniendo a sus hijos detrás de ella para protegerlos.

—Las chicas no se fueron.

—No le hables y haz lo que te dije.

—¿Cómo que no se fueron?

—Unos trabajadores vaciaron el apartamento, pero no había ninguna persona ahí, yo no vi a las chicas salir. Si quiere puede revisar las cámaras del estacionamiento, le van a decir que están dañadas o que no hay, pero no es verdad, he visto al de la recepción revisarlas.

Salgo dando un portazo y, cuando bajo, veo que Ethan está acorralando al hombre calvo contra la pared.

—¿A quién mierda estabas hablándole?

El hombre jadea miserablemente con el sudor escurriéndole por la frente. Por mí puede matarlo.

—Sabe algo, en cuanto usted subió al ascensor hizo el intento de llamar a alguien.

Me acerco al calvo y veo el arma de Ethan en su espalda.

—¿Dónde están las putas cámaras de vigilancia?

—No sé nada, yo no sé nada.

Saco el arma de la cinturilla de mis pantalones y se la meto a la boca. De inmediato, su cara palidece.

—¿Y ahora ya lo sabes?

Asiente con la cara bañada en lágrimas y me señala una puerta pequeña en un rincón. Retiro el arma, entro al lugar, busco un monitor cualquiera, tomo todas las grabaciones del día y entonces la veo.

Veo a Emma y siento algo en el pecho. Camina despacio al lado de la rubia hasta la salida y ambas suben a un auto plateado. Detrás de ellas suben dos hombres con uniforme de empacadores. Tomo las grabaciones y salgo de inmediato. No pude ver las imágenes correctamente, pero mi hacker sí lo hará.

—Sácale todo lo que sepa y después lo matas —le lanzo una mirada de desprecio al hombre calvo y salgo mientras Ethan lo mira a los ojos.

Emma

Cuando la luz entra por la ventana, las pesadillas deberían terminar, sin embargo, yo sigo aquí y mi pesadilla no ha llegado a su fin. Mi pierna duele, mi espalda también. Sigo con la mejilla pegada al suelo, mi nariz punza y la sangre que derramé en el piso mugriento ya se secó.

Aunque la ventana está cubierta, sé que es de día porque las velas ya se consumieron por completo.

—Así es, señor, esos inútiles casi lo arruinan, pero ya está todo bajo control. ¿Ya les pagó? —dice el hombre que ha estado vigilándome, al parecer pasó la noche aquí—. Puede venir en cualquier momento, pero le recomiendo que sea precavido, esta gente hace todo por dinero, pero los he mantenido a raya.

—Cora —digo entre sueños y el hombre se queda en silencio. Escucho la puerta cerrarse y me quedo sola en la habitación. Mi sujetador abierto me incomoda y la tela de mi blusa se pegó a mi espalda por el sudor y los rastros de sangre, sin embargo, el solo hecho de pensar en quitármela ya me resulta doloroso.

No sé cuánto tiempo estuve inconsciente ni qué tan temprano sea. El tiempo aquí parece transcurrir más lento. Mis muñecas comienzan a temblar cuando me percato de que mis pies están atados con la correa que vi al llegar. También hay ropa en una pila y, hasta arriba, mi vestido rojo de la exposición de Cora.

Mi respiración se acelera y, aunque ahora tengo las manos libres, sé que él va a atarme. Las palabras de Jaden se repiten en mi mente, las llamadas que hacían anoche, las risas... sé que vendrán, vendrán más y con un propósito sucio.

Alexander, pienso.

Respiro con dificultad, el aire no es suficiente aquí y la oscuridad no ayuda. Trato de hacerme reaccionar, pero no puedo, estoy jodida. Vagamente siento cómo algo se mueve a mi alrededor y despego mis pestañas húmedas tan rápido como puedo.

Es Jaden, viene arrastrando algo a través de la puerta semiabierta. Me muevo y de inmediato el dolor en mi espalda me paraliza, me trago un grito como puedo para que no sepa que estoy despierta.

Giro mi mejilla en la suciedad del suelo. Su rostro está tan mugriento como el mío y viene maldiciendo a todos, en especial a Seth. Primero veo la ropa deportiva del bulto que arrastra y después cómo jala el cabello rubio de Cora.

La atrapó otra vez. Su piel está más pálida de lo normal, de hecho, de un tono casi púrpura que no me agrada en absoluto. Debe ser el frío, no nos trajeron mantas, hasta yo siento escalofríos por todo el cuerpo.

Jaden la arrastra hasta la otra esquina de la habitación. No hay esperanza.

—Cora —susurro a medias con la voz seca.

La garganta me duele de tanto gritar y no he probado ni una sola gota de agua. También tengo los labios agrietados por los golpes, porque me arden al hablar.

Jaden no me escucha mientras la arrastra o quizá me ignora, porque sigue soltando palabrotas en todo momento.

Me sorprende y me enoja que ninguno de los pocos vecinos que hay en el edificio se haya percatado de todo esto, de un tipo sucio y mentalmente enfermo subiendo por las escaleras con una mujer inconsciente y entrando a este apartamento vacío.

¿Por qué nadie nos ayuda? ¿Por qué nadie escucha nuestros gritos desesperados?

—Cora —me levanto sobre mis codos y la mirada que me lanza Jaden cuando voltea me hiela el cuerpo. Trae sangre en la barbilla y en gran parte de su camisa.

—Esto es lo que les pasa a las zorras desobedientes, así que cuidado, porque tú podrías ser la siguiente —deja caer el brazo de Cora al suelo con tanta fuerza que seguro le quedará un moretón—. Se hizo la valiente y mira lo que me dejó en la cara antes de que le cerrara la boca de manera permanente, ya está muerta —se señala la mejilla: trae un arañazo bastante profundo.

Sus palabras me hacen jadear. *Muerta. No.*

—Co… Cora —vuelvo a decir, pero ella no se mueve y, a pesar del dolor en la espalda y en la pierna, que ya está inflamada, me arrodillo poco a poco—. ¿Cora?

—"Maldito imbécil, si no la encuentras, te vuelo la cabeza" —Jaden habla solo, imitando la voz de Seth—. Como si yo no estuviera en el negocio también, seguro el hijo de puta quiere quedarse con mi parte del dinero.

—Coraline —siento un ardor en el pecho y me arrastro con los pies atados.

—Soy el que se mancha las manos por los dos y me trata como maldita basura —Jaden se desabotona la camisa con una mueca de disgusto.

—¡Cora, despierta!

—¡Cierra la maldita boca, carajo! —Jaden se vuelve hacia mí y me abofetea para callarme, sin embargo, a pesar del dolor, no me detengo.

—¿Qué le hiciste, maldito enfermo? —le escupo en la cara—. ¡Cora, Cora! —grito con más fuerza, pero sus ojos siguen cerrados y de pronto noto el color púrpura de sus párpados.

—¡Que te calles! —la siguiente bofetada me tira al suelo. Jaden se inclina hacia mí, el olor a sangre me invade las fosas nasales—. Los muertos no hablan, estúpida —me clava los dedos en las sienes, lastimándome—. Entiéndelo.

Se levanta y sale azotando la puerta. Permanezco paralizada.

—No —sacudo la cabeza y me arrastro hacia ella—. Cora, abre los ojos, por favor —le suplico con la garganta quemándome, el ardor en mi pecho incrementa y baja también a mi abdomen—. ¡Coraline! —las lágrimas me nublan la vista y caigo sobre el piso.

¡No! Me levanto y me arrastro de nuevo pese a todo, pese a las heridas. *Tengo que despertarla, tengo que hacerla abrir los ojos*, me repito una y otra vez, ella no quiere abrir los ojos, no quiere abrirlos por miedo.

Cuando llego hasta ella, tomo su mano para sacudirla, pero me sobresalto al sentirla tan fría. Le grito de la misma forma, le suplico que abra los ojos, que me mire y que respire.

Todo lo que escucho desde mi subconsciente son los gritos desesperados que me cortan la garganta, gritos que duran minutos y luego horas como si en algún momento alguno de ellos pudiera lograr despertarme de la pesadilla, pero ninguno lo consigue, ni siquiera el que me dobla en dos sobre mis rodillas.

Tampoco el que me baña el rostro en lágrimas como un torrente y mucho menos el que me hace tomar el cuerpo de mi rubia favorita y alzarlo sobre mí una y otra vez para hacerla reaccionar y poder ver el verde de sus ojos otra vez.

Cuando finalmente mis fuerzas se esfuman, caigo sobre ella hecha un ovillo y me aferro a su brazo sollozando lo que queda de mi espíritu y cayendo a un pozo negro del que ya no hay salida. Me cubro con su brazo y miro la pared frente a mí en silencio por minutos o por horas, no sé.

Tengo tantos recuerdos de nosotras.

Cora abrazada a mí y a mi madre cuando éramos niñas.

Cora abrazándome después de perder a mi madre a los catorce años.

Cora abrazándome después de ser abusada por Seth.

Me acurruco más junto a ella y los recuerdos se clavan como agujas en mi pecho.

La puerta se abre y escucho pasos venir. Seth me levanta del suelo como si fuera un costal, no protesto, aunque me duele todo, hasta el alma. Me regresa a mi esquina y acaricia mi cabello para apartar los mechones empapados de lágrimas.

No me importa lo que hace, yo sigo viendo el cuerpo sin vida de Cora a lo lejos. Escucho el eco del ruido de un tazón y de pronto soy consciente de que está tratando de hacerme abrir la boca.

—Tengo que alimentarte, *conejito*, no podemos recibir invitados con el estómago vacío; además, no te llevaremos a tu nuevo hogar en fachas —su mirada es suave y… abro la boca—. Eso es, estás aprendiendo, tu premio por comer será usar ese vestido rojo que me volvió loco en cuanto te vi con él.

El líquido caliente toca mi lengua y lo miro a los ojos, los ojos que más aborrezco.

Le escupo la comida caliente en la cara. Maldice y rápidamente saca un trapo de la nada para limpiarse mientras su piel se enrojece.

—Maldita sea, todavía no has entendido cómo comportarte.

Se ve enojado, pero, para mi sorpresa, comienza a reírse unos segundos después. Sonríe de lado a lado como si estuviera complacido.

—No has cambiado en nada, Emma, eres igual a cuando te conocí, por eso te amo tanto —arroja el trapo al suelo—. Puedes hacerme lo que quieras, pero pórtate bien con nuestros invitados, las chicas malas no van a cielo —toca mi mejilla con su asquerosa mano—. Si te portas mal, te irás al infierno.

—Ahí te esperaré, maldito —le escupo otra vez y su buen humor se esfuma de inmediato.

—¡Ya basta! —cierra su mano sobre mi garganta, cortándome la respiración—. No acabes con mi paciencia; te quiero, pero no voy a tolerarte.

Comienzo a toser, pero no me suelta, es mejor así, que me mate, ya me quito todo, incluso a Cora. Las lágrimas comienzan a rodar por mis mejillas. De repente me suelta y tomo largas bocanadas de aire.

—Ya no llores —me limpia las mejillas y comienza a besar las comisuras de mi boca y a meterme mano, asqueándome—. Aunque sabes mejor cuando estás triste —jadea y ya no tengo fuerzas para maldecirlo.

El hombre que me vigiló durante la noche entra de nuevo a la habitación. Le hace un gesto con la cabeza a Seth y él me suelta.

—Vendrá en un par de horas, así que arregla la mierda que hizo tu amigo en la sala. Rápido o no te pagará —le ordena y se instala de nuevo en la habitación con un periódico en la mano.

Seth lo mira con odio, pero no protesta. Está trabajando para alguien. El hombre se sienta en el lugar de antes y se quita la chaqueta que lleva puesta antes de comenzar a leer el periódico.

Parece una escena del siglo XIX. Miro a Cora y siento como si mi cuerpo se fuera a romper de nuevo, ya no tengo fuerzas ni para llorar.

Permanezco durante mucho tiempo sentada con los pies atados. A mi lado, está el vestido rojo. De pronto, escucho unos gritos afuera, son de Seth y Jaden. El hombre levanta la cabeza de su periódico y los oye discutir.

Mira la hora en su reloj y sale tirando el periódico al suelo. La puerta se cierra y su chaqueta se resbala hasta el suelo.

El celular.

Pero ¿para qué? El cuerpo de Cora sigue inmóvil y, sin ella, yo ya no tengo razones para sobrevivir. Sollozo en silencio, pero poco a poco comienzo a arrastrarme hacia la chaqueta. No podré salvarme, pero tengo la oportunidad de hacer algo que me ayude a soportar el infierno.

Llego hasta la chaqueta y rebusco en los bolsillos. En uno encuentro una caja de cigarrillos y en la otra algo frío: es el celular. Lo saco con manos temblorosas.

Mi corazón palpita con fuerza. Gracias al cielo no tiene contraseña. Marco los números con los dedos sucios y comienza a llamar. Dos tonos después, responden al otro lado y mis ojos se llenan de lágrimas otra vez. La garganta me quema cuando hago el intento de hablar.

—Ale… Alexander.

Escucho cómo contiene la respiración.

—Nena.

La puerta se abre bruscamente y el hombre corre hacia mí, arrebatándome el teléfono para azotarlo contra la pared. Comienzo a sollozar. Ese segundo de escuchar su voz fue suficiente para regresarme a la vida o a lo que me queda de ella.

El hombre me arrastra del cabello hasta mi esquina y me tira al suelo diciéndome cosas despreciables, sin embargo, eso no cambia que escuché a Alexander. Ni el dolor de los siguientes golpes puede borrar el sonido ronco de su voz, que se repite una y otra vez en mi cabeza.

Pierdo la noción del tiempo, pero no la consciencia. El hombre sale después de ponerme la zurra de mi vida y mi mente me juega una mala pasada, porque me parece ver la espalda de Cora erguirse.

Parpadeo varias veces. ¿Ella realmente…? La puerta se abre y, si había pensado que no podría volver a sentir más, veo a un hombre que hacía tiempo no tenía frente a frente. Lleva un abrigo largo y mira con cierto desdén la suciedad donde estamos.

—Hola, hija —dice Sawyer Taylor—. Estos malditos de verdad son estúpidos, te lastimaron de más, así no te van a querer comprar, tienes la espalda destrozada.

Mi padre habla frente a mí. Permanezco inmóvil y lo veo caminar hasta Cora. Hace una mueca de asco y sigue avanzando por la habitación. Después saca un pañuelo de su bolsillo para abrir la ventana.

—¿Qué haces aquí?

No quiero imaginar lo que va a decir, porque todo lo que salga de su boca me va a repugnar.

—Mi informante llamó, dijo que estos tipos estaban peleando por dinero y vine a traerles el pago antes de que hagan alguna estupidez como la que hicieron con tu amiga —dice como si nada.

—¿Pago? ¿Ellos trabajan para ti?

—No quería involucrar al otro estúpido, pero Seth insistió y no pude negarme.

—¿Qué? —me quema la garganta—. ¿Tú estás haciendo todo esto contra mí? ¿Contra tu propia hija?

Frunce el ceño.

—No, Seth lo está haciendo y no puedo dejarlo hacer más tonterías o se convertirá en un gran escándalo.

—¿Qué clase de ser despreciable eres? ¡Eres un maldito enfermo! —le grito con toda la rabia contenida.

—Ésta era la única manera de hacerte entrar en razón, para que de una vez por todas actuaras como mi hija, sin embargo, veo que no será posible, así que te llevaré a un lugar donde ya no podrás salir —suspira y vuelve a mirar el cuerpo de Cora negando con la cabeza—. Pensé que irte de Trafford era pasajero, pero fuiste muy obstinada.

No doy crédito a sus palabras, son como una pesadilla, la peor de todas.

—¿Cómo puedes hacerle esto a tu propia hija? —los ojos se me llenan de lágrimas—. ¿Tanto me odias para dejar que vuelvan a joderme? ¿Por qué, Sawyer? ¿Por qué me odias tanto?

—Aunque no lo creas, no te odio y por eso hago todo esto. Mira lo que hizo Kate y cómo terminó —sus ojos se llenan de lágrimas por un momento—. Terminó muerta y no quiero lo mismo para ti, prefiero solucionarlo yo mismo y cuidar mi reputación.

—Ella murió por una maldita enfermedad cuyo tratamiento no pudimos pagar porque nos quitaste todo —le recuerdo—. Le quitaste todo el dinero por el que ella trabajó durante años, pero, aun así, sin tu maldito dinero y con todo en su contra, me sacó adelante, así que no hables de mi madre, porque ni en cien vidas serías digno de siquiera besar el piso por donde ella caminó.

—¡Le quité el dinero porque ella quería convertirte en esto! ¡En una ramera! —pone su mano en mi cuello, cortándome la respiración—. Ese beso de la exposición está en cada noticiero. Si no fuera por la noticia del bombardeo de Brent, serías la vergüenza todavía —me grita a la cara y retrocedo por instinto—. Kate te convirtió en una mujer barata que no es capaz de tener una vida digna y que ni siquiera se digna a llamarme padre. Eres una maldita vergüenza para ser mi hija —levanta la barbilla—. ¡Yo, que soy un hombre respetable!

Me llevo las manos a los oídos y lloro en silencio. No puedo escuchar más, tampoco quiero hacerlo.

Sawyer me mira y, cuando comienzo a escuchar las risas afuera, mi corazón se acelera.

—Es hora de irme, no quiero que se me vea en este lugar de mala muerte —dice mirando a la puerta.

—Está aquí —dice Seth y otros dos hombres que no conozco silban.

El miedo me invade hasta los huesos y, cuando veo a Sawyer alejarse, me arrastro como puedo hasta él.

—No te vayas, no me dejes en este infierno, por favor —suplico de rodillas sujetando el borde de su abrigo.

Me mira desde arriba y frunce el ceño. Se acerca a mí, desabrochando su abrigo costoso, y se pone en cuclillas.

—No me dejes aquí… no dejes que… que me lastimen más —digo, mirándolo a los ojos, y por primera vez le ruego al hombre que me dio la vida que no me abandone.

Su mano sube y limpia mis lágrimas con cuidado.

—Eres tan parecida a Kate, pero ella te apartó de mí —repasa mi rostro, aparta un mechón pegado a mi frente y mira con recelo el moretón que tengo ahí—. Siempre extrañé a mi pequeña.

Utilizo los recursos que me quedan para que no me deje en el infierno.

—Y yo a mi papi —digo entre sollozos.

—Pero ya es demasiado tarde, no me sirves ahora —dice como si no me hubiera escuchado—. Serás como ella, como Katherine Brown, y no quiero eso para tu vida.

Me arranca las manos de su abrigo y se levanta, dejándome en el suelo.

—¡Papá! ¡Papá, no te vayas! —le grito cuando comienza a caminar hacia la puerta. Grito todo cuanto puedo, pero hace oídos sordos y se va.

Alexander

—El lugar sigue vacío y no ha habido contacto reciente con Coraline Gray.

—Mantenlo vigilado, podrían cambiar de opinión e ir hacia ahí —corto la llamada y lleno mi vaso de whisky hasta el tope otra vez.

Mi hacker de total confianza comienza a trabajar con las grabaciones para ampliar las imágenes. Me froto los ojos y bebo; el alcohol me quema la garganta. El puto cabrón de mi hermano se mantiene lejos de mi vista, pero no se larga por lo ocupado que está.

Todos los miembros de mi organización tienen ganas de matarlo.

—Da igual que te quedes como perro guardián aquí, la rubia no quiere verte —le guiño un ojo antes de tomar otro trago de alcohol.

Frunce el ceño y se levanta del sillón donde está.

—Tampoco creo que quieran verte a ti. ¿Y si realmente se fueron? ¿Qué te hace pensar que Emma quiere que la sigas?

—No se fue, eso te lo aseguro.

—Estás corriendo detrás de una mujer, ¿lo notas?

Esa actitud desafiante me está poniendo los cojones de fuera. Dejo el whisky escocés de lado y camino fríamente hacia él.

—¿Quién te cortó los cojones para que te vuelvas un niñato?

Levanta la barbilla y veo algo oscuro en su mirada. Comienzo a deducir qué es.

—Coraline vio el símbolo de la organización entre muchas otras cosas. Sabe todo, lo de sus padres y lo de la organización de los treinta y siete, por eso me dejó —frunce el ceño aún más—. Quizá sacó conclusiones, se las dijo a Emma y, en cuanto descubrieron todo, se fueron por miedo.

—No me recuerdes tu estupidez, Bennett, porque te juro que saco la mierda de ti otra vez.

—Lo que no quieres es aceptar la realidad. Ella te dejó —sonríe de lado—. Es igual a su amiga, ¿no crees?

Me limpio la comisura de la boca y me río con ironía.

—Así que la rubia te dejó primero —baja las cejas, confirmándomelo—. Guárdate tu puto drama de despecho para ti mismo o, mejor aún, vete a lloriquear a un rincón.

Octavian trae café para el hacker, quien trabaja con el rostro cubierto, sin revelar a nadie su identidad, y miro cómo Bennett regresa al sofá. No creí que pudiera ser un cabrón más patético, pero volvió a sorprenderme. Aun así, sigo queriendo matarlo.

Salgo a tomar un poco de aire fresco a la terraza, ya es de día. ¿Y si de verdad se fue? Frunzo el ceño porque la idea me golpea duro. *Estás persiguiendo a una mujer.*

Miro la ciudad en silencio, sin embargo, en mi cabeza escucho en voz baja ese pensamiento que he intentado silenciar durante mucho tiempo. Un pensamiento que se arraigó con fuerza en mi mente esa noche en la fuente cuando su boca ebria soltó estupidez y media.

Dejo el vaso de whisky a un lado y abro la caja de documentos que encontré en su apartamento. Son un montón de recibos viejos que no debería guardar, es basura. Tiro varios de ellos al suelo, pero de pronto veo una hoja de la comisaría. Es una denuncia por acoso que ella levantó.

Toda mi espalda se tensa enseguida mientras leo todo lo que hay escrito. Aparece el nombre del puto cabrón del que me habló Ethan. *La corte falló a favor de él.*

De pronto, mi celular suena y me saca de mis pensamientos. Si es Christopher otra vez, voy a mandarlo a la mierda, lo que menos quiero ahora mismo es lidiar con el asunto del hotel. El número es desconocido.

Sólo Logan me llama de números desconocidos, veamos qué mierda más cae sobre mí. Miro el cielo con cierto recelo cuando respondo.

—Ale… Alexander.

Mi ritmo cardiaco se acelera cuando escucho su voz ronca al otro lado de la línea.

—Nena.

Solloza y la llamada se corta, sin embargo, alcancé a escuchar a un hombre que le gritó "puta".

—Nena, ¿qué sucede? —la sangre me quema las venas, pero ya se cortó la comunicación.

Camino de vuelta con el hacker. Todos levantan la cabeza cuando me ven entrar. Le pongo el teléfono sobre la mesa bruscamente mientras los sollozos se reproducen en mi cabeza.

—Rastrea la última llamada de inmediato, era Emma, encuéntrala.

Bennett se levanta del sillón, pero lo detengo con una mirada asesina cuando hace amago de acercarse.

El hacker conecta el celular a la computadora mientras intento controlar el temblor de mis brazos; es un temblor de ansias por asesinar. Los dedos del hacker se mueven con rapidez por el ordenador. Salta una luz verde en la pantalla y entrecierro los ojos para ver la dirección que indica.

—Te llamó desde High Street, edificio número 43, en Trafford. Te enviaré la ubicación para que actives tu GPS.

Salgo de ahí con Ethan siguiéndome los pasos. Bajo al subterráneo y abro una caja plateada con cerraduras hechas a mano. Saco una carabina M4 y una daga tallada a mano antes de ponerme en marcha hacia Trafford.

Capítulo 44

Alexander

—Será mejor estar alerta desde ahora por si nos siguen los agentes del MI6, porque, si nos atrapan, podrían acorralarnos durante varios días. Conozco las jugarretas de Logan y ahora con Alesha de su lado tiene acceso a mayor información sobre mis movimientos —levanto la M4 para que la vea Ethan.

Debí prever que, desde que regresó a Londres, Logan estaba envolviéndola para hacerla su aliada, sin embargo, Alesha no es ingenua, es muy perspicaz y seguramente desde el inicio se percató del plan de seducción de Logan. Al final prefirió quedarse de su lado a pesar de todas las consecuencias que eso acarrearía para todos.

En especial, para su padre, Caterva Smith. No debió ser fácil para él saber que su hija se unió al hombre que lo marcó hace años como esclavo de la mafia inglesa.

—La señorita Smith tenía planeado el derrumbe de su hotel desde hace muchos meses, señor. Implantar el detonador lleva tiempo; además, al revisar los planos, encontramos marcados aquellos lugares donde los colocaron.

Ethan yergue la espalda. Es un hombre muy rudo, no se ve ni un poco cansado.

—Lo sé —aprieto la mandíbula—. Es obvio que no se unió a Logan a último momento. Las correcciones de los planos que me mostró hace unas semanas no fueron las mismas que presentó al equipo de construcción, sin embargo, la gente que la apoyó en la cuartada ya pagará las consecuencias.

Sin esa llamada anónima, los daños habrían sido mayores.

—Ya tengo en la mira a varios sospechosos, señor, entre ellos el director del proyecto de arquitectura. Hace un mes alquiló una casa de descanso en Suiza y lo vi en el lugar del incidente mientras la policía registraba el lugar.

—Investiga la dirección de esa casa y manda gente a revisar, pero no hagan ningún otro movimiento que pueda llamar la atención, ya sabes que al ministro Madden no le gustan los chismorreos. Seremos muy sigilosos y si encontramos rastro…

—Entonces atacaremos —termina por mí.

—No lo olviden —le explico para dejar claro el punto—: Viajaré sólo con unos cuantos hombres para no llamar la atención de los medios.

—Como ordene, señor. Mis hombres me informaron que los *kray* de Logan están vigilándonos desde hace varias horas. El hacker será escoltado hasta su casa para evitar que lo intercepten —asiento mientras se reacomoda el arma en la espalda. Debo mantener la identidad de ese hombre en secreto mientras me sea útil—. Logan debe estarse preguntando por qué aún no ha ido a cargar contra él.

—Déjalo que se acerque más —compartimos una mirada silenciosa—. ¿Te deshiciste del calvo?

—Claro, no servía para más, tenía contacto con el hombre que aparece en las cámaras de seguridad del edificio. Ése es el sujeto que ha querido encontrar desde hace tiempo, señor.

—Seth.

Asiente.

—Seth Wells, ése es su nombre. Matt lo estuvo investigando y, según me informó, su historial no es relevante, es un pobre miserable sin dinero y, aunque hay una buena parte de su vida en tinieblas, conseguimos la información que buscaba. Es exconvicto del penal central de Trafford —lo escucho con atención—. En cuanto salió, eliminaron el historial de condena, no figura como un excriminal en ningún archivo.

—Interesante, de los dos tipos que me hablaste, el tal Jaden fue acusado por Emma por acoso y la corte falló a su favor y ahora resulta que eliminaron el historial de Seth. Ambos salieron con las manos limpias y sin cargos en su contra.

—Seguramente tienen un patrocinador —concluye y le doy la razón—. Alguien con más dinero que esos estúpidos miserables.

—Alguien capaz de pagar lo suficiente para echar por tierra las demandas de una mujer que fue acosada —el calor sube por mis venas—. Vámonos. Nos estarán acechando durante varios días, pero no saben que tenemos el detonador —dejo el arma sobre la mesa y me acerco de nuevo al objeto de metal—. ¿Lo reconoces? —miro a Ethan sobre mi hombro, instándolo a que se acerque—. ¿Alguna vez viste algo así en el ejército?

—Es un modelo más reciente que los que había visto, pero la combinación sigue siendo la misma —lo gira y me muestra una serie de códigos cerca de la punta—. Por el tamaño y la composición, pudo detonar dos bombas al mismo tiempo con facilidad. Si los agentes que mencionó Matt encuentran el modelo del detonador al que pertenece el control que se quedaron, eso los guiará hasta usted.

—Ya estoy en el ojo público, si sale a la luz esa noticia, terminarán relacionándome con ellos.

Me paso la mano por la cabeza y siento el cansancio de las horas que llevo sin dormir, del enfrentamiento y del peso de todo. Las magulladuras me duelen y la ducha rápida no sirvió de nada. Bajo la cabeza y aprieto los párpados con toda mi fuerza.

—Estoy cansado —admito ante el hombre a quien más confianza le tengo.

No dice nada, permanece en silencio como sabe que debe hacerlo. He vivido al margen de la mafia, siendo precavido, cerrando agujeros que puedan llamar la atención y caminando por una delgada línea que va más allá de lo que demuestro frente a las cámaras.

Veo a Bennett entrar al subterráneo y la cólera me invade de inmediato.

—¿Qué pasa con el tal Luke? Te dije que lo buscaras, que sirva de algo tu jodida presencia.

Se cruza de brazos y Ethan decide salir antes que nosotros del subterráneo.

—Busqué a ese imbécil en su maldito apartamento y no está. ¿Qué diablos quieres que haga? ¿Que me convierta en su jodida niñera y lo siga a todos lados?

Saco las llaves de mi Aston Martin y salgo del subterráneo con él detrás de mí.

—Haz lo que quieras, pero desaparece de mi vista. No tolero verte.

—No creas que estoy aquí por gusto. Estás persiguiendo a Emma como un jodido acosador; si se fue, fue su decisión —se me planta enfrente, el hijo de puta tiene la misma estatura que yo y sabe aprovecharse de eso—. Le tengo cariño, ella es buena y noble, ya déjala ir de una puta vez.

—¡Y una mierda contigo! —gruño—. ¡Que no se fue, yo lo sé!

Me golpea en el pecho para hacerme retroceder.

—¿Por qué te empeñas tanto con ella? No tienes nada que ofrecerle más que tirártela hasta que regreses con Alesha como siempre haces, sin embargo, ella es tan noble que terminará con el corazón roto —me detengo de inmediato con lo último que dice y lo nota—. Eres un maldito hijo de puta igual que yo, pero hasta tú sabes que Emma se merece más que eso.

Tomo de nuevo la M4 y avanzo lentamente hacia él, mirándolo directo a los ojos.

—Para ser un Roe te hace falta más inteligencia y los cojones que a mí me sobran —cuando Emma me llamó, escuché a un hombre gritarle y juro por mi vida que voy a castrar a ese maldito—. Y te tengo nuevas noticias, Alesha se unió a Logan —cargo la M4—, así que felicidades, no fuiste el único traidor de la noche.

Lo dejo de pie a la entrada del subterráneo. Ethan me espera a la salida con las manos en la espalda.

—Encuentra al tal Luke, no debe estar muy lejos de aquí, no es posible que todo el mundo esté desapareciendo.

—Está a las afueras de la ciudad, los hombres que vigilaban el antiguo apartamento de la señorita Gray me lo informaron.

—¿Qué hace ahí?

—Perdió contacto con ellas al inicio de la noche y fue ahí con la esperanza de encontrarlas igual que nosotros, les ordené a los hombres que se mantuvieran al margen y lo dejaran hacer su propia investigación.

Ésa es otra señal de que no se fueron por voluntad propia.

—Hiciste bien —asiente y me sigue.

Mi auto está en el estacionamiento y las camionetas ya están preparadas. El hacker está subiendo a una de ellas con ayuda de Matt, lo van a escoltar hasta su casa y crearán una cortina de humo para despistar a los *kray* que nos vigilan.

Las puertas dobles de acero se abren y Amelia, mi asistente, baja del ascensor. Ha estado aquí desde que regresé de Brent, aunque aislada en mi oficina para que no interfiera en lo que no le concierne y siempre vigilada por uno de mis hombres.

—Señor, hay reporteros por todo el edificio y también fuera de la empresa. Según me informaron, el *New Times*, West B e incluso el *Daily Star* piden una audiencia privada con usted o con cualquier representante de Hilton & Roe —sigo caminando y mientras ella me sigue sin dejar de hablar—. Las cámaras no se han movido ni un solo segundo desde que se dio a conocer el bombardeo —me informa.

No me sorprende, ya lo veía venir, la noticia corrió por todos lados y no voy a detenerla. Tengo algo más en mente, por eso no pienso moverme.

—El señor Jones espera arriba, vienen tres publicistas más con él, es una reunión de emergencia. También están por arribar los ejecutivos principales y sus socios mayoritarios.

Ethan y yo intercambiamos una mirada rápida. Sé que comparte mi mentalidad y mi entereza.

—Haz que se vaya todo el mundo, pierden su tiempo aquí, deja todo en manos de Christopher y de su hijo.

La sorpresa hace que su piel apiñonada se ponga roja.

—Señor, no podemos hacer eso, la gente pide un comunicado oficial; además, su director de finanzas acordó con el señor Jones que debe dar la conferencia de prensa antes de que la bolsa de valores se desplome —ni siquiera toma aire, está muy agitada—. Si sale a dar una entrevista corta, desplazará a los medios al menos hasta mañana por la mañana, eso es lo que el señor Jones me acaba de informar.

Me giro hacia ella, encarándola.

—No te pedí que me informaras nada. Es una orden.

Cierra la boca de inmediato y asiente.

—Sí, señor Roe —baja la cabeza.

Ethan le impide seguir caminando cerca de mí. Subo al auto del lado del copiloto y Ethan al volante.

En cuanto el motor arranca, pongo la radio y escucho mi nombre en las noticias. "La cadena hotelera Hilton & Roe acaba de sufrir un aparatoso embate. Uno de sus nuevos hoteles ecológicos, inaugurado este año en la ciudad de Brent, colapsó por completo en un radio de treinta metros a causa de un bombardeo en la ciudad, durante el cual resultaron afectados casi doce edificios más".

Apoyo la cabeza en el respaldo del asiento mientras la carretera se abre frente a nosotros. "Hasta el momento, las autoridades de Brent no han confirmado la cifra de heridos. ¿Será que el saldo de víctimas es igual al del incendio del hospital central de la ciudad o peor? Brent se ha convertido en la ciudad del caos en las últimas horas y las autoridades ya han tomado cartas en el asunto. Nuestros reporteros nos informan que arribó ya el servicio de seguridad MI6 a la zona del desastre, pero desconocemos cuál es su protocolo de acción. Manténganse en sintonía con nosotros para estar informado de los últimos acontecimientos. Por ahora, sólo hay una cosa segura y es que el agujero negro de la desgracia acaba de abrirse para la cadena hotelera Hilton & Roe y su fundador, el señor Alexander Roe".

Paso mi mano por mi rostro y Ethan pisa el acelerador. No sé por qué mierda me siento así. Como un puto ser radioactivo. Las venas me queman y el cuerpo me hormiguea. El hecho de recordar cómo le gritaron a Emma hace que me hierva la sangre.

Pienso tantas cosas y todas me hacen apretar la mandíbula. No soy tan estúpido como para remarcar el número del que me llamó. Es desconocido y tal vez logró comunicarse a escondidas. No sé en qué diablos se metió ni por qué se fue. Lo que sí sé es que está en problemas, la escuché sollozar, tal vez las asaltaron o quizá volvió a molestarla el cabrón que la acosaba y nadie lo detuvo porque en esa comisaría estúpida dudaron de ella.

—¿Por qué mierda no me hablaste de ese jodido imbécil?

—Logan comenzó a atacarnos de forma más directa, por eso puse a Matt a cargo y no hace mucho me proporcionó la información completa. Además, también nos concentramos en lo que sucedió con el ruso con quien su hermano se involucró…

—Eso no es una excusa —lo interrumpo—. Te ordené estar a cargo de ella. De toda la gente que está bajo tu cargo, elegiste al más idiota para investigar.

Un maldito acosador detrás de ella y nadie me lo había dicho. Ya mandé a hacer la investigación pertinente y quien sea que haya cerrado el caso en la comisaría tendrá que vérselas conmigo por ser un perro infeliz corrupto.

—¿Qué has sabido de los cargos que tenía Seth y que después fueron eliminados?

—Le di mis contactos a Matt y me informó que encontró un cargo —gira hacia la derecha—. Violación. Salió a los meses de estar encerrado en el penal de Trafford y después limpiaron su historial muy a fondo. Ni siquiera hay evidencia de su última audiencia.

—Ese patrocinador misterioso se tomó muchas consideraciones con esos hijos de perra, uno es acosador y el otro violador —miro por el retrovisor. A unos metros de nosotros vienen dos camionetas negras.

—No es muy inteligente, tenemos su nombre y toda su información. Se llama Sawyer Taylor.

De pronto, me viene un tirón en la nuca y me quedo en silencio. El dolor de cabeza me está acojonando, hace dos días apareció de nuevo. Me froto las sienes. Hay un pensamiento escondido en mi mente que sigue burlándose de mí.

—¿Dónde? —pregunta Ethan por su auricular—. Entendido, manténganse alejados para despistarlos —pisa el acelerador—. Nos están siguiendo dos camionetas de los *kray*, señor —me informa sin apartar los ojos de la carretera.

—Sigue a la misma velocidad.

—Si tomamos la carretera norte podremos perderlos más rápido.

—No vamos a huir, vamos a darles la cara —hago círculos con mis hombros para liberar un poco de tensión y luego masajeo mis trapecios. Siento los callos que se formaron en mis manos por el enfrentamiento en la vieja construcción—. Cuando llegues a la intersección, detente, ya me tocaron los cojones, ordénales a los demás que se carguen a todos.

Ethan coloca las intermitentes y los autos que van detrás de nosotros pasan de largo. Enseguida veo el reflejo de los autos verdes. Me bajo, azotando la puerta, y abro fuego sin piedad. Me cargo la primera camioneta todoterreno y luego voy por la siguiente.

El puto aire de la primera hora de la mañana me quema la cara, pero sigo avanzando hasta ellos con Ethan a mi espalda.

No tardamos en quitárnoslos de encima y, en menos tiempo del que pensábamos, estamos entrando a la primera intersección de Trafford. La zona por donde vamos es bastante común, de clase baja.

El auto se detiene en High Street. El edificio es viejo, pero se ve mejor que en el que vive Emma. Una camioneta de lujo se va del lugar mientras aparcamos a media calle. Hay autos en la acera y gente transitando por todos lados.

De pronto, unos hombres comienzan a silbar como desesperados. Me planto frente al primero. Parece un típico oficinista con corbata barata. Le apunto con el arma en la frente y empalidece al segundo el muy cobarde.

—¿Algún problema? —le pregunto, pero niega con la cabeza rozando la frente contra la punta del arma—. Eso pensé, cabrón —quito el arma y los demás hombres dejan de hacer alboroto—. Cierra la maldita calle —le ordeno a Matt y me pongo los lentes oscuros para entrar al edificio. Hay demasiada luz aquí.

No me ando con rodeos cuando entro. No hay recepcionista y, si hubiera, tampoco me habría importado. Voy por las escaleras hasta el primer piso. Fuerzo las puertas para abrirlas. Algunas son viejas y sólo hace falta una simple patada. Mis hombres van rastreando cada apartamento.

La mayoría de las personas que viven aquí es joven, algunos universitarios que tampoco se ven como pobres miserables, son clase media. El edificio sólo tiene cuatro pisos y algunos apartamentos están deshabitados.

—No hay nada, señor —me informan y entro por la siguiente puerta. El lugar es una porquería. Es grande, pero está lleno de polvo, aunque hay rastros de que alguien estuvo aquí, porque hay latas de cerveza y empaques de comida vacíos.

Comenzamos a revisar el apartamento. Entro a la primera habitación y encuentro varias cajas. Están llenas de polvo. Abro todas y sólo tienen porquerías y baratijas. Piso un cartón y paso a la siguiente habitación.

Está vacía, sólo tiene un periódico en el suelo y una pequeña ventana cubierta con una sábana. Me pongo de cuclillas y levanto algo que me llama la atención. Palpo el trozo de papel arrugado.

Miro a una esquina y veo un rastro de sangre seca.

—Vacío, señor —dice Matt—. También revisamos el último apartamento, sólo viven dos universitarios.

Permanezco en cuclillas y siento que la sangre hierve en mis venas. Me levanto y salgo de ahí guardándome en el bolsillo de mi abrigo el trozo de papel que encontré en el piso: es la insignia de mi organización. Al meter la mano, palpo el arete de Emma que traigo desde anoche y entonces entro al último apartamento.

El universitario está desnudo, pero enseguida recoge un bóxer del suelo y se cubre las pelotas. Tomo asiento en el primer sofá que veo y lo miro fijamente.

—Un hombre rubio y uno castaño, un violador y un acosador, de la misma altura que este hijo de puta —señalo a Matt y lo mira—. Venimos a buscarlos.

—Yo no sé nada, no me maten, por favor, yo quería dinero para la colegiatura de la universidad. Sí vi algo, pero no fue mucho —tiene los labios blancos, pero observo el fajo de billetes que reposa en la improvisada mesa de comedor. Comienzo a atar cabos y a observar más de una cosa que levanta mis sospechas.

—Ethan te puso a investigar —saco el trozo de papel del bolsillo de mi abrigo y me lo llevo a la nariz para aspirar su olor—, así que dime, Matt, ¿quién levantó el cargo de violación contra Seth Wells y por qué no me lo informaste cuando lo descubriste?

Matt se tensa, pero levanta la barbilla. Poco a poco voy poniéndome de pie con la mano en el arma y quito el seguro.

—Señor, Alesha me pagó para no darle la información.

—Te hice una pregunta, puto traidor. ¿Quién impuso el cargo de violación contra Seth Wells?

—La señorita Brown.

En cuanto pronuncia su nombre cargo contra él. Su pierna se dobla y cae al suelo jadeando como un perro. Disparo la siguiente bala y luego una más. El suelo se llena de sangre, pero aún no he terminado: el siguiente balazo atraviesa su maldita cabeza.

Emma

Escucho las voces de Sawyer y de Seth fuera de la habitación. Mi antiguo apartamento no es tan grande, las paredes son delgadas y Seth lo sabe, porque sólo habla en susurros.

También escucho la voz del otro hombre; ahora sé que trabaja para el que se llama mi padre, pero que para mí nunca lo será. Permanezco totalmente en silencio para intentar escuchar algo de lo que dicen, sin embargo, no consigo mucha información, sólo unas cuantas palabras. Algo sobre una mercancía y entregas y dos pagos fuera de Trafford.

Los murmullos se detienen y de pronto se convierten en gritos coléricos de Sawyer hacia Jaden. El otro hombre lo interrumpe y vuelve a gritar.

—¡¿Cuánto dinero nos pagarán?! —escucho. Me llevo al pecho la única pierna que puedo mover y me abrazo en silencio.

No lloro más, sólo miro un punto fijo en la pared. Estoy muy sedienta y cansada.

Cuando Sawyer deja de insultarlos, escucho varios pasos venir por el corredor y me arrastro hacia Cora. Espero hasta que la puerta se abre. El primero en entrar es Seth y detrás de él viene Jaden con una mirada similar a la suya.

—Toma todo y súbelo al auto. La muy maldita hizo una llamada con el celular del vigilante mientras yo estaba trabajando —dice Seth enojado y me aferro al cuerpo de Cora.

—Hay que largarnos de aquí cuanto antes —responde Jaden y ya no veo por ningún lado al hombre que me metió la golpiza—. ¿A quién le hablaste, zorra? ¿A la policía? —dice en tono de burla—. Qué bueno que tu papi aún tiene dinero en el bolsillo, aunque es un maldito tacaño, la miseria que nos está pagando por ti no es suficiente.

—Ya cierra la boca, imbécil —Seth se planta frente a mí y me toma de los brazos suavemente para levantarme, pero me mantengo firme, no soltaré a Cora. No me iré sin ella.

—¡Suéltala! —me ordena y sacudo la cabeza.

—No me iré sin ella.

—No me iré sin ella —repite Jaden en tono agudo—. Levántala de una buena vez, cabrón, llamó a la policía y todavía la tratas con cuidado —se jala las solapas de su camisa blanca—. ¡Vaya zorra! —agarra un puñado de mi cabello—. ¿Todavía te crees muy valiente? Cuando te estabas atragantando con mi polla no eras tan valiente.

Soporto el dolor y lo miro con amargura.

—El número al que marcó no es de la policía, pero aun así no podemos seguir con la fiesta aquí —Seth aleja a Jaden de mí y reacomoda mi cabello con cuidado.

Se agacha y, aunque lo odio como a nadie en este mundo, lo miro a la cara por primera vez desde que me trajo. Sus ojos se quedan fijos en los míos y reconozco esa emoción que cruza por su rostro.

Sé exactamente el efecto que tiene mi mirada en él, es un efecto que incluso he visto en Alexander.

—Cora va conmigo —dejo que mi mirada haga su trabajo y consigo manipularlo.

—Toma el cuerpo de la rubia y súbelo al auto —acepta.

—¿Qué mierda? ¿Para qué queremos un cadáver? —Jaden frunce el ceño. Sigo mirando a Seth y su mano vuelve a reacomodar mi cabello.

—Ya me oíste; además, no vamos a dejar el estúpido desastre que hiciste aquí, idiota —se gira hacia él, apartando la mirada—. Sawyer no quiere más escándalos, y si sigues jodiéndola, no te daré la parte del pago que me dejó.

Jaden maldice por lo bajo y comienza a levantar a Cora. Yo permanezco inmóvil en mi lugar. Seth vuelve a levantarme y esta vez lo dejo hacer.

—Nos iremos a un mejor lugar y te portarás bien con nuestros invitados, ¿verdad, *conejito*?

Suavemente asiento.

. . .

El camino es silencioso, aunque largo, incluso siento como si hubieran pasado horas. Creo que dormité o me desvanecí. No lo sé.

El sol ya salió; perdí la noción del tiempo en la habitación oscura. Nadie me mira, nadie me auxilia, aunque tampoco es que tenga fuerzas para pedirlo. Veo cómo Jaden les da dinero a varias personas del edificio y me repugna que se vendan tan fácilmente.

No sé a dónde me llevan y tampoco puedo memorizar el camino porque me colocan una especie de capucha en la cabeza y no veo nada durante todo el trayecto.

Cuando me suben por las escaleras, intuyo que estamos en un lugar grande, huele como a madera y a limpio. Cuando me quitan la capucha, veo a mi alrededor lo poco que me permiten observar, porque Seth camina muy rápido.

Otro par de mujeres igual de jóvenes que yo se pasean a lo lejos y luego entran por una de las puertas, pero no puedo decir si fue mi imaginación o si de verdad las vi aquí. En una de las paredes, reluce una placa dorada bastante grande, como del tamaño de una pantalla, con el número treinta y siete escrito.

Nos trajeron a este nuevo lugar, es una casa grande y aparentemente lujosa, sin embargo, si es la casa de algún rico, ¿por qué no hay sirvientes por ningún lado? ¿Qué mierda es este sitio? Las paredes son amarillas y hay muchos muebles. El diseño me recuerda a los lugares de diversión que salen en las películas, y aunque mi respiración se agita, permanezco en silencio.

Cuando Jaden abre una puerta de madera blanca de lo que parece ser una habitación, me recorre el escalofrío más horrible que he sentido en toda mi vida, aunque no puedo ver nada, porque el lugar está a oscuras.

Dejan a Cora en una esquina como si fuera un trapo viejo y a mí Seth me coloca en el suelo con más cuidado. El cuerpo entero me mata de dolor por las palizas que me han dado, aunque sé que eso no le importa.

Su mano sube a mi mejilla mientras me clava la mirada. El tacto me da escalofríos y me asquea al mismo tiempo. Aquí dentro huele a lavanda, como si recién hubieran acondicionado la habitación para mí.

—Qué piel tan suave.

—Estoy sucia —susurro para que me suelte.

—Aun así, eres tan hermosa —un sabor amargo se instala en mi boca y se ríe de mi expresión horrorizada. Su mano toma la mía, la guía hacia abajo y me obliga a acariciar el bulto que se levanta por encima de su ropa.

Lo maldigo en mi mente, maldigo a Sawyer Taylor y también a Jaden. Posa sus labios en mi otra mano y se detiene después de jadear con la boca abierta.

—Sigues haciéndolo bien, pero todavía no podemos iniciar sin que lleguen nuestros invitados de lujo. ¿Te gusta el lugar? —pregunta con una sonrisa.

Sus gestos me asustan y miro de nuevo a mi alrededor con la cabeza temblorosa.

—Ya te llevaré a dar un paseo por la casa más tarde, *conejito*, al fin y al cabo éste será tu nuevo hogar —me acaricia el brazo y ya no lo soporto más.

Me zafo de su agarre de un tirón y, aunque su sonrisa se desvanece, no vuelve a tocarme. Se levanta y se va sin mirarme de nuevo.

Me quito la sensación de su tacto sacudiendo las manos y me sujeto el vientre para controlar la repulsión que siento. Como puedo, gateo otra vez hacia Cora y me acuesto a su lado como cuando éramos adolescentes. Sus ojos están cerrados como si fuera la bella durmiente.

Reacomodo su cabello rubio deshaciendo los nudos con mis dedos. Debe verse hermosa como siempre.

Hago una mueca por el dolor de mi pierna y me sorbo la nariz antes de reacomodarle otro mechón de cabello. Ella es muy hermosa, tiene una belleza fuera de serie y este mundo no estaba listo para verla brillar.

—¿Recuerdas cuando dijiste que estabas enamorada de Bennett? —murmuro en voz muy baja, aunque no hay nadie aquí dentro—. No te lo dije, pero no fuiste la única en caer por un Roe —sonrío con tristeza—. Lo sé, es tonto que después de todo este tiempo haya caído por alguien más, pero amo a Alexander Roe.

Ésta es la primera vez que lo admito en voz alta a pesar de que es cierto, muy cierto. Pensé que nunca más en la vida me enamoraría de otra persona, no sabía que mi corazón podía volver a amar, o tal vez sí, sólo que imaginé que me tomaría mucho tiempo hacerlo, quizás años, pero no fue así.

—Hubiera sido una locura que lo supieran. ¿Te imaginas nuestros nombres en las revistas de escándalos, de ésas que leíamos siempre en casa los fines de semana?

Las lágrimas ruedan por mis mejillas y tardo unos minutos para poder continuar sin romperme con cada palabra.

—¿Te acuerdas de cuando Dylan nos regañó por tener tan desordenado su lugar de trabajo en la casa donde vivían y entonces nosotras nos enfadamos tanto que robamos todos sus bocetos confidenciales y los cambiamos por revistas de moda para que cuando abriera su portafolio en el trabajo todos sus colegas las vieran? El pobre casi se queda calvo del enojo —respiro hondo y sollozo en silencio.

Gran parte de mi vida gira en torno a los recuerdos que tengo con Cora y de pronto todos se agolpan en mi mente. Cierro los ojos. No estoy en posición de pedir nada y ya me cansé de suplicar, pero sólo quiero una cosa más.

Sólo deseo que yo tampoco salga con vida de aquí porque no puedo ni quiero imaginar un futuro sin Cora.

Me acurruco a su lado y me percato del bulto que sobresale de la bolsa delantera de sus pantalones deportivos. Lo saco y veo que es el pequeño trozo de papel que robó de la casa de Alesha. Es el lobo.

Pequeños destellos de recuerdos vienen a mi mente como si ya hubiera visto el mismo símbolo en algún otro lugar. Frunzo el ceño y me incorporo de inmediato, limpiándome las lágrimas con el dorso de la mano.

—¿Hola? —dice una mujer. Sólo asoma el rostro sonriente por la puerta, pero de pronto la observo por completo.

Tienta la pared, enciende la luz y casi me deja ciega. Ahora que veo a la perfección, observo que el lugar es grande. Está amueblado como la estancia por donde pasamos antes.

Aunque hay una pequeña cama perfectamente hecha, me tiraron al suelo como basura. Dejo de observar la habitación y me concentro en la mujer. La miro de arriba abajo y luego veo el bolso que lleva en la mano. Detrás de ella, jala una pequeña maleta.

—Pero, reina, ¿qué haces en el suelo? —dice con cierta ironía mientras entra. Se está burlando de mí.

Su vestido dorado brilla. Es demasiado elegante para un día normal, parece como si la hubieran sacado de una discoteca de los sesenta.

Lleva un maquillaje muy cargado y su perfume con aroma a vainilla es tan intenso que me provoca náuseas en un segundo. Con cuidado subo la mano a mi boca y controlo las arcadas que me dan.

Ese olor es tan desagradable para mis fosas nasales. No es que sea clasista ni mimada, es sólo que todo en ella es demasiado. Gracias al cielo, las arcadas pasan pronto, aunque no podría vomitar mucho, no he comido nada desde anoche y tampoco pienso hacerlo. Ni siquiera siento hambre. Lo que sí quisiera es un poco de agua para refrescar mi garganta, aunque sea sólo un trago.

—Mira ese rostro —se inclina sobre mí y niega con la cabeza claramente en desacuerdo. Sus aretes brillan bajo la luz—. Te quieren al natural, pero tendré que ponerte capas y capas de maquillaje para cubrir esto. Al amo le gustan las bailarinas exóticas —me toma de la barbilla y toca mi pómulo. Lanzo un quejido.

Tiene las uñas largas y decoradas, y ahora que veo su maquillaje y su apariencia, esta mujer me resulta sospechosa. Me zafo bruscamente, casi la golpeo con su propia mano, y se echa para atrás.

—¡Oye! Más cuidado, reina —se levanta enojada. Me molesta que me llame con ese sucio sobrenombre—. Este cuerpo no se toca y mucho menos se golpea —se señala a sí misma—. Que estés hecha mierda no quiere decir que tengas que dejarme igual; además, te aviso que soy una *kray* y puedo matarte en segundos.

Me arrastro hasta que topo con el borde de la cama y me apoyo en él con una mueca. La mujer camina en los altos tacones que trae, los cuales podrían romperle los tobillos, y jala la pequeña maleta hacia el tocador de la habitación.

Toma un pequeño banco del mismo color del tocador y se instala. Acomoda todo lo que trae: maquillaje, una caja pequeña con pendientes y otra caja más grande como de calzado.

—Bien, todo listo para prepararte, pero primero lo que el de ojos claros quiere, es un mandón el idiota, no sabe con quién se está metiendo —habla con sarcasmo mirándome a través del reflejo del espejo, pero no entiendo absolutamente nada.

Sale un momento de la habitación y, cuando vuelve a entrar, trae una pequeña charola plateada con un tazón similar al que me llevó Seth en mi apartamento.

—Se supone que tengo que alimentarte, por órdenes de tu vendedor, aunque no me pagarán extra por esto.

Mi vendedor.

Se acerca y la dejo hacer, pero, cuando va por la cuchara, me remuevo y logro tirar la charola provocando un desastre en el piso. La sopa se extiende y ella observa el líquido pegajoso en el suelo.

—¿Quién coño eres? —pregunto con voz ronca, mirándola a la cara.

—Magnífico —alza las cejas perfectamente delineadas—. No pienso limpiar esta asquerosidad, que te quede claro.

—Como si a alguien le importara esta mierda.

Me clava los ojos negros con curiosidad.

—Es un milagro saber que hablas y que tienes manos largas. Alesha hablaba poco de ti en nuestras llamadas, pero eres justo lo que describió —patea lejos la charola y se va de nuevo al tocador.

Saca un estuche grande de color rosa y, cuando lo abre, veo varios tubos pequeños. Son bases de maquillaje y labiales. *¿Alesha?*

—Siempre me traen a las maleducadas, si no fueras la distracción con la que se ha encaprichado el amo, ya te habría clavado una navaja suiza —se pasa una brocha por las mejillas y se reacomoda el busto.

Repaso toda la habitación y otra vez reparo en los lujos y la decoración. La mujer y la forma en la que habla son los datos clave para concluir qué clase de lugar es éste. *Oh, Dios.*

—Veamos, tu tez es pálida, pero con el vestido rojo resaltará y sobre todo ceñirá tus pechos —reflexiona para sí misma—. Creo que un ahumado con sombras negras te vendrá perfecto, aunque no sea de mi gusto.

—Pregunté que quién coño eres —digo de nuevo y ella se levanta como si no hubiera hablado y camina hasta mí.

Lleva en la mano el vestido rojo que estaba en Trafford; no sé cómo lo consiguió.

—Katherine Portman —hace una falsa reverencia—. No me reconoces del *New Times* porque luzco ropa diferente, en la mafia se utiliza esto. Ahora levántate, necesito ponerte frente al espejo, así será más cómodo arreglarte; de una ducha ni hablamos, ya vi tus modales y no pienso cargar contigo —me mira de arriba abajo con sus ojos negros inexpresivos.

—¿Para qué quieres arreglarme?

Frunce el ceño con confusión y me mira fijamente.

—Porque es mi trabajo, para eso me pagan. En realidad, eso es mentira —ladea la cabeza con el vestido todavía en las manos—. Eres muy bonita para estar aquí, ¿cómo te llamas?

Ya debe saberlo, pero aun así respondo.

—Emma Brown —digo con un hilo de voz.

—Hasta tu nombre es lindo y suena de alta gama, es una lástima que terminaras aquí —se gira hacia su maletín y se sobresalta cuando ve a Cora, suelta varias palabrotas, pero de inmediato se recompone.

La rodea y continúa con sus labores como si no hubiera un cadáver en el suelo.

—¿Qué te trajo aquí? —pregunta, mirándome a través del espejo—. Muchas terminan aquí porque son adictas al sexo, pero, con la pinta que traes, no parece ser tu caso —se ríe—. ¿Tenías alguna deuda o te gusta el dinero fácil? Los clientes ricos pagan bien evidentemente, pero son los que peor tratan a las chicas en turno.

—¿Qué clientes ricos?

—Los que pagarán por tener tu cuerpo. No tuvieron que mostrar fotos tuyas, con la descripción bastó para conseguirte clientes esta noche. El primero será el amo.

Debe ver el terror en mis ojos porque ladea la cabeza con curiosidad.

—¿No lo sabías? —niego débilmente.

Me mira en silencio como esperando a que diga algo.

—Otra forzada —me mira de arriba abajo mientras intento procesar sus palabras. Las arcadas vuelven—. ¿No vas a hacerlo?

Carraspeo.

—¿Hacer qué?

—Pedirme ayuda, las mujeres como tú siempre lo hacen.

—¿Para qué? Viste a mi amiga en el suelo desde que entraste —señalo el cuerpo de Cora—. Y no has hecho nada, ¿por qué habría de esperar que me ayudes? Sería suplicar en vano y malgastar la energía que no tengo.

Parpadea y otra vez me barre con la mirada en silencio. Se acerca a mí y, cuando comienza a quitarme la blusa deportiva, la parte pegada a las heridas que me hizo Seth me quema la piel.

—¡No! —forcejeo con ella para que no me quite la blusa.

—No llevarás esta sucia playera a ningún lado, nuestros clientes son muy exigentes y no pagarán por una vagabunda —me sujeta las muñecas, donde tengo las marcas de Seth, y aprieta con fuerza—. Como sea, ya estás dentro y yo nunca he entregado mercancía sucia y fea.

—¡Yo no soy ninguna mercancía! —le grito a la cara.

—Eso dicen todas, reina, pero lo son, le pagaron muy bien a tu vendedor, tu propio padre —comienza a forcejear conmigo otra vez y consigue levantar el borde de mi camiseta.

Me trago el grito de dolor mientras el ardor se extiende por mi espalda y, sin pensarlo, le muerdo el brazo. Se separa de inmediato y se sujeta el brazo con la mano. Le hice una pequeña herida.

—¡¿Qué demonios ocurre contigo?! ¡Auch! Te voltearía la cara, pero le temo al amo —comienza a quejarse como si la hubiera apuñalado, aunque las dos sabemos que mi pobre y débil mordida no pudo lastimarla como me habría gustado.

Grita muy fuerte, armando un gran escándalo. Enseguida la puerta se abre y temo por mi vida en cuanto veo entrar a Seth. Lleva ropa limpia, una camisa blanca y un pantalón de traje.

Se duchó, incluso su cabello sigue húmedo. De inmediato intercala su mirada entre la mujer y yo.

—¿Qué carajos pasa? —le pregunta a Katherine.

—No se deja poner el vestido, no me deja ni moverla, hasta me mordió, dijiste que era mansa, pero no es verdad, es una maldita salvaje —levanta las manos.

—¿Y controlarla no es tu trabajo? A eso te dedicas.

—No sin que me paguen primero y tú no me has dado nada de lo que acordamos en Londres —lo mira desafiante—. Te dije que tú y tu amigo podían quedarse en la casa si me pagabas la mitad por adelantado.

—Jaden te traerá tu pago más tarde, primero haz tu trabajo —la jalonea—. Dame el maldito vestido.

Katherine le arroja el vestido. Seth lo atrapa en el aire y me tenso cuando camina hacia mí.

—¡No! Me duele, Seth —comienzo a forcejear otra vez, tratando de evitar que sus manos lleguen a mi espalda, pero él es más fuerte que yo y me levanta la playera de un solo tirón, desprendiendo de la sangre seca.

El dolor es intenso.

Cierro los ojos y me transporto a una escena imaginaria mientras Seth saca mi sujetador a tirones y me coloca el vestido rojo. El ardor me deja inmóvil, pero no se detiene hasta que termina de vestirme.

Imagino que los últimos dos años de mi vida con Cora no han existido y que sólo fue un sueño ser publicista.

Escucho la voz de Seth y me repudia tanto que aprieto los párpados con todas mis fuerzas. No abriré los ojos de nuevo hasta que haya pasado el infierno porque, cuando los abra, lo único que veré serán los ojos de Cora, los de mi madre o aquellos ojos verdes que siempre calmaban la tormenta de mi vida.

—¿Sabes cuál es el nuevo negocio de tu padre, en el cual soy el socio mayoritario? —no voy a verlo, no voy a verlo—. Putas para los ricos —susurra en mi oído y sube los tirantes del vestido—. Cuando me encerraste en prisión, conocí a gente interesante y sé que a Sawyer siempre le ha gustado el dinero fácil, el trato era que yo te complaciera unas noches para que recordaras nuestro amor, sin embargo, venderemos más involucrándote en el negocio familiar.

Ya nada me sorprende, ya nada me lastima, me rendí, y aunque Seth sigue hablando, yo estoy en otro lugar con la gente que quiero. Estoy sobre la hierba, envuelta en un abrazo cálido de mi madre, ambas riéndonos de cosas sin sentido.

—*¿Puedo preguntarte algo?*

Se tarda en responder.

—*Sí.*

—*Si pudieras tener cualquier cosa en el mundo, ¿qué elegirías?*

—*Tengo todo lo que quiero y eso eres tú, hija —responde sonriendo.*

—*No lo preguntaste, pero yo elegiría vivir en una isla, comiendo tostadas de crema batida y durmiendo con el ruido de las olas —me río suavemente, mirándola—. Absurdo, ¿no?*

Seth termina de arreglarme, ayudado por la mujer.

—¿No ha comido nada de lo que le trajiste?

—Por favor, si la muy estúpida no me dejó ni acercarme —bufa ella—. Me tiró la comida cuando se la acerqué y no soy tu esclava para limpiar nada.

—Cierra ya la boca, tu voz me molesta, haz tu trabajo, que ya es tarde.

—Tiene toda la cara mugrienta, pero si así se puso por el vestido, imagínate cómo se pondrá en la ducha.

Seth le lanza un trapo que no veo de dónde saca.

—Límpiala, los hombres están por llegar y un tal Caterva también, todos están hablando de él, dicen que paga bien por las mujeres, ¿lo conoces?

—¿Y tú cómo sabes de Caterva? —la mujer me toma la cara y pasa el trapo rasposo por mi mejilla.

—El tipo que conocí en prisión tiene sus contactos, seguro logró atrapar a un pez gordo. ¿Lo conoces o no?

—Métete en tus propios asuntos, niño, no sabes que estás dentro de lo más peligroso que existe en Londres —lo encara—. Sólo viniste a vender, la casa treinta y siete es mucha cosa para ti y tu pequeño negocio.

—No me subestimes, cielo —le toca la barbilla—. Pronto seré socio.

—Eso significaría más paga para mí —le dice ella con coquetería, pero en realidad se está burlando de él.

—Ya lo veremos, si haces bien tu trabajo con ella y la dejas como nueva, te consideraré.

—Se necesitaría ser una bruja para dejarla como nueva, pero lo intentaré —le sonríe y Seth sale de la habitación, satisfecho.

La miro con desprecio, pero continúa limpiándome la suciedad de la cara. Cuando termina, me levanta con poca delicadeza y me sienta en el banco frente al tocador.

—Tu pierna es un asco, pero un poco de hielo puede ayudar.

Me gira como una muñeca y observo mi propio reflejo en el espejo. La mujer que veo tiene la mirada vacía y… muerta.

—Un peinado suelto para que tus pechos resalten —dice y comienza su trabajo.

La taquicardia comienza, las marcas de mis muñecas parecen arder mientras veo mi reflejo. Esto es una casa de prostitutas y Seth acaba de venderme.

Miro el espejo mientras la mujer mueve una brocha sobre mi mejilla, pintándola de un tono rosado.

—¿Te gusta así? —pregunta, pero no le respondo—. Es el color más adecuado para tu tono de piel. Es una suerte que el vestido cubra buena parte de tu espalda, porque la tienes hecha mierda, sin embargo, eso no les importa a los hombres —me rocía un perfume tan repugnante como el de ella.

Mi estómago se revuelve, pero esta vez no siento arcadas. Tengo los labios agrietados y blancos, me muero de sed. No le importa, a nadie le importa. Cubre todas las marcas con un labial rojo muy intenso.

Ya ni siquiera puedo llorar, no sé qué sucede con mi cuerpo, es como si estuviera congelado, como si mi alma se hubiera ido en este momento, incluso siento escalofríos recorrerme desde la punta de los pies hasta la coronilla.

Lo único que puedo hacer es mirarme en el espejo, observar mi imagen descompuesta y golpeada que ella cubre perfectamente, que disfraza con todos esos accesorios. Me coloca un par de aretes largos y brillantes color plateado.

Me quita los tenis y, de la última caja que trajo, saca unos tacones con incrustaciones de cristales igual de altos a los que ella lleva. Encajan a la perfección. Cierra los broches y baja mis pies.

—¿Dónde está la nueva? Quiero verla —pregunta una voz masculina por la puerta, pero no alcanzo a ver quién es y tampoco me importa.

—Pasa —responde la mujer—. Ya está lista.

Siento cómo una mirada se pasea por mi cuerpo y deduzco que es la de él.

—¿Cómo se va a presentar?

—No tiene muchos atributos así de magullada como está, pero mira lo bien que luce el vestido y los tacones. ¿Qué te parece "Reina"? Su rostro es como de mujer elegante, y si le enseñamos modales acordes al personaje, a los ricos les encantará el juego.

—La Reina —repite el hombre—. Que sea así, me gusta.

—Es un hecho. ¿Ya escuchaste, linda? Olvídate de tu nombre, porque ya tienes uno nuevo —no respondo—. Ya está lista para hoy, pero trae una pierna herida y no caminará con esos tacones sin caerse.

Huelo un perfume masculino a mi espalda, pero no parpadeo un solo segundo. Me sigo mirando a los ojos.

—No me importa, no va a utilizar los pies, sino lo que tiene debajo del vestido —dejo de mirar el espejo y veo el cadáver de Cora—. Llévala a la sala de las visitas junto con la demás mercancía para que la vayan viendo. Necesita más compradores, tiene tres esta noche, pero, por lo que pagué por ella, es mejor que se ponga a trabajar de una buena vez.

—Pero ¿cómo voy a llevarla a la sala de visitas si no puede caminar?

—Ése es tu maldito problema —escucho la puerta cerrarse y ella parece soltar unas cuantas maldiciones, aunque en un idioma que desconozco.

Me arden los ojos por las lágrimas no derramadas. La mujer me levanta, pero no coopero y nos tambaleamos hasta que prácticamente caemos al suelo.

—Esto no va a funcionar —mira a su alrededor, mordiéndose el labio inferior—. Buscaré a tu vendedor para que mueva tu maldito trasero.

No le respondo, sólo miro a Cora, e incluso cuando ella sale de la habitación, sigo congelada, no tiene caso que me mueva, que suplique, que ruegue, se lo que pasará cuando me saquen de esta habitación.

Cierro los ojos y regreso a Trafford muchos años atrás con mi madre. Recuerdo su aroma, su sonrisa, su cabello.

Abro los ojos cuando escucho la puerta y Jaden entra. También lleva una camisa blanca como Seth, se ve limpio y presentable.

—¡Guau! —silba y me recorre con la mirada—. Siempre le dije a Seth que eras la mejor puta de todas, con ese cuerpo que tienes, estás deliciosa.

Me coquetea con sus palabras y toqueteos sucios, pero bloqueo mi mente ante sus asquerosas miradas. Lo veo acercarse con claras intenciones cuando se desabrocha el botón del pantalón.

Katherine entra de nuevo a la habitación y, aunque ve lo que Jaden planea hacer, no dice nada, sólo me mira.

—Hazlo rápido y no le arruines el maquillaje —le dice a Jaden.

—Seré rápido —le asegura, dictando mi sentencia—. Dile a Seth que venga, él también querrá probarla.

La mujer no le responde, sólo se va por donde vino. Miro los ojos de Jaden.

—*¿Cómo te llamas?*

—*Emma Brown.*

—*Es un placer, Emma Brown, soy Kate, una Brown también.*

Risas.

Los recuerdos con mi madre son lo único a lo que me aferro para soportar el infierno que va a desatarse sobre mí.

Jaden me baja los tirantes del vestido y cierro los ojos.

—Voy a darme el atracón que tanto he querido, zorra, antes de que todos los viejos raboverde de afuera lo hagan —comienzo a temblar—. Seré el primero que prueba a la Reina. ¿Te gusta tu nuevo nombre?

—*Emma Brown.*

—*Es un placer, Emma Brown, soy Kate, una Brown también.*

Sigo reproduciendo la risa de mi madre en mi cabeza mientras el aire de la habitación golpea mis piernas. Jaden las abre de un tirón, jadeando como poseso.

Hay peores infiernos que la muerte, eso lo sé desde hace mucho tiempo y hay personas que están destinadas a sufrirlos. El silencio no cambia el infierno, ni es un último grito de dolor para soportarlo.

Aprieto los párpados con fuerza y de repente… grito hasta desgarrarme la garganta.

El grito de toda la rabia contenida en mi interior, de mi dolor, de mi desgracia.

De la muerte de Cora.

Las lágrimas ruedan por mis mejillas descontroladamente y aprieto los puños clavando mis uñas en las palmas de mis manos sin abrir los ojos. Es un grito ensordecedor. Jaden me abofetea, pero no me detengo.

Y, entonces, a la par de mi grito, escucho un primer disparo que me sobresalta y hace que mi ritmo cardiaco se acelere.

Ahogo un jadeo asustado. Nunca en mi vida había escuchado disparos así. Me llevo las manos a los oídos mientras resuenan por las cuatro paredes.

—Mierda —Jaden me suelta y sigue maldiciendo asustado mientras se escuchan gritos afuera y retumban los vidrios de las ventanas. Como puedo, me hago un ovillo mientras el horror comienza en ese maldito lugar.

—Dios —me cubro la boca mientras escucho los gritos de afuera.

La frente de Jaden escurre en sudor y está palideciendo.

—¿Qué carajos está pasando?

La puerta se abre y un hombre de traje mete a la fuerza a dos mujeres vestidas igual que Katherine y luego entra casi corriendo.

—Entren rápido, coño —las zarandea y veo a otro hombre que va corriendo por el pasillo.

—¡El Lobo está aquí! Muévete, imbécil, deja a las zorras de lado —azota la puerta.

Las mujeres hablan el mismo idioma extraño que Katherine y, cuando nos ven, murmuran algo que no entiendo. Una de ellas se quita los tacones y mira hacia la puerta con miedo antes de alejarse de ahí.

Estoy temblando, realmente se está desatando un infierno aquí. Jaden mira a las mujeres, pero ellas no le prestan atención porque están viendo el cuerpo de Cora en el suelo. Hacen un gesto de desagrado y se pegan a la pared lo más que pueden.

Los disparos se intensifican. Se están acercando. Al menos tendré una muerte rápida y menos jodida. Mis muñecas tiemblan, pero cierro los ojos, abrazándome a mí misma, preparándome para cuando llegue el momento.

Escucho maldiciones afuera y los pasos se acercan más rápido.

La puerta se abre de una patada, azotándose contra la pared y sobresaltándome. Abro los ojos de golpe, horrorizada, y lo primero que veo es una gran arma metálica, parece una metralleta de alto calibre. Las mujeres se ovillan en la esquina y voltean la cara.

Me preparo para lo peor. Miro de nuevo el arma, los disparos siguen afuera, reventándome los oídos. Sin embargo, veo un abrigo y luego… los ojos verdes de Alexander.

Sus ojos recorren la habitación por completo y entonces repara en mí. Maldición, estoy alucinando, seguramente es una señal de que estoy al borde de la muerte.

Su mirada me recorre y, por acto reflejo, cubro mi cuerpo semidesnudo con las manos. Veo algo cruzar por sus ojos, una rabia incontrolable, peor que la que sintió cuando casi asesina a Adam. Me quedo sin aliento porque eso me asusta más que los disparos.

Voltea y sé lo que verá.

A Jaden.

Jaden se hace hacia atrás con el rostro blanco, abrochándose los pantalones.

—¿Qué carajos crees que haces? Soy uno de los vendedores, no me puedes matar —su voz suena temblorosa.

Alexander no le responde, sólo levanta el arma. Todo sucede tan rápido que me paralizo por completo.

Desde ahí donde está le dispara en el miembro a Jaden. Grito de horror cuando la sangre brota y me cubro la boca con manos temblorosas cuando los gritos patéticos de Jaden llenan la habitación. El hombre intenta cubrirse la herida como si con ello pudiera detener la hemorragia.

Los gritos de las otras mujeres no cesan. Alexander vuelve a dispararle en el mismo lugar. El suelo se mancha de sangre y Jaden jadea miserablemente, pero Alexander no se detiene y le dispara una y otra vez mientras camina hacia él.

Veo a Ethan entrar a la habitación con la ropa sucia y con un arma en la mano. De pronto, la realidad cae sobre mí mientras observo el tatuaje del lobo en sus brazos, la misma imagen que Cora encontró en la casa de Alesha.

—Di… Dios —susurro con la mano en la boca.

Alexander se coloca frente a Jaden y le apunta directo en la cabeza. Me cubro los oídos cuando suelta el primer disparo y cierro los ojos de golpe cuando destroza el cuerpo de Jaden.

Me sobresalto cada vez que suena un disparo. En cuanto se detiene, escucho sus pasos venir hacia mí. Segundos después ya está frente a mí. Aunque mi mente me dice que no es real, mi cuerpo sabe que sí lo es.

El olor a sangre no impera sobre el aroma mentolado de su ropa y una sensación eléctrica me recorre. Abro los ojos lentamente y encuentro los suyos. Su rostro está constreñido. Tiene una expresión que desconozco. Es más fiera, más fría.

—Lastimaron a Cora —susurro con la voz rota.

Aprieta aún más la mandíbula y mi vista se nubla cuando me carga con sumo cuidado. Frunce el ceño mientras reacomoda los tirantes del vestido y me cubre con decencia. Ethan inspecciona el cuerpo de Cora mientras las demás mujeres continúan sollozando sin control.

Me aferro a sus hombros intentando aguantar el dolor de mi espalda y él me quita de un tirón los malditos tacones. La sangre que trae en la ropa se me pega a la piel. Camina conmigo en brazos y de pronto Ethan habla.

—Tiene el pulso muy débil, pero está viva —dice y enseguida mi corazón pega un brinco. Ethan la levanta y la carga sobre su hombro.

Viva. Está viva. Los ojos me escuecen y mi mente repite esas palabras una y otra vez.

Salimos de la habitación. Afuera hay cuatro hombres que enseguida nos cubren.

—No la miren —les ordena en voz baja y los hombres mantienen la vista fija al frente.

Hago una mueca de dolor y Alexander se detiene para reacomodarme con cuidado. Lo miro fijamente y me aferro a las solapas de su abrigo para poder acercarme más a él. El dolor en mi pecho y la confusión en mi cabeza no me permiten procesar todos los hechos. Todo el horror que acabo de ver.

Mató a Jaden.

Pasamos por la estancia por la que me trajeron cuando llegamos y los vidrios rotos crujen cuando los pisa. Aún resuenan algunos disparos, pero se escuchan lejanos, como fuera de la casa.

En el aire hay un olor nauseabundo y… no quiero saber lo que es ni mirar esos bultos en el suelo. Comienzo a temblar y escondo mi cabeza en el cuello de Alexander. Aferro con más fuerza su abrigo, no quiero soltarlo.

Siento que pronto despertaré y descubriré que nada de lo que he visto es real, que todo fue una alucinación de mi cabeza. Poso mis labios en su piel para sentir su calor y confirmar que él sí es real.

—Tengo a mi mujer, nos largamos de aquí —la manzana de su garganta se mueve cuando habla. Su voz ronca calma el temblor de todo mi cuerpo.

—Los mugrientos se fueron.

—Cázalos y tráeme al rubio para meterlo a las jaulas.

No entiendo lo que dicen, pero tampoco hago el intento de descifrarlo. Cierro los ojos cuando el aire frío golpea mi piel al salir y me abraza con fuerza.

El corazón me da un vuelco, mi alma está destrozada. Alexander avanza conmigo en brazos a pesar de los disparos que aún suenan a lo lejos.

Huelo el cuero de los asientos de una de sus camionetas y también escucho el ruido chirriante de las llantas cuando más camionetas se acercan. Abro los ojos y otro hombre que no es Matt nos abre la puerta.

—Muévete —le espeta—. Nadie la toca.

Las lágrimas caen por mis mejillas más por el dolor emocional que por el físico. Me sube junto con él y veo a Ethan llevarse a Cora en otra de las camionetas.

Cierran la puerta y nos dejan solos adentro. Miro sus ojos verdes, repitiéndome que sí es real e intentando olvidar el horror de lo que acaba de hacer. No aparta la mirada de la mía ni un solo segundo.

Lo llamé una sola vez, realmente no tenía esperanza de verlo de nuevo, sabía que, si iba a morir, al menos quería escucharlo una última vez, pero aquí está, salvándome del infierno, aunque los dos seamos igual de pecadores.

—Me encontraste —digo con voz rasposa.

No me responde, sólo me mira fijamente. Alguien se pone al volante y, antes de que la camioneta se ponga en marcha, el motor ruge. El pecho de Alexander se levanta, alzando mi cabeza, y me aferro a él con mucha fuerza.

Cierro los ojos mientras pego mi nariz a su cuello. Lo escucho contener la respiración y sus manos me abrazan con fuerza, aunque con demasiado cuidado.

—Siempre te voy a encontrar —susurra en voz muy baja mientras la camioneta se pone en marcha.

Epílogo

Logan

La mujer del televisor sigue hablando del incendio en Brent que yo provoqué. No hay medio de comunicación que no esté cubriendo la noticia y desprestigiando a Alexander Roe.

Estoy de pie frente a la ventana y sostengo con fuerza entre mis manos la cruz. Sé que existe una réplica, pero yo no la poseo.

Miro a la ramera desnuda que yace sobre mi cama y humedezco mi labio inferior con mi lengua. Fue una presa fácil. Alesha puede ser muy perspicaz, pero su mente es débil y manipulable.

Busco mis reservas de cocaína para aspirarla, pero descubro que ya no me quedan paquetes en el cajón. Llamo a uno de los idiotas inservibles de mis *kray* para que me traigan más y, antes de servirme del licor barato que me gusta, veo la botella de whisky escocés.

Alexander y yo somos como dos gotas de agua.

Me relleno el vaso hasta el tope y la pelirroja se despierta. Levanto el vaso hacia ella para brindar en silencio y la veo tragar saliva.

—Aquí tiene, amo —entra uno de los *kray* con un paquete de droga y ella se alarma.

—Maldita sea, toca la puerta, imbécil —se cubre con las sábanas rápidamente, pero el *kray* ya vio suficiente de su cuerpo y me complace que lo haya hecho.

La estoy dejando jugar su papel mimado mientras consigo lo que quiero, sin embargo, en cuanto me canse de verla y cogerla, veré si me sirve como una de las treinta y siete. Me gustaría ver a su pobre padre mirarla como la ramera que es.

—¿Llamaste a los rusos? Dmitry debió volver anoche, no tolero a su hermana —le pregunto al *kray*, quien sigue comiéndose a la pelirroja con la mirada.

Quiero informarme de los avances que han tenido con Bennett, el muy estúpido cayó en la trampa y veré a mi objetivo principal atacar, justo como lo quiero.

—Sí, amo, pero no vendrán.

—¿Por qué mierda no? —dibujo líneas de coca sobre la mesa.

—Los mugrientos los reclutaron, pero hubo una falla en la casa de los treinta y siete, fueron rodeados de improvisto y les prendieron fuego. Ya están yendo hacia allá, pero se reunirán con usted mañana mismo, a menos que quiera que los mate por incumplir su palabra —mira a Alesha de reojo.

Una emboscada no sucede a menudo y menos en una casa de compañía.

—¿Quién provocó la falla? —pregunto con una sonrisa porque en realidad ya conozco la respuesta.

—El Lobo.

—¿Ganó?

—Como siempre. Se cargó a todos los hijos de puta que pudo, dejó la casa en ruinas —responde el *kray* y mi libido aumenta, tensándome la polla.

Escucho a Alesha ahogar una exclamación y despido al *kray* antes de regresar a la ventana, sonriendo de lado. Por eso lo quiero de mi lado, el cabrón tiene agallas, para eso lo entrené desde niño y me dará lo que quiero.

—A tu salud —levanto el vaso de whisky escocés—, hijo mío.